ullstein

SOPHIE SULLIVAN ist eine kanadische Autorin. Neben ihrer Arbeit als Lehrerin schreibt und liest sie mit Vorliebe Liebesromane. Ihre Freizeit verbringt sie damit, mit ihrer Familie Wiederholungen von *Friends* zu schauen.

SOPHIE SULLIVAN

LOVE IS ON AIR

ROMAN

Aus dem Amerikanischen
von Cherokee Moon Agnew

Ullstein

Besuchen Sie uns im Internet:
www.ullstein.de

Wir verpflichten uns zu Nachhaltigkeit
- Klimaneutrales Produkt
- Papiere aus nachhaltiger Waldwirtschaft und anderen kontrollierten Quellen
- ullstein.de/nachhaltigkeit

MIX
Papier
FSC FSC® C083411

Deutsche Erstausgabe im Ullstein Taschenbuch
1. Auflage November 2021

Die amerikanische Originalausgabe erschien 2020 unter dem Titel:
Ten Rules for Faking It
Umschlaggestaltung: Sabine Kwauka, München
Titelabbildung: shutterstock / © PIYUSH GHEDIA (Frau, Mann); shutterstock / © tiny windmill (Rose); shutterstock / © studiostoks (Tasse, Handy);
shutterstock / © Pogorelova Olga (Herzbrille); shutterstock / © dobrograph (Micro)
Gesetzt aus der Quadraat Pro powered by pepyrus.com
Druck und Bindearbeiten: CPI books GmbH, Leck
ISBN 978-3-548-06456-7

Für die Menschen auf meiner laminierten Liste.

Es gibt nicht viele Menschen auf dieser Welt, die erkennen, dass du verletzlich bist, und trotzdem glauben, dass du stark bist.

– VERONICA MARS

Kapitel 1

Everly Dean war fest davon überzeugt, dass Geburtstage doof waren. Mal mehr, mal weniger. Aber dieser hier, ihr dreißigster, war noch beschissener als alle anderen. Noch schlimmer als ihr siebter Geburtstag, denn da hatten ihre Eltern beschlossen, *auf* der Party ihre erste Trennung bekannt zu geben, kurz bevor sie die Piñata herausgebracht hatten. Wenigstens hatte es damals einen Pappmaschee-Esel gegeben, auf den sie hatte eindreschen können, gefolgt von einer Süßigkeitenexplosion.

Sie hatte das Ding mit solch einer Inbrunst attackiert, dass sie von nun an jedes Jahr eine Piñata bekommen hatte – bis sie aufmüpfig geworden war und die für ihren zwölften Geburtstag hinten in ihrem Schrank versteckt hatte. Ihre Mom hatte sie nicht finden können und hatte stattdessen Flaschendrehen vorgeschlagen. In diesem Moment hatte sich Everly ein für alle Mal von Partys verabschiedet. Doch selbst das hatte den Teufelskreis nicht durchbrechen können. Wenigstens war ihr heutiger Geburtstag nicht ganz so schlimm wie ihr einundzwanzigster, an dem sie wegen einer Mandelentzündung in der Notaufnahme gelandet war und gleichzeitig mit einer Bronchitis zu kämpfen gehabt hatte.

Der heutige Geburtstag befand sich irgendwo in der Mitte, vielleicht bei acht oder neun auf der Beschissenheitsskala. Wie war sie bei dieser Vorgeschichte nur auf die Idee gekommen, *vor* der Arbeit mit Kaffee und Bagels bei ihrem Freund aufzukreuzen? Sie hatte ihm geglaubt, als er gestern Abend gesagt hatte, er würde früh ins Bett gehen. *Ha. Wahrscheinlich ist er wirklich früh ins Bett gegangen. Nur nicht allein.*

Sie umklammerte das Lenkrad ihres Autos. Sie wusste, dass sie mit ihrem Tagesablauf fortfahren musste, was natürlich auch bedeutete, dass sie aus dem Wagen steigen musste. Ein Schritt nach dem anderen. Sie stieg aus und lehnte sich gegen die Tür. Es war zehn Uhr morgens, und die ersten wärmenden Sonnenstrahlen ließen sie ein bisschen weniger frösteln. Wie war es möglich, dass sie immer wieder an diesem Punkt landete? Ihre Muskeln verspannten sich.

Wie? Du suchst dir immer wieder unreife Typen aus, mit denen du nichts gemeinsam hast, in der Hoffnung, dass ihre extrovertierte Art deine Introvertiertheit ausmerzt.

»Sehr treffend formuliert, Dr. Everly.« Sie seufzte. Dating war nicht einfach. *Untertreibung des Jahres.* Wenn sie es schaffte auszugehen, ohne Ausschlag zu bekommen, verzeichnete sie es schon als Gewinn. Aber niedrige Erwartungen führten zu höchstens mittelmäßigen Ergebnissen. Das schien sie sich stets aufs Neue selbst beweisen zu müssen. Bis zum Erbrechen.

Während sie den Parkplatz überquerte, erhitzte das Gefühl der Demütigung ihre Haut mehr als die Sonne. *Konzentrier dich auf etwas anderes. Auf etwas Schönes.*

Wenn das also die dreißig war, dann brauchte sie dringend eine Art Leitfaden. Regeln. Nur weil der heutige Tag beschissen war, bedeutete das nicht, dass sie als verbitterte alte Frau enden wollte, die Katzen, Vögel oder Zeitungsausschnitte sammelte, um den Schmerz zu lindern. *Regel Nummer eins: Kein Horten von Tieren.* Aber ein Tier wäre vielleicht ganz gut. Hm ... Vielleicht sollte sie sich eine Katze zulegen. *Regel Nummer zwei: Immer das Positive sehen.*

Nein, Moment, das sollte eigentlich Regel Nummer eins sein. Regel Nummer eins: Konzentrier dich auf das Positive. Regel Nummer zwei: Kein Horten – weder von Tieren noch sonst was.

Sobald sie sich in die Arbeit stürzen könnte, würde sich ihre Laune bessern. Hoffentlich. *Das ist doch schon mal positiv.* Sie liebte ihren Job als Radioproduzentin bei einem Sender für leichte, entspannte Musik. Die Arbeitszeiten waren in Ordnung – auch wenn die Position nicht die begehrteste war –, die Bezahlung war gut, und sie musste nicht mit Idioten zusammenarbeiten, was immer ein Pluspunkt war. Sie und die DJane, Stacey, waren vor drei Jahren schnell Freundinnen geworden, nachdem sie festgestellt hatten, dass sie beide *Veronica Mars* verehrten und Pizza mit Meeresfrüchten hassten. Die Kollegen hatten einmal eine zum Mittagessen bestellt, und sie hatten bei dem Geruch sofort würgen müssen – Blitzfreundschaft. Außerdem hatte Stacey noch schlimmere Dating-Geschichten auf Lager als Everly, was ihr ein wenig Trost spendete, auch wenn es eher daran lag, dass Stacey viel mehr Dates hatte als sie. Dass sie für die Erstellung des Radioprogramms so eng zusammenarbeiten mussten, hatte sie beste Freundinnen werden lassen.

Everly spürte einen Schmerz in ihrem Brustkorb, der sich über alle Knochen ausbreitete und sich dauerhaft in ihrem Körper einzunisten drohte. Sie versuchte, ihn wegzuatmen, jedoch erfolglos. Je näher sie der Eingangstür kam, desto größer wurde der Drang umzudrehen, nach Hause zu fahren und sich unter der Bettdecke zu verkriechen. *Atme. Es ist alles in Ordnung.* Während sie die Fäuste ballte und sich ihre Fingernägel in ihre Handflächen bohrten, beruhigte sich ihr Atem allmählich. Alles würde gut werden. *Das dachtest du jedenfalls heute Morgen noch. Bring den Tag einfach hinter dich.* Diesen Satz sagte sie sich bereits seit ungefähr dreiundzwanzig Jahren.

Sie würde mit eingezogenem Kopf in ihre Kabine schlüpfen und in dem kleinen quadratischen Raum Zuflucht suchen. Sie würde ihre Kollegen durch die Glasscheibe anlächeln und die Tür geschlossen halten. Mit diesem Plan öffnete sie die Hintertür des alten Gebäudes, das die Radiostation 96.2 SUN beherbergte. Zu Hause und bei der Arbeit fühlte sie sich am wohlsten. Hier konnte sie sich wenigstens nicht wieder ins Bett legen und ihre Geburtstage nach Katastrophenlevel sortieren.

Everly straffte die Schultern und ließ die Tür hinter sich ins Schloss fallen. Am unteren Absatz der uralten, mit Teppich ausgelegten Treppe blieb sie jedoch wieder stehen.

Dreizehn Stufen, weniger als hundert Schritte bis zu ihrer Kabine. Small Talk würde sie vermeiden wie den Schlussverkauf bei Kate Spade – selbst mit ihrer Freundin. Stacey war der festen Überzeugung, dass ihre Lieblingstaschen das Gedränge wert waren, doch für Everly kam es den neun Höllenkreisen gleich. Ein Level unter der Vorstellung, dass jemand ihren nackten Körper massierte, und ein paar Ebenen über dem Gedanken, wieder bei ihren Eltern einziehen zu müssen.

Mit dem rechten Daumen rieb sie sich die linke Handfläche. *Kopf runter, direkt zur Kabine*. Selbst in ihren besten Zeiten konnte sie nicht gut mit Menschen, nicht einmal mit ihren Kollegen. Wahrscheinlich hielten sie sie für eingebildet. Doch sobald sie einen Raum mit mehr als drei Leuten betrat, geschah etwas Merkwürdiges mit ihrer Fähigkeit zu sprechen. Es war, als hätte sie sich einen riesigen Löffel Erdnussbutter in den Mund gesteckt. Da war es leichter, den Mund zu halten. Vor allem, wenn ihre Gefühle in ihr tobten wie ein Tornado.

»Geh jetzt einfach da rein«, sagte sie sich und ballte die Fäuste.

Die Stufen hinauf, durch eine weitere Tür, schaffte sie es bis in ihre Kabine, ohne auch nur einmal aufzublicken oder über ihre Füße zu stolpern. Nun ja, das war noch einfach. Aber um an ihren Arbeitsplatz zu gelangen, musste sie Staceys Kabine durchqueren, denn die Tür zu ihrem Raum hatte sich vor Monaten verklemmt, und bisher hatte sich keiner darum gekümmert. Noch war es nicht Zeit für ihre Show, doch der Moderator der Morgensendung ließ wie immer Musik laufen, damit der Schichtwechsel so reibungslos wie möglich ablief. Stacey war bereits in ihrer Kabine. Mit Kopfhörern auf den Ohren und wippenden Hüften starrte sie auf ihren Computer.

Everly dachte, das würde es einfacher machen, an ihr vorbeizuschlüpfen, doch nur weil sie den Kopf eingezogen hatte, bedeutete es nicht, dass sie unsichtbar war. Leider.

»Da ist ja das Geburtstagskind!«, rief Stacey.

Everly krümmte sich. So. Geburtstag genügend gewürdigt. *Und du hast es überlebt und bist nicht in Flammen aufgegangen.* »Hey«, murmelte sie und starrte hinab auf ihre lilafarbenen Converse.

»Meine Augen sind hier oben, Sonnenschein.«

Everly entwich ein leises Lachen. »Aber deine Füße sind so schön. Trägst du orangefarbenen Nagellack?«

»Ja.«

Everly ging zur Tür, die ihre Kabinen voneinander trennte, und griff nach dem Knauf.

»Ev?«

Sie holte tief Luft, setzte ein Lächeln auf und drehte den Kopf. Sie blickte ihrer Freundin geradewegs in die Augen und hoffte, Stacey würde sie gut genug kennen, um zu merken, in welcher Stimmung sie war. *Wissen*, dass sie jetzt nicht zu Gesprächen aufgelegt war. Stacey würde sicherlich spüren, wie Everly drauf war, ohne die Details zu kennen. Zitterte sie etwa?

An jedem anderen Tag, oder zumindest an einem, an dem sie

nicht ihren inzwischen Ex-Freund mit einer ziemlich gut ausgestatteten – und biegsamen – Dame um sechs Uhr morgens im Bett erwischt hatte, hätte sie das hier ausgehalten. Aber wenn sie jetzt den Mund öffnete, würde sie explodieren wie ein Vulkan.

»Du, meine Süße, wirst heute dreißig«, bemerkte Stacey mit einem Lächeln auf den rosafarbenen Lippen. Diese Frau stand doch tatsächlich extra früh auf, um sich zu schminken. Als Everly einmal gesagt hatte, sie seien doch eh die ganze Zeit in ihren Kabinen, und keiner würde sie sehen, hatte Stacey entgegnet, es gebe niemals einen Grund, nicht gut auszusehen. Und sie sah immer blendend aus. Aber Everly mochte sie trotzdem.

Everly schenkte ihr ein kleines Lächeln. »Danke, dass du mich daran erinnerst.«

»Das ist eine große Sache«, fuhr Stacey unbeirrt fort.

»Hm.«

»Das muss gefeiert werden.«

»Klar.« Ihre Hand legte sich fester um den Türknauf.

»Und wir beginnen damit, dass ich dir ›Happy Birthday‹ singe«, sagte Stacey und trat einen Schritt näher.

Bitte nicht. »Schon gut.«

Stacey lachte. Everly drehte den Knauf. *Nur noch ein paar Schritte. Reiß dich zusammen.*

»Du kannst mir nicht entkommen.« Und dann begann Stacey zu singen. Laut. So laut, dass es die anderen bestimmt mitkriegen und, Gott bewahre, dazustoßen würden.

Everly ließ den Knauf los und machte einen Schritt auf sie zu. »Hör auf«, zischte sie.

Doch Stacey schüttelte den Kopf, breitete in einer übertriebenen Geste die Arme aus und sang noch lauter. »*Happy B …*«

»Stacey Joanne Ryan! Hör sofort auf zu singen!«

Staceys Gesang erstarb abrupt. Funkstille. Wie passend. Sie blinzelte. »Hä?«

Everly hasste es, dass ihr Atem genauso sehr zitterte wie ihre Hände. Sie hatte den Idioten nicht geliebt. Und sie hatte auch nicht geplant, mit ihm Kinder zu zeugen. Doch sie hatte gedacht, es würde sie einander näherbringen, wenn sie ihren Geburtstag, der für die meisten Menschen ein Grund zum Feiern war, mit ihm verbringen würde. *Ha. Noch etwas näher, und du hättest dich ernsthaft verletzen können.* Das hatte sie nun davon. Sie blinzelte die Tränen weg und tat ihr Bestes, um ihrer Freundin die Geschehnisse zusammenzufassen.

»Es. Ist. Kein. Guter. Geburtstag.« Sie spürte eine unangenehme Enge in der Brust und lehnte sich weiter nach vorn. »Meine Geburtstage sind nie besonders toll, aber der hier ist bisher ein einziges Desaster. Ich habe Simon heute Morgen mit seiner Assistentin im Bett erwischt. Du willst gar nicht wissen, *wie* sie ihm assistiert hat. Ich stand da wie eine Idiotin, bis sie mich schließlich bemerkt haben. Dann habe ich irgendwas Unverständliches gemurmelt, bin aus dem Zimmer gerannt und habe den Kaffee und die Bagels fallen lassen. Auch wenn ich deine Freundschaft, deinen Enthusiasmus und dass du an meinen Geburtstag gedacht hast, sehr zu schätzen weiß, will ich nicht feiern. Und ich will auch nicht, dass jemand für mich singt. Und auch keinen Kuchen. Und keine Geschenke. Aber vielleicht könnten wir nach Feierabend was trinken gehen, wenn du willst. Etwas mit viel Alkohol. Ich will den Tag und das, was passiert ist, einfach vergessen. Und da ich gerade dabei bin … Weißt du was? Männer kommen auch auf die Liste mit den Dingen, die ich nicht will. Ich bin fertig mit ihnen.«

Stacey riss die Augen auf, und die Kinnlade fiel ihr herunter. Doch Everly hielt nicht inne, als ihre Freundin das Wort ergreifen wollte. So etwas passierte eben mit einem inaktiven Vulkan. Zuerst war er lange still, bis er schließlich ausbrach und alles um sich herum zerstörte.

Sie richtete den Zeigefinger auf Stacey. »Keine Geburtstage. Keine Männer. Ach, weißt du was? Streich das. Falls du einen Typen findest, der aussieht wie Chris Pine, sich benimmt wie Chris Hemsworth, lächelt wie Chris Pratt und einen Körper hat wie Chris Evans, denke ich noch mal darüber nach. Aber bis dahin bin ich offiziell vom Markt.« Sie nickte, als würde sie sich selbst zustimmen. Nach ihrem Ausbruch war sie nun ziemlich erschöpft. »Verstanden?«

Stacey nickte mit zitternder Unterlippe. Everly bekam ein schlechtes Gewissen, denn die Augen ihrer Freundin waren glasig geworden. Everly wollte nicht grausam sein, doch ihr Morgen war bisher die Hölle gewesen, und sie brauchte nur ein paar Minuten für sich, um das Geschehene zu verarbeiten. Und jetzt hatte sie das hier angerichtet. Jemanden verletzt, dem sie etwas bedeutete. Wie nach einem Fressanfall verschwand all ihre Energie und Wut augenblicklich.

»Es tut mir leid, Stace. Das war gerade völlig übertrieben. Ich ...«

»Hör auf. Sei still. Sofort.« Stacey hatte tatsächlich die Hand auf Everlys Mund gelegt.

Als Everly nach Luft schnappte, klang es gedämpft, genau wie ihre Worte, während sie versuchte, trotz der vorgehaltenen Hand zu sprechen. Doch Stacey schüttelte vehement den Kopf. »Stopp. Stopp. Es tut mir so leid.«

Warum flüsterte sie? Everly versuchte, sich umzusehen, doch es war niemand in der Nähe. Sie wollte Staceys Hand wegschieben, doch ihre Freundin war erstaunlich stark.

»Wir sind auf Sendung, Ev. Wir sind live. Sei still. Es tut mir leid.«

Everly hatte gedacht, sie wüsste, wie es sich anfühlte, den Tiefpunkt erreicht zu haben. Zumindest meinte sie zu wissen, wie er *aussah* – und zwar wie eine große Blondine mit üppiger Oberweite, die auf ihrem Freund saß. Bis zu diesem Moment hatte sie nicht gewusst, dass man noch tiefer fallen konnte. Auf dem Boden des Abgrunds leuchtete jetzt das rote »On air«-Schild wie ein Warnsignal. Sie hatte das Gefühl, von einer Monsterwelle erfasst zu werden, die sie unter Wasser zog. Ihr wurde schwindelig, und ihre Haut begann zu kribbeln.

Stacey nahm die Hand von Everlys Mund, legte den Finger an die Lippen, wich zurück und betätigte die Regler des Pults. Als sie endlich nicht mehr live auf Sendung waren, schloss Stacey sie fest in die Arme. »Es tut mir so leid. Was für ein verdammter Mistkerl. Das ist ja nicht zu fassen. Ich gebe dir so viele Drinks aus, wie du willst. Lebenslänglich. Das hast du verdient.«

Nein. Nein. Stacey hatte den Zuhörern nicht gerade erzählt, dass sie der Männerwelt abgeschworen hatte und warum. Aber *sie*. Everly. Sie konnte nicht mal vor ihren Freunden eine kurze Rede halten, und jetzt hatte sie Tausenden von Zuhörern ihr Liebesleben offenbart. Ihr wurde heiß und schlecht zugleich. *Nein*. Sie löste sich aus Staceys Umarmung. Der Kampf gegen die Tränen war verloren. Die ersten wischte sie noch weg. »Das kann unmöglich sein. Warum zur Hölle bist du live?«

Stacey verzog das Gesicht. »Ich wollte dir ›Happy Birthday‹ singen, während wir auf Sendung sind. Weil ich wollte, dass du dich besonders fühlst. Es tut mir so leid, dass ich dir das angetan habe.«

Sie standen da und starrten einander an. Everly hatte das Gefühl, in einer anderen Dimension gelandet zu sein. Eine Dimension, die auf dem Kopf stand. Die verkehrt herum und voller Schlaglöcher war.

Luke, der Hausmeister, steckte den Kopf zur Tür herein. »Du hast eine Sendeunterbrechung, Stace.«

Nach Luft schnappend, eilte Stacey zum Mischpult und drückte auf den Knöpfen herum. »Verdammt! Nein. Okay, danke, Luke. Mein Fehler.« Sie sah Everly in die Augen, und Everly spürte, dass sie noch mehr sagen wollte. Sich noch einmal entschuldigen wollte. Aber es würde nichts ändern.

Es wurde alles nur noch schlimmer. Mit erhobenen Händen ging Everly rückwärts. Die Handtasche hing so schief auf ihrer Schulter, dass sie beinahe heruntergefallen wäre. »Ich kann das nicht. Wir können jetzt nicht darüber reden. Der Tag hat kaum angefangen und ist schon jetzt fürchterlich. Wir müssen jetzt arbeiten.« Mit der Arbeit würde sie zurechtkommen. Still und einsam.

Sie verschwand in ihre Kabine, bereitete alles vor und versuchte, Staceys reuevollen Blick durch die Plexiglasscheibe zu meiden. Dieser Geburtstag hatte gerade eine neun Komma fünf auf der Skala erreicht. *Regel Nummer drei: Bleib an deinem Geburtstag zu Hause.*

Die Anrufe gingen beinahe umgehend ein. Eigentlich war es Everlys Job, sie entgegenzunehmen, doch die Telefonleitungen leuchteten auf wie ein Weihnachtsbaum, und sie kam überhaupt nicht mehr hinterher. Also ignorierte sie das Klingeln, während Stacey versuchte, die Tatsache wegzulachen, dass sie das persönliche Drama ihrer Produzentin mit der ganzen Welt geteilt hatte. Everly hoffte, dass es sich damit erledigt hatte. Nur ein weiteres Ereignis am heutigen Tag, das sie aus ihrem Gedächtnis streichen musste.

Doch ihre Hoffnungen zerschlugen sich, als der Radiomanager Staceys Kabine betrat. Ihre Blicke trafen sich durch die Glasscheibe, und Everly drehte sich der Magen um. In seiner Gegenwart spielte ihr Magen immer ein bisschen verrückt. Wahrscheinlich nur die Nerven, denn sie hatte schon länger das Gefühl, dass er sie nicht sonderlich mochte. Und jetzt hielt er bestimmt noch weniger von ihr.

Die Lippen zu einer schmalen Linie zusammengepresst, stieß er die Tür auf. Mit seinen breiten Schultern, dem prüfenden Blick und dem Duft seines Parfüms füllte er den kleinen Raum mühelos aus. Everly drehte sich auf ihrem Bürostuhl um, und ihr Herz hüpfte wie ein Kätzchen, das man am Schwanz festhielt.

»Mr Jansen. Was für eine Überraschung. Guten Morgen«, begrüßte sie ihn. Jep. Zu viel Erdnussbutter im Mund. Schweißperlen traten ihr auf die Stirn. Selbst an guten Tagen war er nicht unbedingt nett zu ihr. Und wie sie bereits Tausenden von Zuhörern mitgeteilt hatte, war heute ganz sicher kein guter Tag. Everly wusste nicht, womit sie ihn verärgert hatte, aber seit er vor fast einem Jahr hier beim Sender angefangen hatte, war er immer auf Abstand geblieben. Mit den anderen lachte und scherzte er und wirkte vollkommen normal, nur dass er eben der Boss war. Doch ihr gegenüber verhielt er sich unnahbar, nickte ihr zur Begrüßung lediglich knapp zu und fasste sich so kurz wie möglich, wenn sie etwas zu besprechen hatten.

»Guten Morgen? Das wundert mich, nachdem ich gehört habe, wie Ihr Morgen bisher verlaufen ist«, erwiderte er leise. Das hellbraune, perfekt geschnittene Haar trug er so, dass es absichtlich ein wenig unordentlich wirkte. Wahrscheinlich brauchte er ewig, um es so hinzubekommen. *Meine Güte, konzentrier dich.* Vielleicht wollte er ihr nur zum Geburtstag gratulieren. Fast wäre ihr ein nervöses Lachen entwichen. Doch das Feuer, das in seinen grünen Augen, deren Farbton sie nicht genau benennen konnte, loderte, sagte etwas anderes.

»Ähm … Sie haben es gehört?« *Warum stellst du ihm diese Frage, obwohl du die Antwort bereits kennst? Als hättest du dich nicht schon genug zum Affen gemacht. Nur weiter so.* Am liebsten hätte sie sich in Luft aufgelöst. Sie wäre gern sonst wo gewesen. Nur nicht hier.

Als er die Schultern straffte, bewegte sich das maßgeschneiderte kohlrabenschwarze Jackett mühelos mit seinem Körper, was nicht nur die Qualität des Kleidungsstücks zum Ausdruck brachte, sondern vor allem seine Gelassenheit. Sie versuchte, nicht hinzusehen. Aber ihre Augen waren Verräter.

Als sie zu ihm aufblickte, lag in seinem Blick so etwas wie Mitgefühl. »Ja, ich habe es gehört, Ms Dean. *Alle* haben es gehört. Die Telefone stehen nicht mehr still.«

Am liebsten wäre sie im Erdboden versunken. Doch nachdem sich der Boden leider nicht aufgetan hatte, starrte sie auf die Wand hinter ihm. Wenn sie schon nicht mit ihrer besten Freundin und ihrer treuen Zuhörerschaft über ihren beschissenen Morgen reden wollte, dann ganz sicher auch nicht mit ihrem Boss. Vor allem nicht, da er für gewöhnlich alles tat, um *nicht* mit ihr sprechen zu müssen.

»Sie sollten jetzt besser gehen.«

Sie sah ihm in die Augen. »Was?« *Nein. Nein. Nein.*

»Gehen Sie nach Hause. Nehmen Sie sich den Tag frei. Sie müssen die Anrufe nicht entgegennehmen. Betrachten Sie es als eine Art Geburtstagsgeschenk.«

Sie versteifte sich. »Ich will aber keine Geschenke.«

Er grinste schief. »Das habe ich auch gehört.«

Dann platzte Stacey in den Raum. »Es ist nicht ihre Schuld. Bitte schicken Sie sie nicht nach Hause. Bitte, Chris.«

Er drehte sich um und sah Stacey an. »Okay, verstanden. Trotzdem kann ich schlecht Sie als die Stimme der Sendung nach Hause schicken, oder? Wir lassen den Anrufbeantworter rangehen. Aber in Zukunft? Ihre Jobbeschreibung beinhaltet keine privaten Grüße an Ihre Freunde. Und auch keinen Livegesang.«

Könnte man vor Scham in Flammen aufgehen, hätte Everly den ganzen Sender in Brand gesetzt. Stattdessen stand sie auf und stieß gegen ihren Stuhl, der über den Linoleumboden rollte. Sie hasste die Anspannung, die den Raum erfüllte. Wenn sie jetzt ging, könnte sie zu Hause ins Bett kriechen und darauf warten, dass der Tag endlich vorbei war.

»Ist schon in Ordnung, Stace. Ich gehe nach Hause.« Sie sah ihren Boss an. »Sie werden mich doch nicht feuern, oder?«

Sie konnte ihren Job nicht verlieren. Das hier war *ihr* Ding. Handwerklich war sie vollkommen unbegabt, und sie hasste Joggen. Für Malbücher für Erwachsene hatte sie keine Geduld, das fiel also auch raus. Sie hatte nichts dagegen, ein Tagebuch zu führen, doch das konnte man nicht unbedingt als Hobby bezeichnen. Brillieren konnte sie nur bei der Arbeit. Aber nichts war je in Stein gemeißelt. In den letzten Jahren hatte es im Sender Programm- und Personaländerungen gegeben. Chris war einer von drei neuen Managern, die sie bekommen hatten, seit Everly die Stelle angetreten hatte. Die Quote ihrer Sendung war nicht atemberaubend, aber sie hatten eine konstante Zuhörerschaft.

Sie sah ihm direkt in die Augen und weigerte sich, klein beizugeben. Everly konnte jetzt nicht gehen, ohne zu wissen, was als Nächstes passieren würde. Sie hasste die Ungewissheit.

Er kniff sich in die Nasenwurzel und seufzte laut. »Soweit ich weiß, nicht, Ms Dean. Gehen Sie einfach nach Hause, und tun Sie etwas für sich. Morgen ist hoffentlich alles wieder vergessen. Dann geht alles wieder seinen geregelten Gang.«

Ms Dean. Bei ihr war er so verdammt förmlich und reserviert. Was hatte sie ihm nur angetan?

»Ich werde mich noch mal bei den Zuhörern entschuldigen. Aber bitte lassen Sie sie bleiben«, bat Stacey.

Wieder sah er Everly an, und kurz dachte sie, sein Blick wäre weicher geworden. Doch seine Stimme war alles andere als weich, als er erwiderte: »Es ist besser so. Ich werde Sie dann kontaktieren.«

Everly nickte, griff nach ihrer Tasche und dem Beutel mit dem Mittagessen und wünschte sich, sie wäre heute Morgen gar nicht erst aufgestanden. Als sie die dreizehn Stufen hinabging und ihr Boss sie vom oberen Treppenabsatz beobachtete, beschloss sie, dass ihr Geburtstag nun eine glatte Zehn war. Mit dreißig Jahren hatte sie schließlich das obere Ende der Beschissenheitsskala erreicht.

Kapitel 2

Genau genommen hielt sich Everly an Regel Nummer drei, indem sie an ihrem Geburtstag nach Hause ging. Während sie zu der umgebauten Villa lief, in der sie ein Apartment gemietet hatte, öffnete sich die Haustür. Das Haus besaß vier Wohneinheiten, zwei oben, zwei unten. Mit insgesamt nur vier Wohnungen kannte man seine Nachbarn zwar, doch es war nicht so, als würde man sich regelmäßig treffen.

Die Dame von Wohnung Nummer vier, Shannyn, und ihre kleine Tochter Lexie hielten sich an den Händen. Everly wollte schon nicken und winken, wie sie es immer zu tun pflegte, doch als ihr Shannyn ins Gesicht sah, drehte sich ihr der Magen um.

Die Nachbarin blickte nach links und rechts, bevor sie wieder Everly ansah. »Tut mir leid mit … deinem Tag.«

Everly lächelte viel zu übertrieben und versuchte, sich einzureden, dass es großartig war, dass so viele Menschen ihre Show hörten. Doch ihre Haut begann zu jucken. »Danke.«

Da sie nichts weiter reden wollte, stieg sie die Treppe hoch, ging durch den Haupteingang und hinauf zu ihrem Apartment oben rechts.

Als sie es nach drinnen geschafft hatte, stieß sie die Tür mit dem Fuß zu und hängte die Schlüssel an den Haken. Sie lehnte sich gegen die Tür und ließ den Kopf mit einem dumpfen Laut dagegenknallen. Es war ihr egal, dass es wehtat. Da stand sie nun, starrte in ihr Apartment und stellte fest, dass sie gar nicht hier sein wollte. Sie wollte allerdings auch nicht nach draußen. Eigentlich kam sie immer gern heim, aber sie war noch nie in ihrem ganzen Leben nach Hause geschickt worden. Nicht einmal, als sie in dem Eiscafé, in dem sie mal gearbeitet hatte, die Eismaschine ruiniert hatte.

Ihr Apartment war sauber. Nicht übertrieben sauber, nur gemütlich und aufgeräumt. Sie lebte gern allein. So war es ihr bisher immer am liebsten gewesen. Aber jetzt in eine leere Wohnung zurückzukehren machte den Tag nur noch schlimmer.

»Regel Nummer drei«, sagte sie laut, nur um die Stille zu durchbrechen. »Bleib an deinem Geburtstag zu Hause. Komm schon, Ev. Du befolgst doch gern Regeln.« Sie schlüpfte aus ihren Converse und ging in die Küche. Sie könnte den Tag für etwas Sinnvolles nutzen. Sie könnte ein paar Gerichte zubereiten und einfrieren, um sie abends nur noch aufzuwärmen. Das klang doch nach etwas, das Menschen in ihren Dreißigern taten.

Sie schaute in den Kühlschrank, nahm sich eine Limonade heraus und öffnete die Dose. Dann holte sie ein Glas aus dem Schrank, goss die Limo ein und beobachtete die aufsteigenden Bläschen intensiver als nötig. Schließlich würden sie so oder so platzen. Ob Everly sie nun beobachtete oder nicht.

Mein Gott. Manchmal war sie von sich selbst genervt. Ihr Gehirn erinnerte sie an einen Hamster in seinem Laufrad, nachdem man ihm zu viel Kaffee und Aufputschmittel verpasst hatte. Immer im Kreis. Ein Gedanke nach dem anderen. Wie ein Kettenraucher, der die nächste Zigarette mit der aufgerauchten anzündet. Ihre Gedanken kollidierten, bis sie sowohl geistig als auch körperlich vollkommen erschöpft war. Sie nahm einen Schluck von der Limonade. Vielleicht sollte sie irgendetwas unternehmen, um dem Tag doch noch eine gute Wendung zu geben.

»Ha. Wie wäre es, wenn ich den Anblick von Captain Vollidiot mit Flexigirl einfach vergesse?« Das hätte ihre Laune definitiv verbessert.

Everly zog das Smartphone aus der hinteren Hosentasche und dachte darüber nach, ihre Eltern anzurufen, um sie zu fragen, ob sie sich zum Mittagessen treffen wollten. Doch sie entschied sich dagegen, denn sie war nicht sicher, ob sie das heute ertragen würde, so turbulent, wie die Ehe ihrer Eltern war. Es war ein ständiges Hin und Her, das sogar dem Drama der Kardashians Konkurrenz machte. Selbst an den besten Tagen hatte Everly in ihrer Gegenwart das Gefühl, sich zu weit über einen Abgrund zu lehnen, ohne sich irgendwo festhalten zu können.

Also kein Mittagessen. Jedenfalls nicht mit ihren Eltern. Für heute hatte sie schon genug Chaos erlebt. Stattdessen schnappte sie sich eine Packung Salzbrezeln aus dem Vorratsschrank, ging ins Wohnzimmer und setzte sich aufs Sofa. Sie war zufrieden mit ihrem Leben. Mit ihrem Job. Mit ihrer Wohnung und ihren Freunden. Das war alles in Ordnung. Und dennoch ... Unruhe machte sich in ihr breit. Sie hasste es, dass ihre Gefühle immer so widersprüchlich waren. Sie wollte etwas unternehmen, aber nicht die Wohnung verlassen. Sie wollte jemanden treffen, hatte aber keine Lust, sich mit jemandem zu unterhalten.

Ihr Telefon klingelte. Da es Stacey war, ging sie ran. »Hey.«

»Hi. Ich habe nur ganz kurz Zeit. Es tut mir so leid.«

»Du hast dich schon öfter bei mir dafür entschuldigt als Simon fürs Fremdgehen. Es ist nun mal passiert. Da kann man nichts machen. Ich bin nicht sauer auf dich.« Und das war sie wirklich nicht. Sie war nur wütend auf sich selbst, weil sie gedacht hatte, dieser Geburtstag könnte anders werden. Weil sie ihren Gefühlen bei der Arbeit freien Lauf gelassen hatte.

»Ich komme später bei dir vorbei. Und ich bringe Verstärkung mit.«

Everly lachte, denn sie wusste, dass Stacey damit Schokolade, Knabberzeug und Alkohol meinte.

»Klingt gut. Ich sitze hier und denke über mein Leben nach.« Was besser war, als an heute Morgen zu denken. Würde sie das Geschehene Revue passieren lassen, würde sie sich nur unter der Bettdecke verkriechen. *Du versteckst dich jetzt nicht. Mit dreißig bist du dafür zu alt.* Sie lehnte sich zurück und starrte an die Raufaserdecke.

»Vielleicht ist jetzt der perfekte Zeitpunkt, um alte Gewohnheiten abzulegen. Vielleicht sollten wir heute Abend irgendwas Verrücktes machen. Warst du schon mal beim Brazilian Waxing?«

Diesmal klang Everlys Lachen mehr wie ein Krächzen. »Nein. Und wenn du es schon mal gemacht hast, will ich es gar nicht wissen. Zu viele Informationen.«

»Ich wusste gar nicht, dass es so etwas wie zu viele Informationen zwischen uns gibt«, erwiderte Stacey.

Everly hörte das Lächeln in ihrer Stimme. »Anscheinend wäre es aber nötig. Mein Tag war schon verrückt genug. On air gewesen zu sein reicht mir für heute. Außerdem *kann* ich nicht ausgehen.«

Streng genommen stimmte das auch. Und Details waren wichtig. Viele Gerichtsverfahren wurden nur aufgrund von Detailfragen fallen gelassen.

»Warum nicht?« Im Hintergrund war Musik zu hören.

»Meine neue Regel. Regel Nummer drei. An Geburtstagen zu Hause bleiben.«

»Seit wann?«

Everly setzte sich auf, klemmte sich das Telefon zwischen Kopf und Schulter und riss die Salzbrezeln auf. »Seit heute. Ich habe eine ganze Liste mit neuen Regeln.«

Drei Regeln waren eine Liste. Bisher gab es keine anderen, also war das die *ganze* Liste. Streng genommen. Details waren wichtig. Everly musste grinsen. Vielleicht sollte sie sich die Regeln besser aufschreiben.

»Diese Liste will ich sehen«, meinte Stacey und ignorierte Everlys Stöhnen. Warum hatte sie die Liste überhaupt erwähnt? Warum hatte sie ausgerechnet Stacey davon erzählt? Wahrscheinlich würde sie sie zwingen, tatsächlich irgendeine Regel von der Liste zu beachten. Oder sogar die ganze Liste. Sie bekam eine Textnachricht, als Stacey in dem Moment hinzufügte: »Muss Schluss machen. Bis später.«

Everly legte auf und öffnete die Nachricht.

> **DAD:** *Wie heißt dieser Simon mit Nachnamen? Ruf mich an, wenn du Feierabend hast. Du kommst heute zum Dinner vorbei. Du solltest deinen Geburtstag mit deiner Familie verbringen.*

»Uff, auf keinen Fall. Sorry, Dad. Regel Nummer drei. Ich kann nicht.« Eine Weile starrte sie noch auf die Nachricht und fragte sich, ob ihm bewusst war, dass sie ihren Geburtstag schon oft mit ihrer Familie verbracht hatte und er dadurch nie besser geworden war.

Sie legte das Smartphone beiseite und konzentrierte sich auf ihre Brezeln. Eine Liste war gar keine schlechte Idee.

Sie biss die Schleife einer Brezel ab. Welche Regeln könnte sie noch aufstellen? Drei Regeln ergaben noch keine richtige Liste. Und fünf auch nicht. Zehn? Zehn Regeln erschienen ihr machbar. Und vielleicht war es mit dreißig nun Zeit, irgendwelche Regeln aufzustellen, sich Ziele zu setzen oder sonst irgendeinen Erwachsenenscheiß zu machen. Es war schließlich nicht so, als hätte ihr führungsloses Leben irgendeine tolle Richtung eingeschlagen. Sie wollte sich gar nicht beschweren und mochte das, was das Leben ihr bisher entgegengeworfen hatte. Zumindest weitestgehend. Aber es konnte nicht schaden, ein wenig ... zielgerichteter zu werden.

Sie schnaubte übertrieben laut und fluchte, als Brezelkrümel auf ihrer Hose landeten. Sie wischte sie beiseite, nur um festzustellen, dass sie jetzt fegen musste.

»Gut gemacht.«

Sie warf die Tüte auf den Tisch und stand auf, um den Besen aus dem schmalen Schrank zu holen, der selbst für Harry Potter zu eng gewesen wäre. Aber für ihre Putzutensilien reichte es. Während sie die Krümel auffegte, überlegte sie, welche Regeln sie ihrer Liste hinzufügen könnte. Bis sie fertig war, sich wieder aufs Sofa gesetzt und nach ihrer Limonade gegriffen hatte, war ihr nur eine Sache eingefallen: Gesünder essen. Zwar ernährte sie sich nicht ungesund, aber gesünder ging immer, oder?

»Das ist ein Vorsatz, keine Regel.« Sie musste aufpassen, das eine nicht mit dem anderen zu verwechseln. Regeln gaben einem Struktur und Ordnung. Sie sagten einem, wie man vorzugehen hatte. Und genau das brauchte sie. Einen Leitfaden, der ihr half, Entscheidungen zu treffen. Einen Leitfaden, der sie davor bewahrte, ihren Freund mit einer Tussi zu erwischen, die locker als Elastigirl durchgegangen wäre.

»Oder besser noch: Regeln, die von dir *verlangen*, dass du in *dieser* Hinsicht bessere Entscheidungen triffst.« Nicht, dass sie sich absichtlich für einen Fremdgeher entschieden hatte. Konnte man überhaupt im Vorhinein wissen, ob jemand zum Fremdgehen tendierte? Everly hatte keine Ahnung, aber sie konnte mit Bestimmtheit sagen, dass die Männer, die sie sich auszusuchen pflegte, nicht unbedingt ihre Seelenverwandten waren. Es war, als würde sie denken, sie könnte ihre guten Eigenschaften absorbieren – gesellig, lustig, spontan sein –, indem sie mit ihnen eine Beziehung einging. Eine Art Osmose.

Nachdem sie ihre Limonade zur Hälfte ausgetrunken hatte, kaute sie eine Weile auf ihrer Unterlippe herum, bevor sie aufstand und zu dem antik aussehenden Schrank mit den vielen Schubladen ging, der zwischen Tür und Flur an der Wand stand. Er wirkte wie ein Erbstück. Sie mochte Dinge, die zwar alt aussahen, aber neu waren. Und sie fand, Pottery Barn sollte das als Slogan benutzen.

In einer der Schubladen befanden sich beschriebene und unbeschriebene Notizbücher. Manchmal, wenn ihr Gehirn überzuquellen drohte, half es, ihre Gedanken zu Papier zu bringen. Aber es war nichts, was sie regelmäßig tat. *Doch das könnte sich jetzt ändern. Du brauchst Routinen.* Das erste Notizbuch war rot. Auf dem Einband stand in goldenen Lettern das Wort »Dankbarkeit«. Sie schob es beiseite. Das würde sie benutzen, wenn sie vierzig würde. Die nächsten zwei hatte sie bereits benutzt, also griff sie tiefer in die Schublade und musste lachen, als sie ein selbst gemachtes hervorzog, das sie vor ein paar Jahren von Stacey bekommen hatte. Der Spruch darauf war genauso speziell wie ihre Freundin: NUTZE DEN TAG (SOBALD DU DIR EINEN PLAN GEMACHT HAST). Das passte. Sie nahm einen Stift aus einer anderen Schublade, setzte sich wieder aufs Sofa und blätterte durch die Seiten. Manche waren weiß, andere bunt oder mit Kritzeleien bestückt, die Everly so niemals hinkriegen würde. Auf ein paar Seiten standen Sprüche, die ihr ein Lächeln entlockten.

Der Kugelschreiber brauchte eine Weile, bis er funktionierte. Oben auf die erste Seite schrieb Everly: Regeln ab dreißig.

1. *Konzentrier dich auf das Positive.*
2. *Kein Horten, weder von Tieren noch sonst etwas.*
3. *Bleib an deinem Geburtstag zu Hause.*

• • •

Sie konnte der Liste noch weitere Regeln hinzufügen. Sie *musste* weitere Regeln hinzufügen. Aber nicht unbedingt heute.

Sie hatte Stacey erzählt, es sei eine *ganze* Liste. Also musste sie endlich darüber nachdenken, was sie vom Leben wollte. Die Dreißig bedeutete schließlich etwas. Everly steckte sich den Deckel des Stifts zwischen die Zähne. Das hatte sie sich mit zwanzig auch schon gesagt. Und wahrscheinlich auch bereits als Jugendliche. Jede Zwölfjährige nahm sich vor, das Leben in vollen Zügen zu genießen, sobald sie dreizehn würde, oder? Nur um sich dann zu sagen: vielleicht nächstes Jahr. Oder übernächstes.

Sie widmete sich wieder den Regeln und schrieb: Neue Sachen ausprobieren. *Wie zum Beispiel ein Brazilian Waxing?* Sie erschauderte, strich es durch und schrieb: Einmal pro Monat etwas Neues ausprobieren. Das war spezifischer und zwang sie, sich auch daran zu halten.

Mit dem Stift auf dem Notizbuch herumtrommelnd, dachte sie weiter nach, verwarf die nächsten Ideen aber umgehend. High Heels zur Arbeit tragen (beziehungsweise immer), zu einer Kostümparty gehen, ein Konzert besuchen, an ihrer alten Uni ein Seminar zum Thema Radiojournalismus geben. Sie fragten sie seit zwei Jahren, aber vor Publikum zu sprechen stand auf ihrer Höllenliste an zweiter Stelle. Das waren keine *Regeln*. Sie brauchte etwas, das ihr half … *mehr zu sein. Du brauchst noch eine Regel für die Arbeit. Hallo, Komfortzone.*

»Aus meiner Komfortzone heraustreten«, murmelte sie vor

sich hin. Schon seit einer ganzen Weile dachte sie über etwas nach, doch bisher hatte sie sich nicht getraut, ihre Idee dem Team oder Chris vorzustellen. Ihre innere Cheerleaderin, die lustigerweise wie Stacey klang, rief immer wieder: *Schreib es auf. Schreib es auf.*

Idee für einen Radio-Podcast pitchen.

• • •

Die Idee stammte aus einer Radiosendung, die Stacey und sie »Klartext mit Stacey« nannten. Einmal pro Woche griff die DJane ein aktuelles Thema auf und gab ihren Senf dazu. Die Quote ihrer Show war zwar insgesamt relativ niedrig, aber für diesen Beitrag bekamen sie immer jede Menge Feedback. Die Zuhörerinnen und Zuhörer posteten auf Social Media, was zu amüsanten Diskussionen führte, sowohl online als auch im Sender.

Neben ihrer Show noch etwas anderes zu produzieren würde ihre Karriere sicherlich voranbringen. Vielleicht bekämen Stacey und sie sogar die Chance auf den begehrten Sendeplatz am Morgen. Sie überflog die Liste. Mein Gott, wie langweilig sie doch war.

»Du brauchst keine Abenteuer.« Die stressten sie nur. »Du brauchst nur einen kleinen Schubs. Hör auf, dich immer mit dem Status quo zufriedenzugeben.« *Nein.* Sie brauchte mehr als nur einen kleinen Schubs. Sie musste über die Felskante gestoßen werden.

Mach irgendwas Aufregendes. Irgendwas, das dir einen Adrenalinstoß verpasst. Selbst wenn du Ausschlag bekommst. *Achterbahn? Spontaner Trip nach Europa? Fahren ohne Führerschein?*

Siehst du? Jetzt verlässt du deine Komfortzone.

Die Türklingel riss sie aus ihren Gedanken.

Als sie an die Sprechanlage ging, drang die Stimme ihrer Mutter durch den Hörer. Sie öffnete die Tür und beobachtete, wie ihre Mom mit einer Energie die Stufen heraufkam, die sie mindestens zehn Jahre jünger wirken ließ. In jeder Hand trug sie eine Tüte. Das lange dunkle Haar wippte bei jedem Schritt, und ihre Augen leuchteten, als sie Everly erblickte.

»Da ist ja mein Geburtstagskind«, rief ihre Mom und lächelte so breit, dass sie runde Apfelbäckchen bekam.

»Das hat heute schon mal jemand gesagt. Und es endete nicht sonderlich gut für mich.« Wenn ihr Vater es wusste, wusste ihre Mutter es auch. Und umgekehrt. Selbst als die beiden getrennt gewesen waren, waren sie in Kontakt geblieben. Daher hatten sie auch wieder zusammengefunden.

Die gute Nachricht war, dachte Everly, als sie beiseitetrat, um ihre Mutter hereinzulassen, dass sie vermutlich gut altern würde, auch wenn ihr dreißigster Geburtstag beschissen war. Mit ihren vierundfünfzig Jahren war Jessica Dean noch voller Energie und Enthusiasmus, was sich in ihrer jugendlichen Haut und ihrem modernen Kleidungsstil widerspiegelte. Jessica war Massagetherapeutin und verdankte ihre feste Körpermitte – Everlys Worte, denn ihre Mom nannte es *verführerische Kurven* – wöchentlichem Yoga. Immer wieder versuchte sie, Everly dazu zu überreden, sie zu begleiten.

Sie schloss die Tür und folgte ihrer Mutter in die Küche, amüsiert über die überquellenden Einkaufstüten.

»Ich habe genug zu essen, Mom.«

Ihre Mutter blickte über die Schulter. »Aber kein Mom-Essen.«

Unfähig, sich das Grinsen zu verkneifen, richtete Everly den Zeigefinger auf sie. »Das stimmt. Gibt es denn bestimmte Läden, in denen nur Mütter einkaufen dürfen?«

Jessica stellte die Tüten auf die Küchentheke und schloss

Everly fest in die Arme. »Dein Vater hat mich im Büro angerufen und mir erzählt, was passiert ist. Es tut mir ja so leid. Ich bin nur froh, dass wir ihn nicht kennengelernt haben. Ich hätte mich nur ungern an ihn gewöhnt, nur damit er dich dann so behandelt.«

Endlich zahlte es sich aus, dass sie sich dazu entschlossen hatte, ihre Freunde nicht ihren Eltern vorzustellen. Nicht, dass es davon sehr viele gegeben hätte. *Wenigstens hast du Mom erspart, dass sie einen davon ins Herz schließt.* Everly unterdrückte einen schweren Seufzer.

Ihre Mutter zog den Kopf zurück und nahm Everlys Gesicht zwischen die Hände, wie sie es schon immer getan hatte. »Besteht die Chance, dass er angekrochen kommt und ihr wieder ein Paar werdet?«

Dass ihre Mutter so etwas überhaupt fragte, sagte viel darüber aus, wie verschieden sie waren. »Nein.«

Ihre Mutter zog die Mundwinkel nach unten, nickte aber und tätschelte ihre Wangen, bevor sie anfing, die Einkäufe auszupacken.

Everly beobachtete, was auf ihrer Küchentheke landete: Grünkohl – nein, danke. Orangensaft – klar. Salatdressing – in Ordnung, aber ohne den Kohl. Cupcakes – jetzt wird's interessant. Und eine, zwei, drei Ausgaben der *Cosmo*.

Everly hob die Augenbrauen. »Ernsthaft?«

Ihre Mutter hatte schon früh versucht, Everly zu einer sexuell erfüllten Frau zu »erziehen«. Everly wusste ihre Bemühungen zwar zu schätzen, fand jedoch, dass das eher ein Thema war, worüber man mit seiner besten Freundin sprechen sollte. Aber manchmal vergaß ihre Mutter die Regeln *und* ihre Rollen. Everly hatte gehofft, sie würde es gut sein lassen, nachdem sie mit zwölf »das Gespräch« geführt hatten. Dass sie solche Gespräche würde vermeiden können wie die Geschlechtskrankheiten, vor denen ihre Mutter sie gewarnt hatte.

Als sie sechzehn war, hatte ihre Mutter ihr heimlich Kondome in die Handtasche gesteckt. Nachdem Everly sie entdeckt hatte, hatte sie die Kondome in der Piñata verschwinden lassen, die sich ihres Wissens bis heute in ihrem alten Kleiderschrank befand.

Schulterzuckend füllte ihre Mom den Kühlschrank. »Die Artikel sind spitze, Schätzchen. Lass dir gesagt sein ...«

Everly hielt sich die Ohren zu. »Oh Gott, bitte nicht. Erzähl mir nicht, was du in der *Cosmo* gelernt hast.«

Ihre Mutter winkte lachend ab. »Schon gut. Und jetzt sorgen wir dafür, dass dein Geburtstag doch noch schön wird. Ich weiß, dass dich dein Dad gebeten hat, bei uns vorbeizukommen. Und ich weiß auch, dass du es nicht tun wirst. Das ist in Ordnung. Du bist eine erwachsene Frau und kannst deine eigenen Entscheidungen treffen. Das heißt aber nicht, dass ich dich einfach Trübsal blasen lasse.«

Da sie wusste, dass sie später ohnehin mehr als einen Cupcake essen würde, nahm sich Everly für den gesunden Ausgleich erst eine von den Bananen, die ihre Mutter ebenfalls mitgebracht hatte.

»Ich blase kein Trübsal. Woher wusstest du, dass ich zu Hause bin?«

Ihre Mutter senkte das Kinn und spähte über den Rand ihrer imaginären Brille, was irgendwie seltsam wirkte. Aber Everly kannte ihre Blicke. Das hier war der *Ich-bin-deine-Mutter-natürlich-weiß-ich-es-Blick*.

»Du warst beim Sender?«

Sie nickte knapp und verstaute auch noch die restlichen Einkäufe im Kühlschrank. »Ja. Stacey hat mir erzählt, dass du nach

Hause geschickt wurdest. Es tut mir leid, Schätzchen. Du steckst doch nicht in Schwierigkeiten, oder?«

Everly brach ein Stück von der Banane ab und ignorierte das Grummeln in ihrem Magen, das allein von dem Gedanken an Schwierigkeiten verursacht wurde. »Ich wüsste nicht, warum ich in Schwierigkeiten stecken sollte«, erwiderte sie und schob sich das Stück in den Mund. Zum Glück klang ihre Stimme positiver, als sie sich in Wirklichkeit fühlte.

»Gut. Denn in deinem Alter willst du dir keine neue Karriere mehr aufbauen. Du solltest dich lieber darauf konzentrieren, den Mann fürs Leben zu finden.«

Everly nutzte die Gelegenheit und verdrehte gleich zweimal die Augen, denn ihre Mutter würde ihr bis zum Ende des Besuchs bestimmt noch einen weiteren Grund dafür liefern und hatte ihr im Moment den Rücken zugedreht.

Mögliche siebte Regel: Nutze die Gelegenheiten, die sich dir bieten. Ha! Seht ihr? Sie konnte sich sehr wohl eine coole Liste einfallen lassen. Projekte vorstellen und die Gelegenheit beim Schopf packen war genau das, was sie brauchte, um in ihre Dreißiger zu starten. Auch wenn die Gelegenheiten manchmal nur darin bestanden, heimlich die Augen zu verdrehen.

»Ich weiß nicht, ob du es schon gehört hast, aber inzwischen muss man nicht mehr heiraten, um seinen Status als Frau zu behalten. Das könntest du mal erwähnen, wenn du das nächste Mal im Mom-Supermarkt bist.«

Lachend schnappte sich ihre Mutter ebenfalls eine Banane und legte den Kopf schief. »Aber wenn man sein Leben mit jemandem teilt, gewinnt es an Bedeutung.«

Everlys Herz zog sich schmerzvoll zusammen. Als hätte jemand ruckartig daran gezogen. Sie hatten beide recht. Sie brauchte keinen Mann, um ihrem Leben mehr Bedeutung zu geben, aber es mit jemandem zu teilen würde es besonderer machen. *Dafür hast du Stacey. Heute Abend kannst du jede Menge schöner Momente mit ihr teilen.*

»Willst du jetzt einen Cupcake oder lieber später?«, fragte ihre Mom und verschlang ihre Banane in Rekordzeit.

Everly schenkte ihr den *Über-die-unechte-Brille-hinweg*-Blick, und ihre Mom lachte. Sie beendete ihre gesunde Mahlzeit und nahm Teller und Gabeln heraus. Dann setzten sie sich in die kleine Essecke im hinteren Teil der Küche.

»Ich gebe dir jetzt einen mütterlichen Rat«, sagte ihre Mom nach ein paar Minuten des Schweigens.

»Mom. Ich brauche keine Ratschläge. Ich will nur, dass der Tag vorbeigeht.« Kurz ließ Everly die weiche, schokoladige Köstlichkeit auf ihrer Zunge liegen. So hätte sie den Tag auch beginnen können, statt ihren Ex zu überraschen. *Wenigstens hast du nicht allzu viel Zeit mit ihm verschwendet.* Für sie war es jedoch ein großer Schritt gewesen, Simon an dem Tag, den sie so sehr hasste, teilhaben zu lassen. *Es ist vorbei. Hör auf, darüber nachzudenken.*

»Süße.« Ihre Mutter legte die Hand auf ihre und hielt den Kopf schief. Das, zusammen mit den traurigen Augen, war ihr *Du-weißt-nicht-was-du-brauchst*-Blick. Das wäre eine lange Liste gewesen: die verschiedenen Blicke ihrer Mutter.

»Es geht mir gut. Wirklich. Ich war mit einem Verlierer zusammen. So etwas passiert nun mal.« Sobald sie ihre Regeln aufgestellt hatte, würde sie nicht mehr so schnell Gefahr laufen, diesen Weg noch einmal einzuschlagen.

»Hast du ihm die Eier in den Hals gestopft?«

Fast hätte sich Everly an ihrem Cupcake verschluckt. Ihre Augen tränten. »Ähm, nein. Dann hätte ich sie ja anfassen müssen. Das wollte ich nicht.«

Sie runzelte die Stirn. »Hast du ihn wenigstens angeschrien? Ihm gesagt, was du von ihm hältst?«

Everly schüttelte den Kopf. *Dann hätte ich ja länger bleiben müssen.*

Ihre Mom lehnte sich weiter über den Tisch. »Hast du ihn beschimpft? Geflucht? Eine Tür zugeknallt? Seine Sachen kaputt gemacht?«

Sie schluckte schwer und wünschte sich sehnlichst ein Glas Wasser herbei. Wieder schüttelte sie den Kopf. »Nein. Nein. Nein. Und nein. Aber ich habe den Kaffee und die Bagels fallen lassen, die ich uns mitgebracht hatte. Und ich bin nicht geblieben, um sauber zu machen.«

Mit gespieltem Entsetzen riss ihre Mutter die Augen auf und presste sich die Hand auf die Brust. »Wow. Dir sollte man wirklich besser aus dem Weg gehen.«

Everly hatte weder das Temperament ihrer Eltern noch ihren Hang zur Dramatik geerbt. Je weniger Konflikt, desto besser, fand sie. Doch ihre Eltern liebten, lachten und stritten mit voller Wucht. Und Everly beobachtete es von der Seitenlinie aus.

Lächelnd erhob sie sich von der kleinen Sitzbank und ging zum Kühlschrank, um zwei Wasserflaschen zu holen. Eine davon reichte sie ihrer Mutter, öffnete die andere und nahm einen langen Zug.

»Es geht mir gut. Macht euch keine Sorgen.«

»Natürlich machen wir uns Sorgen. Wir lieben dich.«

In manchen Monaten hieß es *Wir*, in anderen *Dein Vater und ich.* »Müsst ihr aber nicht. Und ich liebe euch auch.«

»Ich weiß, wovon ich rede. Du solltest mich ein wenig ernster nehmen. Ich habe eine Patientin, die gerade geheiratet hat. Sie ist dreiundzwanzig. Und wenn ich ihr sage, wie man eine gute Beziehung führt? Dann saugt sie es auf, als wäre ich die Schutzheilige der Ehe. Ich bin seit fünfundzwanzig Jahren verheiratet.«

Everlys innerer Vulkan, der sich im Laufe des Tages wieder beruhigt hatte, begann erneut zu rumoren. Diese Frau wusste nicht wie sie aus erster Hand, dass Everlys Eltern keine Ehe-Gurus waren. Normalerweise hätte sie sich auf die Zunge gebissen und ihre Mutter über Beziehungen philosophieren lassen, doch heute hatte sie keine Energie, sich zurückzuhalten. Dagegen konnte sie nicht auch noch ankämpfen. Sie starrte auf ihren Kuchen und zählte im Kopf bis zehn. Als sie aufblickte, sagte sie: »Du hast in deinem Büro ein ausziehbares Sofa stehen, falls du mal wieder sauer bist auf Dad. Jedes Mal, wenn ihr euch streitet, beginnst du ein neues Hobby. Ihr trennt und versöhnt euch regelmäßig. Nichts für ungut, aber so eine Beziehung will ich nicht. Und ich will auch keine Unmengen an selbst gebastelten Sachen, die ich irgendwo verstauen muss.« Diese Regeln waren wirklich perfekt. Keine merkwürdigen Hobbys, denn Regel Nummer zwei besagte: *Kein Horten – weder von Tieren noch sonst etwas.*

Die Augen ihrer Mutter spiegelten weder Schmerz noch Wut wider. Nein. Jessica Dean konnte einen Fausthieb locker wegstecken. Das machte es so schwer, wütend auf sie zu sein. Sie entschuldigte sich nicht für das, was sie war. Und sie mochte es, wenn man Klartext redete. Also hatte sie auch kein Problem damit, dass Everly die Tatsachen benannte.

Lachend tupfte ihre Mutter mit dem Zeigefinger die Kuchenkrümel auf. »Da hast du nicht ganz unrecht. Trotzdem weiß ich, wie man einen Mann glücklich macht. Außerdem kann es nie schaden, ein zusätzliches Sofa zu haben. Dafür gibt es viele Verwendungszwecke. Zum Beispiel, wenn mir dein Dad Mittagessen vorbeibringt.«

Wieder hielt sich Everly die Ohren zu, konnte sich aber nicht das Lachen verkneifen. »Hör auf. Ich glaube, ich muss zuerst an mein eigenes Glück denken, bevor ich jemand anderes glücklich mache. Danke trotzdem.«

Ihre Mutter klapste ihr auf den Arm und stimmte in das Gelächter mit ein. »Jederzeit, Süße. Ich weiß. Dein Dad und ich sind ein bisschen schräg und vielleicht nicht die besten Vorbilder, was die Liebe angeht. Aber jeder Mensch ist anders. Du musst einfach herausfinden, was für dich am besten funktioniert.«

• • •

Nachdem ihre Mutter gegangen war, griff Everly wieder nach dem Notizbuch und las sich die Regeln durch. Sie wollte zehn. Eine schöne gerade Zahl. Sie wollte sich selbst beweisen, dass sie das nächste Jahrzehnt ernst nahm, damit sie mit vierzig nicht an all die Dinge denken würde, die sie gern anders gemacht hätte. *Genau. Weil du dich in deinen Vierzigern in Dankbarkeit üben wirst.*

Sie hatte eine solide siebte Regel: Finde heraus, was dich wirklich glücklich macht. Und halte daran fest.

Kapitel 3

Chris Jansen war mit hämmernden Kopfschmerzen erwacht. Hätte er nicht so hart an seinem Auftreten gearbeitet, hätte er jetzt den Kopf auf den Schreibtisch sinken lassen. Everlys Gesichtsausdruck tauchte in seinem Gehirn auf wie ein blinkendes Neonschild. Er konnte nicht verstehen, wie eine Frau so umwerfend sein konnte, ohne sich dessen bewusst zu sein. Doch so sollte er nicht an sie denken. Chris verschwendete viel Zeit und Energie darauf, *nicht* an Everly zu denken, aber wenn er sie lächeln sah, öffnete sich in seiner Brust die Büchse der Pandora. Er hatte eine einfache Aufgabe, hier in dieser Kleinstadt eine Stunde von L. A. entfernt: die Quote erhöhen, den Sender auf Vordermann bringen und dann weiterziehen zu größeren Taten. Taten, für die er studiert hatte. Taten, die er vollbringen *wollte*.

Das war jedenfalls der Plan gewesen, als er den Job als Manager bei 96.2 SUN zugesagt hatte.

»Du hast zugesagt, du hattest also die Wahl«, murmelte er.

Das hätte vielleicht gestimmt, wenn er nicht versucht hätte, es seinem Vater zu beweisen und die Erwartungen seiner Familie zu erfüllen. Chris hatte es nur wenig interessiert, als sein Vater den Sender und noch einige andere Firmen gekauft hatte, denn damals war ihm noch nicht bewusst gewesen, dass dies sein letztes Karrieresprungbrett sein würde. Nathaniel Jansen liebte es, Menschen durch Reifen springen zu lassen. Als Jüngster von vier Kindern musste sich Chris besonders beweisen. Seine Brüder arbeiteten bereits in ihren bevorzugten Bereichen in den Firmen seines Vaters. Es war nicht so, als würden sie nicht regelmäßig durch den Fleischwolf gedreht, doch wenigstens hatten sie Jobs, die sie liebten.

Chris lehnte sich auf seinem Ledersessel zurück, ignorierte das knarzende Geräusch, das der immer machte, schloss die Augen und schlug die Hände vors Gesicht. *Nope.* Er konnte die Traurigkeit in Everlys Blick einfach nicht vergessen. Oder wie sie die Schultern gestrafft und ihren Titanschild angelegt hatte. Sie war die stärkste Frau, die er je kennengelernt hatte, was durchaus attraktiv war, sie aber auch ein wenig unnahbar erscheinen ließ. Unberührbar. *Definitiv unberührbar.* Daran musste er sich nur oft genug erinnern. Ruhig, ein wenig merkwürdig, insofern er das beurteilen konnte, und äußerst talentiert, war sie wie ein unsichtbarer Blitz. Wenn er in ihrer Nähe war, spürte er diese Energie, die durch seine Adern floss und ihm die Zunge verknotete. *Du bist der Boss. Und mit einem Fuß bist du schon raus aus dem Sender.*

Wieder musste er an ihre Wutrede denken, die live auf Sendung gegangen war. Die Zuhörer würden darüber hinwegkommen. Die meisten würden wahrscheinlich darüber lachen, obwohl es überhaupt nicht lustig war. Als er an die Demütigung in ihrer Stimme dachte, verknoteten sich seine Eingeweide. Aus beruflicher Sicht war die anschließende Funkstille das weitaus größere Problem. Eigentlich sollte es keine große Sache sein. Technische Pannen passierten eben. Aber sein Vater beobachtete ihn mit Adleraugen und wartete nur darauf, dass er einen Fehler beging, um ihm mitzuteilen, dass er es nicht verdient hatte, in die oberen Ränge aufzusteigen. Aber er hatte nicht so hart gearbeitet, war nicht so weit gekommen, um sich nun von einer Kleinigkeit vom Hauptpreis abhalten zu lassen.

Die Tür flog auf. Stacey Ryan stand mit in die Hüften gestemmten Fäusten im Türrahmen und funkelte ihn an, als wäre *er* der Bösewicht.

»Es war allein meine Schuld. Ich bin zu weit gegangen. Aber Sie hätten sie nicht nach Hause schicken sollen. Sie wissen genau, wie gut sie ihren Job macht. Wie viel er ihr bedeutet.« Ihr Blick bohrte sich noch schmerzhafter in sein Gehirn als die Kopfschmerzen.

Er wusste es, aber nur, weil die DJane es ihm gesagt hatte. Immer wenn er Everly begegnete, führten sie einen merkwürdigen Tanz auf. Er brachte nur knappe Sätze zustande, während sie lediglich mit einem höflichen Nicken antwortete.

Chris lockerte seine Krawatte und wünschte sich, die Fenster würden sich auf magische Weise öffnen, damit er frische Luft bekam. »Ich habe sie nicht nach Hause geschickt, weil ich ein Arschloch sein wollte. Aber das ist doch besser, als den ganzen Tag Anrufe entgegenzunehmen und Auskunft über sein verdammtes Liebesleben zu geben. Sie würde es hassen. Und das wissen Sie genau.« Er richtete den Zeigefinger auf sie, stand auf und begann, in dem lächerlich kleinen Raum auf und ab zu gehen.

Bei dem Gedanken, dass Everly ein Liebesleben hatte, rumorte sein Magen. Es musste Ironie des Schicksals sein, dass er ausgerechnet jetzt, da er sich auf sein Ziel konzentrieren musste, eine Frau kennenlernte, die ihn mehr interessierte als alle Frauen zuvor.

Seit Everlys detaillierter Beichte standen die Telefone nicht mehr still. Welcher Vollidiot betrog bitte eine Frau wie Everly? Er dachte an seinen Vater und verzog das Gesicht. Überhaupt eine Frau zu betrügen. Aber vor allem eine wie Everly. Sie war ein Meter siebenundsechzig pure Großartigkeit. Zwar hatte er nicht das Recht, es ihr zu sagen, aber die Typen in dieser Stadt waren bescheuert, das nicht zu bemerken. Ohne das Arschgesicht namens Simon war sie auf jeden Fall besser dran. Er hoffte nur, dass sie das wusste.

»Bisher haben es alle Anrufer gut mit ihr gemeint. Alle wollen helfen und Simon entmannen«, meinte Stacey.

Chris zuckte zusammen, und sein anfängliches Lachen verwandelte sich in ein Seufzen. Er lehnte sich gegen den niedrigen Fenstersims. Stacey blieb im Türrahmen stehen und verschränkte die Arme vor der Brust. Die beiden Frauen hätten nicht unterschiedlicher sein können, aber er wusste, dass sie gute Freundinnen waren. Stacey war so ziemlich die Einzige hier, die es geschafft hatte, Everlys Mauer zu durchbrechen.

»Das würde sie nun auch nicht wollen. Was haben Sie sich nur dabei gedacht, on air zu gehen? Sie scheut sich vor dem Rampenlicht, und Sie hielten es für eine gute Idee, sie live ins Radio zu bringen?« Manchmal hörte man Everly im Radio, wenn sie mit Stacey über irgendetwas diskutierte oder die Anrufer zu ihr durchstellte, aber das kam nur selten vor.

Stacey blickte schuldbewusst drein. »*Sie* hätte nicht auf Sendung sein sollen.« Ihre Schultern sackten zusammen. »Sie hasst Geburtstage. Ich wollte ihr eine Freude machen. Damit sie sich über die dreißig freut. Ich dachte, es wäre lustig und dass die Zuhörer über Social Media gratulieren würden.«

Chris schenkte ihr ein schiefes Grinsen. »Das haben Sie auf jeden Fall erreicht.«

Sie nickte mit gesenktem Blick. »So war es nicht gedacht.«

Wahrscheinlich stand im Firmenleitfaden, wie man mit einer unprofessionellen DJane umzugehen hatte, er wollte jedoch nicht, dass sich Stacey noch schlechter fühlte. Aber letztendlich hatte er nicht das Sagen, und sein Vater wartete nur auf die Gelegenheit, ihn auf seine Verfehlungen hinzuweisen. Die Quote musste steigen, nicht fallen. Vor allem in dieser Sparte.

Chris wollte nicht länger darüber diskutieren. Er brauchte dringend frische Luft, einen Drink, Bewegung ... irgendwas. Er drückte sich vom Fenstersims ab und ging auf Stacey zu. »Alles wird gut. Wir werden die Anrufe und Kommentare sortieren. Es wird bald in Vergessenheit geraten. Haben Sie nicht bereits Feierabend?«

»Bald. Ich will noch ein paar Sachen für morgen vorbereiten. Und dann werde ich Everly zwei Kilo Schokolade kaufen, ein Sixpack mit weinhaltigen Drinks und einen riesigen Vib...«

»Bitte nicht.« Chris stöhnte, und seine Mundwinkel zuckten. »Beenden Sie den Satz nicht.«

Stacey grinste frech. Die Telefone klingelten weiter, und er wusste, dass ihre Zuhörerschaft – größtenteils Frauen über fünfundfünfzig – nur zu gern ihre Meinung kundtun wollte.

»Also, ich gehe jetzt. Ich habe ein Meeting mit ein paar neuen Sponsoren.« Er zögerte und versuchte, seinem Ton eine Lässigkeit zu verleihen, die er nicht spürte. »Glauben Sie, mit Everly ist alles in Ordnung?«

Stacey musterte ihn kurz, und Chris musste sich zusammenreißen, um sich nichts anmerken zu lassen. Boss und Angestellte. Fremde sozusagen. Er fragte lediglich für einen Freund. Das sagten die coolen Kids doch immer, oder? *Woher zur Hölle willst du bitte wissen, was die coolen Kids sagen?* Um ehrlich zu sein, hatte er sich nie sonderlich darum geschert, was die anderen von ihm hielten. Aber er wollte wissen, was Everly von ihm hielt. Ob es ihr gut ging.

»Ja.« Doch Staceys Gesichtsausdruck passte nicht zu ihrem bestimmten Ton.

»Ich wollte ihren Geburtstag nicht noch schlimmer machen.«

»Ich weiß nicht, ob das überhaupt möglich ist«, erwiderte Stacey ungewöhnlich leise.

Er hatte nicht mal gewusst, dass sie Geburtstag hatte. *Weil sie nie mit dir redet!* Und er hatte sie nie danach gefragt. Es war einfacher, auf Abstand zu bleiben. Er hatte sich beinahe sofort zu ihr hingezogen gefühlt, jedoch war er ziemlich sicher, dass es nicht auf Gegenseitigkeit beruhte.

Nachdem Stacey ihn noch eine gefühlte Minute angestarrt hatte, ging sie endlich. Chris fuhr sich durch das Haar. Wenn sein Vater davon erfahren würde ... Was er für Everly empfand, wäre Grund genug, um ihn noch länger in der Hölle schmoren zu lassen. Chris hatte nicht vor, in San Verde, Kalifornien, zu bleiben. Er liebte das Wetter, aber die Stadt stand nicht unbedingt auf der Liste der Orte, die man gesehen haben musste. Zwar hatte ihn sein Vater nicht ausdrücklich gefragt, ob er hierherkommen wolle, doch der Sender war die interessanteste Tochterfirma des Kommunikationskonzerns, den sein Vater gekauft hatte. Die Karriere stand an erster Stelle. Das konnte er jetzt nicht für eine schüchterne Frau ändern, die ihm die Brust zuschnürte, obwohl sie nicht mal in der Nähe war.

Chris unterdrückte den Drang, weiter im Zimmer auf und ab zu gehen. Oder noch schlimmer: Everly anzurufen. Er hatte noch ungefähr eine Stunde bis zu seinem ersten Meeting. Die konnte er nicht damit zubringen, an Everly zu denken. Also tat er das, was er gewohnt war. Worin er gut war. Er stürzte sich in die Arbeit.

• • •

Obwohl San Verde eine Kleinstadt war, hatte sie durchaus ihren Reiz. Obwohl er sich wünschte, sie würde am Wasser liegen, war das Meer immerhin nur eine Stunde entfernt. Die Lebenshaltungskosten waren weitaus geringer als in den Großstädten, und es gab ein paar hervorragende Restaurants. Das, in dem er gerade zu Mittag gegessen und ein paar neue Sponsoren gewonnen hatte, bot einen Schoko-Karamell-Kuchen an, bei dem ihm das Wasser im Mund zusammenlief.

Er warf einen Blick auf den Beifahrersitz und fragte sich, warum er noch ein Stück zum Mitnehmen gekauft hatte. *Ach ja. Weil du gerade zu ihr fährst.* Er hatte ein schlechtes Gewissen bekommen, als er ihre Adresse herausgesucht hatte, sich aber gesagt, dass heute schließlich ihr Geburtstag sei. Sie hatte es verdient, einen schönen Tag zu haben. Chris konnte den Gedanken nicht ertragen, dass ihr ganzer Geburtstag nun ruiniert war. Hatte die Trennung von Simon sie verletzt? Oder noch schlimmer: Hatte sie ein wirklich gebrochenes Herz? *Das geht dich nichts an.* Es war nicht nur streng verboten, mit Mitarbeitern eine Beziehung einzugehen, nein, es wäre auch ein weiterer Minuspunkt gewesen, den sein Vater hinter seinem Namen notiert hätte.

Er parkte gegenüber ihrem Wohnhaus, griff nach dem Dessert und stieg aus dem Wagen. *Vielleicht solltest du sie lieber anrufen und Bescheid geben, dass du vorbeikommst. Aber es ist schließlich kein Besuch. Ich will ihr nur kurz etwas vorbeibringen und sichergehen, dass alles in Ordnung ist.*

Nach nur einem Schritt begann er zu zögern. Everly kam ihm nicht vor wie jemand, der gern spontan Besuch bekam. Also lehnte er sich gegen sein Fahrzeug und tippte eine Nachricht.

CHRIS: *Ist es okay, wenn ich kurz vorbeikomme, um mit Ihnen zu sprechen?*

Ein paar Kinder malten mit Kreide Regenbogen auf den Bürgersteig. Er musste lächeln und unweigerlich an Manhattan denken.

So etwas bekam man dort nicht zu sehen, weil einfach zu viele Menschen die Bürgersteige hinabströmten.

Es gab vieles, was er am Großstadtleben nicht vermisste. Wie zum Beispiel die Menschenmassen. Straßen wie diese hier, gesäumt von blühenden Bäumen und eine gewisse Ruhe ausstrahlend, ließen ihn daran denken, wie schön es wäre, abends an einen solchen Ort nach Hause zu kommen. Aber leider gab es in solchen Städten keine großen Firmen, die sich auf Unternehmenskommunikation spezialisierten.

Sein Smartphone piepte.

EVERLY: *Okay. Muss ich mir Sorgen machen?*

CHRIS: *Nein.*

Er schob das Handy in die Hosentasche, überquerte die Straße, ging an den spielenden Kindern vorbei und die Treppe zum Eingang hinauf.

Er klingelte bei Apartment Nummer drei und wartete.

»Hallo?«, drang Everlys Stimme kratzig durch die Sprechanlage.

Es dauerte kurz, bis er seine Stimme wiederfand. »Ich bin's. Chris.«

Es folgte eine so lange Pause, dass er die Luft anhielt. »Pine?«, fragte sie schließlich.

Seine Mundwinkel zuckten. »Nein.«

»Evans?«

»Schon wieder falsch.« Er sah sich um, um sicherzugehen, dass ihn keiner beobachtete.

»Pratt?«

»Lassen Sie mich rein, Everly.«

»Oh. Sie kennen meinen Vornamen also doch.«

Fast hätte er die Stirn gegen die Hauswand geschlagen, doch stattdessen seufzte er und drückte erneut die Klingel. »Natürlich kenne ich Ihren Vornamen.«

Dann erklang ein Summen, und er drückte die Tür auf. Es war ein hübsches Haus, mit einer breiten Treppe, die zu den oberen Wohneinheiten führte. Seine Großmutter lebte auch in einem denkmalgeschützten Gebäude, direkt am Rand von Hell's Kitchen. Chris hatte sie schon viel zu lange nicht mehr gesehen, aber er hatte es immer geliebt, wenn sie ihn zum Abendessen eingeladen hatte. Ihre Gerichte waren einfach und köstlich. Vor seinem Tod hatte sein Großvater darauf bestanden, dass sich die ganze Familie mindestens zweimal pro Monat traf.

Großmutter untersagte es, am Tisch über Geschäftliches zu sprechen. Obwohl sie mehr Geld hatte als die Bank in San Verde, interessierte sie sich nicht sonderlich für Materielles. Sie glaubte an die Familie, an Vergebung und an harte Arbeit. Das meiste davon hatte auf Chris und seine Brüder abgefärbt. Bei seiner Schwester war er allerdings noch nicht ganz sicher. Chris hatte seiner Großmutter schon immer nahegestanden. Sie vermochte es, hinter die Fassade zu blicken, und wusste, im Gegensatz zum Rest seiner Familie, dass sich Chris nach dem sehnte, was sie und sein Großvater gehabt hatten, bevor er gestorben war.

Er schüttelte die rührseligen Gedanken ab, stieg die Treppe hinauf und bog nach rechts ab. Everlys Tür öffnete sich, bevor er anklopfen konnte.

»Was machen Sie hier?« Sie hatte eine rosafarbene Jogginghose und ein schlichtes weißes T-Shirt an. Das lange kastanienbraune Haar hatte sie zu einem Pferdeschwanz zusammengefasst. Wie immer trug sie auch jetzt kein Make-up, aber ihre Haut war ohnehin makellos. Ihre blauen Augen musterten ihn skeptisch.

Sie hatte die intensivsten Gesichtsausdrücke, die er je gesehen hatte. Er merkte immer sofort, wenn sie nervös oder aufgeregt war. *Vielleicht heißt das, dass du ihr zu viel Aufmerksamkeit schenkst.* Wie konnte er es schaffen, dass sie ihren Schutzschild senkte? Sich öffnete?

Am liebsten hätte er sie umarmt, war aber nicht sicher, ob sie es zugelassen hätte. Ob es nicht die Grenze überschritten hätte. Ob er es nicht hauptsächlich für sich getan hätte. Also blieb er lieber auf sicherem Terrain und streckte ihr die braune Papiertüte entgegen.

Sie kniff die Augen zusammen und machte einen kleinen Schritt rückwärts. »Was ist das?«

Er grinste, denn es amüsierte ihn, dass etwas so Simples sie so skeptisch machte. »Dessert.«

Sie sah ihn finster an, drehte sich um und ging in ihr Apartment. »Ich mag keinen Geburtstagskuchen.«

»Das habe ich schon gehört. Aber es ist kein Geburtstagskuchen.« Er betrat ihre Wohnung und schloss die Tür hinter sich. Er war noch nie hier gewesen. Dafür hatte es bisher keinen Grund gegeben. *Eigentlich gibt es auch jetzt keinen Grund.*

Er ließ den Blick durch das Apartment schweifen. Es war einfach, ruhig gehalten, mit ein paar Farbtupfern hier und da – seegrüne Kissen auf dem grauen Sofa, über der Rückenlehne eine blassrosa Decke, die aussah, als wäre Everly darin eingewickelt gewesen. Im Fernseher lief eine Sendung, die er nicht kannte, auf Pause eingefroren. Sonnenlicht fiel durch die Schlitze der geschlossenen Jalousien. Dass seine jetzige Wohnung hier in San Verde nicht viel Charakter hatte, ergab Sinn, aber Everly hatte diesem winzigen Apartment mehr Atmosphäre und ein stärkeres Gefühl von Zuhause verliehen als er seiner Wohnung in New York, die er nun untervermietet hatte. Dabei hatte er jahrelang darin gewohnt. Der Flur lag zur Linken, und zur Rechten befand sich eine Trennwand. Er nahm an, die eine Richtung führte in die Küche und die andere zum Bade- oder Schlafzimmer. Everly ging nach rechts.

»Gut, dass ich zu Hause bin. Sonst könnte ich gar keinen Besuch empfangen. Möchten Sie etwas trinken?«

Hinter der Wand befand sich das, was er erwartet hatte – eine kleine, enge, saubere Küche.

Seine Kiefermuskeln zuckten. Besuch? »Ihr Ex ist aber nicht aufgetaucht, oder etwa doch?«

Sie blickte über die Schulter. »Nein.«

Gott sei Dank. Er hoffte, sie würde *Simon* nie wiedersehen müssen. »Ich nehme ein Wasser, danke.«

Sie holte eine Flasche aus dem Kühlschrank und reichte sie ihm.

Er gab ihr die Tüte, öffnete die Flasche und trank einen großen Schluck, denn sein Hals war staubtrocken. *Großartig. Noch mehr Funkstille.* Als er die Flasche absetzte, fiel sein Blick auf diverse Ausgaben der *Cosmopolitan*, die auf der Küchentheke lagen. Er biss sich auf die Unterlippe, um sich das Grinsen zu verkneifen, und griff danach.

Everly entwich ein leises Geräusch. Sie stellte die Tüte auf die andere Theke, nahm ihm die Zeitschriften ab und stopfte sie in eine Schublade. Er versuchte, einen Blick hineinzuwerfen, bevor sie sie wieder schloss, und war ziemlich sicher, dass sich darin noch mehr Ausgaben befanden. *Ein heimlicher* Cosmo-*Junkie. Das hätte ich nicht gedacht.*

Ihre Wangen waren leicht gerötet. Er wollte sie necken, wollte, dass sich die Röte über ihre ganze Haut ausbreitete. Everly machte einen Schritt rückwärts, und Chris räusperte sich.

Er wollte nicht, dass sie sich unwohl fühlte, also wechselte er das Thema.

»Wer hat Sie denn besucht?«

»Meine Mom.« Sie schloss die Augen und seufzte.

Sag irgendwas. Es sollte ihr nicht peinlich sein, wissen zu wollen, wie sie sich auf zehn Arten selbst befriedigen kann. Brich das Schweigen. Jetzt. Nur wie? Tut mir leid, dass du mit einem Versager zusammen warst. Du verdienst mehr. Ich will derjenige sein, der dir alles gibt, was du verdienst. Scheiße. Nein. Sag das nicht.

Everly schlug die Augen auf. »Meine Mom denkt, die *Cosmo* wäre eine Art Bibel für Singlefrauen. Sie bringt mir jedes Mal welche mit, wenn sie vorbeikommt.«

Chris lachte leise. Er fand es schön, etwas über sie zu erfahren. Etwas Kleines, Persönliches.

Er fuhr sich durch das Haar. »Es ist doch nett, dass sie will, dass Sie glücklich sind.« *Nur gut, dass du nicht* befriedigt *gesagt hast.* Sein Herz begann, ein wenig schneller zu schlagen. »Wollen Sie denn nicht in die Tüte schauen?«

»Ich bin jetzt nicht in der Stimmung für Dessert.«

Da er unbedingt die Anspannung lockern wollte, die zwischen ihnen herrschte, durchquerte er die Küche, wofür nicht mehr als ein paar Schritte nötig waren. »Haben Sie eine Gabel? Es ist Schoko-Karamell-Kuchen von Dario's. Ich bin süchtig danach.«

Kurz schwieg sie, doch dann begann sie zu lächeln, ihre Augen leuchteten auf, und schließlich lachte sie. Bei dem Klang breitete sich in seiner Brust ein wohliges Gefühl aus. Sie war immer umwerfend, aber wenn sie lachte, war sie einfach bezaubernd. Dann strahlten ihre intensiven Augen noch mehr, ihre Bäckchen wurden rund, und ihre steife Haltung lockerte sich.

Sie legte den Kopf schief. »Sollten Sie mir nicht eher sagen, dass ich ihn für später in den Kühlschrank stellen soll?«

Chris verzog das Gesicht, schüttelte den Kopf und zog die Schachtel aus der Tüte. »Auf keinen Fall. Etwas so Gutes hebt man nicht für später auf. Für solche Dinge gelten keine Regeln.«

Ein merkwürdiger Ausdruck, den er nicht deuten konnte, huschte über ihr Gesicht. Fast hätte er gefragt, ob er etwas Falsches gesagt hatte.

Sie streckte die Hand aus. »Ich habe es mir anders überlegt. Ich will ihn doch.«

Die Luft stockte ihm im Hals, und er machte ein seltsames Geräusch, das irgendwo zwischen Schnappatmung und Stöhnen lag. Chris hätte ein verdammtes Buch darüber schreiben können, was er wollte. Und nicht haben konnte.

»In Ordnung. Schließlich haben Sie Geburtstag. Und er war ja auch für Sie gedacht.«

Sie nahm ihm die Schachtel ab, vorsichtig, als wäre er gefährlich. *Ha. Das einzig Gefährliche bist du, Everly Dean.* Sie gehörte zu den Frauen, die einen Mann von seinen Plänen abbringen konnte.

»Danke.«

»Tut mir leid, dass Ihr Geburtstag bisher so beschissen verlaufen ist.«

Sie zuckte mit den Schultern, nahm einen Löffel aus der Schublade und öffnete den Deckel der Schachtel. »Meine Geburtstage sind immer beschissen. Nur nicht immer ganz so schlimm. Wenigstens ist er fast vorbei.«

So sollte niemand über seine Geburtstage sprechen. Was war ihr nur widerfahren? Er dachte viel zu viel über Everly nach. Was ihr Lieblingsdessert war. Warum sie Radioproduzentin geworden war. Warum sie in San Verde lebte, wenn sie doch überall hätte arbeiten können. Wie es wohl wäre, sie zu küssen. Ob sie noch mehr Sommersprossen hatte als die paar auf ihrer Nase. Wie es wäre, morgens neben ihr aufzuwachen.

Sie ist deine Angestellte. Keine flüchtige Affäre.

»Laufen die Telefone im Sender immer noch heiß?«

Er zuckte mit den Schultern. Er wollte jetzt nicht über die Arbeit sprechen, was ehrlich gesagt ein wenig merkwürdig war. Sein Blick fixierte den Löffel, der zu ihrem Mund wanderte. Sie leckte sich die Lippen, bevor sie sie öffnete. Chris' Magen zog sich zusammen, und sein Atem wurde ein wenig flacher. Er konnte sich lebhaft vorstellen, wie sie schmeckte. Nach Schokolade und Karamell – und nach Everly. Als sie die Augen schloss und sich ihre Lippen um den Löffel legten, ballte er die Hände zu Fäusten und unterdrückte den Drang, ihr näher zu kommen. Sie einzuatmen. Sie zu schmecken.

Blinzelnd öffnete sie die Augen und sah ihn an. »Köstlich.«

Ja. Ja, das war sie. Er musste dringend zurück zur Arbeit.

»Ich sollte jetzt besser gehen.« Sein Ton klang ein wenig schärfer als beabsichtigt, aber er hing hier am seidenen Faden. Er wollte sie umarmen, sie küssen, sie trösten und ihrem Ex die Meinung geigen. Chris' Emotionen quollen förmlich über.

Wieder legte sie den Kopf schief. Ihr Haar fiel auf die linke Seite, und ihm stieg ein Hauch von Vanille in die Nase. Sie schürzte die Lippen und musterte ihn. »Warum haben Sie mir Kuchen vorbeigebracht? Sie mögen mich nicht mal.«

Er war so schockiert, dass er nicht sprechen konnte. Sein Herz stolperte. Das dachte sie? *Ich mag dich viel zu sehr. Ich muss ständig an dich denken. Und das lenkt mich ab. Wenn ich an dich denke, denke ich an ein Zuhause in einer von Bäumen gesäumten Straße in einer ruhigen Wohngegend. Durch dich vergesse ich, warum ich eigentlich hier bin.*

»Das stimmt nicht. Überhaupt nicht«, brachte er mit rauer Stimme hervor.

Sie hob die Augenbrauen. »Ach nein? Die Beweislage sagt aber etwas anderes.«

Welche *Beweislage*? Er benahm sich ihr gegenüber immer höflich und professionell – das war ihm wichtig. Doch es kostete ihn große Mühe, sie nicht wissen zu lassen, was er empfand. Immer wenn er ein Gespräch mit ihr beendet hatte, hatte er das Gefühl, einen Wettlauf in Jeans hinter sich zu haben.

»Ich weiß nicht, was Sie meinen oder warum Sie das denken«, gestand er. »Aber ich verspreche Ihnen, dass es nicht stimmt.« Was sollte er sonst sagen? Er hatte Mühe, still zu stehen und nicht unter ihrem Blick von einem Fuß auf den anderen zu treten, während er darüber nachdachte, was er noch sagen konnte, um ihre Zweifel auszuräumen.

»Nun … danke.«

Er schob die Hand in die Hosentasche, zog seinen Schlüsselbund hervor und schloss fest die Faust darum. »Kein Problem. Bis morgen.«

Dann verließ er das Apartment und flog förmlich die Treppen hinab, weil er dringend frische Luft brauchte. Als er wieder in seinem Auto saß, klingelte sein Smartphone.

Er spürte immer noch eine Enge in der Brust. »Hallo?«

»Ich bin's«, meldete sich sein Vater mit dröhnender Stimme über Bluetooth.

»Ich habe heute zwei neue Sponsoren gewonnen.«

Er erwartete weder Applaus noch ein »Gut gemacht«. Er wusste es besser.

»Deine Schwester hat heute Morgen die Sendung gehört.«

Chris verkniff sich ein Stöhnen. Er liebte seine Schwester. Wirklich. Aber sie war das einzige Mädchen in einer Bande aus Jungs – erweiterte Familie inklusive – und der Inbegriff von »verzogen«. Vor allem von ihrem Vater. Selbst mit dreiunddreißig Jahren hatte sie es nicht geschafft, einen Job dauerhaft zu halten, weil sie sich noch »finden« musste. Ari verbrachte ihre Tage damit, ihre Chakren oder ihr Chi, oder was auch immer es gerade war, zu suchen. Für gewöhnlich fand sie sie auf VIP-Partys oder im All-inclusive-Spa.

»Ich muss dir nicht sagen, wie schlecht Funkstille für einen Radiosender ist, oder?«

Nope. Aber er würde es trotzdem tun. »Es waren nur ein paar Sekunden.«

»Ein paar Sekunden, gefolgt von einem unprofessionellen Gefühlsausbruch deiner Produzentin. Ich habe dir gesagt, du sollst die Quote steigern, nicht vernichten.«

»Dad.« Er wusste bereits, in welche Richtung das Gespräch gehen würde. Sein Nacken kribbelte.

»Ari denkt darüber nach, eine Sendung zu moderieren. Irgendwas mit Mode.«

Jetzt kommt's. Chris ließ die Stirn gegen das Lenkrad sinken. Es war schon schlimm genug, dass ihn sein Dad ständig kontrollierte. Wöchentliche Anrufe, Skype-Sessions und Textnachrichten mit Vorschlägen. Er wollte nicht, dass ihm jetzt auch noch seine Schwester auf die Nerven ging. Er wollte nicht ihr Boss sein. Er wusste, sie würde auf ihrer kurzen Exkursion in die Arbeitswelt sowieso nicht auf ihn hören.

Außerdem war die Stelle mit zwei überaus fähigen Mitarbeiterinnen besetzt. Die Quote war nicht überragend, aber auch nicht schlechter als die der anderen Sendungen. Der Sender lief besser als damals, bevor Chris den Job übernommen hatte. An seinem ersten Arbeitstag hatte er gehört, wie die Mitarbeiter über den neuen Besitzer getuschelt hatten und darüber, dass er eine E-Mail mit Erwartungen und Strategien herumgeschickt habe. Weil er sich nicht gleich zu Beginn den Wind aus den Segeln hatte nehmen wollen, hatte er nicht erwähnt, dass er der Sohn des neuen Besitzers war. Das war ihm sicherer erschienen. Ari hatte kein

Problem damit, den Leuten zu sagen, wer ihr Vater war, wenn sie dadurch schneller ans Ziel kam.

»So etwas macht man nicht einfach so aus Spaß. Diese Leute besuchen eine Schule. Sie machen Praktika, arbeiten sich hoch. Sie bringen Leidenschaft mit. Es ist eine Karriere, kein Hobby.« Er hatte das Gefühl, dass es sich um einen weiteren Test handelte. »Ich leite den Sender, Dad. Es läuft gut. Das heute war nur ein Ausrutscher.«

»Mein Mann, der deine Zahlen im Blick behält, sagte mir, der Sender gehöre nicht mal zu den beliebtesten des Staates. Du hast noch einen langen Weg vor dir und nicht mehr viel Zeit. Vielleicht ist die Aufgabe zu groß für dich.« Seine Worte wogen schwer wie Beton. Für seinen Dad zu arbeiten war, als würde Chris an einer Realityshow wie *Survivor* oder *MasterChef* teilnehmen. Die Kandidaten groovten sich ein – und plötzlich legte man ihnen Steine in den Weg, die es unmöglich erschienen ließen zu gewinnen.

Sein Dad räusperte sich lautstark. »Du kannst dich doch noch an den Deal erinnern, oder?«

Chris startete den Motor und stellte den Wagen in den »Drive«-Modus, um zurück zum Sender zu fahren. *Ich denke den ganzen Tag an nichts anderes, also ja, ich erinnere mich.* Achtzehn Monate hatte er bekommen, um aus dem kleinen Sender einen erfolgreichen zu machen, zwölf davon waren schon vorbei. Letzten Endes würde sein Dad die Zügel aus der Hand geben müssen. *Oder besser gesagt die Schraubzwinge.* Dann würde Chris die Öffentlichkeitsarbeit für alle Firmen seines Vaters übernehmen. Er hatte Pläne, die Kommunikationsabteilungen der einzelnen Unternehmen zusammenzuführen. Es war aufregend. Oder es würde aufregend sein. Und das Beste – und auch das Ironischste – daran war, dass er dann viel weniger mit seinem Vater würde kommunizieren müssen. Es wäre möglich, wenn auch eher unwahrscheinlich, dass sein Vater dann wenigstens ein Fünkchen Respekt für ihn übrig haben würde. Er wusste, dass er froh sein konnte, solche Chancen zu haben. Aber sie hatten ihren Preis.

»So etwas braucht Zeit«, erwiderte Chris vorsichtig. In manchen Bereichen gingen die Zahlen bereits nach oben. Seit sie ihre Zuhörerschaft näher eingegrenzt hatten, war die Quote gestiegen.

»Und gute Führung. Die Sendung um zehn Uhr morgens ist die mit den wenigsten Zuhörern. Da kann es nicht schaden, wenn Ari es versucht.«

»Du kannst nicht einfach zwei Leute feuern, nur weil Ari eines Morgens aufwacht und DJane spielen will.«

»Das ist nicht der einzige Grund, Christopher. Du würdest gut daran tun, dir ins Gedächtnis zu rufen, mit wem du redest. Ein guter Boss weiß, wann es Zeit ist, etwas loszulassen. Und ich persönlich finde, du solltest die Sendung aus dem Programm werfen. Die Leute wollen Musik, kein Geplauder. Schmeiß sie raus. Alle beide. Die Produzentin und die DJane.«

Kapitel 4

Everly dachte gerade darüber nach, wie viele Folgen von *Veronica Mars* zu viele waren, als ihr Smartphone auf dem Couchtisch vibrierte.

Sie versuchte, sich so wenig wie möglich zu bewegen, als sie nach dem Handy griff, und wäre fast vom Sofa gerutscht, hätte sie sich nicht an der Tischkante festgehalten. Noch ein Grund, allein zu wohnen. Sie warf einen Blick auf das Display, während sie es sich wieder gemütlich machte.

STACEY: *Garten. Bring die Liste mit.*

Mit dem Kopf auf der Armlehne lächelte Everly und tippte eine Antwort.

EVERLY: *Details.*

STACEY: *Beweg deinen Hintern hier raus.*

EVERLY: *Ich habe Geburtstag. Ich kann nicht raus. An Regeln muss man sich halten.*

STACEY: *Zwing mich nicht reinzukommen. Bring*

deine verdammten Regeln mit. Oder ich lade ein paar meiner Freunde zu dir ein.

Laut lachend setzte sich Everly auf und tippte.

EVERLY: *Auf dem Weg.*

STACEY: *Braves Mädchen.*

EVERLY: *Wer sagt denn so was, du Blödi?*

STACEY: *Ich.*

Das Grundstück war so hergerichtet worden, dass hinterm Haus ein eingezäunter Gemeinschaftsgarten entstanden war. Als Everly durch das Tor trat, schnürte sich ihr Hals zu. Auf dem Asphaltweg blieb sie stehen und starrte.

Stacey hatte lilafarbene und schwarze Ballons an eine der Sitzgruppen mit den schmiedeeisernen Bistrostühlen gebunden. In der Mitte des Tisches stand ein pinker Karton von Baked – das Zuhause der weltbesten Schokoladen-Ganache-Cupcakes, das einer von Staceys Freundinnen gehörte. Auf der Schachtel funkelte eine goldene Plastiktiara. Die späte Abendsonne ließ die falschen Juwelen glitzern. Es dauerte eine Weile, bis Everly sich Menschen gegenüber öffnete, aber wenn sie es dann getan hatte, beruhigten sich ihre Nerven. Manchmal übernahmen sie doch wieder das Ruder, selbst in engen Freundschaften, und überwältigten sie, weil sie daran erinnert wurde, dass sie nicht so einsam war, wie sie dachte.

»Kommst du jetzt her oder nicht?« Stacey war ihre Art schon gewohnt. Grinsend stand sie da und stemmte die Hände in die

Hüften. Ihr blondes Haar war luftig und wellig, als hätte sie gerade ihren Messy Bun gelöst. Sie hatte sich umgezogen und trug nun abgeschnittene Jeansshorts und ein blaues T-Shirt, auf dem »Sarkasmus lädt« stand.

»Jetzt mal im Ernst. In solchen Sachen bist du wirklich schlecht«, bemerkte Stacey, ging auf Everly zu, packte sie am Arm und zerrte sie zum Tisch. Dann zog sie einen Stuhl zurück, platzierte Everly nicht gerade sanft darauf und setzte sich ihr gegenüber. Ein Auto fuhr vorbei und durchbrach mit seiner dröhnenden Musik die Stille.

Everly hatte Mühe, nicht in Tränen auszubrechen. Sie war in einem Haus aufgewachsen, in dem die Gefühle wie ein Pendel hin- und hergeschwungen waren, also hatte sie gelernt, ihre eigenen zurückzuhalten. Sie mit sich herumzutragen, bevor sie entschied, ob sie sie teilen wollte. Sie wusste, dass sie deshalb Schwierigkeiten hatte, Menschen – und vor allem Männern – nahezukommen. Nichts zu erwarten war so viel sicherer.

»Das hättest du nicht tun müssen, Stace.« Ihre Stimme klang rau. Sie fühlte sich schlecht, wenn andere ihr etwas Gutes taten. Sie konnte nie begreifen, dass sie es verdiente. *Für diesen Gedanken würde dir Stacey in den Hintern treten. Du verdienst, was du selbst geben würdest. Und so etwas würdest du für sie auch tun.*

Stacey griff nach der Tiara, begutachtete sie und drehte sie so, dass sich die Sonne in den unechten Juwelen spiegelte. Dann setzte sie sich das Teil auf den Kopf. Everly brach in Gelächter aus, nicht in Tränen.

»Du bist toll«, sagte Everly und bemerkte die Geschenktüte auf einem anderen Stuhl.

»Ich weiß. Und bevor du dich jetzt beschwerst – du wirst heute dreißig, und nur weil dein Geburtstag beschissen angefangen hat, heißt das nicht, dass ich ihn auch so enden lasse. Jeder hat an seinem Geburtstag Kuchen und Geschenke verdient. Du würdest für mich das Gleiche tun. Und hast du ja auch schon.«

Everly schluckte schwer und brachte lediglich ein Nicken zustande. Als Stacey die Hand ausstreckte, merkte Everly, dass sie immer noch ihr Notizbuch in den Händen hielt.

»Gib mal her. Und du isst jetzt den Kuchen. Tara hat ihn extra für dich gebacken. Ich werde auch nicht singen.« Grinsend hob Stacey die Hand, als würde sie auf die Bibel schwören.

Everly reichte ihr das Notizbuch, öffnete den Deckel der Schachtel und starrte auf eine wunderschöne kleine Torte, die aussah wie ein Geschenk mit gepunktetem Geschenkpapier und einer großen Schleife. Und mit einem weißen Schild, auf dem *Everly* stand.

»Die ist ja unglaublich«, staunte Everly.

Stacey blickte auf. »Ja. Tara ist einfach die Beste. Ich habe ihr gesagt, sie sei viel zu schön, um gegessen zu werden. Aber sie meinte, Kuchen sei immer dafür bestimmt, gegessen zu werden.«

»Danke.«

»Gern geschehen. Willst du jetzt dein Geschenk?«

Everly beäugte die Tüte und wurde wieder nervös. »Ich weiß nicht. Will ich?«

Staceys Augen funkelten belustigt. »O ja. Aber vielleicht solltest du es für später aufheben. Du hast doch bestimmt Batterien da, oder? Es sind welche dabei, aber es ist immer gut, welche in petto zu haben.«

Obwohl sonst keiner hier hinten im Garten war, fingen Everlys Wangen an zu glühen. »Das hast du nicht getan.« *Natürlich hat sie es getan.*

»Süße, du bist dreißig. Man sagt, das sei die beste Zeit im Leben. Ich finde, du solltest der Liste *Mit einem jüngeren Mann schlafen* hinzufügen.« Mit dem Zeigefinger tippte sie auf die Buchseite.

Everly verdrehte die Augen und streckte die Hand aus. »Gib mir meine Liste zurück.«

Doch Stacey schüttelte den Kopf. »*Nope*. Iss jetzt deinen Kuchen. Die Liste ist noch nicht fertig.«

Everly nahm eine der beiden Gabeln, die neben der Schachtel lagen, und langte zu. Wahrscheinlich würde sie nachher ins Fresskoma fallen, aber das war es allemal wert.

»Du wirst mir mit der Liste *nicht* helfen«, bemerkte Everly mit vollem Mund.

»Ähm, doch, werde ich. Das ist doch langweilig. Du bist dreißig, keine hundert. Die Regel mit der Arbeit finde ich gut. Ich habe dir schon vor einem halben Jahr gesagt, dass du die Podcast-Idee pitchen sollst. Aber abgesehen davon ... Lass mich mal sehen ... Herausfinden, was dich glücklich macht? Das, was ich dir mitgebracht habe, wird dich glücklich machen.« Stacey deutete auf die Geschenktüte, und Everly verschluckte sich fast.

Ihre Freundin legte das Notizbuch ab, griff unter den Tisch, fuhrwerkte eine Weile herum und zog dann eine Flasche Wein und zwei Gläser hervor.

Everly spähte unter den Tisch, um nachzusehen, was sich dort noch verbarg. »Du bist wie eine unanständige Mary Poppins.«

Lachend öffnete Stacey die Flasche und schenkte zwei Gläser ein. »Das gefällt mir. Die freche Mary Poppins.«

Everly hatte das Glas bereits am Mund, als Stacey ihres erhob.

»Auf dich. Darauf, dass du einer der besten Menschen bist, die ich je kennengelernt habe. Darauf, dass du mit dreißig endlich feststellen wirst, wie großartig du tatsächlich bist.«

Everly stieß mit ihr an und nahm sich fest vor, sich die Worte ihrer Freundin zu Herzen zu nehmen. »Darauf, dass du eine tolle Freundin und eine fürchterliche Sängerin bist.«

Lachend ließ Stacey den Kopf in den Nacken fallen. Everly bemerkte, wie die Vorhänge des Apartments unten links zurückgezogen wurden. Lexie drückte sich die Nase an der Scheibe platt und winkte. Everly winkte zurück, und Stacey drehte sich um und tat es ihr gleich.

»Okay, jetzt aber mal im Ernst. Ich finde, die Liste ist eine großartige Idee. Aber sie braucht noch ein wenig Pfeffer.«

»Es ist keine Bucket-Liste, Stace. Es sind Richtlinien, damit ich vom Leben bekomme, was ich will. Ab jetzt.«

Stacey nippte an ihrem Wein. »Okay. Was willst du denn?«

Everly drehte sich der Magen um, als sie feststellte, dass sie das nicht wirklich wusste. »Ich glaube, ich weiß eher, was ich *nicht* will.«

Ihre Freundin gab ihr mit einer Handbewegung zu verstehen, dass sie fortfahren solle. Dann griff sie nach der anderen Gabel.

»Ich will nicht mehr mit Typen zusammen sein, mit denen ich nichts gemeinsam habe. Sie gehen vielleicht nicht alle fremd, aber es führt nie zu etwas. Und ich glaube, ich habe mir absichtlich Männer ausgesucht, mit denen es keine Zukunft gibt. Ich will nicht, dass mich Leute für arrogant halten, nur weil es mir schwerfällt, mit ihnen zu reden. Ich weiß nicht, ob ich einen anderen Job beim Sender will, aber ich hasse das Gefühl, zu ängstlich zu sein, um meine Komfortzone zu verlassen. Beruflich und auch privat.«

Stacey nickte und schluckte ihren Kuchen herunter. »Okay. Gut. Damit können wir arbeiten.« Sie griff in ihre Handtasche, die neben ihrem Stuhl stand, zog einen Stift hervor und schrieb etwas in das Buch.

»Hey!« Everly griff nach ihrem Notizbuch.

Doch Stacey schlug ihre Hand weg. »Ich helfe dir. Und es ist ja nicht so, als könntest du es nicht wieder ändern. Ich füge lediglich ein paar Sachen hinzu. Du hast noch genügend Platz. Und der Titel muss auch weg. Es geht hier nicht nur um die dreißig. Es geht darum, dass du endlich siehst, wie großartig du bist, und dass du dich öffnest. Und vielleicht gerade dann, wenn du Angst hast. Und bis du es kapiert hast, tust du einfach so als ob.«

Everly nippte an ihrem Wein, bevor sie erwiderte: »Kommst du mir jetzt etwa mit Klischees? *Fake it till you make it*? Ich soll nur so tun, bis ich es wirklich schaffe?«

Stacey grinste frech und nickte. »Ganz genau, Süße.«

Sie setzte sich auf die äußerste Stuhlkante und kaute besorgt auf ihrer Unterlippe herum, während Stacey schrieb. Everly ließ den Blick über die umliegenden Häuser schweifen und fragte sich, wie es wohl wäre, etwas Eigenes zu besitzen. Ein richtiges Zuhause. Wollte sie das? Ja. Auch wenn sie es niemals laut aussprechen würde, nicht einmal Stacey gegenüber, wollte sie dieses Zuhause mit einem Ehemann und einer Familie teilen. Zusätzlich zu ihrem Beruf, den sie liebte und in dem sie brillierte. *Vielleicht weißt du ja doch, was du willst.* Aber bisher hatte sie immer den falschen Weg eingeschlagen. Sosehr sie Stacey auch liebte – Everly saß trotzdem im Garten ihrer Mietwohnung, fühlte sich rastlos und würde heute Abend allein ins Bett gehen.

Everly schielte auf die Geschenktüte und konnte sich das Lachen nicht verkneifen.

Als ihr Stacey das Notizbuch zurückgab, starrte Everly auf die Liste. Stacey hatte mehr als nur Ideen hinzugefügt. Sie hatte lustige Sprüche mit Pfeilen dazugeschrieben und hinter die letzte Regel einen Smiley gezeichnet.

~~Regeln ab dreißig~~

Zehn Regeln zum Vortäuschen

1. *Konzentrier dich auf das Positive.*

2. *Kein Horten – weder von Tieren noch sonst etwas.*
3. *~~Bleib an deinem Geburtstag zu Hause.~~ Unternimm an deinem Geburtstag etwas Schönes.*
4. *Probier jeden Monat etwas Neues außerhalb deiner Komfortzone aus.*
5. *~~Mach irgendwas Mutiges, um bei der Arbeit auf dich aufmerksam zu machen.~~ Stell beim nächsten Meeting die Podcast-Idee vor und bestehe darauf. Das Ziel: dass wir uns unseren Sendeplatz selbst aussuchen dürfen.*
6. *~~Mach irgendwas Aufregendes. Selbst wenn du Ausschlag bekommst.~~ Sei mutig. Selbst wenn du Ausschlag bekommst.*
7. *Finde heraus, was dich glücklich macht, und halte daran fest. Halte dich nicht länger zurück.*
8. *Date Männer, die Gefühle in dir auslösen. (Und nein, ich meine nicht nur diese Gefühle. Hör auf, dich zu verstecken, Everly.)*
9. *Glaub an dich. An dich als Freundin, Liebhaberin, Partnerin, Tochter, Produzentin und insgesamt tollen Menschen.*
10. *Mach den ersten Schritt. (Und zwar einen richtigen Schritt. Ein Kuss, eine Berührung, ein flirtender Blick. Du entscheidest.) ☺*

Everlys Magen rumorte ein wenig, doch sie redete sich ein, dass es vom vielen Kuchen kam, nicht von der Angst. *Wenn du es tust, obwohl du Angst hast, hast du schon eine Regel erfüllt.* Sie holte tief Luft und spürte, wie sich ihr Brustkorb weitete, bevor sie langsam ausatmete. Vielleicht war es wirklich Zeit für eine Veränderung. Dass *sie* etwas veränderte.

Kapitel 5

Chris arbeitete nur selten von zu Hause. Es trieb ihn in den Wahnsinn. Aber heute konnte er Everly nicht unter die Augen treten. Er wollte nicht im Sender sein und Everly und Stacey sehen, ohne zu wissen, wie er ihre Jobs retten konnte.

Warum ließ er sich von seinem Dad so schikanieren? Würde er so tatsächlich sein Ziel erreichen?

»Schluss mit dem Selbstmitleid«, murmelte er und stellte seine Kaffeetasse auf den kleinen Tisch auf dem Balkon, der Aussicht auf eine belebte Straße bot. Sein Smartphone vibrierte. Es war eine Nachricht im Gruppenchat, den er vor so langer Zeit mit seinen Brüdern gegründet hatte, dass er den Anfang wahrscheinlich niemals wiederfinden könnte. Er hatte ihnen von Aris neuen Plänen erzählt. Und nun überlegten sie, wie sie ihre Schwester davon abbringen konnten. Doch sie kamen immer wieder vom Thema ab, weil sie sich über ihren Vater ausließen. *Total produktiv.*

NOAH: *Wenn du es schaffst, die Quote zu steigern, vor allem in diesem Segment, kann dir Dad nichts anhaben.*

CHRIS: *Danke, du Genie. Das ist mir noch gar nicht in den Sinn gekommen.*

NOAH: *Dafür bin ich doch da.*

WESLEY: *Die Zahlen sind gar nicht so schlimm. Ich habe mir die Statistiken angesehen. Sieht aus, als hätte sich die Quote verbessert, nachdem du Werbung und Musik auf eine bestimmte Zielgruppe ausgerichtet hast.*

NOAH: *Wirst du es denn niemals leid, so zu reden?*

WESLEY: *Wie meinst du? Zu reden, als wüsste ich, was ich tue? Nein. Aber ich verstehe, warum du das nicht verstehst. Wie so vieles.*

Chris musste lachen. Das half ihm zwar nicht weiter, aber es steigerte seine Laune. Er klappte seinen Laptop auf und loggte sich auf der Seite des Senders ein. Mit jedem »Ping«, das eine neue Nachricht ankündigte, beschleunigte sich sein Herzschlag. Die Leute kommentierten Everlys Ausbruch gestern. Sie waren ... emotional involviert. Sie hatten eine ganz klare Haltung – und waren größtenteils auf Everlys Seite. Er hatte das Passwort des E-Mail-Postfachs geändert, weil er nicht wollte, dass sie sich mit den Nachrichten herumschlagen musste. Als Manager gehörte es durchaus zu seinen Aufgaben, sich um so etwas zu kümmern. Er sagte sich, dass das der einzige Grund war, warum er es tat. Dass er es für jeden seiner Mitarbeiter getan hätte. Aber insgeheim wusste er, dass er Everly vor Kritik schützen wollte.

NOAH: *Wie wäre es, wenn ihr in der Sendung eine Reise verlost?*

CHRIS: *Wir wollen Geld sparen, nicht ausgeben.*

WESLEY: *Sucht euch Sponsoren. Das machen die meisten Radiosender so.*

NOAH: *Ich denke, wir sollten Ari ins Bermudadreieck schicken. Sie hat keinen Orientierungssinn. Sie wird niemals zurückfinden.*

Chris lachte laut. Sie liebten ihre Schwester. Zwar standen sie ihr nicht so nahe wie die Brüder untereinander, doch wenn sie alle vier in einem Raum waren, war die Verbindung zwischen ihnen nicht zu leugnen. Nur weil Ari auf ihren Nerven herumsprang wie ein Kind auf einem Trampolin, hieß das nicht, dass sie sie deshalb weniger liebten. Trotzdem musste Chris einen Weg finden, ihr Interesse in eine andere Richtung zu lenken.

WESLEY: *Zu schade, dass sie nicht für* Die Bachelorette *ausgesucht wurde. Das hätte sie für ein paar Monate abgelenkt.*

NOAH: *Was?*

Stirnrunzelnd blickte Chris auf das Display seines Smartphones. Wann zur Hölle hatte sie sich dafür beworben? Und *warum?*

WESLEY: *Sie wollte es versuchen. Also hat sie mich gefragt, ob ich ihr mit dem Bewerbungsvideo helfe.*

CHRIS: *Du hast ihr geholfen? Was zur Hölle?*

NOAH: *Nicht cool, Mann. Sie ist eine Nervensäge, aber deshalb sollten wir sie nicht gleich den Wölfen zum Fraß vorwerfen. Oder oberflächlichen Singles in dem Fall.*

CHRIS: *Dad wäre ausgerastet, wenn sie sie genommen hätten.*

NOAH: *Er hätte sie nicht mitmachen lassen.*

WESLEY: *Das ist doch alles inszeniert. Ich fand es nicht so wild. Außerdem wurde sie sowieso nicht ausgewählt.*

NOAH: *Ansonsten hätte ich dir in den Arsch getreten.*

WESLEY: *Das könnte selbst Ari besser als du.*

Chris behielt das Smartphone im Auge, doch seine Aufmerksamkeit galt den Betreffzeilen der E-Mails, die nicht aufhörten, einzutrudeln. Männer und Frauen gleichermaßen gaben Everly Ratschläge, wollten sie trösten und baten sie um Dates, was Chris am allerwenigsten gefiel. *Du musst sie dir endlich aus dem Kopf schlagen.* Er wollte, dass sie glücklich war. Er wollte auf jeden Fall, dass sie mit jemandem zusammen war, der besser war als Simon, diese Schlange. Aber wenn er sie sich mit einem anderen vorstellte, fühlte es sich an, als würde sein Herz in einer Schraubzwinge stecken.

WESLEY: *Ich muss jetzt los. Manche von uns arbeiten.*

NOAH: *Ich auch. Wollen wir uns später auf ein Bier treffen?*

Chris spürte ein Zwicken in der Brust. Er vermisste es, mit seinen Brüdern auszugehen. Sie lebten beide in Manhattan. Obwohl jeder von ihnen locker in ein Flugzeug hätte springen können, hatten sie zu viel zu tun, um einfach alles stehen und liegen zu lassen. *Bald bist du wieder dort.* Das war auf jeden Fall etwas, worauf er sich freute.

WESLEY: *Klar. Schade, dass du nicht mitkommen kannst, Chris. Vielleicht, wenn dich Dad endlich aus dem Exil entlässt.*

Chris grinste und tippte eine Antwort. Und sie war nicht gerade nett.

• • •

Wenn die Reaktionen auf Everlys Gefühlsausbruch nicht bald weniger würden, musste Chris jemanden einstellen, der sich um die E-Mails und Social Media kümmerte. Sein Schreibtisch war übersät von Tabellen. Die letzten Stunden hatte er sich mit Zahlen und Recherche beschäftigt. Er öffnete eine Bierflasche, nahm einen langen Zug und trat hinaus auf seinen Balkon. Die Sonne ging langsam unter und schien durch den leichten Smogfilm. Unten auf der Straße bewegte sich der Verkehr, und einer von den Nachbarn hörte laut Musik. Es war ein perfekter kalifornischer Abend. Chris seufzte schwermütig und stützte die Unterarme auf die Brüstung.

Die Anzahl der Männer, die mit Everly ausgehen wollten,

haute ihn nicht nur vom Hocker, nein, sie machte ihn wütend. Dachten die Typen denn wirklich, sie könnten einfach eine E-Mail mit »Hey, Süße, komm, ich lenke dich von deinen Problemen ab« schreiben, und sie wäre darüber hinweg? Was für ein Idiot war dieser Simon nur? Ein Idiot, der es mit einer Frau wie Everly – klug, witzig, schüchtern, aber sarkastisch, hart arbeitend und so schön, dass sie jeden Mann dazu bringen konnte, vor ihr auf die Knie zu fallen – vermasselt hatte. Sie verdiente jemanden, der ihr süßes Lächeln hervorzauberte. Das Lächeln, das auf ihren Lippen lag, wenn Stacey in ihrer Sendung etwas Lustiges sagte und sie versuchte, sich das Lachen zu verkneifen. Sie verdiente jemanden, der sie jeden Tag daran erinnerte, wie viel Glück er doch hatte, mit ihr zusammen zu sein.

Du bist nicht derjenige, erinnerte sich Chris und nahm noch einen großen Schluck von seinem Bier.

Er musste noch vier bis sechs Monate in seinem sogenannten Exil verbringen. Solange er sich erinnern konnte, waren er und seine Brüder immer durch die Reifen gesprungen, die ihr Dad aus dem Nichts hervorzauberte. Sie hatten alle schon darüber nachgedacht, woanders zu arbeiten, aber letztendlich siegte immer die Loyalität. Das und der Wunsch, den Respekt ihres Vaters zu gewinnen. Seinen Stolz.

• • •

Chris würde den Sender nicht einfach aufgeben. Im Gegensatz zu seinem Vater war er Feuer und Flamme, wenn er sich auf etwas eingelassen hatte. Sein Dad kaufte Unternehmen wie Chips und warf sie weg, wenn ihm die Geschmacksrichtung nicht passte. Chris wusste, dass man aus 96.2 SUN etwas viel Größeres machen konnte, als sich sein Vater vorstellen konnte. Chris vertraute seinen Visionen – und seinem Bauchgefühl. Er konnte das Ruder herumreißen. Und er würde erst gehen, wenn er es geschafft hatte. So, wie er es wollte. Vielleicht konnte er nichts gegen die Typen unternehmen, die Everly daten wollten, aber beruflich hatte *er* das Sagen. Als die Bierflasche gegen die Metallbrüstung schlug, zuckte Chris zusammen. Plötzlich kam ihm eine Idee, die sein Herz schneller schlagen ließ. Eine *gute* Idee. Eine Idee, die den Sendeplatz retten, die Quote erhöhen und mehr Zuhörer anziehen konnte. Vielleicht würde sein Vater dann endlich begreifen, dass Chris das Talent hatte, aus etwas Marodem ein Meisterwerk zu erschaffen. Es war eine Idee von der Art, die sein Großvater immer »inspiriert« genannt hatte. Ja, es war riskant, aber das Ergebnis könnte grandios werden.

Er ging zurück an seinen Computer und sah fünfzig neue E-Mails, die in der Zwischenzeit eingetroffen waren. Er wusste, dass er auf der richtigen Fährte war. Es könnte der Schlüssel zu dem sein, woran er sein ganzes Leben lang schon gearbeitet hatte: sich selbst und seinem Vater zu beweisen, dass er ein Händchen und ein Herz fürs Business hatte, auch wenn sein Dad immer sagte, dass es in der Geschäftswelt keinen Platz für Gefühle gebe. Dann würde er endlich einen Schritt vorankommen – und sich der Kontrolle seines Vaters ein Stück weit entziehen. *Immer noch in seiner Firma, aber nicht mehr unter seiner Fuchtel.* Das war seit Tag eins das erklärte Ziel gewesen. Auch wenn es ihn umbringen würde, mit anzusehen, wie sich alles entwickeln würde, so hätte es vielleicht wenigstens den positiven Nebeneffekt, dass er Everly helfen konnte, ihr Glück zu finden – wenn es das war, was sie suchte.

Eine Win-win-Situation. Größtenteils.

Kapitel 6

Everly schulterte ihre Stofftasche und steuerte auf den Hintereingang des Senders zu. Sie hatte das Gefühl, eben erst gegangen zu sein – und jetzt war sie schon wieder hier. Der Tag nach ihrem Geburtstag war die reinste Überforderung gewesen. Laut dem DJ der Morgensendung hatte sie das Internet zerstört – oder wenigstens die Website des Senders.

Die Techniker arbeiteten daran, alles wieder in Ordnung zu bringen, denn die Seite hatte so viele Besucher gehabt, dass sie regelrecht explodiert war. Everly konnte sich nicht mehr in das E-Mail-Programm einloggen. Es war ... verrückt. Das machte es noch viel schwieriger zu vergessen, was sie mit ihrer gesamten Zuhörerschaft geteilt hatte. Immerhin lenkte es sie vom Tratsch und von den Neckereien ab, die sie im Pausenraum und den Produktionsräumen zu hören bekam.

»Hey«, rief Stacey und eilte vom Parkplatz zu ihr herüber. In ihrem umwerfenden blauen Sommerkleid war sie der Inbegriff des *California Girl*.

»Hey. Wie war dein Date gestern Abend?«

Stacey grinste. »Lecker.«

Everly lachte über die Art, wie ihre Freundin mit den Augenbrauen wackelte. »Du hast ihn bei dir übernachten lassen?«

Stacey verengte die Augen zu Schlitzen. »Du hast deine Regeln, und ich habe meine. Keine Übernachtungen. Ich will mich nicht festnageln lassen. Obwohl …«

Lachend hob Everly die Hand. »Bitte nicht. Ich will es gar nicht wissen. Wie kommt's, dass wir so früh hier sein müssen?«

Stacey schloss die Tür auf und zuckte mit den Schultern. »Keine Ahnung. Chris meinte, er wolle über unseren Sendeplatz sprechen.«

Everlys Haut begann zu jucken. Was wollte er nur? Vielleicht war er sauer, weil sie ihre Sendung in eine Episode von *Maury Povich* verwandelt hatten. Aber als er ihr den Kuchen vorbeigebracht hatte – was sie immer noch merkwürdig fand –, hatte er nicht wütend gewirkt. Warum war er vorbeigekommen? *Bestimmt hatte er nur Mitleid*. Sie wollte nicht, dass es mehr bedeutete als das, was es war: Ihr Boss hatte ihr lediglich etwas vorbeigebracht, um den grauenvollen Tag weniger schmerzhaft zu machen. Vielleicht wollte er mit ihr befreundet sein. *Vielleicht will er dich feuern*. Dann wäre ein guter Wein angebrachter gewesen, aber vielleicht wusste er das nicht.

»Deine negativen Gedanken machen mich ganz müde«, knurrte Stacey und stieß Everly mit der Schulter an.

»Du bist müde, weil du die ganze Nacht nicht geschlafen hast. Du bist auch nicht mehr die Jüngste. Du brauchst mehr Schlaf.«

Mit einem weiteren frechen Grinsen stieß Stacey sie diesmal mit der Hüfte an. »Und du brauchst jemanden, der dich nicht schlafen lässt.«

Regel Nummer acht: *Date Männer, die Gefühle in dir auslösen.* Sie brauchte keinen Mann. Zumindest nicht jetzt. Aber beim nächsten Mal? *Es wird nicht mehr so laufen wie bisher, dass mich ein Kerl nur zum Lachen bringen muss und ich nicht tiefer grabe und herausfinde, was ich will.*

Sie *wollte* wissen, warum Chris gestern nicht zur Arbeit erschienen war. Und warum sie heute früher kommen sollten, auch wenn es ihr nichts ausmachte und sie es sowieso öfter tat.

»Meine Güte, ich spüre förmlich deine Nervosität. Entspann dich, Ev. Alles gut.«

»Wahrscheinlich will er sich nur über Schadensbegrenzung unterhalten«, meinte Everly.

»Schadensbegrenzung? Du hast das Internet zerstört. Wahrscheinlich will er sich bei dir bedanken, weil du den Sender ins Gespräch gebracht hast.«

Everly verdrehte die Augen, zog die Tür auf und ließ Stacey vorangehen. »Ich frage mich, was passiert wäre, wenn du tatsächlich live gesungen hättest. Dann könnte unsere Welt heute ganz anders aussehen.«

»Ich wäre als nächste sexy Pop-Sensation entdeckt worden, und du müsstest die Show allein machen«, erwiderte Stacey und stieg die Stufen hinauf.

»Bestimmt. Und dann würde ich ein Special über dich machen. Dass du dein Talent und deine Vorzüge bisher in einer DJ-Kabine verschwendet hast.«

Stacey warf ihr einen Blick über die Schulter zu. Die Vorstellung schien ihr zu gefallen. »Bestimmt hätten viele damit gerechnet, dass ich singen kann, weil meine Sprechstimme schon sexy ist.«

»Zum Glück bin ich dir zuvorgekommen, bevor du loslegen konntest«, bemerkte Everly.

»Wir sind dafür bestimmt, zusammen zu sein. Hey, du könntest die Podcast-Idee heute vorstellen.« Stacey hielt die Tür auf.

Everly verkniff sich ein Stöhnen. »Eins nach dem anderen. Wie klingt das?«

»Langweilig.«

Die kleine Lobby des Senders war zu dieser Tageszeit noch

still. Die Empfangsdame würde erst später anfangen. Alte Awards von früher zierten die Wand neben dem Fenster mit Blick auf den Parkplatz. Rechts hing ein großes Sonnenlogo mit den Zahlen des Senders darin. Sie brauchten dringend ein neues Design, doch bisher hatte Everly Chris nicht darauf angesprochen, weil sie in seiner Gegenwart immerzu damit beschäftigt war, nicht die Sprache zu verlieren. *Du könntest es dem ganzen Team vorschlagen. Einen Versuch wäre es wert.*

Everly verbrachte einen Großteil ihrer Freizeit im Sender, arbeitete am Programm, kontaktierte Gäste für Interviews und kümmerte sich um Social Media. So konnten sie sich voll und ganz auf die Inhalte ihrer Sendung konzentrieren, wenn sie sich einmal pro Woche mit Stacey besprach.

Vielleicht wollte Chris nur ein paar Dinge ändern. Die Aufmerksamkeit nutzen, zu der ihnen ihr … *Hm, nennen wir es* Den Unglücklichen Vorfall. *Unter Insidern auch* DUV *genannt.*

Stacey blieb stehen. »Hat Simon angerufen?«

Everly schüttelte den Kopf. »*Nope*. Ich bezweifle, dass er anrufen wird. Ich glaube, der Kaffee und die Bagels auf dem Fußboden waren deutlich genug.«

»Hast du gestern Abend irgendetwas gemacht? Vielleicht der Liste noch etwas Spaßiges hinzugefügt?«

Lachend deutete Everly auf die Tür. »Abgehangen. Nach Katzenbabys gesucht.«

Stacey riss die Augen auf, öffnete aber die Tür. »Vorsicht. Kein Horten.«

»Eine Katze ist noch kein Horten.« Die Tür fiel hinter ihnen zu.

»Aber so fängt es an.« Stacey drückte die Schwingtür zum Flur auf, der zum Regieraum führte.

Der Morgen-DJ, Mason Hearth, winkte ihnen zu, während er ins Mikrofon sprach.

»Sorry, Leute, dass unser Internet gerade nicht funktioniert. Ich entschuldige mich mit einer dreißigminütigen Hitlist ohne Wiederholungen.«

Everly krümmte sich ein wenig. *Sorry für das mit dem Internet.* Masons Produzentin Mari saß mit gesenktem Kopf in ihrer eigenen Kabine. Sie passierten den Konferenzraum, einen Lagerraum, die Toiletten und ein paar weitere kleinere Räume, bevor sie gemeinsam Chris' Büro betraten.

Chris saß hinter seinem Schreibtisch und blätterte durch einen Stapel von Dokumenten. Als er aufblickte, stellte Everly überrascht fest, dass er müde aussah. Sein Haar war zerzaust, die Krawatte hatte er ausgezogen, und sein Jackett hing über dem Stuhl vor seinem Schreibtisch. Er war ... sexy. *Notiz an mich selbst: Boss ist heißer, wenn er ein wenig derangiert ist. PS: Schenk solchen Dingen keine Beachtung.*

»Sie sehen aus, als wären Sie die ganze Nacht hier gewesen«, bemerkte Stacey und setzte sich auf den Stuhl ohne Jackett.

Chris stand auf, den Blick, der sich sehr intensiv anfühlte, auf Everly gerichtet, während er den Schreibtisch umrundete. »War ich auch. Ich bin gestern Nacht hergekommen.« Er nahm sein Jackett weg und deutete auf den Stuhl.

Everlys Eingeweide verknoteten sich. Warum sah er sie so an? Bereute er inzwischen, ihr den Schokokuchen vorbeigebracht zu haben? Sie bereute es nicht, ihn gegessen zu haben, und wünschte sich, sie hätte in diesem Moment ein großes Stück davon. Um etwas in den Händen zu haben. Damit sie sich auf etwas anderes als seinen durchdringenden Blick konzentrieren konnte. Es ging mit Sicherheit um DUV. Chris lehnte sich gegen den Schreibtisch und verschränkte die Arme vor der Brust. War seine Brust schon immer so breit und muskulös gewesen? *Nein, Ev, er hat gestern Abend extra viel trainiert – und jetzt ist er muskelbepackt.* Er krempelte die

Hemdsärmel hoch, und sie konnte nicht anders, als auf seine Unterarme zu starren. *Okay, okay. Er hat schöne Arme. Na und? Hast du der Männerwelt nicht abgeschworen? Nein? Vielleicht hättest du es tun sollen. Zumindest manchen Männern. Männern, mit denen du keine Gemeinsamkeiten hast. Und Chefs.* Solchen Männern würde sie in Zukunft definitiv abschwören.

Als sie den Blick nach oben wandern ließ, schoss etwas durch ihre Adern, das sie nicht benennen konnte. Warum zur Hölle sah er sie so an?

»Was ist los, Chris? Warum starren Sie so? Es macht Everly ganz nervös«, sagte Stacey.

Everly sah ihre Freundin mit aufgerissenen Augen an. Sie hatte zwar recht, aber *trotzdem*. »Alles gut.«

Chris blickte hinüber zu Stacey und lächelte. Als er wieder Everly ansah, seufzte er. *Ahhh, Everly Dean. Lässt alle Männer frustriert seufzen.*

Er fuhr sich durchs Gesicht und setzte sich wieder hinter seinen Schreibtisch. Als er Everly diesmal ansah, war da wieder diese vertraute Distanziertheit. Kühle Professionalität.

»Es tut mir leid, Miss Dean. Ich habe nicht sonderlich viel geschlafen.«

Ernsthaft? Gestern hatte er ihr Schokokuchen vorbeigebracht – und jetzt nannten sie sich wieder beim Nachnamen? Und nicht mal auf die coole, sportliche Art. Everly warf Stacey einen *Was-zur-Hölle*-Blick zu, und sie zuckte mit den Schultern.

»Kein Problem, *Mr Jansen*.«

Stacey schnaubte. »Meine Güte. Sie haben mich doch hoffentlich nicht in aller Herrgottsfrühe aus dem Bett geholt, nur damit ich Zeugin Ihres komischen Verhaltens werde. Was machen wir hier?«

Chris holte tief Luft, und Everly merkte, dass er nervös war.

Was merkwürdig war und nur dazu führte, dass sie selbst noch nervöser wurde.

»Wir hatten in den letzten zwei Tagen über tausend Anrufe bezüglich ... des Vorfalls«, sagte er zu Everly.

Wie so oft wäre sie auch diesmal am liebsten im Erdboden versunken. *Es ist nicht deine Schuld. Nichts davon ist deine Schuld.* Das machte die Erinnerung an die Ereignisse auch nicht besser.

»Ich nenne es *Den Unglücklichen Vorfall*«, erwiderte sie. *Musstest du ihm das jetzt sagen?* »Sorry.«

Chris' Mundwinkel zuckten. Er winkte ab und faltete die Hände. »Bitte, Sie müssen sich nicht entschuldigen. Die Leute stehen auf Ihrer Seite. Wir haben so viele E-Mails bekommen, dass der Server zusammengebrochen ist.«

Everly verzog das Gesicht. »Das habe ich gehört. Und ich kann mich nicht mehr in das E-Mail-Programm einloggen.«

»Ich habe das Passwort geändert«, entgegnete Chris.

Everly runzelte die Stirn. »Was? Warum?« Er dachte bestimmt, sie könnte ihren Job nicht richtig machen.

»Ich war der Meinung, dass Sie sich nicht alle E-Mails durchlesen müssen.«

»Das ist mein Job«, erwiderte sie und versteifte sich.

Sein Blick war ... prüfend. Und sie wusste nicht, wonach er suchte. »Und *mein* Job als Manager ist es einzugreifen, wenn ich es für nötig halte. Und im Interesse meiner Mitarbeiter und des Senders Entscheidungen zu treffen.«

Sie nickte und fühlte sich gescholten.

»Nichts davon ist ihre Schuld«, bemerkte Stacey.

Chris lehnte sich zurück. Langsam schien er sich sicherer zu fühlen, während bei Everly genau das Gegenteil der Fall war. »Das habe ich auch nicht gesagt. Aber die Sache ist folgende ... Eure Show erreicht nicht die Quote, die wir brauchen. Und dann auch noch der ...«, seine Mundwinkel bogen sich nach oben, » ... unglückliche Vorfall. Die Zuhörer sind emotional involviert. Sie glauben gar nicht, was manche geschrieben haben. Einige haben sogar angeboten, die Sache mit Simon für Everly zu regeln.«

»Verdammt, das habe ich doch schon angeboten«, unterbrach ihn Stacey.

Everly funkelte sie böse an. Jetzt war nicht der richtige Zeitpunkt für Scherze.

Chris fuhr fort und sah Everly direkt in die Augen. »Andere wollen Ihnen ihre Söhne und Neffen vorstellen. Es haben auch einige Männer angerufen, die sich mit Ihnen auf ein Date treffen wollen. Viele haben erzürnte Nachrichten über Treue und Loyalität geschrieben. Über zweihundert Anrufer wollten Ihnen alles Gute zum Geburtstag wünschen.«

Everly spürte, wie sie knallrot wurde. Chris stand von seinem Stuhl auf und setzte sich direkt vor ihnen auf die Schreibtischkante. Jetzt wurde ihr von Kopf bis Fuß heiß.

Stacey jedoch hüpfte auf ihrem Stuhl förmlich auf und ab. »Wow. Wie cool.«

Als sie Everly erwartungsvoll ansah, konnte diese nur mit den Schultern zucken, denn sie wusste nicht, was daran cool sein sollte. Sie wollte nicht, dass sich irgendjemand um irgendetwas kümmerte. Heute Morgen war ihr klar geworden, dass sie wohl nicht sonderlich viele Gefühle in die Beziehung mit Simon investiert hatte, denn sie hatte nach der Trennung keinerlei Herzschmerz gespürt. Ihr Stolz war verletzt, aber das war etwas anderes. Sie wollte auch keinen Sohn oder Neffen kennenlernen, nur weil die Leute Mitleid hatten. Würde sie sich auf solche arrangierten Dates einlassen, würde ihr Dad alles daransetzen, sie mit einem »gestandenen Mann« aus seiner Anwaltskanzlei zu verkuppeln. Nein, danke. Aber die Vorstellung, dass so viele Menschen auf ihrer Seite waren, war tatsächlich cool. Und interessant. Sie rackerten sich ab, um mehr Zuhörer und bessere Einschaltquoten zu generieren. Ein einziges Missgeschick – und jetzt waren sie bekannt? Für ihre Dates konnte sie selbst sorgen. *Du hast schon erkannt, dass du etwas ändern musst. Etwas Neues ausprobieren musst.* Plötzlich erschien ihr das Pitchen der Podcast-Idee im Vergleich zu dem, wohin das Ganze hier zu führen schien, wie ein Kinderspiel. Außerdem brauchte sie keine Glückwünsche von Fremden, auch wenn sie es ein bisschen süß fand.

Chris stieß laut die Luft aus, als würde er sich für etwas wappnen. Jetzt spielten Everlys Nerven komplett verrückt. Er hatte irgendwas vor.

»Der Besitzer des Senders will euch und eure Sendung rauswerfen.«

Alles geschah wie in Zeitlupe. Sie hatte das Gefühl, die Szene aus der Ferne zu beobachten. Sie sah, wie ihr die Kinnlade herunterfiel und sich die aufsteigende Panik in ihrem Gesicht widerspiegelte. Neben ihr blinzelte Stacey ungläubig.

Mit einer Hand hielt sich Chris an der Tischkante fest, während er die andere hob und hastig hinzufügte: »Lasst mich zuerst erklären, wie ich darüber denke, bevor ihr jetzt ausrastet.« Offensichtlich sahen sie beide so aus, als wäre es durchaus möglich, dass sie ausrasteten. »Ich habe ihm gesagt, dass ich es für falsch halte. Doch er hat mit den niedrigen Zahlen und der Funkstille argumentiert, als hätte er nur einen weiteren Grund gebraucht. Ich habe die ganze Nacht hier verbracht, denn ich habe eine Idee, die vielleicht nicht nur die Zahlen durch die Decke gehen lassen wird, sondern euch auch den begehrten Sendeplatz am Morgen sichern könnte.«

Regel Nummer fünf fiel ihr gerade in den Schoß. *Dann könntest du deine Podcast-Idee vorstellen.* Ihr Herz hämmerte so laut in ihren Ohren, dass sie ihn gar nicht richtig hören konnte.

»Sie wollen mich wegen fünfzehn Sekunden Funkstille feuern?« Staceys Stimme klang hart.

Chris schüttelte den Kopf. »Nein. Will ich nicht. Und das werde ich auch nicht. Darum geht es überhaupt nicht, um ehrlich zu sein. Der Besitzer sucht nur nach einer Ausrede. Aber mit meiner Idee werdet ihr auf euch aufmerksam machen. Und dann könnt ihr nach den Sternen greifen.«

Langsam atmete Everly ein und aus und klopfte mit den Fingern auf ihrem Oberschenkel herum. Zeigefinger, Mittelfinger, Ringfinger, kleiner Finger – und umgekehrt. Und noch mal. »Ich will aber keine Aufmerksamkeit. Und ich will auch nicht nach den Sternen greifen. Ich will einfach nur meinen Job machen.«

Chris drehte sich mit dem ganzen Körper zu ihr, sodass es sich anfühlte, als wären sie in einem privaten Zweiergespräch. Als würde sich die Distanz zwischen ihnen in Luft auflösen. Ihr Magen zappelte herum wie ein Fisch auf dem Trockenen.

»Ich weiß, Everly. Aber wir müssen irgendwas unternehmen. Ich finde euch großartig, aber wenn wir uns nichts einfallen lassen, wird der Besitzer den Vorfall als Vorwand benutzen, um euch zu feuern.«

»Das kann er nicht machen«, schimpfte Stacey, verschränkte die Arme vor der Brust und funkelte ihn böse an.

»In den neuen Verträgen, die ihr unterschrieben habt, steht eindeutig, dass er es kann. Wenn es dem Sender und den Zahlen dient. Er ist ein Geschäftsmann. Ihm geht es nur ums Geld.«

Natürlich ging es ihm ums Geld. Das war der Sinn eines Unternehmens. Gewinne einzufahren. Das verstand Everly. Daher kam auch der Spruch: »Es ist nichts Persönliches.« Stacey und sie waren vollkommen unbedeutend.

Aber nicht für Chris. Er hat eine Idee, um es zu verhindern.

Chris' Augen verdunkelten sich. Kurz wandte er den Blick ab, bevor er sie wieder ansah. »Wollt ihr jetzt hören, was ich zu sagen habe?«

Stacey lehnte sich um Chris herum, um Everlys Hand zu ergreifen. »Atme, Süße. Hören wir uns seinen Vorschlag an. Und wenn er uns nicht gefällt, gehen wir. Dann sollen sie sehen, wie sie den Sendeplatz füllen.«

Sie wusste, dass ihre Freundin versuchte, die Stimmung zu lockern, und setzte ein kleines Lächeln auf, doch es löste nichts in ihr aus.

»Everly?« Chris sah sie so besorgt an, dass es ihr kurz die Sprache verschlug. »Hören Sie mir zu?« Es war bereits das zweite Mal, dass er ihren Vornamen benutzte, was die Wand, die für gewöhnlich zwischen ihnen stand, zum Einsturz brachte.

Sie blinzelte und kaute auf der Innenseite ihrer Wange herum. Hatte sie denn eine Wahl? *Man hat immer eine Wahl.* Sie würde ihre Liste um folgende Regel ergänzen müssen: *Hab immer einen Plan B parat. Für alles.*

»Ja.«

Kapitel 7

Everly sah Chris an, dass er innerlich mit sich rang. Warum war ihr bisher nicht aufgefallen, wie gerade seine Nase war? Oder dass seine grünen Augen goldene Sprenkel hatten? *Und was noch viel wichtiger ist: Warum fällt es dir jetzt auf?* Sie versuchte wirklich, geduldig zu sein, aber sie wollte, dass er mit der Sprache herausrückte und ihnen von seiner Idee erzählte. Sie wollte ihren Job nicht verlieren. *Du wirst deinen Job nicht verlieren. Du kannst deinen Job nicht verlieren. Hör ihm zu.*

»Die Zuhörer wollen ein Märchen. Und ich schlage vor, ihnen genau das zu geben. Realityshows haben einen riesigen Markt. Was passiert ist, hat mich auf die Idee gebracht, so etwas in der Art auszuprobieren. Eigentlich ist die Idee ganz einfach: Die Zuhörer nominieren potenzielle Dates. Vier Wochen lang treffen Sie sich jede Woche mit drei Männern. Jede Woche wählen Sie das beste Date aus, und der Typ kommt dann in die Endrunde. Und in der fünften Woche gehen Sie mit vier Männern auf ein zweites Date.«

Everlys Kopf drehte sich. *Das* sollte einfach sein?

Chris' Enthusiasmus ließ sich nur schwer leugnen. »In der fünften Woche schmeißen Sie zwei raus. Und in der sechsten wählen Sie schließlich den Gewinner. Und die Zuhörer dürfen die ganze Zeit ihre Meinung zu den Kandidaten äußern. Sie posten auf Social Media über die Dates und erzählen, was Sie von den Typen halten. Die Zuhörer haben bereits eine Verbindung zu Ihnen. Sie wollen, dass Sie glücklich werden. Letzten Endes entscheiden natürlich Sie.«

Everlys Zunge wollte einfach nicht funktionieren. Von wegen Erdnussbutter. Es war, als wäre ihr Mund mit Zement gefüllt. Und irgendwas steckte in ihrem Hals. Vielleicht ihr Herz. Oder ihre Lungen. Wieder klopfte sie auf ihrem Schenkel herum, doch es half nichts. Dann bohrte sie den rechten Daumen in ihre linke Handfläche. Und zwar fest.

»Ev, atme«, sagte Stacey und schob den Stuhl mit den Rollen zurück. Dann ergriff sie Everlys Hände und sah ihr direkt in die Augen. »Hey. Alles ist gut. Atme.«

Sie zwang sich durchzuatmen und schüttelte den Kopf, als könnte sie auf diese Weise ihr Gehirn ordnen.

»Alles in Ordnung?« Chris' besorgte Stimme drang durch den Nebel zu ihr durch.

Stacey drehte den Kopf zu ihm und ließ eine von Everlys Händen los. »Sie haben gerade vorgeschlagen, sie auf etliche Dates zu schicken, um die Quote zu steigern. Möglicherweise haben Sie schon gemerkt, dass sie eine klitzekleine Sozialphobie hat. Vielleicht können Sie also verstehen, warum es sie so aus der Bahn wirft.«

Everly gab sich große Mühe, ihre Stimme und auch ihre Professionalität wiederzufinden. Sie wusste es zu schätzen, dass Stacey sie verstand und sich für sie einsetzte, aber sie war dreißig Jahre alt und konnte für sich selbst sprechen. »Nur um das klarzustellen. Sie glauben, wir könnten die Quote steigern und den Besitzer besänftigen, wenn ich auf Dates mit Männern gehe, die die Zuhörer auswählen?«

Chris nickte, und die Begeisterung in seinen Augen erlosch

ein wenig. »Die Idee ist einzigartig. Das könnte für den Sender eine große Sache werden. Aber auch für Sie. Sowohl beruflich als auch privat.«

Er wählte seine Worte vorsichtig, was sie auf den Gedanken brachte, dass es vielleicht *seine* Art war, sich für sie starkzumachen. Er setzte sie nicht unter Druck, stellte lediglich seine Idee vor.

Chris erhob sich und ging eine Weile hinter seinem Schreibtisch auf und ab, bevor er sich ans Fenster stellte. Als er sie ansah, lag irgendetwas in seinem Blick. Etwas, das sie noch nie gesehen hatte. Nicht einmal neulich bei ihr zu Hause. Zärtlichkeit? Zuneigung? *Interpretiere seinen Blick jetzt nicht falsch, nur weil du gerade emotional bist.*

»Everly, Sie müssen es nicht machen, wenn Sie nicht wollen.«

Sie zwang sich, ruhig zu atmen. Ein und aus. Er meinte es tatsächlich ernst. Er stand hinter ihr. Warum auch immer. Würde sie es schaffen? Onlinedating war mittlerweile die Norm, und ihre bisherigen Methoden waren nicht von Erfolg gekrönt gewesen. Sie würde die Kontrolle haben, was ihr wichtig war, und sie würde aus ihrer Komfortzone heraustreten, was sie überhaupt nicht mochte. Doch sie wusste, dass sie es tun musste.

»Was, wenn ich es nicht mache?«, fragte sie und ballte die Hände zu Fäusten.

»Dann geben wir eine Pressemitteilung heraus und bedanken uns bei den Zuhörern für ihre Anteilnahme. Und ich werde dafür kämpfen, dass ihr bleiben dürft.«

Es war ein Risiko. So oder so.

Eine seltsame Ruhe, fast eine Taubheit, erfüllte ihre Brust. »Erzählen Sie mir mehr.«

Er nickte. »Von der Idee her ist es wie *Die Bachelorette*. Die Zuhörer schlagen Dates vor, die wir dann überprüfen. Und der Sender bezahlt Sie dafür, dass Sie mit den Männern essen gehen. Nur ein ganz normales erstes Date, ohne Druck, Mr Right finden zu müssen. Und nach den sechs Wochen treffen Sie eine Entscheidung, gehen aber keinerlei Verpflichtungen ein. Sie suchen sich einfach einen Mann aus, mit dem Sie sich auf ein drittes Date treffen würden.«

Stacey legte die Hand auf eine von Everlys Fäusten. Everly lächelte sie an, um ihr zu verstehen zu geben, dass sie sich zusammenriss. *Das hier ist wie eure ganz normale Programmbesprechung. Wir sprechen hier nur über eine Idee, um die Zahlen zu steigern.*

Genau. »Definieren Sie *überprüfen*.«

Chris richtete sich auf und blickte nun ernster drein. »Eingehende Prüfungen. Background-Checks, Bewerbungen, Security bei jedem Date.«

Sie zog die Stirn kraus. Der Sicherheitsaspekt gefiel ihr, aber … »Irgendwie seltsam, ein Date mit einem dritten Rad am Wagen.« *Aber vielleicht hilft es, wenn das Gespräch ins Stocken gerät.*

»Die Security wird sich diskret im Hintergrund halten.« Chris setzte sich ihr wieder gegenüber. »Ich weiß, dass Sie schüchtern sind. Ich weiß, dass Sie sich in größeren Gruppen nicht wohlfühlen. Aber wir werden es so gestalten, dass es zu Ihnen passt. Dass Sie in Ihrer Komfortzone bleiben können.«

Sie hob die Augenbrauen, schwieg jedoch. Jeder in diesem Raum wusste, dass das so weit außerhalb ihrer Komfortzone lag, dass es vielleicht gar nicht existierte.

Chris fuhr fort. »Sie müssen nicht live auf Sendung gehen. Obwohl Sie es könnten. Sie haben eine tolle Stimme. Ihr könnt es in euer Programm integrieren, wenn ihr wollt. Sie könnten nach jedem Date bloggen. Oder wir erfinden einen Hashtag. Wir halten die Leute über Instagram und Twitter auf dem Laufenden. Und Stacey könnte Ihre moralische Unterstützung, Ihre Wingwoman sein. Wenn Sie sich damit wohlfühlen, könnte sie in der Sendung über Ihre Dates und Ihren Blog sprechen. Stacey könnte Ihre Stimme on air sein. Die Leute werden es lieben. Sie wollen, dass Sie glücklich werden. Sie haben inzwischen viele Fans gewonnen. Das ist eine große Sache.«

Er hatte tatsächlich intensiv darüber nachgedacht.

Ihr Gehirn feuerte wie immer Gegenargumente ab. »Vielleicht haben Sie es schon mitbekommen, aber ich komme gerade frisch aus einer Beziehung, die nicht gut endete«, bemerkte Everly trocken.

Sein Blick wurde weicher und seine Stimme ebenfalls. »Das stimmt, ich weiß. Aber ich weiß auch, dass Sie eine der besten Produzentinnen sind, die ich je kennengelernt habe. Sie müssen hier über den Tellerrand blicken. Ginge es um jemand anderen und nicht um Sie, wie fänden Sie die Idee dann?«

Sie hätte die Idee lustig gefunden. Unterhaltsam. Am liebsten wäre sie im Zimmer auf und ab gegangen. Hier drin war es viel zu heiß, und ihre Klamotten fühlten sich zu eng an. Verdammt, sie drohte, in ihrer *Haut* zu ersticken.

»Ich mache es«, meinte Stacey.

Beide Köpfe drehten sich in ihre Richtung.

Sie grinste. »Warum nicht? Ich gehe gern auf Dates. Ich mag Menschen. Ich gehe gern schick auf Kosten des Senders essen. Ich meine, ich muss den Typen ja nicht gleich heiraten. Wir sind nicht aneinander gebunden, wenn wir nach sechs oder sieben Wochen beschließen, getrennte Wege zu gehen, oder?«

Chris nickte und sah wieder Everly an, deren Blick jedoch auf Stacey gerichtet war. Ihr Herz füllte sich mit unendlicher Dankbarkeit. »Ich glaube, ich nehme es als zu selbstverständlich hin, dass du eine so gute Freundin bist.« Stacey hätte die Aufgabe für

Everly übernommen, obwohl sie Verbindlichkeiten genauso sehr hasste wie Everly Überraschungspartys.

Stacey lächelte. »Ich liebe dich. Das weißt du.«

Chris räusperte sich und veränderte seine Sitzposition. »Ich finde es toll, dass Sie Everly unterstützen wollen, Stacey. Und dass Sie sich so nahestehen. Dass Sie so gut befreundet sind, ist einer der Gründe, warum Sie ein so tolles Team sind. Aber das wird nicht funktionieren.«

Everly nickte. Er hatte gesagt, sie solle über den Tellerrand blicken. Sich selbst aus der Gleichung herausnehmen. Falls sich die Zuhörer wirklich für ihre Geschichte interessierten, würden sie wissen wollen, wie sie ausging. Einerseits war sie dafür überaus dankbar. Andererseits machte sich aber auch Sorge in ihr breit, weil sie tatsächlich darüber nachdachte, es zu tun. »Er hat recht«, erwiderte Everly leise. Ihre Stimme war viel ruhiger als ihr Puls.

Chris rückte mit seinem Stuhl ein Stückchen näher heran, und ihre Knie berührten sich aus Versehen. Der unbeabsichtigte Körperkontakt und die Elektrizität, die all ihre Sinne weckte, ließen Everly nach Luft schnappen.

»Die Zuhörer haben sich in *Sie* verliebt, Everly«, sagte er. »Sie wollen, dass Sie Ihr Happy End bekommen.«

Dass er ihren Namen so sanft und beinahe flüsternd sagte, hatte eine merkwürdige Wirkung auf ihr Herz. Es konnte sich nicht entscheiden, ob es wie wild schlagen oder seinen Rhythmus auf eine vernünftige Geschwindigkeit reduzieren wollte. Da half es auch nicht, dass er eben gesagt hatte, dass sich die Zuhörer in sie verliebt hatten. Momentan kam sie sich nicht wie jemand vor, in den man sich verlieben konnte. Im Moment hatte sie das Gefühl, zwei Menschen zu sein – einer, der die Idee großartig fand, und einer, der Angst hatte, sie tatsächlich durchzuziehen.

»Geben Sie uns bitte eine Minute?« Stacey sah Chris an, während sie aufstand, zur Tür ging und sie öffnete.

Er erwiderte nichts, ging einfach raus und zog die Tür hinter sich zu.

Stacey setzte sich Everly gegenüber und ergriff ihre Hände. »Hey. Sieh mich mal an.«

Everly starrte ihre Freundin an, die sich offenbar bereits von der Schocknachricht erholt hatte.

»Das ist deine Chance«, meinte Stacey.

Everly zog die Hände zurück, damit sie aufstehen konnte. Sich bewegen konnte. Irgendwas. Sie beschloss, sich ein wenig dumm zu stellen. Sie wollte wissen, was Stacey dachte. »Meine Chance wofür?«

»Die Liste. Deine Regeln. Ev, das ist perfekt. Wenn du das machst, kannst du hinter jede Regel ein Häkchen setzen.« Stacey stand ebenfalls auf, und ihre Augen leuchteten vor Begeisterung. »Etwas Neues außerhalb deiner Komfortzone ausprobieren? Check. Typen kennenlernen, die sehen wollen, was sich hinter deiner Schale verbirgt? Check. Eine großartige neue Show? Ja, verdammt. Mutig sein? Was ist bitte mutiger als das? Herausfinden, was dich glücklich macht? Na ja, mein Geburtstagsgeschenk sollte dir damit schon geholfen haben, aber hey, Doppelcheck. Wie war's eigentlich?«

Everly musste lachen. »Wir reden jetzt nicht über dein Geburtstagsgeschenk.«

Verzückt riss Stacey die Augen auf. »Du hast ihn ausprobiert, nicht wahr?«

Everlys Wangen fühlten sich an wie glühende Kohlen. »Das habe ich nicht gesagt. Können wir uns jetzt bitte konzentrieren? Wir könnten unsere Jobs verlieren.«

»Du musstest es nicht sagen. Und noch mal – gern geschehen.

Und wir werden unsere Jobs nicht verlieren. Du wirst es machen. Das weißt du genau.«

Everly verschränkte die Arme vor der Brust und sah Stacey durchdringend an. »Woher willst du wissen, was *ich* machen werde?«

Stacey richtete den Zeigefinger auf sie, der neckende Ton war nun verschwunden. »Du liebst deinen Job. Wäre es unsere Idee gewesen, würden wir uns selbst als Genies bezeichnen. Und dass es gerade jetzt passiert, wo du beschlossen hast, dein Leben endlich in die Hand zu nehmen, ist einfach perfekt.«

Everly legte den Kopf schief. »Laut Chandler Bing ist nur Kaugummi perfekt.«

Stacey verdrehte die Augen und lehnte sich gegen Chris' Schreibtisch. »Jetzt keine *Friends*-Zitate. Das lenkt uns nur ab.«

Everly senkte den Blick auf ihre Converse. »Du findest, ich habe mein Leben bisher nicht in die Hand genommen?«

Sie sah Staceys sexy High Heels auf sich zukommen, bevor ihre Freundin sie an den Schultern packte.

»Ich finde, du zeigst der Welt zu wenig, was für eine tolle Frau du bist. Wir sind drauf und dran, unsere kleine Sendung in die Stratosphäre zu schießen. Menschen lieben Außenseitergeschichten, Ev. Ich weiß, dass du das Rampenlicht nicht magst, aber du hast es verdient zu glänzen. Wir können es zu unserem Vorteil nutzen und uns das nehmen, was wir wollen. Was *du* willst.«

Everly löste sich aus ihrem Griff und legte die Hand auf ihre schmerzende Brust.

Doch Stacey gab nicht auf. »Es ist, als hätte das Universum unsere Liste gesehen und gesagt: ›Ich regle das. Bitte schön.‹«

Everly drehte sich um und starrte sie an. Stacey meinte es

ernst. Sehr ernst. Und sie war total aus dem Häuschen. »Ich kann nicht mit einem Haufen fremder Typen ausgehen.«

»Jeder ist ein Fremder, bevor man ihn kennenlernt.«

Sie verdrehte die Augen. »Was, wenn diese Typen verrückt sind? Mörder? Männer mit seltsamen Fetischen? Steuersünder?«

Stacey biss sich auf die Unterlippe. Everly wusste, dass sie sich das Lachen verkniff. »Wir lassen in den Vertrag schreiben, dass alle Kandidaten eingehend geprüft werden und sie ihre Steuererklärungen offenlegen müssen.«

Als Everly Luft holte, klang es ein wenig zittrig, und sie ließ sich wieder auf den Stuhl sinken. »Nächstes Jahr bleibe ich an meinem Geburtstag auf jeden Fall zu Hause.«

• • •

Stunden später saßen sich Everly und Chris in seinem Büro gegenüber. Sie las sich den Vertrag durch, den die Rechtsabteilung aufgesetzt hatte.

Vorsichtig spähte sie zu ihm hoch. Er tippte auf seinem Smartphone herum, die Augenbrauen konzentriert zusammengezogen, die Stirn in Falten gelegt. Was für Frauen er wohl datete? *Bestimmt Frauen wie Stacey – extrovertiert, sexy, selbstbewusst.* Nicht, dass es eine Rolle gespielt hätte. Obwohl sie heute mehr miteinander gesprochen hatten als je zuvor, fiel es ihr schwer, sich in seiner Gegenwart zu entspannen. Er gehörte zu den Männern, von denen sie sich fernhielt. Vor denen sie sich versteckte. Wenn sie das hier wirklich durchzog, wollte sie jemanden, mit dem sie sich auf jeder Ebene verbunden fühlte. *Was bedeutet, dass du die Türen zu deinen Ebenen öffnen musst.*

Sie räusperte sich. »Zwei Dates pro Woche statt drei.«

Chris blickte von seinem Smartphone auf. »Okay. Darf ich fragen, warum?«

Sie lehnte sich zurück und rollte den Kugelschreiber zwischen Daumen und Zeigefinger.

»Drei sind zu viel. Selbst in meinen besten Zeiten bin ich kein sonderlich sozialer Mensch. Das wird mir eine Menge abverlangen.« Wie sollte sie ihm erklären, dass sie es als anstrengend empfand, viel Zeit mit anderen Menschen zu verbringen? Dass die Idee, auszugehen und Spaß zu haben, zwar verlockend klang, sie aber häufig einen Rückzieher machte, wenn es dann wirklich dazu kam. *Eine* stressige Woche war eine Sache, aber er verlangte *sechs* stressige Wochen von ihr.

Er legte das Handy beiseite, ohne darauf zu warten, dass sie eine plausible Erklärung lieferte. »Kein Problem. Dann lasse ich es ändern. Sonst noch was?«

»Drei Wochen statt vier. Insgesamt sechs Männer. Und in Woche vier sind dann noch drei übrig. Die Zuhörer können ihren Favoriten wählen, und ich suche den Zweiten aus. So habe ich dann in der vierten Woche zwei zweite Dates. Und in Woche fünf verkünde ich, für wen ich mich entscheide. Weniger Stress.« *Irgendwie.*

Eine Weile dachte er darüber nach, doch sie machte keinen Rückzieher. Sie konnte unmöglich mit vier Männern auf ein zweites Date gehen. Und sechs Wochen waren eine wirklich lange Zeit. Länger als ihre Beziehung zu Simon.

»Alles klar.« Mit einer Handbewegung bedeutete er ihr fortzufahren.

»Und ich darf entscheiden, wo die Dates stattfinden.«

»Okay.«

»Und was die Kandidaten betrifft, habe ich das letzte Wort.«

»Natürlich.«

»Und ich treffe mich nur an den vereinbarten Treffpunkten mit ihnen. Keiner holt mich zu Hause ab.«

Chris faltete die Hände. »Ihre Sicherheit hat höchste Priorität. Ich will, dass Sie sich wohlfühlen. Und ich weiß, dass diese Situation dem eigentlich widerspricht. Aber wir tun alles, damit es für Sie so angenehm wie nur möglich wird. *Sie* haben Priorität.«

Irgendetwas lag in der Art, wie er das sagte. Wie sie einander ansahen, als wären ihre Blicke durch einen unsichtbaren Faden miteinander verbunden. Am liebsten hätte sie einen flapsigen Kommentar abgelassen, dass die Quote oberste Priorität habe, nur um ihre Nerven zu beruhigen, die immer mehr zu flattern begannen. Doch sie sagte nichts, denn so, wie er sprach, sie ansah, wusste sie, dass er es ernst meinte. Sie hatte keine Ahnung, warum ihr bei der Vorstellung, dass er sich aufrichtig für sie interessierte, so schwindelig wurde.

»Es tut mir leid, dass der Vorfall neulich alles verkompliziert hat, aber ich glaube, wir alle werden dadurch nur gewinnen.«

»Vor allem, wenn ich nicht gefeuert werde«, erwiderte sie und lächelte ein wenig.

»Ich will Sie nicht feuern. Sie machen Ihren Job großartig«, entgegnete Chris.

Everly blinzelte ein paarmal, senkte dann den Blick auf den Tisch und schob die Dokumente zusammen. »Das ist sehr nett von Ihnen.«

Chris legte eine Hand auf Everlys. Das kleine Flackern, das sie vorhin gespürt hatte, als sich ihre Knie berührt hatten, verwandelte sich in eine Stichflamme, weil er seine Hand nicht sofort wegnahm. Keine Schutzschilde mehr. Er schaute sie durchdringend an, als wollte er *tiefer* blicken und klarer sehen. Vielleicht wollte er aber auch, dass *sie* ein wenig genauer hinsah.

»Es ist nicht meine Art, Sachen nur aus Nettigkeit zu sagen.

Es ist wahr, Everly. Wenn ich Ihnen ein anderes Gefühl gegeben habe, tut es mir leid.«

In der Hoffnung, ihren Puls beruhigen zu können, zog sie die Hand unter seiner hervor, griff nach den Dokumenten und schob sie zu einem ordentlichen Stapel zusammen. »Danke. Ich nehme den Vertrag mit zu meinen Eltern. Mein Vater ist Anwalt. Er soll ihn prüfen, und dann bekommen Sie ihn morgen zurück.«

Chris lehnte sich auf seinem Stuhl zurück und schlug die Beine übereinander. »Anwalt. Hm. Was für ein Anwalt?«

Everly grinste. »Scheidungsanwalt. Irgendwann wird es ihm zugutekommen, wenn meine Eltern beschließen, dass sie einander lange genug damit gedroht haben, sich endgültig zu trennen.«

Seine Mundwinkel bogen sich nach unten, doch statt zu erwähnen, wie seltsam das sei – ein Kommentar, den sie oft zu hören bekam –, schüttelte er bloß den Kopf. »Das ist bestimmt schwer für Sie.«

Sie umklammerte die Papiere ein wenig fester. Die meisten Menschen kapierten nicht, dass es für sie tatsächlich schwer war. »Ich bin ja kein Kind mehr.«

Er musterte sie sorgfältig. »Nein. Natürlich nicht. Aber das Verhalten unserer Eltern beeinflusst uns selbst als Erwachsene mehr, als wir denken.«

Es war irgendwie beunruhigend, dass er den Nagel direkt auf den Kopf getroffen hatte.

Sie erhoben sich gleichzeitig von ihren Stühlen. Er schob die Hände in die Hosentaschen, hatte weder das Jackett noch die Krawatte wieder angezogen. Dass er nun so entspannt wirkte, war entwaffnend. Er wirkte *fast* normal. »Mein Dad ist gerade zum sechsten Mal verlobt.«

Everly fiel die Kinnlade herunter. »Wow. Das sind aber viele Diamantringe.«

Diesmal war er derjenige, der grinsen musste. Ein sexy Grinsen, das sagte: *Ich werde bei deinen verrückten Eltern vorbeischauen – und dann kriegst du eine Gehaltserhöhung.* »Ja. Kann man so sagen. Aber bisher hat er nur dreimal geheiratet. Keine Ahnung, ob er seine jetzige Verlobte tatsächlich heiraten wird, aber diesmal ist der Altersunterschied nicht so groß.«

»Lebt er hier in Los Angeles?« Ihrem emsigen Gehirn fielen immer mehr Fragen ein. Wie kam er mit seinen Stiefmüttern zurecht? Wie alt war er gewesen, als sich seine Eltern hatten scheiden lassen? War eine klare Trennung für ein Kind besser als ein ewiges Hin und Her? Sie arbeitete jeden Tag mit diesem Mann zusammen und wusste kaum etwas über ihn.

»Nein. Er lebt in New York. Der Großteil meiner Familie lebt dort.«

»Stehen Sie Ihrer Mutter sehr nahe?«

Sein Lächeln, das seine Wangen betonte und ein kleines Grübchen hervorzauberte, war warm und aufrichtig. Plötzlich spürte Everly in ihrem Inneren etwas, das sie noch nie empfunden hatte. Es war, als würden ihre Eingeweide zu tanzen beginnen.

»Wir telefonieren oft. Sie reist gern. Sie bevorzugt tropische Inseln.«

»Das kann man ihr nicht zum Vorwurf machen.« Sie schaute auf die Uhr. Würde sie jetzt aufbrechen, käme sie noch rechtzeitig zum Dinner zu ihren Eltern. Wenn es zwischen ihnen gut lief, besuchte Everly sie gern. Es tilgte zwar nicht das schlechte Gewissen, weil sie die beiden mied, wenn sie getrennt waren, aber so konnten sie wenigstens nicht behaupten, sie würden ihre Tochter nie zu Gesicht bekommen. Vielleicht würden sie eines Tages merken, dass es zwischen Everlys Besuchen und ihrem Beziehungsstatus eine Verbindung gab. Ihr Magen grummelte laut.

Chris' Lachen brachte ihre Wangen zum Glühen. Als er eine

Augenbraue hob und den Blick auf ihren Bauch richtete, presste sie die Hände auf ihren Magen. Als könnte sie so die Tatsache kaschieren, dass das Sandwich zum Mittag nicht genug gewesen war.

»Ich würde Sie gern zum Abendessen einladen«, sagte er.

Everlys Atem stockte ihr in der Brust und entwich dann ruckartig. Die Worte hingen zwischen ihnen, während sie in seine dunklen Augen blickte.

Chris fuhr sich durch das Haar. »Wir sitzen hier seit Stunden. Wir können das Gespräch auch bei einem Essen zu Ende führen, oder? Das ist das Mindeste, was ich tun kann.«

Das Mindeste, was er tun konnte? Warum? Hatte er etwa ein schlechtes Gewissen? Sie war nicht sicher. Aber sie war auch nicht sicher, ob sie noch mehr Zeit mit ihm allein verbringen sollte, wenn ihr Herz so unruhig war. Es war, als würde in ihrem Kopf ein unsichtbares Warnschild leuchten. Sein Angebot – und sein Lächeln, das sie so verwirrte – sollten mit einem Warnhinweis versehen werden: *Das ist nicht der richtige Chris für dich.*

Eigentlich sollte sie sich das gar nicht erst ins Gedächtnis rufen müssen. Wahrscheinlich baute sich gerade das Adrenalin in ihrem Körper ab. Das musste der Grund sein, warum sie so verwirrt war. Die meisten Menschen verstanden nicht, wie viel Energie es sie kostete, in ihrem eigenen Kopf zu sein. Manchmal machte sie sich selbst müde. »Ich sollte meinem Dad besser den Vertrag bringen. Dann können wir morgen unterschreiben und mit der Werbung beginnen.«

Als er nicht widersprach, war es einfach zu glauben, dass er nur aus reiner Höflichkeit gefragt hatte. »Außerdem werden Sie in nächster Zeit noch oft genug mein Abendessen bezahlen müssen. Sie sollten also lieber Geld sparen. Sie wissen ja noch gar nicht, ob sich Ihr Boss darauf einlassen wird.«

Er nickte und wirkte *beinahe* enttäuscht. *Als ob. Warum sollte er enttäuscht sein?* Sie schüttelte den Gedanken ab, während er beiseitetrat und auf die Tür deutete. »Lassen Sie das ruhig meine Sorge sein. Wenn ich ihm die Idee richtig verkaufe, gibt es keinen Grund, warum er sie ablehnen sollte.« Sein Ton war zwar nicht schroff, klang aber auch nicht mehr so gelassen wie die letzten Stunden.

Das machst du immer. Du bist schuld, dass es immer merkwürdig wird. Everly drückte ihre Tasche an die Brust, unsicher, was genau sie gesagt hatte, das die Atmosphäre zwischen ihnen so verändert hatte. Sie würde den ganzen Abend damit zubringen, den Tag Revue passieren zu lassen, um es herauszufinden.

Langsam legte sich die reservierte Maske wieder über sein Gesicht. Er ging zurück hinter seinen Schreibtisch und blickte hinab auf seinen Kalender.

»Danke für Ihre harte Arbeit und Ihren Einsatz. Lassen Sie mich wissen, falls Sie noch etwas brauchen«, sagte er und sah sie an. Doch irgendetwas war ... anders. Sein Blick hatte die Wärme verloren, die sie gerade noch gespürt hatte.

Sie schulterte ihre Tasche und versuchte, die Unruhe wegzuatmen, die sich in ihr ausbreitete. »Okay. Na dann. Einen schönen Abend noch.«

In seinem Lächeln lag etwas Bedauerndes, das sie nicht verstand. Dieser Mann war noch verwirrender als alle anderen. »Einen schönen Abend, Everly.«

Kapitel 8

Chris schloss die Tür zu seinem Apartment auf, in seinen Armen die Tüte mit dem Essen und das Sixpack Bier, das er unterwegs gekauft hatte. Langsam holte ihn die Kombination aus Schlafmangel und dem Adrenalin ein, das ihm die großartige Idee beschert hatte. Vielleicht hatte er deshalb Everly gefragt, ob sie mit ihm ausgehen würde. Er stellte die Sachen ab, schlüpfte aus seinem Mantel, warf ihn über einen Barhocker und öffnete ein Bier. Er nahm einen langen Zug und seufzte laut, was ein wenig die Anspannung aus seinen Schultern nahm.

Es hatte diesen einen Moment gegeben, als er den Atem angehalten und gehofft hatte, sie würde sein Angebot annehmen. Doch zum Glück war sie klüger als er.

Es wäre nur ein Geschäftsessen gewesen, sagte er sich. Doch das war genau das Problem. Immer wieder musste er sich ins Gedächtnis rufen, dass sie eine rein platonische Geschäftsbeziehung hatten. Als sie gegangen war, hatte sie so verwirrt dreingeblickt, dass er sich selbst dafür hasste. Aber es war besser, wenn sie ihn für ein Arschloch hielt, statt zu wissen, dass er tatsächlich mit ihr hatte ausgehen wollen.

Hör auf, tadelte er sich. Er hatte allen Grund zu feiern.

Im Großen und Ganzen war es ein erfolgreicher Tag gewesen. Er schaufelte sein Tandoori Chicken auf einen Teller, nahm sein

Essen, sein Bier und das Smartphone und ging herüber zum Sofa. Das Apartment bot mehr, als er brauchte. Die Küche und das Wohnzimmer waren in einem großen Raum mit hohen Decken und etlichen Fenstern, die die kalifornische Sonne hereinließen. Er hatte ein Sofa, einen Couchtisch und einen großen Fernseher mit Surroundsystem. Das waren für ihn die wichtigsten Dinge. Im Hauptschlafzimmer standen ein großes Bett und eine Kommode. Ansonsten hatte er nichts gekauft. Das war auch nicht nötig, denn er würde ohnehin zurück nach New York gehen.

Er mochte Kalifornien. Nachdem er fast sein ganzes Leben lang an der Ostküste gelebt hatte, war es anfangs ein ziemlicher Kulturschock gewesen. Sich an den Sonnenschein zu gewöhnen war ihm jedoch nicht schwergefallen. Er schaltete die Nachrichten ein, schaltete den Fernseher auf lautlos, wählte die Nummer seines Bruders und stellte auf Lautsprecher.

»Hey. Wie läuft's?«, fragte Noah, und seine Stimme erfüllte den Raum.

»Ganz gut. Und bei dir?«, antwortete Chris mit vollem Mund.

»Wie immer. Habe gerade ein paar Lagerhäuser in den Heights gekauft. Aus dem einen wollte ich ein Wohnhaus machen und aus dem anderen ein Bürgerhaus. Gramps hätte sie geliebt. Und es wäre Zeit, der Gemeinde etwas zurückzugeben.«

»Das ist eine großartige Idee.« Er dachte an Everlys Apartment. Sein Großvater war in New Jersey geboren worden. Er hätte das Konzept toll gefunden. »Daraus etwas Neues zu machen würde den alten Charme beibehalten, dem Ganzen aber auch wieder Leben einhauchen.« Leider wusste er, wie die Geschichte ausgehen würde. »Und welchen Teil davon hat Dad zunichtegemacht?«

»Wo zum Teufel ist da der Sinn, uns die Führung eines Projekts zu überlassen, nur um dann Nein zu sagen?«, fragte Noah verärgert. Chris hörte, wie er umherlief.

Chris schluckte und trank von seinem Bier, bevor er versuchte, darauf eine passende Antwort zu finden. »Ich bin sicher, er hat dafür viele Gründe. Ich nehme an, er will nur sich selbst etwas zurückgeben. Wirst du die Lagerhäuser weiterverkaufen?«

»Vielleicht. Vielleicht behalte ich sie auch. Ich habe mein eigenes Geld. Es ist also nicht so, als könnte ich es mir nicht leisten. Aber es regt mich auf, dass er uns keine freie Hand lässt. Es ist Zeit für etwas Neues. Für mehr.« Er hasste den Frust in Noahs Stimme. »Was für eine Verschwendung. Was soll's. Es ist doch immer das Gleiche. Und bei dir? Wie ist das Leben im Sender? Ist dir schon was eingefallen?«

»Ihr habt mich tatsächlich auf ein paar Ideen gebracht. Aber du musst unbedingt mit Ari sprechen.«

»Was glaubst du, wie lange Dad noch so tun kann, als wäre sie nicht alt genug, um ihr Leben endlich auf die Reihe zu kriegen?«

Chris spießte noch ein Stück Hühnchen auf die Gabel. »Keine Ahnung. Du musst für mich eingreifen. Schick sie übers Wochenende ins Spa oder so. Irgendetwas, das sie ablenkt. Ich brauche ein wenig Vorbereitungszeit, um ihm zu zeigen, dass Ari hier keinen Platz hat.« Es hätte ihn auch nicht gewundert, wenn Ari die Idee einfach fallen lassen und sich etwas anderem widmen würde. Noch ein Grund, warum sie keinen Fuß in den Sender setzen durfte.

»Viel Glück damit. Dad hört auf mich genauso wenig wie auf dich. Ich versuche es, versprechen kann ich dir allerdings nichts. Sobald du *mit* ihm statt *für* ihn arbeitest, wirst du nicht mehr wissen, was du mit dir anfangen sollst.«

Chris lachte. »Damit kann ich umgehen.«

Noah murmelte zustimmend, bevor er fragte: »Was ist also dein Plan?«

Nachdem er ihm die Idee grob erklärt hatte, fügte Chris hinzu: »Sie ist schüchtern. Sehr schüchtern.« Mehr wollte er nicht sagen. Das stand ihm nicht zu. Aber das Ergebnis würde davon abhängen. »Sie ist eine Wildcard. Wenn sie sich ein wenig entspannt, öffnet sie sich. Dann kann man sich großartig mit ihr unterhalten. Sie ist witzig, sarkastisch und äußerst klug.«

»Klingt, als wolltest du Babys mit ihr zeugen, kleiner Bruder«, erwiderte Noah lachend.

Fast hätte sich Chris an seinem nächsten Bissen verschluckt. »Fick dich. Sie ist wirklich nett. Und meine Angestellte. Meine Angestellte, die Dad übers Ohr hauen will, nur weil Ari mal wieder eine bescheuerte Idee hat.«

»Weißt du, ich könnte ein wenig Sonne vertragen. Ich werde mit Dad reden. Und dann werde ich es einrichten, dich zu besuchen.«

Chris wollte seinen Bruder unbedingt sehen. Es war schon viel zu lange her. »Lass mich wissen, ob du tatsächlich kommst. Dann bestelle ich noch ein Bett.«

Das Lachen seines Bruders erfüllte den ganzen Raum. Fast, als wäre er tatsächlich hier. Ja, es wäre wirklich schön, ihn zu sehen.

• • •

Nach einer langen heißen Dusche zog Chris Jogginghose und T-Shirt an und nahm wieder den Papierkram zur Hand. Nachdem Everly die Idee als potenzielles Werbemittel erkannt hatte, hatte sie sich sofort in die Planung gestürzt. Er hatte es geliebt zu beobachten, wie der Mantel der Stille von ihr gerutscht war und sie sich immer wohler gefühlt hatte. *Und dann hast du dafür gesorgt, dass es wieder komisch wurde.*

Er befürchtete, sie könnte sich verschließen, sobald sie die Kandidaten aussuchen musste. Als er ihr die Idee vorgestellt hatte, hatte er erwartet, dass sie ablehnen würde. Er hatte fast damit gerechnet, dass Stacey ihm sagen würde, er solle diese unangenehmen Aufgaben gefälligst selbst machen. Er hätte die zwei Frauen nicht unterschätzen sollen.

Aber er konnte dafür sorgen, dass alles so sorgfältig geplant wurde, dass es für sie so einfach wie möglich werden würde.

Seine Hand verweilte über dem Smartphone. Er spielte mit dem Gedanken, sie anzurufen. *Aber warum? Willst du sie einladen, den Rest deines Tandoori-Hühnchens zu essen?* Chris klappte den Laptop auf. Er musste sie nicht anrufen. Er würde sie schon morgen wiedersehen. Und übermorgen auch. Und überübermorgen auch. Und schon bald würde er ihrem Date das Dinner bezahlen. *Das wird richtig scheiße.*

»Aber so ist es am besten«, murmelte er vor sich hin. Everly war ihm wichtig. »Alle. Sie sind mir alle wichtig.« Was ungewöhnlich war. In den anderen Firmen seines Vaters, in denen er Zeit verbracht hatte, war es anders zugegangen. Geschäftsmäßiger. Der Radiosender war mehr als nur ein Arbeitsplatz. Es war ein Ort, an dem man Spaß haben konnte. Er war sofort auf Everly aufmerksam geworden. Als sie zum ersten Mal laut gelacht hatte und deshalb rot geworden war, war sein Interesse geweckt. Doch im Laufe der letzten zwölf Monate war sie ihm zu wichtig geworden. Das war nicht klug. Bei keiner anderen Angestellten hatte er das Gefühl, seine Zunge verschluckt zu haben, wenn sie den Raum betrat. Er wollte keine andere zum Lachen bringen. »Du bist nicht der Richtige.« Für niemanden. Was bedeutete, dass es eine hervorragende Gelegenheit war, einer *Freundin* zu ihrem Glück zu verhelfen, bevor er wieder auf die andere Seite des Landes zog. *Wo du nicht mit ansehen musst, wie sie sich verliebt.*

Er schob den Laptop von sich und kippte den Stuhl nach hinten, bis er nur noch auf zwei Beinen balancierte. Er war unruhig. Er hasste es, wenn er sich so fühlte. Er ließ den Stuhl wieder auf alle vier Beine plumpsen, ging die Kontakte in seinem Handy durch und verweilte über der Nummer seiner Mutter. Er war selbst überrascht, dass er sich Everly heute so geöffnet hatte. Das über seinen Vater war ihm einfach so herausgerutscht. Er hatte seit ein paar Wochen nicht mehr mit seiner Mutter gesprochen, doch bevor er ihr schreiben konnte, klopfte es. Er legte das Smartphone beiseite, ging zur Tür und öffnete. Rob, ein Nachbar, mit dem er sich mittlerweile angefreundet hatte, lächelte ihn an.

»Hey, Mann. Was geht ab?« Chris trat beiseite.

»Nicht viel. Ich habe darüber nachgedacht, einen trinken zu gehen, und wollte sehen, ob du da bist. Hätte nicht gedacht, dass du schon im Schlafanzug steckst«, erwiderte Rob amüsiert.

Rob war ein wirklich großer Kerl und überragte Chris mit seinen ein Meter dreiundachtzig um einige Zentimeter. Ihm gehörten ein paar Fitnessstudios – und seine Arme waren der Beweis dafür. Er nutzte seine eigenen Geräte und die Sportkurse, wie Mixed Martial Arts, Yoga und Kickboxen, intensiv. Chris nahm auch hin und wieder an einem Kurs teil, aber eigentlich bevorzugte er Joggen, um einen klaren Kopf zu bekommen.

»Ich könnte dir ein Bier anbieten«, meinte Chris und schloss die Tür.

Rob lachte. »Schon okay. Ich kann mir mein Bier selbst holen.« Er ging zum Kühlschrank und tat genau das.

Chris setzte sich auf das eine Ende des Sofas. Rob ließ sich auf die andere Seite fallen, öffnete die Bierdose und nahm einen Zug.

Dann deutete er mit der Dose auf Chris. »Ich habe neulich eure

Sendung gehört. War ganz aus dem Häuschen, als Sexy DJane gesungen und deine Produzentin sie unterbrochen hat. Habt ihr dem Typen ordentlich den Hintern versohlt?«

Lachend schüttelte Chris den Kopf, denn Rob wusste ganz genau, dass er Simon *nicht* den Hintern versohlt hatte. »Hör auf, sie immer Sexy DJane zu nennen, Mann. Sie heißt Stacey.«

Rob zuckte mit den Schultern und begutachtete seine Bierdose. »Ich will überhaupt nicht respektlos sein, Mann. Aber ihre Stimme. Es ist, wie wenn man seine Lieblingssängerin hört, weißt du?«

Chris legte den Kopf schief und grinste spöttisch. »Dann bist du also verliebt in sie?«

Rob lachte leise. »Fick dich. Du weißt, was ich meine. Wann bringst du sie mal mit ins Fitnessstudio?«

»Gar nicht. Manchmal geht das ganze Team zusammen weg. Aber eher, um was zu trinken, nicht ins Fitnessstudio.« Die wenigen Male, die er mit ihnen ein Bier getrunken hatte, war Everly nicht dabei gewesen. Er war sich vorgekommen wie ein Idiot, weil er enttäuscht gewesen war. Einmal war er mitgegangen, um dem Team zu beichten, wer sein Vater war, aber ausgerechnet in dieser Woche hatte sein Dad beschlossen, seine Leistungen zu überprüfen. Er hatte einen verdammten Buchhalter aus New York geschickt, um ihn zu überwachen. Chris war so wütend gewesen, dass er auf keinen Fall mit seinem Vater in Verbindung gebracht werden wollte. Vielleicht sollte er ein Firmenevent organisieren. Mal zusammen weggehen, vielleicht eine Sportveranstaltung besuchen. Irgendetwas, das sie enger zusammenbrachte und seinen Mitarbeitern zeigte, dass sie ihm wichtig waren. *Deine Abschiedsparty?* Er spürte einen überraschenden Stich im Herzen. Aber eine Firmenfeier war eine gute Idee. Es würde vor Jahresende noch eine Menge Veränderungen geben.

»Einen Versuch ist es wert. Ich gebe dir noch ein paar kostenlose Mitgliedsausweise. Solange du sicherstellst, dass sie einen bekommt, kannst du sie im Radio verlosen.«

»Wenn du meinst.« Chris lachte leise. Rob hatte keine Schwierigkeiten, Dates zu finden, aber Stacey hatte es ihm angetan, obwohl er sie noch nie getroffen hatte.

Rob stellte sein Bier ab, klatschte in die Hände und rieb die Handflächen aneinander. »Ich hätte eine Frage.«

»Schieß los.«

»Ich will im *East Side Gym* eine Jubiläumsparty schmeißen. Uns gibt es jetzt seit drei Jahren. Ich würde gern verkünden, dass ich den Schülern von San Verde kostenlose oder vergünstigte Kurse anbieten möchte. Und ich wollte fragen, ob der Sender nicht vor Ort berichten könnte.«

Sie hatten schon einmal eine Liveübertragung aus dem Studio gemacht. Es gehörte zum Standard, an Events der Gemeinde teilzunehmen. Chris dachte über die Logistik nach und darüber, wer die Aufgabe übernehmen könnte. Mit den Bewohnern der Stadt in Kontakt zu kommen war immer eine gute Idee. Vielleicht würden sie so noch mehr Werbung für Everlys neue Show machen können.

»Schick mir eine E-Mail mit den Details, dann schaue ich morgen nach, sobald ich im Sender bin. Aber das kriegen wir bestimmt hin. Ich muss nur das Datum checken. Wir haben in den nächsten Monaten was Neues vor. Das könnte gut zusammenpassen.«

»Etwas Neues?« Rob lehnte sich nach vorn und griff wieder nach seiner Bierdose.

Er erzählte ihm, wozu Everlys öffentliche Beichte geführt hatte, und verschwieg, dass ihm nicht wohl dabei war, dass seine Produzentin sich auf die Suche nach der großen Liebe begeben würde. *Wir werden sicherstellen, dass die Typen alle in Ordnung sind.* Er wünschte, der Sicherheitsaspekt wäre das Einzige gewesen, was ihn an der Idee zweifeln ließ.

Bevor er allzu viel darüber nachdenken konnte, was ihn *tatsächlich* störte, fragte Rob: »Und Everly ist einverstanden? Hast du mir nicht erzählt, sie sei total schüchtern und menschenscheu?« Sein skeptischer Gesichtsausdruck passte zu seinem Tonfall.

»Ja, sie hat zugestimmt. Als Produzentin sieht sie das Positive.«

»Als Produzentin. Hm. Interessant. Vielleicht sollte ich mich um ein Date mit ihr bewerben«, erwiderte Rob und grinste noch breiter.

Chris' Kehle entwich ein Knurren. »Möglich, dass wir am Tag deiner Party doch keine Zeit haben.«

Eine Weile starrten sie einander an. Bevor Chris seinen Blick abwenden konnte, hatte sein Kumpel ihn schon durchschaut.

»Mann. Warum fragst du sie nicht einfach, ob sie mit dir ausgehen will?«, fragte Rob, und sein Grinsen verwandelte sich in etwas anderes. Etwas Wissendes.

Zu spät. »Ich werde nicht bleiben. Das weißt du.«

Kopfschüttelnd griff Rob wieder nach dem Bier. »Ich weiß nicht, ob du schon davon gehört hast, aber man kann auch mit einer Frau ausgehen, ohne sie gleich zu heiraten oder eine Langzeitbeziehung einzugehen. Du magst sie. Geh mit ihr aus. Hab ein bisschen Spaß.«

Chris stapfte zum Schrank und nahm eine Tüte Chips heraus. »Everly ist keine Frau, mit der man nur ein bisschen Spaß hat.«

Rob schnaubte. »Dann geh lieber nicht mit ihr aus.«

Chris warf ihm über die Schulter einen bösen Blick zu und füllte die Chips in eine Schüssel. »Klappe. Du weißt, was ich meine.«

»Dann hast du also kein Problem damit, dass sie sich mit etlichen Typen treffen wird, die sich ihre Dates online suchen müssen?«

Fast wäre die Schüssel auf die Tischplatte geknallt, als Chris sie seinem Freund hinstellte. »Die meisten Paare lernen sich mittlerweile online kennen. Warum benimmst du dich gerade wie ein Arschloch?«

Rob griff in die Schüssel. »Will ich gar nicht. Aber du magst sie. Du magst sie, seit du dort angefangen hast. Es kommt mir dumm vor, dass du sie nicht um ein Date bittest. Vor allem, da du sowieso auf die Typen, die sie aussucht, eifersüchtig sein wirst.«

Chris nahm sein Bier, trank jedoch nicht. *Nope.* Er brauchte nur etwas in seiner Faust. »Es wird die Quote steigern.« *Was für ein dummer Vorwand.*

»Klar, Mann«, erwiderte Rob mit vollem Mund. »Das ist das, was wirklich zählt. Rede dir das nur weiter ein.«

Das werde ich auch. Ich habe keine andere Wahl.

Kapitel 9

»Ich will es wirklich wissen«, sagte Stacey ins Mikrofon. »Warum sind alle so fasziniert von Avocados? Sie sind matschig. Ich traue nichts Grünem, wisst ihr?«

Everly verdrehte die Augen und betätigte den Knopf, um mit Stacey sprechen zu können, ohne die Sendung zu stören. »Bring die Leute dazu zu interagieren. Frag sie, was sie lieben, was andere hassen.«

Stacey gab ihr einen Daumen hoch. »Genau aus diesem Grund ist Everly mein Watson, und ich bin ihr Sherlock. Sie will wissen, welche beliebten Nahrungsmittel ihr hasst, die andere so vergöttern. Ruft uns an, tweetet oder ladet auf Instagram ein Foto hoch und verlinkt uns.«

Es musste an ihrer Stimme liegen, ihrer Fähigkeit, allem, was sie sagte, Leben einzuhauchen. Das Telefon begann sofort zu klingeln. Stacey zwinkerte ihr durch die Scheibe der Kabine zu.

• • •

Everly legte den Telefonhörer auf, notierte sich den Namen des Anrufers und welchen Song er sich wünschte, bevor sie das Mikro lauter stellte, um Stacey zu hören.

»Ich liebe diesen Song. Es ist einer meiner Lieblingssongs.

Ich habe die Band letztes Jahr gesehen, und ich muss sagen, dass es das beste Konzert war, auf dem ich je gewesen bin«, erzählte Stacey den Zuhörern. Dann stellte sie Blickkontakt zu Everly her, was ihren Magen vor Nervosität kribbeln ließ. Sie wusste genau, was jetzt kam. Sie waren drauf und dran, den Wettbewerb auszurufen. Sie hatten diese Woche alle Überstunden gemacht, um rechtzeitig fertig zu werden. Solange Everly beschäftigt war, konnte sie es verdrängen, obwohl sie an ihrer eigenen Version von *The Dating Game* arbeitete.

Jetzt geht's los. In Zeitlupe senkte sie das Kinn und hob es wieder. Ein kaum wahrnehmbares Nicken, aber Stacey sah es trotzdem. Verstand es.

»Konzerte eignen sich wunderbar für ein Date. Wir bei 96.2 SUN haben in letzter Zeit eine Menge übers Dating nachgedacht. Viele von euch haben letzte Woche mitbekommen, was meinem Mädchen Everly widerfahren ist. Und dann auch noch ausgerechnet an ihrem Geburtstag. Aber was ihr vielleicht noch nicht wisst: Nach ihrer On-air-Beichte – und nachdem ich sie davon überzeugt hatte, mich nicht umzubringen und die Leiche zu verscharren – haben uns unzählige Anrufe, E-Mails und Tweets erreicht. Sie war völlig von den Socken, wie viel Unterstützung ihr ihr entgegengebracht habt. Wir waren alle vollkommen baff. Und es kommen immer noch mehr Nachrichten rein! Manchmal bringen die schlimmsten Erlebnisse die besten Ideen hervor.«

Everly verdrehte die Augen. Sie hatte für die Vorstellung der neuen Show einen Text geschrieben, aber Stacey machte wie immer ihr eigenes Ding. Als sie Chris vor der Kabine stehen sah und sich ihre Blicke trafen, machte ihr Magen erneut einen Satz. Anders als beim letzten Mal, aber nicht weniger nervenaufreibend.

»Wir haben aufregende Neuigkeiten, und ihr seid der Grund dafür. 96.2 SUN macht seine eigene Version von *Die Bachelorette*, mit meiner wundervollen Produzentin Everly und euch, ihr hochverehrten Zuhörer.«

Everly rieb sich den Schenkel, während Stacey weitersprach.

»Jetzt mal Klartext, Leute. Wir suchen einen *guten* Mann. Keine perfekte, verwegene Märchenversion von Prince Charming. Obwohl wir nichts gegen verwegen haben. Nicht wahr, Ev?« Stacey sah sie an.

Everly hob die Augenbrauen und runzelte die Stirn. Stacey kannte diesen Gesichtsausdruck und reagierte darauf. »Ganz richtig. Der Prinz für mein Mädchen hat einen sicheren Job, Humor und sieht gut aus. Er versteht sich gut mit seiner Familie und hat nette Freunde.«

Sie hielt inne und blickte zu Everly. »Habe ich irgendwas vergessen?«

Everly mischte sich nicht oft ein, aber wenn sie sich meldete, dann auf organisierte und geplante Weise. »Ich glaube nicht, Stace. Vielleicht sollten wir noch erwähnen, dass alle Bewerber eingehend geprüft werden.«

»Richtig«, erwiderte Stacey und machte sich eine Notiz. »Wir nehmen es ernst, dass ihr euch für Everly ein Happy End wünscht.«

Wieder rollte Everly mit den Augen und ließ den Kopf auf ihre verschränkten Arme sinken. Stacey lachte ins Mikrofon. Als Everly wieder aufsah, fiel ihr Blick auf Chris, der sie durch die Scheibe anlächelte.

Während Stacey den Zuhörern den Bewerbungsprozess erklärte, schrieb Everly etwas auf ihr kleines Whiteboard und hielt es hoch.

Darauf stand: *Happy End? Du provozierst es echt.* Everly schüttelte in gespielter Wut die Faust, und Stacey musste sich in ihrer Kabine das Lachen verkneifen.

Man hörte Stacey ihre Belustigung deutlich an. »Ihr könnt alles noch mal auf unserer Website nachlesen. Alle Bewerber müssen die Voraussetzungen erfüllen, um in die Vorauswahl zu gelangen. Ich werde den ganzen Tag eure Fragen beantworten. Aber jetzt machen wir erst mal mit dem weiter, wofür ihr hier seid. Der nächste Song ist ein Dauerbrenner.«

Der Song begann, was Everly eine Verschnaufpause von ungefähr sieben Minuten verschaffte. Chris durchquerte die DJ-Kabine, öffnete ihre Bürotür und lehnte sich gegen den Rahmen.

»Jetzt geht's los«, bemerkte er.

Es war nun eine Woche her, seit sie den Vertrag unterschrieben hatte. Ihre Eltern hielten es für die beste Idee aller Zeiten. Sie hatte ihren Dad regelrecht zwingen müssen, auch das Kleingedruckte zu lesen, um zu prüfen, dass sie auf der sicheren Seite war. Dafür, dass sich ihre Eltern selbst nicht im Klaren waren, ob sie ihre Ehe ernst nahmen, wollten sie Everly wirklich dringend verkuppeln, was sie mehr störte, als sie zugab.

Sie atmete ein, hoffte, dass es nicht zittrig klang, und setzte ein Lächeln auf. *Regel Nummer sechs: Sei mutig, selbst wenn du Ausschlag bekommst.* Was sie daran erinnerte, dass sie dringend Zinksalbe kaufen musste. »Großartig. Jetzt müssen wir nur noch abwarten. Ich bin mal gespannt, wie viele sich bewerben werden.«

Das war nur eine ihrer Sorgen. Die Liste mit ihren Sorgen war länger als die mit ihren neuen Regeln. Sie wollte nicht, dass die Show wurde wie eine Party, zu der keiner kam. *O Gott. Was, wenn sich keiner bewirbt? Was, wenn sie sich nur aus Mitleid bewerben? Was, wenn …* Staceys Kopf tauchte hinter Chris' Schulter auf, und sie legte die Hand auf seinen Arm. Everly wünschte sich, sie hätte nur einen Bruchteil von Staceys Selbstbewusstsein. *Du brauchst eben länger, bis du mit anderen warm wirst. Du bist nun mal vorsichtig. Da ist nichts dabei.*

»Keine Sorge. Wahrscheinlich wird unsere Website wieder explodieren. Du bist heiß, Schätzchen.«

Chris lachte leise und trat weiter in den Raum. Er zog einen Stuhl heran und setzte sich dichter an Everly, als nötig gewesen wäre. Doch seltsamerweise genoss sie seine Anwesenheit, obwohl sie einer der Gründe war, warum sie so unregelmäßig atmete.

»Das wird super. Darüber wollte ich noch mit Ihnen sprechen.«

Sie legte den Kopf schief und grinste leicht. »Worüber? Dass ich heiß bin? Dass es super wird? Oder beides zusammen? Oder dass wir wieder das Internet lahmlegen werden?«

Es war interessant und auch ein bisschen amüsant, wie er die Augen aufriss und ein wenig errötete. Die meisten Männer wurden nicht rot.

• • •

Stacey eilte zurück an ihren Platz. Everly war nun mit Chris allein und atmete seinen Duft ein. Sein Parfüm oder sein Duschgel oder was auch immer es war, das ihn so köstlich duften ließ. *Nope. Nimm das zurück.* Aus diversen Gründen stand Chris nicht auf der Liste mit den potenziellen Kandidaten. Der wichtigste Grund war, dass er ihr Boss war. Ihr fielen noch etliche mehr ein. Er hatte gerade erst angefangen, mit ihr zu reden und zu merken, dass sie da war. Sobald er in der Nähe war, verschloss sie sich und bekam Atemprobleme, obwohl sie einen Mann suchte, der ihr half, sich mehr zu öffnen. Und sie wusste nicht mal, ob er sie überhaupt mochte. Wenn sie im Team die Königin der Stille war, war er der König der unklaren Signale. Wenn sie das hier machen würde, dann richtig. Oder zumindest anders als bisher. Was bedeutete, dass Chris mit seinem Lächeln-nicht-Lächeln tabu war, ganz egal, ob er ihr Boss war oder nicht. *Aber er ist dein Boss! Okay, schrei dich jetzt nicht selbst an.*

»Everly?«

Ach ja, richtig. Gespräche verlangten Aufmerksamkeit. »Ja? Tut mir leid. Ich habe nur Spaß gemacht. Sorry. Was wollten Sie gerade sagen?« Auf beruflicher Ebene konnten sie besser miteinander.

»Mein Bruder ist Softwareentwickler. Zumindest ist das eine der Sachen, die er so macht.«

Beeindruckt lehnte sie sich zurück. »*Eine* der Sachen?«

Als er lächelte, erschien wieder das Grübchen. Everly hatte große Mühe, ihren Puls zu kontrollieren. *Nur die Nerven. Es sind immer die Nerven.*

»Er ist ein Technik-Nerd«, erklärte Chris liebevoll. »Er hat da eine App, die wir ausprobieren sollen. Ich sammle die Bewerbungen ein, prüfe sie, kontrolliere, dass sie die Voraussetzungen erfüllen, und schicke sie ihm. Dann lädt er sie auf diese App hoch. Es wird sozusagen Ihr persönliches Tinder.«

Tinder? Soll das heißen, du sollst nach rechts oder links wischen? Hinter ihr klingelte das Telefon, doch da ihre Lungen den Geist aufgegeben hatten, ging sie nicht ran.

Chris fuhr fort, und seine braunen Augen leuchteten vor Begeisterung. »So können Sie die potenziellen Kandidaten durchgehen und überlegen, wer für Sie infrage kommt. Sobald Sie sich für die ersten zwei entschieden haben, geben wir sie bekannt. Wir veröffentlichen die Profile auf unserer Website. Wir können entscheiden, ob sich die Männer die ganze Zeit bewerben können oder ob wir eine Frist setzen. So wüssten Sie schon im Voraus, wer sich beworben hat. Das wäre vielleicht besser für Sie und Ihre Angst.«

Plötzlich schrumpfte der Raum zusammen. Komischerweise

nahmen ihre Lungen die Arbeit wieder auf. Sie schob den Stuhl zurück, stand auf und streifte seinen Arm mit der Hüfte. Sie ging zu ihrer Tasche, zog die Wasserflasche hervor und nahm einen langen Zug, um ihren trockenen Hals zu befeuchten. Sein Ton war kein bisschen wertend oder herablassend gewesen. *Für Sie und Ihre Angst.*

»Sorry. Habe ich irgendetwas Falsches gesagt?«

Sie drehte sich um und gab sich große Mühe, ihre Emotionen im Zaum zu halten. »Es ist nur ... Die meisten Menschen erwähnen meine Angst nicht, als würde sie zu den Eigenschaften gehören, die mich beschreiben. Ganz nach dem Motto ›Mit deinen roten Haaren steht dir die Farbe nicht besonders‹.«

Er zog die Augenbrauen zusammen. »Sie haben aber braunes Haar.«

Sie musste sich das Grinsen verkneifen, denn es war lächerlich, dass sie am liebsten übers ganze Gesicht gestrahlt hätte, weil sie sich so verstanden fühlte. Sie schloss die Augen und unterdrückte ihre Gefühle. »Ist auch egal.« Jetzt war nicht der richtige Zeitpunkt, um ihm zu sagen, wie schön es war, dass jemand ihre Angst erwähnte, als wäre sie ein akzeptabler Teil von ihr. Etwas, womit man leicht zurechtkam. Wie wenn man einen Vegetarier zum Abendessen einlud.

Ihre Eltern, ehemaligen Freunde und Ex-Freunde hatten sie schon vieles genannt: neurotisch, pingelig, pedantisch, zickig, zugeknöpft. Aber nie hatte jemand versucht zu verstehen, welche Gefühle mit ihrer Angst einhergingen. Sie hatten sich nie die Mühe gemacht, ihre Pläne so anzupassen, dass sie zu Everlys Bedürfnissen passten. Sie hatten ihre Gefühle heruntergespielt, bis Everly sie selbst infrage gestellt hatte. Die Leute verstanden nicht, dass sie die Stolpersteine nicht wollte, die ihr die Angst in den Weg legte. Sie waren einfach da. Und es war ermüdend, ihnen auszuweichen. Dass Chris so um ihr Wohlbefinden bemüht war, war für Everly überwältigend – was ihr wiederum Angst machte. *Natürlich macht es dir Angst.*

»Erzählen Sie weiter. Bitte.«

Chris verschränkte die Arme vor der Brust. »Okay. Sie klicken sich durch die App und suchen sich Ihre Dates aus. Wir organisieren alles, aber ich glaube, es wäre besser, wenn Sie sich zuerst persönlich bei den Kandidaten melden würden. Sie können ihnen über die App schreiben, was ich persönlich daran besonders gut finde. Sie können sich ein paarmal hin- und herschreiben, bevor Sie telefonieren oder sich treffen, ohne dass Sie Ihre Kontaktinformationen teilen müssen.«

Ihr Gehirn vibrierte förmlich vor lauter Fragen. »Habe ich überhaupt genug Zeit für das alles?« Zwei Dates pro Woche. Zwei Typen. Zweimal so viel Kommunikation. Mit ihrem Ex hatte sie nur ein paarmal in der Woche telefoniert. Meistens hatten sie sich geschrieben, denn Everly telefonierte nicht gern. Nun würde sie jeden zweiten Tag ein paar Männer anrufen müssen und sagen: »Du willst also mit mir ausgehen, was?« Bei der Vorstellung musste Everly unweigerlich lachen.

»Alles okay?« Chris stand auf und ging auf sie zu. Er nahm ihr die Flasche aus der Hand und stellte sie auf den Schreibtisch. »Jetzt mal im Ernst, Everly. Sie können immer noch einen Rückzieher machen, wenn Sie wollen. Falls Sie …«

»Ich hasse Telefonieren«, brach es aus ihr hervor.

Als er verstand, worüber sie sich Sorgen machte, formte sich sein Mund zu einem O. Dann lächelte er. Es war sanft und intim – wie eine Umarmung. Eine Umarmung, bei der der andere einen ganz nahe zu sich zog und streichelte.

»Aber natürlich. Aber Schreiben geht, oder?«

Sie lachte, um die Scham zu überspielen. »Ja. Das geht. Und

Telefonieren geht auch, wenn es unbedingt sein muss. Es ist nur ... Ich habe noch nie zwei Männer gleichzeitig gedatet. Das ist alles neu für mich.« *Milde ausgedrückt.*

Sie quetschte sich an ihm vorbei und ging wieder zu ihrem Stuhl. »Ich schaffe das schon. Sobald wir angefangen haben, werde ich mich daran gewöhnen. Dann weiß ich, was mich erwartet.«

»Dann sind Sie also sicher?«, fragte er hinter ihr, und sie drehte sich zu ihm um.

»Ich glaube, uns bleibt keine andere Wahl, Boss.«

Als sie ihn *Boss* nannte, verzog Chris das Gesicht, was Everly zum Lächeln brachte. »Ich verstehe, warum Sie das denken, aber es gibt immer eine Möglichkeit. Ich will nicht, dass Sie irgendetwas tun, das Sie nicht wollen.«

Everly holte tief Luft, atmete ganz langsam aus und spürte, wie sich ihr Körper ein wenig entspannte. »Nein. Ich habe mich freiwillig dafür entschieden.« *Es ist deine Chance, endlich Kontrolle über dein Leben zu gewinnen.*

Sie wandte sich wieder ihrem Computer zu, bereit, sich in die Arbeit und den Rest ihrer Show zu stürzen.

»Everly?« Seine Stimme klang belegt, beinahe flüsternd. Die drei Silben bereiteten ihr Gänsehaut, die über ihren Körper wanderte und überhaupt nicht mehr verschwinden wollte. *Was soll das denn jetzt? Musst du dich etwa schon wieder daran erinnern, dass er dein Boss ist? Vielleicht schreibst du es auf das Whiteboard und platzierst es irgendwo, wo du es immer sehen kannst.* Wie sollte sie sich bitte auf ihre Arbeit konzentrieren, wenn ihr Puls vollkommen durchdrehte?

»Hm?« Sie schrieb etwas in ihr Notizbuch, war jedoch nicht sicher, ob es überhaupt Sinn ergab.

»Warum unterhalten wir uns nicht nach der Show weiter?« Er

ging zur Tür. Sie wollte gerade zustimmen, als ihr einfiel, was sie geplant hatte.

Seufzend lehnte sie sich zurück. »Ich kann nicht«, erwiderte sie und blickte ihm in die Augen.

»Warum nicht?«

Sie richtete sich gerade auf, straffte die Schultern und schenkte ihm ein leichtes Grinsen. »Ich gehe shoppen.«

Chris starrte sie an. Er verstand nicht. »Oh.«

»Heißt das, Sie wollen uns begleiten?«

Er rieb sich das Kinn. »Uns?«

Sie grinste. »Jep. Meine liebe Freundin Stacey und ich werden für mich«, sie zeichnete Gänsefüßchen in die Luft, »ein *Bald-vom-Markt*-Outfit kaufen, das nicht nur meinen Kleiderschrank, sondern mein ganzes Leben aufpeppen wird.«

Er schlug die Hand vor den Mund, und sie wusste, dass er ein Grinsen versteckte. Er räusperte sich und schob die Hände in die Hosentaschen.

»Staceys Worte?«

»Offensichtlich. Sie genießt es, die beste Freundin einer zum Leben erwachten Heldin eines Liebesromans zu spielen. Laut ihr gehört dazu eine neue Garderobe, auch wenn ich nicht gern shoppen gehe.«

Chris lachte leise. Man musste ihm zugutehalten, dass er nicht in schallendes Gelächter ausbrach, sondern seine Belustigung auf würdevolle und reservierte Weise durchsickern ließ. »Klingt, als würde Stacey sich hervorragend um Sie kümmern.«

»Das tut sie auch. Von Kopf bis Fuß.«

Waren seine Pupillen gerade größer geworden? Sein Blick feuriger?

Stacey klopfte an die Scheibe ihrer Kabine. Auf ihrem Whiteboard stand: *Brauche was zu essen. Füttere mich. Ich schwinde dahin.* Das Wort »dahin« hatte nicht mehr ganz auf das Board gepasst.

Chris und Everly mussten beide lachen, jedoch war er derjenige, der erwiderte: »Ich bestelle uns etwas. Wir haben noch ein paar lange Tage vor uns.«

Nachdem er gegangen war und Everly wieder halbwegs atmen konnte, hielt Stacey das Whiteboard erneut in die Höhe. Diesmal stand darauf geschrieben: *Kann es gar nicht erwarten, shoppen zu gehen. Freust du dich schon?*

Everly griff nach ihrem Board und notierte eine Antwort. Alle arbeiteten hart am Erfolg der neuen Show. Everly wollte nicht klagen, obwohl mit Fremden essen zu gehen nur ein bisschen weniger schlimm war, als Milch nach dem Verfallsdatum zu trinken.

Sie drehte das Board. Was sie geschrieben hatte, war in Ordnung, denn es stimmte zumindest teilweise. Auf ihre ganz eigene Art.

Kann es kaum erwarten.

Stacey grinste breit und zeigte Everly zwei Daumen nach oben, bevor sie einen Knopf drückte, um von Musik zum Sprechen zu wechseln.

»Heute ist ein guter Tag hier im Sender. Ich will wissen, was *euch* glücklich macht. Lasst uns ein Sun-Tweet-Fest veranstalten. Erzählt mir, was euch glücklich macht, und benutzt den Hashtag *sunfun*. Ich werde an unsere Zuhörer noch ein paar Tickets für ein ortsansässiges Fitnessstudio vergeben, bevor wir uns für heute verabschieden. Kommt schon, Leute, macht uns zum Trend.«

Everly schüttelte den Kopf und öffnete Twitter auf ihrem Computer. Stacey verstand es, sie von ihren kreisenden Gedanken abzulenken.

Kapitel 10

Die App, die sein großer Bruder Wesley entwickelt hatte, war großartig. Chris sah sich die Daten an, die Wes erhoben hatte. Wie bei anderen Dating-Apps wischte man auch hier nach links oder rechts, aber das hier waren nur Typen, die sich für ein Date mit Everly beworben hatten. Wenn man auf ihr Foto klickte, erschien eine kurze Biografie. Und es gab sogar einen Link, der zu einem Video führte. Chris war die letzten Abende lange wach geblieben, um Informationen zusammenzutragen, die Bewerber zu sortieren, Background-Checks durchzuführen, polizeiliche Führungszeugnisse, berufliche Werdegänge und alles andere zu überprüfen, was er über die Männer herausfinden konnte. Das Gute an Wes' App war, dass sie die Typen zuerst durchleuchtete, bevor ihre Profile hochgeladen wurden. Sie diente als eine Art Warnsystem.

In solchen Situationen war es nützlich, dass Chris Kontakte hatte und Leute um einen Gefallen bitten konnte. Und es schadete auch nicht, dass er genug Geld hatte, um einen Privatdetektiv zu engagieren. Der Sender hätte die Kosten übernehmen können, doch das hätte den ganzen Prozess nur verzögert. Chris hatte keine Zeit zu verschwenden. Everly würde in Sicherheit sein, und sein Vater würde keine Gelegenheit bekommen, die Idee infrage zu stellen. Heute Abend würden sie die ersten beiden Kandidaten auswählen.

Abgesehen von der Tatsache, dass ihm bei dem Gedanken, dass Everly mit anderen Typen ausging, schlecht wurde, lief alles bestens. Das Telefon klingelte und unterbrach ihn bei der Durchsicht von Junggeselle Nummer vier. Der Name seines Vaters leuchtete auf dem Display auf.

Chris verkniff sich ein Seufzen und wischte über den Bildschirm. »Dad.«

»Ist das dein Ernst? Ich dachte, du wolltest nur deine Schwester übertrumpfen, aber du hast wirklich vor, es durchzuziehen?«

Mir geht's gut. Wie geht's dir? »Die Leute sind schon voll dabei. Die Werbeplätze verkaufen sich besser als je zuvor. In den letzten zwei Tagen haben sich vierhundertfünfzig Männer beworben.«

Es folgte eine kurze Pause. »Hervorragend. Du bist ein Risiko eingegangen und hattest Glück, dass es funktioniert hat. Bisher. Ich will, dass du mich auf dem Laufenden hältst. Und diesmal meine ich es auch so. Ich will nicht erst im Nachhinein erfahren, was passiert ist. Du bringst die Zahlen hoch, dann können wir den Sender teurer verkaufen.«

Chris stockte der Atem. »Wie bitte?« Der Sender – die Mitarbeiter – sollten nicht schon wieder einen Besitzerwechsel erleben müssen.

»Wir werden sehen. Einen Gewinn lässt man sich nicht entgehen, mein Sohn. Was soll das bringen?«

Grandad hätte eine viel prägnantere und wirkungsvollere Antwort parat gehabt als die, die Chris in dem Moment zustande brachte. Sein Vater hörte sowieso auf niemanden. *Aber du musst es wenigstens probieren.*

Chris stand auf und ging vor den Fenstern auf und ab. »Warum willst du den Sender verkaufen, wenn er Gewinn macht? Es schadet doch nicht, eine solche Firma zu besitzen.« Es schadete nicht mehr, als die Lagerhallen zu behalten, an denen Noah so sehr hing. *Was kümmert es dich? Du wirst eh bald nicht mehr hier sein.* Aber es fühlte sich einfach nicht richtig an. Um ehrlich zu sein, zog sich bei der Vorstellung sein Magen zusammen.

Manchmal erinnerte sein Vater ihn an ein Kind, das sich nicht für ein Lieblingsspielzeug entscheiden konnte und alle einsammelte, bevor es ein anderer tun konnte, nur um dann festzustellen, dass es keins davon haben wollte.

»Ich werde darüber nachdenken. Aber eigentlich geht es dich nichts an. Wenn alles nach Plan läuft, bist du bald wieder zu Hause und kannst endlich das machen, was du wirklich möchtest. Ich will, dass du dir die Tochterunternehmen genauer ansiehst. Ich glaube, wir sollten sie lieber früher als später abstoßen.«

Wut erfasste ihn. »Du hast genug zu tun. Da musst du nicht auch noch uns managen. Ich bin seit fast zwölf Monaten hier. Ich mache das, worum du mich gebeten hast. Dazu gehört auch, dass ich unsere Tochterunternehmen im Blick behalte. Kannst du mich also bitte einfach meinen Job machen lassen, Dad?«

»Nur zu gern«, erwiderte der mit einem Lachen in seiner lauten Stimme. »Solange du es nicht vermasselst.«

Es klingelte an der Tür. »Ich muss jetzt auflegen.«

Das dunkle Grollen seines Vaters dröhnte in seinem Ohr. »Updates. Nicht vergessen.«

Geh auf die verdammte Website, wenn du wissen willst, was los ist.

»Aber natürlich. Einen schönen Abend noch.«

Er legte auf, bevor sein Dad etwas erwidern konnte, schob das Smartphone in die Hosentasche und fuhr sich mit beiden Händen durch das Haar. Er hatte es satt, nach seiner Pfeife zu tanzen.

Er drückte auf den Knopf der Sprechanlage. »Hallo?«

»Hier ist Everly.«

Nur drei Worte von ihr – und seine Haut fühlte sich zu eng an.

Sie hatten vereinbart, dass sie bei ihm vorbeikommen würde,

sie sich gemeinsam die Software ansehen und die ersten beiden Kandidaten auswählen würden. Jetzt wurde ihm klar, dass die Idee, sie zu sich, in seine vier Wände, einzuladen, nicht unbedingt die beste war, um auf Abstand zu bleiben. Er ließ sie rein und wartete an der Tür auf sie.

»Du brauchst auch dringend mal wieder ein paar Dates«, murmelte er vor sich hin. Mit jemandem, der nicht für ihn arbeitete. Am besten in New York, wo er in Zukunft leben würde.

Er zog die Tür weiter auf und beobachtete, wie sie aus dem Aufzug stieg. Das Haar hatte sie offen. Sanfte braune Wellen umrahmten ihr Gesicht. Sie trug Jeans, leuchtend blaue Converse und einen dünnen Pulli. Sein Herz begann, schneller zu schlagen, ein Gefühl, das ihn überraschte.

Everly hielt eine braune Papiertüte in die Höhe. »Ich wollte mich revanchieren«, sagte sie und betrat sein Apartment.

Als sie an ihm vorbeiging, holte er tief Luft und atmete den süßlichen, blumigen Duft ihres Haars ein. *Deine ganze Wohnung wird nach Everly riechen.*

Er schloss die Tür hinter ihr. »Das wäre nicht nötig gewesen«, erwiderte er mit rauer Stimme. *Reiß dich zusammen. Du hast noch nie die Grenze überschritten oder eine Frau verarscht. Du hast ihr noch nicht einmal erzählt, dass du in einem halben Jahr auf die andere Seite des Landes ziehen wirst. Halte dich an den Plan. Behalte das Ziel im Auge. Dieser Wettbewerb wird Dad zeigen, dass du bereit bist für Größeres.*

Alles gute Gedächtnisstützen, um seine Konzentration auf etwas anderes zu richten und seine Prioritäten zu sortieren. »Wofür wollen Sie sich eigentlich revanchieren?« Er wusste nicht, was er für sie getan hatte.

»Sie haben … du hast mir Schokoladenkuchen vorbeigebracht. Das verlangt definitiv nach einer Revanche.« Sie blieb in der Nähe der Tür stehen und ließ den Blick durch das Apartment schweifen. »Schöne Wohnung.«

Wie wäre es, wenn du nicht nur dastehst und sie anstarrst?

Chris lächelte. »Danke. Kommen Sie … komm doch rein.«

Er deutete auf die Küche, und Everly stellte die Tüte auf den Tresen, bevor sie zwei Dessertboxen daraus hervorzauberte. »Ich habe zwei mitgebracht«, sagte sie und lächelte ihn über die Schulter hinweg an.

»Kuchen?«

Sie widmete sich wieder ihrer Aufgabe. Als ihr Haar nach vorn über ihre Schulter rutschte, fiel sein Blick unweigerlich auf die elegante Kurve ihres Nackens.

»*Nope*. Du hast mir dein Lieblingsdessert mitgebracht, also habe ich dir jetzt meins mitgebracht.«

Chris schluckte schwer, beinahe schmerzhaft. Sie drehte sich um und hielt ihm eine der Schachteln hin. Sie sahen einander in die Augen, sodass er vollkommen vergaß, die Hand auszustrecken und die Box entgegenzunehmen. Und zu atmen.

»Dein Leben wird sich gleich unwiderruflich ändern. Ist dir das bewusst?«

Sein Hals wurde staubtrocken. »Wie bitte?«

Everly grinste, und sein Magen machte einen Satz, aber von der guten Sorte. »Sobald du die Cannoli meiner Freundin Tara probiert hast, wirst du nicht mehr derselbe sein. Das sind echt die besten.«

Seine New Yorker Wurzeln brachten ihn zurück in die Gegenwart, und er beäugte die Schachtel skeptisch. »Du weißt, dass ich aus New York bin, oder?«

Sie nickte und presste die Lippen aufeinander. »Aber ich versuche, dir das nicht vorzuwerfen.«

Ein Lachen brach aus ihm hervor, und er nahm die Schachtel und die Gabel entgegen. »Komm, gehen wir ins Wohnzimmer.«

Sie setzten sich mit fast einem Kissen Abstand aufs Sofa, wandten sich einander zu und nahmen die Deckel von ihren Desserts. Bevor Everly loslegen konnte, nahm er ihr die Gabel aus den Fingern.

»Anfängerin«, bemerkte er kopfschüttelnd und legte beide Gabeln auf den Couchtisch.

Everly lachte und hob halb neugierig, halb herausfordernd eine Augenbraue. Chris nahm eines der Röllchen heraus. Der Duft von Zitrone stieg ihm in die Nase und ließ seinen Magen knurren.

»Du musst noch viel lernen, du kleiner Cannolo«, sagte er und brachte sie wie erhofft zum Lachen. Everlys Lachen verschaffte ihm jedes Mal ein Hochgefühl. Er biss in das Röllchen und genoss das Knirschen der Zuckerkruste, gefolgt von dem köstlichen Mix aus Zitrone und weißer Schokolade auf seiner Zunge.

Everly straffte die Schultern und grinste frech. »Und?«

»Mmh« war alles, was er hervorbrachte. Er verschlang die Leckerei in drei Bissen und wollte noch eine. Als er ihr Röllchen beäugte, fing sie an zu lachen und zog ihre Schachtel weg.

»Auf keinen Fall, Kumpel«, sagte sie lachend.

Kumpel. Freunde. Sie konnten Freunde sein. Das war auf jeden Fall besser als nichts. *Bleib locker. Gelassen.* Als jüngstes von vier Kindern hatte er eine ganze Palette an Hundeblicken auf Lager. Er beugte sich nach vorn und schenkte Everly den Blick, der bei Ari immer funktionierte.

Everly lehnte sich noch weiter zurück und lachte wie verrückt. »O mein Gott. Funktioniert das bei irgendjemandem?«

Gespielt schmollend ließ er sich zurückfallen und legte einen Arm auf die Rückenlehne des Sofas. »Bei meiner Schwester. Früher zumindest. Mittlerweile funktioniert bei ihr kaum noch etwas.«

Everly nahm ihr Cannolo und führte es zum Mund. Chris' Humor verschwand augenblicklich. Sie war sexy, ohne sich Mühe geben zu müssen. Als sie hineinbiss, blieb ein wenig von der Füllung an ihrer Wange kleben. Er deutete darauf. Am liebsten hätte er die Creme mit dem Daumen weggewischt. Er wollte es mehr als ein weiteres Röllchen.

Lachend verwandelte sie sich innerhalb von Sekunden von sexy in süß. »Ups«, machte sie und griff nach einer Serviette. Sie wischte die Creme weg und biss noch einmal hinein. Ein Drittel war übrig, als sie ihn unter gesenkten Lidern hervor ansah. Dann hielt sie es ihm entgegen.

»Echt jetzt?«

»Ja. Ich habe Kontakte. Ich kann mir noch mehr holen.«

Vielleicht stimmte irgendwas mit seinem Gehirn nicht. Vielleicht hatte es einen Kurzschluss. Was hätte ihn sonst dazu bringen sollen, sich nach vorn zu lehnen und den Mund zu öffnen, statt es einfach entgegenzunehmen? Und ihr Gehirn war anscheinend auch defekt. Sie schnappte zwar kurz nach Luft, führte dann aber das Röllchen an seine Lippen und fütterte ihn. Sie sahen einander in die Augen. Wie Flugkörper, die kurz davor waren zu explodieren. Sein Sichtfeld verengte sich. Er hob die Hand und legte die Finger leicht um ihr Handgelenk. Dann berührte sie mit ihrem Zeigefinger seinen Mund, seine *Zunge. Mein Gott. Sie schmeckt besser als die verdammten Cannoli.*

Everly erschauderte – und der Moment war vorbei. Sie sprang auf und stieß dabei die Schachtel auf das Sofa. »Es tut mir leid. Oh, Scheiße. Habe ich deine Couch erwischt?« Hysterisch begann sie, das Sofa mit einer Serviette abzuwischen.

»Alles in Ordnung. Da ist nichts«, erwiderte Chris, seine

Stimme wie Kieselsteine auf Asphalt. Was zur Hölle hatte er getan? *Du hast gerade an dem Finger der Frau gelutscht, die du dir nicht aus dem Kopf schlagen kannst. Danke, Captain Offensichtlich. Das war eine rhetorische Frage.* Vielleicht war mit seinem Gehirn tatsächlich irgendwas nicht in Ordnung. Er führte schon Selbstgespräche. *Wenn du schon dabei bist ... Wie wäre es, wenn du deine Angestellte beruhigst, bevor sie ein Loch in dein Sofa schrubbt?*

Chris legte die Hand auf ihre. »Ev.«

Als er ihren Spitznamen benutzte, zuckte sie zusammen. Es war aus dem Nichts gekommen, aber leider fühlte es sich richtig an. »Es tut mir so leid«, flüsterte sie mit gesenktem Blick.

»Muss es nicht. Mir tut es leid.«

Sie richtete sich auf und blickte an ihm vorbei. »Kann ich dein Badezimmer benutzen?«

Sie brauchte kurz ihre Ruhe. Gut. Er nämlich auch. »Den Flur hinab. Die zweite Tür rechts.«

Als sie außer Sichtweite war, ließ er sich mit einem lauten Seufzen nach hinten fallen. *Was zum Teufel?*

Er gab sich nur eine Sekunde, um die Sache zu verarbeiten. Er konnte es in Ordnung bringen. Sie waren *Freunde*. Irgendwie. Es war nichts. Er nahm die beiden Schachteln, trug sie in die Küche und warf sie in den Mülleimer. Dann nahm er zwei Flaschen Wasser aus dem Kühlschrank und überlegte, ob er ihr Wein oder Bier anbieten sollte. *Das ist eine großartige Idee. Ihr könntet euch betrinken und vergessen, dass sie sich mit etlichen Typen treffen wird.*

Seufzend ließ Chris die Stirn gegen den Kühlschrank sinken, was seiner warmen Haut ein wenig Linderung verschaffte.

Sie würde jetzt bestimmt gehen. Sie würde aus dem Badezimmer kommen und ihm sagen, dass sie es nicht tun könne. Dass Fingerlutschen nicht Teil des Plans sei. Everly würde aus seinem Apartment stürmen und es Stacey erzählen, die ihm dann – zu

Recht – den Arsch versohlen würde. Er würde sich die nächsten sechs Monate in seinem Büro verstecken, während Everly auf Dates ging und von ihrem gruseligen Boss erzählte, der gern an Fingern lutschte.

»So etwas macht doch keiner«, murmelte er und spürte den Drang, sich zu verteidigen. Es war nur ein kurzer Moment gewesen, kein Fetisch.

Die Badezimmertür öffnete sich, und Chris drückte sich mit den Wasserflaschen in der Hand vom Kühlschrank ab. Bei der Vorstellung, dass sie jetzt gehen würde, wurde ihm übel. Er hatte so viel Bildung genossen, so viele Erfahrungen in Sachen Kommunikation gesammelt, doch als sie im Türrahmen erschien, hatte er keinen blassen Schimmer, was er sagen sollte.

Kapitel 11

Everlys Herz gab sich allergrößte Mühe, aus ihrer Brust zu springen. Sie würde nicht davonlaufen. Ihre Regeln waren bereits in Kraft getreten. Sie hatte es satt, immer die Flucht zu ergreifen. Es war nichts. *Einem Mann den Finger in den Mund zu stecken ist aber nicht nichts. Deinem Chef, genau genommen.* O Gott. War es möglich, so viel Panik zu bekommen, dass sie sich einfach in Luft auflöste? Sie bohrte die Fingernägel in ihre Handflächen. Sie würde nicht davonrennen. Es war nur ein Ausrutscher gewesen. Sie würde es einfach herunterspielen. Sie würden einfach weiter rummachen ... *Heilige Scheiße, Everly! Du wirst mit ihm überhaupt nicht weiter rummachen.* Sie meinte *mit dem Abend weitermachen.* Mit der Arbeit fortfahren. Aber anscheinend funktionierte ihr Gehirn nicht mehr richtig.

Chris nahm die Stirn vom Kühlschrank. Keine Ahnung, was er da machte, aber vielleicht kam er sich genauso dumm vor wie sie. *Andere empfinden nicht wie du. Du weißt nicht, wie er sich fühlt.* Er machte einen Schritt auf sie zu, und ihr stockte der Atem. Ihr entwich ein seltsames, schreckliches Geräusch. Natürlich. *Weil die Situation noch nicht komisch genug ist, musst du jetzt auch noch merkwürdige Geräusche machen.*

»Alles in Ordnung? Es tut mir wirklich leid«, sagte Chris, und seine Augen suchten ihre, als läge ein Geheimnis in ihnen.

Es tat ihm leid? Er hatte nicht seinen Finger … *Nein. Lass es.* »Mir tut es leid«, flüsterte sie. Sie würde nicht gehen. *Regel Nummer sechs: Sei mutig, selbst wenn du Ausschlag bekommst.* Sie kratzte sich am Bauch. Zu bleiben war mutig.

»Ich habe größten Respekt vor dir. Ich wollte keine Grenze überschreiten. Du bist meine Angestellte, und ich hoffe, ich habe die Situation zwischen uns jetzt nicht unerträglich gemacht. Wenn du gehen willst, verstehe ich das.«

Will er denn, dass ich gehe? Moment mal. Was war unerträglich? Mein Finger? Er schmeckte nach Cannoli. Das ist doch nicht unerträglich. Ich kann nicht gehen! Ich bin gerade mutig.

»Aber ich hoffe, du gehst nicht«, fügte er hinzu und reichte ihr die Wasserflasche.

Sie setzte ein Lächeln auf, das wahrscheinlich wirkte, als würde sie jemand kneifen, und nahm das Wasser entgegen. »Ich gehe nicht. Tut mir leid mit eben. Ich wüsste es sehr zu schätzen, wenn wir nie wieder darüber sprechen würden.«

Er nickte knapp. »Alles klar. In Ordnung.«

Okay. Sie konnte das. *Sie* konnten das. Als er lächelte, musste sie daran denken, wie es sich angefühlt hatte, seine Lippen um ihren Finger zu spüren. *Mein Gehirn hasst mich.*

Chris verengte die Augen zu Schlitzen. »Alles okay?«

»Alles super«, erwiderte sie viel zu enthusiastisch.

Sie gingen zurück ins Wohnzimmer. Als sie wieder saßen, drohten ihre Nerven, die Oberhand zu gewinnen.

»Noch mal. Es tut mir leid, Everly.«

Sein Tonfall traf sie vollkommen unvorbereitet. Es tat ihm *wirklich* leid. Lag es an ihr? Hätte es ihm auch leidgetan, wenn er an Staceys Finger gelutscht hätte? *Igitt.*

»Die App?« Die einfachste Art, etwas zu vergessen, war, nicht darüber zu sprechen und so zu tun, als wäre nichts. So etwas hatte kein Therapeut gesagt. Noch nie. Aber egal. Sie war schließlich Produzentin, keine Seelenklempnerin.

Chris räusperte sich und griff nach seinem Smartphone. Auf dem Couchtisch lagen außerdem ein paar Fernbedienungen, sein Laptop und jede Menge Papierkram. Was machte er noch außer Arbeiten? Ihr nächster Freund musste in der Lage sein, eine Balance zwischen Beruflichem und Privatem zu finden. *Wie du?* Sie war auch nicht besser, aber sie bemühte sich. Sie war hier, bereit, ihr Liebesleben zu planen

• • •

»Ich habe da ein paar Regeln.«

Chris scrollte durch sein Handy und öffnete die App. Sie konnte nichts erkennen, wollte sich aber auch nicht näher zu ihm lehnen. Er warf ihr einen schiefen Blick zu. »Fürs Dating?«

Sie lachte leise. »Fürs Dating. Fürs Leben. Um Geburtstage zu überstehen.« Everly holte tief Luft. »Ich meinte eigentlich für die potenziellen Kandidaten. Keine Gesichtstattoos, keine ungepflegten oder überlangen Bärte, keine seltsamen Fetische und keine Nasenringe.«

Chris legte das Smartphone zwischen ihnen aufs Sofa und schenkte ihr seine volle Aufmerksamkeit. »Definiere *überlang*.«

Sie dachte kurz nach und deutete dann auf ihre Schultern. »Nicht länger als schulterlang.«

Er nickte, und sie hatte das Gefühl, dass er sich das Grinsen verkniff. »*Seltsame Fetische* kann alles Mögliche bedeuten.«

Wie zum Beispiel an Fingern zu lutschen. *O Gott. Hör endlich auf, darüber nachzudenken.* »Nur … nichts zu Spezielles.«

»Klingt vernünftig.«

Sie war nicht sicher, ob er sich über sie lustig machte, doch bei seinem Grinsen wurde ihr ganz schwindelig. »Ich bin noch nicht fertig«, bemerkte sie. »Er sollte extrovertiert sein. Mutig. Er muss gern neue Sachen ausprobieren.« *Genau das Gegenteil von mir.*

Chris nickte. »Du hast wirklich intensiv darüber nachgedacht. Das ist sehr spezifisch.«

Ihre Schultern versteiften sich. Wenn sie das hier schon machte, dann wollte sie wenigstens das bekommen, was sie wirklich *wollte*. Warum auch nicht? Es war schließlich *ihre* Datingshow. Oder was auch immer. »Ja. Bisher hatte ich nur wenig Glück mit Männern, also sage ich einfach frei heraus, was ich will.«

Bildete sie es sich nur ein, oder leuchteten seine Augen gerade auf? Er senkte den Blick auf sein Smartphone.

»Jeder hat bestimmte Vorstellungen.«

Es klang nicht wertend. Er lächelte einfach, nickte erneut und tippte auf seinem Smartphone herum. »Willst du sonst noch was?«

Hm. Sie kaute auf ihrer Unterlippe und dachte kurz nach. Sie wusste es zu schätzen, dass er sie nicht unter Druck setzte. »Extrovertiert. Vielleicht künstlerisch begabt? Jemanden mit Sinn für Abenteuer. Mit Humor. Aber woher soll man das wissen? Ich meine, die Leute können alles Mögliche schreiben, und dann stellt man später fest, dass es nicht stimmt.«

Chris wollte gerade aufstehen, hielt dann aber inne und sah sie an. »Wir tun alles, was in unserer Macht steht, um das Geschriebene zu verifizieren. Bei allen Dates wird Security dabei sein. Wenn sich also herausstellt, dass der witzige, extrovertierte Künstler in Wahrheit ein Kerl mit langem Bart und Gesichtstätowierung ist, werden wir die Sache beenden.«

Sie grinste und biss sich auf die Lippen, um nicht laut zu lachen. »Danke.«

»Aber gerne doch. Ich verbinde das mal mit dem Fernseher«, erwiderte er und ging auf den riesigen Bildschirm zu. Er schloss das Handy an, griff nach einer der Fernbedienungen und schaltete den Fernseher ein. Der Bildschirm färbte sich dunkellila, in der Mitte war ein schwarzes E zu sehen, das sich zu einem Herz formte. Rechts daneben stand *Ever Love*.

Everly fiel die Kinnlade herunter, und sie starrte Chris an.

Er zuckte mit den Schultern. »Mein Bruder hat sie extra für dich kreiert.« Ihr Blick fiel auf seinen Hals, als er schluckte und dann wieder auf den Fernseher schaute. Sie musste sich regelrecht zwingen, ebenfalls den Kopf zu drehen.

»Okay, dann gehen wir mal die Kandidaten durch. Sie wurden bereits hochgeladen, sortiert und nach deinen Wünschen kategorisiert. Wir haben das Alter und die körperlichen Attribute eingegrenzt, basierend darauf, was du im Fragebogen angegeben hast. Die Männer werden nacheinander erscheinen, und du kannst dann ihre Fotos sehen und ihre Biografien lesen. Einige haben sogar ein Video hochgeladen.«

»Echt?« Everly lehnte sich nach vorn.

»Das ist eine großartige Funktion. So bekommst du ein besseres Gefühl für die Männer.«

Er reichte ihr die Fernbedienung, und ihr Magen schien herumzuhüpfen wie ein Gummiball. Sie würde es wirklich tun.

Nachdem er ihr gezeigt hatte, wie die App funktionierte und wie sie die Kandidaten »liken« konnte, lehnte er sich zurück und ließ sie einfach machen. Links auf dem Bildschirm wurde das jeweilige Foto angezeigt, daneben eine Liste mit Namen, Alter, Beruf, Interessen und optional eine kurze Begründung, warum die Männer sich beworben hatten. Falls sie ein Video hochgeladen hatten, befand sich unter ihrem Bild ein »Play«-Symbol.

Everly wünschte kurz, Stacey wäre hier, beschloss dann aber, dass ihre Freundin viel zu viele Kommentare abgeben würde.

Matthew Fortin

33

Tischler

Möbelbauen, lange Spaziergänge, Sonnenuntergänge, Kaffee

Um meine Seelenverwandte zu finden.

»Nein«, sagte sie und klickte weiter.

Chris lachte. »War dir der Sonnenuntergang zu kitschig?«

Everly drehte den Kopf und grinste. »Sonnenuntergänge sind kein Interesse.«

Chris griff nach seiner Wasserflasche und nahm einen Schluck. »Das stimmt. Also weiter.«

Brad Corden

30

Flugzeugmechaniker

Fliegen, Autofahren, Reisen, Schwimmen, Motocross

Klingt nach einer witzigen Chance.

Everly drückte auf »Play«.

»Hey, Everly. Das ist jetzt ein bisschen merkwürdig, aber okay. Ich heiße Brad. Ich dachte, ich werfe meinen Hut in den Ring, weil du es verdient hast, mit jemandem auszugehen, der kein Loser ist wie dein Ex. Ich habe gern Spaß und mag es, Neues auszuprobieren. Ich würde mich freuen, wenn ich die Chance bekäme, dich auszuführen, zum Lachen zu bringen und kennenzulernen.«

Everly klickte auf das kleine Herz-Symbol.

Chris veränderte seine Sitzposition. »Sieh mal einer an. Schon den Ersten gefunden.«

Als sie ihn ansah, wirkten seine Kiefermuskeln angespannt, und er hatte die Arme vor der Brust verschränkt.

Sie klickte weiter. Nein. Nein. Like. Nein. Auf keinen Fall.

Der neununddreißigjährige John Ringer, autodidaktischer Künstler, der gern zeltete und nackt schwamm, bekam ebenfalls ein Nein.

Chris verließ das Wohnzimmer, und Everly klickte sich weiter durch die Bewerber. Es war ein wenig merkwürdig, durch den eigens für sie kreierten Katalog zu blättern. Sie wollte jemanden, bei dessen Foto und Text sie dachte: *Warte, über dich will ich mehr erfahren.*

Als Chris ein paar Minuten später zurückkam und sich neben ihr aufs Sofa sinken ließ, hielt er eine große Schüssel Popcorn in den Händen und grinste sie an.

»Ich mag Popcorn«, bemerkte er ein wenig verlegen. Er hielt ihr die Schüssel hin, und sie setzte sich lachend in den Schneidersitz, bevor sie zugriff.

»Jongleur?« Fast blieb ihr das Popcorn im Hals stecken. »Ist das ein richtiger Beruf?«

Chris legte die Füße auf den Couchtisch. »Vielleicht, wenn du gut genug bist. Drück mal auf ›Play‹.«

Als sie es tat, drang Aran Kirks Stimme *laut* und deutlich durch die Lautsprecher. »Everly. Ich kann es gar nicht erwarten, dich kennenzulernen. Es gibt so vieles, was ich dir beibringen will und von dir lernen kann. Unsere Reise wird ganz besonders werden. Aber keine Angst«, sagte er und beugte sich zur Seite, sodass er vom Bildschirm verschwand. Als er wieder auftauchte, hielt er drei orangefarbene Bälle in Händen. Dann begann er zu jonglieren, bevor er wieder das Wort ergriff. »Ich liebe das Unerwartete. Du auch?«

Everly stöhnte. »Warum beendet er das Video mit einer Frage?«

Chris drehte den Kopf und starrte sie an.

»Was ist?« Hatte sie etwa Popcorn im Haar?

»Dich stört nur die Frage am Ende?«

Everly lachte und sah ihn dann mit gespielt gerunzelter Stirn an. »Jonglieren ist eine aussterbende Kunst.«

Seine Augenbrauen schnellten nach oben. Er beugte sich nach vorn und stellte die Schüssel mit dem Popcorn zwischen sie. Dann suchte er drei aus, warf sie in die Luft, schaffte es aber nicht, auch nur eins aufzufangen.

Everly verkniff sich das Lachen und deutete auf den Fernseher. »Er ist zwar nicht der Richtige für mich, aber vielleicht gibt er Unterricht.«

Chris sah sie mürrisch an, sammelte das Popcorn ein und warf es auf den Couchtisch. »Nein, danke«, murmelte er.

Sie brach in Gelächter aus und machte es sich auf dem Sofa bequemer, ohne zu merken, dass sich ihre Nerven inzwischen beruhigt hatten. »Ein klares Nein. Von vorn bis hinten.«

»Amen«, bestätigte Chris und pulte noch mehr Popcorn aus der Schüssel.

Nein. Nein. Nein. *Was zur Hölle?* Nein. Nein. Everlys Augen wurden müde. Sie legte die Fernbedienung beiseite und nahm einen großen Schluck von ihrem Wasser.

»Alles okay?«, fragte Chris.

Seine sanfte Stimme riss sie aus dem Gedanken, dass sie nie jemanden finden würde.

»Ich schätze, schon. Aber bisher haben mir von siebenunddreißig erst drei gefallen.« Das war kein gutes Zeichen.

»Es gibt noch jede Menge mehr«, erwiderte er lächelnd. Er streckte die Hand aus, als wollte er ihre Schulter drücken, zog sie dann aber wieder zurück. *Wahrscheinlich hat er Angst, dass du ihm noch einen Finger in den Mund steckst. Oder deinen ganzen Arm.*

Everly richtete den Blick wieder auf den Bildschirm und klickte weiter.

»Owen Baston, einunddreißig, Bierbrauer. Interessant«, murmelte sie.

»Magst du Bier?« Ohne sie anzusehen, griff Chris nach seiner Wasserflasche.

»Nein, nicht besonders. Aber es ist mal etwas anderes. Und ich will etwas anderes.«

Er hatte rotbraunes Haar und ein strahlendes Lächeln. Er war attraktiv, aber auch nicht zu hübsch. Fast ein wenig verwegen. Sie hatte noch nie jemand *Verwegenes* gedatet.

Sie drückte auf »Play«.

»Hi, Everly. Das fühlt sich ein bisschen komisch an. Ich habe noch nie ein Selfie gemacht, geschweige denn ein Video«, erzählte Owen. Everly musste laut lachen. »Normalerweise suche ich mir meine Dates anders, aber ich dachte, es ist mal Zeit für etwas Neues. Als ich dich im Radio gehört habe, abgesehen davon, dass mich die Geschichte echt wütend gemacht hat, dachte ich: ›Meine Güte, die würde ich nicht auf die Palme bringen wollen.‹ Ich war sofort fasziniert. Egal, wen du dir aussuchst, ich wünsche dir viel Glück. Du hast etwas Besseres verdient als Simon.«

Als das Video zu Ende war, lächelte sie.

Chris schnaubte. »Ich sollte dir ein T-Shirt mit dem Spruch machen lassen. Falls du es vergisst.«

Sie wandte sich ihm zu und unterdrückte ein Gähnen. »Wie bitte?«

Seine Augen verdunkelten sich. Er hatte so lange Wimpern, dass man glatt neidisch werden konnte. »›Du hast etwas Besseres verdient als Simon.‹«

Lächelnd griff sie nach seiner Hand, ohne darüber nachzudenken. »Danke. Aber es geht mir gut. Nach der Trennung habe ich festgestellt, dass ich nichts empfunden habe. Ein klares Zeichen, dass er mir nicht sonderlich wichtig war.«

Chris zog die Hand zurück, und sie unterdrückte den Drang, das Gesicht zu verziehen. *Stimmt. Nicht seine Hand berühren. Fass ihn nicht an. Er mag es nicht. Und er hat dir schon eine Menge durchgehen lassen.*

»Trotzdem scheiße, wie er dich behandelt hat«, erwiderte Chris.

Everly richtete den Blick wieder auf den Fernseher. »Ja. Das stimmt. Ich hätte mein erstes Date gern mit Owen.«

Chris zog scharf die Luft ein und fing an zu husten. Everly wusste nicht, was sie tun sollte, also reichte sie ihm sein Wasser und wartete nervös, um sicherzugehen, dass es ihm gut ging.

»Sorry«, presste er mit rauer Stimme hervor und nahm die Flasche entgegen. »Du klingst so sicher.«

Sie grinste schief und schob den Tornado an Gedanken beiseite. »Es ist ziemlich ermüdend, immer unsicher zu sein.«

Sein Gesicht war ganz gerötet, und seine Augen waren ein wenig glasig. »Okay. Owen, du hast jetzt ein Date.«

Sie brachte ein Lächeln zustande. Im Pläneschmieden war sie großartig. Sie träumte oft davon, eine Reise zu machen, tanzen zu gehen, dem Bingoklub beizutreten – das war nicht nur etwas für alte Damen –, aber sie zog es nie durch. Doch diesmal würde sie es tun. Wirklich. Vielleicht würde sie endlich herausfinden, wo ihr Platz in der Welt war, wenn sie etwas tat, das komplett ihrer Persönlichkeit widersprach.

Vielleicht würde sie aber auch eine Panikattacke und Ausschlag bekommen und Owen versetzen. Mal sehen.

Kapitel 12

Everly führte die Wasserflasche an die Lippen und war froh, dass sie allein in ihrem Apartment war. So konnte keiner das gurgelnde Geräusch hören, als sie trank. Sie fühlte sich, als wäre sie in der prallen Hitze und in Decken eingewickelt einen Marathon gelaufen. Sie schwitzte an zu vielen Stellen. Vielleicht war mit ihr irgendetwas nicht in Ordnung. Schwitzen konnte ein Krankheitssymptom sein. Nur welche Krankheit? *Hör auf.* Everly setzte die leere Flasche ab und nahm einen halben Atemzug, denn mehr passte nicht in ihre Lungen. *Eins. Zwei. Drei. Vier. Fünf. Sechs. Sieben.* Sie lehnte sich gegen die Küchentheke, und ihre Lungenflügel weiteten sich. Sie war schon auf Dates gewesen, deshalb verstand sie nicht, warum sie so nervös war. *Dieses Date ist mit viel mehr Druck verbunden.*

Sie ging wieder ins Badezimmer, schloss die Tür ab und stellte sich vor den Ganzkörperspiegel. Nachdem sie klargestellt hatte, dass sie nichts mit weitem Ausschnitt, nichts Durchsichtiges, nichts mit Pailletten oder Federn tragen würde, hatte Stacey das Shoppen ernst genommen.

Wenigstens war sie jetzt mit ihrem äußeren Erscheinungsbild zufrieden. Sie hatte sich für dunkelgraue Jeans und einen dünnen Pullover in zartem Rosa und mit breitem Ausschnitt entschieden. Sie hätte Schwarz oder Grau bevorzugt, doch da hatte Stacey nicht mit sich reden lassen. Das Oberteil umschmeichelte ihre schmale Silhouette und betonte ihre kaum vorhandenen Kurven. Stacey, die da schon mehr zu bieten hatte, beneidete sie immer um ihre schlanke Figur, doch Everly wünschte, sie würde ihre Shirts so ausfüllen wie ihre Freundin. *Woanders ist das Gras immer grüner.*

Ihr Smartphone klingelte. Sie warf einen Blick darauf. Natürlich rief Stacey sie jetzt per FaceTime an. Sie drückte auf den grünen Hörer.

»Lass mich sehen«, forderte Stacey, deren Gesicht das ganze Display füllte. Everly drehte sich zum Spiegel, damit ihre Freundin sie sehen konnte. »Gut. Deine Haare sehen schön aus. Du solltest sie öfter offen tragen. Dezentes Make-up. Leg noch ein bisschen was von dem Lipgloss auf, bevor du gehst. Und nicht auf den Lippen herumkauen. Der Pulli ist Bombe. Deine Möpse sehen heiß aus.«

Weil ich am ganzen Körper schwitze. Everly grinste. »Wenn du doch nur diejenige wärst, die ich heute Abend beeindrucken muss.«

»Dafür ist es jetzt zu spät. Außerdem musst du gar niemanden beeindrucken. Sei einfach du selbst.«

»Ich werde versuchen, ein bisschen weniger ich selbst zu sein«, erwiderte Everly und verließ das Badezimmer.

»Ausschlag?«

»Noch nicht. Zu viel Schweiß.«

»Das sieht man aber nicht.« Stacey zog die Augenbrauen zusammen.

Sie versuchte *tatsächlich*, etwas zu erkennen.

»Die Nerven? Von eins bis zehn?«

»Zwölf. Ich glaube, mir wird schlecht.« Everly legte die Hand auf ihren Bauch.

»Sieh mich an«, befahl Stacey in strengem Ton.

»Stacey. Ich sehe dich doch die ganze Zeit an.«

Sie nickte, unbeeindruckt von Everlys Sarkasmus. »Stimmt. Hör zu. Du hast es verdient, mit ein paar netten, attraktiven Typen auszugehen und dich von ihnen verwöhnen zu lassen. Es muss zu nichts führen. Konzentrier dich auf heute Abend. Nur auf heute Abend. Das Schlimmste, was passieren kann, ist, dass dir der Abend nicht gefällt. Dann triffst du dich eben nicht mehr mit ihm.«

»Wow. Du hast wirklich kein bisschen an all die anderen schrecklichen Dinge gedacht, die passieren könnten.«

Stacey seufzte. »Schieß los.«

»Okay. Er könnte ein Perverser sein. Ein Freak. Ich habe zwar gesagt, keine Gesichtstattoos, aber vielleicht hat er schon andere und wartet nur darauf, sich die Haare abzurasieren und sich den Schädel tätowieren zu lassen. Er könnte eine Freundin haben. Eine Ehefrau. Oder beides. Oder einen seltsamen Unterwäsche-Fetisch. Du weißt, dass ich Tangas hasse. Er könnte langweiliger sein als die Vorlesung über die Geschichte des Rundfunks, obwohl seine Hobbys Ziplining und Wandern sind. O Gott. Was, wenn er ziplinen will?«

Ihre Freundin hob die Hand. »Stopp. Ich verstehe schon. Meine Güte, dein Gehirn ist wie eine Autobahn zur Hauptverkehrszeit.« Ihr Ton war sanft und so verständnisvoll, dass Everly feuchte Augen bekam. »Süße, du schaffst das. Schalt den Kopf ab. Atme.«

»Ich muss los.« Sie konnte jetzt nicht mehr darüber reden.

»Du schaffst das. Der Facebook-Post war super und hat schon Hunderte Kommentare. Und du hast sein Radiointerview gehört. Er ist lustig und klingt nett. Die ganze Stadt steht hinter dir.«

Kein Druck. Nachdem Everly die ersten beiden Männer ausgesucht hatte – tatsächlich hatte sie bereits alle ausgesucht –, hatten sie beschlossen, sie zu interviewen und Clips zu veröffentlichen.

Sie hatten sich für Facebook-Posts entschieden, weil es mehr Kommunikation ermöglichte als ein Blog. Everly machte sich in ihrem Regelbuch immer wieder Notizen, denn manchmal wurde die Angst so groß, dass sie Sachen vergaß.

»Hoffentlich enttäusche ich sie nicht.«

»Okay. Weißt du was?«, fragte Stacey nun lauter.

»Was?« Everly spürte ein Stechen in der Seite. Fand Stacey, sie sollte sich besser umziehen? Vielleicht wäre Grau doch besser gewesen. Vielleicht ...

»Ich habe eine neue Regel. Nicht für deine Liste, aber damit ich dir nicht in den Hintern treten muss. Glaub an dich. Ich meine es wirklich ernst. Du glaubst an alle anderen. Also glaub auch an meine beste Freundin.«

Everly war überrascht und auch ein wenig amüsiert. Sie musste lächeln. »Jetzt klingst du wie eine Lehrerin.«

Stacey nickte. »Und es gefällt mir nicht. Zwing mich also nicht, noch mal so zu reden.«

Sie lächelten beide, als Everly auflegte. *Glaub an dich*. Interessantes Konzept. *Es haben sich vierhundertsiebenundfünfzig Männer für ein Date mit dir beworben. Vielleicht solltest du tatsächlich ein bisschen an dich glauben.*

Es waren nicht wirklich die fremden Männer, um die sie sich sorgte. Es war ihr Job. Schon jetzt brachte der Wettbewerb dem Sender mehr Geld ein. Mehr Firmen waren bereit, Spitzenpreise für einen Werbeplatz in ihrer Sendung zu zahlen, als noch vor einer Woche.

Sie war gerade ins Auto gestiegen, als ihr Handy erneut klingelte. Sie nahm den Anruf über das Lenkrad entgegen, damit sie nicht zu spät kam. *Vielleicht kommt er ja zu spät.*

»Hallo?« Sie fädelte sich in den Verkehr ein, der sich mittlerweile ein wenig beruhigt hatte.

»Hey. Hier ist Chris.«

Ihr Körper entspannte sich. »Hi. Alles in Ordnung?«

»Natürlich. Ich wollte nur fragen, wie es dir geht.«

Am Ende der Straße blieb sie an der Ampel stehen. »Ich hatte schon mal ein Date. Alles gut.« *Was er nicht weiß …*

Es folgte so langes Schweigen, dass sie schon dachte, die Verbindung wäre unterbrochen worden. Sie bog rechts ab und fuhr in Richtung des Restaurants, das sie ausgesucht hatte.

»Du musst nicht so tun, als würde es dir nicht schwerfallen. Ich wollte dir nur sagen, dass ich dich bewundere. Ganz egal, wie es läuft.«

Seine Worte erfüllten sie auf unerwartete Weise mit Wärme, was untypisch war, denn normalerweise war sie eher die Realistin. Aber irgendwie stärkten sein sanfter Tonfall und die Tatsache, dass er ihren gespielten Mut entlarvt hatte, ihr Selbstvertrauen. Sie dachte darüber nach, sich, was den Teil mit der Bewunderung anging, einen Scherz zu erlauben, wusste jedoch, dass das nur an ihren Nerven lag. Außerdem war es schön, dass jemand – abgesehen von Stacey – sie ernst nahm. Dass es in Ordnung war, dass sie sich fühlte, wie sie sich nun mal fühlte, selbst wenn sie überreagierte.

»Danke.«

»Sollen wir später telefonieren?«

Sie nickte, doch dann fiel ihr ein, dass er sie gar nicht sehen konnte. »Gern.«

Als sie auflegte, musste sie feststellen, dass sie sich auf den Abend freute. Oder zumindest auf das Ende des Abends.

• • •

Owen Baston wartete am Empfangstresen auf sie. Seine Lederjacke und die ein wenig zu langen Haare wirkten in echt weniger angsteinflößend, aber sie bekam trotzdem vor Nervosität Schmetterlinge im Bauch. Sein Blick fand sie sofort, was ihr keine Zeit ließ, sich vorzubereiten und ihre Atmung unter Kontrolle zu bringen. Sein rotbraunes Haar war unordentlich gestylt. Oder vielleicht war er auch so aufgewacht. Er wirkte nicht, als würde er sich sonderlich darum scheren, wie seine Frisur aussah. Er hatte leichte Bartstoppeln, und wenn er lächelte, bekam er Fältchen um die Augen. Unter der Lederjacke trug er ein schwarzes Sweatshirt, dazu dunkle Jeans. Ein paar der Schmetterlinge in ihrem Bauch klimperten sogar mit den Wimpern. Dieser Mann könnte glatt als Postermodel für ihren Wettbewerb dienen. *Willst du den Richtigen finden? Finde ihn hier auf 96.2 SUN.*

Everly bohrte die Fingernägel in ihre Handfläche, spürte, wie sich ihr Puls beschleunigte, und wartete auf die anderen Symptome: ein pochendes Herz, ein kribbelnder Magen, das Adrenalin, das durch ihre Adern rauschte. Vielleicht hatte sie deshalb so wenig Glück in der Liebe. Die Symptome einer Panikattacke und die der körperlichen Anziehung waren sich verdammt ähnlich. Wie sollte sie da bitte den Unterschied erkennen?

»Everly?« Sogar seine Stimme klang schön.

Was stimmte mit ihr nicht? *Das Sicherheitspersonal passt auf dich auf. Atme. Oder sag wenigstens irgendetwas. Versuch, zu atmen und zu sprechen.* »Ja. Owen.« Es klang nicht wie eine Frage.

Er lehnte sich zu ihr und legte die Hand auf ihre Schulter. Everly wusste nicht, ob er sie umarmen, ihre Wange küssen oder ihren Arm drücken wollte. Als wäre ihr Wasser vorhin mit Red Bull gepimpt gewesen, versuchte sie, allen drei Möglichkeiten gerecht zu werden. Sie ging auf ihn zu, hob ein wenig den Arm, drehte den Kopf – und stieß gegen sein Kinn.

Owen machte einen Schritt rückwärts und rieb sich lachend

das Kinn, während Everly die Fersen fester in den Marmorboden der Lobby bohrte und stumm zu zählen begann, um nicht in Ohnmacht zu fallen. *Großartig.*

»Das geht ja gut los. Tut mir leid«, sagte er.

Sie zuckte zusammen. »Nein. Mir tut es leid. Ich neige dazu, mich in neuen Situationen seltsam zu verhalten. Was ich dir wahrscheinlich nicht sagen sollte, aber es ist leider offensichtlich. Es ist also besser, wenn du es weißt. Dass ich es weiß. Ich bin nicht verrückt, oder so. Aber ganz ehrlich. Du kannst auch die Flucht ergreifen, wenn du willst.«

Konnte sie kehrtmachen und einfach gehen? Doch Owen nahm ihr Geplapper mit Humor und lachte einfach, was ihm schon jetzt etliche Pluspunkte bescherte. Die Empfangsdame lächelte sie an.

»Oh, gut. Ihre Gesellschaft ist da. Folgen Sie mir«, sagte sie, drehte sich um und ging die Tischreihen entlang.

»*Gesellschaft* nennt man mich als Einzelperson eher selten«, murmelte Everly scherzhaft. Die Dame hörte es nicht, Owen aber schon. Seine Mundwinkel zuckten, und sie hob die Schultern. »Ich will nur nicht, dass du dir zu große Hoffnungen machst.«

Owen legte die Hand auf ihren Ellbogen, ohne fest zuzugreifen oder sie festzuhalten. Er führte sie lediglich und beugte sich ein klein wenig zu ihr hinab. »Ich versuche, realistisch zu bleiben.«

Everly lachte, überrascht und auch ein wenig erleichtert. Vielleicht würde der Abend doch ganz gut werden. Vor einer Sitzecke im hinteren Teil des Restaurants blieben sie stehen. In der Tischmitte standen winzige, im Kreis angeordnete Windlichter. Everly konnte schon leichter atmen, denn zum Affen gemacht hatte sie sich bereits. Das war also erledigt. Sie saßen abseits vom Trubel, und sie fragte sich, ob Chris das arrangiert hatte. Alle anderen hätten es romantisch gefunden, aber ihr half es, sich zu entspannen.

»Die Kellnerin wird in ein paar Minuten bei Ihnen sein«, erklärte die Empfangsdame.

Sie hielt Owen zugute, dass er wartete, bis sie Platz genommen hatte, bevor er sich ihr gegenübersetzte. Ein Gentleman. Und dann auch noch ein attraktiver, lässiger Gentleman. Nicht schlecht. Sie sah sich um. Das Restaurant war so voll, dass sie sich erneut fragte, ob Chris extra einen abgelegenen Tisch reserviert hatte, damit sie sich wohler fühlte.

»Alles in Ordnung?« Owen schlüpfte aus seiner Jacke, legte sie neben sich und lehnte sich zurück.

Aus den Lautsprechern klang leise Musik, man hörte das Klappern von Geschirr, und in der Luft lag der Duft von Brot und Blumen. Kurz konzentrierte sie sich auf diese Eindrücke und klopfte auf ihrem Schenkel herum.

»Ja. Sorry. Ich bin immer ziemlich nervös. Ich ... Nun ja, die Situation überfordert mich ein wenig.« Ehrlichkeit funktionierte. Sie waren schließlich erwachsene Menschen.

»Das verstehe ich. Ein paar Arbeitskollegen haben mir von dem Wettbewerb erzählt. Drei von uns haben sich beworben. Ich war ziemlich aus dem Häuschen, als ich ausgewählt wurde. Aber auch nervös.«

Irgendwie war es beruhigend, dass auch er nicht zu einhundert Prozent sorgenfrei gewesen war. Sie wollte zwar nicht, dass jemand unter Nervosität litt, aber so war sie wenigstens nicht allein. Wenn sie die Sache anders angegangen wäre und sie mehr wie Arbeit behandelt hätte, hätte sie sich vielleicht entspannen können. Sie führte für den Sender ständig Vorgespräche. Und es war ja nicht so, als wäre sie komplett unfähig, mit Menschen zu sprechen. Aber unter Druck erstarrte sie nun mal zur Salzsäule. In Gegenwart von Fremden. In großen Gruppen. *Hör auf.*

Everly lächelte breit. »Du arbeitest in einer Brauerei?«

Er nickte in dem Moment, als die Kellnerin an ihren Tisch trat. Das rote Haar hatte sie sich zu einem Pferdeschwanz zusammengebunden. Sie lächelte freundlich und stellte eine Karaffe mit Eiswasser auf den Tisch.

»Guten Abend. Willkommen bei Antony's.«

In Lichtgeschwindigkeit zählte sie die Spezialitäten des Tages auf, aber sie nahmen etwas von der Karte – Linguini für Everly und Manicotti mit Meeresfrüchten für Owen. Er bestellte einen Wein, doch Everly blieb bei Wasser. Die Kellnerin servierte einen Korb mit Brot und versprach, die Bestellung sofort aufzugeben.

Owen wartete kurz, bevor er das Gespräch wieder aufgriff. »Ich bin Seniormanager in der Produktentwicklung. Ich habe mit neunzehn dort angefangen. Zuerst habe ich ein Praktikum gemacht, dann haben sie mich fest eingestellt. Und du? Wie ist es, Radioproduzentin zu sein?«

Nach und nach wurde sie sicherer und gewöhnte sich an die Situation. Ein paarmal schaffte sie es sogar, ihren Schutzwall herunterzulassen, zu lachen und Spaß zu haben. Das Essen war köstlich, Owen witzig und charmant. Würde sie sich ihm öffnen können? Es war das erste Date seit Langem, das sie tatsächlich genoss. Das war doch etwas.

Als sich ihre Finger berührt hatten, als sie beide nach dem Brot gegriffen hatten, hatte sie einen Anflug von Hitze verspürt. Als wäre sie einem brennenden Streichholz zu nahegekommen. Nicht, dass Brot ein Aphrodisiakum oder so war, aber es war ein gutes Zeichen. Sie wollte diesen Moment, in dem ihr Herz schneller zu schlagen begann. Wie damals als Teenie, als sie in Jamie Steiner verknallt gewesen war. Sie hatten beim Squaredance miteinander tanzen müssen, und ihre Finger hatten bereits gezittert, bevor er seine schwitzige Hand in ihre gelegt hatte. Ihr Herz hatte wie verrückt gepocht.

Dann suchst du also einen Mann, mit dem du dich wieder wie dreizehn fühlst? Kein Wunder, dass du nicht glücklich wirst, Everly. Gib dem Ganzen ein wenig Zeit. Du erwartest zu schnell zu viel.

»Ihre Rechnung und das Trinkgeld wurden bereits bezahlt«, sagte die Kellnerin, als sie zurückkam, nachdem sie ihre Teller abgeräumt hatte.

Owen begleitete sie zu ihrem Auto. Kurz dachte sie, er würde sie küssen. Ihr Körper bereitete sich schon auf den Zusammenprall vor. Die Luft blieb in ihren Lungen stecken, und sie stellte sich vor, wie sie nicht mehr würde atmen können, sobald sich ihre Lippen berührten. Sie war überrascht, als Owen schief grinsend zurückwich. Als wüsste er, dass sie ein wenig Raum brauchte. Seine Geste bewirkte, dass sie ihn küssen wollte. Zumindest fast. Sie war auf jeden Fall neugierig geworden, wie es sich wohl anfühlte, von diesen starken Armen umschlungen zu werden.

»Ich schätze, ich werde wissen, wie es gelaufen ist, sobald ich auf Facebook war, was?«

Lachend ließ Everly die Finger über ihren Schlüsselbund gleiten. »Ich hatte einen wirklich schönen Abend. Mit dir kann man sich gut unterhalten. Es macht Spaß, mit dir Zeit zu verbringen.«

»Geht mir genauso, Everly. Es war ein sehr schöner Abend. Und damit du's weißt. Ich würde dich echt gern küssen, aber ich sollte den anderen wenigstens eine klitzekleine Chance lassen, was?«

Sie mochte sein Selbstbewusstsein und dass er sie zum Lachen brachte. »Das ist keine schlechte Idee.«

»Noch eine Sache …« Er trat näher, und Everly stockte der

Atem in der Weise, wie er es immer tat, wenn sie etwas Gutes erwartete.

»Hm?« *Zum Glück hast du keinen Knoblauch gegessen. Warte. Er aber.* Ihr Mund wurde staubtrocken.

»Dein Ex ist ein Idiot.« Dann machte er wieder einen Schritt rückwärts.

Da sie nicht wusste, was sie erwidern sollte, stieg sie ins Auto, winkte noch einmal kurz und fuhr nach Hause.

Auf dem Heimweg spielte sie mit dem Gedanken, Stacey anzurufen, doch sie war noch nicht in der Lage, den Abend in Worte zu fassen. Die nervöse Energie, die sie den ganzen Abend über erfüllt hatte, verschwand langsam. Als sie zu Hause ankam, wollte sie nur noch ihren Pyjama und ein Glas Wein. Das hatte sie verdient.

Erst als sie den Weg zu ihrem Haus entlangging, entdeckte sie Chris. Er saß vor dem Eingang auf der oberen Treppenstufe. Offensichtlich war er sich diverse Male durch das dunkle Haar gefahren. Er trug Jeans und einen NYU-Pullover, der an den Ärmeln schon ganz ausgefranst war. Alte Pullis waren die besten. Und der hier sah aus wie einer seiner Lieblingspullis. Chris musterte sie von oben bis unten, bevor er ihr schließlich in die Augen sah. Everlys Herz machte einen Satz. Was hatte er hier zu suchen?

»Hey«, sagte er.

Die Worte blieben ihr im Hals stecken, während ihre Finger gegen ihre Handtasche trommelten. Sie holte tief Luft und setzte sich zu ihm. Ihre Oberschenkel berührten sich. Ihre Finger zitterten, also presste sie die Hände auf die Schenkel.

Benimm dich normal. So wie andere Leute auch. »Hey.«

Sie saßen da, über ihnen die Sterne und der fast volle Mond, atmeten die kühle Nachtluft ein und schwiegen. Der Moment konnte nicht ewig währen. Die besten Momente währten nie ewig. Das wusste Everly. Diese neue *Sache* zwischen ihnen durfte nicht mehr werden. Auch das wusste sie. Aber es war der schönste Moment des Abends.

Kapitel 13

Chris hatte kein Recht, hier zu sein. Gar keins. Aber jetzt, da er neben ihr saß, über ihnen die Sterne, die zwischen den Wolken hervorblitzten, wollte er nirgendwo anders sein. Es gab jedoch vieles, was er wollte, und er hatte bereits in jungen Jahren gelernt, dass alberne Begehrlichkeiten einem nur im Weg standen, wenn man ein großes Ziel vor Augen hatte. Doch das brachte ihn nicht dazu zu gehen. Es kam viel zu selten vor, dass er genau da war, wo er sein wollte. Dieser Gedanke machte ihn nachdenklich, also schob er ihn beiseite.

Er drehte den Kopf, verbot sich aber, ihren Duft einzuatmen oder sich gar zu ihr zu lehnen. »Wie war das Date?«

Ihr Lächeln drehte seinen Begierdeschalter auf die höchste Stufe. »Ziemlich gut, um ehrlich zu sein. Es hat Spaß gemacht.«

Nicht die Antwort, die er erhofft hatte. Er fühlte sich, als hätte sie ihm in den Bauch geboxt. *Du willst das für sie.* Er war hergekommen, damit sie ihm ihr Herz ausschütten konnte. Um sie zu unterstützen. Um für sie da zu sein, obwohl sie niemals darum gebeten hätte. Er gehörte nicht zu *ihren Menschen*. Okay, er war nicht Stacey. Aber er war besorgt um sie, und es war nichts falsch daran, sie wissen zu lassen, dass er hinter ihr stand. Sie konnten Kollegen *und* Freunde sein.

Ihre Augen strahlten glücklich, und sie wirkte nicht angespannt. Diese Möglichkeit hatte er nicht in Betracht gezogen. Dass sie tatsächlich Spaß haben würde. *Das ist gut. Verdammt gut. Vielleicht beschleunigt das den ganzen Prozess und lässt die Zahlen in die Höhe schnellen.* Er stellte sich die Schlagzeile vor: *Radioproduzentin findet große Liebe in Runde eins.* Ihm wurde schwer ums Herz.

Everlys beschleunigter Atem katapultierte ihn zurück in die Realität. Ihre Gesichter waren nun ganz nah beieinander, und sie starrte auf seine Lippen, was ihn dazu verleitete, auf ihre zu starren. Seine Begierde verwandelte sich in pures Verlangen. *Freunde. Du willst mit dieser Frau befreundet sein.*

»Hat er dich geküsst?«

Sie zog scharf die Luft ein.

Chris stand auf. »Sorry. Das geht mich überhaupt nichts an.« Er schob die Hände in die Hosentaschen und versuchte, sich eine Erklärung einfallen zu lassen, warum er hier auf ihrer Treppe saß. *Wie ein unglücklich verliebter Teenager.* Lächerlich. Er musste dringend wieder einen klaren Kopf kriegen. Da half es nichts, vor Everlys Tür zu stehen.

Everly stand auch auf, kam auf ihn zu und blickte mit einer Neugierde zu ihm hoch, die er bisher nicht gekannt hatte. Sie öffnete den Mund, um etwas zu sagen, und sein Herz setzte aus. Kurzschluss.

»Ich … Ich weiß nicht, warum ich hier bin. Ich war nur neugierig. Sorry. Ich habe mir Sorgen gemacht und dachte, ich komme mal vorbei. Ich hoffe, das ist okay?« *Plappere doch noch mehr, Mann. Und noch zusammenhangloser.*

»Natürlich ist das okay. Es ist schön, dass du vorbeigekommen bist. Du bist jederzeit willkommen. Vor allem, wenn du Dessert mitbringst.«

Eine Einladung. Er war nicht sicher, ob das ein Segen oder ein Fluch war. Und jetzt? »Die Zuhörer sind bestimmt neugierig, wie es gelaufen ist. Keine Eile, aber je schneller du etwas auf Facebook postest, desto zufriedener werden sie sein.« Über die Arbeit zu sprechen war immer eine sichere Bank. »Freut mich, dass es gut gelaufen ist. Aber du hast diese Woche noch ein Date. Verlieb dich also nicht gleich nach der ersten Pasta.«

Was auch immer er gerade noch in ihren Augen gesehen hatte – nun war es verschwunden. Sie rieb die Handflächen aneinander. Er hatte sie nervös gemacht. Und er hasste es. Chris wollte die Hand auf ihre Schulter legen, doch sie wich zurück.

»Ich werde den Post noch heute Abend schreiben. Ich wollte fragen ...« Sie hielt inne, holte tief Luft und atmete langsam aus.

Du kannst alles fragen. Ihm schwoll das Herz in der Brust. »Was denn?« Klang seine Stimme etwa brüchig? Meine Güte. Er entwickelte sich tatsächlich zurück zum Teenager.

»Hast du dem Restaurant gesagt, dass sie uns einen Platz abseits geben sollen?«

Chris fuhr sich durch das Haar, starrte zuerst hinauf zum Mond, dann zu Boden. »Ich dachte, das würde es dir einfacher machen.«

Sie nickte, ohne etwas preiszugeben. »Hat es auch. Danke.«

Dann drehte sie sich um und ging ins Haus. Sagte nicht einmal Gute Nacht. Chris stand da und beobachtete, wie sie verschwand. Ein kleiner Teil von ihm hoffte, sie würde sich noch einmal umschauen. Doch das tat sie nicht. Also ging er nach Hause. Er hatte noch Arbeit zu erledigen. Es war ein Erfolg. Alles lief gut. *Das ist genau das, was du wolltest.*

• • •

Am nächsten Tag ging er Everly so gut wie möglich aus dem Weg, was zwar feige, aber notwendig war. Ihre Zusammenfassung auf

Facebook war charmant. Obwohl er sichergestellt hatte, dass er während ihrer Arbeitszeit nicht im Sender war, schaltete er ihre Sendung ein. Zwischen zwei Terminen saß er in seinem Auto und hörte das Ende von Staceys Playlist.

»Das waren Old Dominion mit ihrer neuen Single, falls ihr es noch nicht wusstet. Und da wir gerade von Singles sprechen …«, sagte Stacey und ließ das Wort in der Luft hängen.

Bühnengelächter ertönte, und Chris musste grinsen, denn er wusste genau, dass die DJane mit dem Soundboard herumspielte.

»Oh, oh, meine Produzentin funkelt mich so böse durch die Scheibe an, dass ich froh bin, dass wir hier Dreifachverglasung haben. *Was?* Oh. Sie schüttelt den Kopf. Doch nicht dreifach verglast. Dann höre ich jetzt besser auf mit den flachen Witzen.«

Chris konnte sich Everlys Gesichtsausdruck richtig vorstellen. Er schloss die Augen und lehnte den Kopf zurück.

»Keine Späße mehr. Danke, ihr lieben SUN-Hörer, dass ihr für meine Freundin nur die besten Junggesellen ins Rennen geschickt habt. Vielleicht habt ihr schon auf unserer Facebook-Seite gelesen, dass das erste Date ein voller Erfolg war. Sie mag es nicht, on air zu sprechen, deshalb musste ich vorher ihre Genehmigung einholen, aber Everly wird jetzt ein paar Fragen beantworten. Bereit?«

Chris schlug die Augen auf, als Everlys »Ja« durch den Lautsprecher drang.

»Wollen wir die Dates von eins bis zehn bewerten?«, fragte Stacey.

»Nein.«

»Würdest du dich noch mal mit Owen treffen?«

»Das wäre geschummelt, wenn ich dir das sagen würde«, erwiderte Everly, und ihre sanfte Stimme verpasste Chris einen Stromschlag.

»Hier wird nicht betrogen. Betrug hat uns schließlich hierhergeführt.«

»Stacey«, knurrte Everly.

»Mein Fehler. Sorry. Welche Eigenschaft findest du bei einem Mann besonders wichtig?«

Chris richtete sich auf.

»Ehrlichkeit. Transparenz.«

»Gute Antwort. Ich hätte ja ›Bauchmuskeln‹ gesagt, aber deine Antwort ist auch in Ordnung.«

Stacey erzählte von ein paar Highlights des Abends, die Everly mit ihr geteilt hatte, danach las sie ein paar Fragen vor, die die Zuhörer auf Twitter gestellt hatten. Chris schaltete das Radio aus und griff nach seinem Smartphone auf dem Beifahrersitz. Er öffnete die App und suchte nach dem Hashtag *everlyafter*.

@962SUN Ich bin mit Owen zur Highschool gegangen. Er ist der Beste. Du solltest dich auf jeden Fall noch mal mit ihm treffen. #everlyafter

@962SUN Mein Neffe ist Single und sieht besser aus als die Typen, die du diese Woche ausgesucht hast. Schreib mir. #everlyafter

@962SUN Simon ist ein Arsch. Team Everly. #everlyafter

Chris nickte zustimmend und scrollte weiter. Allein auf Twitter hatten sie über fünfhundert neue Follower. Er hatte jemanden eingestellt, der sich ausschließlich um ihre Social-Media-Profile kümmern sollte. Er hoffte, Everly scrollte nicht durch die ganzen Kommentare. Die meisten waren positiv, aber es gab auch ein paar negative. Und diesen zusätzlichen Stress brauchte sie nun wirklich nicht. Doch welche Auswirkungen das Ganze auf die Junggesellen haben würde, hatte er nicht erwartet.

Selbst wenn sich Everly nicht für diesen Owen-Typen entscheiden sollte, würde er in Zukunft keine Probleme mehr haben, Dates zu finden. Keiner der Kandidaten. Irgendwie gab die ganze Sache den Kerlen ihre fünfzehn Minuten Ruhm. *Und was hat Everly davon?* Hoffentlich alles, was sie verdiente. Auch einen guten Mann.

Und nein, das geht dir nicht unter die Haut, denn genau das sollte doch passieren. Sein Smartphone klingelte und rettete ihn vor seinen eigenen Gedanken.

»Hey«, meldete er sich. Er startete den Motor und fädelte sich in den Verkehr ein.

»Bist du schon da?« Sein Bruder war nicht unbedingt für seine Geduld bekannt.

»Fast. Ich hatte noch ein paar Meetings. Ich dachte, du wolltest herfliegen?«

Irgendwas ratterte im Hintergrund, bevor Noah erwiderte: »Mache ich auch. Aber ich wollte zuerst deine Meinung hören. Ob es dir auf den ersten Blick wert erscheint, dass ich es genauer unter die Lupe nehme.«

Noah wollte, dass Chris eine heruntergekommene Villa besichtigte, die angeblich einem verstorbenen Hollywoodsternchen gehört hatte. Sie lag direkt am Wasser. Obwohl er jetzt in Kalifornien lebte, kam Chris viel zu selten ans Meer.

Er nahm die Ausfahrt in Richtung Harlow Beach, während sie sich weiter über das Grundstück unterhielten. Sein Bruder wollte sich noch andere ansehen und dann entscheiden, ob er das Imperium ihres Vaters verlassen würde, um seinen eigenen Weg zu gehen. Chris verstand den Gedanken, doch er hatte zu hart daran gearbeitet, es seinem Vater recht zu machen, um jetzt kurz vor dem

Ziel einfach aufzugeben. Zwanzig Minuten später erreichte Chris das gigantische Anwesen. Anders konnte man es nicht beschreiben. Das Haus und das Grundstück mit Blick aufs Meer waren riesig.

»Ich glaube, hier lebt schon eine ganze Weile keiner mehr«, sagte Chris ins Telefon, stieg aus dem Wagen und lehnte sich gegen den Kofferraum. Durch ein hohes schmiedeeisernes Tor konnte er auf den verwilderten Garten und den abgenutzten Pflasterweg blicken, der zum Haus führte.

»Ist es groß?«, fragte sein Bruder aufgeregt.

»Du hast es doch gesehen. Natürlich ist es groß.«

»Das erzählst du den Frauen auch immer.«

Chris verdrehte zwar die Augen, lachte aber. »Mein Gott. Wie alt bist du? Vierzehn? Es sieht aus wie auf den Fotos. Blick aufs Meer. Das Grundstück ist eine Menge Arbeit und der Garten ein Dschungel. Aber es hat Potenzial, Bro. Großes Potenzial.«

»Hältst du mich für verrückt?«

Chris drückte sich vom Wagen ab, ging weiter in Richtung Ufer, blickte hinaus aufs Wasser, atmete die salzige Luft ein und ließ seine Sorgen los. Gestern Abend hatte er auf Everlys Stufen gesessen und auf ihre Rückkehr gewartet. Was wusste er schon übers Verrücktsein? *Eine Menge.*

»Du hast ja noch andere Häuser, die du dir anschauen willst. Lass dir Zeit mit der Entscheidung. Bist du sicher, dass du etwas an der Westküste willst?« *Es wäre scheiße, wenn Noah hier landet, während ich zurück nach New York gehe.* Aber er würde seinen Bruder nicht negativ beeinflussen. Das tat ihr Vater schon zur Genüge.

»Ich fühle mich so rastlos und gefangen. Ich weiß noch nicht, was ich brauche und wonach ich suche. Aber ich muss meinen eigenen Weg gehen, Chris. Ich bin es leid, dass er jede meiner Ideen zu seiner eigenen macht. Oder etwas vollkommen anderes damit anstellt als das, was ich mir ursprünglich vorgestellt habe.«

Er nickte, obwohl sein Bruder ihn nicht sehen konnte. »Und was hast du vor? Willst du es kaufen und selbst herrichten?«

Es folgte Schweigen, und Chris stellte fest, dass er seine Brüder, seine Mom und sogar seine Schwester vermisste. Er musste den Kontakt zu ihnen unbedingt wieder intensivieren.

»Ich denke an Luxusbetten und Frühstück. Oder so was in der Art.«

Chris lächelte. »Echt? Gastfreundschaft ist nicht das Gleiche wie Grundbesitz, Bro. Es wird dauern, bis du Profit machst. Und du wirst von den Launen anderer abhängig sein. Wir sind hier nur eine Stunde von L. A. entfernt. Das hier könnte dir gutes Geld einbringen, wenn du es renovierst und verkaufst. Selbst wenn du eine Crew anheuerst.«

»Jetzt klingst du wie er. Kaufen, renovieren, verkaufen. Ich will ein Vermächtnis aufbauen. Mein eigenes. Glaube ich. Etwas, in das er sich nicht einmischen kann. Etwas, das in hundert Jahren noch eine Geschichte erzählen wird, selbst wenn es zerfällt.«

»Wie dieses Haus.«

»Genau.«

Auf dem Rückweg hatte Chris genug Zeit, um über das nachzudenken, was Noah gesagt hatte. Dass er sein eigenes Vermächtnis erschaffen wolle. Das wollte er auch. Sobald er Head of Communications sein würde, würde er die Firmen seines Vaters stärken und vereinen. Seine Brüder wehrten sich stärker gegen ihren Dad als Chris, was vor allem daran lag, dass er besser arbeiten konnte, wenn er ein Ziel vor Augen hatte. Er war fast da.

Er schaltete das Radio ein, überlegte, was er sich zu essen holen könnte, und wählte einen anderen Sender aus. Er überprüfte gern, was die Konkurrenz tat.

Werbung. Werbung. »Ihr hört 102.9 CALI. Als Nächstes sprechen wir mit Simon Westwood von Westwood Paper Products. Einige von euch kennen ihn vielleicht von seinem Laden, der dieses Wochenende einen riesigen Sale veranstalten wird. Alle möglichen Papiere für all eure Papierträume.«

Chris umklammerte das Lenkrad fester. *Ist das etwa …*

»Andere wissen vielleicht, dass er der sitzen gelassene Ex-Freund von Miss Everly Dean von 96.2 SUN ist. Habt ihr vor ein paar Wochen ihren Ausbruch mitbekommen? Schlau, wie wir sind, hat einer unserer DJs eine Aufnahme davon gemacht, bevor sie es von ihrer Website genommen haben. Hört euch das an.«

Everlys Stimme erfüllte das Wageninnere. Wut stieg in ihm hoch.

»Ich habe Simon heute Morgen mit seiner Assistentin im Bett erwischt. Du willst gar nicht wissen, wie sie ihm assistiert hat.« Es folgten ein paar Geräuscheffekte, dann: *»Falls du einen Typen findest, der aussieht wie Chris Pine, sich benimmt wie Chris Hemsworth, lächelt wie Chris Pratt und einen Körper hat wie Chris Evans, denke ich noch mal darüber nach. Aber bis dahin bin ich offiziell vom Markt.«*

Dann sprach der DJ wieder live. »Ich kann nur sagen: Armer Simon. Ich meine, sein Leben wird öffentlich zur Schau gestellt, ohne dass er dazu Stellung beziehen kann. Zuerst sagt seine Ex, sie habe der Männerwelt abgeschworen – und dann ist sie plötzlich der Star ihrer eigenen Datingshow. Wir wollen Simon den Rücken stärken. Direkt nach der nächsten Musikpause wird er uns seine Version der Geschichte erzählen. Ihr könnt auf uns zählen. Von uns kriegt ihr nur das Beste.«

Chris schlug auf das Lenkrad. »Dieser Hurensohn!«

Sie hatten mit der Rechtsabteilung einen Plan ausgearbeitet, damit Simon sie nicht wegen Verleumdung verklagen konnte. Zum Glück hatte Everly nicht seinen Nachnamen erwähnt. Chris hatte nicht erwartet, dass der Mistkerl an die Öffentlichkeit gehen würde – nicht nur, um Mitleid zu erregen, sondern um sein Business in Schwung zu bringen. Er presste die Kiefer aufeinander. »Das hättest du bedenken müssen.« Er hätte es auf jeden Fall in Erwägung ziehen müssen, dass der Typ zurückschlagen würde. *Scheiße.*

Und er hatte auch nicht damit gerechnet, dass er so viel Wut empfinden würde. Als hätte der Idiot Everly nicht schon genug gedemütigt und schlecht behandelt. Nein. Er benutzte sie auch weiterhin, um sowohl privat als auch beruflich voranzukommen.

Vor ihm scherte ein anderes Auto so knapp ein, dass er auf die Bremse treten musste und aus dem Sitz gehoben wurde. Er fluchte und versuchte, seine Atmung unter Kontrolle zu bringen. Er hatte vielleicht nicht mit diesem Zug ihres Ex gerechnet, aber dafür würde er *ihre* nächsten Züge strategisch planen. *Falls* sie es wollte. Er musste sie dringend sehen und mit ihr sprechen, denn er würde die Quote niemals über ihre mentale Gesundheit stellen. Sollte die Sache mit Simon sie zu sehr belasten, würde er den Wettbewerb sofort abblasen und mit den Konsequenzen leben.

Kapitel 14

Everly hatte ihren kompletten Schrank ausgeräumt. Jedes Kleidungsstück, das sie besaß, lag nun auf dem Fußboden ihres kleinen Schlafzimmers. Sie nahm die Flasche vom Nachttisch und leerte auch noch den Rest des Cranberry-Wodka-Coolers. Er schmeckte warm und bitter.

»Ich sehe, du warst beschäftigt«, bemerkte Stacey und betrat Everlys Schlafzimmer.

Sie hatte gehört, wie die Tür aufgegangen war, deshalb war sie nicht überrascht, nun ihre Freundin zu sehen. Warum noch mal hatte sie ihr einen Schlüssel gegeben? Oh, weil jemand Zugang zu ihrer Wohnung haben sollte für den Fall, dass Everly in der Dusche ausrutschte und es nicht mehr zur Tür schaffte. Falls sie sich eine Katze zulegen würde und jemand sie füttern müsste. *Genau. Wenn du mal wieder unterwegs auf einem deiner zahlreichen Abenteuer bist.*

»Ich miste aus.« Mit in die Hüften gestemmten Händen ließ Everly den Blick durchs Zimmer schweifen und fragte sich, wo sie anfangen sollte. Das war doch jetzt »in«, oder etwa nicht?

Mit dem Kinn deutete Stacey auf die zwei leeren Flaschen auf dem Nachttisch. »Sieht ganz so aus, als würdest du trinken.«

Everly warf ihr einen Blick zu und ging zu dem Haufen auf ihrem Bett. Ihre Preppy-Phase. Shirts mit Kragen, Faltenröcke und Cardigans in Pastelltönen. Sie nahm alles und legte es in die Zimmerecke. Zu den alten Klamotten. Dieser Haufen würde riesig werden.

Everly sank auf die Matratze. »Ich sortiere meinen Schrank aus und will tatsächlich eher Sachen loswerden, statt mir einzureden, dass ich sie irgendwann noch mal anziehen werde. Ich habe ein, zwei Drinks verdient.« Sie verschränkte die Arme vor der Brust, sah Stacey durchdringend an und grinste frech – hoffentlich. »Mein neues Ich. Das hier ist mein dreißigjähriges Ich.«

Kichernd lehnte sich Stacey gegen den Türrahmen. »Amen, Schwester. Solange dein dreißigjähriges, unabhängiges Ich nicht versucht, seine Sorgen in Alkohol zu ertränken, weil dein dummer Ex schmutzige Wäsche wäscht – Wortspiel nicht beabsichtigt –, während du mit deinen armen Klamotten *The Purge* nachspielst.«

Stacey beäugte einen besonders speziellen Haufen vor dem Schrank und bückte sich. »Was zur …?« Sie zog gehäkelte Cardigans – zumindest sollten es Cardigans sein –, Tücher und Schals hervor und hob die Augenbrauen, bis sie fast in ihren Haaren verschwanden. »Was hast du dir nur dabei gedacht?«

Kichernd stand Everly auf. »Dad wollte ein Boot kaufen, und Mom hat sich fürchterlich aufgeregt. Sie hasst Wasser. Also hat sie angefangen zu häkeln. Das war eine schwierige Zeit – und das ist das Ergebnis. Ich sollte die Sachen lieber behalten und sie dir zu besonderen Anlässen schenken.«

Stacey richtete sich wieder auf. »Du bist doch besoffen.«

Everlys Smartphone vibrierte auf dem Nachttisch. Sie drehte sich ein wenig zu schnell um. Okay, sie trank nur selten. Und vielleicht hatte sie heute tatsächlich getrunken, weil Simon, die Schlange, noch tiefer gesunken war als erwartet.

CHRIS: *Ich muss mit dir reden. Kann ich vorbeikommen?*

Everly nahm ihr Handy und schrieb:

EVERLY: *Klar.*

Sollte er sich ruhig zu ihrer Party gesellen. Sie legte das Telefon beiseite und drehte sich wieder um, diesmal langsamer. Sie begutachtete das Chaos in ihrem Schlafzimmer und seufzte frustriert. »Ich trage dieses ganze Zeug nie. Warum besitze ich es überhaupt?«

Stacey trat weiter ins Zimmer und ging zu dem Haufen, der größtenteils aus den Sachen bestand, die sie letzte Woche für die Dates gekauft hatten. »Weil es schwer ist, loszulassen und sich von Dingen zu verabschieden, auch wenn es besser wäre. Jedes Teil steht für eine bestimmte Phase deines Lebens. Jedes Teil ist ein Stück des Menschen, der du mal warst, auch wenn du nicht mehr dieser Mensch sein willst.«

Schnaubend ging Everly zum Bett und legte sich neben den Klamottenberg, den Stacey gerade musterte. »Du bist aber philosophisch.«

Stacey nahm einen Armvoll Klamotten, trug ihn zum Schrank und begann, die Kleidungsstücke aufzuhängen. »Es ist Sommer. Zu spät für den Frühjahrsputz.«

»Oder sehr früh«, sagte Everly mit schwerer Zunge.

»Simon ist ein Arschloch.«

»Da stimme ich dir voll und ganz zu.«

Stacey ging zurück zum Bett und betrachtete Everly, deren Augen ganz schwer wurden, mit schiefem Kopf. »Du bist so ein Fliegengewicht, Dean.«

Sie nickte und rieb die Wange an ihrem weichen Kissenbezug. »Ein verliebtes Loser-Fliegengewicht.«

»Du hast ihn nicht geliebt.«

Everly drehte sich auf den Rücken. »Nein, habe ich nicht. Gott sei Dank. Aber das tue ich nie. Ich bin nicht besser als meine Eltern, Stace. Ich halte mich nie an meine Entscheidungen.«

Mit noch mehr Klamotten überm Arm setzte sich Stacey auf das Bett. »Blödsinn. Du bist kein bisschen wie deine Eltern. Wenn du den Richtigen gefunden hast, wirst du bei ihm bleiben. Mich hast du ja auch immer noch.«

Everly bewegte nur die Augen und sah ihre Freundin an. Ihr blondes Haar fiel über ihre nackte Schulter. Stacey wirkte immer so *sicher*. Wie das wohl war?

Sie pikste Staceys Arm. »Du würdest mir sowieso nachjagen.«

»Das kannst du aber glauben. Lass dich von ihm nicht runterziehen. Was er da treibt, wird sich zu unseren Gunsten auswirken.« Sie stand auf und fuhr fort, Everlys Sachen an ihren rechtmäßigen Platz zurückzubringen.

»Meine Mom hat angerufen. Sie hat Simons Version gehört. ›Männer machen nun mal Fehler‹, meinte sie. ›Die Liebe ist schwierig. Aber wenn du kampflos aufgibst, ist sie unmöglich.‹«

Die Kleiderbügel schlugen aneinander. »Dann soll deine Mom Simon daten, wenn sie mal wieder von deinem Dad getrennt ist.«

Everly lachte und presste die Hand auf den Bauch, damit ihre Eingeweide nicht zu sehr hüpften. Sie *war* ein Fliegengewicht. »Das ist ja ekelhaft.«

Als es an der Tür klingelte, drehte sich Everly zu schnell auf die Seite. Sie stöhnte. »Ich habe ganz vergessen, dir zu sagen, dass Chris vorbeikommt.«

Stacey schnellte hoch. »Perfekt. Drei Leute sind fast eine Party. Du magst doch Partys. Ich mache auf. Und du stehst jetzt auf und hilfst mir, den Scheiß wegzuräumen.«

»Ja, Mom«, erwiderte sie, warf die Arme über das Gesicht und bewegte sich kein Stück.

Sie hätte jetzt wirklich gern ein Nickerchen gemacht. Sollten sich doch Stacey und Chris überlegen, was sie mit Simon machen konnten. Sie würde einfach ihren Anweisungen folgen. *Mein Gott, wäre es nicht wunderbar, wenn du tatsächlich die Kontrolle abgeben könntest? Du darfst die Kontrolle nicht abgeben. Du musst sie übernehmen.* Sie seufzte. Ihr leicht angetrunkenes Ich hatte recht. Sie musste die Führung übernehmen. Doch das beinhaltete mehr, als ihre Klamotten wegzuräumen und zu entscheiden, was es zum Abendessen gab.

»Frühjahrsputz«, hörte sie Stacey sagen.

»Sieht aus, als hätte der Frühling gekotzt. Ich habe dich noch nie in etwas anderem als Grau oder Schwarz gesehen.«

Das stimmte nicht ganz. Er hatte sie neulich nach ihrem ersten Date gesehen.

Langsam nahm Everly die Arme vom Gesicht. Jetzt rumorte ihr Magen aus einem ganz anderen Grund. Einem Grund, dem sie gerade nicht auf die Spur gehen wollte.

Chris klang eindeutig amüsiert. »Wer hätte gedacht, dass du so viel Farbe im Schrank hast?«

»Hi.«

Chris blieb im Türrahmen stehen und ließ den Blick durch das Schlafzimmer schweifen. Sein Haar war vom Wind zerzaust, und er trug ein dunkles T-Shirt und Jeans. Er sah gut aus. Entspannt. Aber sein Besuch musste einen bestimmten Grund haben. *Warum drehst du jetzt nicht durch, weil du den Grund nicht kennst?*

»Hi.« Ihre Blicke trafen sich. Sie erzitterte, als wäre sie vom Blitz getroffen worden. Doch es währte nur eine Sekunde. Dann war es wieder verschwunden. Sie blinzelte nicht. Starrte einfach.

»Interessante Unterhaltung, aber ich werde der Dame, die höchstens zwei Drinks verträgt, mal einen Kaffee machen.«

Chris lachte leise, und Everlys Blick wanderte zu seinem Hals.

Sie mochte den Klang seines Lachens. Hatte sie je auf das Lachen eines Mannes geachtet? Sie dachte an Owens Lächeln. Er hatte ein schönes Lachen, oder? Oder war sie zu nervös gewesen, um es zu bemerken?

»Ich hätte dich nicht für ein Fliegengewicht gehalten«, bemerkte er und trat weiter ins Zimmer.

Everlys Kopf drehte sich, doch es lag nicht am Alkohol. Es hatte etwas Surreales, beinahe Traumhaftes, dass Chris Jansen, Mr Anzug und Krawatte, der bisher kaum ein Wort mit ihr gesprochen hatte, jetzt in ihrem Schlafzimmer stand. Und was noch unglaublicher war? Sie hatte keine Panik. Wann war das passiert? Sie starrte ihn weiter an und wartete darauf, von Angst ergriffen zu werden. Doch alles, was sie spürte, war Enttäuschung, weil sie bestimmt noch schlimmer aussah als ihr Schlafzimmer. Viel zu spät fiel ihr auf, dass all ihre Klamotten offen herumlagen. Manche davon wollte sie ihm nicht unbedingt zeigen.

Als hätte er einen siebten Sinn und könnte Gedanken lesen, fiel sein Blick auf das T-Shirt mit den Glücksbärchis, auf dem stand: *Brummbärchi am Morgen – Schmusebärchi am Abend*. Die beiden Bärchen saßen Rücken an Rücken. Chris biss sich auf die Unterlippe, doch er konnte sein Grinsen nicht verbergen.

Sie warf sich über die Bettkante und zog das Shirt aus dem Haufen.

Sein Lachen stellte mit ihrem Magen noch seltsamere Dinge an als der Wodka. *Aber keine unangenehmen.*

»Süß«, bemerkte er grinsend.

Everly stand auf und hoffte, ihre Wangen waren nicht feuerrot. Es *war* ein süßes Shirt. Und es war bequem. »Warum bist du hier?«

Chris runzelte die Stirn. »Können wir dieses Gespräch vielleicht im Wohnzimmer führen? Oder in der Küche?«

Everly nickte, folgte ihm und fragte sich, warum ihr bisher nicht aufgefallen war, wie gut er in Jeans aussah.

Er trägt zur Arbeit keine Jeans. Und normalerweise starrst du deinem Boss nicht auf den Hintern. Und nicht nur, weil er ihr Boss war. Sie musste an den Abend neulich denken, und ihre Wangen begannen zu glühen. Zum Glück hatte ihre Liste nur zehn Regeln, sonst hätte sie jetzt folgende hinzufügen müssen: Schwärme nicht für Männer, von denen du besser die Finger lassen solltest. Vor allem, wenn sie über deine Karriere entscheiden. Hätte sie sich keine Grenze gesetzt, wäre ihre Liste sehr lang geworden.

Sie *war* ein Schwächling. Nur zwei Drinks – und jetzt fantasierte sie von Chris Jansen? Zum Glück hatte sie morgen wieder ein Date.

Immer noch das Glücksbärchi-Shirt umklammernd, setzte sich Everly aufs Sofa. Stacey hatte es sich in einem Sessel bequem gemacht. Chris ging zum Fenster und blickte hinaus. Seine Kiefermuskeln waren angespannt. *Hat er Simon im Radio gehört? Bestimmt. Ist er wütend? Ich habe doch gar nichts gemacht!*

»Kaffee ist fast fertig«, sagte Stacey.

Wo waren Everlys Manieren geblieben? »Chris, willst du auch einen?«

Er sah sie nicht an, als er ablehnte. Als er mit Stacey einen Blick wechselte, war das wie ein Schlag in die Magengrube. Worüber unterhielten sie sich wortlos?

Hatte Simon die Sache vermasselt? Ja, dass er ein Interview gegeben hatte, war scheiße. Aber so schlimm war es doch nun auch wieder nicht, oder?

Die Website des Senders und alle Social-Media-Profile liefen immer noch heiß. Firmen und Unternehmen kontaktierten sie wegen Werbeplätzen und trieben die Preise in die Höhe. Sie hatten schon mehr Sponsoren gewonnen, als sie sich erhofft hatten.

Sie hatte keinen Grund, sich zu sorgen. *Davon gehen die Sorgen aber nicht unbedingt weg.*

Sie lehnte sich zurück und ließ sich in ihr weiches Sofa sinken. Stacey stand auf und holte Kaffee. Everly wusste nicht, ob sie ihnen ein wenig Privatsphäre geben wollte oder ob sie einfach eine gute Freundin war. Sie wusste allerdings, dass sie Stacey ein Abendessen schuldete – oder zumindest eine Flasche teuren Wein. Irgendwas, um ihr zu danken.

Stacey kam mit zwei Tassen zurück und reichte Everly eine davon, bevor sie sich wieder in ihren Sessel setzte.

Everly nippte. Wartete. Nippte wieder. Geduld gehörte nicht zu ihren Stärken. »Was ist los?«

Endlich sah Chris sie an. »Ich wollte mit dir darüber sprechen, ob wir die Show abblasen sollen.«

Everly schoss hoch. Dabei schwappte der Kaffee über und auf ihre Hand. »Verdammt.«

Chris eilte zu ihr und nahm ihr die Tasse ab. »Hast du dich verbrüht? Alles okay?«

»Alles gut«, presste sie hervor und wischte die heiße Flüssigkeit von ihren Händen.

Stacey stand ebenfalls auf. Hoffentlich, um ein Handtuch zu holen. Chris inspizierte derweil ihr Handgelenk. »Du musst kaltes Wasser drüberlaufen lassen.«

Sie schüttelte ihn ab, denn seine Berührung war noch heißer als der Kaffee. Dann stand sie auf und ging voran in die Küche zum Waschbecken. »Alles in Ordnung. Mir geht's gut.« Doch das Wasser brannte, als sie die Hand unter den Strahl hielt. Als sie über die Schulter blickte, musterte er sie besorgt. »Wie meinst du das? Die Show abblasen?«

»Genau, erkläre dich«, forderte Stacey, gesellte sich zu ihnen und warf das benutzte Geschirrtuch ins Waschbecken. Everly würde es später in die Schmutzwäsche stecken. Jetzt musste sie erst hören, was Chris zu sagen hatte.

Stacey richtete den Zeigefinger auf ihn. »Wir geben nicht einfach auf.«

Chris seufzte übertrieben, stemmte die Hände in die Hüften und starrte zu Boden. Als er wieder aufsah, durchbohrte er Stacey mit seinem Blick. »Denkst du manchmal daran, dass ich dein Boss bin?«

Stacey verdrehte die Augen. »Sorry. Erkläre dich, *Boss*.«

Everly musste sich auf die Unterlippe beißen, um nicht zu lachen, denn Chris schien Stacey überhaupt nicht lustig zu finden. Sie drehte das Wasser ab, was Chris' Aufmerksamkeit wieder auf sie lenkte. Er nahm das Geschirrtuch vom Griff des Ofens und ergriff ihre Hand. Ihr Herz galoppierte, und sie befahl ihm, sich zu beruhigen. Dann konzentrierte sie sich darauf, so steif wie möglich zu bleiben, denn sie wollte nichts Dummes tun, wie zum Beispiel sich gegen ihn zu lehnen.

»Deine Hand ist immer noch ganz rot«, murmelte er mit zusammengezogenen Augenbrauen.

Sie zog die Hand zurück und trocknete sie mit dem Geschirrtuch ab. »Schon in Ordnung. Würdest du jetzt bitte die Frage beantworten?«

»Dein Ex benutzt uns als Werbemittel, um das Scheinwerferlicht auf sich selbst zu richten«, erwiderte er.

»Jep«, sagte Stacey.

Chris konzentrierte sich weiter auf Everly. »Ich will nicht, dass du das Gefühl hast, in der Klemme zu stecken. Wir können es anders angehen. Ich will nicht, dass er deinen Ruf ruiniert.«

Sie merkte nicht mal, dass ihr nach Lächeln zumute war, und spürte es erst, als ihre Wangen spannten. Wahrscheinlich sah sie aus wie eine Idiotin. »Meinen Ruf ruiniert? Was bin ich? Die Heldin eines historischen Romans? Hast du etwa Angst, ich könnte in der feinen Gesellschaft einen schlechten Eindruck hinterlassen?«

Stacey brach in Gelächter aus, versuchte aber, ernst dreinzublicken. »Vielleicht solltest du Simon zum Duell herausfordern.«

»Bei Sonnenaufgang«, fügte Everly hinzu.

Stacey verdrehte die Augen. »Duelle führt man immer bei Sonnenaufgang aus.«

»Das glaube ich nicht. Ich bin ziemlich sicher, man kann sich auch bei Sonnenuntergang duellieren.«

Chris brummte ungeduldig, und Everly bekam Gänsehaut. »Ihr zwei seid zwar echt witzig, aber ich meine es ernst. Ich hätte nicht erwartet, dass er seine Version der Geschichte erzählen würde. Aber das hätte ich ahnen müssen. Ich will nicht, dass du dich gefangen fühlst.«

Den Stoff des Geschirrtuchs zu reiben beruhigte ihr klopfendes Herz. Ein wenig zumindest. »Aber ich habe mich darauf eingelassen. Wir benutzen das, was passiert ist, als Werbung, von daher überrascht es mich nicht, dass er das Gleiche tut. Ich mache keinen Rückzieher. Ich werde nicht einfach aufgeben.« Sie dachte an ihre Liste. Regel Nummer sechs: *Sei mutig, selbst wenn du Ausschlag bekommst*. Sie konnte mutig sein. Sie hielt inne. *Kein Ausschlag bislang*. »Ich habe gesagt, dass ich es mache, und das werde ich auch. Wenn er eine andere Geschichte erzählen will, dann soll er das tun.«

Chris fuhr sich durch das Haar und starrte sie an, als hätte er eine andere Reaktion erwartet. Sie und Stacey wechselten einen Blick. Stacey zuckte mit den Schultern.

»Das könnte aber die falschen Leute anziehen. Trotz Security. Sein dummes Interview könnte dazu führen, dass dich die Leute online fertigmachen, statt dich zu unterstützen.«

»Das kann so oder so passieren. Einer der Typen, der sie datet und nicht weiterkommt, könnte Müll im Netz verbreiten. Daran haben wir schon gedacht«, meinte Stacey.

Chris sah Everly an, und sie stellte fest, dass sie nicht mehr ganz so nervös war. Als er zum ersten Mal hier gewesen war, hatte sie kaum Luft bekommen.

Stacey winkte ab. »Das ändert überhaupt nichts. Die Anfragen bezüglich der Werbeplätze gehen durch die Decke. Unsere Social-Media-Leute machen Überstunden, um alle E-Mails und Nachrichten zu bearbeiten. Die Leute würden durchdrehen, wenn wir jetzt aufhören.«

Everly nickte, und Chris kam näher.

Ihre stürmische Freundin hielt inne, und Everly lächelte sie an. »Gibst du uns eine Minute, Stace?«

Stacey zog die Augenbrauen hoch, und ihre Stirn legte sich in Falten. »Okay«, sagte sie lang gezogen.

Everlys Herz schlug dreimal so schnell wie gewöhnlich. Mit Chris allein zu sein genügte, um wieder komplett nüchtern zu werden. So viel zur *Ich-kann-jetzt-in-seiner-Gegenwart-atmen*-Theorie. Sie umklammerte das Handtuch so fest, als würde sie gegen sich selbst im Tauziehen antreten.

»Ich habe Angst, dass es außer Kontrolle gerät. Dass ich dich dazu gedrängt habe«, sagte er mit gesenkter Stimme.

Sein Arm berührte ihren, doch sie wich nicht zurück. Die Wärme seines Körpers und sein intensiver Blick bewirkten eher das Gegenteil. Sie wollte einen Schritt auf ihn zu machen. Der Alkohol hatte seine Wirkung verloren, und ihre Sinne waren … geschärft. Wie bei Bella in *Twilight*, nachdem sie sich verwandelt hatte. *Was ist nur los mit dir? Führe einfach ein normales Gespräch mit deinem Boss. Tu einfach so, als wäre es kein Problem für dich.*

»Wir können jetzt keinen Rückzieher machen, nur weil Simon ein Arschloch ist. Ich stecke doch in diesem Schlamassel, *weil* er ein Idiot ist. Na ja, und weil meine beste Freundin verrückt ist.« Und weil sie eine Liste mit Regeln aufgestellt hatte, die sie auf jeden Fall durchziehen wollte, doch das würde sie ihm auf keinen Fall sagen.

Er sah ihr direkt in die Augen. »Ich hätte wissen müssen, dass er sich rächen würde. Ich habe dich im Stich gelassen. Ich will nicht, dass du dich unwohl fühlst.«

Unbeabsichtigt legte sie die Hand auf seine Brust, was sie überraschte, denn normalerweise waren ihre Berührungen immer geplant. Ein Stromschlag schoss durch ihren Arm und direkt in ihre Brust. In ihr Herz. Es war nicht klug, diesem Gefühl Aufmerksamkeit zu schenken. Er hatte neulich mehr als deutlich ausgedrückt, dass sie nur seine Angestellte war. Ende der Geschichte. *Meine Güte, er hilft dir, einen Mann zu finden.* Sie wusste, dass er sie mochte. Er mochte sie alle. Sie wollte ihre beginnende Freundschaft nicht aufs Spiel setzen, indem sie seine und ihre eigenen Gefühle falsch interpretierte. Ihre Gedanken und ihre Gefühle waren für die restlichen fünf Männer bestimmt, mit denen sie sich noch treffen würde.

»Ich bin dreißig Jahre alt. Und Single. Ich will den Mann fürs Leben finden, habe aber auch Angst davor. Es ist an der Zeit, dass ich mich ein wenig unwohl fühle.«

Die Zeit schien stillzustehen. Sie spürte den regelmäßigen Rhythmus seines Herzens so deutlich, dass es sich anfühlte, als hätte ihre Hand ihren eigenen Puls. Sie unterdrückte den Drang, sich an ihn zu schmiegen.

»Was machen wir jetzt, Leute?«, rief Stacey aus dem anderen Zimmer.

Der Moment zerbrach wie ein Ast, auf den man draufgetreten war, und Everly machte einen Satz rückwärts.

»Wir machen weiter«, erwiderte Chris mit rauer Stimme und durchdringendem, fokussiertem Blick. Der auf sie gerichtet war.

Stacey erschien im Türrahmen. »Juhu. Können wir jetzt was essen? Ich bin am Verhungern.«

Everly verdrehte die Augen und umrundete Chris. Ihre Lungen entspannten sich, und sie holte tief Luft.

»Ja. Bestell irgendwas. Ich muss meine Klamotten wegräumen und entscheiden, was ich morgen zu meinem zweiten Date tragen werde.«

Sie ging zurück ins Schlafzimmer und unterdrückte den Drang, sich wieder neben dem Klamottenhaufen auf dem Bett zusammenzurollen. Wenn der Alkohol bereits seine Wirkung verloren hatte, warum fühlte sie sich dann so berauscht?

Kapitel 15

Eine seltsame Energie pulsierte durch Everlys Körper. Eine Art Enthusiasmus, der sie denken ließ: *Ich schaffe das schon. Scheiß auf Simon und die Tussi, die ihn geritten hat.* Das Date heute Abend würde ein voller Erfolg werden. Genau wie das davor. *Regel Nummer sieben: Halte dich nicht länger zurück.* Sie war ein kluger, lustiger Mensch, der zwei Dates in nur einer Woche locker schaffen würde. Während sie sich das ins Gedächtnis rief, öffnete sie die Tür zu Mocktails. Trotz des Namens gab es hier auch alkoholische Drinks. Sie hatte nachgesehen. Ihr Date stand direkt hinter der Tür, rechts neben dem Empfangstresen, gemeinsam mit ein paar anderen Menschen. Corbin Brown, vierunddreißig, hatte seinen eigenen Malerbetrieb, mochte Tiere, Segeln und schmiss gerne Partys. Das mit den Partys ließ sie schaudern, doch sie sagte sich, dass sie im Begriff war, mehr zu dem Menschen zu werden, der sie sein wollte. Ein Mensch, der nicht das Gefühl bekam, sich übergeben zu müssen, wenn er sich mit mehr als drei Leuten traf.

Als Corbin sie erblickte, weiteten sich seine dunklen Augen, und auf seinem kantigen Gesicht zeichnete sich ein kleines Lächeln ab. Er kam auf sie zu, und sie stellte fest, dass er über eins achtzig groß war, die Schultern so breit wie die eines Footballspielers.

»Everly«, sagte er, seine Stimme sanfter, als sie es von einem so großen Kerl erwartet hätte. Er umarmte sie, bevor sie irgendwelche Grenzen ziehen konnte.

Sie machte ein überraschtes Geräusch, das gedämpft klang, da sich ihr Gesicht gegen seine Brust drückte. Er ließ sie los, bevor sie etwas sagen konnte. »Sorry«, murmelte er und blickte zu ihr herunter. »Ich freue mich nur so, dich endlich kennenzulernen.«

Das ist nett. »Danke«, sagte sie ein wenig steif und streckte ihm die Hand entgegen. »Freut mich, dich kennenzulernen, Corbin.«

Sein breiter Mund verwandelte sich in ein schiefes Grinsen. Er schüttelte ihre Hand, ohne etwas zu erwidern, doch ihr entging nicht, dass er amüsiert war.

»Der Tisch ist auf deinen Namen reserviert, richtig?« Er bedeutete ihr voranzugehen.

Die junge Dame am Empfangstresen trug einen Pferdeschwanz und lächelte freundlich. »Willkommen bei *Mocktails*. Haben Sie reserviert?«

»Ja«, krächzte Everly. »Sorry. Ja. Auf den Namen *Dean*.«

Sie bemerkte den Sicherheitsmann in der Ecke des Empfangsbereichs und winkte ihm vorsichtig zu. Corbins Augen folgten ihrer Blickrichtung, obwohl die Empfangsdame sie bereits gebeten hatte, ihr zu folgen.

»Hast du ein Ersatzdate dabei, falls unseres nicht gut läuft?«, fragte er.

Everly lachte. »Nicht wirklich.«

Sie wurden in den zweiten Stock geführt, der eher einer Galerie glich. Gedimmtes Licht erhellte den Weg, und Lachen, klirrende Gläser und Musik verbreiteten eine entspannte Atmosphäre. Doch das war nur die Stimmung im Raum, nicht Everlys. Sie zwang ihr Herz, langsamer zu schlagen, während sie auf dem Stuhl Platz nahm, den Corbin für sie zurückgezogen hatte.

»Ihr Kellner wird gleich hier sein«, sagte die Empfangsdame und ging.

Corbin strahlte sie über den Tisch an. Everly versuchte, das zu erwidern, konnte es jedoch kaum ertragen, Blick auf den gesamten Raum zu haben. Sie saßen in der Ecke und konnten *alle* Gäste überblicken. Was bedeutete, dass alle *sie* sehen konnten. *Sie schenken dir keine Beachtung.*

»Alles in Ordnung?«, wollte Corbin wissen.

Everly beobachtete, wie der Sicherheitsmann an der Bar Platz nahm. Was führte sie gerade für ein Leben? Sie traf sich in einem vollen Restaurant mit einem Fremden, begleitet von einem Bodyguard. Sie würde jetzt lieber zu Hause *Veronica Mars* gucken, Stacey schreiben und Cookie Dough essen. *Aber das tust du nicht, weil du dreißig geworden bist, nicht dreizehn. Reiß dich gefälligst zusammen, Dean. Regel Nummer eins: Konzentrier dich auf das Positive.*

»Alles gut. Es macht mich nur ein wenig nervös, dass ich den kompletten Raum überblicken kann.«

Der Kellner trat an ihren Tisch, und Corbin stand auf. »Kein Problem. Setz dich auf meinen Platz.«

»Oh, alles in Ordnung hier?«, fragte der ziegenbärtige Kellner, der zu jung wirkte, um überhaupt irgendwas außer Mocktails zu servieren.

Everlys Puls raste. Sie erhob sich. *Die Leute starren euch nicht an. Du machst keinen Tumult. Er ist ein wahrer Gentleman.*

»Alles super. Mein Mädchen will nur auf der anderen Seite des Tisches sitzen.«

Corbin und Everly tauschten die Plätze, und der Kellner nahm ihre Getränkebestellungen auf, nachdem er ihnen erzählt hatte, was es heute Besonderes gab.

Mein Mädchen? Stopp. Konzentrier dich auf das Positive. Er ist aufmerksam. Und was hätte er bitte sonst sagen sollen? »Mein Blind Date, für das ich mich übers Radio beworben habe, benimmt sich seltsam und will die Plätze tauschen?« Er hat es dir nur einfacher gemacht. Wie wäre es damit?

»Besser?«

»Ja.« Everly nickte und dachte an die Energie, die sie vorhin verspürt hatte. *Ich schaffe das.* Sie schob ihre Nervosität beiseite und konzentrierte sich auf ihre innere Stärke, die sie auch nutzte, wenn sie einen Geschäftstermin hatte oder an einer der Partys ihrer Mutter teilnehmen musste. »Alles gut. Tut mir leid. Willst du zuerst in die Speisekarte schauen?«

»Sicher«, sagte Corbin.

Also warfen sie einen Blick hinein. Nachdem sie beschlossen hatten, sich keine Vorspeise zu teilen, bestellte sie gegrillten Lachs und Drillinge. Corbin entschied sich für Steak mit Zwiebelringen, Pommes und einem Beilagensalat.

Nachdem der Kellner gegangen war, zuckte Corbin mit den Schultern und griff nach seinem Bier. »Ich brauche eben viel Treibstoff.«

Everly lächelte, und ihre Schultern entspannten sich. »Scheint so.«

»Ich verstehe es nicht«, meinte Corbin.

»Was denn?« Everly hielt inne, das Weinglas halb an den Lippen.

»Eine so tolle Frau wie du? Ich verstehe sowieso nicht, warum Männer fremdgehen, aber wenn man so ein Supermodel zu Hause hat ... Was hat er sich nur dabei gedacht?«

Sie grinste, war sich jedoch unsicher, ob sie das als Kompliment auffassen sollte. Sie beschloss, das Thema zu wechseln. Er zog gerade das Handy aus der Hosentasche, als sie fragte: »Wie ist das, eine eigene Firma zu haben?«

Corbin checkte irgendwas auf seinem Smartphone und blickte dann auf. »Ich liebe es. Ich habe einige Angestellte, also kann ich meine Arbeitszeiten so legen, wie ich will. Meine Mom kümmert sich um den Papierkram, und ich kann immer meinen Scooter mitnehmen.«

»Scooter?« *Er fährt einen Scooter?*

Er wischte über das Display und rückte näher, damit sie es auch sehen konnte.

»Meinen Hund. Er ist so ein süßer Kerl. Ich kann es gar nicht erwarten, euch einander vorzustellen.«

Everlys Magen stürzte in die Tiefe, als wäre sie gerade auf ihren Hintern gefallen und hart aufgekommen. Sie lächelte noch breiter. Zumindest hoffte sie, dass es aussah wie ein Lächeln und nicht wie pures Entsetzen, während sie sich die Fotos ansah.

Oh, die Fotos. So viele Fotos. Nachdem sie den Lhasa Apso in einem Kürbiskostüm, einem Hundeshirt der Green Bay Packers und einem Weihnachtsschlafanzug gesehen hatte, war es Zeit für einen zweiten Drink.

»Er schläft bei mir im Bett. Meine Ex-Freundin mochte es nicht, ihr Kissen mit ihm zu teilen, also habe ich ihm beigebracht, nur auf meinem zu liegen«, erklärte Corbin, legte das Handy weg und zwinkerte Everly zu. »Das wird also kein Problem, falls du nicht gern teilst.«

Ich glaube, das *wäre nicht mein Problem.* Würde sie noch breiter lächeln, würden ihre Lippen aufplatzen. Sie sah sich um und entdeckte den Kellner. »Unser Essen!«

Zum Glück hatten sie die Plätze getauscht, denn sie *wusste*, dass die Leute sie anstarrten. Als ihr klar wurde, wie laut sie gerade gesprochen hatte, begannen ihre Wangen zu glühen. Corbin entwich ein tiefes Kichern.

»Hungriges Mädchen.«

Sie waren mitten beim Essen, als er eine Todsünde beging. Teilen war in Ordnung, wenn beide damit einverstanden waren.

Aber in Everlys Welt war es beim ersten Date ein absolutes No-Go. Ohne Vorwarnung langte er über den Tisch, spießte eine von ihren Kartoffeln auf und steckte sie sich in den Mund.

»Köstlich. Willst du einen Zwiebelring?«

»Nein, danke.« *Sei nicht so verklemmt. Er fühlt sich eben wohl in seiner Haut. Was du von dir nicht behaupten kannst. Ich meine, er sieht aus wie ein Holzfäller und steckt seinen Hund in Kostüme. Er muss ziemlich selbstbewusst sein, um diese Fotos zu zeigen ... Warte. Was, wenn er und der Hund Partnerkostüme haben?* Sie stellte sich Corbin und Scooter in zusammenpassenden Kürbiskostümen vor und verschluckte sich an ihrem Lachs.

»Alles okay?«

Sie nickte mit tränenden Augen. Dann nahm sie einen großen Schluck Wasser und zwang sich, an etwas anderes zu denken, doch sie musste sich immer wieder die Kostüme vorstellen. Corbin in einem Weihnachtsmannkostüm, Scooter als Elf.

»Du hast ein sehr schönes Lächeln«, bemerkte er und griff über den Tisch, um seine Hand auf ihre zu legen.

Dann klingelte sein Telefon. Er blickte zwar entschuldigend drein, ging aber trotzdem ran. Everly nutzte den Moment, um sich zu sammeln, ansonsten hätte sie einen Lachanfall bekommen.

»Wahrscheinlich vermisst er mich einfach. Hol ihn ans Telefon«, flüsterte Corbin laut.

Everly riss die Augen auf. *Unmöglich. Das tut er gerade nicht wirklich.*

Corbin schob den Teller von sich und sprach ins Telefon. »Ich bin bald wieder zu Hause, Kumpel. Vermisst du mich? Hast du denn keinen Spaß mit Grandma?«

Everly sah sich um. Keiner starrte sie an.

»Wer ist ein guter Junge? Ich liebe dich, Kumpel. Bin bald wieder da.«

Everly hielt den Blick auf den Teller gerichtet und spießte etwas von ihrem Lachs auf.

»Tut mir leid«, sagte Corbin.

Sie sah auf und hoffte, ihr Blick war nicht wertend.

Konzentrier dich auf das Positive. Er liebt seinen Hund.

»Kein Problem. Alles in Ordnung?«

Das Leuchten in Corbins Augen war erloschen. »Ja. Wir sind nicht oft voneinander getrennt. Ich habe ihn wohl ein wenig verzogen. Grüße von meiner Mom.«

Everly war sprachlos. Sie schob sich den Lachs in den Mund und nickte kauend.

»Ich befürchte, ich muss den Abend ein wenig verkürzen«, verkündete Corbin ein paar Minuten später, als er wieder aufs Handy blickte.

Everly dankte dem Schicksal für diese Fügung. »Klar. Wenn du gehen musst.« Denn sie wollte definitiv gehen.

• • •

»Du lügst«, sagte Stacey am anderen Ende der Leitung, als Everly ins Bett kroch.

Ein Teil von ihr hatte sich gefragt, ob Chris wieder auf ihrer Treppe warten würde, doch das hatte er nicht getan.

Du bist nicht enttäuscht, hatte sie sich gesagt, während sie das Haus betreten hatte. Und als Stacey in dem Moment angerufen hatte, in dem sie gerade ins Bett gehen wollte, hatte sie sich wieder selbst belogen und sich gesagt, dass sie sich nicht gewünscht hatte, es wäre er gewesen. Was Chris anging, war sie nicht sicher, was mit ihrem Kopf und ihrem Herzen los war, aber sie hatte das Gefühl, dass sie gefährlich nahe daran waren, eine Freundschaft aufzubauen.

Everly konzentrierte sich wieder auf das Gespräch. »Ich wünschte, ich würde lügen. Er hat nicht mal aufgegessen. Er hat den Rest für Scooter mitgenommen.« Jetzt konnte sie Stacey auch alles erzählen. »Dann hat er für den Hund ein Dessert ohne Schokolade bestellt, um sich bei ihm zu entschuldigen.«

Die Leitung war verdächtig still.

»Lachst du?« Grinsend lehnte Everly sich gegen das Kopfteil des Bettes.

Stacey räusperte sich. »Natürlich nicht. Und? Welche Hashtags willst du diesmal benutzen?«

Everly lächelte. »Wie wäre es mit *Hashtag keine Partnerkostüme?*«

Diesmal hielt sich ihre Freundin nicht zurück und grunzte vor Lachen, während sie gleichzeitig versuchte zu sprechen. »Das ist gut. Wie wäre es mit *Hashtag liebe mich, liebe meinen Hund?*«

»*Hashtag der beste Freund eines Mannes und mehr.*« Everly ignorierte die Textnachricht, die sie gerade bekommen hatte.

»Oder *Hashtag zu viel Info über meinen Hund?*« Langsam brachte Stacey ihr Lachen unter Kontrolle. »Warum braucht er überhaupt ein Date, wenn er doch Scooter hat?«

»Nicht alle Restaurants erlauben Tiere, weißt du? Der Kerl isst gern.«

»Tut mir leid, Ev«, sagte Stacey. Inzwischen hatte sie sich wieder beruhigt.

»Muss es nicht. Ich lasse mir etwas einfallen, wie ich nett über den Abend schreiben kann. Aber ich glaube, du kannst dir schon denken, wer diese Woche gewinnt.«

Das war gut. Sie konnte darüber lachen. Der Abend hatte eine so seltsame Wendung genommen, dass sie nicht einmal darüber nachdachte, ob sie irgendwas Falsches, Dummes oder Peinliches gesagt hatte.

»Owen macht das Rennen«, jubelte Stacey.

»Darauf gebe ich dir die Pfote«, erwiderte Everly, und beide brachen wieder in Gelächter aus.

Nachdem sie aufgelegt hatte, sah sie, dass Chris ihr geschrieben hatte.

CHRIS: *War der Abend okay?*

EVERLY: *Willst du nicht lieber auf den Facebook-Post warten?*

CHRIS: *Ich höre es lieber von dir.*

Warum machte dieser Satz etwas Merkwürdiges mit ihrem Magen? Sie musste sich endlich am Riemen reißen. Aber dreißig werden, sich gleichzeitig Sorgen um den Job machen, sich von ihrem Freund trennen *und* Star der eigenen Datingshow werden? Ihr Gehirn war ein einziges Chaos.

EVERLY: *Er liebt seinen Hund. Sehr.*

CHRIS: *Und das ist … gut?*

EVERLY: *Er hat für ihn Dessert mitgenommen, um sich bei ihm zu entschuldigen, weil er ausgegangen ist.*

Als Chris ein GIF von Ryan Reynolds schickte, der sich die Hand vors Gesicht schlug, musste Everly lachen. Ein gutes GIF ging immer.

EVERLY: *Ganz genau. Diese Woche gewinnt Owen.*

CHRIS: *Eindeutig. Gute Nacht, Everly.*

EVERLY: *Gute Nacht.*

Sie lag wach und starrte zur Zimmerdecke, während eine frische Brise durchs offene Fenster wehte. Sie analysierte, wie es ihr ging, und stellte fest, dass sie sich trotz des Dates *gut* fühlte. Sie würde mit einem Lächeln einschlafen, statt sich den Kopf über die Dinge zu zermartern, die heute Abend schiefgelaufen waren. Vielleicht bestand ja doch eine Chance, dass sie ihr Glück fand. Vielleicht würde sie wenigstens herausfinden, was sie *nicht* vom Leben wollte. Vielleicht würde sie den Mut finden, sich endlich das zu nehmen, was *sie* wollte. *Du musst nur noch herausfinden, was es ist.*

Kapitel 16

Regel Nummer vier: Probier jeden Monat etwas Neues aus. Regel Nummer sechs: Sei mutig, selbst wenn du Ausschlag bekommst. Es war egal, welche ihrer Regeln sie sich aufsagte – Everly schaffte es einfach nicht, aus dem Wagen zu steigen. Sie hasste es, ins Fitnessstudio zu gehen. Okay, sie war noch nie im Fitnessstudio gewesen, aber allein die Vorstellung, vor fremden Menschen zu schwitzen oder muskelbepackten Männern zuzuhören, wie sie beim Gewichtheben stöhnten, missfiel ihr. In ihrer Vorstellung waren alle Fitnessstudios wie ein schlechter Eighties-Flashback – toupierte Haare, Spandex und Jane-Fonda-Outfits. *Wenn du reingehst, schlägst du mehrere Fliegen mit einer Klappe: zwei Regeln, eine Aktivität.*

Sie umklammerte das Lenkrad und fragte sich, was sie sich dabei gedacht hatte. *Du wolltest etwas für dich machen.* Ein paar Zuhörer waren in den Sender gekommen, um ihre kostenlosen Tickets fürs Fitnessstudio abzuholen, und hatten von dem Laden geschwärmt. Sie hatte mit dem Gedanken gespielt, sich das Studio mal anzusehen, und sich gesagt, dass es eine tolle Möglichkeit sei, neue Menschen kennenzulernen und aus ihrer langweiligen Komfortzone herauszukommen, die Stacey als LKZ bezeichnete. Sie musste jedoch anerkennen, dass sie in letzter Zeit schon mehr als einmal ihre Komfortzone verlassen hatte. Bei ihrem letzten Date mit Brad, der in der App ihren ersten Like bekommen hatte,

hatte sie Sushi gegessen, obwohl das nicht unbedingt ihre Leibspeise war. Definitiv außerhalb ihrer Komfortzone. *Warum also nicht noch mal die LKZ verlassen?*

Trotzdem sitzt du immer noch in deinem Auto. Sie starrte durch die Windschutzscheibe auf das kuriose rechteckige Gebäude. Es waren schon mehrere Leute hineingegangen und herausgekommen. Das Kickboxtraining, das sie sich online angesehen hatte und das ihr von ein paar Zuhörern empfohlen worden war, würde in zehn Minuten beginnen. Everly faszinierte die Vorstellung, dass man Stress abbauen konnte, indem man auf einen Sack einprügelte. Jede Frau wollte ab und zu ein bisschen wie Black Widow sein. Black Widow hatte es drauf und saß mit Sicherheit nie in ihrem Auto und fragte sich, ob sie es schaffen würde. *Sieh es als Arbeit. So findest du heraus, ob das Studio wirklich so toll ist, wie es in der Werbung suggeriert wird.*

Das ließ sie ein wenig mutiger werden. Zumindest mutig genug, um aus dem Wagen zu steigen und das Gebäude zu betreten. Es war anders, als sie erwartet hatte. Ruhiger. Mit weitaus weniger Spandex und Spiegeln. Eine Dame, die ein ähnliches Outfit trug wie sie – Yogahose und Tanktop –, begrüßte sie mit einem Lächeln. Das rote Haar hatte sie zu einem seitlichen Zopf geflochten, und sie sah nicht aus, als würde sie immerzu Gewichte stemmen. *Siehst du? Gar nicht so angsteinflößend.*

»Willkommen. Möchtest du heute an einem unserer Kurse teilnehmen?«

Während sie auf den Empfangstresen zuging, lockerte sich ihre Anspannung ein wenig. »Ja. Aber ich bin noch nie hier gewesen. Ich hatte gehofft, am Kickboxen teilnehmen zu können.«

Die Dame tippte etwas in ihren Computer ein. »Großartig. Ich bin Misha. Das ist einer meiner Lieblingskurse. Der Trainer ist für alle Level super.«

Misha stellte ein paar Fragen, verlangte eine ordentliche Summe und führte sie durch das hochmoderne Studio. Es war ziemlich viel los. Die Leute standen auf Laufbändern, Crosstrainern oder an anderen Maschinen. Everly hielt den Blick auf den Rücken der Empfangsdame gerichtet, um niemandem aus Versehen in die Augen zu sehen. Ein Abend. Vierundfünfzig Minuten Cardio. Das könnte sie schaffen, in einem Raum voller Fremder, die sie niemals wiedersehen würde. *Es sei denn, es gefällt dir. Dann könntest du regelmäßig herkommen. Du könntest Mitglied werden.* Ein Bild von ihr als Black Widow im Einsatz ploppte in ihrem überreizten Gehirn auf. Und es brachte sie zum Lächeln. Ein Schritt nach dem anderen. Aus den Lautsprechern an der Zimmerdecke drang kaum hörbar Musik, und auf dem Fernseher in der Ecke liefen auf leiser Lautstärke die Nachrichten. Neben dem Hauptraum gab es noch diverse andere Räume mit abgedunkelten Fenstern, was ihr Wohlbefinden zusätzlich steigerte. Alles war besser, wenn keiner starrte. Vor einer der Türen blieb Misha stehen, und Everly hörte Stimmen von drinnen. Lachen. Und Musik. *Du schaffst das.* Sie hatte das Gefühl, schon genügend Training bekommen zu haben, indem sie einfach hergekommen war und den richtigen Raum gefunden hatte.

»Willst du, dass ich dich Rob, dem Trainer, vorstelle?« Misha lächelte sie an.

»Nein, danke. Ich suche mir einfach hinten ein Plätzchen.«

Nachdem Misha gegangen war, blieb Everly vor der Tür stehen und bohrte die Finger in ihren Oberschenkel. Dinge, die schieflaufen könnten: Sie könnte aufs Gesicht fallen. Sie könnte jemanden verletzen. Jemand könnte sie verletzen. Sie könnte eine Gehirnerschütterung erleiden. Sie könnte ihre Klamotten durchschwitzen. *Genau. So funktioniert positives Denken.* Okay. Sie *konnte* positiv denken. Wenigstens trug sie kein weißes Shirt. Das war schon mal gut. Sie würde bestimmt ein paar coole Moves lernen und sich ein wenig sicherer fühlen, wenn sie nachts allein unterwegs war. Falls sie schlecht darin war oder sich zum Affen machte, würde es keiner erfahren.

»Everly?«

Sie wirbelte herum, und das Herz schlug ihr bis zum Hals. Vor ihr stand Chris. Er trug eine kurze Sporthose und ein schlichtes graues T-Shirt, das seine starke Brust umschmeichelte und wohlgeformte Oberarme zum Vorschein brachte. An den Seiten war sein Haar ein wenig verschwitzt, wodurch es noch dunkler erschien. Und er atmete schneller als gewöhnlich.

Ihre Zunge verknotete sich.

Chris lehnte sich ein wenig nach vorn, und Everly stieg der Geruch von Schweiß, vermischt mit seinem gewöhnlichen Duft, in die Nase. *Das sollte eigentlich eklig sein. Schweiß ist eklig.* Aber er sah weder eklig aus, noch roch er eklig. Ihre Nerven spielten vollkommen verrückt und zwangen sie, einen Schritt rückwärts zu machen.

»Was machst du hier?« Kurz ließ Chris den Blick über ihren Körper schweifen, bevor er ihr in die Augen sah.

Sag etwas. Hallo, Zunge? Jetzt wäre der perfekte Zeitpunkt, sich daran zu erinnern, wie man spricht. Die Musik im Raum hinter ihnen wurde lauter, der Beat dröhnender. Das passte zu dem, was ihr Herz in ihrer Brust veranstaltete.

»Kommst du öfter hierher?« Er lächelte ein wenig, und sein Blick wurde weicher. Als wäre sie alles, was er sehen könnte.

Sie schüttelte den Kopf. »Kickboxen. Ich will es mal ausprobieren.« *Toll gemacht, Yoda. Du kannst sprechen.*

Chris blickte an ihr vorbei in den Raum und hob die Hand. Wem winkte er zu? Kam *er* regelmäßig hierher? Seiner Brust und seinen Armen nach zu urteilen, war es nicht das erste Mal, dass er ein Fitnessstudio von innen sah. Dann konzentrierte er sich wieder auf sie. »Gibt es dafür einen bestimmten Grund?«

Sie zwang sich, den Blick zu heben. »Wie bitte?« Warum war ihr Mund so trocken?

Er hob eine Augenbraue. Sie konnte es ihm nicht verübeln. Ihre Unfähigkeit, Wörter aneinanderzureihen, konnte einen schon dazu bringen, die Augenbraue zu heben.

»Kickboxen. Willst du es einfach aus Spaß ausprobieren, oder ... hast du aus irgendeinem Grund das Gefühl, dich verteidigen zu müssen?«

Als sie seinen leicht besorgten Unterton hörte, beruhigte sich ihr Puls. Ihr Herz machte noch einen Satz und schlug dann in einem vernünftigen Rhythmus weiter. Sie winkte ab. »Nein. Überhaupt nicht. Ich ... Na ja ... ich wollte einfach etwas Neues ausprobieren. Wir verschenken immer Tickets für dieses Studio, also dachte ich, ich schaue es mir auch mal an.« Wahrscheinlich wirkte sie völlig deplatziert. *Denk nicht so. Du könntest durchaus Kickboxerin sein. Zeig ein wenig Rückgrat, Everly. Tu so, als würdest du hierhergehören. Sei mutig.*

Sie richtete sich auf und straffte die Schultern. »Ich sollte jetzt besser rein. Ich will nichts verpassen.«

Ohne auf eine Antwort zu warten, ging sie in den Raum und stellte erleichtert fest, dass nur sechs andere da waren, den Trainer nicht mitgezählt.

»Willkommen. Komm doch rein«, begrüßte sie der große dunkelhaarige Typ. Er hatte ziemlich viele Muskeln, aber Everly hätte sie nicht als übertrieben bezeichnet. Er sah nicht so aus, als würde er beim Gewichtheben merkwürdige, gruselige Geräusche machen. *Siehst du? Du stellst es dir immer schlimmer vor, als es dann tatsächlich ist.* »Okay, alle miteinander. Herzlich willkommen beim Kickboxen. Ich bin Rob, euer Trainer. Ich sehe ein paar neue Gesichter. Seid nicht schüchtern. Zögert nicht. Wir machen hier eine Mischung aus Cardio und Krafttraining. Wir beginnen mit Stretching, dann machen wir ein paar Standardbewegungen, und dann sucht sich jeder einen Partner.«

Everlys Herz stolperte. Ihr Partner würde bestimmt der Trainer sein. Wie früher im Sportunterricht. Die Letzte, die übrig blieb, musste mit dem Lehrer ein Team bilden, weil sonst keiner wollte. Sie klopfte auf ihrem Schenkel herum und atmete tief ein. Plötzlich stieg ihr ein vertrauter Duft in die Nase. Als jemand neben sie trat und mit der Schulter ihre berührte, drehte sie den Kopf.

»Was machst du denn hier?«, flüsterte sie Chris zu.

»Kickboxen. Ich dachte, ich probiere es mal.« Er lächelte sie an, drehte den Kopf und winkte dem Trainer zu, der zurückwinkte.

Ihr Magen fühlte sich an wie ein Boot, das in Stromschnellen geraten war. *Du schaffst das. Tu einfach so, als wäre er Stacey*. Sie warf ihm einen schiefen Blick zu. Mittlerweile unterhielten sie sich jeden Tag, entweder persönlich oder schriftlich. Manchmal telefonierten sie auch. Sie waren jetzt offiziell Freunde. *Freunde schwitzen nicht vor Freunden.* Eigentlich sollte es doch einfach sein, etwas Neues auszuprobieren.

Als Chris' kleiner Finger ihren berührte, fuhr ein Stromschlag durch ihren Körper, als würde man einem Auto Starthilfe geben. »Atme«, flüsterte er.

Und was seltsam war? Sie tat es. *Du schaffst das. Und selbst wenn du es nicht schaffst, dann tu einfach, als würdest du es schaffen.*

»Okay«, rief Rob, nachdem er sie durch ein paar Yogaübungen geführt hatte. Für einen so großen Kerl war er erstaunlich biegsam. Sie hatte keine Ahnung, wie beweglich Chris war, denn wenn sie nicht vor ihm hinfallen wollte, musste sie den Blick auf den Trainer gerichtet halten.

»Die Füße schulterbreit. Die Körpermitte anspannen, aber den Körper lockern.« Manche Wörter wurden von Everlys Herzschlag übertönt, der nun wie verrückt in ihren Ohren hämmerte. *Atme. Mach einfach, was der Trainer sagt. Hör auf seine Stimme.* Jedes Mal, wenn sie einatmete, atmete sie auch automatisch Chris ein. So konnte sie sich nicht konzentrieren.

Rob zeigte ihnen einen Cross Punch, einen Hook, einen Uppercut und einen Jab. Bei ihm sahen die Bewegungen geschmeidig und einfach aus, doch Everly kam sich so schwerfällig vor.

»Das machst du super«, flüsterte Chris neben ihr und folgte den Anweisungen mühelos.

Sie spähte zu ihm hinüber, betrachtete sein Profil und verpasste Robs nächstes Kommando.

»Was entspannt dich?«

»Was?«

Er kam näher, immer noch die Luft boxend. »Denk an etwas, das dich entspannt. Es muss doch irgendwas geben, das dich so sehr beruhigt, wie wenn du mit den Fingern auf deinem Schenkel herumklopfst. Stell dir das vor. Vergiss alles andere.«

Moment mal. Was? Woher wusste er von dem Klopfen? Rob machte weiter die Bewegungen vor und wurde immer schneller. Als er anfing, durch den Raum zu gehen, versuchte Everly, sich voll und ganz auf das zu konzentrieren, was sie da tat.

Rechts, rechts, links. Schritt nach vorn. Uppercut. Rob nickte, als er auf sie zukam.

»Sehr gut. Lenkt dich dieser Kerl zu sehr ab?« Er grinste sie an und gab Chris einen kleinen Schubs.

Chris stieß laut die Luft aus. »Klappe, Mann.«

Rob ignorierte ihn. »Ich könnte dir zeigen, wie du ihn mit nur ein paar Bewegungen in die Knie zwingst.«

Trotz der Tatsache, dass ihr langsam der Schweiß den Rücken herunterlief, ihr Herz viel zu schnell schlug und sie sich Chris' Anwesenheit extrem bewusst war, lachte sie. »Das würde ich nur zu gern sehen.«

»Hey!« Chris hörte auf zu boxen und starrte sie an.

Everly fiel die Kinnlade herunter. Sie senkte die Fäuste und presste eine gegen ihren Mund, um ihr Grinsen zu verbergen, gab aber schließlich auf. »Ich meinte nicht unbedingt, dass ich dich fertigmachen will.«

Chris starrte sie weiter an, und seine Mundwinkel zuckten amüsiert. »Wirklich?«

Plötzlich spürte sie einen unerwarteten Anflug von Mut – vielleicht von den Endorphinen –, hob wieder die Fäuste, lächelte Rob an und blickte zu Chris. »Nicht, solange du mich nicht wütend machst.«

Rob lachte. »Ich mag sie. Sie hat Temperament.«

Everly stockte der Atem. Wie bitte? Als *temperamentvoll* hätte sie sich nicht unbedingt bezeichnet. Aber es gefiel ihr.

»Wenn du jemanden fertigmachen willst, egal, ob ihn oder sonst wen, müssen wir an deinem Stand arbeiten. Dann wirst du schon bald in der Lage sein, einen Kerl zu entmannen.«

Rob korrigierte ihre Position, sagte ihr, sie solle ein wenig die Hüften drehen, und zeigte ihr, wie sie ihre Füße stabilisieren konnte, bevor er sich wieder vor die Gruppe stellte. »Okay, wir machen jetzt noch ein paar Kicks, und dann geht's ans Sparring.« Seine Stimme übertönte mühelos die Musik.

»Kennst du ihn?«, fragte Everly und genoss den Energieschub, der durch ihren Körper pulsierte.

»Mein Freund und Nachbar.«

Ah. Deshalb kriegen wir für das Live-Event so viele Tickets, die wir verlosen können.

Die Kicks machten ihr mehr Spaß als erwartet, aber die Kombination aus Jab, Jab, Cross Punch, Kick, Kick war harte Arbeit. Beim sechsten Mal bekam sie es endlich hin. Ein Gefühl von Zufriedenheit erfüllte sie.

»Gut gemacht. Du bist ein Naturtalent«, bemerkte Chris und wischte sich mit dem Unterarm den Schweiß von der Stirn.

Sie lachte grunzend, atmete jedoch viel zu schwer, um sich für das Geräusch zu schämen. Stattdessen nahm sie sich eine kleine Auszeit, um etwas zu trinken. Sie konnte das. *Du machst es schon.* Und sie hatte sich kein bisschen zum Affen gemacht. Vielleicht würde sie noch mal herkommen. Stacey würde es sicher auch gefallen.

Als sie zu ihrer Matte zurückkehrte, lächelte und nickte sie sogar einem Typen zu, der in ihre Richtung blickte. Doch die Euphorie verschwand, als Rob wieder den Mund öffnete.

»Okay. Jetzt machen wir ein wenig Sparring. Das ist näher und persönlicher. Ihr müsst also eure Moves an euren Partner anpassen und wie wohl er sich damit fühlt. Falls ihr also die Person neben euch nicht kennt, dann stellt euch jetzt einander vor, denn ihr werdet euch gleich gegenseitig in die Ärsche treten.«

Kapitel 17

Chris verschluckte fast seine Zunge, als Everly ihn anstarrte wie ein Reh im Scheinwerferlicht. Gerade eben war es ihr noch gut gegangen. Sogar großartig. Doch jetzt, wo sie gegeneinander kämpfen sollten, konnte er beobachten, wie sie immer nervöser wurde. Sparring mit Everly. Allein der Gedanke … *Nicht. Denk nicht daran.* Wenn er jetzt daran dachte, würde er sich wünschen, etwas anderes zu tragen als eine locker sitzende Sporthose.

Er fand es toll, dass sie hier war und etwas Neues ausprobieren wollte. War sie zum ersten Mal hier im Studio? Oder nur zum ersten Mal beim Kickboxen? Er kam nicht oft genug her, um zu wissen, ob sie regelmäßig da war.

Er war gerade auf dem Crosstrainer gewesen, als sie hereingekommen war, und wäre beinahe heruntergefallen. Er hatte nicht vorgehabt, am Kickboxen teilzunehmen, doch er hatte ihr nicht *nicht* folgen können. Erst zu spät hatte er sich gefragt, ob es ihr unangenehm sein würde. Beinahe hätte er kehrtgemacht. Doch als er ihr gesagt hatte, sie solle durchatmen, hatte sie sich ein wenig beruhigt. Er hätte nicht gedacht, dass sie sich fürs Kickboxen interessierte. *Darüber solltest du auch überhaupt nicht nachdenken.*

Jetzt war er froh, dass er ihr gefolgt war, denn er wollte auf keinen Fall, dass ein anderer gegen sie kämpfte, weder Mann noch Frau – und schon gar nicht Rob. Es beeindruckte ihn, dass sie neue Dinge ausprobierte, obwohl sie ihr Angst bereiteten. Verdammt, er mochte sie. Viel zu sehr. Und jetzt bewunderte er sie auch noch. Er bewegte sich gefährlich nahe am Abgrund. *Solange du auf der Freundschaftsebene bleibst, ist alles gut.*

»Okay, wir arbeiten jetzt daran, nicht zu reagieren. Nicht zu zucken. Euer Partner wird euch nicht berühren, aber die Jabs müssen schnell kommen. Immer wieder.«

Rob kam zu ihnen herüber und grinste Chris an. »Ich mache es euch mal vor mit meinem Kumpel hier.«

Rob stellte sich vor ihn. Chris ignorierte das unbehagliche Gefühl, im Mittelpunkt zu stehen, vor allem vor Everly. Es war nicht seine erste Kickboxing-Stunde, deshalb schaffte er es mühelos, Robs Schlägen auszuweichen. Während sie umeinander herumtänzelten, erzählte Rob von seinem festen Stand, dass er den Bauch anspannte und den Körper locker ließ. Aus dem Augenwinkel sah er, wie Everly sie beide aufmerksam beobachtete. Wärme strömte durch seinen Körper. Und ja, vielleicht waren seine Schritte auch ein wenig beschwingter.

»Gute Abwehr«, lobte Rob und schenkte ihm immer noch dieses wissende Lächeln, für das er ihm gern eine reingehauen hätte.

Rob gab noch ein paar Anweisungen. Dann stellten sich Chris und Everly, so wie alle anderen Paare im Raum, einander gegenüber, gingen in Position und fingen an. Zumindest fingen die anderen Paare an.

Everlys Hände hingen neben ihrem Körper, doch sie klopfte nicht auf ihrem Schenkel herum. Warum hatte sie es so sehr überrascht, dass ihm das aufgefallen war? Er hatte ihr ihr Erstaunen deutlich angesehen.

»Willst du boxen oder abwehren?«

»Was dir lieber ist.«

Sie wollte sich nicht entscheiden. Also traf er eine Entscheidung. »Du boxt, ich blocke. Ist das nicht der Traum aller Angestellten?«

Ihr leises Lachen lenkte ihn ab, doch er hob trotzdem die Hände und musste lächeln, als sie langsam und locker zu boxen begann.

»Vielleicht, wenn sie ihren Boss hassen«, erwiderte sie und lächelte ein wenig, ohne die Konzentration zu verlieren.

»Lockere deine Schultern.«

Sie tat es.

»So ist es besser. Und jetzt schneller.«

Sie erhöhte die Geschwindigkeit.

Sie ließ das Thema mit dem Boss fallen und wurde immer besser, ihre Bewegungen schneller und natürlicher. Als sie seine Hände berührte, hielt sie inne, riss die Augen auf und senkte die Arme.

»Tut mir leid.«

»Was denn? Wenn das hier echt wäre, würdest du den anderen treffen wollen«, sagte Chris.

»Ich hatte eigentlich nicht vor, mich mit jemandem zu schlagen«, entgegnete sie.

Rob tauchte neben ihnen auf. »Die meisten Menschen planen so etwas nicht. Ich bin übrigens Rob. Der hier ist mein Freund und Nachbar. Aber ich glaube, er tut so, als würde er mich nicht kennen, damit er uns einander nicht vorstellen muss.« Er streckte ihr die Hand entgegen.

Everly schüttelte sie. »Er hat mir schon erzählt, wer du bist. Er hat nicht einmal versucht, es zu vertuschen. Also alles gut. Ich bin Everly.«

Robs Augenbrauen schossen in die Höhe. »Everly wie *die* Everly Dean vom Sender?«

Sie nickte und blickte kurz zu Chris. »Hörst du ihn?«

Sein Kumpel nickte. »Jeden Tag. Wie läuft's mit dem Dating?«

Chris wollte nicht, dass sie das Gefühl bekam, im Scheinwerferlicht zu stehen. »Solltest du nicht besser deinen Kurs betreuen?«

Rob zwinkerte Everly zu. »Da muss sich mal jemand entspannen. Entschuldige dich nicht, falls du ihn aus Versehen noch mal triffst.« Beim Wort *Versehen* zeichnete er Gänsefüßchen in die Luft.

Er ging, und Everly musste lachen. Chris schnappte nach Luft, als er die Freude in ihrem Gesicht sah.

»Es ist schön, mal nicht diejenige zu sein, die zu hören bekommt, dass sie sich entspannen muss«, sagte sie und wischte sich über die Stirn.

Er begann mit langsamen Jabs und war sehr zufrieden, weil sie sofort die Hände hob, um ihn abzuwehren. »Kriegst du das oft zu hören?«

Sie nickte, machte einen Schritt zur Seite und boxte erneut. »Jep. Mein Lieblingssatz ist *Entspann dich*. Wenn das jemand sagt, würde ich am liebsten erwidern: ›Oh, danke. Warum bin ich da nicht selbst draufgekommen? Jetzt geht's mir schon viel besser.‹«

Chris lachte, dabei fand er es überhaupt nicht lustig, dass Menschen nicht auf ihre Gefühle achteten. »Es ist immer einfach, jemandem zu sagen, wie er sein Leben zu führen hat.« Er wollte gar nicht von sich selbst sprechen, doch als er die Worte ausgesprochen hatte, fiel ihm mal wieder auf, wie oft ihm sein Vater sagte, was er zu tun hatte.

Everly erhöhte die Geschwindigkeit. »Klingt, als würdest du aus Erfahrung sprechen.«

Statt zu antworten, konzentrierte er sich darauf, sich mit ihr zu bewegen und ihre Schläge abzuwehren. Dann wechselten sie. Als Rob verkündete, dass die Stunde nun vorbei sei, verließ Chris gemeinsam mit Everly den Raum und mied den neugierigen Blick seines Freundes.

»Du musst mich nicht zum Auto bringen«, meinte Everly und winkte der Empfangsdame zum Abschied.

Er sah sie aus dem Augenwinkel an. »Nur eine Trainingsstunde, und jetzt bist du schon so tough?«

Sie lachte. Es war das Lachen, bei dem auch ihre Augen strahlten. »Ganz genau. Vielleicht sollte ich *dich* zum Auto begleiten.«

»Meine Heldin«, neckte er sie.

Inzwischen war es kühler geworden. Diese Tageszeit mochte er am liebsten. Der Sonnenuntergang hatte die Wolken wie mit Wasserfarben eingefärbt, und die Luft fühlte sich leichter an.

»Wirst du noch mal hingehen?«, fragte er, als sie neben einem viertürigen Honda Civic stehen blieb. Lächelnd begutachtete er das Auto. Sicher. Zuverlässig. Sehr Everly.

Sie verzog nachdenklich das Gesicht. Er liebte es, dass sie es tatsächlich in Erwägung zog. »Ich weiß noch nicht. Es hat mir gefallen. Ich mag nur keine Gruppen. Aber manchmal kann ich vergessen, dass ich von Menschen umgeben bin. Wie heute Abend zum Beispiel. Bist du oft hier?«

Chris warf einen Blick auf das Gebäude, bevor er sie wieder ansah. »Ab und zu. Ich war heute Abend so rastlos. Ich dachte, ein wenig Sport würde helfen.« Das klang besser als: *Ich denke zu viel an dich und musste mich ablenken.*

Sie verlagerte das Gewicht von einem Bein auf das andere.

Tu es nicht, sagte er sich. »Willst du noch was trinken gehen?« Er hatte es getan. *Scheiße. Du hast dich echt nicht unter Kontrolle.*

Ihre Augen weiteten sich. »Oh, ich sollte besser …« Sie blickte an sich herab. »Ich bin total verschwitzt. Und ich habe …«

Chris unterbrach sie. Er war ebenfalls verschwitzt. Und *noch mehr* Zeit mit ihr zu verbringen würde ihm nicht helfen, sie aus seinen Gedanken zu vertreiben.

»Kein Problem. Du hast viel zu tun.« Doch er wollte sich nicht verabschieden und kam sich deshalb vor wie ein Idiot – was der einzige Grund sein konnte, warum Folgendes aus ihm herausplatzte: »Ich denke über ein Firmenevent nach. Ich habe das Gefühl, viele der Angestellten begegnen sich lediglich beim Schichtwechsel. Es wäre schön, etwas zusammen zu unternehmen. Einander besser kennenzulernen.« *Bevor ich gehe.*

Überraschung spiegelte sich in ihren Augen wider. Everly nickte und fühlte sich nun sichtlich wohler. »Das wäre wirklich schön.«

»Würdest du kommen?«

Sie legte den Kopf schief. »Warum sollte ich nicht kommen?«

Er schob die Hände in die Hosentaschen und riss sich zusammen, um nicht mit den Füßen zu scharren. »Du magst keine Gruppen.«

Sie grinste schief, und kurz blieb sein Blick an ihrem Mund hängen.

»Nein. Aber ein Firmenevent ist etwas anderes.« Sie nickte, als hätte sie eben eine Entscheidung getroffen. »Ich finde, das ist eine gute Idee. Mich halten sowieso schon alle für eingebildet.« Sie lehnte sich gegen ihr Auto.

»Wer denkt so etwas?« War das Team unfreundlich zu ihr? Das wöchentliche Meeting lief immer relativ entspannt ab, und alle schienen sich gut zu verstehen, aber vielleicht war ihm irgendetwas entgangen.

Sie grinste ungewohnt frech. Es traf ihn mit der Wucht eines Fausthiebs.

»Ähm, alle? Ich bin nicht gerade eine Plaudertasche.«

Chris zuckte mit den Schultern. Am liebsten hätte er ihr gesagt, dass sie nichts anderes sein musste als das, was sie bereits war. Doch bevor er etwas sagen konnte, drückte sie sich vom Wagen ab und entriegelte ihn.

»Ich sollte jetzt besser gehen. Bis morgen.«

»Oh. Okay. Einen schönen Abend noch.«

»Dir auch.« Sie hob die Hand und winkte schüchtern.

Chris ignorierte das Geräusch von Schritten und Menschen, die sich lautstark über den Parkplatz hinweg unterhielten, und beobachtete, wie sie wegfuhr.

»Hach, du siehst aus wie ein ausgesetzter Welpe«, sagte Rob und trat neben ihn.

»Halt die Klappe. Ich habe nur meine Angestellte zum Auto begleitet. Sonst nichts.«

Lachend schlug ihm Rob auf die Schulter. »Ist klar. Das kaufe ich dir nur ab, wenn du mir ein Bier ausgibst.«

Am liebsten hätte er Nein gesagt, doch dann wurde ihm bewusst, dass er genau dafür heute hergekommen war. Um sich von seinen Gedanken abzulenken, mit einem Freund abzuhängen und ein wenig Energie loszuwerden.

»Eine Runde«, sagte Chris.

»Ich nehme, was ich kriegen kann«, sagte Rob.

Chris lachte leise. »Story deines Lebens?«

Rob blickte über die Schulter und auf die Stelle, wo Chris eben noch gestanden hatte, bevor er ihm direkt in die Augen sah. »Und deine auch, wie es scheint.«

Kapitel 18

Everly hob die Hand, um zu klopfen, und senkte sie wieder. Es war dumm, dass es sie nervös machte, ihre Eltern zu besuchen. Dumm oder nicht – es fühlte sich an, als wäre in ihrem Bauch ein Bienenstock zum Leben erwacht. Sie hatte feuchte Hände und konnte nicht richtig atmen. Ihre Mom hatte heute Geburtstag – und Partys im Hause Dean waren unberechenbar. *Deine Eltern sind unberechenbar*. Keine Ahnung, warum sie ihnen nicht ähnlicher war. Einer Sache war sie sich jedoch sicher: Wenn ihre Eltern eine Party schmissen, konnte *alles* passieren.

Es ist keine Party. Es ist nur ein Abendessen mit deinen Eltern, die dich lieben, du feiges Huhn. Mittlerweile gab es so viele Gesprächsthemen, die Everly gern vermieden hätte. Morgen Abend würde Date vier von sechs stattfinden. Die Hälfte hatte sie also bereits hinter sich. Ihre Mom schrieb ihr öfter als je zuvor und fragte nach den potenziellen Schwiegersöhnen. *Kein Druck*.

Statt anzuklopfen, drehte sie den Knauf und betrat ihr Elternhaus. Ein sanftes Klingeln ertönte, während sie die Tür öffnete und wieder schloss. Eine Mischung aus Wohlbehagen und Chaos wirbelte in ihrer Brust umher. Der Duft von Chili und frischem Brot stieg ihr in die Nase und brachte ihren Magen zum Knurren. Musik erfüllte das Haus. Ihr Dad liebte alles, was kabellos war, und sie war sicher, dass das Haus ihrer Eltern inzwischen smarter war als sie. Sie wusste nicht mal, wie man das Licht einschaltete.

»Da ist sie ja!«, rief ihr Dad, während er aus der Küche kam. Herzlich lächelnd breitete er die Arme aus.

Everly umarmte ihn, lächelte gegen seine Brust und passte auf, nicht die Geschenktüte zwischen ihnen zu zerdrücken. Er roch nach Gewürzen. Und nach Zuhause. Er streichelte ihren Rücken und gab ihr einen Kuss auf den Kopf.

Dann lehnte er sich zurück und musterte sie mit buschigen zusammengezogenen Augenbrauen. Entweder hatte er noch keine grauen Haare bekommen, oder er war zu eitel, um sie zu zeigen. Sie vermutete eher Letzteres, denn sein Haar schien immer dunkler zu werden.

»Du bist zu dünn«, bemerkte er und runzelte die Stirn.

»Fang jetzt nicht damit an, Dad. Ich habe vor, mein Eigengewicht an Chili und Brot zu essen. Es ist also nicht so, als würde ich mir keine Mühe geben.«

Leise lachend legte er den Arm um ihre Schultern und führte sie in Richtung des köstlichen Dufts. »Wir genießen die Sonne im Garten. Deine Mom und ich haben noch ein paar Leute eingeladen«, verkündete er.

Abrupt blieb Everly im Türrahmen der Küche stehen, in der sie jeden Morgen gefrühstückt hatte, bis sie in ihren Teenagerjahren irgendwann beschlossen hatte, dass das Frühstück nicht die wichtigste Mahlzeit des Tages war. »Definiere *noch ein paar*«, erwiderte sie. Gänsehaut breitete sich auf ihren Armen aus.

»Komm schon, Evie. Du weißt doch: Je mehr, desto besser«, entgegnete er.

Das war keinesfalls ihr Motto. Wie aufs Stichwort schob sich eine Menschentraube durch die offene Doppeltür der Küche, die hinaus auf die Veranda führte. *O Gott, das sind aber viele.* Durch die

Glastür sah sie, dass der Garten voller Gäste war. Ein paar von denen, die eben in die Küche gekommen waren, kannte sie bereits. Ihr Dad stellte sie den anderen vor.

Sie war so aufs Atmen konzentriert, dass sie ihre Namen sofort wieder vergaß. *Nicken und lächeln.* Warum taten sie ihr das an? Sie hielt das Geschenk für ihre Mutter umklammert wie ein Schraubstock und fragte sich, warum sie überhaupt gekommen war. *Ein kleines Familiendinner. Sie haben es versprochen.* Aber wann taten sie jemals das, was sie versprochen hatten?

»Da ist ja mein hübsches Mädchen«, flötete ihre Mom, als sie mit einem leeren Margaritaglas in der Hand die Küche betrat. Auf dem Weg zu Everly warf sie ihrem Mann einen flüchtigen Blick zu und drückte ihm das Glas in die Hand. »Hast du es ihr schon gesagt?«

»Wollte ich gerade«, sagte er und blickte lächelnd zu Everly herab.

Ihre Brust und ihr Magen zogen sich gleichzeitig zusammen. Wie Zahnräder, die sich ineinander verhakt hatten. Ihre Mom schlang die Arme um sie und drückte sie fest.

»Ich weiß, es ist mein Geburtstag, Süße, aber wir wollten, dass du deinen auch nachfeierst.«

Nein. Bitte nicht. Warum? »Was habt ihr getan?«

Staceys unverkennbares Lachen drang durch die Luft, und Everly war gleichermaßen sauer und erleichtert. Ihre beste Freundin war hier, was den Stress reduzieren würde. Aber das bedeutete auch …

»Wir schmeißen eine Party für dich. Für euch beide«, verkündete ihr Vater, als würde er ihr gerade sagen, dass sie für einen Tag Königin sein dürfe.

»Ich nehme dir das ab«, sagte ihre Mutter, nahm die Geschenktüte an sich und legte den Arm um ihre Schulter. »Komm schon. Stacey hat uns mit deinen Gästen geholfen. Aber ich muss sagen, dass du nicht sehr viele Freunde hast, Evie. Hoffentlich lernst du heute Abend ein paar Leute kennen. Deine Cousins sind auch hier. Wusstest du schon, dass Sam verlobt ist? Er ist sechs Jahre jünger als du. Für einen Mann ist es eher untypisch, so früh sesshaft zu werden, aber er ist schon immer eine alte Seele gewesen.«

Obwohl Everlys Kopf kurz davor war, aufgrund des nicht enden wollenden Informationsflusses zu explodieren, bewegten sich ihre Füße, bis sie schließlich im Garten stand. Der war einfach perfekt – dank eines teuren Gärtners. Er war gesäumt von in Form geschnittenen Büschen und blühenden Sträuchern. An der Laube auf der Veranda hingen kleine Lampions, die zwar schon brannten, aber noch nicht richtig sichtbar waren. Später würde man sie sehen, wenn die Sonne untergegangen war. Früher hatte Everly es geliebt, hier draußen auf der Veranda zu sitzen, mit den Lichtern, dem Mond und den Sternen als einzige Gesellschaft.

Sie winkte ihren Cousins und Bekannten zu und hoffte, ihr Lächeln wirkte nicht allzu steif. Die Mehrzahl der Gäste kannte sie nicht. Es lief Popmusik, und die Leute lachten, tranken und aßen Snacks. Einige riefen ihr »Happy Birthday« zu. Everly lächelte und nickte. Wäre *Nicken und Lächeln* an der Universität angeboten worden, hätte sie ihren Abschluss mit Bravour gemeistert.

Auf Everlys Höllenskala lag das hier auf Platz vier. Überraschungspartys waren schlimmer als die Vorstellung, wieder bei ihren Eltern einzuziehen. Sie ließ den Blick über den Garten schweifen und entdeckte Stacey, die breit grinste, um ihre Schuldgefühle zu übertünchen. *Jep. Wir unterhalten uns später über den Freundschaftskodex.* Warum hatte Stacey sie nicht gewarnt? Neben ihrer angeblich besten Freundin stand ihre gemeinsame Freundin Tara, ihre Kollegen Mari und Mason und … Chris.

Sie hatten ihren Boss eingeladen? *Er ist inzwischen mehr als nur dein Boss. Du stehst ihm näher als Mari und Mason.* Irgendetwas, das in der leichten Brise hin- und herschwang, zog ihre Aufmerksamkeit auf sich. An der Eiche – und zwar an der Eiche, die an ihrem siebten Geburtstag das Piñata-Massaker miterlebt hatte – hing ... eine Piñata in Form eines Esels. *Sie haben eine dumme Piñata gekauft? Wie kann es sein, dass sie nach all den Jahren immer noch nicht wissen, wie sehr ich diese Dinger hasse?* Everly klappte die Kinnlade herunter, und in ihren Ohren rauschte es so laut, dass die Geräusche der Party in den Hintergrund traten.

»Warum? Warum habt ihr ...«

Ihre Mutter drückte ihre Schulter und schob sie nach vorn. *Vielleicht ist die Piñata einfach nur Deko.*

»Mischen wir uns unter die Gäste«, sagte ihre Mutter, ohne zu merken, dass Everlys Haut so heiß war, dass sie locker einen Waldbrand hätte auslösen können.

Stacey trat neben sie. Ihre sonst so lässige Freundin wirkte angespannt. »Hey, Geburtstagskind. Komm, wir holen dir einen Drink. Ich kümmere mich um sie, Mrs Dean.«

Everly ließ sich von ihr führen, vor allem, weil sie dringend woanders sein wollte. Am liebsten zu Hause, aber für jetzt reichte auch die andere Seite des Gartens, weg von ihrer Mutter, die viel zu stolz auf sich selbst war.

»Wie konntest du mir das verheimlichen?«, fauchte Everly.

»Tut mir leid. Sie haben mich damit vollkommen überrumpelt. Auf den letzten Drücker. Und ich nahm an, sie würden es so oder so tun. Also dachte ich, es wäre besser, hier zu sein, um dich zu unterstützen, statt dich alleinzulassen.«

Everly ließ den Kopf gesenkt, drehte ihn aber in Staceys Richtung. »Hättest du es mir gesagt, wäre ich gar nicht erst gekommen.«

Stacey blieb stehen und sah Everly in die Augen. »Komm schon, Ev. Das hätte sie verletzt. Sie wollten dir eine Freude machen.«

Großartig. Du bist nicht nur eine Sozialphobikerin, sondern auch noch undankbar.

Dankbarkeit und Groll fochten in ihr einen Kampf aus, starrten einander an, jeder aus seiner Ecke des Rings. Sie mochte solche Sachen einfach nicht. Warum musste sie sich deshalb schuldig fühlen? *Darüber kannst du ein andermal nachdenken.* Sie setzte ein Lächeln auf und nickte. Dann gingen sie hinüber zu ihrer Freundin und ihren Kollegen.

»Alles Gute«, sagte Tara und umarmte sie kurz. »Ich habe dir deinen Lieblingskuchen gebacken, falls das hilft.«

Everly drückte sie und lachte. Tara war nicht mal ihre beste Freundin und wusste trotzdem, dass sie Partys hasste. *Zum Glück weiß sie auch, dass Kuchen immer hilft.* »Ja, tut es definitiv. Danke.«

Mari hob ihr Bier. »Happy Birthday.« Sie überragte Everly bei Weitem, und ihr Lächeln wirkte ein wenig aufgesetzt. *Als dürftest ausgerechnet du dir darüber ein Urteil erlauben.*

»Danke.«

Sie wiederholte sich, als Mason das Gleiche sagte. Chris sah sie an, und sein Lächeln stellte irgendetwas mit der Schwere in ihrer Brust an. Wurde sie weniger? Erträglicher? Sie wusste es nicht, aber sie konnte besser atmen.

»Hey«, sagte sie. Stacey hielt immer noch ihr Handgelenk fest.

»Hey«, erwiderte er. Er gratulierte ihr nicht. Und so, wie er sie ansah, konnte man meinen, dass das beabsichtigt war. Als wüsste er, dass sie es nicht noch einmal hören wollte. Aus welchem Grund auch immer – sie hätte ihn dafür küssen können. *Hui. Nope. Der Boss wird nicht geküsst. Und man steckt ihm auch nicht die Finger in den Mund.*

»Dein Post über dein letztes Date war großartig, Everly. Drei hast du schon hinter dir und drei noch vor dir, richtig?«, fragte Mason und nahm einen Schluck von seinem Bier.

Der Schatten der Eiche und die leichte Brise reichten aus, um Everly erschauern zu lassen. Vielleicht lag es aber auch am Gesprächsthema. Auf einer Party, die sie nicht wollte. Während sie bei Leuten stand, die irgendwie ihre Freunde waren und irgendwie auch nicht. Und ihrem Boss.

»Ich brauche einen Drink«, sagte Everly und zog ein Gesicht. »Sorry. Ja. Die Hälfte ist geschafft. Bisher war es ... interessant. Ich weiß immer genauer, was ich bei einem Mann *nicht* will.« Alle lachten, und sie entspannte sich noch mehr. »Aber ich brauche wirklich dringend einen Drink.«

»Ich hole dir einen«, bot Chris an, die Hände in den Hosentaschen seiner Jeans. Der Wind zerzauste sein Haar, und obwohl Everly *immer* das Bedürfnis hatte, ihre Finger zu bewegen, überraschte es sie, dass sie es glatt streichen wollte. Sie wollte die Hand ausstrecken und durch sein Haar fahren. Sie dachte daran, wie es im Fitnessstudio ausgesehen hatte, als es feucht gewesen war. Begierde keimte in ihr auf. *Hallo, dreißig. Danke auch, dass du mir eine Lust bescherst, die in die absolut falsche Richtung geht.*

»Ich komme mit«, sagte Everly und löste sich aus Staceys Griff.

Sie gingen zu den Kühlboxen, die neben dem Tisch mit Chips, Gemüse, Früchten, Dips und allerhand anderen Snacks standen.

Chris hockte sich hin und wühlte sich auf der Suche nach einer Wasserflasche durch das Eis. Er blickte auf. Hinter ihm fiel die Sonne so auf den Boden, dass er beinahe engelsgleich wirkte. Mein Gott. Sie verlor allmählich den Verstand. Drehte vollkommen durch. Sie wollte, dass sich aus ihren Dates etwas ergab. Ihr Geist und auch ihr Herz waren überraschend offen. Ihr drittes Date mit Brad, dem sie den ersten Like gegeben hatte, war undefinierbar gewesen. Sie konnte nicht sagen, was ihr an dem Date gefallen hatte und was nicht. Oder ob sie ihn mochte. Aber müsste sie sich jetzt zwischen Brad und Owen entscheiden, würde sie auf jeden Fall Owen nehmen. Darauf sollte sie sich konzentrieren. Auf ihn. Nicht auf die seltsamen Gefühle, über die sie jedes Mal stolperte, wenn sie mit Chris zusammen war.

Chris zog einen Wodkadrink aus der Truhe, einen von der Sorte, die sie neulich bei sich zu Hause beim Ausmisten getrunken hatte. »Ist das okay?«

Konnte er sich etwa daran erinnern? Er achtete sogar auf die kleinen Dinge.

Was ein guter Charakterzug ist. Aber in seiner Gegenwart wirst du nervös, und du suchst einen Mann, bei dem du ganz du selbst sein kannst. Dein neues Selbst. Sie nickte, und er stand auf und öffnete den Deckel. Sie nahm die Flasche entgegen und trank, doch es schmeckte sauer. Anscheinend war sie nicht gut darin, etwas zu verbergen, denn er lächelte, nahm ihr die Flasche ab und reichte ihr sein Wasser.

»Besser?«

Ihre Augen brannten, und sie traute sich nicht zu sprechen, also nickte sie nur. Als er einen Schluck von dem Drink nahm, schossen ihr zwei Gedanken durch den Kopf: Er trank es *für* sie, was irgendwie romantisch war. Und weil ihr zwölfjähriges Ich hin und wieder gern vorbeischaute, war ihr zweiter Gedanke, dass ihre Münder beide die Flasche berührt hatten. Also war es wie Küssen. *Was ist nur los mit dir?*

Ihre Wangen begannen zu glühen. »Du hättest nicht kommen müssen.«

Er grinste lässig. »Es ist, als hätten deine Eltern das Firmenevent für mich geplant. Ich hätte noch die anderen mitbringen sollen.«

Sie lachte, und der Druck auf ihrer Brust ließ immer mehr nach. »Hast du aber nicht. Also musst du immer noch eins organisieren.«

»Partys zu planen ist nicht wirklich mein Ding. Jane arbeitet daran«, erwiderte er und führte die Flasche wieder zum Mund. Sie beobachtete seinen Hals, während er schluckte. Ihr entwich ein leises seltsames Geräusch, und sie hoffte, dass er es nicht gehört hatte.

Mindestens fünf Minuten lang standen sie schweigend da, bevor Everly bewusst wurde, dass keiner von ihnen versuchte, die Stille zu füllen. Das war ... *schön*. Sie mochte es zwar nicht, *in* einer Gruppe zu sein, hatte jedoch nichts dagegen, andere zu beobachten. Chris schien es genauso zu gehen. Als sie zu ihm hinüberspähte, hoffentlich unauffällig, ließ er den Blick über die Gäste schweifen, und sein Fuß wippte im Takt der Musik. Seltsam. Vor wenigen Wochen hatte sie ihn sich nicht außerhalb des Senders vorstellen können. Darin war er Stacey ähnlich. Er konnte sich überall anpassen. Das hätte sie nicht gedacht.

Stacey und Tara gesellten sich mit Drinks in den Händen zu ihnen.

Stacey lächelte sie zerknirscht und mit Hundeblick an. »Deine Mom war so aus dem Häuschen, als sie mich angerufen hat«, erklärte sie.

»Hm. Außerdem lehnst du nie eine Einladung ab«, sagte Everly. Tara stellte sich neben Stacey. »Tara, hast du Chris schon kennengelernt?«

Sie schüttelten einander die Hände, sagten Hallo, und Everly warf Stacey einen gespielt bösen Blick zu, doch Stacey zuckte nur mit den Schultern. »Was denn? Ich habe vergessen, sie einander vorzustellen. Sie sind beide erwachsen. Außerdem bist du dann aufgetaucht, und ich hatte Angst, du würdest mich umbringen, weil ich nicht versucht habe, die Party zu verhindern.«

»Das könnte immer noch passieren«, murmelte Everly. »Dazu muss irgendwas im Freundschaftskodex stehen.«

Tara nickte. »Ich glaube, du hast recht.« Stacey funkelte sie böse an. Tara verzog das Gesicht und fügte hinzu: »Aber sie hat Verstärkung mitgebracht. Das macht es wieder wett.«

Chris lachte, und Everly biss sich auf die Unterlippe, um nicht mitzulachen. Sie hatte gute Freunde.

Stacey trat neben sie und stieß sie mit der Hüfte an. »Es gibt Schlimmeres als eine Gartenparty mit Menschen, die dich mögen.«

»Außerdem gibt es Essen und Kuchen«, bemerkte Tara und nippte an ihrem Drink. Tara war größer als Everly, aber ein paar Zentimeter kleiner als Stacey. Sie erinnerte Everly an eines dieser Sixties-Pin-up-Models. Mit ihren Kurven, dem fließenden, langen braunen Haar, den blauen Augen und dem Hang zum Retrolook war sie auf ihre ganz eigene Weise bezaubernd.

Konzentrier dich auf das Positive. »Dein Kuchen ist es allemal wert, eine Party zu ertragen. Und danke auch für den Kuchen, den du mir an meinem eigentlichen Geburtstag gebacken hast«, sagte Everly.

Während sie so im Halbkreis standen und Everly den dreien beim Plaudern zuhörte, hatte sie endlich nicht mehr das Gefühl, als würde ihre Haut schrumpfen. Das Atmen fiel ihr leichter, bis sie schließlich aufhörte, darüber nachzudenken. Sie konnte das. Sie wusste, dass sie sich unter die Gäste mischen sollte, wie ihre Mutter gesagt hatte, aber wenn ihre Eltern wollten, dass sie hier war, würde sie es auf ihre Weise machen. Sie war nicht abgehauen, also konnten sie die Party als Gewinn verzeichnen.

Doch dieser Gedanke verflog schnell, als sie ihren Dad auf sie zukommen sah, den Blick auf Chris gerichtet. Mit seinen langen Schritten, seiner Größe und seinem fröhlichen Lächeln zog er immer die Aufmerksamkeit auf sich. Ihre Eltern liebten es, auf Partys im Mittelpunkt zu stehen, und versuchten, sich gegenseitig mit Geschichten und übertriebenem Flirten zu übertrumpfen. Dieses Gen hatte Everly von keinem der beiden geerbt.

»Da ist ja mein hübsches Geburtstagskind«, rief ihr Vater, umarmte sie erneut und legte den Arm um ihre Schultern. Everly versteifte sich. *Bitte sag nichts Seltsames zu Chris.* »Ich bin so froh, dass deine Freunde kommen konnten. Ich glaube, wir kennen uns noch gar nicht«, sagte er zu Chris. »Bist du mit Tara oder mit Stacey hier?«

»Chris, das ist mein Dad, Grant. Dad, das ist Chris Jansen. Er leitet den Sender.« Mehr musste sie nicht hinzufügen. Hätte sie es getan, hätte ihr Dad den Riss in ihrer kaputten Rüstung bemerkt.

»Du bist Everlys Boss?« Er streckte ihm die Hand entgegen, und Chris schüttelte sie. »Schön, dich kennenzulernen.«

Chris sah Everly an. »Boss und Freund. Die Freude ist ganz meinerseits. Tolles Haus.«

Ihr Dad reckte stolz die Brust. Natürlich konnte Chris gut mit Eltern. »Danke. Uns gefällt es auch. Wo bist du zur Universität gegangen?«

Everly stöhnte, und ihr Dad blickte zu ihr herab. »Was denn? Darf ich deinem Boss und Freund denn keine Fragen stellen?«

Chris lachte leise. »Schon in Ordnung. Ich war auf der NYU. Ich habe Wirtschaft und Kommunikation studiert.«

Ihr Vater nickte beeindruckt. Everly stellte fest, dass sie noch mehr Details wissen wollte. Obwohl sie sich inzwischen nähergekommen waren, kannte sie Chris immer noch nicht wirklich. Weitere Fragen kamen ihr in den Sinn: Vermisste er New York? Mochte er Kalifornien?

»Großartige Uni«, erwiderte ihr Dad.

Sie unterhielten sich noch ein wenig über Universitäten und Studiengänge, bevor ihr Dad genauer nachbohrte.

»Gefällt dir der Job im Sender? Ist es das, was du dir vorgestellt hast?«

Everly war so neugierig, dass ihre Haut zu kribbeln begann. Mochte er den Sender? War es sein Traumberuf? War das schon immer sein Ziel gewesen? *Genau deshalb musst du aufhören zu denken, du würdest etwas für ihn empfinden. Du hast ihm noch keine einzige dieser Fragen gestellt.* Sie hatte das Gefühl, zu sehr mit sich selbst beschäftigt gewesen zu sein, und nahm sich fest vor, ihm diese Fragen noch zu stellen. Freunde sollten etwas übereinander wissen. Er wusste schon so viel über Everly. Auch Kleinigkeiten. Zwar entging ihr Chris' Antwort, doch als sich der Tonfall ihres Dads änderte, schaltete sie sich wieder dazu.

»Nun ja, ich kann nicht gerade behaupten, dass mich die neue Sendung mit meiner Tochter begeistert«, sagte er. »Auch wenn wir uns natürlich wünschen, dass sie jemanden findet, der sie glücklich macht, finde ich, die letzten beiden haben nicht in ihrer Liga gespielt.«

»Dad«, murmelte Everly.

»Sollte es Everly auf irgendeine Weise schlecht damit gehen, ziehe ich sofort den Stecker«, sagte Chris genauso ernst wie ihr Vater.

Sie brauchte jetzt etwas Härteres als Wasser.

Ihre Freundinnen bemerkten, dass sie anfing, sich unwohl zu fühlen, und griffen ein. »Haben Sie schon Taras Windbeutel probiert, Mr D.?«, fragte Stacey und bewegte sich auf ihren Dad zu.

»Sie sind köstlich«, fügte Tara hinzu, und Everly wusste, dass sie nur ihr zuliebe prahlte. Tara war eine großartige Bäckerin, aber keine Angeberin.

»Kommen Sie. Sie müssen sie unbedingt probieren«, forderte Stacey und hakte sich bei ihm unter.

Ihre Freundinnen nahmen ihren Dad mit und verschafften Everly somit eine Verschnaufpause.

»Wow. Das war beeindruckend. Eine richtige Rettungsaktion. Ich habe das Gefühl, nur ganz knapp entkommen zu sein.« Chris grinste belustigt. Als er näher trat, berührten sich ihre Schultern.

Sie lachte, bevor sie all die Gründe, nervös zu sein, zählen konnte. »Sie sind gut trainiert. Die Besten auf ihrem Gebiet.«

Chris lachte, und der Klang bereitete ihr Gänsehaut. »Deine Eltern interessieren sich sehr für dich.«

Sie nickte. Ihr Brustkorb hatte sich wieder vollständig ausgedehnt. Wenn sie an manchen Abenden von gesellschaftlichen Anlässen zurückkam, schmerzten ihre Rippen schrecklich, weil sie sich die ganze Zeit kaum bewegte und versuchte, unsichtbar zu sein. Oder noch schlimmer: weil sie sich über Dinge unterhalten musste, die sie kein bisschen interessierten. Als sie nun neben ihm stand und normal atmete, wurde ihr klar, dass sie sich in seiner Gegenwart immer wohler fühlte. Dass es ihr immer leichter fiel, ihre eigene Version von »normal« zu sein.

»Ja, das tun sie. Sie meinen es nur gut, aber sie haben ihre ganz eigene Idee davon, wie ich mein Leben führen soll, was ich tun sollte oder bereits getan haben sollte. Sie wollen unbedingt Enkelkinder. Das beeinflusst manchmal ihr Urteilsvermögen.«

Er blickte zu ihr herab, und einen Moment lang sahen sie einander in die Augen. »Und was willst du?«

Wow. Gute Frage. »Ich will den Abend überleben, ohne mich zu blamieren.«

Er nickte, als wäre das eine akzeptable Antwort gewesen. Doch sie wussten beide, dass sie der Frage nur ausgewichen war.

»Und du?«, hörte sie sich selbst fragen.

Chris schob die Hände in die Hosentaschen und ließ den Blick durch den Garten schweifen, gefüllt mit ihren Verwandten und Bekannten, denen sie bisher kaum Beachtung geschenkt hatte.

»Ich will gut sein in meinem Job«, erwiderte er.

Aus irgendeinem Grund wurde Everly schwer ums Herz. Es war eine gute Antwort, und sie wollte das Gleiche, aber irgendwie hatte sie sich mehr erhofft. Dass er etwas sagen würde, das ihr zeigte, dass sie sich die kleinen Funken, die zwischen ihnen sprühten, nicht nur einbildete. Die Funken, die nicht existieren sollten und auch nicht durften und trotzdem immer wieder auftauchten. Zumindest bei ihr.

»Du *bist* gut in deinem Job«, entgegnete sie und wandte den Blick ab, als er sie ansah.

»Es ist immer Luft nach oben. Ich will, dass der Sender ein anderes Level erreicht. Sobald das passiert ist, weiß ich, dass ich meine Aufgabe, für die ich hergekommen bin, erfüllt habe.«

Irgendwie machte seine Antwort sie unruhig. Seine Aufgabe, für die er hergekommen war? Was hatte das zu bedeuten?

Ihre Mom kam mit einer ihrer Tanten im Schlepptau auf sie zu. »Schätzchen, warum versteckst du dich dahinten in der Ecke? Oh, hallo! Wer ist denn der junge Mann?«

Sehr subtil, Mom. Wie mit einem Baseballschläger. »Das ist mein *Boss*, Chris Jansen. Chris, das sind meine Mom, Jessica, und meine Tante Jules.« Vom Aussehen her waren ihre Mutter und ihre Tante quasi Zwillinge, doch charakterlich hätten sie unterschiedlicher nicht sein können.

Tante Jules umarmte sie, und Everly stieg der blumige Duft ihres Parfüms in die Nase. Sie und Onkel Colt waren zwei Jahre länger verheiratet als ihre Eltern, hatten aber immer im selben Haushalt gelebt. Hätte sich Everly eine der Beziehungen zum Vorbild genommen, wäre es Jules' gewesen. Sie war stark. Und echt. Sie war nicht ständig irgendwelchen Veränderungen unterworfen, die man sogar von außen beobachten konnte.

»Alles Gute nachträglich, Süße. Ich habe gehört, der Tag war nicht so toll. Das tut mir leid«, sagte ihre Tante und schüttelte Chris die Hand, nachdem Jessica ihn begrüßt hatte. »Schön, Sie kennenzulernen.«

»Ja, *sehr* schön«, fügte ihre Mutter hinzu.

Everly schloss die Augen und atmete tief ein. Als sie sie wieder aufschlug, musterte ihre Mom Chris in einer Weise, die Everly an ihrer Mutter nicht sehen wollte.

»Freut mich auch, Sie kennenzulernen. Wenn Sie mich bitte entschuldigen würden. Ich hole mir etwas zu essen. Everly, möchtest du auch etwas?«

Sie schüttelte den Kopf, denn dieses Erdnussbutter-Gefühl machte ihren Mund schon wieder ganz klebrig. Nachdem er gegangen war, trat ihre Mutter näher an sie heran. »Ich hatte ja keine Ahnung, dass dein Boss so heiß ist.«

Jeder Funken, den sie zu spüren geglaubt hatte, verpuffte wie eine harmlose Knallerbse.

»Mom. Igitt.« Ja, es war die Reaktion einer Zehnjährigen, aber in der Gegenwart ihrer Eltern fühlte sie sich häufig so. Mit ihnen zusammen zu sein versetzte sie zurück in eine Zeit, in der sie nur wenig Macht über ihr Leben gehabt hatte. Everly schlang die Arme um ihren Körper, klopfte auf ihrem Bizeps herum und hoffte, dass es so wirkte, als würde sie den Takt der Musik mittrommeln.

»Was denn?« Ihrer Mutter klappte die Kinnlade herunter. »Findest du ihn etwa nicht attraktiv?«

Tante Jules kicherte. »Ich glaube, sie meinte eher deinen Kommentar, du Raubkatze.«

Everly lachte. Sie mochte ihre Tante. »Stimmt.«

Ihre Mom pikste sie in den Arm. »Da ist doch nichts dabei, wenn mir auffällt, dass ein Mann gut aussieht.«

Solange es dabei blieb, war es Everly egal. Sie wollte nur keine Details wissen. Und sie wollte mit ihrer Mutter nicht solche Gespräche führen.

Dann klatschte ihre Mom in die Hände. »Und jetzt die Geschenke.«

Juhu. Ihre Mutter *wusste*, dass sie es hasste, vor anderen Menschen Geschenke zu öffnen. Das machte sie total nervös, auch wenn es nur Familie war.

»Mom. Lass uns nur deine auspacken. Bitte. Ich will dir nicht die Show stehlen.«

Ihre Mom drückte ihre Schultern und lehnte den Kopf an Everlys. »Ich teile meinen Tag gern mit dir. Lass es uns zusammen machen.«

Everly drehte sich der Magen um. Er geriet völlig außer Kontrolle. Das Gefühl erinnerte sie an die kleinen Kreisel, die damals aus der Piñata gefallen waren und sich auf dem Beton unter dem Baum wie verrückt gedreht hatten. Sie hatte sie immer und immer wieder beobachtet und war fasziniert gewesen, dass es ein Spielzeug gab, das ihren inneren Zustand so gut widerspiegelte.

Ihre Tante tätschelte ihren Arm und lächelte verständnisvoll. »Jessie, lass uns einfach deine Geschenke auspacken.«

Ihre Mom stemmte die Hände in die Hüften und schenkte Everly den *Ich-habe-dich-besser-erzogen*-Blick. »Die Leute wollen dabei sein, wenn du deine Geschenke öffnest.«

Everly öffnete gerade den Mund, um etwas zu erwidern, denn sie war dreißig Jahre alt und musste an ihrem Nicht-Geburtstag keine Geschenke öffnen, wenn sie nicht wollte. Doch in dem Moment trat ihr Dad hinaus auf die Veranda und schlug mit einem Holzlöffel gegen einen Topf.

»Es gibt jede Menge zu essen. Also haut rein«, dröhnte seine Stimme durch den Garten, nachdem die Menge verstummt war. Er war es gewohnt, vor Menschen zu sprechen. »Ich würde gern noch ein paar Worte sagen.«

Er blickte in die Richtung, wo Everly, ihre Mom und ihre Tante standen. Obwohl sie ihren Dad liebte, drehte sich Everly bei der Vorstellung, er könnte die Aufmerksamkeit auf sie lenken, der Magen um. Stacey, Chris und Tara beobachteten das Geschehen von der anderen Seite des Gartens aus.

»Ich habe das große Glück, ein paar wundervolle Frauen in meinem Leben zu haben. Aber keine zwei machen mich glücklicher und stolzer als meine wunderschöne Frau und meine liebreizende Tochter. Ich liebe euch von ganzem Herzen.«

Everly bekam feuchte Augen. Ihre Mom legte sich die Hand auf die Brust und machte ein summendes Geräusch. Ihr Dad stellte den Topf mit dem Löffel auf den Tisch und nahm sich ein Bier. »Auf meine Mädchen. An ihrem Geburtstag und jeden einzelnen Tag.«

Alle hoben ihre Gläser und Flaschen. Everly nahm einen großen Schluck, um das Feuer in ihrem Rachen zu löschen. *Überlebt. Geschafft.*

Sie hätte es besser wissen müssen. Ihr Dad stellte das Bier ab, während ihnen die anderen noch zuprosteten, und hob irgendetwas vom Boden auf. Als er einen Baseballschläger in die Höhe hielt, schnürte sich Everlys Kehle zu. Ihre Mom klatschte in die Hände.

»Was ist ein Geburtstag ohne eine Piñata?«

Alle lachten und jubelten. Everlys Blick wanderte zu Stacey. Ihre Freundin zuckte mit den Schultern. Selbst aus dieser Entfernung konnte Everly ihren mitfühlenden Blick erkennen.

»Komm hoch, Evie. Du darfst zuerst schlagen.«

Sie schüttelte den Kopf und bohrte die Fersen in den Boden, als ihre Mom sie nach vorn schob. In diesem Moment war sie wieder sieben Jahre alt. Gedemütigt. Gezwungen, sich ins Rampenlicht zu stellen, während alle anderen zusahen und warteten.

»Ich konnte es gar nicht fassen, als ich das alte Teil in deinem Schrank gefunden habe«, flüsterte ihre Mom.

Moment. Was?

Sie bohrte die Fersen noch fester in den Boden und starrte ihre Mom entsetzt an.

»Ich habe mich all die Jahre gefragt, was damit passiert ist. Die Süßigkeiten können wir natürlich nicht mehr essen. Komm schon, Süße, hoch mit dir.«

Neeeiiin. Nein. Nein. Nein.

Ihr Hals schnürte sich immer mehr zu. *Atme. Dein Hals schwillt nicht zu. Du hast nur Panik. Ja, verdammt. Ich habe Panik. Wenn das die Piñata aus meinem Schrank ist, sind da keine Süßigkeiten drin!* Sie bohrte die Fingernägel so tief in ihre Handflächen, dass es wehtat, doch sie ballte die Fäuste nur noch fester.

»Hach. Mein Mädchen ist immer noch schüchtern. Schon okay. Wer will schlagen?«, fragte ihr Dad, sah sich um und hob den Schläger hoch.

Sie ließ die Finger locker, hin- und hergerissen, ob sie nach vorne stürmen oder abhauen sollte. Sie musste der Sache ein Ende bereiten. Was war nur los mit ihr? Warum konnte sie sich nicht bewegen? Nicht sprechen? Nicht schreien?

»Ich will schlagen«, rief Chris und ging hinüber zu ihrem Dad.

Everlys Blick schnellte zu ihm, und ihr Herz hörte auf zu versuchen, aus ihrer Brust zu springen. Sie drückte die Hand auf ihren Brustkorb und war sicher, dass es einfach ganz aufgehört hatte zu schlagen.

»Ich auch«, rief Stacey, gefolgt von Tara und etlichen anderen.

Ihre Mutter lachte. »Du verpasst den ganzen Spaß. Ich will auch«, rief sie und ging auf die Menge zu.

Everly stand einfach da, eingefroren in der Zeit, als wäre sie gar nicht wirklich hier. Chris nahm den Schläger entgegen und holte aus. Als der dumpfe Aufprall erklang, fingen alle an zu jubeln. Tante Jules ergriff Everlys Hand und drückte sie.

»Sie meinen es nur gut«, flüsterte sie.

Vielleicht lag sie ja falsch. *Bitte. Lieg falsch.* Everly drückte ebenfalls ihre Hand, unfähig zu sprechen.

Da das Teil schon zwanzig Jahre alt war, ging alles ganz schnell.

Abgewetzte, schmuddelige graue Papierfetzen segelten zu Boden, nachdem der Esel mit einem lauten Plopp geplatzt war. Karton, Papier, Konfetti, ein paar Süßigkeiten flogen durch die Luft, und die Kondome, die sie im Laufe der Jahre gesammelt hatte.

»Nein«, flüsterte Everly.

Gelächter ertönte, und Everly hatte das Gefühl, eins mit dem Gras zu werden. Oder in Flammen aufzugehen.

Die Leute fingen an, die Sachen vom Boden aufzusammeln. Ihr Lachen bereitete Everly Ohrenschmerzen.

»Die sind sogar mit Geschmack!«, schrie jemand.

»Meins ist mit Noppen«, rief ein anderer.

»Was zur Hölle?«, hörte sie ihre Mutter fragen.

»Jessie! Hast du die da reingetan?«, brüllte ihr Vater vor Lachen.

Everly ließ die Hand ihrer Tante los und schüttelte den Kopf, als diese etwas sagen wollte. Das Lachen ihrer Eltern war wie Salz in einer Wunde.

Stacey tauchte neben ihr auf. »Komm.«

Sie nahm Everlys Hand und zog sie in Richtung des Seiteneingangs. Unbemerkt stahlen sie sich davon, und die ungehobelten

Kommentare wurden mit jedem Schritt leiser. Bei Everlys Auto angekommen, drehte sich Stacey zu ihr um und starrte sie an.

»Es tut mir leid. Ich hätte dir schreiben und dich vorwarnen sollen. Ab jetzt haben wir ein Codewort. Wenn ich das benutze, heißt das, dass deine Eltern etwas vorhaben.«

Everly konnte nur lachen. Es klang irgendwie erstickt, als hätte sie sich an der Demütigung verschluckt. »Sage ich doch. Aber es ist nicht einmal ihre Schuld. Zumindest nicht ganz.«

»Wie bitte?«

Everly lehnte sich gegen ihr Auto. »Kannst du dich noch daran erinnern, als ich dir erzählt habe, dass meine Mutter mir immer Kondome in die Handtasche gesteckt hat? Ich habe sie alle in den Esel in meinem Schrank gestopft. Jetzt hat sie ihn gefunden und dachte, er wäre mit zwanzig Jahre alten Süßigkeiten gefüllt.«

Stöhnend ließ Stacey den Kopf gegen Everlys Schulter sinken. »Es tut mir so leid. Du kannst deiner Liste auf jeden Fall *Keine Überraschungen* hinzufügen.«

Everly schüttelte den Kopf. »Ich habe schon genug Regeln. Du brauchst deine eigene Liste.«

Stacey hob den Kopf und lehnte sich neben Everly gegen den Wagen. »Meine Eltern wären vollkommen empört gewesen. Ich dachte immer, du würdest mit deinen Storys ein wenig übertreiben. Ich fasse nicht, dass die beiden so gelacht haben.«

Everly blickte hinauf zu einem Flugzeug, das über sie hinwegflog.

Kurz standen sie schweigend da, bevor Stacey wieder das Wort ergriff. »Es hätte schlimmer kommen können.«

»Wie denn?«

Stacey kicherte. »Wir hätten live im Fernsehen sein können.«

Everly verdrehte die Augen und gab Stacey einen leichten Schubs.

Das Lächeln ihrer Freundin verschwand. »Tut mir leid, dass ich dir nichts gesagt habe.«

»Schon okay.«

»Ich habe ein Geschenk für dich«, sagte Stacey und schlug die Augen nieder.

Everly stöhnte.

Stacey zog etwas aus der Hosentasche und hielt es zwischen Daumen und Zeigefinger. Es war ein Kondom, das im Dunkeln leuchtete. Sie wedelte damit herum.

Everlys Schultern zuckten vor Lachen. »Ich hasse dich ein bisschen.«

»Komm schon! Ich konnte nicht anders. Das wäre sicher lustig. Wie eine Art Laserschwert. Bist du nicht wenigstens etwas neugierig?«

Everly zuckte mit den Schultern, während Stacey mit den Augenbrauen wackelte, das Kondom durch die Luft schwirren ließ und die Geräusche eines Laserschwerts imitierte.

»Ich muss es nicht unbedingt ausprobieren«, sagte sie und warf einen Blick auf das Haus.

»Wie kannst du nicht neugierig darauf sein?«, fragte Stacey.

Mit einem resignierten Stöhnen ging Everly zurück zu ihrem Elternhaus. Sie konnte sich nicht ewig verstecken. Stacey steckte das Kondom in Everlys Hosentasche, doch sie zog es wieder heraus und warf es zurück. »Ich habe diesen Monat schon etwas Neues ausprobiert. Jetzt bist du dran.«

»Herausforderung angenommen.«

Kapitel 19

Chris schaltete auf seinem Laptop den Radiosender ein, während er die Nummer seiner Mutter wählte. Stacey und Everly ließen gerade eine halbe Stunde Musik laufen, die bald vorbei sein würde. Danach würde ihr wöchentliches Meeting stattfinden.

»Ich dachte schon, du hättest meine Nummer vergessen«, meldete sich seine Mutter.

Er lächelte. »Du weißt, dass das Telefon in beide Richtungen funktioniert, oder?«

Sie lachte, und er lächelte noch breiter. »Davon habe ich schon mal gehört. Wie geht's dir, mein Schatz?«

Er setzte sich an den Konferenztisch und scrollte durch die Homepage des Senders. »Gut. Viel zu tun. Wir haben jetzt eine neue Show. Mit einer unserer Produzentinnen …«

»Du sagst das, als würde ich nicht verfolgen, was du tust«, unterbrach sie ihn.

Chris hörte auf zu scrollen. »Du folgst dem Sender?« Seine Brust schwoll vor Stolz.

»Ich folge dir. Ich glaube, du hast deine Nische gefunden. Die Facebook-Posts sind wirklich lustig. Ich bin schon ganz gespannt, für wen sich Everly entscheidet.«

Sein Herz zog sich zusammen. »Ein paar Dates hat sie noch.« *Heute Abend zum Beispiel.* »Sie ist toll. Obwohl die Idee sie vollkommen überrumpelt hat, trägt sie es mit Charme und Würde. Sie ist so etwas wie ein Medienliebling geworden. Und wenn du sie kennen würdest, dann wüsstest du, wie sehr sie es hasst. Die Quoten sind in letzter Zeit schon besser geworden, aber die Show lässt die Zahlen durch die Decke gehen. Wir werden dieses Jahr auf jeden Fall Gewinn machen.«

»Ich mag den Klang deiner Stimme«, bemerkte seine Mom.

Er wusste nicht genau, was sie damit meinte. Er stellte sich vor, wie sie am Pool lag, nachdem sie den ganzen Morgen Wohltätigkeitsveranstaltungen organisiert hatte. Sie mochte es, anderen Menschen etwas zurückzugeben. Manchmal fragte er sich, wie sich seine Eltern ineinander verlieben konnten. Sie waren das genaue Gegenteil voneinander. *Deshalb hat es nicht gehalten.*

»Meine Stimme hat sich nicht mehr verändert, seit ich zwölf bin, Mom.«

Ihr Lachen drang durch die Leitung. »Ich meine, wenn du vom Sender und von Everly sprichst. Du klingst ... als wärst du zu Hause.«

Chris lehnte sich so weit nach hinten, dass sein Stuhl beinahe umgekippt wäre. »Da bin ich nicht so sicher. In weniger als sechs Monaten werde ich wieder *zu Hause* sein. Ich habe vor, Dads Personal- und Kommunikationsabteilungen zusammenzulegen. Ich habe schon für jede Firma Umfragen vorbereitet, um zu sehen, wo es hakt. Ich habe so lange auf diese Chance gewartet. Dad hat es mir versprochen.«

»Das weiß ich, Schatz. Aber ist es immer noch das, was du willst?«

Größtenteils. »Natürlich.«

Seine Mom schwieg, doch er bekam nicht die Möglichkeit, sie zu fragen, was sie von seinen Plänen hielt, denn die ersten Mitarbeiter betraten bereits den Raum. »Ich muss Schluss machen. Bald wieder telefonieren?«

»Jederzeit. Aber denk daran, Schatz. Wenn du glücklich bist, ist es in Ordnung stillzustehen.«

Er musste lächeln. Hatte sie etwa schon getrunken? Oder sprach sie absichtlich in Rätseln? »Alles klar, Mom. Hab dich lieb.«

»Ich dich auch.«

Mason setzte sich Chris gegenüber und grinste. »Na? Plauderst du in deiner Pause mit deiner Mom?«

Chris lachte. »Im Gegensatz zu dir habe ich keine Pause.«

Jane, die Empfangsdame, gesellte sich mit einem Aktenstapel auf dem Arm zu ihnen, dicht gefolgt von Mari. Die beiden beendeten gerade ihr Gespräch. Mari und Mason wechselten einen merkwürdigen Blick, was Chris neugierig machte.

Als Staceys Stimme erklang, drehte Chris die Lautstärke höher. »So, ihr Lieben, das war's für heute mit unserer Show. Und denkt daran. Unser Mädchen Everly hat heute Abend ihr nächstes Date. Der heutige Kandidat ist Andy, ein neunundzwanzigjähriges Model. Evs, falls du dich nicht wohlfühlst, springe ich gern für dich ein. Hm. Hui, wie sie mich ansieht, Leute. Ich glaube, sie will ihn für sich.«

Jane und Mason lachten.

Stacey fuhr fort: »Morgen gibt's auf unserer Facebook-Seite die Details. Außerdem verlose ich morgen auf Twitter unter unseren Followern einen Gutschein für *Mocktails*. Beantwortet dafür einfach meine Frage der Woche und benutzt den Hashtag.«

Dann setzte die Werbung ein. Nun würden fünfundvierzig Minuten lang Werbespots und Musik folgen, bevor der nächste DJ übernahm.

Wenige Minuten später hatten sich alle um den Konferenztisch versammelt.

Sie hangelten sich durch die Agenda. Chris' Blick wanderte mehr als einmal zu Everly. Heute trug sie das Haar wieder offen. Es sah schön aus. Weich. Es umschmeichelte ihre feinen Gesichtszüge. Sie hatte das Haar so oft zusammengebunden, dass es ihn jedes Mal überraschte, sie so zu sehen. Aber nicht so sehr wie die Ereignisse auf ihrer Geburtstagsparty.

Kitty, die Vertriebsleiterin, ergriff zuerst das Wort. »Wir verkaufen mehr Werbezeit als je zuvor. Und unsere Reichweite wächst. Ein paar nationale Firmen haben gerade Verträge unterschrieben, um mit uns zusammenzuarbeiten.«

Alles gute Neuigkeiten. Chris würde einen Blick auf die Zahlen der Tochterfirmen des Radios werfen müssen, um zu überprüfen, ob der Cashflow ausreichte, um sie ebenfalls über Wasser zu halten.

»Was bedeutet, dass wir jetzt neue Sachen ausprobieren sollten, solange wir Zuhörer und Werbepartner akquirieren«, bemerkte Mari und blickte wieder zu Mason.

Er zuckte mit den Schultern. Chris hatte keine Ahnung, was zwischen dem DJ und seiner Produzentin vorging.

»Everly hat da eine Idee«, warf Stacey ein.

Chris wollte gerade den Kopf drehen, als er Maris irritierten Gesichtsausdruck wahrnahm. Er wandte sich Everly zu und lächelte. Er hatte das Gefühl, sie ewig nicht mehr gesehen zu haben, was natürlich dumm war, denn es war ja erst gestern gewesen. Aber er hatte sich schon seit ein paar Tagen nicht mehr mit ihr allein unterhalten, mit ihr telefoniert oder geschrieben. *Everly zu einem Teil deiner täglichen Routine zu machen ist das Letzte, was du tun solltest. Sie ist deine Angestellte. Wie Mari und Stacey und Mason.* Doch wenn er die drei ansah, bekam er nicht das Bedürfnis, näher zu rücken, um einen Hauch von Vanille zu erhaschen.

»Schieß los«, sagte Chris.

Everly blickte sich um. Chris fragte sich, ob sie Maris Anspannung spürte. »Ich glaube, wir können den Sender und die Zuhörerschaft auf neue Art und Weise wachsen lassen. Wir sollten über einen Podcast nachdenken. Staceys Segment, in dem sie ihre Meinung zu verschiedenen Themen kundtut und fragt, was die Zuhörer darüber denken, ist eines unserer beliebtesten. Ich glaube, die Leute mögen die Interaktion. Das Menschliche, das online häufig fehlt.«

»Ich liebe Podcasts. Am liebsten mag ich die, bei denen die Zuhörer aufgefordert werden, sich einzubringen. Interviews und Gäste ziehen die Leute an«, bemerkte Mari und wandte sich Everly zu.

Chris lächelte, faltete die Hände unterm Kinn und hörte den beiden aufmerksam zu.

»Ganz genau«, erwiderte Everly, und ihr Gesicht erhellte sich. Mein Gott, wie schön sie war, wenn sie sich in eine Sache stürzte, für die sie leidenschaftlich brannte. Er fragte sich ... Nein. Er würde jetzt nicht darüber nachdenken, wie leidenschaftlich sie außerhalb der Arbeit war. Je schneller er Kalifornien verlassen und in sein richtiges Leben zurückkehren würde, desto besser. Er ließ sich zu sehr von seinen Zielen ablenken.

Das Gespräch nahm seinen Lauf. Sie sprachen über Segmente, wöchentliche Werbeaktionen, Zeitpläne und das bevorstehende Live-Event. Als der nächste DJ in seiner Kabine sein musste, waren sie beinahe fertig. Everly blieb sitzen, während sich Chris mit Jane über die geplante Firmenfeier unterhielt. Nachdem Jane gegangen war, setzte sich Chris neben sie.

»Alles okay?« Er liebte es, wie glücklich sie gerade aussah. Sie war gut in ihrem Job. Und wenn sie ihre Nervosität vergaß, dann war sie einfach großartig.

»Ja. Ich wollte mich nur noch mal für die Party entschuldigen. Tut mir leid, dass du da mit reingezogen wurdest.« Nun errötete sie noch mehr.

Er riss den Blick von ihren Wangen los und sah ihr direkt in die Augen. »Es muss dir nicht leidtun. Die Gastgeschenke waren super.«

Everly riss die Augen auf. Er wollte ihr gerade sagen, dass er nur einen Witz gemacht hatte, als sie in schallendes Gelächter ausbrach. Sie schlug die Hände vors Gesicht, und ihre Schultern wackelten.

Er lachte leise. Es war mehr als ein bisschen schockierend gewesen, dass aus dem Pappesel Kondome gefallen waren. Ihre Eltern waren anders als alle Eltern, die er bisher kennengelernt hatte.

Vorsichtig zog er an einem ihrer Handgelenke und lächelte beschwichtigend. »Es war mir eine Ehre, Teil deiner Party zu sein. Du musst dich nicht entschuldigen.«

Sie nickte. »Wenn du das sagst. Vertrau den, ähm, *Geschenken* nur nicht allzu sehr. Die meisten sind ungefähr fünfzehn Jahre alt.«

Nun riss er die Augen auf. Während sie ihm erzählte, dass ihre Mutter ihr früher bei jeder Gelegenheit Kondome in die Tasche gesteckt hatte, wurde er ein bisschen wehmütig. Er liebte seine Eltern, aber sie waren lange nicht so entspannt wie Everlys. Seine Mutter war liebevoll, aber trotzdem streng. Sie hatte ihre Kinder immer aufgefordert, offen mit ihr zu sprechen, aber keiner von ihnen hatte sich mit ihr über sein Sexleben unterhalten wollen. Und ihre Mom schien froh gewesen zu sein, so tun zu können, als hätten sie keins gehabt.

Und ihr Dad … Nun ja, der war nach dem Tod seines Vaters zu sehr damit beschäftigt gewesen, sein eigenes Imperium aufzubauen. Und wenn er doch einmal Zeit gehabt hatte, dann hatte er sich mit Frauen vergnügt. Oder Frauen geheiratet, die keinerlei Interesse an seinen Kindern gehabt hatten.

»Du kannst dich glücklich schätzen«, bemerkte Chris und stand auf.

»Weil meine Eltern an meine Verhütung denken, selbst wenn sie im Dunkeln leuchtet?«

Lachend stellte er sich neben sie. »Deshalb, und weil sie sich um dich sorgen. Du bist ihnen wichtig.«

»Das stimmt. Manchmal können sie ganz schön anstrengend sein. Du hast sie in einer ihrer guten Phasen erwischt. Wenn sie glücklich sind, ist es wundervoll, ihre Liebe zu beobachten.«

»Und wenn sie nicht glücklich sind? Dann nicht?«

Sie schüttelte den Kopf. »Als dich mein Dad so ausgefragt hat, habe ich festgestellt, dass ich kaum etwas über dich weiß.«

Gemeinsam verließen sie den Raum und gingen in Richtung seines Büros. »Was willst du denn wissen?«, fragte er.

Sie zuckte mit den Schultern. »Arbeitest du gern hier?«

Er kniff die Augen zusammen. »Klar. Es ist super. Ihr seid super.«

Bemerkte sie irgendetwas? Er hatte ihnen noch nicht gesagt, dass er gehen würde, denn das wäre, als würde man einen prallen Luftballon mit einem Dartpfeil bewerfen. Angestellte waren nicht gewillt, alles zu geben, wenn sie wussten, dass der Chef nicht bleiben würde. Außerdem wollte er ihnen keine Sorgen bereiten. Er würde sie in einem besseren Zustand verlassen, als er sie vorgefunden hatte. Und sein Nachfolger würde den Erfolg fortführen.

»Hast du Geschwister?«

»Drei. Alle älter. Eine Schwester, zwei Brüder.«

Sie betraten sein Büro. War sie nur neugierig, oder wollte sie irgendetwas Bestimmtes wissen? Ihm gefiel der Gedanke, dass sie mehr über ihn erfahren wollte.

»Ist es das, was du dir vorgestellt hast?« Sie lehnte sich gegen seinen Schreibtisch. Wie er vor ein paar Wochen, als er ihr und Stacey die Idee für die neue Show vorgestellt hatte.

»Nein. Nicht wirklich. Ich meine, Rundfunk generell. Medien ja, aber an Radio habe ich nie gedacht.« *Sag es ihr. Der Sender gehört meinem Dad. Das Ruder herumzureißen ist die letzte Runde seiner Castingshow, die ich bestehen muss.*

»Jetzt brauche ich nur noch ein paar dunkle Geheimnisse«, sagte sie und richtete sich auf.

Ihm stockte der Atem, doch als sie lachte, entspannte er sich wieder.

»Ich habe das Gefühl, alle wissen inzwischen so viel über mich, und ich kenne kaum jemanden«, bemerkte sie leise, beinahe nachdenklich.

»Fühlst du dich bloßgestellt?« Die Vorstellung gefiel ihm nicht.

Sie schüttelte den Kopf. »Nicht so sehr, wie ich befürchtet hatte. Mir ist klar geworden, dass meine Introvertiertheit und Nervosität nicht nur dazu führen, dass die Leute *mich* nicht richtig kennenlernen, sondern auch dazu, dass ich *sie* nicht kennenlerne.«

Eine Mischung aus Stolz und Zuneigung breitete sich in seiner Brust aus und erfüllte seinen Körper mit Energie. Das hier war *gut* für Everly. Viel besser, als er gedacht hätte.

»Du bist etwas ganz Besonderes, Everly.«

Sie schnappte nach Luft, und ihre Blicke fanden sich wie Magnete. Die Worte hingen zwischen ihnen in der Luft. Er hatte

Angst, etwas zu sagen, denn er wollte das nicht zurücknehmen, wollte aber auch nicht, dass sie sich unwohl fühlte.

Dann summte sein Telefon, und Janes Stimme erfüllte den Raum. »Leitung zwei für Sie, Mr Jansen.«

»Dann lasse ich dich mal weiterarbeiten«, sagte Everly und verließ das Büro.

Chris' Herzschlag verdoppelte sich. Er holte ein paarmal tief Luft, bevor er ans Telefon ging.

»Jansen«, meldete er sich.

»Ich bin's«, antwortete sein Vater knapp.

Chris seufzte. »Was ist, Dad?«

»Ich habe die Verlagsgesellschaft abgesägt. Die Rechtsabteilung kümmert sich um den Papierkram«, erklärte er ohne Umschweife.

Scheiße. Was? Unter dem Schirm von Harco Media Entertainment befanden sich fünf Firmen: der Sender, eine Werbeagentur, ein Verlag, ein Softwareunternehmen und eine Firma für Cybersicherheit. Chris hatte gehofft, sie zu vereinen und zu fusionieren, statt sie loszuwerden.

»Warum das denn?« Er umklammerte das Telefon so fest, dass seine Fingerknöchel weiß hervortraten.

»Lass mich nachdenken. Was war noch mal der Grund? Ach ja, richtig. Die Firmen gehören mir. Und ich wollte eine davon loswerden. Es bestand ein Interessenkonflikt mit einer anderen Firma, die ich haben will.«

Chris atmete langsam durch die Nase ein und wieder aus. »Im Moment habe *ich* die Kontrolle über die fünf Firmen. Du hattest nicht das Recht, eine davon abzustoßen.«

»Ich habe dich nicht angerufen, um mit dir darüber zu diskutieren«, unterbrach ihn sein Vater. »Ich wollte es dir lediglich mitteilen, bevor du es per E-Mail erfährst. Ich wollte nicht, dass du überrascht bist. Ich weiß doch, wie wichtig dir deine Kommunikationsmedien sind.« Sein Dad lachte, als wären Chris' Hintergrund, seine Ausbildung und seine Interessen nichts weiter als ein Witz.

Weniger als sechs Monate. Er hatte es fast geschafft. *Falls sich Dad an den Plan hält und dich nicht übers Ohr haut.* Er hasste den Gedanken. Er musste an die Worte seiner Mutter denken. War er glücklich? Beruflich wäre er es gewesen – wenn er Ruhe vor seinem Vater gehabt hätte. Was die Frage aufwarf, ob er jemals seinen Platz finden würde, wenn sein Dad ständig die Spielregeln änderte.

Kapitel 20

Gähnend betrat Everly den Sender. Sie kam mit ihrem Sozialleben nicht mehr hinterher – ein Problem, das sie bisher nicht gekannt hatte. Beide Dates diese Woche hatten in den Kategorien Unterhaltung, Vergnügen und Interesse nur wenige Punkte erzielt. Der vierte Kandidat, Andy, hatte eine ganze Gefolgschaft mitgebracht. Zuerst hatte sie es nicht bemerkt, aber nachdem er sich immer wieder umgesehen hatte, hatte sie festgestellt, dass er etliche Freunde im Schlepptau hatte. Als er sie gefragt hatte, ob er sie ihnen vorstellen dürfe, hatte sie Kopfschmerzen vorgetäuscht und den Abend vorzeitig beendet.

Gestern Abend war ihr Lieblingsabend der Woche gewesen. Sie hatte auf dem Sofa gelegen, abwechselnd gelesen, Kochsendungen geschaut und nach Tierheimen gesucht. Und sie hatte mit Stacey und Chris geschrieben. Chris hatte wissen wollen, ob sie zum Kickboxen gehen würde, doch sie war zu müde gewesen. Lächelnd dachte sie daran, dass sie ihm versprochen hatte, ihm beim nächsten Mal den Hintern zu versohlen. Vielleicht war es nur so dahingesagt gewesen, aber sie freute sich auf die nächste Stunde und hatte Stacey gefragt, ob sie mitkommen wolle.

•••

Everly blieb abrupt stehen, als sie den Konferenzraum erreichte. Stacey stand vor dem Whiteboard, auf dem sie manchmal ihre Ideen notierten – mit einem *Zeigestock* in der Hand.

Sie hatte Everlys Dates in einem Schaubild festgehalten und ihm die Überschrift *Der Weg zu den letzten zwei* gegeben.

Woche	Konkurrenten	Gewinner
1	Owen und Corbin	Owen
2	Brad und Andy	Brad
3	Daniel und Jon	
4		

Keiner hatte bemerkt, wie sie mit großen Augen, die Handtasche fest umklammernd, im Türrahmen stand. Die aufgekratzten Stimmen ihrer Kolleginnen und Kollegen erfüllten den Raum und ihr Gehirn. Zwei der DJs meinten, Andy solle der Gewinner der Woche werden. Kitty lehnte sich zurück und klopfte mit dem Stift auf dem Tisch herum, während sie auf das Whiteboard starrte.

»Ich setze mein Geld auf Owen. Die beiden Letzten schienen ihre Zeit nicht wert gewesen zu sein.«

Mit dem Finger wischte Stacey einen Fleck weg. »Brad schien ganz okay zu sein. Vielleicht waren die beiden Letzten nicht unbedingt Everlys Typ, aber bei den Männern nächste Woche habe ich ein gutes Gefühl. Habt ihr Daniels Profilbild gesehen? Auch wenn Aussehen natürlich nicht alles ist. Andy, das Model, dachte auch, er könnte seine Freunde zu einem Gratisessen einladen.«

Everly betrat den Raum und riss die Zunge vom Gaumen los. »Ihr schließt Wetten auf mein Liebesleben ab?«

Alle drehten sich so synchron zu ihr um, dass es beinahe lustig war. Elijah, der für Christine, die neben ihm saß, produzierte, interessierte sich plötzlich sehr für seinen Notizblock. Kitty biss sich auf die Unterlippe, sah aus wie ein Reh im Scheinwerferlicht und blickte zu Stacey.

»Nein. Natürlich nicht. Wir sortieren nur ... die Auswahl«, erwiderte Stacey und senkte den Stock.

Everly richtete den Zeigefinger auf Kitty. »Sie hat eben gesagt, dass sie ihr Geld auf Owen setzt.«

Christine blickte auf. »Er war süß.« Sie stützte das Kinn in die Hand.

Sie wollte widersprechen, aber hätte sie sich jetzt entscheiden müssen, wäre ihre Wahl tatsächlich auf Owen gefallen.

Kitty stand auf und strich ihren hübschen Blazer aus weißem Leinen glatt. »Wir haben gerade den größten Werbedeal aller Zeiten abgeschlossen. Ridgeview Motors hat einen Vertrag über sechs Wochen in eurem Segment unterschrieben.«

Everly zwang sich zu lächeln. Das kam allen zugute. »Großartig«, sagte sie, trat weiter in den Raum hinein und versuchte, die Tatsache zu ignorieren, dass ihr Liebesleben – insofern vorhanden – vorn auf dem Whiteboard stand.

»Wir haben wirklich nicht gewettet, Ev. Aber wenn *wir* uns zusammensetzen und darüber diskutieren, kannst du darauf wetten, dass es andere auch tun. Es läuft genau, wie wir es uns erhofft haben. Wir erregen Aufmerksamkeit. Und wir bringen dem Sender Geld ein. Vom Freund eines Freundes habe ich gehört, dass 102.9 versucht, sich zum Sommerende eine bombenmäßige Promoaktion einfallen zu lassen.«

»So schlimm kann es doch gar nicht sein zu wissen, dass viele Typen mit dir ausgehen wollen«, bemerkte Christine.

Elijah sah von seinen Kritzeleien auf. »Du bist ein so ruhiger Mensch. Ist es nicht sogar einfacher für dich? Es ist, als würden die Typen vorher gecastet, und du bekommst dann nur die besten Schauspieler.« Als Möchtegernschauspieler, der sich dazu entschieden hatte, lieber Radiosendungen zu produzieren, statt jeden Tag zu mehreren Vorsprechen zu gehen, ergab es Sinn, dass er so dachte.

Wäre das hier nur ein Film und nicht ihr echtes Leben gewesen, wäre das vielleicht tatsächlich eine Erleichterung gewesen.

»Das ist eine großartige Sichtweise«, sagte Stacey, ging zur Kaffeemaschine, schenkte eine Tasse ein und brachte sie Everly.

Sie nahm die Tasse entgegen, führte sie an die Lippen und sagte sich, dass diese Leute hier das waren, was Freunden am nächsten kam. Von Stacey und Tara einmal abgesehen, hatte Everly nicht viele Konstanten in ihrem Leben. Es war an der Zeit, ein bisschen offener zu werden, ganz egal, wohin ihre Dating-Reise sie führte. *Du bist schon dabei.*

Gib ihnen irgendwas. Das ist das, was Menschen tun. Sie sitzen beisammen, reden über ihr Liebesleben, beschweren sich über ihre Partner und ihre Haustiere. So lernt man einander kennen. Du hast eben zu Chris gesagt, dass du dich mehr öffnen musst. Dass du die anderen kennenlernen willst. Ergreif die Chance. Sie lächelte. *Sei mutig.*

»Brad kommt auf jeden Fall weiter«, sagte sie. Ihre Zunge fühlte sich schwer an, während sie auf das Schaubild auf dem Whiteboard deutete. Dann bot sie ihnen noch ein bisschen mehr an. »Owen war wirklich nett.« Sie führte die Tasse an die Lippen, als könnte sie sich dahinter verstecken.

Die anderen erzählten von ersten Küssen und Dating-Desastern, die sie erlebt hatten. Sie war überrascht, wie gut es tat, ihre Geschichten zu hören, und verlor sich in dem Gespräch. Für ein paar Minuten jedenfalls.

»Da wir sowieso schon alle hier sind, könnten wir mit dem Meeting ein paar Minuten früher beginnen.«

Stacey schenkte ihr ein liebevolles Lächeln, das ihre Unruhe leider kein bisschen linderte. »Immer die Strenge.«

»Das hat Chris auch gesagt«, kommentierte Kitty lachend.

Everly verdrehte die Augen, aber die anderen lachten. Das Meeting war in Ordnung, doch die Nervosität, die sich in ihr breitgemacht hatte, ließ den ganzen Tag über nicht mehr nach.

Die Unruhe begleitete sie tagein, tagaus. Noch mehr als sonst. Als das fünfte Date kurz bevorstand, war sie sicher, dass es einfacher zu überstehen sein würde als die Tage davor. Während sie sich für das Dinner mit Daniel – in einem Restaurant, das sie ausgesucht hatte – fertig machte, sagte sie sich immer wieder, dass es auch nicht anders sein würde als die vier vorherigen. Sie konnte das. Ohne Probleme. In Jeans, einem gemusterten Tanktop und einem blauen Cardigan saß sie vor *Chows* in ihrem Auto.

Wahrscheinlich ist er schon drinnen. Sie warf einen Blick auf die Uhrzeit am Armaturenbrett. 18:58 Uhr. *Geh rein. Du bist pünktlich. Ansonsten kommst du noch zu spät.* Sie zwang sich, aus dem Wagen zu steigen, überquerte den Parkplatz und ignorierte das Engegefühl in ihrem Hals. Er schwoll nicht zu. Ein Paar vor ihr lachte laut, die Köpfe dicht zusammengesteckt, seine Hand auf ihrem Rücken. Sie gingen ins Restaurant, und der Mann hielt Everly die Tür auf.

Ihr Puls hämmerte abnormal laut in ihren Ohren. Sie schüttelte den Kopf und ging einfach an der Tür vorbei. Sie umrundete das Gebäude und befand sich nun in einer schmalen Gasse. Als sie sich gegen die Wand lehnte, spürte sie den rauen Backstein im Rücken. Everly zählte in ihrem Kopf und presste die Handtasche gegen ihre Brust.

Atme. Du bist gerade überfordert, aber das ist okay. Dir geht's gut. Oder ihr Hals schwoll gerade zu. *Tut er nicht. Du weißt, dass er nicht zuschwillt. Eins, zwei, drei, vier. Jetzt bist du auf jeden Fall zu spät.* Was es nur noch schlimmer machte.

Das ist dein Job. Doch es war nicht ihr Job. Ihr Job war es, in einer Kabine zu sitzen, das Programm zu planen und mit einem

Menschen zusammenzuarbeiten, den sie kannte. Mit jemandem, der *sie* kannte. Das hier war nicht ihr Job. Das war nicht sie. Sie konnte nicht hineingehen. Everlys Atem klang angestrengt. Wie die aufgebrachte See.

Verdammt, atme einfach. Es ist nur ein Dinner mit einem attraktiven Feuerwehrmann. Nichts, worüber man sich aufregen müsste. Auch das beruhigte weder ihren Atem, noch kühlte es ihre überhitzte Haut.

Geh einfach rein. Ein Schritt nach dem anderen. Du weißt, wie es geht. Sie drückte sich von der Wand ab. *Es ist nur ein Dinner.* Sie trat aus der Gasse heraus. *Du warst schon mal hier. Es hat dir gefallen.* Everly steuerte auf den Eingang zu, doch in allerletzter Sekunde wich sie nach links aus und sprintete zu ihrem Auto. Als sie hinter dem Steuer saß, erfüllten ihre unregelmäßigen Atemzüge das Wageninnere. Sie warf die Handtasche auf den Beifahrersitz und zog an den Ärmeln ihrer Strickjacke. Es war viel zu heiß. Sie versuchte, aus dem Cardigan zu schlüpfen, doch der Stoff schien an ihrer Haut zu kleben. Als sie es schließlich geschafft und das Kleidungsstück neben ihre Tasche geschmissen hatte, ging es ihr schon wesentlich besser.

Während sie das Lenkrad umklammert hielt, stellte sie sich einen Karton vor, der sich entfaltete. Ganz auf und wieder zu. Und noch mal. Langsames Einatmen, schnelleres Ausatmen. Tränen brannten in ihren Augen.

Du hast es schon so weit geschafft. Du hast das schon viermal gemacht und überlebt. Was ist schon ein weiteres Date? Die Worte waren leise, beinahe geflüstert, doch sie hallten in ihrem Kopf wider. Von ihren Internetrecherchen und den wenigen Kursen, die sie besucht hatte, wusste sie, dass es die Situation nur verschlimmerte, wenn sie sich selbst fertigmachte. Was das anging, war sie ebenfalls besser geworden. Eine Träne kullerte herab, doch sie wischte sie weg und kratzte sich aus Versehen an der Wange. Es brannte so sehr, dass sie nach Luft schnappte. Inzwischen hatte sie auch gelernt, dass sie ihre Angst manchmal einfach nicht besiegen konnte.

Sie konnte nicht. Wenn sie jetzt darüber nachdachte, dass es fast so war, als würde sie nicht zur Arbeit erscheinen, würde sie hyperventilieren. Also startete sie den Motor und fuhr nach Hause. Dort angekommen, konnte sie endlich wieder atmen.

Everly schloss die Tür hinter sich und hängte die Schlüssel an den Haken. Sie war froh, zu Hause zu sein, ahnte jedoch, dass sie sich nicht beruhigen konnte, solange sie wusste, dass sie jemanden enttäuscht hatte. Sie öffnete die App, die Chris' Bruder entwickelt hatte, und schrieb Daniel, dass sie leider krank geworden sei und ob sie das Treffen verschieben könnten. Sie hatte nicht das Gefühl, dass es gelogen war. Sie entschuldigte sich etliche Male und legte das Handy beiseite, bevor sie seine Antwort las.

Eine Panikattacke zu haben war, als hätte man einen Kater, gepaart mit einem Asthmaanfall. Zumindest empfand es Everly so. Mit schwirrendem Kopf und schwerem Körper bewegte sie sich nur langsam, zog ihr Date-Outfit aus und stieg unter die Dusche. Das warme Wasser floss über ihren Körper, und der Duft ihres Duschgels – Himbeere und Honig – beruhigte sie, wie es nur eine schöne Erinnerung vermochte. Sie presste drei Finger auf ihr Brustbein und machte ihre Atemübungen, die sie kannte, seit sie alt genug gewesen war, um *Angst* zu googeln.

Es kostete sie beinahe so viel Energie, sich nicht selbst auszuschimpfen, wie der Vorgang des Duschens. Sie wusste nicht, warum es Kampf *oder* Flucht hieß, wenn es doch eigentlich Kampf *und* Flucht heißen sollte. Es war die natürliche Reaktion, wenn man in Gefahr war. Doch jedes Mal, wenn ihr so etwas passierte, kämpfte sie gegen sich selbst, während sie floh. Kampf *und* Flucht. Bis sie keine Energie mehr hatte.

Sie drehte das Wasser aus, trocknete sich ab, zog ihre gemütlichsten Klamotten an, machte sich einen Tee, dimmte die Lichter und schaltete den Fernseher ein. Später würde sie ihrer Erschöpfung die Schuld an allem geben. Die Leute verstanden nicht, wie ermüdend es war, wenn das Gehirn niemals stillstand. Sie hielt nicht inne, als ihre Finger seine Nummer wählten, fragte sich nicht, warum sie jetzt ausgerechnet mit ihm sprechen wollte.

Er ging nach dem ersten Klingeln ran. »Everly. Ist alles in Ordnung?«

Nun kamen die Tränen, und sie nickte, obwohl er sie nicht sehen konnte. Sie holte tief Luft und nahm all ihren Mut zusammen, um die Worte auszusprechen, die in ihrem Hals feststeckten.

»Ich könnte jetzt einen Freund gebrauchen«, flüsterte sie, die Wahrheit ignorierend. Ja, sie brauchte einen Freund. Aber sie *wollte* Chris.

»Bin schon auf dem Weg.«

Kapitel 21

Alles, was sie einstudiert hatte, verschwand in dem Moment, als Chris mit sorgenvoller Miene auf sie zukam. Er trug Jeans und einen Kapuzenpullover, und sein Haar war zerzaust. Sie fragte sich, wo er gerade herkam. Hatte er vielleicht Damenbesuch gehabt? Oder war er bei einer Frau gewesen? *Was kümmert es dich?*

Jetzt kümmerte es sie jedenfalls nicht. Sie hatte ihn angerufen – und er war gekommen. Die Erleichterung schob alles andere beiseite. Auch ihre übliche Zurückhaltung. Sie ging auf ihn zu, schlang die Arme um seine Taille, schmiegte die Wange an seine Brust und lauschte seinem regelmäßigen Herzschlag. Seine Arme legten sich automatisch um ihren Körper. Er schloss die Tür mit dem Fuß und stand einfach da, hielt sie, ohne etwas zu sagen. Es war ihre Definition von *perfekt*.

Er setzte sie nicht unter Druck. Als sie das Gefühl hatte, endlich sprechen zu können, löste sie sich aus seiner Umarmung. Er ging ein wenig in die Knie und sah ihr in die Augen. »Alles okay?« Seine Stimme war nur ein Flüstern, doch er sah sie nicht an, als wäre sie schwach. Und aus irgendeinem Grund fühlte sie sich dadurch stärker. Sie war *nicht* schwach. Nur müde.

Sie nickte, wollte gerade etwas sagen, doch da riss er die Augen auf und legte die Hand an ihre Wange. Federleicht berührte sein Daumen ihr Gesicht, was sie an den Kratzer erinnerte. Als sie seine Haut auf ihrer spürte, begannen ihre Wangen zu glühen.

Mit einem Stirnrunzeln wanderte seine andere Hand zu ihrem Oberarm, um sie festzuhalten. »Was ist passiert?«

»Oh. Ich ...« Wohin waren die Worte verschwunden? Warum fühlte es sich an, als hätte ihre Wange unter seinem Daumen ihren eigenen Puls?

»Everly? Hast du dir wehgetan?« Sein Ton war sanft. Besorgt. Sie war kurz davor, wieder in Tränen auszubrechen.

»Ich habe mich aus Versehen gekratzt.« Sie ging ins Wohnzimmer, und er folgte ihr auf den Fersen.

Erst in diesem Moment wurde ihr bewusst, dass sie sich nicht an ihre vertraglichen Verpflichtungen gehalten hatte. Dieser Gedanke war ihr weder während der Panikattacke noch danach in den Sinn gekommen. Jetzt fragte sie sich, ob sie in Schwierigkeiten geraten würde. Sie wirbelte herum, konnte kaum atmen. Die Luft verfing sich in ihrem Hals wie Stoff in einem Reißverschluss. Er sah sie nicht an, als wäre sie nur seine Angestellte. Oder als hätte er Angst, sie würde sich nicht an ihren Teil des Deals halten.

Er sieht dich an wie ein Freund. Als wärst du jemand, der ihm wichtig ist. Mach nicht mehr daraus, als es ist. Das machst du immer. Du siehst Sachen, die gar nicht da sind.

»Ich bin nicht reingegangen«, brach es aus ihr hervor. Sie bohrte die Fingernägel in ihre Handflächen und gestand alles, bevor sie einen Rückzieher machen konnte. »Ich konnte einfach nicht. Es tut mir leid. Ich ... Das war mir heute Abend alles zu viel. Das Schaubild, die Witze, die Party bei meinen Eltern letztes Wochenende ... Es ist einfach ... Es tut mir leid.«

Chris legte den Kopf schief, öffnete den Mund, um etwas zu erwidern, tat es aber nicht. Dann fuhr er sich mit beiden Händen durch das Haar und schüttelte den Kopf. »Okay.« Das Wort hallte von den Wänden wider.

Everlys Herz hämmerte. Konnte er es denn nicht verstehen? Sie löste die Finger, zwang sich, ruhig zu atmen, und setzte erneut an. »Ich bin zum Restaurant gefahren, aber ich konnte einfach nicht. Dann bin ich wieder nach Hause gefahren, habe ihm geschrieben und mich entschuldigt. Es ist nur das eine Mal passiert. Ich glaube, bisher habe ich die Sache ziemlich gut gemeistert. Ich …«

Ihr Wortschwall verebbte, als er in zwei riesigen Schritten auf sie zukam und sie in einer Weise ansah, die sie nicht kannte. Nicht von ihm. Er streckte die Hand aus, hielt jedoch inne, als würde er auf ihre Erlaubnis warten. Und sie gab sie ihm, indem sie die Hand auf seine Brust legte.

Warum berührte sie ihn so oft? *Du willst immer gehalten werden, wenn du dich so fühlst. Aber normalerweise ist dann kein starker, heißer Mann zur Stelle. Boss. Boss. Boss.* Vielleicht würde sie es sich endlich merken können, wenn sie es nur oft genug wiederholte.

Er zog sie zu sich, und sie legte beide Hände flach auf seine Brust. Chris seufzte in ihr Haar und stützte das Kinn auf ihren Kopf, doch es fühlte sich an, als würde sein ganzer Körper in ihren seufzen. Geborgenheit und Elektrizität vermischten sich, alle Kabel kreuzten sich und waren miteinander verbunden. Sie wusste nicht, was sie tun sollte, also krallte sie die Finger in sein Shirt. Es war weich. Beruhigend.

»Die Show ist mir gerade vollkommen egal. Wir können alles um eine Woche verschieben. Neu planen. Was auch immer. Nichts davon ist wichtig. Nur du. Dass es dir gut geht, ist alles, was zählt.«

Everlys Lungen vergaßen, was ihre Aufgabe war, und beschlossen, die Arbeit komplett einzustellen. Und ihr Herz ebenfalls. Beide Organe waren nutzlos geworden.

»Du zitterst ja«, flüsterte er und lehnte sich zurück, um ihr Gesicht zu betrachten.

Ihre Blicke trafen sich. Wie Läufer an ihren Startblöcken vollführten ihre Organe einen Blitzstart und arbeiteten jetzt doppelt so schnell. Everlys Blick wanderte zu Chris' Mund. Es wäre so einfach gewesen, sich auf die Zehenspitzen zu stellen. Oder wenn er sich doch nur ein wenig heruntergebeugt hätte. Wieder wurde ihr ganz schummrig, doch diesmal fühlte es sich köstlich an. Wie der Schokokuchen, den er ihr vor ein paar Wochen vorbeigebracht hatte. Süß und köstlich. Sie leckte sich die Lippen.

Der Moment zog sich, wurde beinahe traumartig. Neblig. Erhitzt. Sie wollte unbedingt in ihm verweilen.

»Everly«, flüsterte er. Goldene Sprenkel leuchteten wie Sterne in seinen Augen. Wie gern sie sich jetzt etwas gewünscht hätte.

Er drückte sie noch einmal fest und machte dann einen Schritt rückwärts. Die plötzliche Distanz zwischen ihnen riss Everly grob aus dem besonderen Moment.

Ihr Körper brannte von Kopf bis Fuß vor Scham. Was zum Teufel tat sie da? *Was hast du dir nur dabei gedacht?* Sie wandte sich ab, suchte Zuflucht. Klarheit. Frische Luft, die nicht nach Chris roch.

Ohne ein weiteres Wort eilte sie in die Küche und schnappte sich ein Wasser. Mit zittrigen Fingern versuchte sie, den Deckel aufzudrehen. Das scharfkantige Plastik bohrte sich in ihre bereits wunde Handfläche. Sie zuckte vor Schmerz zusammen. Seine Schritte hallten laut durch das stille Apartment.

Chris nahm ihr die Flasche ab, öffnete sie, stellte sie dann aber beiseite. Fast wäre Everly ein Wimmern entwichen, doch sie biss sich auf die Unterlippe. Chris drehte ihre Handflächen nach oben, und sie blickte nach unten, um zu sehen, was er da begutachtete.

Die roten halbmondförmigen Einkerbungen waren immer noch sichtbar. An ein paar Stellen war die Haut sogar aufgebrochen. Tränen brannten ihr in den Augen. Unter gesenkten Lidern schaute sie zu ihm hoch, und ihre Blicke trafen sich. Sanft streichelte er mit den Daumen über ihre Handflächen, als könnte seine Berührung den Schmerz lindern.

»Du hattest eine Panikattacke.«

Everly zog scharf die Luft ein, riss die Hände zurück, machte einen Schritt rückwärts und stieß mit der Hüfte gegen den Kühlschrank. *Verdammt. Bald wirst du von Kriegswunden übersät sein.* Sie griff nach der Flasche und stürzte den Inhalt herunter, während er nur dastand und starrte. *Es gibt nichts Schlimmeres, als dafür verurteilt zu werden, dass mein Gehirn ohne meine Erlaubnis ausflippt.* Jetzt hielt er sie bestimmt für schwach und unfähig. *Nein. Du denkst das. Das heißt aber nicht, dass es stimmt.*

Als könnte er ihr Verhalten deuten, machte er einen Schritt zurück und gab ihr Raum, damit sie in Ruhe ihr Wasser trinken konnte. Wie machte er das nur? Sie so gut zu lesen? Wie schaffte er es, dass sie sich öffnete? Losließ. Als sie die Flasche absetzte, atmete sie unregelmäßig.

Morgen – oder noch heute Nacht – würde sie jede einzelne Minute des Abends in ihrem Kopf Revue passieren lassen. Ab dem Augenblick, als er zur Tür hereingekommen war. Und sie würde sich für ihre Worte, ihre Taten und ihre Bedürftigkeit schämen.

Er beobachtete sie, beinahe neugierig. Intensiv. Es machte den Moment noch intimer.

»Warum regt es dich so auf, dass ich merke, dass du eine Panikattacke hattest?«

Sie presste die Zähne aufeinander. *Weil ich das Wort hasse. Panik sollte dafür reserviert sein, wenn du von einem Bären verfolgt wirst. Oder für Skydiving.*

»Weil ich mich dann schwach fühle«, erwiderte sie leise und überraschte sich damit selbst.

Chris kam näher. »Du bist einer der stärksten Menschen, die ich je kennengelernt habe.«

Sie lachte schnaubend. Sie hatte keine Energie mehr übrig, um sich zu schämen.

Lächelnd sah er ihr in die Augen und stellte sich neben sie. »Stärke kann man nicht immer sehen, Everly. Ich weiß nicht, wie schlimm deine ... Angst ist, aber ich weiß, dass du die Dinge trotzdem machst, auch wenn sie dir Angst bereiten. Das macht dich stark. Und mutig.«

Ihr Herz flatterte. Sie hätte seine Worte so gern geglaubt. Sie wollte sie auf einen Notizzettel schreiben, um sie später noch einmal lesen zu können.

Schulter an Schulter mit Chris genoss sie die Stille annähernd so sehr, wie sie es auch genoss, mit ihm zu reden.

»Als ich noch auf dem College war, war ich monatelang verrückt nach diesem einen Mädchen. Wir waren oft auf denselben Veranstaltungen und Partys und hatten immer wieder Blickkontakt. Aber ich habe mich nie getraut, sie um ein Date zu bitten«, erzählte Chris, ohne sie anzusehen.

Sie drehte den Kopf und musterte sein Profil. »Das kann ich mir gar nicht vorstellen.«

Er drehte ebenfalls den Kopf und sah sie an. »Du wärst überrascht. Ich hatte gerade eine relativ ernste Beziehung beendet.« Er verschränkte die Arme vor der Brust und blickte wieder geradeaus, als würde es ihm leichter fallen, die Geschichte ihren Küchenschränken zu erzählen. »Eines Abends kam sie auf einer Party auf mich zu und fragte mich, ob ich mit ihr tanzen wolle. Sie schien interessiert zu sein. Zumindest dachte das mein berauschtes Gehirn. Wir verabredeten uns für den nächsten Tag in einem Coffeeshop.«

Er hielt inne, als wäre er wieder dort, zurück in dieser Situation. »Ich war so nervös. Ich hatte diesen lächerlich großen Blumenstrauß gekauft. Ich ging rein und entdeckte sie direkt am Tresen. Also eilte ich zu ihr, weil ich ihr ein Getränk kaufen wollte. Sie umarmte mich zur Begrüßung und nahm die Blumen freudestrahlend entgegen. Ich zückte mein Portemonnaie und fragte mich, was zur Hölle sie bestellt hatte, das zwanzig Dollar kostete. Nicht, dass es mich gejuckt hätte, die Summe zu bezahlen.«

Erst als er auf die Stelle herunterblickte, wo sich ihre Arme berührten, merkte Everly, dass sie sich zu ihm gelehnt hatte. Doch sie bewegte sich nicht. Ihre Haut kribbelte. Sich daran zu erinnern, dass sie nur Freunde waren, half nicht, also versuchte sie, das Kribbeln zu ignorieren.

»Und was ist dann passiert?«

Er grinste schief. »Wir haben die Getränke und das Essen mitgenommen. Ich fand es seltsam, dass sie mehr als einen Kaffee bestellt hat, bevor ich da war. Wir gehen also nach hinten, denn sie sagt, sie habe bereits einen Tisch gefunden. Und dann sitzt da dieser große, stämmige Muskelprotz, den ich vom Footballteam kenne. Sie stellt die Sachen auf den Tisch, setzt sich zu ihm und küsst ihn. Dann stellt sie uns einander vor und sagt: ›Das ist Chris, Schatz. Er ist der Kerl, von dem ich dir erzählt habe. Er ist wirklich schlau.‹ Dann sieht sie wieder mich an und fragt mich, ob ich ihrem Freund Nachhilfe geben könne, damit er sein Stipendium nicht verliert.«

Everlys Mund öffnete sich, doch es kam kein Ton heraus. Ein nervöses Lachen kitzelte sie im Hals, gepaart mit dem Gefühl der Demütigung, das er empfunden haben musste. Sie konnte sich richtig vorstellen, wie er mit den Blumen in der Hand dagestanden und versucht hatte, sich einen Reim darauf zu machen.

»Das ist ja fürchterlich«, sagte sie schließlich.

Chris zuckte mit den Schultern. »Das war ziemlich beschissen. Ich habe ihm tatsächlich trotzdem Nachhilfe gegeben. Er war ein guter Kerl. Aber danach habe ich lange Zeit kein Mädchen mehr um ein Date gebeten. Ich will nur, dass du dir bewusst bist, dass wir alle mal Angst haben, auch wenn ich natürlich nicht in deiner Haut stecke und nicht weiß, wie es für dich ist. Aber manchmal wollen wir alle im Erdboden versinken und wünschen uns, die Zeit zurückdrehen zu können.«

Wieder verspürte sie das Bedürfnis, ihn in die Arme zu schließen, und drückte sich vom Tresen ab. »Es bedeutet mir sehr viel, dass du mir das erzählt hast. Danke.«

Sie hatte sich ein wenig entfernt, doch er fasste sie am Arm und drehte sie wieder zu sich. »Und mir bedeutet es sehr viel, dass du heute Abend *mich* angerufen hast.«

Sie nickte mit einem Engegefühl im Hals und deutete auf den Tisch. Dann setzte sie die Wasserflasche ab und schluckte den Knoten herunter, der ihre Worte blockierte.

»Solche ... Attacken kriege ich nicht so oft, aber heute Abend war mir alles zu viel. Ich weiß gar nicht genau, warum.« Das stimmte nicht ganz, aber wie sollte sie ihm erklären, dass es etliche kleine Dinge waren, die für andere ganz normal waren? Und dass sie es nicht kontrollieren konnte, führte dazu, dass sie sich ... weniger wert fühlte.

Chris nahm auf einem der Stühle Platz, während sich Everly auf die Bank fallen ließ. Er setzte sich rittlings darauf, und Everlys Gehirn fiel kurz aus. Er sah so selbstsicher und sexy aus. So *männlich*. Ihr Atem zitterte.

Chris verschränkte die Arme über der Rückenlehne. »Du hättest mich anrufen können. Mir sagen, dass es dir zu viel ist. Ich hätte mir für dich eine Entschuldigung einfallen lassen.«

»Das ist nicht deine Aufgabe. Ich hätte die Sache anders handhaben müssen. Es tut mir leid.«

Seine Kiefermuskeln verspannten sich, und sie musste automatisch hinsehen. Er hatte leichte Bartstoppeln. Würden sie kratzen, wenn sie jetzt seine Wange streichelte?

»Ich will keine Entschuldigungen von dir. Das weißt du. Weder als Boss noch als Freund.«

Sie lächelte. Anscheinend benannte er die Dinge gern. *Panikattacke. Muskelprotz. Freunde.*

»Wir sind doch Freunde, oder nicht?«, fragte sie.

Zu einem anderen Zeitpunkt hätte sein Blick sie zum Lachen gebracht. Es war das männliche Äquivalent für *Hä?*.

»Wir scheinen alle Kästchen ankreuzen zu können. Wir haben uns getroffen, telefoniert, uns geschrieben. Wir haben uns gegenseitig Dessert gebracht. Und ich bin zu deiner Geburtstagsparty gekommen.«

»Darüber müssen wir nun wirklich nicht mehr sprechen«, erwiderte sie und hoffte, ihr Ton klang warnend.

Sein Grinsen verriet jedoch, egal, ob Warnung oder nicht, dass er das Thema nicht einfach fallen lassen würde. »Man macht sich nicht so oft Gedanken darüber, dass Esel auch verhüten.«

Sie schloss die Augen. Jep. Er sprach davon.

Bitte lass mich einfach verschwinden. Puff. Nur ein kleines bisschen Magie. Bitte? Universum? Bitte mach, dass er weg ist, wenn ich jetzt die Augen öffne.

Vorsichtig öffnete sie ein Auge und sah sein breites Grinsen. Sofort schlug sie die Hand vor die Augen.

Chris ergriff sie, um sie wegzuziehen.

Lachen drohte, aus ihr herauszublubbern, doch sie kämpfte dagegen an. Er stand auf und setzte sich neben sie auf die Bank.

Sie drehte den Kopf, ihre Wangen *brannten*. »Das ist nicht lustig.«

Seine Mundwinkel zuckten, und er legte den Kopf schief. »Finde ich schon. Und auch ein bisschen traurig.«

Sie zog die Augenbrauen zusammen. »Was?«

»Stell dir mal vor. Egal, was ein Esel auch tut, sein Mädchen wird ihn immer für ein dummes Trampeltier halten.« Ohne Vorwarnung entwich ihr ein Lachen. Ein kurzes Wiehern, bevor sie sofort wieder die Hand vor den Mund schlug.

Chris lachte leise. »Siehst du?«

Sie musste so lachen, wie sie es schon lange nicht mehr erlebt hatte. Sie hatte Seitenstechen, ihre Augen tränten, und sie vergaß alle Sorgen. Als sie sich wieder genug gesammelt hatte, um zu sprechen, sah sie ihn an – und wollte erneut in Gelächter ausbrechen.

»Ich bin selbst schuld. Warum habe ich die Kondome nicht einfach weggeworfen? Meine Mom schreibt mir immer noch und fragt, ob ich sauer bin.« Im Nachhinein kam ihr die Situation tatsächlich unheimlich komisch vor, jetzt, da sie nicht mehr inmitten von Karton und Kondomen stand.

»Als du zur Party zurückgekommen bist, hast du dich vollkommen normal verhalten. Du hast die Situation mit Eleganz und Würde gemeistert. Du hast deine Nervosität zurückgedrängt. Da ist es kein Wunder, dass sie irgendwann zurückschlägt.«

Warum verstand er es so gut? Und was noch viel wichtiger war: Warum verurteilte er sie nicht dafür? Jedenfalls wollte sie offen zu ihm sein. Das hatte er verdient.

»Ich bin ziemlich gut darin, meine Nerven unter Kontrolle zu halten. Aber heute ist mir alles über den Kopf gewachsen. Ich habe Daniel vorgeschlagen, das Treffen zu verschieben.«

Chris nickte, und sein Lächeln verschwand. »Siehst du? Alles wird gut.« Dann warf er einen Blick auf seine Armbanduhr und sah sich um. Ihr Herzschlag beschleunigte sich.

Sie wollte nicht, dass er jetzt ging.

»Willst du noch ein bisschen bleiben? Wir könnten fernsehen, oder so.« So etwas taten Freunde doch. Mit Stacey und Tara machte sie das ständig. Er lächelte ein klein wenig. Beinahe hatte sie das Gefühl, sie würden ein Geheimnis teilen. Sein Lächeln machte irgendwas mit ihr. Es war wie der Sonnenaufgang an einem kühlen Morgen. Es wärmte ihre Brust. Ihren Körper.

»Gern. Aber ich muss kurz zum Auto.«

Er stand auf und ging zur Tür. Everly fragte sich, ob er jemanden anrufen musste. Vielleicht sein Date, das er hatte sitzen lassen? Musste er sich eine Ausrede einfallen lassen? Hatte er eigentlich andere Pläne gehabt?

»Falls du aber was anderes vorhast …«, sagte sie und ließ den Satz unvollendet. Vor der Tür blieb er stehen und drehte sich um.

»Habe ich nicht. Überhaupt nicht. Wie heißt die Serie, über die du und Stacey die ganze Zeit redet?«

»*Veronica Mars*?«

»Lass uns das gucken.«

Everly leckte sich die Lippen und starrte ihn an. Sie versuchte, die plötzliche Enge in ihrer Brust zu lockern, und verschluckte sich. »Versuchst du jetzt, zu den Mädels zu gehören?«

»Nicht ganz. Aber ich habe nichts dagegen, es mit dir zu schauen. Das ist alles. Vielleicht verstehe ich dann eure Insider.«

»Oh, das bezweifle ich. Das braucht jahrelanges Training und geistige Verschmelzung.«

Er lachte leise, und sie stellte fest, dass das Geräusch sie glücklich machte.

Um nicht in *Was-wäre-wenn*-Gedanken zu verfallen, bereitete sie schon alles vor und dachte darüber nach, Popcorn zu machen. Sie merkte nicht mal, dass es sie nicht nervös machte, dass er gleich zurückkommen würde. Sie konnte sich nicht mehr daran erinnern, wann sie zum letzten Mal mit jemandem außer Stacey abgehangen hatte, ohne vorher die Gesprächsthemen vorzubereiten. Mit Chris verspürte sie keinen Druck. Hätte er nicht schon mehr als einmal klargestellt, dass er kein Interesse an ihr hatte, wäre es ihr vielleicht anders gegangen. Nein. Sie *wusste*, dass es ihr dann anders gegangen wäre. Dann hätte sie wahrscheinlich Salbe gebraucht, um das Jucken zu lindern. Doch es juckte sie nicht, was bedeutete, dass sie tatsächlich nur Freunde waren. Sie hatte keine Ahnung, warum sie sich immer wieder sagen musste, dass das genug war.

Kapitel 22

Chris griff nach der kleinen Geschenktüte. Eine Vielzahl von Emotionen tobte in seinem Inneren. Eine Weile stand er vor ihrem Apartment und versuchte, seine Gefühle zu sortieren. Fast hätte er seinen Mund auf ihren gedrückt. Fast hätte er der Versuchung nachgegeben, die sich seit Monaten aufbaute. Sie hatte ihn so vertrauensvoll angesehen, dass er zurückgewichen war. Er wollte *wirklich* ihr Freund sein. Ein Freund. Ja, er wollte mehr, doch er würde das, was sich zwischen ihnen entwickelte, nicht für etwas aufs Spiel setzen, das er sowieso nicht haben konnte.

»Es ist genug. Es ist mehr, als du dir erhofft hast«, murmelte er vor sich hin, atmete tief ein und drehte den Türknauf.

Der Duft von Popcorn stieg ihm sofort in die Nase und brachte ihn zum Lächeln. Sie war wirklich unglaublich. Er war Zeuge geworden, wie sie mit ihren Nerven gekämpft hatte und zurückgefedert war wie ein Boxsack. Diese innere Stärke war attraktiver als alles, was er bisher erlebt hatte. Dass sie *ihn* angerufen hatte, ihn gebeten hatte, noch ein bisschen zu bleiben, würde ihn heute Nacht wach halten.

»Ich bereite uns noch schnell einen Snack zu«, rief sie aus der Küche.

»Das hättest du nicht machen müssen.« Sie hatten sich darauf geeinigt, Freunde zu sein. Aber konnte er wirklich mit einer Frau befreundet sein, deren Augen die Farbe je nach Lichteinfall änderten und ihn in seinen Träumen heimsuchten? *Du wirst es herausfinden.*

»Ich habe aber Hunger«, sagte sie und spähte um die Ecke.

Chris' Lachen klang ein wenig bellend. »Da sagst du was.«

Wenn er mit Rob ausging, tranken sie Bier, spielten Billard und unterhielten sich über die Arbeit. Noch nie hatte er in einer Bar eine Frau kennengelernt, die ihn so sehr interessierte wie Everly Dean.

Als sie das Geschenk in seiner Hand entdeckte, sah sie ihn böse an. Verdammt, selbst das fand er süß. Er war nicht sicher, ob er es ertragen würde, ihr nahezukommen, nur um dann nach New York zurückzukehren. Doch das hier würde er schaffen. Heute Abend. Weil sie *gefragt* hatte. So etwas fiel Everly Dean nicht leicht. *Wenigstens wirst du dann wissen, dass sie jemanden gefunden hat, der sie glücklich macht. Der sie so behandelt, wie sie es verdient.* Das hoffte er zumindest.

Kurz darauf kam sie aus der Küche, den Arm um eine riesige blaue Schüssel gelegt. In der anderen Hand hielt sie zwei Wasserflaschen.

»Hast du es dir anders überlegt?«, fragte sie.

»Was? Nein.« Er schüttelte den Kopf, schlüpfte aus den Schuhen und ging hinüber zum Sofa.

Sie stellte die Flaschen auf den Tisch und nahm ebenfalls Platz. Mit der Schüssel zwischen sich hatten sie wenigstens genug Abstand zueinander. Aber ihr Shampoo konnte er trotzdem riechen. Auch nach seinem Umzug würde er sich noch lange nach dem Duft von Beeren sehnen.

Everly griff genau in dem Moment nach der Fernbedienung, als er ihr das Geschenk entgegenhielt.

Sie begutachtete es mit gesenkten Augenlidern. Er konnte

sich das Lachen einfach nicht verkneifen. Sie blickte drein, als wollte er ihr eine Bombe in die Hand drücken.

»Warum hast du mir ein Geschenk mitgebracht?«

Er setzte eine ernste Miene auf und straffte die Schultern, als müsste er eine Rede halten. »Es ist ein typischer New Yorker Brauch, jemandem etwas zum Geburtstag zu schenken. Macht man das in Los Angeles auch so?«

Er *liebte* es, wie ihre Mundwinkel amüsiert zuckten.

»Komm schon. Stacey durfte dir auch was schenken«, neckte er sie.

Ihre Wangen wurden rot, als hätte er sie angemalt.

Was zur …? Er dachte daran, was Stacey über ihr Geschenk gesagt hatte, und errötete nun selbst. Er schob ihr die Tüte zu. »Mach es einfach auf. Ich garantiere dir, dass es *nichts* ist, was Stacey dir schenken würde.«

Everly entfernte das Seidenpapier und nahm das kleine eingepackte Geschenk aus der Tüte. Als sie es drückte, zog sie die Augenbrauen zusammen und blickte neugierig drein. »Was ist es?«

Er drehte sich weiter zu ihr und packte wieder seine ernste Stimme aus. »Ihr hier an der Westküste braucht wirklich eine Menge Training. Wie wäre es, wenn du es einfach auspackst? Dann siehst du, was es ist.«

Everly schubste ihn, was ihn überraschte und zum Lachen brachte. »Du bist ja ein richtiger Comedian.«

»Ich will nur helfen.«

Sie begann, am Klebeband zu kratzen. Chris verbarg sein Lächeln, indem er sich das Kinn rieb. Er hätte wissen müssen, dass sie es nicht einfach aufreißen würde.

Als sie das Papier vollständig entfernt hatte und sah, was es war, schnappte sie nach Luft und biss sich auf die Unterlippe. Er hatte sowieso Mühe, nicht die ganze Zeit auf ihren Mund zu starren – und jetzt musste er schon wieder hinsehen.

Sie schob das Papier beiseite und betrachtete schnell blinzelnd die kleine weiche Katzenfigur, die genau in ihre Hand passte.

»Es ist ein …«

Sie sah ihn an, und der Glanz in ihren Augen machte ihn sprachlos. »Ich weiß, was es ist. Ein Stressspielzeug.«

Hoffentlich beleidigte er sie damit nicht. Scheiße. Was, wenn er sie damit beleidigte?

»Das ist das beste Geschenk aller Zeiten.« Ihre Hand schloss sich um die Katze und öffnete sich wieder.

Er rieb sich den Nacken, der sich viel zu heiß anfühlte, und schüttelte den Kopf. »Das meinst du nicht ernst.«

Er hoffte wirklich, dass ein Stressball *nicht* das beste Geschenk war, das sie je bekommen hatte. Das konnte nicht sein. Denn sie verdiente so viel mehr.

»Doch, wirklich. Es ist diskret. Und weich. Ich liebe es.«

Instinktiv griff er nach ihrer freien Hand, drehte die Handfläche nach oben und streichelte die roten Halbmonde. Bei ihrem Anblick drehte sich ihm der Magen und auch das Herz um. »Vielleicht hilft es ja.«

Sie nickte und atmete zittrig ein. Ihre Blicke trafen sich. Der Effekt war noch gewaltiger, wenn er sie dabei berührte.

»Danke«, flüsterte sie.

»Gern geschehen«, flüsterte er zurück. Er schluckte schwer und zog die Hand zurück. »So, *Veronica Mars*. Privatdetektivin, richtig?«

Everly blinzelte die Tränen weg und lächelte. Chris' Herz hüpfte wie ein Hund, der um Aufmerksamkeit bettelte.

»Eine jugendliche Privatdetektivin. Und sie ist echt krass drauf. Du wirst froh sein, dass ich euch einander vorstelle.«

Er machte es sich bequem, achtete aber darauf, den Abstand einzuhalten, um sich konzentrieren zu können. »Das werden wir noch sehen. Hast du *Justified* gesehen?«

Sie schüttelte den Kopf und griff in die Popcornschüssel. Zufrieden stellte er fest, dass sie die Katze nicht beiseitelegte.

»Nein. Ist es gut?«

»Wenn du was Krasses willst, musst du dir Raylan Givens ansehen.«

»Hm. Okay. Ich werde mir ein paar Folgen anschauen, und dann entscheiden wir, wer krasser ist.«

Chris lachte. Das tat er oft in Everlys Gegenwart. »Apropos. Hast du vor, mal wieder zum Kickboxen zu gehen?« Er wollte nicht zugeben, dass er seither zweimal dort gewesen war in der Hoffnung, ihr zu begegnen.

Sie blickte beinahe verlegen drein. »Ich war mal morgens dort. Es war gut, aber unsere Stunde hat mir besser gefallen. Ich denke schon, dass ich mal wieder hingehen werde.«

»Gut. Ich könnte nämlich wirklich einen Partner gebrauchen«, erwiderte er lächelnd und hob die Augenbrauen. Er kickboxte ja auch mit Rob. Es war also definitiv etwas, das man mit Freunden machte.

Sie verzog das Gesicht. »Ich weiß nicht, Chris. Das ist vielleicht keine gute Idee.«

Enttäuschung machte sich in ihm breit. Er wollte bereits nicken, ihr zustimmen, als plötzlich ein Lächeln ihr Gesicht erhellte, das ihn mitten ins Herz traf.

»Ich will nicht unsere Freundschaft ruinieren, indem ich dich plattmache.«

Ihr entwich ein weiteres Kichern, und er versuchte, an eine

andere Frau – eine andere Person – zu denken, mit der er sich so wohlfühlte. Je mehr Zeit sie miteinander verbrachten, desto weiter ließ sie ihren Schutzwall herab. Sie war *witzig*. Das hatte er nicht erwartet.

Dann konzentrierten sie sich auf die Serie. Chris musste zugeben, dass sie ziemlich gut war. Doch er wusste nicht, ob es an dem lag, was da auf dem Bildschirm passierte, oder daran, dass er hier mit Everly saß, die nun vollkommen entspannt war in seiner Gegenwart. Sie aßen zusammen Popcorn und lachten. Er würde sich zu Hause ein paar Folgen ansehen müssen, um herauszufinden, ob er die Serie dann immer noch gut fand. Er machte sich Sorgen, obwohl er eigentlich kein sorgenvoller Typ war, dass nichts mehr so sein würde, wie es war, sobald er nicht mehr mit ihr zusammen wäre, weg wäre, egal, wohin es ihn letztendlich verschlagen würde. Dass er ein Loch in der Größe von Everly in seinem Herzen haben würde, sobald er sich von ihr verabschieden müsste.

Kapitel 23

Everly stand vor dem Fitnessstudio, unsicher, welcher Teil des Tages sie so nervös machte. Von allen ... *Meine Güte. Benenn es einfach.* Von allen *angst*bezogenen Problemen, die Teil ihrer Persönlichkeit waren, störte es sie am allermeisten, dass sie nie wusste, was genau sie beunruhigte. Es war, als würde überschüssige Energie in ihrem Körper vibrieren, um sie herum, unter ihrer Haut, wodurch sie alles viel zu intensiv wahrnahm, schreckhaft und manchmal auch emotional wurde.

In eine Situation – eine Party, ein Date, ein Dinner mit ihren Eltern – hineingeworfen und getriggert zu werden war eine Sache. Damit konnte sie irgendwie *umgehen*. Aber Ungewissheit führte dazu, dass ihre kreisenden Sorgen die Kontrolle über ihren klaren Verstand übernahmen. Doch sie war jetzt schon zweimal im Fitnessstudio gewesen. Das sollte ihren Puls eigentlich nicht so in die Höhe treiben.

»Du hättest nicht hier draußen auf mich warten müssen«, rief Stacey.

Everly unterdrückte einen Aufschrei und wirbelte herum. Stacey grinste. Sie trug Sportklamotten, die sowohl sexy als auch funktional waren, worauf Everly ein wenig neidisch war.

»Keine Sorge«, sagte Everly. *Wie ironisch. Nein, kein bisschen ironisch.*

Stacey hob die Fäuste. »Wir könnten hier draußen schon ein paar Runden kämpfen.«

Lachen linderte ein wenig die Vibrationen in ihrem Körper und machte sie erträglicher.

Sie zog die Tür auf und bedeutete Stacey mit einer Handbewegung voranzugehen. »Lieber nicht, Rocky.«

Beschwingten Schrittes ging Stacey an ihr vorbei. Das Date gestern Abend musste wohl gut gewesen sein. Als sie heute Morgen auf Sendung gewesen war, hatte sie ununterbrochen Witze gerissen. Einige davon waren auf Everlys Kosten gegangen, was Stacey ein paar knappe Sätze auf dem Whiteboard eingebracht hatte, doch die meisten waren ziemlich lustig gewesen.

»Ich würde eher Wonder Woman sagen«, erwiderte Stacey.

Die Tür fiel hinter ihnen zu, während sie zum Empfangstresen gingen. »Nein. Du bist eher Black Widow.« *Du könntest sie bitten, dich zu trainieren.*

Staceys Augen wurden groß. »Ja. Ich glaube, du hast recht.«

Everly blieb stehen, bevor sie den Tresen erreicht hatten, und sah Stacey erwartungsvoll an.

»Was ist?«

Everly drehte die Hände. »Und wer bin ich?«

»Oh.« Stacey musterte sie und fasste sich ans Kinn. »Pepper Potts.«

»Was? Die versohlt aber keinem den Hintern«, entgegnete Everly lauter als beabsichtigt. Es gab überhaupt keinen Grund, sich über einen Witz aufzuregen, den sie angezettelt hatte, aber *Pepper Potts?*

»Pepper Potts ist total krass«, bemerkte die Frau hinterm Tresen.

Everly und Stacey drehten die Köpfe in ihre Richtung, und

Everly wurde heiß. Sie wollte keine Aufmerksamkeit erregen. Vor allem nicht mit einer so lächerlichen Diskussion.

Stacey zog das Portemonnaie aus ihrem Rucksack und ging zum Tresen. »Nicht wahr? Pepper ist der Muskel im Hintergrund. Sie hat diese verrückte Kraft, die die Leute ... nun ja, Tony dazu bringt, Dinge zu tun, von denen er dann denkt, dass sie seine Idee waren.«

Die junge Brünette, die aussah, als würde sie hier leben, deutete auf Stacey. »Ja. Ganz genau. Sie ist eine stille Heldin. Und dieser Körper! Im letzten Film hat sie es allen so richtig gezeigt.«

Das stimmte. Als Everly bewusst wurde, dass sie dieses Thema gerade mit einer Fremden diskutierten, schämte sie sich ein bisschen, freute sich aber auch über den Vergleich. Dann zückte sie ebenfalls ihr Portemonnaie.

»Kickboxen, bitte«, sagte sie, nachdem Stacey bezahlt hatte.

»Wir haben ein Sonderangebot. Zehn Stunden mit fünfundzwanzig Prozent Rabatt.«

»Das ist ein guter Deal«, bemerkte Stacey und sah Everly an.

Sie strich über ihre Kreditkarte und spürte die Zahlen unter ihrem Daumen.

»Nein?«, fragte Stacey und trat näher.

Everly zuckte mit den Schultern, die Nervosität von vorhin war zurückgekommen. *Trau dich. Es ist Zeit.* Sie blickte von Stacey zu der Brünetten und nickte. »Ja. Okay. Ja. Dann nehme ich zehn Stunden, bitte.«

Stacey hob die Faust für einen Fistbump, doch Everly verdrehte nur die Augen.

Der Kurs würde erst in zehn Minuten beginnen, und Chris' Kumpel war noch nicht da, als sie den Raum erreichten. Also imitierte sie Staceys Stretchingübungen und versuchte, sich nicht zu fragen, ob ihr *Boss* auch kommen würde. Seit er ihr vor zwei Tagen die Stresskatze geschenkt hatte, musste sie ununterbrochen an ihn denken. Das hatte sie sowieso schon getan. Oder zumindest hatte sie ihn immer im Hinterkopf gehabt. Aber jetzt konnte sie *nur* noch an ihn denken. Deshalb nannte sie ihn in ihrem Kopf nur noch *Boss*, nicht mehr *Chris*. Es war besser, eine ganz klare Grenze zu ziehen. Ihr Job war ihre Konstante. Und wenn die Datingshow endlich vorbei sein würde, würde er hoffentlich auch wieder ihre Schmusedecke werden.

Es kamen noch mehr Leute, bis sie schließlich insgesamt zu neunt waren. Zum Glück war sie nicht allein gekommen, sonst wäre sie das neunte Rad am Wagen gewesen. Die, die mit dem Trainer üben musste. Eine Minute vor Kursbeginn eilte Rob herein. Er war außer Atem, und Everly fragte sich, ob er bereits einen anderen Kurs gegeben hatte.

»Hallooo, Süßer«, flüsterte Stacey.

Everly zog die Augenbrauen zusammen und sah sich um, um sicherzugehen, dass keiner Stacey gehört hatte. Die Gesichtsausdrücke der anderen Frauen – heute waren *nur* Frauen anwesend – verrieten, dass sie ihrer Freundin zustimmten.

»Er ist völlig außer Atem. Vielleicht sollte er besser keinen Kurs mehr geben«, flüsterte Everly zurück.

»Sorry, Ladys. Ich musste eben noch beweisen, wer der Beste auf dem Laufband ist.«

Ein paar der Frauen lachten. Eine in der vordersten Reihe – sie trug ein knallgelbes Spandex-Outfit – stemmte eine Hand in die Hüfte. »Das macht es für uns nur einfacher, dich zu besiegen.«

Everlys Stirnrunzeln vertiefte sich, als Rob der Dame zuzwinkerte. »Du kannst es ja probieren.«

Der ganze Raum lachte. Nur Everly war zu sehr damit beschäftigt, sich zu fragen, wie man nur so selbstbewusst sein konnte. Ihr war es schon peinlich gewesen, dass vorhin jemand die alberne Diskussion zwischen ihr und Stacey mitbekommen hatte. Hin und wieder gab es Vorfälle, die Everly mit der Wucht eines Fausthiebs daran erinnerten, wie sehr sie sich von normalen Menschen unterschied. Wenn das passierte, wollte sie sich am liebsten zusammenkauern. Oder ausbrechen.

Stacey stieß sie mit der Hüfte an. »Hey, ganz locker.«

Everly konzentrierte sich gerade rechtzeitig wieder auf das Hier und Jetzt, um mitzubekommen, wie Rob in ihre Richtung sah und ihr kurz zunickte, bevor sein Blick auf Stacey landete. Seine Worte schweiften ab, und seine Augen weiteten sich etwas, bevor er fortfuhr.

Interessant. Sie spähte zu Stacey hinüber, doch anscheinend hatte sie seinen Blick nicht bemerkt.

»Okay. Zuerst ein paar Grundlagen, dann gehen wir verschiedene Kombinationen durch, und dann sucht sich jeder einen Partner. Und wenn es für euch in Ordnung ist, würde ich in den letzten zwanzig Minuten gern mit den Boxsäcken üben. Klingt das gut?«

Die anderen Frauen antworteten in einem Chor aus Jas, inklusive Stacey. Everly seufzte. Vielleicht sollte sie sich einfach für zu Hause einen Boxsack zulegen. Dann gab es wenigstens keine Zeugen, wenn sie von ihm getroffen würde.

Während Everly die Bewegungen ausführte und Rob durch den Raum ging, ihren Stand, ihren Punch und ihre Deckung kritisierte, kam sie immer mehr rein. Wenn sie versuchte, etwas zu verstehen, war es leichter, das Rauschen in ihrem Kopf leiser zu stellen. Stacey bei sich zu haben half ihr zwar, doch der Geruch aus verschiedenen Parfüms und Schweiß ließ sie nie vergessen, dass sie sich in einem Raum voller fremder Menschen befand. Sehr sportlicher Menschen. Inklusive Stacey, die die Bewegungen ausführte, als hätte sie ihr Leben lang nichts anderes getan.

»Hast du das schon mal gemacht?«, fragte Rob, die Hände in die Hüften gestemmt. Er trug ein schwarzes schweißgetränktes Tanktop und stand so nahe, dass sich Everly nicht konzentrieren konnte. Sie verlor die Balance, während Stacey nickte und sich mit dem Unterarm die Stirn abwischte.

»Ich war schon ein paarmal beim Kickboxen. Sogar hier. Aber bei einem anderen Trainer«, sagte Stacey.

Rob ließ den Blick über ihren Körper schweifen. Wieder schien Stacey nicht zu merken, dass seine Augen förmlich glühten. *Bist du jetzt Expertin im Pheromone-Erschnüffeln? Immerhin warst du mittlerweile schon auf … wie vielen Dates? Viereinhalb?* Jep, das Date mit Daniel zählte ebenfalls, denn sie hatten es nur verschoben. Und genau genommen war sie ja erschienen. Details waren wichtig!

Rob streckte die Hände aus, um Staceys Armposition zu korrigieren, wartete aber auf ihre Erlaubnis, bevor er sie tatsächlich berührte. Everlys Respekt für ihn wuchs sofort. Er lächelte sie an.

»Du bist wieder da. Gut machst du das. Aber du musst die Füße ein bisschen weiter auseinanderstellen«, erklärte er und zeigte es ihr. Sie war froh, dass er sie nicht anfasste. Gleichzeitig wollte sie unbedingt wissen, was Stacey von ihm hielt. Ihre Freundin erzählte immer sehr humorvoll von ihren Dates, aber Everly hatte noch nie einen der Männer kennengelernt.

»Danke«, sagte sie.

»Everly, richtig?«

Fast hätte sie gelacht. Obwohl sie total merkwürdig war, was Dating anging, merkte sogar *sie*, dass sich Rob zu ihrer Freundin hingezogen fühlte. Entweder schenkte Stacey ihm absichtlich keine Beachtung, oder sie spielte es herunter.

Sie nickte. »Und das ist meine Freundin Stacey. Rob ist mit Chris befreundet.«

Rob streckte seine Hand aus. »DJane für Sun. Deine Stimme

erkennt man sofort«, sagte er und hielt ihre Hand ein wenig länger fest, als unbedingt nötig gewesen wäre.

Doch Stacey schien es nicht zu stören. »Danke. Arbeitest du schon lange hier?«

Er nickte. »Von Anfang an. Mir gehört der Laden.«

Dann wurde er von einer Dame unterbrochen, die nach seiner Hilfe verlangte.

Everly wartete auf Staceys Kommentare, die sie für gewöhnlich von sich gab, wenn ein attraktiver Mann in der Nähe war, doch sie war verdächtig still.

Sie stellte sich direkt neben Stacey und wandte sich ihr zu. »Keine Kommentare zu seinem Hintern oder seinen Bauchmuskeln?«

Lachend deutete Stacey einen Punch an und lehnte sich ebenfalls näher zu ihr. »Nein, warum? Willst du etwa seinen Hintern und seine Bauchmuskeln genauer begutachten?«

Everlys Wangen begannen zu glühen. »Nein!«

Die anderen warfen ihnen Blicke zu. Sie funkelte Stacey böse an, biss sich jedoch auf die Zunge. Vielleicht kam es ihr nur so vor, aber sie hatte das Gefühl, dass Rob mehr Zeit bei ihnen verbrachte als bei den anderen Frauen. Immer wieder spähte er zu ihnen herüber, doch Stacey konzentrierte sich ausschließlich auf ihre Übungen.

Als schließlich die Boxsäcke an der Reihe waren, hatte Everly das Gefühl, ein Pfund Sand verschluckt zu haben, so trocken war ihr Hals.

»Ich muss mein Wasser auffüllen«, sagte sie zu Stacey und versuchte, *nicht* wie ein perverser Anrufer zu atmen.

»Okay«, erwiderte Stacey und zückte ihr Smartphone.

Während Everly am Trinkbrunnen in der Schlange stand, hielt sie den Blick auf ihre Füße gerichtet. So war es einfacher, Blickkontakt zu vermeiden. *Nett. Freundlich wie immer.* Sie hob das Kinn. *Du bist hier. Das ist alles, was zählt. Konzentrier dich auf das Positive.* Die Regeln halfen ihr, sich auf die richtigen Dinge zu fokussieren. *Genau. Deshalb hast du dich auch gestern Nacht hin- und hergewälzt und dich gefragt, warum dir* Veronica Mars *mit Chris' Lachen sogar noch besser gefallen hat.*

»Du bist dran«, sagte jemand hinter ihr.

Everly zuckte zusammen, warf der Person einen entschuldigenden Blick zu und trat an den Brunnen. *Jep. Sehr konzentriert.* Dann trat sie den Rückweg an und stellte zufrieden fest, dass sie sich schon wohler fühlte als die ersten beiden Male. Als sie zurückkehrte, hatte ihre Gruppe mit den Boxsäcken weitergemacht. Sie befanden sich in einem Raum ganz hinten, in der Nähe der Hantelbänke. Insgesamt gab es sechs Säcke. Fünf der Frauen standen bereits davor, während Rob ihnen zeigte, wie man schlug und sich bewegte.

»Was das angeht, bin ich mir nicht so sicher«, flüsterte Everly.

Stacey grinste. »Warum nicht? Das ist doch der beste Teil der Stunde. Jetzt kannst du endlich mal deine Aggressionen rauslassen.«

Everly warf ihr einen schiefen Blick zu und hob die Augenbrauen. »Wirst du das gleich tun?«

Rob rief Stacey zu sich, um mit ihr zu zeigen, wie man es machte.

»Everly?«

Sie drehte sich um. Ihre Eingeweide verknoteten sich, denn sie erkannte die Stimme sofort. Simon starrte sie mit offenem Mund an. Apropos Regeln: Es war ein kosmisches Gesetz, dass sie Menschen, die sie auf keinen Fall sehen wollte, nur begegnete, wenn sie am schlimmsten aussah. Und er schwitzte nicht mal. Natürlich nicht. Vielleicht war er gerade erst angekommen.

»Simon«, sagte sie gelassener als erwartet. Sie hätte gedacht, dass ihr Puls in die Höhe schießen würde, doch er schlug noch immer genauso schnell wie vor ein paar Sekunden.

Dann tauchte Stacey neben ihr auf. »Was machst du denn hier?«

»Sport«, erwiderte Simon und schenkte ihr einen verächtlichen Blick.

»Seltsam. Ich dachte, du machst lieber Bettsport. Mit Frauen, die *nicht* deine Freundin sind«, entgegnete Stacey und legte nachdenklich den Kopf schief.

Everly riss die Augen auf wie eine Comicfigur und schlug die Hand vor den Mund. Ein Kichern kitzelte sie in der Kehle.

Dann kam auch noch Rob dazu. »Alles in Ordnung?«

Simon blickte finster drein. »Alles gut.« Dann wandte er sich an Everly. »Kann ich dich kurz sprechen?«

Auf keinen Fall. »Nein.«

Stacey rückte näher, bis ihre Schulter Everlys berührte. »Aber du kannst dich jetzt verdünnisieren.«

»Mit dir rede ich nicht«, presste Simon hervor.

»Klingt aber auch nicht so, als wollte Everly mit dir sprechen. Warum beendest du nicht einfach dein Workout und lässt sie in Ruhe?« Robs Stimme klang ruhig und sanft, doch es war klar, dass es keine Frage war, sondern eine Aufforderung.

»Fünf Minuten«, bat Simon.

»Ist das deine persönliche Bestzeit?«, fragte Stacey und gab sich nicht mal Mühe zu flüstern.

Everly senkte das Kinn und biss sich auf die Innenseite ihrer Wange, um sich das Lachen zu verkneifen. Sie sollte *nicht* lachen. Es war überhaupt nicht lustig, hier ihrem Ex zu begegnen, der auf einem anderen Sender über sie hergezogen hatte. Die Erinnerung daran machte sie wütend.

Simon wollte gerade etwas sagen. Irgendwas Dummes, seinem Gesichtsausdruck nach zu urteilen. Doch Everly straffte die Schultern und hob die Hand.

»Stopp. Du bist meine Zeit echt nicht wert.« Und das war er auch nicht. Er war nicht mal die Energie wert, die sie hätte aufbringen müssen, um ihn zu beleidigen.

Er starrte sie verblüfft an. »Everly.«

»Geh einfach, Simon. Bevor einer von uns irgendetwas sagt, das er nicht sagen sollte.«

»Oder dir in die ...«, setzte Stacey an.

Doch Simon unterbrach sie. »Fick dich, Stacey. Ich weiß, dass dieser Wettbewerb deine Idee war. So dumm, wie sie ist.«

Rob reckte die Brust, sah jedoch Everly an, denn obwohl es eindeutig war, was er tun wollte, überließ er die Entscheidung ihr.

Sie lächelte ihn an und flüsterte: »Ja, bitte.«

Robs Bewegungen, die nun folgten, waren wie ein choreografierter Tanz. Er trat an Simon heran, schnippte kurz mit den Fingern und legte eine Hand auf seine Schulter, während wie aus dem Nichts zwei Typen auftauchten, die Simon einkesselten.

»Die zwei Herren werden dich nun aus meinem Studio führen. Du bist hier nicht länger willkommen«, erklärte Rob mit kontrollierter Stimme.

Everly schloss die Augen und merkte erst jetzt, dass sie eine Szene machten und die anderen starrten. Ihr Puls beschleunigte sich, und die Schweißperlen in ihrem Nacken kamen nicht länger vom Sport. *Du bekommst jetzt keine Panik. Du wirst jetzt nicht abhauen. Atme.* Sie tippte mit den Fingerspitzen an ihren Daumen. Zeigefinger, Mittelfinger, Ringfinger, kleiner Finger. Und noch mal. Und noch mal. Doch sie spürte auch Stolz. Sie hatte es tatsächlich getan. Sie hatte Simon die Stirn geboten, denn er war ihre Zeit nicht wert. Sie hatte sich nicht wie eine Zicke aufgeführt, was ihrer Meinung nach einfacher gewesen wäre. Sie war ruhig geblieben. Und sie fühlte sich gut damit. *Wenn doch bloß keine Leute zusehen würden.*

»Atme«, flüsterte Stacey und legte die Hand auf Everlys Rücken.

»Weißt du was? Ich gehe jetzt«, sagte sie leise. Und es war eine gute Entscheidung. *Ihre* Entscheidung, die sie nicht wie ein Feigling dastehen ließ.

»Mach das nicht. Lass dich nicht von diesem Arschloch vertreiben«, erwiderte Stacey ungewöhnlich barsch.

»Du kannst auch in mein Büro gehen, falls du eine Minute für dich brauchst«, bot Rob wesentlich sanfter an.

»Nein. Ich brauch keine Minute für mich«, entgegnete sie. Sie brauchte etliche Minuten. Ganz für sich allein.

Die anderen Frauen versammelten sich um sie. Ein paar von Robs Mitarbeitern kamen herein und warfen Everly Blicke zu, sprachen aber nur mit Rob.

»Geh jetzt nicht«, bat Stacey, als sich Rob wieder der Gruppe widmete.

»Mir geht's nicht gut«, sagte Everly und versuchte, ihre Atmung unter Kontrolle zu bringen.

»Mit dir ist alles in Ordnung.«

Mein Gott. Das wäre doch was, wenn du dich tatsächlich so fühlen würdest, oder? Wenn einfach alles in Ordnung wäre. Doch stattdessen war ihr viel zu heiß. Und übel.

»Es ist ja nicht so, als würde ich nie wieder herkommen. Ich habe für neun weitere Stunden bezahlt.« Und sie würde sich zwingen hinzugehen, doch für heute Abend hatte sie genug. »Wir sehen uns dann morgen.« Das Bedürfnis zu gehen, ergriff immer mehr von ihr Besitz. Kleine Schritte. Für heute hatte sie genug erreicht. Sie verdiente eine Pause. *Keiner starrt dich an.* Sie ging in Richtung Ausgang, weigerte sich, den Kopf zu senken. Stacey blieb an ihrer Seite. Als sie ins Freie traten, sog Everly gierig die frische Luft in ihre Lungen ein.

»Warum tust du das? Warum lässt du es zu, dass jemand so Unwichtiges so viel Kontrolle über dich hat? Ist dir nicht klar, wie viel besser du bist als er?«

Simon kontrollierte sie nicht. Hätte er es getan, wäre es einfacher gewesen, dagegen anzukämpfen. Everly beugte sich vornüber und legte die Hände auf die Knie. »Es geht nicht um ihn. Ich habe frische Luft gebraucht. Ein bisschen Raum. Sogar Pepper Potts hat eine Minute für sich gebraucht, nachdem sie es allen gezeigt hat. Und ich *habe* es ihm gezeigt da drin. Sei gefälligst stolz auf mich. Oder stell mich zumindest nicht infrage. Ich habe dich auch in Ruhe gelassen, als du dich in Robs Gegenwart seltsam verhalten hast. Wie wäre es also, wenn du es jetzt einfach gut sein lässt?«

»Was?« Das Wort klang spitz und durchbrach die abendliche Stille.

Everly richtete sich auf. Ihre Gefühle stolperten förmlich übereinander. »Du.« Sie deutete auf das Gebäude. »Da drin. Du bist die Königin des Flirtens und der sexuellen Anspielungen. Aber als er mit dir gesprochen hat, wurdest du ganz verklemmt. Wie ich auf unseren Firmenfeiern.«

»Du gehst nicht zu Firmenfeiern«, sagte Stacey.

Everly verdrehte die Augen. »Netter Versuch.«

»Ich war dort, um Sport zu machen, nicht, um mich an einen von Chris' Freunden ranzumachen. Ich war *deinetwegen* da. Wie kann es sein, dass die Menschen, die dich lieben, keinen Einfluss darauf haben, was du tust oder wie du dich selbst siehst? Du lässt dich von einem Typen vertreiben, mit dem du gerade mal fünf Minuten lang zusammen warst, aber wenn ich dir sage, dass du mehr verdienst, zählt das nicht.«

Everly klappte die Kinnlade herunter. Das Blut schoss ihr in den Kopf. »Ich *weiß*, dass ich etwas Besseres verdient habe. *Ich* habe *ihn* verlassen. Ich weiß, dass du nicht verstehst, wie schwer mir das gerade gefallen ist. Eine Konfrontation in der Öffentlichkeit? So etwas *mache* ich nicht. Also verzeih mir, wenn ich danach fünf verdammte Minuten für mich brauche, um mich wieder zu sammeln.«

Tränen brannten in ihren Augen, und das schlechte Gewissen kickte ihr in den Magen. Stacey stand immer hinter ihr, auch wenn sie nicht immer verstand, warum sich Everly so seltsam benahm. »Es tut mir leid. Sorry. Das war unangebracht. Danke, dass du heute Abend mitgekommen bist. Bitte geh wieder rein. Sonst fühle ich mich noch schlechter als ohnehin schon.«

»Everly«, sagte Stacey. Verwunderung und Schmerz spiegelten sich in ihrem Gesicht und in ihrem Tonfall wider.

Sie konnte das Seufzen förmlich spüren, das Stacey unterdrückte.

Mehr als alle anderen Gefühle hasste Everly das Gefühl, ihrer Freundin eine Last zu sein.

»Ich schreibe dir später.« Aber manchmal konnte sie nichts dagegen tun. Sie konnte nicht hier stehen und so tun, als würde das alles ihr nichts ausmachen. Als Stacey einen Schritt zurück machte und enttäuscht dreinblickte, zog sich Everlys Herz schmerzvoll zusammen. Vielleicht hatte sie Staceys Freundschaft nicht verdient. Sie verwarf den Gedanken augenblicklich, wütend auf sich selbst, dass sie in Selbstmitleid badete. *Geh nach Hause. Tu es einfach. Konzentrier dich auf das Positive.* Warum zum Teufel war das so schwer, wenn es doch so viel Positives gab?

Kapitel 24

Everly zwang sich, nicht an Simon zu denken oder daran, wie unwohl sie sich im Fitnessstudio gefühlt hatte. Sie zwang sich, dem Drang zu widerstehen, Stacey zu schreiben und sich bei ihr zu entschuldigen. Sie würde es ihr persönlich sagen, aber es bestand kein Grund, noch einmal Staceys Abend zu stören. Stattdessen beschäftigte sie sich mit ihren Facebook-Posts und schrieb in ihr Tagebuch.

Sie war überrascht, wie sehr sie diesen Teil des Wettbewerbs genoss. Ihre Erfahrungen teilen zu können, ohne ein Gespräch führen zu müssen, war befreiend. Wenn Everly die Zuhörer lediglich daran erinnerte, welcher Kandidat als Nächstes an der Reihe war, hielt sie ihre Posts recht kurz. Berichtete sie aber von ihren Dates, waren sie ein bisschen länger. Heute Abend postete sie, dass sie das letzte Date verschieben musste und wie schwierig es sein konnte, einen geeigneten Termin zu finden, selbst für jemanden mit wenigen sozialen Verpflichtungen. Was sie ebenfalls überraschte, waren die Kommentare unter dem Post.

Es gab ein paar *Richtig so, Everly* und viele *Du kannst das, Mädchen* – leichter gesagt als getan. Manchmal antwortete sie, manchmal auch nicht. Mit den Leuten zu interagieren sollte neue Zuhörer anziehen, doch sie hatte nicht damit gerechnet, dass es ihr tatsächlich Spaß machen würde.

Ihr Blick blieb an einem Kommentar hängen, den jemand nach dem Post über das verschobene Date mit Daniel verfasst hatte.

ALLY MEYER: *Du bist so inspirierend, Everly. Ich würde mich niemals trauen, ein Date zu verschieben. Ich traue mich ja nicht einmal zuzusagen.*

Everlys Finger schwebten über der Tastatur. Sie war kein Guru, aber sie konnte den Menschen ihre Sicht der Dinge näherbringen.

EVERLY DEAN: *Danke, Ally. Aber glaube mir, wenn ich dir sage, dass ich auch nur einen Fuß vor den anderen setze. Wenn man sich einmal traut zuzusagen und es dann auch durchzieht, wird es beim nächsten Mal schon einfacher.*

Eine seltsame Energie erfüllte sie bei dem Gedanken, dass ihre Erfahrungen Einfluss auf andere haben könnten. Was, wenn sie anderen helfen konnte, mutig zu sein, indem sie selbst mutig war? Natürlich nicht in der Öffentlichkeit. Sie würde niemals einen TED-Talk halten, aber auf Facebook zu schreiben war in Ordnung.

Als unter ihrem Kommentar die drei Punkte erschienen, lächelte sie. Schrieb Ally zurück? Es könnte aber auch jemand sein, der einen negativen Kommentar abgeben wollte. Zwischen den netten Nachrichten befanden sich auch viele Nimm-Simon-zurück-Sprüche.

ALLY MEYER: *Ich versuche es. Wenn mich mein Schwarm das nächste Mal um ein Date bittet, werde ich Ja sagen. Hast du einen Rat, wie ich mich selbst* *davon überzeugen kann, dass er mich tatsächlich noch mal fragen wird?*

Everly lachte. Nun befand sie sich in unbekanntem Fahrwasser. Noch nie hatte sie jemand um Ratschläge gebeten, was Dating betraf. Es war surreal und auch ein wenig beunruhigend. *Vermassle es nicht. Sei einfach ehrlich. Was würdest du tun?*

EVERLY DEAN: *Um ehrlich zu sein, habe ich eine Liste mit zehn Regeln aufgestellt. Mit Dingen, die ich unbedingt durchziehen will. Ich brauche diese Regeln, um meine Ziele zu erreichen. Vielleicht kannst du ja etwas Ähnliches machen. Erstelle eine Liste mit Dingen, die dich großartig machen, nur für den Fall, dass du dich daran erinnern musst. Es gibt einen Grund, warum er dich schon mehr als einmal gefragt hat.*

Fast hätte sie *Du kannst das, Mädchen* hinzugefügt, verkniff es sich aber zum Glück noch rechtzeitig.

Dann schrieb Ally eine Nachricht. Everly öffnete sie mit hämmerndem Puls. Sie wollte keine Stalkerin, oder so. *Sie ist keine Stalkerin. Nur eine Frau, der es so geht wie dir.*

ALLY MEYER: *Danke, dass du dir die Zeit genommen hast, mir zu antworten. Das mache ich. Eine Art Erinnerung wird mir bestimmt helfen. Viel Glück bei deinem nächsten Date. Ich bin immer noch im Team Owen.*

Everly bedankte sich und fuhr den Computer herunter. Lächelnd dachte sie an die Interaktion und an den Podcast, den sie noch vorantreiben wollte. Mari schien die Idee, dass Everly noch einen Sendeplatz bekommen könnte, überhaupt nicht gefallen zu haben. Dabei strebte sie gar nicht nach dem Rampenlicht. Sie wollte einfach etwas erschaffen, womit sich die Menschen identifizieren konnten. Sie hatte schon ein paar Ideen. Sie musste nicht die alleinige Produzentin des Podcasts sein. Everly hatte sich noch nie nach Aufmerksamkeit gesehnt. Sie wollte nur einen guten Job machen.

Ein kleines Lächeln umspielte ihre Lippen, als sie sich vorstellte, ihre Ideen mit Mari und Stacey zu teilen. Als sie plötzlich fünf Wörter auf dem Handydisplay sah, bekam sie jedoch wieder Herzrasen.

MOM: *Kommst du in die Praxis?*

Seufzend schlug sie den Laptop zu und stand auf. Sie griff nach ihrem Smartphone und ging ins Schlafzimmer, um einen leichten Pullover zu holen. Im Gehen tippte sie die Antwort, die ihre Mutter erwartete, denn so war es immer.

EVERLY: *Bin auf dem Weg.*

• • •

Die Praxis ihrer Mom war vielmehr eine umgebaute Wohnung. Ihnen gehörte das ganze Haus, und die Massagepraxis hatte sie im Erdgeschoss eingerichtet. Das oberste Stockwerk teilten sich ein Chiropraktiker und eine Physiotherapeutin. Der Eingang und das Wohnzimmer waren zu einem Wartezimmer umgebaut worden, die ehemalige Küche war nun der Pausenraum, und zwei der drei

Schlafzimmer dienten als Behandlungsräume. Das dritte Schlafzimmer war das Büro ihrer Mom, inklusive Ausziehsofa und Fernseher. Alles war hübsch eingerichtet.

Everly klopfte und ignorierte ihre Eingeweide, die sich immer mehr verknoteten. Ihre Mutter öffnete nach dem zweiten Klopfen.

»Hi, meine Süße.« Sie schloss sie fest in die Arme.

»Hi, Mom«, erwiderte Everly, ihre Stimme durch die Umarmung ihrer Mutter gedämpft.

»Du hättest nicht unbedingt kommen müssen«, sagte ihre Mom, ließ Everly los und winkte sie herein.

Genau. Wäre sie nicht gekommen, hätte sie es ihr ewig vorgehalten. Die Klänge einer Quizsendung drangen über den Flur, in der Luft lag ein Hauch von Lavendel. Was war jetzt wieder los?

»Hast du schon zu Abend gegessen?«

Everly schlüpfte aus ihren Schuhen und ging in Richtung Büro. »Nein. Ich war im Fitnessstudio und wollte eigentlich danach essen«, antwortete sie. Nach dem Kickboxen hatte sie jedoch keinen Hunger mehr gehabt. Simon neigte dazu, ihr den Appetit zu verderben.

»Im Fitnessstudio? Wie schön. Ich bestelle uns Chinesisch.«

»Ich habe keinen Hunger, Mom. Worüber streitet ihr euch wieder?« Warum mussten ihre Eltern sich immer so aufführen? Warum konnten sie sich nicht merken, dass sie ihr Kind war, nicht ihre Freundin und auch nicht ihre Eheberaterin? *Ähm, weil du nie etwas sagst?*

Als sie das Büro betrat, blieb sie abrupt stehen. »Was ist das?«

»Gefällt es dir?« Ihre Mom trat hinter sie und spähte über Everlys Schulter. »Das ist mein neues Hobby. Lebensgroße Porträts der männlichen Gestalt. Und falls du es wissen willst … *Deshalb* haben wir uns gestritten.«

Everly versuchte, woanders hinzusehen. Auf den Fernseher,

das Sofa, den Fußboden. Doch es war unmöglich, *nicht* auf das lebensgroße Bild zu starren, das ihre Mom gegen die Wand gelehnt hatte. Woher hatte sie überhaupt diese riesige Leinwand?

Ihre Mom umrundete sie, ging zur Leinwand und deutete breit lächelnd und mit flatternden Händen auf das Gemälde – falls man es als solches bezeichnen konnte.

»Ich habe am College ein paar Kurse besucht. Dein Vater war total beleidigt, als er die Bilder gefunden hat. Aber sieh es dir mal an, Evs. Das ist der menschliche Körper in all seiner Pracht.«

Everly verschluckte sich und nickte gleichzeitig. Es sah eher aus wie ein gedehntes beiges Tuch, in das man einen Tennisball hineingestopft hatte. Hier und da waren so etwas wie Gliedmaßen zu erkennen. *Bitte lass das ein Bein sein und nichts anderes.*

»Ist das … ähm, abstrakt?«

Das Lächeln ihrer Mutter verebbte. »Nein. Ach, Schätzchen, du hast wirklich kein Auge für Kunst. Außerdem ist es noch gar nicht fertig. Das ist erst der Anfang.«

Everly wollte wirklich nicht wissen, *wovon* es der Anfang war. Und sie hoffte, niemals das Endergebnis zu Gesicht zu bekommen. *O Gott, was, wenn sie es mir schenkt?* Dieses Teil konnte sie unmöglich in ihrem Schrank verstecken. Es war größer als ihr Schrank.

Sie setzte sich aufs Sofa, irgendwie fühlte sie sich unruhig. Als wäre eine dritte gesichtslose Präsenz im Raum.

»Und Dad haben die Bilder nicht gefallen?«

Ihre Mom setzte sich neben sie. »Nein. Männer wissen den Körper einer Frau … zu schätzen, begaffen sabbernd ihre Ärsche und Brüste, aber ich darf nichts sagen, wenn ich einen wohlgeformten Mann sehe? Entschuldigung, dass mir ein straffer, fester …«

»Mom.« Das Wort kam wie aus der Pistole geschossen. Everly

hob die Hand. »Ich hab's schon verstanden. Wertschätzung ist eine Sache. Aber würde es dir gefallen, wenn Dad Frauenkörper malen würde?«

Die Augen ihrer Mutter wurden groß und füllten sich mit Tränen. »Ich habe ihn gebeten, den Kurs mit mir zusammen zu machen. Ich bin sicher, sie werden bald auch weibliche Modelle finden.«

Everly klappte die Kinnlade herunter. »Du hast dir dafür einen echten nackten Mann angesehen?«

Sie nickte. Stolz. Everly gab sich größte Mühe, keinen weiteren Blick auf das Bild zu werfen.

»Wow.« Sie hatte von ihrer Mutter das Kinn und die Nase geerbt. Warum nicht auch ihren Mut?

Ihre Mom sprang auf. »Ich hole uns ein paar Snacks.«

Everly verdrehte die Augen, die dabei versehentlich das Gemälde streiften. Sehnlichst wünschte sie sich eine Augenbinde herbei.

Everly hakte die Liste in ihrem Kopf ab: Ihre Mom würde mit zwei Gläsern Wein und Snacks zurückkommen, die sie vorbereitet hatte, obwohl Everly nicht hätte vorbeikommen müssen. Dann würde sie ihr erzählen, wie unverstanden und ungesehen sie sich fühlte. Und morgen würde Everly die Version ihres Vaters zu hören bekommen. Es war ein Loyalitätskonflikt – und es war anstrengend.

Sie zog das Smartphone aus ihrer Tasche und sah, dass Chris ihr geschrieben hatte.

CHRIS: *Rob hat erzählt, du hättest Simon getroffen. Alles okay?*

Sie tippte eine kurze Antwort.

EVERLY: *Alles gut. Es war nur kurz.*

CHRIS: *...*

Everly wartete.

CHRIS: *Brauchst du Gesellschaft?*

Everly erzitterte leicht.

EVERLY: *Ich bin bei meiner Mom in der Praxis.*

CHRIS: *Bekommst du eine Massage?*

Sie lächelte, obwohl ihre Wangen zu glühen begannen.

EVERLY: *Nein. Wenn sie sich mit meinem Dad streitet, kommt sie hierher, um sich abzuregen. Es ist kompliziert.*

CHRIS: *Fast alles ist kompliziert. Schreib mir, falls du es dir anders überlegst. Ich gucke nur VM.*

»Den solltest du behalten, wenn er dich so zum Lächeln bringt«, sagte ihre Mutter mit zwei viel zu vollen Weingläsern in den Händen. Sie stellte sie ab, ging wieder in die Küche und kam kurz darauf mit einer Platte mit Käse, Crackern, Gemüse und Hummus zurück.

Everly steckte das Handy zurück in die Tasche und griff nach ihrem Weinglas. Für ihren Geschmack war der Wein zu süß, aber sie würde ihn ohnehin nicht ganz trinken.

»Und?« Everly wappnete sich für das, was ihre Mom gleich sagen würde. Sie hatte immer gedacht, dass es ihr mit dreißig egal sein würde. Dass sie gegen das ständige Hin und Her ihrer Eltern immun sein würde wie gegen Realityshows. Sie weckten zwar ihr Interesse, aber sie konnte den Fernseher auch einfach ausschalten. Ihre Eltern aber saugten sie ein wie eine Fernsehsendung, die sie eigentlich nicht schauen sollte. Sie konnte nicht wegsehen, konnte nicht so tun, als wäre es ihr egal.

Seufzend lehnte sich ihre Mutter zurück. »Erzähl mir erst von dem Lächeln.«

Das war ihr inzwischen vergangen. »Es ist nichts.«

Ihre Mom lehnte sich nach vorn, pikste sie in die Schulter und grinste frech. »Einer der glücklichen Junggesellen?«

Nope. Nur der ... Lieferant der besagten Junggesellen.

»Wie läuft es eigentlich?«

Noch zwei Dates, dann ist es vorbei. »Gut. Es ist ... okay, schätze ich. Morgen habe ich wieder ein Date.« Sie wusste, wie es funktionierte – ein bisschen von sich erzählen, um dann die Infos zu bekommen. »Letztes Mal musste ich verschieben. Wir holen das Date also nach.«

Das Lächeln ihrer Mom verwandelte sich in etwas anderes. Etwas, das Everly nicht sehen wollte. »Oh? Und wie wirst du es *wiedergutmachen?*«

Sie stieß die Luft aus und klopfte mit ihren Fingern auf ihrem Schenkel herum. »Ich mag es nicht, wenn du das machst.«

»Was denn?« Ihre Mutter klimperte unschuldig mit den Wimpern.

Sie wusste genau, was Everly meinte. Diese Diskussion hatten sie schon oft genug geführt.

»Du wolltest, dass ich herkomme. Also schieß los. Was geht zwischen dir und Dad vor?«

Ihre Mom setzte ein gekünsteltes Lächeln auf, was sie nicht oft tat, und lehnte sich weiter nach vorn. »Ich habe eine Idee. Warum unterhalten wir uns nicht darüber, was gerade der letzte Schrei ist?«

Everly blinzelte schnell und versuchte, sich aus dem Satz einen Reim zu machen. *Ganz langsam. Nicht aufregen. Sie ist verletzt.* Everly wusste, dass ihre Mom es hasste, sich mit ihrem Dad zu streiten, ganz egal, wie gut sie es auch zu verbergen versuchte. Wer stritt sich schon gern?

»Keine Ahnung, was gerade angesagt ist. Wirklich null. Und der letzte Schrei? Ich glaube, das sagt man nicht mehr.«

Ihre Mom pikste sie wieder in die Schulter und nahm sich ein Stück Käse. »Wir sollten tauschen. Du benimmst dich gerade so, als wärst du dreißig Jahre älter als ich. Verschwende deine Jugend nicht, meine Süße. Erzähl mir von dem Date morgen.«

Ihre Mutter trug Yogahosen und ein enges Tanktop. Das dunkle Haar hatte sie zu einem Messy Bun zusammengefasst, und sie trug kein Make-up. Da Everly auch die kleine Oberweite ihrer Mom geerbt hatte, hoffte sie, genauso würdevoll zu altern wie sie.

Everly starrte sie weiter an. Als ihre Mutter schließlich die Schultern hängen ließ, wusste sie, dass es jetzt so weit war.

»Die Ehe ist schwer, Evie.«

Na, das sind ja Neuigkeiten. »Ja, Mom. Deshalb gehen Leute zur Beratung, reden über Dinge, verändern etwas.« *Das Schwierigste daran ist das, woran du gerade selbst arbeitest – es dann auch durchzuziehen.* Das war schließlich der Sinn der Sache.

»Er erkennt mein Talent einfach nicht. Mein Bedürfnis, mich kreativ auszuleben. Er hat meine Arbeit beleidigt«, erklärte sie, ihr Weinglas in beiden Händen haltend.

Hobby, Mom. Es ist keine Arbeit, wenn du dich nicht wirklich dazu verpflichtest. Vielleicht ist das ein größeres Thema, als ich dachte. Ihre Mom war nie zu einem ihrer früheren Hobbys zurückgekehrt, deshalb war sie auch nie in etwas besser geworden, seien es die Ballontiere, Häkeln, Sticken oder Fischen. Ihre Chancen, der nächste Picasso zu werden, gingen also gegen null.

Everly drängte die Verärgerung zurück, die sich in ihr breitmachte, doch sie hasste alles daran. Sie hasste es, zwischen den Stühlen zu stehen und sich zu fragen, ob ihre Eltern irgendwann endgültig den Stecker ziehen würden. Wie konnte man nur mit dieser permanenten Ungewissheit leben? Sie hätte es nicht gekonnt. Für andere war es nur ein Stück Papier, aber in ihrer Welt hatte diese Unterschrift eine Bedeutung. Und man lief nicht einfach davon, wenn es mal schwierig wurde.

»Warum tut ihr euch das gegenseitig an?« *Und mir.* Die Worte klangen schroffer als beabsichtigt.

Ihre Mutter riss die Augen auf. »Was antun? Ich versuche, mit einem Mann alt zu werden, der behauptet, er würde sich verändern, und ich würde mich nicht mit ihm verändern. Dein Vater findet unser Leben langweilig und meint, wir bräuchten mehr Abenteuer. Ich habe ihn gebeten, eines meiner Hobbys auszuprobieren. Aber er will reisen oder was Neues im …«

Everly räusperte sich und unterbrach ihre Mom. »Bitte. Beende diesen Satz nicht. Nicht mal den Gedanken.« Es gab so vieles, was ein Kind nicht über seine Eltern wissen musste.

Seufzend verdrehte ihre Mom die Augen. »Warum bist du nur so prüde? Menschen haben Sex, Everly. Es ist normal. Ganz natürlich. Und manchmal muss man der Sache eben ein wenig Würze verleihen. Dagegen habe ich ja gar nichts.«

Everly zog die Augenbrauen zusammen und griff nach einem Stück Sellerie. »Als hätte ich gerade nicht gesagt: ›Bitte sprich es nicht laut aus.‹«

»Aber so erreicht er, was er will«, fuhr ihre Mom mit zitternder

Unterlippe fort und deutete auf ihr Kunstwerk. »Er redet mich klein. Meine Art, mich auszudrücken.«

Obwohl sie für die Situation und ihre Eltern keine Geduld mehr übrig hatte – denn ihr war vollkommen bewusst, dass sie auch diesmal beide schuld daran waren –, bekam Everly nun ein schlechtes Gewissen. Sie empfand Mitleid mit ihrer Mom. Sie wollte, dass die beiden glücklich waren, hatte aber keine Ahnung, wie sie helfen konnte.

»Dieses Hin und Her tut euch nicht gut. Hast du ihm gesagt, dass er deine Gefühle verletzt hat? Hast du versucht, ihn zu verstehen, als er dir gesagt hat, dass er es nicht gern sieht, wenn seine Frau nackte Männer malt?« Everly nahm sich noch ein Stück Sellerie, denn nun hatte sie doch Hunger.

Ihre Mom stellte den Fernseher leiser. »Es ist leicht, sich ein Urteil zu bilden, wenn man noch nie eine ernste Beziehung hatte. Und schon gar nicht verheiratet war, Süße.«

Everly biss in das geschmacklose Gemüse und war froh, dass sie gerade den Mund voll hatte. Sie war vielleicht noch nie verheiratet gewesen, aber würde sie irgendwann heiraten, dann für immer. Die Entscheidung, für immer zusammenzubleiben, sollte keinem Jo-Jo gleichen, sobald einer nicht das bekam, was er wollte.

Sie schluckte und hoffte, die zusätzlichen Sekunden würden helfen, ihren Ton sanfter klingen zu lassen. »Beziehungen und Ehen sollten eigentlich etwas hauptsächlich Positives sein. Ich muss nicht verheiratet sein, um zu wissen, dass dieses Hin und Her nicht gut ist. Wenn man sich liebt, sorgt man dafür, dass es funktioniert. Wenn du wirklich ein Hobby willst, dann such dir eins aus, und bleib dabei. Aber tu es nicht, um dich in irgendeiner Form an Dad zu rächen. Hör auf hierherzukommen, wenn du sauer bist. Sprich mit deinem Ehemann. Und wenn du es allein nicht schaffst, dann bitte jemanden um Hilfe. Dafür gibt es Profis. Ihr liebt euch doch. Es muss noch andere Möglichkeiten geben, als einfach zu gehen, wenn du wütend bist.«

Wo war das denn hergekommen? Sie blinzelte. Ihre Mom blickte so schockiert drein, dass Everly bei ihrem Anblick nervös wurde. Sie griff nach ihrem Weinglas, umklammerte fest den Stiel und nahm einen großen Schluck.

»Dafür habe ich dich nicht eingeladen. Ich wollte nur ein wenig Gesellschaft«, erwiderte ihre Mutter leise. Sie hatte sie überhaupt nicht eingeladen. Sie hatte ihr den geheimen Code für *Ich brauche dich* geschickt – und Everly war gekommen.

Everly senkte das Glas und den Blick und nickte. »Tut mir leid«, sagte sie sanft.

»Du verstehst das nicht. Vielleicht eines Tages.«

Das war immer Everlys Hoffnung gewesen. Sie eines Tages zu verstehen. *Anscheinend nicht heute.*

Als sie ging, war Everly aufgewühlt. Überschüssige Energie floss durch ihren Körper und suchte ein Ventil. *Vielleicht solltest du jetzt noch mal zum Kickboxen gehen,* dachte sie. Schließlich hatte sie noch neun Stunden übrig. Sie freute sich sogar darauf, aber jetzt war sie zu müde.

Auf dem Rückweg fragte sie sich, wie sie es geschafft hatte, heute zwei der wichtigsten Menschen in ihrem Leben zu verärgern – ihre Mom und ihre beste Freundin. Darüber nachzudenken machte sie nur noch unruhiger. Statt direkt nach Hause zu fahren, steuerte sie den Supermarkt an.

Auf dem Parkplatz von Save N' Shop war nicht viel los. Erwachsenensachen zu machen war abends viel entspannter. Vielleicht würde das ihr neues Ding werden. Sie grinste. Stacey würde auf jeden Fall widersprechen, dass das hier »etwas Neues ausprobieren« war. Ein kleiner Dorn pikste sie in die Rippen. Sie mochte es nicht, wenn sie mit Stacey nicht im Reinen war. Oder wenn sie nicht wusste, ob da noch mehr war, wofür sie sich entschuldigen sollte. Sie nahm sich einen Einkaufskorb. *Alles wird gut. Du schreibst ihr später. Stacey wird deine Entschuldigung annehmen. Dann ist alles wieder in Ordnung.*

Vielleicht sollte ich irgendetwas kochen, um »etwas Neues« auszuprobieren. Wenn diese kleinen Kinder im Fernsehen kochen können, dann kann ich es auch. Vielleicht. Sie war eine ganz gute Köchin, was heißen sollte, dass sie auch ohne Take-away nicht verhungerte. *Wie wäre es mit Dessert?* Sie erreichte den Gang mit den Backzutaten, blieb stehen und beschloss, mal nachzusehen. *Irgendetwas mit Schokolade? Schokolade ist immer gut. Besonders im Schoko-Karamell-Kuchen.* Sie erzitterte wie vorhin, als sie Chris' Nachricht bekommen hatte. Es fühlte sich an, als wäre ihr Herz an ein Stromkabel angeschlossen. Sie begann, sich das Dessert auszureden, wenn sie dabei nur noch mehr an den Mann denken würde, an den sie *nicht* denken sollte. *Musst du alles, was du tust, so auseinandernehmen? Mehr daraus machen, als es ist? Es ist nur ein Dessert. Reiß dich zusammen, Everly. Du machst ihm keinen Heiratsantrag.* Sie zückte das Handy und googelte die Zutaten.

»Das ist nicht allzu schwer. Das kriege ich hin«, murmelte sie und scrollte durch die Liste.

»Daran habe ich keinerlei Zweifel«, sagte eine tiefe Männerstimme.

Everlys Kopf schnellte nach oben. Ihre Haut kribbelte vor Scham, weil sie Selbstgespräche geführt hatte. Vor ihr stand Owen Baston. Junggeselle Nummer eins. Sie lächelte. Und zwar erstaunlich aufrichtig. So sehr, dass ihre Wangen spannten.

Ihr Herz raste wie ein Hamster auf Speed. »Ha. Danke für den Zuspruch.«

Owens Augen funkelten amüsiert. »Gern geschehen. Was ist es denn, das du auf jeden Fall hinkriegst?«

Wärme breitete sich in ihrer Brust aus. Er war süß. Nett. Witzig. »Ein gesalzener Schoko-Karamell-Kuchen.«

Owen machte ein leises Brummgeräusch, das fast genauso sexy war wie der Duft seines Parfüms, als er sich zu ihr lehnte. Hmm. Auf jeden Fall sexy. *Nicht so sexy, dass ich Gänsehaut kriegen würde, aber nett.* Nett war gut. Nett war sicher. Und sicher war *großartig*.

»Klingt lecker. Das musst du unbedingt ausprobieren, selbst wenn es schiefgeht.« Warum kam ihr das in diesem Moment vor wie ein guter Ratschlag fürs Leben? Owen lächelte. »Wie geht's dir?«

»Gut. Und dir?«

»Ganz gut. Die Arbeit läuft gut. Das Leben ist gut. Ich kann mich nicht beklagen. Wie läuft's mit den Dates?«

Sie lachte und wusste sofort, dass sie sich später dafür verfluchen würde, wie laut es durch den leeren Gang hallte. »Aufregend wie eh und je. Nur noch zwei.«

»Bevor du den glücklichen Gewinner auswählst?« Es klang so aufrichtig, dass sich ihre Nerven beruhigten.

»Bevor ich eine engere Auswahl treffe.«

Sein Handy vibrierte. Dass er es nicht zückte, um nachzusehen, bescherte ihm ein paar Bonuspunkte. »Das widerspricht wahrscheinlich den Regeln, aber hast du Lust, einen Kaffee trinken zu gehen?«

»Oh, ich sollte so spät besser keinen Kaffee mehr trinken. Oder überhaupt kein Koffein zu mir nehmen. Sonst kann ich nicht schlafen. Je älter man wird, desto größer die Wirkung.« *Du hebst die Bedeutung von »Trottel« auf ein ganz neues Level, Everly Dean. Großartig.*

Zu ihrer Verwunderung und Erleichterung lachte Owen. Es

klang tief und rau und bereitete ihr zumindest eine Mini-Gänsehaut. »Ich habe ganz vergessen, wie alt du bist. Wie wäre es mit heißer Milch?«

Everly biss sich auf die Unterlippe und versuchte, nicht merkwürdig zu kichern oder wie eine Idiotin zu grinsen. Es wurde langsam spät, und sie hatte noch nicht die Lebensmittel eingekauft, die sie brauchte. Generell war heute nicht der beste Abend aller Zeiten gewesen. *Sei mutig. Auch wenn es dir Angst macht.*

Owen musterte sie mit seinen dunkelblauen Augen. Sie hatte das Gefühl, er würde nicht versuchen, sie zu drängen, wenn sie Nein sagen würde. Aber es widersprach nicht den Regeln der Show. *Theoretisch.*

»Klar. Klingt gut«, erwiderte sie aus dem Bauch heraus und fügte hinzu: »Ich kann aber nicht lange.« Es war reiner Reflex, falls sie frühzeitig flüchten musste. Nur für den Notfall.

Er lächelte herzlich. Süß. »Verwandelst du dich nachts in ein Gemüse?«

Sie ging neben ihm her, das Dessert war vergessen. »Kürbisse sind in Wahrheit eine Frucht.« *Genau. Berichtige ihn, du Trampeltier.* Sie blieb stehen und sah zu ihm hoch. »Tun wir einfach so, als hätte ich das nicht gesagt.«

Er versuchte, sich das Lachen zu verkneifen, schaffte es aber nicht ganz. Sie konnte es an seinen Lachfältchen sehen. »Ich schwinge einfach meinen Zauberstab. Dann ist es, als wäre es nie geschehen.«

Everly mochte, wie einfach es war, mit ihm zu lachen. Das war es, was sie brauchte. Einen netten, witzigen, attraktiven Kerl, für den sie ein bisschen was empfand, aber nicht zu viel. Einer, der nicht verboten war. Einer, dem sie sich öffnen konnte, ohne sich in ihm zu verlieren. Owen war perfekt. Sie musste es versuchen, auch wenn es vielleicht nicht funktionieren würde.

Kapitel 25

Erst zum zweiten Mal in ihrem Leben stand Everly viel zu früh am Morgen vor jemandes Wohnung und fragte sich, ob sie hineingehen sollte. Sie hatte einen Schlüssel. Es war ein *Du-bist-jederzeit-willkommen-und-musst-nicht-mal-klopfen*-Schlüssel. Sie hatte ihn noch nie benutzt, denn dafür hatte es bisher keinen Grund gegeben. Aber jetzt *hatte* sie einen Grund.

Stacey hatte nicht auf ihre Nachricht gestern Abend reagiert. Vielleicht brauchte sie ein wenig Zeit für sich. Aber Stacey brauchte nie Zeit für sich. Sie war direkt, ohne aufdringlich zu sein. Direkter ging es eigentlich nicht. Seit fast drei Jahren verbrachten sie privat mehr Zeit miteinander als bei der Arbeit. Wenn sie stritten, klärten sie es sofort, und alles war wieder gut. Everly verlagerte das Gewicht von einem Fuß auf den anderen und kaute auf der Innenseite ihrer Wange herum.

Es sei denn, du hast ihre Geduld jetzt endgültig überstrapaziert. Sie hatte Angst, dass sie ihrer Freundin nun zu viel geworden war.

Wenn du nicht bald anklopfst, musst du zur Arbeit. Geh einfach rein. Sie klopfte und ließ die Faust geschlossen, als sie den Arm senkte. Die Sekunden, die sich anfühlten wie Minuten, vergingen ohne eine Reaktion. Sie klopfte erneut, ballte die Faust noch fester und wünschte sich, sie hätte Pepper Potts in ihre Tasche gepackt. Ja, sie hatte ihrer Stresskatze einen Namen gegeben. Das musste ja keiner wissen.

Die Tür ging auf, und Stacey erschien. Sie wirkte alles andere als begeistert. Ihr Messy Bun saß nicht auf dem Kopf, sondern eher seitlich. Sie trug einen großen Kapuzenpullover und eine weite Flanellhose. Und sie blickte finster drein.

Everly schaffte es nicht, ihr Entsetzen zu verbergen. »Ich glaube, ich habe dich noch nie ohne Make-up gesehen.«

Stacey gähnte, ohne die Hand vor den Mund zu halten. »Wenn das dein Ziel war, dann hast du es erreicht, so früh, wie du hier auftauchst.« Mit zusammengekniffenen Augen blickte sie auf die Tüte in Everlys Hand. »Was ist das?«

Everly setzte ihr bestes *Tut-mir-leid-dass-ich-so-schwierig-bin-Lächeln* auf. »Double Chocolate Fudge Donuts. Von *Baked*.«

Stacey trat zurück. »Zutritt gewährt.« Sie schloss die Tür ihres kleinen Bungalows und riss die Tüte an sich. »Gib her.«

Lachend folgte Everly ihr in die Küche. Der Bungalow hatte mal Staceys Großmutter gehört, doch sie hatte ihn geerbt, als ihre Grandma vor ein paar Jahren gestorben war. Das war einer der Gründe gewesen, warum sie sich entschieden hatte, in San Verde zu bleiben, obwohl sie durchaus die Möglichkeit gehabt hätte, bei einem größeren Sender zu arbeiten.

Während Stacey den Kaffee zubereitete, ließ Everly den Blick durch die Küche schweifen. Auf dem Tresen stapelte sich das Geschirr von gestern Abend und wahrscheinlich auch von vorgestern. Auf dem kleinen runden Tisch lagen alte Zeitungen. Auf dem Fenstersims stand eine traurige Pflanze mit nur einem Blatt.

Everly ging zum Waschbecken, nahm sich ein Glas aus dem Schrank und drehte das Wasser auf. Sie goss die Pflanze ein wenig, beobachtete, wie das Wasser in den Untersetzer floss, und lauschte dem Mahlen der Kaffeebohnen.

Ihre Haut fühlte sich zu eng an. Sie hasste Streit. Konflikte. Vor allem, wenn sie der Grund dafür war.

»Danke. Falls ich mal Kinder haben sollte, werden sie echt in Schwierigkeiten stecken, wenn du nicht regelmäßig vorbeikommst«, sagte Stacey und deutete mit dem Kinn auf die Pflanze. Everly stellte das Glas auf die Küchentheke.

Sie holte tief Luft, versuchte, ihre Lungen mit Mut zu füllen, und wandte sich ihrer Freundin zu. »Sag mir, was ich tun muss, damit zwischen uns wieder alles okay ist. Tut mir leid, dass ich mich gestern so verhalten habe. Tut mir leid, dass ich gegangen bin. Dass ich überreagiert habe. Tut mir leid, dass ich schwierig, kompliziert und alle möglichen Adjektive bin. Aber abgesehen von den negativen, wie *pingelig* und *pedantisch*, bin ich auch *loyal*, *liebevoll*, *vertrauenswürdig* und *verlässlich*.«

Stacey blinzelte ein paarmal und lehnte sich gegen die alte Küchentheke. »Das war eine Menge *vor* dem Kaffee. Wovon redest du überhaupt?«

Everly entwich alle Luft. »Ich ertrage es nicht, wenn du sauer auf mich bist.«

»Dann ist es ja gut, dass ich nicht sauer bin. Bist du etwa schon seit Stunden wach, weil du dir darüber Gedanken gemacht hast?« Stacey verengte die Augen zu Schlitzen.

Natürlich. Anscheinend unnötigerweise. Schnaubend wandte Everly den Blick ab. »Nein. Wohl kaum. Wie auch immer.«

»Du hast auf deiner Liste mit den Adjektiven noch *überzeugend* vergessen.«

Stacey drehte sich um und nahm zwei Tassen aus dem Schrank mit der Glasscheibe.

»Vielleicht solltest du mal mit jemandem über alles reden«, sagte Stacey leise.

Everly wich dem Kommentar aus. »Ich treffe mich mit zu vielen Leuten. Deshalb können wir uns nicht streiten. Ich brauche dich. Ich multi-date.«

Stacey wirbelte herum. »Was?«

»Du hast mich genau gehört. Du kannst nicht sauer auf mich sein. Ich brauche dich.«

»Ich bin nicht sauer auf dich. Und jetzt zurück zum Thema, dass du mit jemandem über deine Angst sprechen solltest, denn ich bin sicher, du hast dir wieder irgendwelche Abdrücke zugefügt, weil du dir über irgendetwas Sorgen gemacht hast, das überhaupt kein Problem ist. Wenn dir also dein Leben lieb ist und ich die Donuts mit dir teilen soll, dann erzähl mir, was du mit *Multi-Dating* meinst.«

Everly öffnete den Mund.

Stacey hob eine Hand. »Warte. Ich nehme den Kaffee, du die Donuts, und dann treffen wir uns im Wohnzimmer.«

Ihre Atmungsfunktionen normalisierten sich wieder. Adrenalin floss durch ihre Adern. Zwischen ihnen war alles gut. *Kein Grund, sich zu sorgen. Aber was würdest du stattdessen mit deiner Zeit anstellen?* Es wäre interessant gewesen, das herauszufinden.

Das Wohnzimmer war total retro möbliert, aber bei den aktuellen Trends war es schwer zu sagen, ob Stacey es so eingerichtet oder ob sie die alten Möbel ihrer Großmutter einfach behalten hatte. Nachdem Everly die Schachtel mit den Donuts aus der Tüte genommen und sie auf den Tisch gestellt hatte, machte sie es sich in dem gelben Ohrensessel gemütlich und legte die Häkeldecke über ihre Beine. Kurz darauf kam auch Stacey und stellte die Tassen auf den Tisch. Aus der Tasche ihres Kapuzenpullovers zog sie zwei Servietten.

»Erkläre dich, Dean.«

Everly lächelte. »Erstens: Bist du sicher, dass jetzt alles wieder gut ist? Gestern Abend hatte ich nämlich nicht das Gefühl.«

»Alles gut, Evs. Selbst wenn nicht, wäre es bald wieder gut. Wir überstehen alles. Du bist mein Mädchen. Du bist verdammt seltsam, und ich liebe dich. All deine Eigenarten, die du aus irgendeinem Grund nicht magst, sind Gründe, warum ich dich so liebe. Du bist einfach echt, Evs. Und unsere Freundschaft auch. Zweifle nie daran. Niemals. Oder ich trete dir in den Hintern.«

Everly lachte. Tränen stiegen in ihr auf. *Keine Tränen*.

Staceys Gesichtsausdruck und Stimme wurden weicher. »Ich wünschte, ich könnte dir helfen, lockerer zu werden. Damit sich dein Kopf nicht die ganze Zeit dreht. Nicht, weil es mich stört, sondern weil ich sehe, wie sehr es dich belastet. Du bist erschöpft, Schätzchen. Aber ich bin immer für dich da. So wie du für mich. Du akzeptierst mich, ich akzeptiere dich. So funktioniert das. Und willst du dir jetzt tatsächlich die Donuts entgehen lassen? Denn ich habe dich gewarnt. Kein Rumgedruckse mehr. Spuck's aus. Hast du dich für jemanden ausgezogen?«

Everly hatte sich gerade nach vorn gelehnt, um sich einen Donut zu nehmen, und wäre fast vom Sessel gefallen. Sie stotterte unverständlich, bevor sie erwiderte: »Nein. Natürlich nicht.«

Stacey nahm sich eine der schokoladigen Köstlichkeiten und führte sie zum Mund. »Das könnte Teil deines Problems sein und ein Grund, warum du so eigenartig bist«, bemerkte sie, bevor sie hineinbiss.

Everly griff nach ihrem Donut und leckte sich die Schokolade vom Zeigefinger. »Da muss ich dir widersprechen. Aber egal. Rate mal, wen ich gestern Abend gesehen habe. Egal. Raten dauert zu lange. Owen. Junggeselle Nummer eins. Ich habe ihn im Supermarkt getroffen, nachdem ich meine Mom im Büro besucht hatte. Er hat gefragt, ob wir was trinken gehen.«

Zu beobachten, wie Stacey die Kinnlade herunterklappte, war irgendwie befriedigend. »Aber ihr wart nicht nackt?«

Sie schnaubte und nahm einen Bissen. »Nein.«

Stacey deutete mit dem Donut auf sie. »Deine Mom war im Büro? Ich traue mich gar nicht zu fragen. Was war diesmal los?«

Everly krümmte sich. »Nacktbilder.«

Stacey schlug die Hand vor den Mund. »Von ihr?«

»Nein!« Everly erschauderte. »Das wäre besser gewesen. Sie macht gerade einen Kurs und zeichnet Aktmodelle. Aber der Typ, den sie gemalt hat, sah eher aus, als würde er einen zerknitterten Bodysuit tragen.«

Stacey brach in Gelächter aus. »Jetzt bin ich neugierig. Ich will es sehen.«

Everly winkte ab. Auf dieses Gespräch hatte sie im Moment keine Lust. »Nein, willst du nicht. Vertrau mir. Erspar dir das lieber.«

»Okay. War Owen auf den zweiten Blick immer noch ein Träumchen?«

Wenn sie an ihn dachte, musste sie automatisch lächeln. *Das ist ein gutes Zeichen.* »Ja. Er war immer noch nett, witzig und charmant.«

Stacey richtete sich auf. »Ich glaube, du bist verliebt.«

»Vielleicht.« Sie war ziemlich sicher, dass sie sich für ihn entscheiden würde.

»Hattest du wenigstens das Bedürfnis, dich auszuziehen?«

Everly sank in ihren Sessel zurück und brach ein Stück von dem Donut ab. »Bist du sexsüchtig, ohne dass ich davon weiß?«

Stacey verschlang ihren Donut in Rekordzeit und leckte sich laut schmatzend die Finger. »Das kann ich weder bestätigen noch verneinen.«

»Das ist genau das, was jemand, der heimlich sexsüchtig ist, sagen würde.«

Stacey schüttelte den Kopf. »Das kannst du doch nicht wissen. Aber hier geht es überhaupt nicht um mich.«

»Nein. Es geht um mich. Die, die nie ausgeht und es irgendwie geschafft hat, gestern und heute Abend ein Date zu haben.« *Und die, die heimlich in ihren Boss verknallt ist.* Gedanklich schlug sie die Hand vor den Mund. Wo war das denn plötzlich hergekommen? *Ähm, Realitätsbezug?* Gott, wie sehr sie ihr Gehirn hasste. *Du magst Chris nicht. Du magst Chris nicht. Er ist nur dein Kumpel. Wie Stacey. Dein Partner beim Kickboxen. Der vor und nach dem Training sexy aussieht. Halte den Mund.* Warum hörte ihr Gehirn nie auf sie? *Owen. Du willst Owen. Owen sieht nach dem Sport bestimmt auch gut aus.*

»Es ist höchste Zeit. Du hast es verdient, dich umzusehen und herauszufinden, wen es da draußen für dich gibt. Einer von den Typen wird dir mit Sicherheit Schmetterlinge im Bauch bereiten. Ich spüre es.«

Ha. Aber der Falsche. »Ich weiß nicht, Stace. Ich hatte erst neulich wieder eine Panikattacke. Deshalb musste ich das Date verschieben.«

Jeglicher Humor verschwand aus Staceys Gesicht. »Du sollst mich doch anrufen, wenn so etwas passiert. Warum hast du nicht angerufen?«

Everly zuckte mit den Schultern. *Weil es nie aufhört, peinlich zu sein? Ich habe Chris angerufen. Und er ist vorbeigekommen. Ich … habe alles andere vergessen.*

»Was hast du gemacht?« Stacey nahm sich eine Serviette, wischte sich die Finger ab, knüllte sie zusammen und warf sie zurück auf den Tisch.

»Chris ist vorbeigekommen. Wir haben *Veronica Mars* geschaut.«

»Wie bitte? Du hast unsere Serie mit einem anderen geschaut?« Stacey stand vom Sofa auf. »Ich brauche kurz einen Moment.«

Everly lachte, hörte das Wasser laufen und grinste noch immer, als Stacey mit sauberen Händen zurückkehrte und nach ihrer Tasse griff.

»Frage«, sagte Stacey und stützte sich auf die Sofalehne.

»Ja?«, erwiderte Everly und nahm ebenfalls ihre Tasse.

»Hast du es schon mal in Erwägung gezogen, dich für Chris auszuziehen?«

Ihr Herz drehte auf eine Weise durch, die sie noch nie erlebt hatte. Als hätte sie eine Adrenalinspritze direkt hinein bekommen. In einer langsamen, kontrollierten Bewegung, die sie viel Mühe kostete, führte Everly die Tasse an den Mund, nahm einen Schluck, schmeckte nichts und setzte sie wieder ab. »Ich habe keine Ahnung, warum dich die Vorstellung von mir nackt so fasziniert. Vielleicht ist es bei dir mehr als nur eine Sexsucht. Ich renne nicht herum und suche nach Männern, für die ich mich ausziehen kann.«

Seufzend sank Stacey zurück aufs Sofa. »Glaub mir, du wärst wesentlich entspannter, wenn du es tun würdest. Aber jetzt mal im Ernst. Habe ich mir den Funken Lust zwischen euch nur eingebildet?«

»Er ist mein Boss. *Unser* Boss. Wir sind Freunde geworden.« Sie faltete die Hände.

»Also nein. Ich habe es mir nicht eingebildet.«

»Unsere Jobs hängen von ihm ab.« Ihre Finger verknoteten sich ineinander.

Stacey rutschte nach vorn. »Du magst ihn.«

»Er ist ein sehr netter Mensch.«

Stacey stellte ihre Tasse ab und presste die Handflächen auf den Tisch. »Du magst ihn *tatsächlich*. Ein sehr netter Mensch? Du magst keine Menschen. Sie reden zu viel. Du meinst es ernst.«

Obwohl es gerade gefühlte hundert Grad wärmer geworden war, musste Everly laut lachen. »Du bist so doof.«

»Du bist doof. Du bist in deinen Boss verknallt.«

Everly griff nach Staceys benutzter Serviette und bewarf sie damit. »Nimm das zurück. Bin ich nicht.«

Lachend warf Stacey die Serviette auf den Boden, und Everly unterdrückte den Drang, sie aufzuheben. Oder zu flüchten. »Sei ehrlich. Findest du Chris Jansen süß?«

Ihre nervigen Eingeweide erzitterten. Sie waren beim Klang seines Namens erwacht. Beim Gedanken an ihn. »Er ist attraktiv.«

»Hmm. Auf einer Skala von eins bis *Ich-würde-mit-ihm-schlafen*, wo befindet er sich da?«

Everlys Wangen glühten wie zwei Feuerbälle. Stacey deutete auf sie und machte klar, dass ihr die Wahrheit ins Gesicht geschrieben stand.

»O mein Gott. Eigentlich wollte ich dich nur ärgern, aber magst du ihn wirklich, Ev?«

Everly nahm noch einen Schluck von ihrem Kaffee, der inzwischen kalt und ungenießbar geworden war. »Ist doch egal. Hör jetzt auf. Ich brauche deinen Rat.«

»In welcher Frage? Ob du deinen Boss vögeln sollst oder nicht?«

Fast hätte sie sich an ihrer eigenen Spucke verschluckt. »Meine Güte, Stacey. Ich vögle gar niemanden. Und wenn du jetzt wieder sagst, dass das Teil meines Problems sei, werden wir uns tatsächlich streiten, denn darum geht es hier überhaupt nicht. Ich will nicht für den Rest meines Lebens allein sein. Es macht mir keinen Spaß, einen Typen nach dem anderen zu daten und mir jedes Mal überlegen zu müssen, wie ich mich verhalten soll. Ich dachte, mit dreißig hätte ich bereits Kinder. Dass ich einen Mann haben würde, der mich zum Lachen und ins Schwärmen bringt. Stattdessen date ich wie eine Studentin und kriege jeden zweiten Tag Ausschlag.«

Stacey kam zu ihr, setzte sich auf eine Armlehne und stellte die Füße auf die andere, sodass sie über Everly eine Art Brücke bildete. »Okay. Okay. Atme. Entspann dich. Es tut mir leid.«

Sie rieb Everlys Rücken, was sie als beruhigend empfand. Gleichzeitig fühlte sie sich schrecklich hilfsbedürftig. Verdammt. Warum konnte sie einfach keine normale Unterhaltung führen? Kein Wunder, dass sie noch nicht den Richtigen gefunden hatte.

»Willst du mit der Show aufhören?«

»Nein«, flüsterte sie. Dann räusperte sie sich und wiederholte es ein wenig lauter. Und sie stellte fest, dass es der *Wahrheit* entsprach. »Will ich nicht. Stace, gestern Abend hat mich eine Frau kontaktiert und sich dafür bedankt, dass ich so mutig bin. Sie hat mir ein bisschen von ihrer eigenen Angst erzählt. Ich hatte das Gefühl, tatsächlich jemandem geholfen zu haben. Ich habe noch zwei Dates, eins davon heute Abend. Owen ist immer noch auf Platz eins. Aber es ist mehr als das.«

Stacey wartete. Wie Chris es getan hatte. Kein Druck. Nur Geduld. Everlys Herz zog sich zusammen, als sie sich gegen ihre Freundin lehnte.

»Mir geht's gut. Ich habe schon so viel über mich selbst gelernt. Ich habe Simon die Stirn geboten, auch wenn ich danach gehen musste. Ich habe gestern Abend Zeit mit Owen verbracht. Ich habe Chris eingeladen. Ich habe jemanden dazu ermutigt, mutig zu sein.«

Überrascht stellte sie fest, dass Staceys Augen feucht wurden. »Du bist toll. Das sage ich dir ja schon die ganze Zeit.«

»Aber ich bin müde. Ich will, dass alles wieder normal wird. Was auch immer das bedeutet.«

»Das wird es auch. Und in der Zwischenzeit machst du etwas Großartiges. Das ist so weit außerhalb deiner Komfortzone, dass du wahrscheinlich nicht mal mehr den Zaun sehen kannst, der deine Zone umgibt. Ich bin stolz auf dich. Das könnte nicht jeder.«

Everly legte den Kopf in den Nacken und hob eine Augenbraue. »Du könntest es. Im Schlaf.«

Stacey schürzte die Lippen und presste sie aufeinander. Dann beugte sie sich herunter und flüsterte: »Ich habe Angst, mich zu verlieben.«

Everly war nicht sicher, ob sie das richtig verstanden hatte. »Was?« Sie legte die Hand auf Staceys Schienbein.

»Was du über Rob gesagt hast? Da hattest du nicht ganz unrecht. Ich habe mich seltsam benommen, weil sich die Schmetterlinge in meinem Bauch seltsam benommen haben. Normalerweise wachen immer nur die Lüstlinge unter ihnen auf, wenn ein süßer Kerl vorbeikommt. Aber die hier … Die waren schwerwiegender.«

Everly runzelte die Stirn. »Ich versuche wirklich, dir zu folgen, aber sind *Schmetterlinge* ein Synonym für *Gefühle*? Denn du könntest auch einfach *Gefühle* sagen.«

Staceys Blick veränderte sich, wurde frecher. »Ich date einen nach dem anderen, weil ich Angst habe, den Richtigen zu finden. Dann müsste ich ja aufhören zu daten«, erklärte sie dramatisch.

Everly lachte. »Ich bin nicht sicher, ob du es ernst meinst.«

Stacey erhob sich vom Sessel. Für sie war die Unterhaltung eindeutig beendet. »Ich auch nicht. Das ist ja das Ding, Ev. Wir haben alle unsere Eigenheiten. Sogar Chris. Da bin ich ganz sicher.

Also, schließe den Wettbewerb ab, und dann wird es Zeit, dass du dir eine sehr wichtige Frage stellst.«

Als ihre Freundin nichts mehr hinzufügte, fragte Everly: »Welche Frage?«

Staceys Lippen verzogen sich in eine Mischung aus Grimasse und Grinsen. »Ob du Mr Right nicht schon längst gefunden hast. Ob er nicht schon die ganze Zeit direkt vor deiner Nase gewesen ist.«

Ein Knoten bildete sich in Everlys Hals, und sie bekam Gänsehaut. Nein, diese Fragen wollte sie sich nicht stellen. Sie und Chris hatten es gerade geschafft, normal miteinander umzugehen. Sie wusste, dass sie ihm etwas bedeutete, aber nicht *auf diese Art*. Er hatte genug Gelegenheiten gehabt, es sie wissen zu lassen, falls er mehr wollte. Sie krümmte sich. Zum Glück hatte sie das nicht laut gesagt.

Sie hätte doch gemerkt, wenn er sie *mögen* würde. *Sein Geburtstagsgeschenk war sehr aufmerksam und süß*. Die letzten zehn Monate hatte er sie *Ms Dean* genannt. *Er war um deine Hand besorgt, als hättest du dich richtig verbrannt*. Erst vor Kurzem hatte er angefangen, ihr in die Augen zu sehen. *Seine Stimme klingt sanft, wenn er* Everly *sagt*. Die ersten Monate hatte er kaum mit ihr gesprochen. *Er hat sich einen Plan einfallen lassen, um deinen Job zu retten*. Er half ihr aktiv, einen Mann zu finden. *Er ist sofort gekommen, als du ihn angerufen hast. Ohne eine einzige Frage zu stellen*.

Everly ließ sich in ihrem Sessel nach hinten fallen. Ab dreißig sollte das Leben eigentlich einfacher werden. Klarer. Sie sollte sich wohler fühlen in ihrer Haut. Oder was auch immer. Sie sollte wissen, was sie wollte. Und sie sollte einen Plan haben, um ihre Ziele zu erreichen.

Stacey musterte sie amüsiert.

Everly seufzte. »Lach nur. Das ist die dreißig. Ich vermassle es. Aber du bist als Nächste dran, meine Liebe. Du bist die Nächste.«

Kapitel 26

Chris drückte sich vom Schreibtisch ab und ging zu seinem Minikühlschrank, um sich eine Limonade zu holen. Es machte ihm nichts aus, so spät noch im Büro zu sein. Um diese Uhrzeit war es leiser, einfacher, sich zu konzentrieren. *Einfacher, nicht an Everly zu denken, die gerade ihr nächstes Date hat*. Wahrscheinlich. Er ging zum Fenster, öffnete die Dose, nahm einen Schluck und starrte hinaus auf den Parkplatz. Er war fast leer. Abgesehen vom Hausmeister war sonst keiner mehr im Gebäude. Samstagabends hatten sie keinen Live-DJ.

Er ging zurück an seinen Schreibtisch, lockerte den Knoten seiner Krawatte, zog sie über den Kopf und warf sie aufs Sofa. Er setzte sich, stellte die Dose weg von den Akten und studierte die Zahlen vor sich. Der Sender lief gut. Allein durch diese eine Aktion hatten sie ihre Werbeeinnahmen verdreifacht. Er war wütend, dass sein Vater den Verlag abgesägt hatte, bevor Chris herausfinden konnte, was er damit hätte machen können. Doch es bedeutete auch mehr Geld für die anderen Tochterfirmen. Harco Media Entertainment, das Unternehmen, zu dem immer noch der Sender, eine Softwarefirma, eine Werbeagentur und eine Firma für Cybersicherheit gehörten, könnte für seinen Vater eine Schlüsselrolle spielen.

Er hatte angefangen, eine Liste mit allen Firmen seines Vaters anzufertigen, um langsam über das nachzudenken, was für ihn als Nächstes kommen würde – sie alle zusammenzuführen.

Sein Dad hatte schon immer ein buntes Portfolio gehabt, wollte ein Stück von jedem Kuchen, den die Welt zu bieten hatte. Chris hatte bereits diverse Ideen, wie eine verbesserte Kommunikation zwischen den einzelnen Firmen den Profit steigern könnte. Er wollte, dass das Abstoßen von leistungsschwachen Unternehmen ein Ende hatte. Hätte sein Vater zwischen Kaufen und Verkaufen einmal kurz durchgeatmet, könnte sein Unternehmen schon zu den fünfhundert umsatzstärksten überhaupt zählen.

Bevor Chris nach New York zurückkehren würde, war es sein oberstes Ziel, die drei verbliebenen Tochterfirmen zu stärken, die mit dem Sender verknüpft waren. Er hatte gerade eine E-Mail an die jeweiligen Management-Teams aufgesetzt, um ein Meeting vorzuschlagen. Sie mussten zusammenarbeiten, ihre Anstrengungen vereinen und den momentanen Erfolg des Senders nutzen. Chris wollte mit Wesley, seinem technikbesessenen Bruder, darüber sprechen, die Firma für Cybersicherheit mit dem Unternehmen für digitale Software zu verschmelzen. Wenn er die beiden erfolgreich zusammenführen würde, könnte er mit den anderen Holdings seines Vaters vielleicht das Gleiche tun.

Chris wollte seinen Laptop aufklappen, als er im Türrahmen eine vertraute Stimme hörte.

»Ist dein Job immer so langweilig?«

Chris' Kopf schnellte hoch. Sein Bruder Noah lehnte mit einem albernen Grinsen – das wahrscheinlich genauso aussah wie sein eigenes – im Türrahmen. Chris schob seinen Stuhl zurück, und sie trafen sich in der Mitte des Raums, umarmten sich, klopften sich lachend auf den Rücken und begrüßten sich mit etlichen *Heys*, *Manns* und *Hallos*.

Als Chris sich aus der Umarmung löste, musterte er seinen

Bruder. Gott, wie er ihn vermisst hatte. Sie telefonierten und schrieben ständig, aber es war einfach nicht dasselbe. Im Gegensatz zu Chris genoss Noah sein Leben als millionenschwerer Playboy. Er trug Designerjeans, ein schickes Hemd, und sein Haar war hervorragend gestylt, etwas, das er perfektioniert hatte, seit er mit fünfzehn angefangen hatte, das Badezimmer zu blockieren. Und obwohl er ein paar Fältchen um die dunklen Augen hatte, alterte er hervorragend. Noah war der Sorglose, Wesley das introvertierte Genie. Chris war nicht sicher, wer oder was er war. Vielleicht würde er es herausfinden, wenn er endlich da war, wo er sein wollte.

Noah schlug ihm auf den Rücken. »Du siehst echt scheiße aus. Als wärst du schon viel zu lange hier und würdest auf langweilige Dokumente starren. Gehst du auch ab und zu mal nach Hause?« Er schlenderte zum Schreibtisch und blätterte durch die besagten Papiere.

Chris rollte die Schultern und versuchte, die Knoten in seinem Nacken zu lösen. Zwischen Kickboxen und Schreibtischarbeit war er so verspannt wie schon lange nicht mehr. *Vielleicht ist es Zeit, aus diesem Büro herauszukommen. Hör auf, dem Leben aus dem Weg zu gehen, nur damit du nicht an Everly denken musst, wie sie sich mit anderen Männern trifft.* Er schnappte sich noch eine Limo und warf sie Noah zu, der grinsend dastand.

»Ich habe dich vermisst«, sagte Noah, öffnete die Dose und nahm einen Schluck.

»Ich dich auch. Ich dachte, du wolltest noch mal anrufen, bevor du kommst.«

Noah zuckte mit den Schultern. »Ich dachte, ich überrasche dich. Ich wollte sehen, ob ich dich bei irgendetwas erwische.«

Chris lachte – und es tat gut. Er hatte hier inzwischen ein paar Freunde gefunden, aber es war nicht dasselbe. Noah war sein bester Freund. Er stand ihm noch näher als Wes, obwohl sie sich alle drei super verstanden und eine tolle Zeit hatten, wenn sie zusammen waren. Er setzte sich aufs Sofa, während Noah es sich auf seinem Schreibtischstuhl bequem machte.

»Hier passiert also die Magie, was?«

»Keine Ahnung, ob es Magie ist, aber der Wettbewerb hat uns schon viel Kohle eingebracht. Dad ist darüber sehr glücklich. Ich bin gerade dabei, ein paar Empfehlungen für die Zukunft zusammenzustellen.«

Noah legte den Kopf schief. »Du willst, dass jemand aus dem Team deinen Job übernimmt?«

Darüber hatte er noch gar nicht nachgedacht. Wenn er sich ins Gedächtnis rief, dass er bald gehen würde, spürte er mittlerweile ein Stechen, das er sich nicht erklären konnte. Er hatte immer vorgehabt zu gehen. »Warum unterhalten wir uns über das Business? Was zum Teufel machst du hier?«

Noah lachte, zog die oberste Schreibtischschublade auf und wühlte darin herum. Er fand Chris' Vorrat an Starburst-Bonbons und nahm sich eins. »Alles wie früher. Ich bin hier, um meinen Bruder zu sehen.« Er steckte sich das Erdbeerbonbon in den Mund, knüllte das Papier zusammen und warf es in Richtung Mülleimer, verfehlte ihn aber.

Chris stand auf, hob das Papier auf und warf seinem Bruder einen schiefen Blick zu. »Hm. Klar. Und warum noch?« Noah war immer unruhig. Das hatte ihn schon mehr als einmal in Schwierigkeiten gebracht.

»Ich dachte, ich sehe mir ein paar Grundstücke an. Ich wollte mir dieses eine Anwesen mit eigenen Augen anschauen, auch wenn sie es bereits vom Markt genommen haben. Das ist scheiße, aber es gibt bestimmt noch andere. Hast du auch manchmal das Gefühl, dass du auf der Suche nach etwas Bestimmtem bist, um endlich anzukommen?« Er lehnte sich nach vorn und wickelte das nächste Bonbon aus.

Jep. Und ich habe es bereits gefunden. Sie ist knapp einen Meter siebzig groß, hat braunes Haar und ein Lächeln, das einen direkt in den Solarplexus trifft. Chris nahm sich ebenfalls eins von den Bonbons, die sich über den ganzen Schreibtisch verteilt hatten, als Noah die Packung aufgerissen hatte. Sein Bruder würde sie alle verspeisen, wenn er sich jetzt keins nahm. Er wickelte es aus, steckte es in den Mund und kam so um eine Antwort herum.

Noah merkte es nicht. »Ich habe einfach einen Tapetenwechsel gebraucht.«

»Dann willst du also auf unbestimmte Zeit bei mir wohnen?« Chris hatte nichts dagegen, ließ sich aber auch keine Gelegenheit entgehen, seinen Bruder aufzuziehen.

»Falls es für dich in Ordnung ist. Zuerst habe ich mir Sorgen gemacht, dass ich dich in deinem Lebensstil einenge, dann ist mir jedoch eingefallen, dass du gar kein Leben hast und wahrscheinlich noch nicht flachgelegt wurdest, seit du hierhergezogen bist. Wenn überhaupt, kann dein Leben durch mich nur besser werden.« Noah stand auf und ging herüber zu Chris.

Chris boxte Noah gegen die Schulter. Noah drehte sich, packte Chris und versuchte, ihn in den Schwitzkasten zu nehmen. Es war egal, dass sie einunddreißig und zweiunddreißig Jahre alt waren. Sie rangelten immer noch miteinander, wie sie es getan hatten, seit sie krabbeln konnten.

Noah hatte Chris um die Hüfte gepackt und griff nach dem Bund seiner Boxershorts. »Sag ›Ich habe meinen Bruder vermisst‹, oder ich ziehe dir die Unterhose hoch.«

»Was zur Hölle, Mann? Nicht die Unterhose. Das ist nicht fair.« Chris umklammerte Noahs Bein. »Zwing mich nicht dazu.«

»Das ist aber nicht das, was du sagen sollst«, erwiderte Noah und veränderte seinen Griff.

Das gab Chris die Chance, sich ein wenig zu bewegen. Er packte Noahs Schenkel und kniff fest zu.

Noah schubste ihn von sich und hüpfte auf einem Bein. »Du verdammter Hur …«

»Schlechte Deckung«, bemerkte Benny, der Hausmeister, während er den Mülleimer nahm und den Inhalt in den größeren Behälter auf seinem Wagen kippte.

Chris' Wangen begannen zu glühen. Er richtete sich auf, strich seinen Anzug glatt, funkelte seinen Bruder böse an und versuchte, sich das Lachen zu verkneifen.

»Sorry, Benny. Das ist Noah, mein Bruder. Er hat beschlossen, mich zu besuchen. Er kommt nicht oft raus und weiß nicht, wie man sich benimmt.«

Benny und Noah lachten beide. Benny wechselte die Mülltüte aus und sah Noah an. »Willst du auch hier arbeiten? Dann kannst du dich nicht so herausputzen, Junge.«

Das Team schätzte, dass Benny zwischen neunzig und einhundertzwanzig Jahre alt war. Niemand wusste es genau. Er war schon länger hier als alle anderen, sogar schon länger, als es den Radiosender gab. Sie witzelten darüber, dass er zum Inventar gehörte.

Noah blickte an sich herab. »Was stimmt nicht mit meinen Klamotten?« Er deutete auf Chris. »Er trägt eine Anzughose. Ist das nicht auch zu herausgeputzt?«

Benny blickte herüber zu Chris und grinste schief. »*Nope*. Nicht, wenn die Unterhose oben rausguckt.«

Noah lachte schallend und schlug mit Benny ein, während Chris versuchte, Hose und Unterhose zu richten. Mein Gott. Nur fünf Minuten mit seinem Bruder, und sie benahmen sich wieder wie Teenager. *Ein großartiges Gefühl.*

Nachdem Benny weitergegangen war, rieb sich Noah immer noch grinsend den Bauch. »Der Kerl ist klasse. Sind alle deine Mitarbeiter so?«

Chris atmete laut aus. »Ja, tatsächlich. Jeder auf seine Art.« Er zückte sein Smartphone, um sich eine Erinnerung zu schreiben, dass er für die Firmenfeier eine Location reservieren musste. Verdammt, das hatten sie sich wirklich verdient.

Noah stieß Chris an der Schulter an. »Ich bin am Verhungern. Gibt es in Kalifornien irgendetwas zu essen, das nicht aus Kohl oder rohem Fisch besteht?«

Chris griff nach seinen Schlüsseln und seinem Portemonnaie und schob das Handy in die Hosentasche. »Ja. Es gibt da diesen Burgerladen, den du lieben wirst.«

Noah rieb sich die Hände. »Sehr gut. Willst du mich auf dem Weg nach draußen noch herumführen?«

Die Tour würde nicht lange dauern. Chris zeigte Noah die beiden Konferenzräume neben seinem Büro, bevor er ihn in die entgegengesetzte Richtung führte. Dann betraten sie den Raum, in dem immer noch das Whiteboard mit dem Schaubild von Everlys Liebesleben stand. Bei dem Anblick drehte sich Chris der Magen um. Aber so blieben alle auf dem Laufenden. Es half, den Wettbewerb zu visualisieren.

Noah deutete mit dem Kinn auf das Board. »*Hier* passiert also die Magie?«

»Wir sind hier nicht in Hogwarts, Mann. Hier gibt es keine Magie. Nur harte Arbeit.«

Noah stieß ihn mit der Schulter an. »Wie viele Leute hast du?«

Chris fasste ihm die Daten und Fakten zusammen und erzählte, wie die Meetings abliefen. »Hast du etwa auch Lust aufs Radio?«

Noah lachte. »Ich glaube, das ist nichts für mich. Wer ist gerade auf Sendung?«

Chris führte ihn aus dem Raum und den Flur hinab. »Eine DJane, die aber nicht im Haus ist. Das ist eigentlich ziemlich cool. Sie hat samstagabends ein vierstündiges Segment. Das hält die Kosten unten, weil sie allein von zu Hause aus produziert. So bekommen die Zuhörer mal etwas anderes. Sie kommt aus Australien. Ihr Akzent zieht die Leute an. Ich denke darüber nach, ihr mehr Stunden zu geben.«

»Kein Produzent? Ist das da auch eine DJane?«

Chris drehte sich um und sah, dass sein Bruder durch das Seitenfenster des Raums spähte, den sie gerade passiert hatten. Er hatte nicht mal gemerkt, dass das Licht brannte. Er ging zum Fenster, warf einen Blick hinein und entdeckte Everly. Sein Herz machte einen seltsamen Satz. Als hätte es versucht, die nächste Stufe zu erklimmen, es aber nicht geschafft.

Er runzelte die Stirn. »Warte kurz.« Er schob seinen Bruder beiseite, klopfte an und öffnete die Tür.

Everly blickte von den Ordnern auf, die sie gerade durchforstete. Das Haar hatte sie zurückgebunden, was ihre Smokey Eyes betonte. Es sah sexy aus. Sie blinzelte überrascht, und er stellte fest, dass ihre Wimpern dicht und lang waren. Er erzitterte. Sie trug eine rosafarbene Bluse, die Farbe war dezent und gleichzeitig auffällig. Normalerweise trug sie Schwarz und Grau. Sie in einer anderen Farbe zu sehen machte irgendetwas mit seinem Gehirn, sodass er sie ein wenig zu lange anstarrte.

»Hey«, sagte er mit kratziger Stimme.

Everly legte die Hände übereinander und lächelte ihn an. Sie sah müde aus. Und wunderschön. Wie immer so schön, dass es ihm den Atem verschlug. Aber trotzdem müde.

»Hi. Was machst du denn noch hier?«

Er lehnte sich gegen den Türrahmen, stieß Noah an und hoffte, der würde den Hinweis verstehen. »Anscheinend das Gleiche wie du. Ich habe noch ein paar Sachen fertig gemacht. Und du? Warum bist du nicht auf deinem Date?«

Hoffentlich hatte die letzte Frage neutral geklungen. Gelassen, als würde er fragen: *Was hast du zu Abend gegessen? Wie war es? Willst du ihn heiraten?*

Sie zog die Augenbrauen zusammen, und auf ihrer Stirn erschien eine feine Linie. »Stacey musste mich befreien.«

Hinter ihm grunzte Noah vor Lachen. Chris drehte sich nach hinten und funkelte ihn böse an.

Everly lehnte sich nach vorn. »Ist da noch jemand?« Sie versuchte, an ihm vorbeizuspähen.

»Nur mein doofer Bruder. Noah, das ist Everly Dean. Ev, das ist einer meiner großen Brüder, Noah.«

Noah lehnte sich in den Raum und schüttelte Everly die Hand. Als er wieder zurücktrat, sah er Chris mit gehobenen Augenbrauen an, doch Chris beschloss, das zu ignorieren.

Stattdessen konzentrierte er sich auf Everly. »Was soll das heißen, Stacey musste dich befreien?« Meine Güte, die Bilder, die er jetzt im Kopf hatte …

Notiz an mich selbst: Stell dir nicht vor, wie du Everly befreist. Das Wasser lief ihm im Mund zusammen.

»Es war ein Notfall. Nach fünfzehn Minuten habe ich ihr geschrieben, sie müsse mich sofort anrufen und sagen, dass sie mich dringend braucht. In diesen fünfzehn Minuten hat er siebenmal erwähnt, dass ich das geplatzte Date wiedergutmachen muss. Im Restaurant war es laut, aber ihn schien das nicht zu stören. Er hat einfach über die Musik und das Geplapper hinweggeschrien. Wahrscheinlich wäre er in einer Bibliothek oder einem Krankenhaus genauso laut gewesen.«

Chris verzog das Gesicht. Es gefiel ihm nicht, dass ihr Abend so schrecklich verlaufen war.

Noah lehnte sich gegen den Tisch, als wären sie alte Freunde. »Überhaupt nicht cool. Nur noch zwei Dates, richtig?«

Anscheinend war Chris' Verwunderung nicht zu übersehen.

Noah lachte. »Was denn? Hättest du nicht damit gerechnet, dass ich auch im Team Everly bin? Ich habe alles verfolgt. Ich liebe deine Facebook-Posts.«

Everly lächelte. Es war ihr aufrichtiges Lächeln. Nicht das Lächeln, das ihre Augen nicht erreichte. »Danke. Bis heute Abend waren es noch zwei. Jetzt ist es nur noch eins. Ich habe in den letzten Wochen mehr gedatet als in meinem ganzen Leben.«

Chris lachte leise, obwohl es ihn wunderte, dass sich Everly seinem Bruder gegenüber so öffnete. Aber warum auch nicht? Alle Frauen taten das.

»Woran arbeitest du gerade?«, fragte Chris und beäugte den Ordner. Er trat näher an sie heran und warf einen Blick über ihre Schulter.

Sie schnappte nach Luft, aber so leise, dass er hoffte, dass nur er es bemerkt hatte. Sie rieb sich die Hände. Machte er sie nervös? War es die gute Art von Nervosität? Gab es so etwas überhaupt? Hatte sie eine Ahnung, wie sehr er es genoss, Zeit mit ihr zu verbringen? Wie es wohl wäre, wenn es ihr genauso ginge?

»Ich hatte eine Idee für den Podcast. Ich wollte mir noch mal ein paar Sachen ansehen, die wir bisher ausprobiert haben. Ich muss mit Mari sprechen. Ich glaube, sie fühlt sich in den Hintergrund gedrängt. Aber dafür gibt es keinen Grund. Ich hätte gern, dass wir uns für ein Real-Talk-Segment zusammenschließen. Wir könnten erfolgreiche Profis einladen, die von ihren Wahrheiten erzählen. Das ergibt keinen Sinn, was ich da rede.« Sie drehte sich zu ihm herum. Enthusiasmus ließ sie lebhafter werden. Ihre Knie berührten sich. »Gestern Abend hat sich jemand dafür bedankt, dass ich meine Geschichte teile. Vieles von dem, was man online sieht, ist so poliert. ›Ich bin einen Marathon gelaufen.‹ ›Ich habe acht Dutzend Kekse gebacken und sie glasiert wie Martha Stewart.‹ Aber was, wenn wir die Tränen während des Marathons zeigen und die acht Dutzend Kekse, die im Müll gelandet sind?«

Die Idee gefiel ihm auf Anhieb. Als sich ihre Blicke trafen, durchdrang das Leuchten in ihren Augen seinen ganzen Körper. Everly Dean war wunderschön, aber wenn sie von etwas begeistert war, dann war sie ... unbeschreiblich.

Mit einem anerkennenden Pfeifen schob Noah die Hände in die Hosentaschen. »Großartige Idee. Wir wollten gerade etwas essen gehen. Du solltest mitkommen. Dann kannst du mir ein bisschen von der Stadt erzählen, in der mein Bruder seit Monaten feststeckt.«

Kurz wurde Everly ein wenig bleich. Am liebsten hätte Chris seinen Bruder wieder vermöbelt. Sie fuhr sich mit der Zunge über die Lippen, und ihm zog sich der Magen zusammen. Sie faltete die Hände und nickte, bevor sie sprach. Zu seiner Überraschung und Freude lächelte sie ihn mit strahlenden Augen an und sagte: »Gern. Ich könnte auch etwas zu essen vertragen.«

Chris war nicht sicher, ob er würde essen können, wenn sie dabei war und aussah, als wäre sie einem seiner Träume entsprungen. Aber wer brauchte schon Nahrung, wenn er ihren Anblick genießen konnte?

Kapitel 27

Everly drückte das Lenkrad so fest, dass ihre Fingerspitzen ihre Handballen berührten. Der Samstagabendverkehr war noch schlimmer als gewöhnlich. Vielleicht. Eigentlich hatte sie keine Ahnung, denn sie war nur selten abends unterwegs. Und jetzt fuhr sie von einem Date zum nächsten.

»Das ist kein Date.« The Burger Shack war nur fünfundzwanzig Minuten vom Sender entfernt. Chris hatte vorgeschlagen, zusammen hinzufahren, doch Everly hatte sich schnell eine Ausrede einfallen lassen, warum sie ihr Auto brauchte. Und jetzt wollte sie eigentlich nur noch nach Hause fahren. Inzwischen war sie ein nervliches Wrack in einem hübschen Outfit. Aber was sie noch mehr in den Wahnsinn trieb als ihre Nerven, war der Wunsch, mit Chris *zusammen* zu sein. Eine andere Seite an ihm kennenzulernen. Zu beobachten, wie er mit seinem Bruder interagierte. So hatte sie ihn bisher nicht erlebt. *Du gehst hin. Regel Nummer sieben: Finde das, was dich glücklich macht. Das zählt. Eine neue Seite eines Freundes kennenzulernen macht dich glücklich.* Ihre restlichen Gefühle färbte sie einfach schön.

»Hey, Siri«, rief sie. Das Geräusch ertönte. »Schreib Stacey.«

»Was soll ich Stacey schreiben?«

»Ich gehe jetzt mit Chris und seinem Bruder zu *The Burger Shack*. Du musst dich dort mit mir treffen. Keine Ahnung, warum ich zugesagt habe, aber was auch immer du gerade tust – bitte komm. Bitte hab kein Date.«

Everly fuhr auf die rechte Spur und blieb an einer Ampel stehen.

Siris nette männliche Stimme antwortete: »Deine Nachricht an Stacey lautet: Ich gehe jetzt mit Chris und seinem Lover zu *The Booby Shake*. Du musst dich dort mit mir treffen. Keine Ahnung, warum ich zugesagt habe, aber was auch immer du gerade tust – bitte komm. Bitte, ich bin dein Date.«

»Absenden?«

»Ja.« Die Ampel sprang um. »Moment, was?«

»Nachricht gesendet.«

»Du Hurensohn!«

»Ich weiß nicht, wie ich darauf antworten soll.«

Everly formte mit ihren Lippen ein O, atmete lange aus und gab Gas. »Ich auch nicht, Siri. Ich auch nicht.« Als das Telefon klingelte, drückte sie den Knopf auf dem Lenkrad und machte sich auf Staceys Antwort gefasst. Es gab doch nichts Schöneres als Autokorrektur. *Wenigstens war die Nachricht nicht an Chris gegangen.*

»Alles okay?«, fragte Stacey, während Everly weiterfuhr. Palmen säumten die Straße, in der größtenteils einstöckige Häuser standen.

»Was? Ja, warum?«

»Mehrere Gründe. Der erste Grund ist, dass du niemanden bitten solltest mitzukommen, wenn du vor einem Jungen deine Boobys shaken willst. Es sei denn, du stehst darauf. Aber mein Ding ist es nicht. Also sage ich diesmal Nein.«

»Halt den Mund«, knurrte Everly.

»Und der zweite Grund ... Tut mir leid, dass ich dir das sagen muss, aber wenn Chris' Lover Noah heißt, dann ist er definitiv nicht dein Typ. Und wenn er dann auch noch sein Bruder ist?

Dann solltest du sofort kehrtmachen, Süße. Ganz egal, was Chris dir versprochen hat.«

»Ich hasse dich. Bitte sag mir, dass du kommst.«

»Schon unterwegs. Einen Booby Shake lasse ich mir nicht entgehen.«

»Bitte hör auf«, flehte Everly und bog rechts ab.

»*Nope*. Das wird nicht passieren. Ist sein Bruder heiß? Ich dachte, du wärst schon längst zu Hause.«

Everly fasste ihren Abend kurz zusammen, bevor sie Noah beschrieb, ohne das Wort *heiß* zu benutzen, aber ihre Freundin war eine Meisterin im Dechiffrieren.

»Sexy und heiß. Ich glaube, Chris' Lover wird mir gefallen.«

»Du musst jetzt damit aufhören.« Der Parkplatz von *The Burger Shack* war überfüllt – und plötzlich fühlte sich Everlys Brust auch so an.

»*Nope*. Die Regeln der Freundschaft besagen, dass ich dich ärgern muss, wenn du mir so hervorragende Gründe lieferst.«

»So eine Regel gibt es nicht«, sagte Everly durch die Nase atmend.

»Du hast *mein* Notizbuch noch nicht gesehen.«

»Bist du bald da?«

»Jep. Bestell mir einen Schokolade-Vanille-Shake mit Oreos und Schlagsahne. Geht auf dich.«

»Klar.«

Chris und sein Bruder warteten bereits vor der Tür, als Everly ankam. In ihrem Outfit fühlte sie sich viel zu aufgetakelt für die Beach Bar.

Sie hatte zwar nicht den besten Radar, hatte jedoch das Gefühl, dass Chris sie anerkennend musterte. Allein der Gedanke, dass es so sein könnte, erhitzte sie mehr als die abendliche Schwüle. Sie hatte sich für hellblaue Caprihosen entschieden,

Sandalen mit Keilabsätzen und eine durchsichtige rosa Bluse, unter der sie aber noch ein Top in einem kräftigeren Pink trug. Sie hatte sich auf YouTube ein Tutorial angesehen, wie man sich die Augen schminkt. Nachdem sie sich mit dem Pinsel beinahe ein Auge ausgestochen hatte, war sie mit dem Ergebnis zufrieden gewesen.

»Chris dachte schon, du wärst nach Hause gefahren«, meinte Noah.

Chris schubste ihn, was Noah zum Lachen brachte. Everlys Gesicht fühlte sich heißer an als der Rest ihres Körpers. »Natürlich nicht. Ich habe doch gesagt, dass ich mitkomme.« Sie hielt den Träger ihrer Handtasche in der einen Hand und ihren Schlüsselbund in der anderen. Die Schlüssel bohrten sich in ihre Handfläche, doch sie ignorierte den Schmerz. Noah öffnete die Tür und hielt sie auf. Chris legte die Hand auf ihren Rücken und beugte sich zu ihr herab, sodass sein Atem sie am Ohr kitzelte.

»Du musst nicht bleiben«, flüsterte er, während sie hineingingen.

Als sie vor dem Empfangstresen stehen blieben, drehte sie den Kopf. »Willst du, dass ich gehe?«, flüsterte sie zurück und war sich Noahs Nähe mehr als bewusst. Ihre Haut kribbelte. Warum fühlte sich alles so intensiv an, wenn Chris bei ihr war?

»Kein bisschen. Ich mache mir nur Sorgen, dass du noch deine Schlüssel abbrichst.«

Everly biss sich auf die Unterlippe und lockerte ihren Griff, unsicher, ob sie es süß oder peinlich finden sollte, dass ihm solche Kleinigkeiten auffielen.

»Wo ist deine Katze?« Seine Augen leuchteten humorvoll, und ihr Brustkorb weitete sich.

»Pepper ist in meiner Handtasche«, flüsterte sie.

»Pepper?«, fragte er leise.

Sie schloss die Augen und versuchte, ruhig zu atmen. Das war ihr herausgerutscht.

Als sie sie wieder aufschlug, war Chris' Blick intensiver geworden. »Ich habe sie Pepper Potts genannt.«

Sein Grinsen blendete sie förmlich. »Pepper Potts ist tough.«

Everly lächelte. »Ja, das ist sie.«

Auch wenn sie das Datingspiel nicht gut beherrschte, so konnte sie doch die Wärme und die Freude in seinem Blick erkennen.

Noah steckte den Kopf zwischen ihren Schultern hindurch. »Nur, um sicherzugehen. Soll ich es irgendwie kommentieren, dass du eine *Katze* in deiner Handtasche hast?«

Chris schloss die Augen und öffnete sie langsam wieder. Er entfernte sich ein wenig von Everly und funkelte seinen Bruder böse an. »Ich werde dich im Schlaf ersticken.«

Noah lachte leise und zwinkerte Everly zu. »Er darf sowieso nicht länger wach bleiben als ich. Von daher mache ich mir keine Sorgen. Als wir noch jünger waren, haben Wes, unser anderer Bruder, und Ari, unsere Schwester, und ich seine Hand in warmes Wasser getaucht, wenn er am Wochenende um neun eingepennt ist.«

Everly gab sich nicht einmal Mühe, sich das Kichern zu verkneifen. Sie sah Chris an und versuchte, mitleidig dreinzublicken. Seufzend schüttelte der den Kopf.

»Wie viele?«, fragte die Empfangsdame übertrieben fröhlich.

»Drei«, erwiderte Chris so laut, dass Everly beinahe laut gelacht hätte.

»Oh, Moment. Vier. Ich habe Stacey noch eingeladen. Ich hoffe, das ist in Ordnung«, sagte sie. Ihr Puls schoss in die Höhe. Eigentlich sollte sie gar nicht hier sein. Sie hätte Nein sagen sollen. Und sie hätte definitiv keine vierte Person einladen sollen.

Was, wenn Chris dachte, sie würde von ihm erwarten, dass er zahlte? War es für ihn eine seltsame Situation, jetzt, da sein Bruder zu Besuch war? Hatte sie das Wiedersehen der beiden ruiniert? *Sie haben dich eingeladen.*

Er streckte die Hand aus und drückte ihre Schulter. Innerhalb eines Atemzugs war seine Hand wieder verschwunden. Normalerweise versteifte sich Everly, wenn man sie ohne Vorwarnung anfasste, aber seine Berührung hatte die gegenteilige Wirkung.

»Schon in Ordnung. Immer.« Chris wandte sich wieder der Empfangsdame zu. »Vier, bitte.«

Sie grinste ihn breit an und musterte ihn und Noah mehr als nur ein bisschen interessiert. »Alles klar. Da lang.«

Sollte sie besser auf Stacey warten? Everly warf einen Blick über die Schulter, sah aber nur Noah. Er musste ihre Gedanken gelesen haben. Vielleicht hatte sie aber auch ein leuchtendes Neonschild überm Kopf.

»Ich bin sicher, deine Freundin wird uns finden«, meinte er und schob sie weiter.

Sie setzten sich an einen Tisch neben den Verandatüren im hinteren Teil des Restaurants. Lachen und Musik erfüllten den Raum. Die Kellner schwirrten in palmenbedruckten Shirts und mit vollen und leeren Tabletts aneinander vorbei, grinsten und sangen die Songs mit. Auf der anderen Seite des Raums versuchte sich eine kleine Gruppe von Kellnern an einer schnellen und komplizierten Version von »Happy Birthday«. Everly erschauderte. Gäbe es mehr als neun Höllenkreise, stünde das laute, öffentliche Besungenwerden durch Fremde ganz oben auf der Liste.

»Euer Kellner wird gleich bei euch sein«, erklärte die Empfangsdame und legte vier Speisekarten auf den Tisch.

Everly gab sich Mühe, die Finger stillzuhalten, doch ihr Blick wanderte ununterbrochen durch das Restaurant. Noah nahm sich eine Karte und schlug sie auf.

Sie konnte Chris' Blick spüren und schaffte es nicht, nach der Speisekarte zu greifen. Sie brauchte eine Minute. Oder fünf. *Atme. Du bist schon ein paarmal hier gewesen. Stacey ist schon auf dem Weg. Außerdem verbringst du gern Zeit mit Chris. Das wird bestimmt lustig, ein paar Geschichten über ihn zu hören. Genau, weil du ja unbedingt einem Typen näherkommen willst, der nicht unter den letzten zwei Kandidaten sein wird? Daniel wird definitiv nicht in die nächste Runde kommen. Es sei denn, das nächste Date wird unerträglich. Nächste Woche ist die letzte Woche. Fast geschafft. Owen sieht minütlich besser aus. Sicherer.*

Als Chris' Finger ihre berührten, zuckte sie zusammen.

Noah musterte sie. »Bin gleich wieder da.« Er stand auf und verließ den Tisch in Richtung Toiletten.

Chris lehnte sich näher zu ihr, in ihren persönlichen Bereich, aber nicht so nah, dass sie nicht mehr atmen konnte. »Hey. Alles okay?«

Sie riss die Augen ein bisschen weiter auf, denn so würde sie auf jeden Fall glaubwürdiger erscheinen. »Jep.«

»Du weißt, dass du die schlechteste Lügnerin aller Zeiten bist, oder?«

Sie fügte ein Lächeln hinzu. »Hm.«

Sein Blick wurde weicher, und der Sturm, der in ihr tobte, beruhigte sich ein wenig. Er rückte mit seiner Hand etwas näher, bis sein kleiner Finger ihren berührte. In ihrem Arm kribbelte es, als wäre sie statisch geladen, nur noch stärker. Anscheinend gab es so etwas wirklich und nicht nur in Büchern. Es lenkte sie davon ab, zu schnell zu atmen. Sein kleiner Finger legte sich auf ihren. Wie eine winzige Umarmung. *Ein Hundehaufen aus zwei kleinen Fingern. Gott, du bist so doof.* Ihre Eingeweide wurden warm und weich. Aus unerfindlichen Gründen war ihr nach Weinen zumute.

Ein blonder Wirbelwind kam auf sie zu. »Hey. Schön, euch hier zu treffen«, rief Stacey und streifte den Träger ihrer Umhängetasche über den Kopf.

Chris nahm die Hand weg, stand auf und zog für Stacey einen Stuhl zurück. »Schön, dass du da bist«, sagte er nüchtern.

Offensichtlich war er nicht so sprachlos wie Everly. Noah kam zurück an den Tisch und musterte Stacey. Die farbenfrohe Bluse stand ihr hervorragend, und Everly war sicher, dass sie Stacey bei einem Date gestört hatte. Sie bekam ein schlechtes Gewissen, war jedoch so froh, ihre Freundin bei sich zu haben, dass sie dem Gefühl nicht allzu viel Beachtung schenken konnte.

Noah grinste schief, was Everly an Chris erinnerte, wenn er seinen Schutzwall nicht um sich hatte. Wie neulich, als sie zusammen ferngesehen hatten.

»Falls du unsere Kellnerin bist, machst du deinen Job nicht besonders gut. Aber da du so reizend und fröhlich bist, werde ich ein Auge zudrücken«, sagte Noah.

Stacey legte den Kopf in den Nacken, und das sexy Lächeln, das Everly schon öfter gesehen hatte, als sie zählen konnte, breitete sich auf ihrem Gesicht aus. »Bist du der Bruder?«

Noah schob die Hände in die Hosentaschen und nickte mit ernster Miene. »So sagt man. Aber falls es hilft: Ich bin von uns dreien der Hübscheste und Charmanteste.«

Laut schnaubend schüttelte Chris den Kopf. »Meine Güte. Setz dich einfach hin, du Idiot. Stacey, das ist mein Bruder Noah. Noah, Stacey.« Er deutete zwischen ihnen hin und her. »Aber grabt euch nicht gegenseitig an. Ich meine es ernst«, sagte Chris.

Sie öffneten die Münder und blickten so schockiert drein, dass es beinahe komisch war. Ein Lachen brach aus Everly hervor, und sie schlug die Hand vor den Mund.

»Was ist denn so lustig? Eine Textnachricht oder so?« Stacey lächelte sie zuckersüß an. Everly biss sich auf die Unterlippe und versuchte, sich jedes weitere Kichern zu verkneifen.

Noah setzte sich neben Stacey und gab ihr die Hand. »Ich werde mir größte Mühe geben, dich nicht anzumachen. Aber ich habe ganz schön Hunger. Wenn wir nicht bald bestellen können, kann ich für nichts garantieren.«

Stacey nickte und nahm sich eine Speisekarte. »Verstanden. Ich mache keine Versprechungen, ganz egal, ob ich hungrig bin oder nicht.«

Chris sah Everly an, und sie lächelten einander an, bevor sie nach ihren Speisekarten griffen. Vielleicht würde Everly Teil zwei des Abends, den sie eigentlich schon vor Stunden hatte beenden wollen, doch schaffen. Jetzt, da Stacey hier war, konnte sie besser atmen und wusste, dass sie einfach zuhören konnte. Das würde sie hinkriegen.

Zuhören und Beobachten waren ihre Stärken. Zwei Disziplinen, in denen sie die Goldmedaille hatte, was auch die einzige Entschuldigung dafür war, dass sie in die Speisekarte starrte, ohne irgendwelche Wörter zu erkennen. Beobachtungen: der Duft von Chris' Parfüm, die Nähe seiner Hand, als er die Speisekarte weglegte, sein Lachen, das ein wenig rau klang, als wäre er gerade aufgewacht, wie er seinen Bruder liebevoll anlächelte, obwohl er gleichzeitig die Augen verdrehte. Als die Kellnerin mit Wasser und Entschuldigungen an ihren Tisch trat, wusste sie immer noch nicht, was sie wollte. Vom Menü.

Kapitel 28

Der Service im Restaurant war langsamer als langsam. Normalerweise machte Everly so etwas nervös. Sie mochte es nicht, das Gefühl zu haben, irgendwo festzustecken. Doch mit Chris und Stacey an ihrer Seite war es anders. Mit Stacey fühlte sie sich sowieso wohl, und Chris bescherte ihr eine Mischung aus Behaglichkeit und Aufregung. Noah war einfach zum Schießen. Chris versuchte, sich als jüngerer Bruder nicht unterbuttern zu lassen, wodurch Everly eine ganz neue Seite an ihm kennenlernte.

Noah legte einen Arm über seine Rückenlehne, lässig, elegant und selbstbewusst. Er trank sein Bierglas leer und stellte es ab. »Unser Dad ist nicht unbedingt der herzlichste Mensch. Unsere Mom schon. Sie hat uns immer gesagt, dass wir lange und hart arbeiten müssen, wenn wir in irgendwas gut sein wollen.«

Mit dem Essen waren sie bereits fertig, nun warteten sie auf die Rechnung. Inzwischen war es ruhiger geworden, doch im Hintergrund lief immer noch Musik. Der Geruch von Pommes und Burgern hing in der Luft. Everly war sicher, dass sie tagelang nichts würde essen können. Der Milchshake wäre nicht nötig gewesen, aber er war lecker.

»Ich bezahle dich, wenn du aufhörst zu reden«, sagte Chris, lehnte sich zurück und faltete die Hände über dem Bauch.

Ein Tornado der Neugierde fegte durch Everly, und sie fragte sich, wie er wohl *unter* seinem Shirt aussah. Sie verschluckte sich am Rest ihres Shakes.

»Alles okay?«, fragte Stacey mit frechem Blick.

Everly nickte mit tränenden Augen. »Alles gut.«

Noah grinste seinen Bruder an. »Als Chris ungefähr sechs war, nahm er einmal seinen Lieblingsteddy ... mit dem Ding hat er übrigens geschlafen, bis er vierzehn war.«

Chris zerknüllte eine Serviette und bewarf ihn damit. »Fick dich.« Er sah zuerst Stacey an, dann Everly. »Das habe ich definitiv *nicht* getan.«

»Mit dem Alter liege ich vielleicht nicht ganz richtig. Vielleicht war er auch sechzehn. Jedenfalls nimmt er diesen Bären und trägt ihn zu unserem Dad ins Homeoffice. Hält ihm den Teddy einfach entgegen. Ich habe gelesen, und Wes hat Computerspiele gespielt. Wir verbrachten einfach gern Zeit bei unserem Dad, und solange wir ihn nicht gestört haben, hatte er nichts dagegen, dass wir da waren und seinen Sinn fürs Geschäftliche aufgesaugt haben. Er blickt herunter zu Chris und sagt: ›Ich kann jetzt nicht mit dir spielen.‹«

»Das verstößt so was von gegen den Bro-Code.« Chris stöhnte und trank seine Limonade aus. Er funkelte seinen Bruder böse an, doch es lag kein Hass in seinem Blick. Es war eben das, was Brüder taten. Everly fragte sich, wie es gewesen wäre, Geschwister zu haben.

»Nicht aufhören. Das ist interessant. Erzähl weiter«, forderte Stacey, die den Rest ihres Milchshakes vertilgte und die Oreo-Stücke mit dem Löffel herausfischte.

»Chris sagt Dad, dass er gar nicht spielen will. Er sagt ihm, dass Dad sich den Bären leihen könne, um ihn zu umarmen. Mein Dad hasst es, unterbrochen zu werden, aber er hält inne und sagt: ›Warum sollte ich deinen Bären umarmen wollen?‹« Noahs Lächeln war ansteckend. »Und Chris sagt: ›Weil du nicht weißt, wie man uns umarmt. Du kannst mit Bear üben, und ich sage dir, ob du es richtig machst.‹ Unser Dad wurde knallrot. Wes und ich konnten gar nicht mehr aufhören zu lachen.«

»O Gott, ist das niedlich«, presste Stacey lachend hervor.

Everly spähte zu Chris hinüber. Obwohl er lächelte, glaubte sie nicht, dass er es toll fand, dass sein Bruder die Geschichte erzählt hatte. Es machte sie traurig, sich vorzustellen, wie er sich als kleiner Junge nach der Aufmerksamkeit seines Vaters gesehnt hatte. Sie wusste nur zu genau, wie es war, wenn andere – hauptsächlich ihre Eltern – Geschichten über sie erzählten, um die Leute zu unterhalten. Vielleicht erkannte sie deshalb an seiner Körpersprache, dass es ihm nicht gefiel.

»Ich finde es süß«, sagte sie leise. »Und? Hat er geübt?« Ihr Dad hätte es getan. Er hatte seine Macken, aber Liebe zu zeigen war keine davon.

Schnaubend fuhr sich Chris durch das Haar. »Nein. Er hat mir den Teddy weggenommen und mir gesagt, ich solle mit meinen Brüdern spielen – die beide Idioten sind. Also bin ich wahrscheinlich allein losgezogen.«

Traurigkeit erfüllte ihr Herz. Nein, ihr Dad hätte ihr den Bären ganz sicher nicht weggenommen. Sie fragte sich, wie viele kleine Geheimnisse es noch gab, die Chris zu dem Mann gemacht hatten, der er heute war. Noah war extrovertierter und hatte ein anderes Auftreten als sein Bruder. Obwohl sie ähnliche Augen und Nasen hatten, fand sie Chris attraktiver. Noah hatte markante Wangenknochen und ein Lächeln wie ein Covermodel. Chris war … echt.

»Ach, so schlimm waren wir nun auch wieder nicht«, erwiderte Noah, verschränkte die Arme und seufzte wehmütig.

Wenn er heute erst aus New York gekommen war, musste er

bestimmt müde sein vom langen Flug. Everly zumindest war müde.

»Ich weiß nicht, ob ich froh oder traurig sein soll, keine Geschwister zu haben«, kommentierte sie.

»Du hast mich«, sagte Stacey und hielt ihr herausfordernd ein Stück Oreo entgegen. Everly schüttelte den Kopf, also zuckte Stacey mit den Schultern. »Deine Sister von einem anderen Mister.« Sie aß den Keks und ließ den Löffel klirrend in das Glas fallen.

Everly lachte. »Das stimmt. Das Gute daran ist, dass ich immer klarstellen kann, dass wir nicht verwandt sind, wenn du dich danebenbenimmst.«

Die Brüder lachten, und Everly beobachtete, wie Noah Chris einen Blick zuwarf.

»Du hast großartige Mitarbeiterinnen.«

Stacey richtete sich auf und blickte frech drein. »Ja, verdammt, das hat er.«

Chris setzte sich ebenfalls gerade hin. »Der Sender hat nur gute Mitarbeiterinnen und Mitarbeiter. Angefangen beim Hausmeister bis hin zu den Produzentinnen und Produzenten. Nur so kann der Sender bestehen.«

»Darf ich dich zitieren, Mr Diplomatie?« Noah grinste Stacey an. »Kommt schon, er erzählt mir überhaupt nichts. Gibt es denn gar kein Drama? Keinen Klatsch und Tratsch? Irgendwelche Paare, die im Pausenraum miteinander rummachen?«

Chris hustete, und Everly spürte, wie ihre Wangen zu glühen begannen. »Halt's Maul, Noah. In den Verträgen steht, dass Angestellte keine Beziehung miteinander eingehen dürfen. Meine Mitarbeiter sind vertrauenswürdig, zuverlässig und gut in dem, was sie tun.«

Noah tat gespielt beleidigt. »Aber die Klausel kann doch bestimmt umgangen werden, wenn zwei Leute verrückt nacheinander sind.«

»Manchmal glaube ich, Mari und Mason sind heimlich verliebt«, erzählte Stacey.

Chris hakte nach. »Wirklich? Davon sehe ich nichts.« Dann wurde ihm anscheinend bewusst, was er gerade gesagt hatte. »Das glaube ich nicht. Und mir wäre es lieber, wenn wir uns über etwas anderes unterhalten würden.«

»Chris ist der Ernste von uns«, kommentierte Noah seufzend.

Stacey grinste. »Ohne Scheiß. Und du?«

Noah hob eine Augenbraue. »Ich bin der Außergewöhnliche.«

»Und Wes?«, fragte Stacey, und ihr Grinsen wurde breiter.

»Der Nerd. Ich habe eine schwere Last zu tragen, aber ich habe mich daran gewöhnt.«

»Ich glaube, du gibst dich selbstbewusster, als du in Wirklichkeit bist«, sagte Everly leise, ohne zu merken, wie die Worte aus ihrem Mund kamen.

Alle drei sahen sie an, und ihr Puls stolperte. Oh, oh. Den Bruder ihres Chefs zu beleidigen war wahrscheinlich keine gute Idee.

Zu ihrer Überraschung lachte Chris, und Noah lehnte sich ein wenig über den Tisch. »Tatsächlich? Erzähl mir mehr.«

Everly biss sich auf die Unterlippe und schüttelte den Kopf. »Tut mir leid. Es ist nur … Ich meine, du bist offensichtlich all das, was du gesagt hast. Ich finde nur, dass Menschen, die ihre Eigenschaften so hervorheben, in der Regel genau diese Eigenschaften vermissen.« O Gott. Warum redete sie einfach weiter? »Aber bei dir scheint es nicht so zu sein. Also keine Sorge.« *Jemand muss mich aufhalten. Stacey, halt mich auf!*

Stattdessen wirkte ihre Freundin amüsiert. »Wenn du dich selbst doch so gut analysieren könntest wie andere.«

Sie versuchte, die Schmetterlinge herunterzuschlucken, die

sich durch ihren Hals quetschen wollten – sehr unangenehm –, zupfte an ihrer Serviette herum und riss Stücke davon ab. »Mit dir will ich gar nicht erst anfangen, Miss Beziehungsphobikerin.«

Noah lachte, tief und laut. »Verdammt. Ich mag die zwei. Wann lerne ich den Rest des Teams kennen?«

Eine Hilfskraft trat an ihren Tisch, um das restliche Geschirr mitzunehmen, und griff schweigend zwischen ihnen hindurch.

»Ja, genau. Eigentlich hätte es doch eine Firmenfeier geben sollen. Mit Gesprächen und Bier und so«, bemerkte Stacey.

Chris betrachtete Everly mit dem Anflug eines Lächelns. Wie neulich, als sie das Gefühl gehabt hatte, sie würden ein Geheimnis teilen.

»Die wird schon sehr bald stattfinden. Steht ganz oben auf meiner To-do-Liste.«

Everly knabberte an ihrer Unterlippe. Das war interessant. Eigentlich standen die Zahlen ganz oben auf seiner Liste. Gefolgt von Strategien und noch mehr Zahlen.

»Ich will auch dabei sein. Ich kann dir mit der Planung helfen«, bot Noah an.

Mit zusammengezogenen Augenbrauen schüttelte Chris den Kopf. »Du gehörst nicht zum Team. Es soll keine Party mit Fassbier werden.«

»Ich gehöre quasi zum Team«, widersprach Noah.

Everly stellte fest, dass sie Chris ziemlich intensiv beobachtete, als ihr auffiel, wie sich seine Kiefermuskeln verspannten, er seinen Bruder mit seinem Blick durchbohrte und kaum merklich den Kopf schüttelte. Was zur …?

»Na schön. Du darfst kommen«, sagte Chris in dem Moment, als die Kellnerin mit der Rechnung kam.

Sie wollte sie gerade auf den Tisch legen, aber Chris riss sie sofort an sich.

»Das musst du nicht machen«, sagte Everly schnell und presste so fest die Zähne zusammen, dass es beinahe wehtat. »Das habe ich überhaupt nicht erwartet. Ich bezahle für mich und Stacey.«

Chris drehte den Kopf und sah Everly in die Augen. Sie hatte Mühe, ruhig zu atmen. »Keine Erwartungen, Everly. Ich tue es gern. Wirklich. Schon in Ordnung.«

»Mach dir keinen Kopf«, sagte Noah, stand auf und streckte sich. »Chris würde dich nie selbst zahlen lassen. Er ist eben seltsam. Mr Verantwortung.«

»Ich hoffe, du bist noch fit, denn bis zu mir ist es eine Stunde Fußweg«, sagte Chris und reichte der Dame seine Kreditkarte.

»Nun, vielen Dank. Das war ein wirklich lustiger, unerwarteter Abend«, meinte Stacey, die ebenfalls aufstand.

»Ja, danke. Es war sehr schön, dich kennenzulernen, Noah.« Everly erhob sich und ging auf die andere Seite des Tisches, um sich neben Stacey zu stellen.

»Ebenso. Komm her«, sagte er und umarmte sie. Everly war so überrascht, dass sie nicht einmal die Arme hob, doch er schien es gar nicht zu merken. Er ließ sie los und umarmte Stacey, die die Geste mühelos erwiderte. Noah grinste Chris an, dann wieder die beiden Frauen. »Ich habe an Bear geübt. Daher bin ich darin ziemlich gut.«

Während er auf der Quittung unterschrieb, murmelte Chris irgendetwas, das Everly nicht verstand, doch als die anderen lachten, lachte sie auch.

Die Jungs brachten sie zu ihren Autos, die nahe beieinanderstanden, und verabschiedeten sich.

»Interessanter Abend. Du siehst übrigens fantastisch aus«, bemerkte Stacey und lehnte sich gegen Everlys Auto, ohne sich um ihren schwarzen Lederrock zu scheren.

»Danke. Du aber auch. Und danke, dass du gekommen bist. Habe ich dir ein Date ruiniert?«

»*Nope*. Du hast mich gerettet. Wir sind also quitt. Geht's dir denn gut?« Stacey beäugte sie, wie es ihre Mom früher getan hatte, wenn sie versucht hatte, einer Befragung auszuweichen, die ihr Liebesleben betraf. Mit fünfzehn hatte sie mit ihrer Mutter genauso wenig über Jungs sprechen wollen wie heutzutage. Apropos. Sie musste noch ihren Dad zurückrufen. Er und ihre Mom plapperten ihr seit Tagen auf die Mailbox.

»Alles in Ordnung. Es war nett, Chris' Bruder kennenzulernen.« Und noch mehr Zeit mit Chris zu verbringen war auch nicht schlecht gewesen.

»Auf jeden Fall. Jetzt haben wir wenigstens unseren zugeknöpften Boss ein bisschen besser kennengelernt. Der übrigens total in dich verschossen ist«, bemerkte Stacey und zog ihre Schlüssel aus der Handtasche.

Everly klappte die Kinnlade herunter. Ein paar Jungs gingen an ihnen vorbei und grinsten. Everly wandte sich Stacey zu, die ihnen natürlich zuwinkte. Everly packte ihre Hand und drückte sie herunter.

»Ist er nicht. Hast du nicht gehört, was er zum Thema ›Firmenpolitik und Beziehungen‹ gesagt hat?«

»Doch. Das hat ihn aber nicht davon abgehalten, dich den ganzen Abend lang anzustarren. Vielleicht haben deine vorherigen Beziehungen deshalb nicht funktioniert. Du ignorierst einfach die Signale.«

Everly fing an zu stottern und machte irgendein undefinierbares Geräusch, während sie mit den Armen ruderte.

Stacey lachte. Laut. »Gut ausgedrückt. Tolle Argumentation.«

»Wie kann es sein, dass ich dich so oft erwürgen will, obwohl ich dich liebe?«

Unschuldig zuckte ihre Freundin mit den Schultern. »Keine Ahnung. Es ist ein Mysterium. Und Teil meines Charmes. Und das sage ich dir so deutlich, weil du, wie gesagt, Signale missachtest, und nicht, weil ich mich insgeheim gar nicht für charmant halte.«

»Ich muss jetzt nach Hause«, erwiderte Everly, die sich mit einem Mal vollkommen erschöpft fühlte.

»Ich auch.« Stacey schloss sie in die Arme und drückte sie fester als gewöhnlich. »Es war schön, dich heute Abend lachen zu sehen. Ich meine, wirklich lachen. Und du warst entspannt. ›Glücklich‹ steht dir gut, meine Liebe.«

Stacey gab ihr einen Kuss auf die Wange, wandte sich zum Gehen und winkte ihr zu, wie sie es eben bei den Jungs getan hatte. Everly beobachtete, wie sie zu ihrem Auto ein paar Fahrzeuge weiter ging, bevor sie ebenfalls einstieg. Kurz saß sie einfach da und ließ sich von der Stille einhüllen wie von einer schweren Decke.

Sie lehnte den Kopf zurück und versuchte herauszufinden, was sie am meisten belastete. Die Dates. Ihre seltsamen Gefühle für Chris. Das Hin und Her ihrer Eltern. Oder nur der riesige Milchshake.

Sie schlug die Augen auf, startete den Motor und griff in das Seitenfach ihrer Handtasche. Sie zog Pepper hervor, was sie als seltsam beruhigend empfand. Während sie nach Hause fuhr, hielt sie Pepper die ganze Zeit in der Hand und gab sich größte Mühe, an gar nichts zu denken.

Kapitel 29

Das Team beendete gerade das Meeting am Montagmorgen, als Chris das Thema wechselte. Die Tatsache, dass Everly spürte, wie er den Arbeitsmodus verließ, beunruhigte sie nur ein bisschen. Wenn man jemanden besser kennenlernte, merkte man so etwas eben. Das war alles. *Sobald du mehr Zeit mit Owen verbracht hast, werden dir bei ihm auch solche Nuancen auffallen.* Das war ihre neueste Strategie. Sobald sie an Chris dachte, zwang sie sich, an Owen zu denken. An den netten, süßen, verfügbaren Owen.

»Ich habe das schon viel zu lange vor mir hergeschoben, aber ihr habt in letzter Zeit so viele Überstunden gemacht, dass ich mich gern bei euch bedanken würde«, sagte Chris und sah sich in der Runde um.

»Wir fliegen nach Hawaii?« Mason lehnte sich zurück und grinste breit.

»Nicht ganz. Aber es hat trotzdem was mit einem Strand zu tun.«

»Das klingt gut«, meinte Stacey, die auf einem Zettel herumkritzelte.

»Ich habe für nächsten Samstag ein Haus am Strand gemietet. Ihr müsst nur erscheinen. Ich kümmere mich um das Essen, die Drinks und die Unterhaltung.«

Everly war schockiert zu merken, dass sie sich tatsächlich

freute. *Auf eine Firmenfeier? Wer bist du? Wo ist die echte Everly Dean?* Was passierte nur mit ihr?

Chris wurde noch enthusiastischer. »Bis zum Wochenende werden wir eine Menge zu feiern haben.«

Everlys Freude zerplatzte wie ein Luftballon. Richtig. Bis dahin würde sie bezüglich ihres Liebeslebens eine endgültige Entscheidung getroffen haben.

»Großartig. Klingt nach einer Menge Spaß. Wo findet die Party denn statt?«, fragte Stacey.

»Jane wird euch alle Infos zusenden. Es ist genügend Platz, dass ihr alle übernachten könnt. Den Sonntag decken wir mit vorgefertigten Segmenten und unserer Außer-Haus-DJane ab.«

Alle redeten wild durcheinander, doch Everlys Nervosität schlich sich ein wie ein Ninja, der den Spaß sabotieren wollte.

»Hoffentlich hat keiner etwas dagegen, aber mein Bruder wird auch dabei sein. Er lebt in New York und ist gerade zu Besuch. Ihr könnt gern eure besseren Hälften mitbringen«, verkündete Chris.

»Oh, vielleicht kann Everly ihren Gewinner mitbringen. Es ist zwar noch vor der großen Verkündung, aber bis dahin weißt du es doch bestimmt schon, Everly, oder nicht?« Mason rutschte auf seinem Stuhl weiter nach vorn.

Sie nickte. »Ich schätze schon, aber ich will niemanden zu einer Firmenfeier mitbringen.«

»Aber du kommst doch, oder?«, fragte Chris.

Sie drehte den Kopf. Sie saßen nebeneinander, und in der Sekunde, als sich ihre Blicke trafen, rückten alle anderen in den Hintergrund.

»Aber natürlich.«

»Können wir jetzt weiterarbeiten? Ist das Meeting vorbei?« Mari schlug mit der flachen Hand auf den Tisch und riss Everly aus dem Moment.

»Klar. Sorry«, sagte Chris und wirkte genauso verwirrt, wie sie sich fühlte. Was nicht sein konnte. *Er ist total in dich verknallt*, hatte Stacey gesagt. Sie konnte Signale wesentlich besser deuten als Everly, aber da *musste* sie einfach falschliegen.

Als Mari aufstand, erinnerte sich Everly daran, was sie heute tun wollte. »Wartet, ich wollte noch kurz mit euch sprechen.« Alle Blicke richteten sich auf sie, und ihr Magen füllte sich mit Blei. Sie atmete tief ein. Stacey lächelte sie an und zeigte ihr einen Daumen nach oben.

Chris rückte ein klein wenig näher. »Über das, woran du am Samstag gearbeitet hast?«, fragte er so leise, dass sie ihn kaum hörte, so sehr hämmerte ihr Herz.

»Ist das in Ordnung?«

»Aber natürlich.« Sein Zuspruch verlieh ihr mehr Mut.

Sie legte die Hände auf den Tisch, um nicht an ihren Fingern herumzuspielen, und sah ihre Kollegen an. Mari wirkte ein wenig sauer. Was Zwischenmenschliches anging, war Everly vielleicht nicht sonderlich gut, aber sie hoffte, mit ihrem Vorschlag die unterschwellige Konkurrenz zwischen ihnen beenden zu können. Everly wollte nicht mit diesen Menschen konkurrieren. Sie waren ... *Heilige Scheiße. Sie sind deine Freunde. Freunde von der Arbeit, aber trotzdem.*

Sie setzte sich gerader hin und sagte sich, dass sie sich cool geben musste. *Bleib locker, Ponyboy*. Sie grinste, als sie sich vorstellte, wie Veronica Mars das sagte.

»Ich würde gern den Erfolg der Datingshow nutzen und eine Real-Talk-Serie starten. Wir können uns überlegen, ob wir einen Podcast produzieren wollen, denn es ist immer gut, auch andere Sachen zu machen, aber nachdem ich ein wenig recherchiert habe, bin ich nicht sicher, ob das sein muss.« Die anderen wirkten nicht irritiert, also fuhr sie fort. »In Zeiten von Social Media, wo sich jeder nur von seiner besten Seite zeigt, würden bestimmt viele Menschen davon profitieren, die Wahrheit zu erfahren. Neulich habe ich mit einer Frau gesprochen, die mir gestanden hat, wie schwer es ihr fällt, sich zu öffnen. Und sie meinte, sie sei froh zu wissen, dass sie nicht die Einzige ist. Die Menschen wollen hören, dass sie ›normal‹ sind. Was auch immer das bedeutet. Die Sache ist folgende: Keiner will das Gefühl haben, allein zu sein. Wenn wir immer nur die Erfolge der anderen sehen, bekommen wir das Gefühl, wertlos zu sein. Deshalb würde ich vorschlagen, wir führen mit erfolgreichen Menschen Interviews und richten Chats ein, damit sie uns die ungeschminkte Wahrheit erzählen.«

Mari veränderte ihre Sitzposition. »Ungeschminkt? Inwiefern? Du meinst, wer seinen Partner betrügt und was die Überwachungskameras so hergeben?«

Everly unterdrückte den Drang, sich auf ihrem Stuhl kleinzumachen. *Erklär es besser.* Sie blickte zu Chris und Stacey hinüber. Die beiden sahen nicht so aus, als würden sie zu ihrer Rettung eilen. Sie lächelte. Sie musste nicht gerettet werden.

»Überhaupt nicht, Mari. Es soll eher in die Richtung gehen: ›Das habe ich in meiner Ehe durchgemacht, während ich eine Firma aufgebaut, Kinder bekommen und meinen Partner *nicht* betrogen habe.‹ Ich spreche von CEOs, die tief gefallen sind, bevor sie es an die Spitze geschafft haben. Supermoms, die ehrlich zugeben, dass sie die Cupcakes lieber kaufen, statt nachts in der Küche zu stehen, um zu backen und zu glasieren, obwohl sie dafür eigentlich gar keine Zeit haben.«

»Die Menschen hören wieder mehr Radio, weil sie sich verbunden fühlen wollen«, meinte Mason.

Everly richtete den Zeigefinger auf ihn. »Ganz genau«, bestätigte sie. Laut. Sie biss sich auf die Unterlippe, und ihre Wangen begannen zu glühen. »Sorry.«

»Entschuldige dich niemals für deine Leidenschaft«, sagte Chris.

»Geschichten von Menschen, die auch von den negativen Seiten berichten, aber trotzdem ein Happy End haben«, fügte Mason hinzu.

Everlys Herz schlug wie verrückt, aber auf eine neue Weise. Mit purer Freude.

»Die Charakterstärke unter dem Glanz. Keine hässlichen Geschichten, aber der Matsch, durch den sie gehen mussten, um es nach oben zu schaffen. Damit die Leute nicht denken, dass es so einfach ist, wie es wirkt, wenn man ein Foto von sich auf dem Berggipfel postet.«

Jetzt verstanden sie es. Sie waren begeistert – und sie verstanden es.

Ideen wurden ausgetauscht, und jeder hatte eine Geschichte zu erzählen, was er durchmachen musste, um dorthin zu kommen, wo er heute war. Während sie zuhörte, wurde Everly bewusst, dass *jeder* anders war. Alle hatten ihre Probleme. Stacey hatte Angst vor Verbindlichkeiten, Mari war nicht sicher, ob sie in ihrem Job gut genug war – ja verdammt, das war sie –, und Chris erzählte, dass er um die Anerkennung seines Vaters kämpfte. Jeder musste sich mit irgendetwas auseinandersetzen, von dem die anderen nichts wussten. Sie hatte so viel Zeit damit verbracht, sich zu wünschen, sie wäre anders. Ruhiger. Entspannter. Aber wäre sie anders gewesen, hätte sie sich für einen anderen Weg entschieden. Dann würde sie jetzt nicht hier sitzen und das Gefühl haben, endlich ihren Platz in der Welt gefunden zu haben.

Kapitel 30

Das Haus war großartig. Dass Noah zu Besuch gekommen war und der Wunsch, seinen Mitarbeitern zu zeigen, wie sehr er sie schätzte, hatten Chris auf die Idee gebracht, etwas am Strand zu mieten. Sie hätten sich in einem Restaurant treffen können oder bei jemandem zu Hause mit einem Caterer, aber er wollte, dass sie ihre Schutzwälle herunterließen. *Du willst sie besser kennenlernen. Alle*. Er schloss sie nicht ins Herz. Er tat nur das, was jeder gute Boss tun würde.

»Mann, die Location ist echt der Hammer. Vielleicht sollte ich das Grundstück kaufen«, sagte Noah und sah sich um. Das zweistöckige Haus, das fast direkt am Strand lag, konnte für Firmenfeiern, Hochzeiten, Urlaube und alles Mögliche gemietet werden.

»Vielleicht solltest du erst herausfinden, was du machen willst, bevor du etwas kaufst«, konterte Chris.

Noah öffnete die Doppeltüren, die von der kombüsenartigen Küche nach draußen führten. Kühle Seeluft wehte herein und nahm Chris auch noch den letzten Rest Nervosität. Eigentlich hätte sich Jane um die Details kümmern sollen, doch nachdem er einmal angefangen hatte, hatte er alles selbst planen wollen. Er wusste nicht, warum es ihm so viel bedeutete, aber wenn er eine Idee hatte, konnte er nicht davon ablassen, bis er sie realisiert hatte.

»Nicht jeder hat seinen Lebensplan schon als Kind entworfen«, erwiderte Noah und lenkte Chris' Aufmerksamkeit wieder zurück auf das Gespräch.

Chris nahm zwei Biere aus dem Kühlschrank, trat hinaus auf die Veranda und stellte sich neben seinen Bruder ans Geländer.

»Ein Plan ist doch nichts Schlechtes. Wenn du einen hättest, wüsstest du, was dein nächster Schritt ist«, sagte Chris und stieß mit seinem Bruder an.

»Ja. Das ist *eine* Sichtweise«, entgegnete Noah und nahm einen Schluck.

Chris warf einen Blick auf seine Armbanduhr. Der Caterer würde bald auftauchen und kurz darauf die Belegschaft. Ein bisschen Zeit hatten sie noch zum Plaudern. Das hatten sie seit Ewigkeiten nicht mehr getan. Dass er den Abend mit einem seiner Lieblingsmenschen verbringen würde, war ein großer Pluspunkt.

»Und was wäre eine andere Sichtweise?« Chris sah Noah an.

»Es ist gut, einen Plan zu haben, aber nicht, wenn man nie aufblickt.«

»Was soll das denn heißen?«

»Warum willst du unbedingt so sein wie er?«

Chris wich ein wenig zurück. Wie sie von dem Haus auf ihren Vater gekommen waren, war ihm unbegreiflich. »Was zur Hölle, Noah? Ich bringe dir ein Bier, und du beleidigst mich?«

Noah grinste schief. Aber Chris scherzte nur halb.

Noah lehnte sich mit dem Rücken gegen die Brüstung und sah Chris direkt in die Augen. »Bist du sicher, dass dein zurechtgelegter Plan immer noch das ist, was du willst?«

Wut kroch seinen Nacken hinauf. »Aber natürlich. Glaubst du etwa, ich habe so hart gearbeitet, eine Firma nach der anderen gerettet, nur um jetzt stecken zu bleiben?«

Noah nahm einen Schluck von seinem Bier und hatte kein Problem damit, seinen Bruder auf eine Antwort warten zu lassen. »Ich finde, du hättest Dads Spiel von Anfang an nicht mitspielen sollen. Keiner von uns. Du scheinst hier glücklich zu sein, Mann. Ist dir das überhaupt bewusst?«

Chris versuchte, sein Unbehagen abzuschütteln, und nahm einen langen Zug von seinem Bier, das ihm jetzt nicht mehr schmeckte. »Ja, ich bin glücklich. Warum sollte ich es nicht sein?«

»Nein. Du bist *hier* glücklich.«

»Ich bin nicht dafür bestimmt, *hier* zu bleiben, Noah. Es war immer nur als Übergang gedacht.« Auch wenn es ihn schmerzte, das auszusprechen.

Noah verdrehte die Augen. »Weil das *der Plan* war.«

Chris knallte seine Flasche auf die Brüstung. »Ja, das ist der verdammte Plan. Was ist daran falsch? Was willst du mir damit sagen? An meinem Weg ist nichts auszusetzen. *Du* bist derjenige, der ziellos umherirrt, weil Dad zu ein paar Lagerhallen Nein gesagt hat. Ich will so sein wie er? Das sagt der Richtige. Du hüpfst von einer Sache zur nächsten und wunderst dich, warum du nicht zufrieden bist. Bleib bei einer Sache. Vielleicht wirst du es dann irgendwann.«

Chris' Lungen zogen sich zusammen. Warum war er so wütend? Was zur Hölle war Noahs Problem?

»Zurück zu dir, Bro. Halt inne. Überdenk deinen Plan. Du kannst angepisst sein, wie du willst. Ich mache mir Sorgen, dass du zurück nach New York gehst und merkst, dass alles, was du wolltest, hier in Kalifornien ist. Du kannst nicht alles planen, Chris. Manchmal musst du das Leben einfach geschehen lassen.«

Chris lehnte sich nach vorn. »Mein Leben wird *endlich* geschehen.« Alles, was er schon immer gewollt hatte, war jetzt in Reichweite.

Noah zuckte mit den Schultern. »Rede dir das ruhig weiter ein. Beantworte mir nur eine Frage.«

Chris wartete. Noah starrte ihn an, ohne etwas preiszugeben.

»Wenn ich dich frage, was dich wirklich glücklich macht, was kommt dir dann als Erstes in den Sinn?«

Everly. Scheiße. Ihr Gesicht erschien sofort vor seinem geistigen Auge. Er hatte erlebt, wie sein Vater Frauen weggeworfen hatte wie seine Firmen. So etwas würde er mit Everly nicht tun. Sie verdiente mehr. Sein Plan sah New York vor. Sobald er dort sein würde, würde er an die nächsten Schritte denken.

Noah stellte sein Bier ab. Chris funkelte ihn böse an und war froh, als es an der Tür klingelte.

»Ich öffne.« Chris wollte gerade gehen, doch als er seinen Bruder hinter sich leise lachen hörte, hob er die Hand und zeigte ihm den Mittelfinger. Doch Noahs Lachen wurde nur noch lauter.

• • •

Die Sonne hatte sich vom Himmel herabgesenkt, als würde sie sich auf den besten Teil des Abends vorbereiten. Rote und orangefarbene Streifen breiteten sich am Horizont aus und erweckten den Eindruck eines Gemäldes. Ein Weg führte vom Haus hinunter zum Meer. Ein paar Kollegen waren an den Strand gegangen, als sie gehört hatten, dass es dort ein Lagerfeuer geben solle. Mari und Mason spielten Frisbee mit Kitty und Luke, die beide ihre besseren Hälften mitgebracht hatten.

Jane plauderte mit Benny und seiner Frau und bediente sich ausgiebig an der großen Auswahl an Fingerfood. Noah zeigte Stacey, wie man Boccia spielte, und hielt alle fünf Sekunden inne, um wie verrückt über irgendwas zu lachen, das sie gesagt hatte.

Chris sah sich um und tat dabei so, als würde er nicht nach einer bestimmten Person Ausschau halten. Everly war allein gekommen, direkt nach Stacey. Er hatte sie noch nicht nach ihrem letzten Date gefragt, doch heute Abend wollte er nicht über die Arbeit sprechen. *Oder über die Männer, mit denen sie sich trifft.* Er hatte gedacht, die beiden Freundinnen würden gemeinsam auftauchen, aber Stacey hatte gemeint, Everly habe eine Liste an Dingen, die sie erledigen musste. Anscheinend meinte sie es ernst mit ihrer Liste. Der Gedanke brachte Chris zum Lächeln.

Er ging in den Garten, beobachtete ein paar Minuten lang das Frisbeespiel und beschloss dann, hinunter zum Strand zu gehen.

Er hatte erwartet – okay, gehofft –, Everly dort anzutreffen, und war überrascht, als er sie neben dem Haupteingang entdeckte. Mit angezogenen Knien saß sie auf einer Bank und blickte so konzentriert aufs Meer hinaus, dass er sie nicht stören wollte. Also betrachtete er sie nur. Sie trug ein hellgraues Shirt und Cargoshorts. Ihre Beine waren blasser als ihre Arme und ihr Gesicht. Jetzt, da er sie so sah, stellte er fest, dass sie nur selten kurze Hosen trug. Caprihosen, hin und wieder ein Kleid, aber nie Shorts. Letztes Wochenende hatte sie in ihrer rosa Bluse wunderschön ausgesehen, aber heute Abend war sie süß. Nahbar. Ihm fiel auf, dass sie in den letzten Wochen immer wieder eine neue Seite von sich gezeigt hatte, wenn auch nur ganz subtil durch einen anderen Kleidungsstil.

»Du musst nicht da drüben stehen bleiben«, sagte sie leise.

Lachend ging Chris auf sie zu und setzte sich zu ihr. »Meine Bewerbung an der Ninja-Schule sollte definitiv abgelehnt werden.«

Sie drehte den Kopf und lächelte ihn an. »Schleichen kannst du jedenfalls nicht.«

»Es ist wundervoll hier«, bemerkte Chris und meinte das Meer, konnte aber den Blick nicht von Everly abwenden.

»Ja. Ich liebe das Meer. Leider komme ich viel zu selten her.« Sie richtete den Blick wieder auf die Seemöwen, die sich in die seichten Wellen stürzten.

Er nahm einen großen Schluck von seinem Bier. Als sie ihn wieder ansah, bot er ihr die Flasche an. Sie nippte daran und verzog auf niedliche Weise das Gesicht.

»Ich hasse Bier. Hin und wieder probiere ich es, weil die meisten Bier lieben. Mein Dad steht total auf Craftbeer. Es hilft ihm, mit der Trennung zurechtzukommen. Aber ich kann mich nicht daran gewöhnen. Es schmeckt nach ... nassem Brot.«

Chris lachte und nahm die Flasche wieder entgegen. »Wow. Anscheinend haben wir unterschiedliche Geschmacksknospen, denn ich muss eher an göttlichen Nektar denken.«

Sie grinste. »Das wäre für mich der Oreo-Milchshake von *The Burger Shack*.«

»Auch lecker. Dann sind deine Eltern also gerade getrennt?« War es seltsam, dass er sich wünschte, die Traurigkeit in ihrer Stimme ausmerzen zu können?

Sie stützte das Kinn auf die Knie, und er unterdrückte den Drang, den Arm um sie zu legen und sie zu sich zu ziehen.

»Es sollte mir eigentlich egal sein. Ich bin dreißig Jahre alt. Meine Eltern müssen nicht zusammenbleiben, damit ich glücklich bin. Aber ich wäre froh, wenn sie nicht beide versuchen würden, mich auf ihre Seite zu ziehen. Es ist wie ein Wettkampf, wer mehr Zeit mit mir verbringen kann. Sie verstehen nicht, dass ich mit *niemandem* Zeit verbringen will.« Wieder zog sie die Nase kraus. »Aktuelle Gesellschaft ausgeschlossen.«

Er lachte leise. Die Meeresbrise blies ihr ein paar Haarsträhnen ins Gesicht.

»Offensichtlich«, erwiderte er. »Deine Tanzkarte ist in letzter Zeit ganz schön voll gewesen. Hast du schon irgendwelche Erkenntnisse gewonnen?« Er hoffte, sie wusste, dass er als Freund fragte, nicht als Boss, der ihr gesamtes Sozialleben orchestriert hatte. Wie sah sie ihn? Er fragte sich, ob sie in einem der Männer mehr sah. Vielleicht in Owen? Wenn sie glücklich war, war er es auch. Ganz egal, ob sie sich für einen der Männer entscheiden würde – sie hatte es verdient, glücklich zu sein. Wie auch immer das für sie aussehen mochte. Über diesen Aspekt hatte er noch nie nachgedacht. Dass man sich für denjenigen, den man mochte, wünschte, dass er das bekam, was er wollte und brauchte. Ihr Glück würde ihn ebenfalls glücklicher machen.

»Auf jeden Fall«, antwortete sie und hob den Kopf.

Chris' Herz schlug wie verrückt. Er hob die Bierflasche, trank jedoch nicht. Sein Hals war staubtrocken, doch ihm war klar, dass das Bier nicht schmecken würde, solange er nicht wusste, wie das letzte Date gelaufen war. Ihr letzter Post hatte kaum etwas verraten, nur dass Daniel raus war. Aber vielleicht hatte sie das schon von Anfang an gewusst. Morgen würden die letzten zwei Kandidaten verkündet werden. Sein Atem gefror in seinen Lungen.

»Ich bin allerdings zu dem Entschluss gekommen, dass ich nicht tanzen kann. Und daten auch nicht.«

Die Muskeln in seiner Brust lockerten sich, sodass er wieder atmen konnte. »Das glaube ich nicht.« Bevor er gehen würde, was eher früher als später der Fall sein würde, musste sie wissen, wie *er* *sie* sah. »Du bist … eine großartige Tänzerin. Du bist klug, witzig und wunderschön. Hier geht es nicht um diese Männer, Everly. Es geht um dich. Darum, dass du verstehst, dass es deine Entscheidung ist. Alles. Egal, was du erreichen willst, privat oder beruflich – du wirst es schaffen. Du hast nur das Beste verdient, denn du bist ein toller Mensch.«

Eigentlich wollte er nicht auf ihre Lippen starren, aber es faszinierte ihn, wie sie ein kleines O formten, als hätten seine Worte sie überrascht. Sein Blick wanderte nach oben, bis er ihr in die Augen sah.

»Das ist sehr nett von dir, so etwas zu sagen«, flüsterte sie.

»Kann sein. Aber es stimmt. Du verblüffst mich immer wieder«, sagte er. Über ihnen leuchtete der Mond, Sterne zierten den Himmel, und sie saß neben ihm. Der Moment fühlte sich einfach magisch an. Es war eine Magie, die die Wahrheit zum Vorschein brachte.

»Du kommst wohl nicht oft raus.« Sie richtete sich auf und legte die Hände flach neben ihren Körper.

Chris legte seine Hand auf ihre. »Mach das nicht. Du bist der Knaller, Everly. In vielerlei Hinsicht.«

Sie blinzelte ein paarmal. Dann lächelte sie ihn auf eine Weise an, die sein Inneres zum Leuchten brachte wie der Mond den Himmel.

Er wollte nicht fragen, doch er musste es tun. »Hast du dich schon entschieden?« Das Herz schlug ihm bis zum Hals.

Everly drehte die Handflächen nach oben und verschränkte ihre Finger ineinander, jedoch nur ganz leicht.

»Ja«, flüsterte sie. Sie drehte den Kopf, blickte hinab auf ihre Hände, bevor sie ihm in die Augen sah. »Zumindest glaube ich es.«

Er nickte und zog die Hand zurück, jedoch ohne den Blick abzuwenden. Das war gut. Großartig. Seine andere Hand umklammerte die Bierflasche so fest, dass er sich zwingen musste, seinen Griff zu lockern.

Sie starrten einander länger an, als sie sollten. Je länger er ihr in die Augen sah, desto mehr wollte er näher rücken, sie zu sich ziehen, ihren Kopf in den Nacken legen, ihre Lippen auf seinen spüren und ein für alle Mal herausfinden, ob sie so gut schmeckte, wie sie roch. *Sie hat sich entschieden.*

»Manchmal machst du das«, flüsterte sie, ihr Gesicht nun ein Stückchen näher.

Ihm stockte der Atem. »Was denn?«

»Du siehst mich an, als würden dir Sachen durch den Kopf gehen, die ich mir gar nicht vorstellen kann«, erwiderte sie so leise, dass man sie kaum hören konnte. Doch *er* konnte sie hören, denn er klebte förmlich an ihren Lippen. Er hatte das Gefühl, kurz vor einem Herzinfarkt zu stehen.

»Mir geht alles Mögliche durch den Kopf«, sagte er mit rauer Stimme. Dinge, die ihm nicht durch den Kopf gehen sollten. *Durften.* Glücklich wurde man, indem man sich ein Ziel setzte und es auch erreichte. Er war so nah dran. *Sie ist auch nah. So nah, dass du sie küssen könntest. Tu es einfach.*

»Denkst du dabei an mich?«

Ständig. Sie waren sich so nahe, dass sie sich dieselben Sauerstoffmoleküle teilten. Sie atmeten sich gegenseitig. Chris' Herz dröhnte so laut in seinen Ohren, dass er nicht einmal mehr das Brechen der Wellen hören konnte.

Everly blinzelte und starrte so lange auf seinen Mund, dass Chris Mühe hatte, ein Seufzen zu unterdrücken. Ihre Finger verschränkten sich ineinander. Nicht nur zufällig. Chris wollte Everly küssen, mehr als alles andere. Mehr, als nach New York zurückzukehren, es seinem Vater zu beweisen und seinen rechtmäßigen Platz einzunehmen. Als er nach Kalifornien gekommen war, hatte er sich einzig und allein auf diese drei Dinge konzentriert. Auf seine Mission. Doch sie waren nichts im Vergleich zu dem Begehren, das in diesem Moment sein gesamtes Wesen einnahm. Das Business, sein Vater – sie existierten nicht. Sein Zuhause? Das war dort, wo auch immer er ihr Gesicht sehen konnte. Sie berühren konnte. Sie atmen konnte. Chris hätte sein Inneres nach außen gekehrt, um nur die geringste Chance zu bekommen, Everlys Herz zu erobern. Einen Weg hinein zu finden.

»Hey! Wir spielen jetzt ›Ich habe noch nie …‹. Kommt, ihr Langweiler. Los. Ich habe Zutaten für Margaritas gesehen«, rief Stacey, die plötzlich aus dem Nichts aufgetaucht war. Noah folgte direkt hinter ihr und unterhielt sich mit Jane, die sich zu ihnen gesellt haben musste, ohne dass Chris oder Everly es bemerkt hatten.

»Was ist los, Charlie Brown? Warum wirkst du so ernst, Schätzchen?« Stacey setzte sich eher *auf* Everly statt neben sie. »Mmh. Du riechst so gut. Riecht sie nicht himmlisch, Chris? Jetzt will ich Kekse.«

Lachend schob Everly Stacey von sich. »Du bist schon betrunken. Du brauchst keine Margaritas.«

»Wenn du meinst, Mom. Ich trinke trotzdem einen, und du kannst mich nicht aufhalten.«

Everly schüttelte den Kopf und lächelte angespannt. »Ich werde dich hindern, denn einer von uns muss sichergehen, dass du nicht unvernünftig wirst. Sonst geht es dir morgen schlecht. Und morgen findet das Event für Rob statt.« Sie streichelte Staceys Haar, um ihre Worte ein wenig abzumildern.

»Hm. Rob. Stimmt. Ich schlage dir einen Deal vor. Du spielst mit uns ›Ich habe noch nie …‹, und dafür trinke ich keinen Mar …Mar …har … Seit wann ist dieses Wort so schwer?«

Chris stimmte in das Lachen der anderen ein, obwohl sich Enttäuschung in ihm ausbreitete. Er hatte jetzt keine Lust auf ein Spiel. Aber er hatte eine Aussage, die zu ihm passen würde. Für immer. *Ich hatte nie das Vergnügen, Everly Dean zu küssen.*

Kapitel 31

Everly gesellte sich zu den anderen an die Feuerstelle auf der großen, mit Holzplanken bedeckten Veranda. Sie konnte gar nicht fassen, wie umwerfend das Anwesen war. Wie aus einer Zeitschrift. Sie liebte ihr Apartment. Es war ihr Wohlfühlort. Doch sie konnte sich durchaus vorstellen, irgendwann ein Haus zu kaufen und es zu ihrem zu machen. *Aber nicht so ein Haus. Das liegt über deinem Budget.* Alle setzten sich auf oder neben die zwei L-förmigen Outdoor-Sofas. Die Möbel waren so aufgestellt worden, dass man sich gut unterhalten konnte, in der Mitte die gasbetriebene Feuerstelle. *Glaubst du etwa, du müsstest nicht mehr daran denken, wie nah Chris' Mund an deinem war, wenn du jetzt die ganze Zeit über Häuser und Möbel nachdenkst? Oder dass du die Lücke zwischen euch dringender schließen wolltest, als zu atmen?*

»Du wirkst so ernst. Alles okay?« Chris setzte sich neben sie. Das, was eben beinahe geschehen war, schien ihn kein bisschen zu erschüttern.

Ihre Lungen legten eine Pause ein. Everly war sich zu fast einhundert Prozent sicher, dass sie und Chris sich geküsst hätten, hätte Stacey sie nicht unterbrochen. Selbst jetzt, wo sie an den Fast-Kuss dachte, schwang ihr Magen hin und her wie ein Trapezkünstler. Nervenkitzel und Schrecken vermischten sich. Sie konnte sich gar nicht vorstellen, was mit ihr geschehen wäre, wenn es tatsächlich passiert wäre.

Wenn er so tun kann, als wäre nichts gewesen, dann kannst du es auch. »Ich mag Veranden«, sagte sie und schluckte laut. *Ernsthaft? »Ich mag Veranden?«* »Ich meine, ich habe gerade darüber nachgedacht, wie schön dieses Haus ist. Wenn ich mal ein Haus habe, will ich auch eine so hübsche Veranda.«

Da. Verständliche Sätze. Und sie konnte sogar atmen, und ihre Lungen funktionierten korrekt. *Sieh ihn einfach nicht an. Denk nicht daran, dass sich eure Schenkel berühren. Sie berühren sich nur, damit noch mehr Leute aufs Sofa passen. Leute, mit denen du arbeitest. Deine Kollegen und Freunde.*

»Da stimme ich voll und ganz zu«, erwiderte Chris völlig wertungsfrei. »Ich würde jeden Morgen hier draußen sitzen, meinen Kaffee trinken und den Sonnenaufgang beobachten.«

Jetzt sah sie ihn doch an, während die anderen redeten, lachten, sich Drinks holten und sich einen Platz suchten. »Ich auch.«

Sie konnte sich das Grinsen nicht verkneifen. Vielleicht waren sie doch nicht so verschieden. Vielleicht gab es doch eine Möglichkeit ... Sein Blick fiel auf ihren Mund. Verlangen breitete sich in ihr aus. Pures, ungetrübtes, tiefes Verlangen. Im letzten Monat hatte sie sechs Dates gehabt. Doch der Mann, den sie wollte, saß direkt neben ihr und wirkte, als wollte er da weitermachen, wo sie eben aufgehört hatten.

»Everly«, flüsterte er.

In einer Hand hielt er ein Bier, die andere lag auf seinem Oberschenkel. Doch dann berührten seine Finger ihre. So wenig, dass es keiner sehen konnte, obwohl über ihnen der Mond durch die Wolken schien und die Veranda mit einer Lichterkette geschmückt war. Kleine Vibrationen wanderten ihren Arm hinauf und nisteten sich in ihrer Brust ein. Wie ein Mini-Puls. Sie seufzte und sah ihm direkt in die Augen.

Er schaute sie fragend an. Noch breiter zu lächeln war alles, was sie tun konnte.

»Okay«, rief Stacey und fiel in den Stuhl, der ihnen gegenüberstand. Sie ließ den Blick über die Gruppe schweifen. »Hat jeder einen Drink? Großartig. Für alle, die es noch nicht wissen – es funktioniert folgendermaßen. Jemand sagt ›Ich habe noch nie …‹ und beendet den Satz mit etwas, das er noch nie getan hat.« Sie hielt inne und sah sich um, um sicherzugehen, dass alle folgen konnten.

Everly lachte, doch es fühlte sich eher an wie eine außerkörperliche Erfahrung. Obwohl sie Stacey zuhörte, konzentrierte sie sich zu neunundneunzig Prozent auf die wenigen Zentimeter Haut, die sich berührten.

»Wir haben es verstanden, Stace. Keiner von uns ist so betrunken wie du«, rief Mason lachend und hob sein Bier.

»Cool. Das ist aber noch nicht alles. Wer das, was die Person noch nie getan hat, schon gemacht hat … Moment … Ist das … Ja, richtig. Wenn ihr das Gesagte schon getan habt, müsst ihr trinken. Kapiert?«

»Vielleicht solltest du ab jetzt lieber Wasser trinken«, schlug Everly vor. Das übrige eine Prozent von ihr machte sich Sorgen, dass man Stacey besser ins Bett bringen sollte.

»*Nope*. Noah hat meinen Drink sowieso schon verwässert. Spaßbremse.«

Noah lachte laut. Es klang so ähnlich wie Chris' Lachen, doch davon bekam Everly keine Schmetterlinge im Bauch. Nein. Die waren definitiv darauf trainiert, nur auf Männer zu reagieren, die sie nicht haben konnte. *Mann. Einen Mann.*

»Warum fängst du nicht an, Stacey?«, fragte Noah und schwang die Beine über die Armlehne seines Sessels.

Er war viel lässiger als Chris, aber als er letzte Woche bei einem ihrer Meetings dabei gewesen war, hatte sie gemerkt, dass er dieselbe Autorität hatte wie sein Bruder, wenn er vor einer Gruppe sprach.

Stacey tippte sich an den Mund. »Okay. Ich habe noch nie … Oh! Ich war noch nie nackt schwimmen.« Sie grinste, als hätte sie gerade einen Preis gewonnen, und ließ den Blick über die Gruppe schweifen.

Als Jane zuerst trank, fingen alle an zu pfeifen und zu johlen.

Stacey klappte die Kinnlade herunter. »Die süße, zugeknöpfte Jane? Wirklich? Ich muss mich mehr anstrengen.«

Janes Freundin, eine Brünette mit dezentem Hippiestyle, legte die Hand auf Janes Schulter und trank ebenfalls. Jedoch gaben die beiden keine weiteren Details preis.

»Bin ich jetzt dran?« Jane sah ihre Freundin verliebt an. Everly bekam ein schlechtes Gewissen, dass sie so wenig über die Menschen wusste, mit denen sie seit Jahren zusammenarbeitete. Sie musste unbedingt aufhören, sich immer so abzuschotten. *Du arbeitest daran.*

»Ich habe noch nie … ein Musikinstrument gespielt.«

Einige tranken, während sich Stacey darüber beschwerte, dass die Frage langweilig sei. Als Chris ebenfalls trank, hob Everly eine Augenbraue.

Sein kleiner Finger rieb sich an ihrem. Wie viele Nervenenden konnte bitte ein verdammter kleiner Finger haben? Und seit wann waren sie mit anderen wichtigen Körperteilen verbunden?

»Flöte«, flüsterte er. »In der Mittelschule.«

Sie biss sich auf die Unterlippe, um nicht zu grinsen. »Süß.«

Mason nahm einen langen Schluck von seinem Drink. »Ich

habe mit sechzehn angefangen, Gitarre zu spielen, weil ich dachte, die Mädels würden darauf stehen. Und ich hatte nicht ganz unrecht. Aber leider war ich auch nicht besonders gut.«

Das Spiel wurde von viel Gelächter begleitet, während einer nach dem anderen eine Geschichte zum Besten gab.

»Jetzt ist Mason dran«, verkündete Stacey und machte es sich auf ihrem Stuhl noch bequemer. Ihr Kopf hing schon ganz schlaff herunter.

»Ich habe noch nie ... eins dieser Spiele gespielt und bin dabei betrunken geworden«, sagte Mason.

Einige tranken, darunter auch Everly. Chris sah sie an. Obwohl sie von Menschen, Musik und dem Geräusch der Wellen umgeben waren, hatte sie das Gefühl, sie seien in ihrer eigenen Blase.

»Das überrascht mich jetzt«, bemerkte er.

»Ich war auch mal jung, weißt du?«, erwiderte sie, nachdem sie getrunken hatte.

»Jetzt ist Everly an der Reihe«, rief Kitty.

»Warum das denn?«

»Weil du noch nicht dran warst.« Kitty zuckte mit den Schultern, als wäre der Grund offensichtlich. Alle Blicke richteten sich auf sie. Als sie jünger gewesen war, hatte sie ihre unsichtbare Rüstung anlegen müssen, um solche Situationen zu überstehen. Zum Beispiel, wenn sie vor ihrer Klasse hatte sprechen müssen. Gespieltes Selbstbewusstsein war eine Notwendigkeit gewesen.

In ihrem Kopf bis zehn zu zählen half, den Druck von ihrer Brust zu nehmen. Als Chris seine Hand schützend auf ihre legte, wie er es letztes Wochenende im Restaurant getan hatte, konnte sie alles beiseiteschieben.

»Ich habe noch nie ... jemanden gedatet, von dem ich dachte, ich würde für immer mit ihm zusammenbleiben«, sagte sie. Auch wenn Owen das Rennen machen würde – wer konnte schon wissen, wohin das führen würde? Es folgte eine kurze Pause, und Everly verfluchte sich dafür, dass die Stimmung nun ernster wurde. Aber was hätte sie sonst sagen sollen? *Ich hatte noch nie Sex im Freien? Ich habe noch nie etwas Furchteinflößendes gemacht? Noch nie etwas Aufregendes?* Das mussten die anderen nicht wissen, obwohl die Chancen gut standen, dass sie es morgen bereits vergessen haben würden.

Als Jane und ihre Freundin gleichzeitig tranken und sich dabei in die Augen sahen, folgte ein Chor aus *Ohhhs*, und Mason, Luke und Noah gaben ein paar nette Kommentare ab. Luke und seine Frau lehnten mit Drinks in den Händen an der Brüstung. Er beugte sich zu ihr herab und flüsterte ihr etwas ins Ohr, das sie zum Lachen brachte. Everly beneidete sie.

Everly war nicht entgangen, dass Chris nicht getrunken hatte. War er schon mal verliebt gewesen? Oder hatte er es zumindest gedacht?

»Jetzt Janes Freundin«, rief Stacey.

»Petra. Ich habe euch einander schon dreimal vorgestellt, Stacey«, sagte Jane lachend.

»Petra. Richtig. Hey, Petra. Ich liebe deinen Rock.«

»Hi, Stacey. Noch mal. Danke. Alles klar. Lass mich nachdenken. Ich habe noch nie ... Ich weiß nicht. Ähm. Ich habe noch nie geheiratet.«

Everly sah sich um und lächelte, als Mari, Kitty, Benny, Luke und ihre besseren Hälften tranken. Dann drehte sie den Kopf leicht in Chris' Richtung. Er sah sie an.

Sie hätte ihn einfach weiter angestarrt, wenn sein Bruder nicht das Wort ergriffen hätte. Oder geschrien hätte, besser gesagt.

Noah lehnte sich über ein paar Leute hinweg und boxte seinem Bruder gegen den Arm. »Nicht schummeln. Selbst kurze Ehen zählen, kleiner Bruder.«

Everlys Herz trat mit voller Wucht auf die Bremse und knallte gegen ihren Brustkorb. Wie bitte? Sie beobachtete, wie Chris sein Glas fester umklammerte. Als ihr Blick wieder nach oben wanderte, funkelte er Noah böse an.

»Was? Du warst verheiratet?«, fragte Stacey, setzte sich auf, lehnte sich nach vorn und deutete auf ihn.

Everly spürte, wie er sich versteifte, konnte jedoch nicht den Blick von seinem Profil abwenden. Seine Kiefermuskeln zuckten, und er nahm ganz leicht die Schultern zurück. Er sah sie nicht an.

Noah räusperte sich und lachte gezwungen. »Er war vielleicht fünf Minuten lang verheiratet.« Dann griff er in die Schüssel mit den Chips neben sich auf dem Tisch und stopfte sich ein paar davon in den Mund, als würden sie sich gerade über Sport unterhalten. »Unser Dad war ganz schön angepisst.« Dann prostete er seinem Bruder mit der Bierflasche zu. »Wenigstens ein Pluspunkt, nicht wahr?«

Chris machte ein Geräusch, das halb wie ein Knurren, halb wie ein Lachen klang. Dann trafen sich ihre Blicke. Everlys Hals wurde staubtrocken, und ihr Puls ging viel zu schnell. Es war bestimmt nicht gesund, dass ihr Herz so hämmerte. Wahrscheinlich starrte sie jetzt jeder an. Und Chris.

»Du bist doch nicht mehr verheiratet, oder?«, wollte Stacey wissen.

Selbst im betrunkenen Zustand konnte sie Everlys Gedanken lesen.

Chris klappte die Kinnlade herunter, und er schüttelte den Kopf. »Nein. Bin ich nicht.«

Er sah Everly in die Augen, als würde er versuchen, sie mit seinem Blick an Ort und Stelle zu halten. »Ich bin nicht mehr verheiratet. Und es war nicht nur, um meinen Dad auf die Palme zu bringen. Das war ein netter Nebeneffekt, aber wir ... Ich glaube, wir haben Liebe mit etwas anderem verwechselt. Wir waren noch jung.«

Everly mochte das Gefühl in ihrer Brust nicht. Wie es durch ihren Körper kroch und ihre Eingeweide zu Eis erstarren ließ. Er war verheiratet, aber noch nie verliebt gewesen? Warum heiratete man dann? Sie konnte sich nicht vorstellen, sich an jemanden zu binden, den sie nicht liebte. War sie denn die Einzige, die fand, dass man die Ehe wertschätzen sollte? Respektieren? Die Ehe war nichts, auf dem man herumsprang wie auf einem Trampolin.

»Du bist dran, Bro«, sagte Noah.

»Ihr seid echt schlecht. Ich komme überhaupt nicht zum Trinken«, beschwerte sich Stacey und ließ sich wieder in die Kissen fallen.

»Das lässt sich ändern«, erwiderte Chris in lockerem Ton, während Everlys Herz wie verrückt schlug. »Ich habe noch nie ... jemanden blamiert, während zehntausend Menschen zugehört haben.«

Stacey setzte sich mit einem gigantischen Grinsen auf, und ihr Drink schwappte über. »Das habe ich definitiv getan.«

Alle lachten, doch für Everly klang es wie sehr weit entfernt. Sie hatte das Gefühl, auf der anderen Seite eines Tunnels zu stehen und das Geschehen aus der Ferne zu beobachten. Ihr Knie wippte, zuerst nur langsam. Sie klopfte mit den Fingern gegen ihren Becher und zog die andere Hand von Chris weg. *Seine Vergangenheit geht dich nichts an. Er ist nicht mehr verheiratet. Welchen Unterschied macht es? Keinen. Es macht keinen Unterschied. Ihr habt euch nicht geküsst. Er gehört dir nicht. Du hast dich für Owen entschieden. Du entscheidest dich für Owen. Du magst Owen. Obwohl sein ganzer Körper nicht das in dir auslösen wird, was Chris' kleiner Finger vermag. Aber das ist gut. Wer braucht schon die ganze Zeit so viel Adrenalin? Du würdest wahrscheinlich irgendwann einen Herzinfarkt bekommen. Ganz richtig. Mit Chris zusammen zu sein wäre zu viel für dich. Also hör auf.* Sie stellte sich ein Stoppschild vor. Dann stellte sie sich vor, wie sie mit dem Kopf dagegenschlug.

»Wer war noch nicht dran?«, fragte Stacey. »Kitty, jetzt du.«

»Lasst uns etwas anderes machen. Mason, im Wohnzimmer steht eine Gitarre. Schnapp sie dir, und sing ein paar schlechte Lieder«, schlug Noah vor.

»Hey, ich bin jetzt dran«, widersprach Kitty. Alle Blicke richteten sich auf sie. »Ich war noch nie auf einem Blind Date.« Sie strahlte.

»Auf geht's«, sagte Stacey und nahm einen großen Schluck von ihrem Margarita. Ein paar andere tranken ebenfalls, aber Stacey freute sich so sehr darüber, endlich trinken zu dürfen, dass alle nur auf sie achteten.

Everly konnte einzig und allein auf den Flipperautomaten in ihrem Kopf achten. Es war egal, dass er verheiratet gewesen war. Und geschieden. Aber sie fragte sich, was er tun würde, wenn er in der Situation ihrer Eltern stecken würde. Würde er alles geben, damit es funktionierte? Oder würde er aufgeben und sich sagen, er habe alles versucht? Woher sollte man das wissen? *Was kümmert es dich?* Sie hatte sich die Chemie zwischen ihnen vorhin nicht eingebildet. Dieses »Fast« war stärker gewesen als alles, was sie bisher erlebt hatte. Wenn sie den Schritt wagen würde, nur um dann herauszufinden, dass er niemand war, der blieb ... Sie wusste nicht, ob sie das ertragen würde.

»Ist dir kalt?«, fragte Chris und lehnte sich so nah zu ihr, dass sein Atem sie an der Wange kitzelte.

»Nein. Warum?« Sie konnte ihn nicht ansehen. Sie klopfte mit den Fingern auf ihren Schenkeln herum, die sich tatsächlich kalt anfühlten.

»Dein Knie hört gar nicht mehr auf zu wippen«, bemerkte er.

»Sorry«, sagte sie schnell und bekam nicht mit, was Mari erzählt hatte. Dann sprang sie auf. Eigentlich hatte sie nicht so abrupt aufstehen wollen, doch sie hatte ihren Körper nicht ganz unter Kontrolle.

»Hey, wohin gehst du?«, fragte Stacey und hielt ihr Glas in die Höhe. »Kannst du mir was anderes mitbringen? Mein Drink schmeckt mir nicht.«

Sie verdrängte ihre Gefühle und packte Stacey am Handgelenk, statt ihr Glas entgegenzunehmen. »Komm mit.«

Sie bahnten sich ihren Weg durch die Gruppe und gingen in die Küche. Everly schnappte gierig nach Luft. Sie fing an zu zittern. Vielleicht war ihr doch kalt.

»Was machen wir hier, Evs?« Stacey lehnte sich gegen die Küchentheke und nahm ein paar Trauben von einem der Tabletts.

»Ich muss jetzt gehen. Aber zuerst will ich sichergehen, dass bei dir alles in Ordnung ist.«

Stacey zerdrückte eine Traube zwischen zwei Fingern und verzog das Gesicht. »Warum musst du jetzt gehen?«

»Ich bin müde. Und ich habe ein bisschen Kopfschmerzen. Und du musst aufhören zu trinken.«

Stacey richtete sich auf, schnappte sich eine Serviette und wischte sich die Hände ab. »Was ist los?« Sie trat auf Everly zu, legte die Hände auf ihre Schultern, ging ein wenig in die Knie und sah ihr in die Augen. »Was ist?«

Ich bin verwirrt. Und ich glaube, ich habe Gefühle für jemanden, für den ich nichts empfinden sollte. Jemanden, den ich gar nicht wirklich kenne. Ich treffe mich mit Fremden und vergesse dabei vollkommen, was ich eigentlich will. Aber ich bin gar nicht sicher, ob ich weiß, was ich will. Regeln hin oder her – ich habe das Gefühl, dass ich gerade alles vermassle. Tränen stiegen in ihr auf, also bohrte sie die Fingernägel einer Hand in ihre Handfläche. »Nichts. Ich bin nur müde. Ein bisschen überfordert. Bitte mach jetzt keine große Sache daraus.«

Obwohl sie alles andere als nüchtern war, nickte Stacey, und Everly merkte, dass sie sie ernst nahm. »Okay. Ich höre auf zu trinken. Ich lege mich in einem der Gästezimmer schlafen. Ich werde morgen nicht zu spät kommen. Versprochen. Hast du mich denn noch lieb, obwohl ich betrunken bin?«

Die Flügeltüren zur Veranda öffneten sich, und Everlys Herzschlag beschleunigte sich. »Immer. Bis morgen.«

Ohne einen Blick über die Schulter zu werfen, schnappte sie sich ihre Handtasche vom Tisch. Sie hasste es, dass sie so unhöflich war, einfach zu gehen, ohne sich zu verabschieden, doch sie konnte nicht atmen. Konnte ihre Lungen nicht vollständig mit Luft füllen. Aber was noch schlimmer war: Sie wusste nicht, warum. Deshalb musste sie gehen. Sie brauchte Raum für sich. An der Haustür angekommen, atmete sie wie eine Marathonläuferin.

Auf der Treppe vor dem Haus lockerte sie die Faust, und ihre Lungen entspannten sich ein wenig. Sie hatte in der Nähe der Ausfahrt geparkt. Sie war etwas später gekommen als die anderen, denn sie hatte sicherstellen wollen, dass sie schnell von hier wegkam, falls sie gehen musste.

Sie war fast da. *Steig einfach ins Auto. Fahr nach Hause. Alles ist in Ordnung. Dir ist gerade alles ein bisschen zu viel. Acht Dates in einem Monat? Das sind mehr Dates als in den letzten fünf Jahren.*

»Everly, warte«, rief Chris hinter ihr.

Klarheit erfasste sie wie eine Welle, die sie nach hinten riss. Es war Chris, vor dem sie flüchtete. Sie musste von ihm wegkommen. Als sie neben ihm gesessen hatte, war ihr plötzlich klar geworden, dass sie ihn *tatsächlich* mochte. Dass sie sich wünschte, er wäre eins von ihren Dates. All ihre Dates. Und direkt danach hatte er gestanden, dass er mal verheiratet gewesen und geschieden war. Da war ihr bewusst geworden, dass sie ihn gar nicht kannte. Jemanden nicht richtig zu kennen war der Grund gewesen, warum sie am Morgen ihres Geburtstags ihre Hose von Kaffeeflecken hatte befreien müssen.

Er folgte ihr. Jetzt musste sie sich ihm stellen. Und ihren Gefühlen.

Vor ihrem Auto blieb sie stehen, drehte sich aber nicht um. Doch sie spürte ihn. Seine Schritte auf dem Kies kamen immer näher. Dann legte er die Hände auf ihre Schultern. Eine ganze Weile standen sie so da. Aus der Ferne hörte sie immer noch die Wellen und das Lachen der anderen hinterm Haus. Sie konnte ihren eigenen Herzschlag hören. Ihren Atem. *Seinen* Atem.

Statt sie zu sich zu drehen, senkte Chris eine Hand, umrundete sie und stellte sich vor sie. Seine Finger streichelten über ihren Arm.

Everly biss fest die Zähne zusammen und starrte auf seine Brust. *Nicht nach oben sehen. Nicht nach oben sehen.* Langsam, beinahe schmerzhaft, hob Chris die Hand, zog Everly zu sich und schlang die Arme um sie. Der Knoten in ihrem Hals wurde doppelt so groß, als sich ihre Wange an seine starke Brust schmiegte.

»Ist es, weil ich gesagt habe, dass ich verheiratet war? Das ist Jahre her, Everly. Ich war einundzwanzig.«

Everly blinzelte die Tränen weg, die sie nicht vergießen wollte, und zwang sich, sich zurückzulehnen, um ihm in die Augen zu sehen. *Regel Nummer sechs: Sei mutig, selbst wenn du Ausschlag bekommst.* Aber es lag nicht allein daran. Es war so vieles, von dem sie nicht wusste, wie sie es artikulieren sollte. Sie *fühlte* zu viel. So viel, dass ihr Gehirn davon schmerzte. *Aber alles andere tut weniger weh, jetzt, da er dich hält.* Er schlang die Arme fester um sie, ihre ruhten auf seinen Hüften. »Ich muss einfach gehen.«

»Da ist etwas zwischen uns«, flüsterte er.

Seine Worte ließen sie erzittern. Everly versuchte, logisch zu denken. Vernünftig. »Du bist mein Boss.«

»Und dein Freund«, flüsterte er und senkte den Kopf.

Die Luft blieb ihr im Hals stecken, und ihr Herz benahm sich wie ein Hampelmann. »Ja. Und das will ich nicht verlieren.« Er war ihr wichtiger, als sie sich eingestehen wollte. »Ich arbeite für dich. Du bist mein Boss.« Sie wiederholte sich, aber etwas anderes konnte sie nicht sagen. War das nicht seine eigene Argumentation gewesen?

»Und wenn ich es nicht wäre?«

Sie schluckte. Darüber konnte sie jetzt nicht nachdenken. »Wie lange?«

Sein Daumen strich über ihr Steißbein. »Wie lange ich verheiratet war?«

Sie nickte, doch es fühlte sich an, als würde ihr Kopf nicht richtig auf ihrem Hals sitzen. *Großartig. Ein menschlicher Everly-Wackelkopf*. Sie wusste nicht, warum sie es unbedingt wissen wollte.

»Drei Monate. Es war ein Fehler. Wir dachten, wir würden mehr empfinden. Und als wir dann verheiratet waren, haben wir gemerkt, dass wir zu jung waren. Wir waren Freunde. Wir haben uns nicht geliebt.«

Verheiratet zu sein ist schwer, Ev. Warum kämpfte sie dann so sehr darum, jemanden zu finden, mit dem sie ihr Leben verbringen konnte?

Chris hob die rechte Hand, legte sie an ihre Wange und streichelte sie. Wärmte sie. Kämpfte gegen die kühle Nachtluft und ihre Zurückhaltung an.

»Ich hatte nicht vor, so für dich zu empfinden«, flüsterte er, und sein Gesicht kam näher.

»Wie ›so‹?« Sie wollte keine Vermutungen anstellen. Sie konnte nicht so tun, als wüsste sie, was sie hier tat.

»Als würde etwas in mir zerbrechen, wenn ich dich nicht küsse.«

Ihr nächster Atemzug klang angestrengt. Sie sahen einander mit einer Intensität in die Augen, die Everly im ganzen Körper spürte.

In solch intensiven Momenten schien die Zeit langsamer zu vergehen, nahezu stillzustehen. Jede Sekunde fühlte sich an wie zwei. Alles war wie im Nebel. Chris' Gesicht füllte immer mehr ihr Blickfeld, bis sich seine Stirn an ihre legte. Er schloss die Augen und atmete gleichmäßig, während sie kaum noch Luft bekam. Everly fragte sich, ob er ihren Herzschlag hörte, während sich ihre Finger in seine Taille bohrten.

Als er die Augen aufschlug, erkannte sie darin Unsicherheit, und ihre Lungen stellten komplett ihre Tätigkeit ein. Was zur Hölle taten sie da? Sie durften diese Grenze nicht überschreiten.

»Everly«, flüsterte er.

Sie schüttelte den Kopf. Sie war nicht in der Lage, irgendetwas zu verarbeiten. Sie musste weg. Sie konnte keinen klaren Gedanken fassen, solange sie sich dieselbe Luft teilten.

»Ich muss jetzt gehen. Bitte lass mich los«, bat sie.

Chris machte einen Schritt zurück. Everly stieg ins Auto, kämpfte mit dem Sicherheitsgurt und gegen ihr Verlangen, wieder in seine Arme zu sinken. Als sich seine Hand gegen die Scheibe drückte, sah sie zu ihm hoch, sah die Traurigkeit in seinen Augen. Everly war nicht gemacht für ein ewiges Hin und Her, Auf und Ab. Ihre Eltern waren darin Weltmeister, aber sie hatte so etwas nie gewollt. Sie hatte lieber beständige, vorhersehbare Gefühle, statt sich immer unsicher zu sein. Chris gab ihr das Gefühl, auf einer Wippe zu stehen, unfähig, die Balance zu halten. *Du hast noch zwei zweite Dates. Das zweite davon wird mit Owen sein. Dann ist es vorbei.* Die Zuhörer würden entscheiden, wer das zweite Date bekam, doch weder Brad noch Jon konnten Owen das Wasser reichen. *Egal, ob du dich nach dem Wettbewerb noch mal mit Owen triffst oder nicht – du kannst auf jeden Fall in dein ruhiges Leben zurückkehren.* Nichts in ihr war in diesem Moment ruhig. Das Verlangen, das sie in Chris' Armen gespürt hatte, marschierte wie eine Blaskapelle durch ihre Brust. Kein bisschen ruhig. Wie konnte sie das überwinden?

Ganz einfach. Du tust einfach so, als wäre es nicht da.

Kapitel 32

Nach dem Live-Event am Sonntag kam Montagmorgen für Everlys Geschmack viel zu schnell. Stacey, die gestern sehr ruhig gewesen war und mit ihrem Kater zu kämpfen gehabt hatte, war heute wieder topfit und bereit loszulegen. Everly rief auf ihrem Laptop die Website des Senders auf und warf Stacey einen Blick zu, während die Musik leiser wurde. Sie nickte ihr zu, um sicherzugehen, dass sie sich einig waren.

»Das waren *One Republic* mit dem letzten Song unserer dreißig Minuten ohne Wiederholung. Ich mag den Frontsänger. Er ist so energiegeladen. Wir sollten aufs Konzert gehen, wenn sie das nächste Mal in der Stadt sind, Ev«, sagte Stacey ins Mikro.

Everly schüttelte den Kopf und sah sie ausdruckslos an. Als Stacey wieder das Wort ergriff, wanderte ihr Blick zur Fensterscheibe. Sie hatte Chris heute noch nicht gesehen. Er war nicht zum Event gekommen, was nicht ungewöhnlich war, aber ein bisschen enttäuscht war sie dennoch gewesen. Was dumm war. Sie musste sich selbst unbedingt unter Kontrolle kriegen, bevor sie ihn wiedersah. Er machte sie ganz wirr im Kopf.

»Jetzt kommt der Moment, auf den ihr alle gewartet habt, vor allem unsere Junggesellen. Wie ihr ja wisst, hat Everly die Kandidaten im Laufe der Wochen immer weiter aussortiert. Hier noch mal eine kleine Zusammenfassung für alle, die erst jetzt dazuschalten, damit ihr auch etwas von dem Spaß habt: Evs hatte sechs Dates. Drei Männer kamen in die zweite Runde. Wenn ihr den Wettbewerb verfolgt habt, dann wisst ihr, dass diese drei Männer Owen, Brad und Jon sind. Da es nur zwei zweite Dates geben wird, haben die Zuhörer einen Kandidaten ausgewählt und Everly den anderen. Danke an alle, die ihre Stimme abgegeben haben. Die Auswahl wurde getroffen. Evs, Trommelwirbel bitte.«

Everly hörte auf ihre Freundin und drückte einen Knopf. Es fiel ihr fast leicht, so zu tun, als würden sie über das Leben einer anderen sprechen.

»Unsere top zwei, die noch um Everlys Herz kämpfen, sind ... Owen Baston und Jon Remeyer.« Stacey legte eine Pause ein und wartete, bis Everly den Applausknopf gedrückt hatte.

»Die nächste Phase des Wettbewerbs läuft folgendermaßen ab: Die Zuhörer können sich online die Biografien der beiden durchlesen und ihren Liebling auswählen. Letztendlich trifft Everly die Entscheidung, doch diejenigen, die auf den Richtigen getippt haben, können einen ganz besonderen Preis gewinnen. Ihr müsst eure Stimmen bis Punkt Mitternacht abgeben. Die letzten beiden Dates finden diese Woche statt, und nächsten Montag verkünden wir den Gewinner. Habe ich euch schon gesagt, wie sehr ich unsere Zuhörerschaft liebe? Wer hätte gedacht, dass ihr so romantisch seid? Wie wäre es mit einem Liebeslied, um in Stimmung zu kommen? Geht auf unsere Website und stimmt ab.«

Stacey drückte ein paar Knöpfe, bevor sie die Kopfhörer absetzte und Everly anlächelte. Die Musik würde nun wieder eine halbe Stunde lang spielen. Eigentlich hätten sie jetzt ein Meeting gehabt, aber Everly wünschte sich nichts sehnlicher, als nach Hause zu gehen, sich aufs Sofa zu legen und die Dates zu vergessen.

Stacey trat durch die Tür, die ihre Büros miteinander verband. »Hey. Sollen wir was essen gehen?«

Everly schnappte sich ihre Tasche, klappte den Laptop zu, verstaute ihn und stand auf. »Ich bin ehrlich gesagt ziemlich müde.« Sie sah ihrer Freundin nicht in die Augen.

»Hast du eine Ahnung, was mit Chris los ist?«

Everlys Kopf schnellte nach oben. »Was meinst du?«

Stacey musterte sie sorgfältig und lehnte sich gegen den Türrahmen. Sie zuckte mit den Schultern. »Er und Noah waren schon hier, bevor du ins Büro gekommen bist. Chris hat sich am Telefon mit jemandem gestritten. Seither sitzen sie in seinem Büro. Irgendwas ist los. Jane wollte mir auch nichts verraten.«

Everly lachte. »Weil Jane keine Tratschtante ist.«

Stacey seufzte. »Ja, ich weiß. Aber ich mag sie trotzdem.«

Everly ging zur Tür und wartete, dass Stacey zur Seite ging. Sie versuchte, ihre Nervosität herunterzuschlucken. Würde Stacey etwas merken, würde sie sich nicht mehr abschütteln lassen. Everly wusste nicht, wie sie über die Gefühle reden sollte, die in ihrer Brust umherflitzten, deshalb war es besser, sie unberührt zu lassen.

»Gehen wir?« Stacey wartete kurz. »Everly?«

»Hm?«

»Sieh mich mal an.«

Sie hob das Kinn und kaute auf der Innenseite ihrer Wange herum.

»Ich besorge etwas zu essen und komme zu dir. Wir sehen uns in zwanzig Minuten.«

»Stace, ich will einfach ...«

»So tun, als würden dir nicht alle möglichen Dinge im Kopf herumschwirren? Dich vor allem verstecken, bis du keine andere

Wahl mehr hast, als dich endlich den Dingen zu stellen? Wir reden. Du wirst mir gefälligst erzählen, was los ist, Dean.«

Eigentlich wollte sie sich über Staceys Befehlston aufregen, aber sie war ihre beste Freundin. Normalerweise verheimlichten sie einander nichts. Nur, wenn Everlys Gefühle sie so sehr verwirrten, dass sie nicht mehr wusste, wie sie sie artikulieren sollte.

»Wenn du Nein sagst, verrate ich es dir auch nicht.«

Everly versteifte sich. »Was denn?«

Stacey lehnte sich näher zu ihr. »Sage ich dir nicht. Aber es ist wichtig. Es ist echt. Du bist die Einzige, mit der ich darüber reden will, aber wenn wir das nicht mehr machen …«

Everly musste grinsen. »Hör auf. Ich hab's verstanden. Hol Sushi. Wir haben in letzter Zeit zu viel Fast Food gegessen.«

»Jawohl, Mom.«

Everly verließ die Arbeit lachend und versuchte, nicht an all die Dinge zu denken, die sie Stacey erzählen musste. Worte und Gefühle konnten nicht mehr zurückgenommen werden, wenn man sie einmal herausgelassen hatte. Deshalb war es auch gut, dass sie und Chris sich nicht geküsst hatten. Wer brauchte bitte diese Art von Komplikation? Eine Beziehung mit ihm – nicht, dass er gesagt hätte, er wolle eine, er meinte nur, er wolle sie küssen – wäre wie die ihrer Eltern. In einem Moment aufregend, im nächsten unsicher. Selbst in ihrer Freundschaft war es bisher so gewesen. Everly mochte keine Achterbahnen. Weder buchstäblich noch im übertragenen Sinne.

Sie würde sich Stacey gegenüber öffnen, ein paar Dinge klären, ein paar Sachen aufschreiben. Dann würde sie sich auf ihre beste Freundin konzentrieren. Es war an der Zeit, dass das Liebesleben einer anderen Priorität hatte. Noch zwei zweite Dates, doch Everly war schon jetzt kurz davor, die weiße Fahne zu schwenken, sich für Owen zu entscheiden und mit ihrem Leben fortzufahren.

• • •

Stacey vertilgte die letzte California Roll und wischte sich den Mund ab. »Rob hat mich um ein Date gebeten.«

»Chris' Kumpel?«, fragte Everly. Sie wollte grinsen, verkniff es sich aber. Ihre Freundin hatte auch ein Happy End verdient. Vielleicht war Rob ja der Richtige. Everly wünschte es sich für Stacey beinahe mehr als für sich selbst.

Stacey nickte. Sie war der selbstbewussteste, extrovertierteste, direkteste Mensch, den Everly je kennengelernt hatte, trotzdem sah sie ihr nicht in die Augen. Stattdessen fummelte sie an ihrer Essensbox herum. Stacey! Das Grinsen begann in Everlys Brust, füllte sie mit Wärme, bis es ihr Gesicht erreichte und die Haut ihrer Wangen spannte. Sie biss sich auf die Unterlippe, um nicht vor Schadenfreude zu lachen. Als sie sich wieder unter Kontrolle hatte, räusperte sie sich. Stacey hielt den Blick immer noch gesenkt.

»Mein kleines Mädchen wird erwachsen«, bemerkte Everly mit gespieltem Ernst.

Stacey hob den Blick und funkelte sie böse an. »Das ist überhaupt nicht lustig.«

»Du magst ihn.«

Stacey nickte und stellte ihre leere Box auf Everlys.

»Warum hast du solche Angst, eine Beziehung einzugehen, aus der vielleicht etwas Ernstes werden könnte?«

Stacey setzte eine gespielt arrogante Miene auf – ein Gesichtsausdruck, den Everly an ihr bisher nur selten gesehen hatte – und schwang das Haar über die Schulter. »Erscheint mir irgendwie unfair, mich vom Markt zu nehmen, nur weil es vielleicht etwas Ernstes werden könnte.«

Everly lehnte sich in ihrem Sessel gegenüber Stacey zurück,

die es sich auf dem Sofa bequem gemacht hatte, und verschränkte die Arme vor der Brust. »Und wir dachten die ganze Zeit, *ich* wäre diejenige mit Beziehungsproblemen.«

Stacey hob die Augenbrauen. »Mann. Das bist du auch so was von.«

Everly musste lachen und nickte. »Das stimmt. Du aber auch. Was das angeht, hat wahrscheinlich jeder mit seinen Dämonen zu kämpfen.« Sie musste an ihre Eltern denken.

»Natürlich. Aber wir reden jetzt nicht über andere.«

Everly stand auf, setzte sich neben Stacey und zog die Beine an. »Du bist der mutigste Mensch, den ich kenne. Rob scheint ein guter Kerl zu sein.«

»Das stimmt. Ein guter Kerl. Kein Kerl nur für eine gute Zeit.«

Das schien ihre Freundin tatsächlich zu stören. »Hattest du schon mal eine richtige Beziehung?«

»Vor langer Zeit. Es endete nicht gut. Ich habe mir geschworen, nur noch nach mir selbst zu sehen. Mich auf nichts Festes mehr einzulassen, denn nichts ist für immer.«

»Jetzt klingst du wie ich.«

»Ich will niemandem wehtun«, meinte Stacey und fummelte an einem unsichtbaren Faden an ihrer Hose herum.

»Das ist das Risiko, das jeder eingeht, der jemanden sucht.«

Stacey sah sie unter gesenkten Augenlidern hervor an. »Dieser Wettbewerb hat dich ganz schön weise gemacht.«

Everly verdrehte die Augen. »Es ist nicht einfach, dieses Risiko einzugehen. Ich fühle mich ... fast normal, jetzt, wo ich weiß, dass es für jeden schwierig ist. Selbst für dich.«

Seufzend legte Stacey den Kopf auf Everlys Schulter. »Alles ist locker, bis sich einer verliebt, Evs. Ich habe gern meinen Spaß.«

»Vielleicht ist es ja möglich, beides zu haben. Den Spaß und die Liebe.«

»Du findest, ich sollte mit ihm ausgehen?«

Sie schmiegte die Wange an Staceys Kopf und nickte.

»Okay, ich gehe mit ihm aus. Aber nur, wenn du mir sagst, was mit dir los ist.«

»Ich glaube, ich bin dabei, mich in Chris zu verlieben.«

»Uff. Das kommt überraschend.«

Everly kniff Stacey in den Arm.

Lachend schoss Stacey hoch. »Aua. Komm schon. Glaubst du etwa, ich merke das nicht? Oder dass er total verrückt nach dir ist?«

»Ich will aber nicht, dass es kompliziert wird.« Jetzt konzentrierte sich Everly auf ihren eigenen unsichtbaren Faden. Sie wollte sich nicht verletzlich fühlen. Wollte nicht schon wieder verletzt werden. Doch sie hatte das Gefühl, bisher noch keinen wahren Schmerz empfunden zu haben, denn so hatte sie sich noch nie gefühlt. Wenn es jetzt schon so ... *groß* war, dann würde es sie vermutlich umbringen, wenn es nicht funktionieren würde.

»Das Leben ist voller Komplikationen, Everly.« Stacey setzte sich gerader hin.

»Klar. Aber manchmal kann man entscheiden, auf welche man sich einlässt.«

»Du hast mir gerade gesagt, dass ich es wagen soll.«

»Ich bin aber nicht du. Chris ist nicht der Richtige für mich.«

»Sicher?«

Everly nickte.

Stacey legte den Kopf schief und streckte die Hand aus. »Lass mich mal sehen.«

Widerstand war zwecklos. Obwohl ihre Wangen zu glühen begannen, stand Everly auf und holte ihr Tagebuch, das auf dem Schränkchen neben der Tür lag. Sie schlug die Seite auf, die sie geschrieben hatte, bevor Stacey gekommen war.

»Ach herrje.« Stacey starrte auf die Liste, die Everly bereits auswendig gelernt hatte, um stark zu bleiben und sich für Owen zu entscheiden. Hm. *Ich sollte mir ein Shirt damit bedrucken lassen.*

Gründe, warum ich nicht mit Chris zusammen sein kann

1. *Er ist mein Boss.*
2. *Wir sind inzwischen Freunde geworden. Das will ich nicht für etwas verlieren, das vielleicht nicht von Dauer ist.*
3. *Manchmal bin ich gar nicht sicher, ob er mich überhaupt mag.*
4. *Er bereitet mir Schmetterlinge im Bauch. Selbst wenn wir etwas ganz Banales machen. Das kann nicht gesund sein, auch wenn es eine gute Art von Nervosität ist.*
5. *Er ist zu aufmerksam.*
6. *Ich kann nicht aus meiner Schale kommen, wenn mich nicht jemand dazu herausfordert.*
7. *Er sagt zwar, dass er mich mag, hilft mir aber, einen Mann zu finden.*
8. *Er weiß zu viel. Hallo, Kondom-Piñata.*
9. *Er war schon mal verheiratet. Es sollte mir egal sein, ist es aber nicht. Ich will jemanden, der diesen Schritt nur einmal geht. Für immer.*
10. *Ich werde das Gefühl nicht los, dass er mir irgendwas verheimlicht.*

Stacey blickte auf. »Ev.«

Sie zuckte mit den Schultern. »Das sind alles gute Gründe.«

»Wirklich? Du sagst, ich sei die Mutige. Die, die Risiken eingeht. Aber Ev, du bist wundervoll. Du hast den ganzen Wettbewerb mit Anmut und Würde gemeistert. Die Leute suchen Rat bei dir. Hoffnung.«

Sie schnaubte. »Das war eine einzige Person.«

Stacey rückte näher. »Der du *geantwortet* hast. Du hast so viele Nachrichten bekommen. Und ich weiß, dass du alle gelesen hast.

Dass du den Mut hattest zu antworten und gemerkt hast, dass du Menschen helfen kannst, ist eine große Sache.« Stacey holte tief Luft, wahrscheinlich, um sich nicht noch mehr in Rage zu reden. Zu beobachten, wie ihre Freundin versuchte, das Positive zu sehen, brachte Everly zum Lächeln.

Stacey stieß Everly mit der Schulter an. »Wir werden das neue Segment machen. Es wird anderen helfen. Es ist *deine* Idee. Du hast deine Schale nicht nur verlassen, du hast sie zertrümmert. In winzige Teile.«

Everly wollte das Kompliment kleinreden, doch das war tatsächlich etwas, worauf sie stolz war. »Ich will kein Auf und Ab. Ich will den Mittelweg. Eine Liebe, die mich zufrieden macht und beständig ist.«

Stacey ergriff ihre Hand. »Dann verkaufst du dich aber unter Wert.«

Wieder zuckte Everly mit den Schultern. Das Gespräch ermüdete sie. So viel zu denken. So viel zu *fühlen*. »Vielleicht. Aber es ist sicherer.«

Kapitel 33

Everly stellte sich vor, wie sie das Telefon beiseitelegte, wegging und ungefähr zwanzig Minuten später zurückkam.

»Ich sag's dir, Evie. Dass sie auf das Gemächt eines anderen Mannes starrt, ist einfach zu viel für mich«, schimpfte ihr Dad und hielt nur inne, um Luft zu holen. Wenigstens dieser Überlebensmechanismus funktionierte noch. Sie wollte nicht, dass er in Ohnmacht fiel, weil er zu viel redete.

»Und mir ist es zu viel, wenn du das Wort *Gemächt* benutzt, Dad. Ich muss jetzt auflegen.« Sie musste nicht zwingend auflegen, aber sie war so müde, dass sie nicht mal ein schlechtes Gewissen hatte. Sie stellte das Telefon auf Lautsprecher, legte es auf die Küchentheke, nahm sich einen Bagel und steckte ihn in den Toaster.

»Warum bist du nur so prüde, Süße?«, fragte er lachend.

»Das passiert, wenn man Eltern hat, die einem zu viel erzählen, einem Kondome zustecken, Nackte malen und über besagte Nackte sprechen.«

Das Kichern ihres Dads brachte sie zum Lächeln. »Du bist ein gutes Mädchen. Wie läuft's mit den Dates?«

»Fast fertig. Die Zuhörer sollten ihren Favoriten eigentlich schon gewählt haben.« Sie griff nach ihrem Handy und rief die Homepage des Senders auf.

Jep. Das Ergebnis war da. Owen hatte haushoch gewonnen. Everly lächelte. Er war auch ihre Wahl. Die Tatsache, dass Tausende von Kaliforniern ihr zustimmten, stärkte ihr Selbstbewusstsein. Sie *war* in der Lage, sich für einen guten Kerl zu entscheiden, der Potenzial für eine Langzeitbeziehung hatte.

»Es ist Owen«, sagte sie laut. Kurz hatte sie ihren Dad vergessen.

»Owen. Er war der Erste, richtig?«

Everly nickte, doch dann erinnerte sie sich daran, dass er sie nicht sehen konnte. »Ja.«

»Und für wen entscheidest du dich?«

Chris. »Owen«, erwiderte sie ein wenig gezwungen.

»Das ist mein Mädchen. Klingt, als hätte er dich ein wenig verzaubert.«

Ihr Bagel sprang aus dem Toaster in dem Moment, als es an der Tür klingelte. »Muss Schluss machen.«

»Hab dich lieb, Evie.«

»Ich dich auch, Dad. Und verzeih Mom. Komm darüber hinweg.«

»Solche Ratschläge kannst du mir geben, wenn du mindestens ein halbes Jahr in einer Beziehung bist.«

»Touché.«

Everly legte auf, ließ ihren Bagel liegen und ging zur Tür. Sie drückte den Knopf der Sprechanlage. »Hallo?«

»Ich bin's, Chris.«

Ihrem Herzen wuchsen Flügel, die wild zu flattern begannen. Everly starrte herunter auf ihre Brust. *Dummes Herz. Was ist nur los mit dir?*

»Jansen«, fügte er hinzu. Sie hörte das Lächeln in seiner Stimme. Hätte sie eine Liste mit Gründen gemacht, warum er *der Richtige* war, hätte sein Lächeln ganz oben gestanden.

Sie drückte auf den Knopf und sperrte die Tür auf, damit er eintreten konnte. Dann ging sie zurück zu ihrem Bagel und bestrich ihn mit Frischkäse, als wäre das die wichtigste Aufgabe der Welt. Als er einmal klopfte und dann eintrat, schnappte sie nach Luft.

»Everly?« Die Tür fiel ins Schloss.

»In der Küche. Willst du einen Bagel?« *Wie locker. Du bist wirklich eine Dating-Queen.*

»Nein, danke.«

Als sie den Frischkäse zurück in den Kühlschrank gestellt hatte und sich umdrehte, stand er in dem kleinen Durchgang zwischen Küche und Esszimmer. Er war lässig gekleidet, trug Jeans und ein Shirt mit Waffelmuster. Er sah … nun ja, er sah verdammt gut aus.

Sie griff nach ihrem Teller und starrte ihn an. Sollte er doch das Schweigen füllen.

»Lass dich von mir nicht von deinem nahrhaften Abendessen abhalten«, sagte er und deutete mit dem Kinn auf den Teller.

Jetzt hatte sie keinen Hunger mehr. »Warum bist du hier?«

»Warum stört es dich so sehr, dass ich verheiratet war?«

Der Schreck traf sie wie ein Fußpedal die Drums eines Schlagzeugs. »Tut es nicht.«

Sie ging an ihm vorbei und streifte leicht seinen Arm, als sie auf das Sofa zusteuerte. Er folgte ihr.

»Du warst wie versteinert. Du bist gegangen.«

»Ich mag nun mal keine Geselligkeit. Davon hatte ich in letzter Zeit mehr als genug. Ich wollte einfach nach Hause.« Sie setzte sich in die Ecke des Sofas und starrte auf ihren Bagel.

»Ich weiß, dass ich dein Boss bin, Everly. Darüber können wir später noch sprechen. Aber ich kann einfach nicht vergessen, wie du reagiert hast, als du davon erfahren hast.«

Sie sah auf. Er blickte so ernst drein, dass sich ihre Brust zusammenzog. »Welchen Unterschied macht es denn? Warum bist du hier? Die Zuhörer haben gerade gewählt. Sie haben sich für Owen entschieden. Und ich auch. Von daher ist es vielleicht ganz gut, dass du da bist. Ich will kein zweites Date. Verkündet einfach Owen als Gewinner.«

Er schaute sie so intensiv an, dass sie den Blick wieder auf ihren Bagel senkte. »Warum hat es dich so sehr gestört?«

Seufzend sah sie ihn an, unfähig, ihren Frust zu verbergen. Warum setzte er sie *damit* so sehr unter Druck? »Tut mir leid, wenn ich überreagiert habe. Das mit den Dates und mit meinen Eltern und so ist mir einfach alles zu viel im Moment. Und das zwischen uns. Was auch immer es ist. Ich dachte, wir würden uns näherkommen. Freunde werden. Auf diese Art davon zu erfahren war für mich ein Schock. Es hat mich aus der Bahn geworfen, obwohl es das eigentlich nicht sollte. Deine Vergangenheit geht mich nichts an. Wir sind nur Freunde.«

Was sie für ihn empfand, war größer als alles, was sie je für Owen empfinden könnte. Und es ängstigte sie zu Tode. Zu große, unkontrollierbare Gefühle führten zu fürchterlichen Hobbys. Everly wollte einfach ein ruhiges Leben führen. *Genau. Ruhig, sicher, bequem.*

Seufzend fuhr er sich mit beiden Händen durchs Haar und ging vor ihrem Couchtisch auf und ab. »Das weiß ich. Das habe ich mir auch immer wieder gesagt. Und noch viele andere Dinge.«

Chris setzte sich auf das andere Ende des Sofas. Wenigstens merkte er, dass sie Abstand brauchte. »Wir waren einundzwanzig. Wir waren eine Gruppe von guten Freunden. Wir haben einen Roadtrip gemacht. Ich war wütend auf meinen Vater, der ... Sagen wir, er ist ein wenig kontrollierend. Ihr Dad arbeitete für meinen Dad, und das regte ihn auf. Es ist einfach passiert. Wir dachten, wir würden uns dann erwachsen fühlen, aber wir lagen falsch. Ein paar Monate später haben wir beschlossen, uns scheiden zu lassen und Freunde zu bleiben. Sie hat neu geheiratet und hat inzwischen drei Kinder.«

Sie hatten aus einem Impuls heraus gehandelt. Die Ehe von Everlys Eltern stand auf demselben wackligen Fundament. Sie aber wollte eine Basis aus Titan und Beton. Sie schloss die Augen, nahm ihren Mut zusammen und sah ihm direkt in die Augen. Warum erzählte er ihr das? Sie wollte nichts von seiner Ex-Frau wissen. Meine Güte, warum beschäftigte es sie so? Sie stellte ihren Teller auf den Tisch. »Das geht mich überhaupt nichts an.«

Er rutschte zu ihr herüber und ergriff ihre Hand. »Da muss ich widersprechen. Wir waren gerade dabei, uns kennenzulernen. Ich will mich nicht vor dir verstecken. Ich will mehr über dich erfahren, denn da ist etwas zwischen uns, Everly. Das ist sehr untypisch für mich. Normalerweise kribbelt es nicht in meinem Bauch, nur weil ich die Hand einer Frau halte. Nur bei dir. Dass ich dein Boss bin, verkompliziert das Ganze. Und ich weiß, dass du kurz davor bist, dich für jemanden zu entscheiden. Aber bitte sei ehrlich zu mir. Zu dir selbst. Sag mir, ob du nicht auch irgendetwas fühlst.«

Allein die Berührung seiner Hand war intimer als alles, was sie bisher mit Männern erlebt hatte. Aber sie konnte jetzt nicht einfach loslassen und springen. So funktionierte das nicht. Sie hatte eine Liste. Sie hatte Gründe. Gute Gründe. Er war eine Achterbahn, und sie wollte ein Teetassenkarussell – ein Fahrgeschäft, von dem sie sich trotz des Schwindels schnell erholen konnte. Aufgrund einer gewissen Chemie zu handeln hatte sie schon oft in die falsche Richtung geführt. Anziehung verpuffte irgendwann. Ja, der Schmerz in ihrer Brust und die Gefühle, die sie für ihn empfand, waren anders als alles, was sie bisher gekannt hatte, was aber nur dazu führte, dass sie sich selbst noch weniger vertraute.

»Was, wenn es nicht funktioniert?« Die geflüsterte Frage überraschte sie. Eigentlich hatte sie sie gar nicht stellen wollen.

Chris strich mit einem Finger über ihre Handfläche, sodass es ihr schwerfiel, sich zu konzentrieren. Er hielt inne und blickte auf. »Was?«

Sie zog die Hand zurück und faltete die Hände im Schoß. »Was, wenn wir es probieren und damit alles ruinieren? Ich meine, klar, mit deiner Ex-Frau bist du auch befreundet geblieben.« Sie holte tief Luft und hasste es, dass ihr die *Mit-der-Ex-befreundet-sein*-Sache nicht gefiel. »Wir arbeiten zusammen. Ich habe nicht sehr viele Freunde. Wenn es nicht funktioniert, könnte ich meinen Job verlieren. Und einen Freund.«

»Mein Gott. Das sind zwei völlig unterschiedliche Situationen. Ich bin ein einunddreißigjähriger Mann, der sich seinen Gefühlen jetzt wesentlich sicherer ist als damals. Meine Ehe hat nichts mit meinen Gefühlen für dich zu tun. Es war ein Fehler. Von uns beiden. Warum sollte man irgendeine Beziehung eingehen, wenn man schon am Anfang daran denkt, dass es nicht funktionieren könnte?«

»Weil es nie funktioniert. Irgendwann wird irgendwas passieren. Das Leben ist hart. Die Ehe ist schwer. Woher willst du wissen, dass du es jetzt anders machen würdest, wenn du noch mal heiraten würdest? Was, wenn du noch mal heiratest und es funktioniert wieder nicht?«

Verzweiflung spiegelte sich in seinem Gesicht wider. »Ich … ich weiß es nicht. Fragst du mich, ob ich an Scheidung glaube? Ja. Das tue ich. Es gibt einen Grund, warum meine Mutter nicht mehr mit meinem Vater zusammen ist. Ohne ihn ist sie glücklicher. Hätte sie ihr ganzes Leben lang unglücklich bleiben sollen, nur weil sie irgendein Versprechen gegeben hat?«

Irgendein Versprechen. »So ein Versprechen bedeutet etwas«, flüsterte sie. Warum machten Menschen Versprechungen, wenn sie sie nicht *halten* konnten?

»Es *hat* etwas bedeutet. Aber Menschen verändern sich. Mein Gott, sieh dir doch deine eigenen Eltern an. Sie können sich nicht entscheiden, ob sie zusammen sein wollen oder nicht. Sag mir, dass du dir nicht wünschen würdest, dass sie sich scheiden lassen. Dann hätte das ständige Hin und Her ein Ende.«

Ihr Herz zog sich schmerzhaft zusammen. Everly atmete durch die Nase. »Um ehrlich zu sein, wünsche ich mir, dass Trennung keine Option mehr für sie ist. Ich wünschte, sie würden sich an ihr Versprechen halten, das sie einander gegeben haben. Daraus sollte es kein Entkommen geben.«

Als er vom Sofa aufsprang, erschrak sie. »Dann findest du also, dass zwei Menschen zusammenbleiben sollten, obwohl sie falsch füreinander sind?«

Sie starrte auf ihren Teller. Der Frischkäse war inzwischen geschmolzen, und der Bagel sah durchweicht aus. »Nein. Ich finde nur, dass man nicht heiraten sollte, wenn man nicht bereit ist, für immer zusammenzubleiben.«

»Manchmal weiß man aber nicht, wohin einen das Leben führt, Everly. So naiv kannst du doch nicht sein. Unmöglich. Und was spielt das überhaupt für eine Rolle? Wäre ich noch verheiratet, würden wir jetzt nicht dieses Gespräch führen.«

Ihre Herzmuskeln weigerten sich, sich zu lockern. Es fühlte sich an, als würden sich die Fasern ihres Herzens um ihre Rippen schlingen und sie einschnüren wie ein Korsett. »Das sollten wir sowieso nicht.«

»Na schön. Du willst so tun, als würdest du nichts empfinden? Okay. Großartig. Dann machen wir das eben.«

Tränen stiegen in ihr auf. »Okay.«

»Ernsthaft?«

Sie stand auf. Wut und Trauer zogen sie in zwei verschiedene Richtungen. Sie trat näher an ihn heran. »Ja. Ernsthaft. Warum sollten wir alles ruinieren? Du bist mir wichtig. Wir sind Freunde. Mehr zu wollen ist ein Risiko, das ich nicht eingehen will. Vor allem nicht bei jemandem, der sowieso nicht bleibt.«

»Wie bitte?«

Sie trat noch näher und bekam einen leichten Tunnelblick. »Du hast mich genau verstanden. Was willst du? Mit mir zusammen sein? Mit mir schlafen? Rummachen? Du bist eindeutig nicht bereit, in einer Beziehung alles zu geben und sicherzustellen, dass es funktioniert. Egal, was kommt.« Sie wusste, dass sie sich gerade unfair verhielt und ihre Wut auf ihre Eltern an ihm ausließ. Doch obwohl sie es wusste, konnte sie nicht anders. *Selbstsabotage. Viel einfacher auf lange Sicht.*

Er senkte den Kopf, sodass sich ihre Nasen fast berührten. Der Duft seines Parfüms, die Hitze seines Körpers und seines Blicks brachten sie um den Verstand.

»Egal, was kommt? Was ist mit deinem Ex? Er hat dich betrogen. Findest du, du hättest trotzdem mit ihm zusammenbleiben sollen? Hm? Die schweren Zeiten überstehen und ihm verzeihen sollen?«

Everly hob die Hände, unsicher, was sie mit ihnen machen sollte. Schließlich verschränkte sie fest die Arme vor der Brust. »Das ist etwas ganz anderes. Wir waren nicht verheiratet.«

»Fuck, Everly. Wir sind auch nicht verheiratet. Ich habe dir gerade gestanden, dass ich Gefühle für dich habe, und du verurteilst mich, weil ich einen Fehler gemacht habe, als ich verdammte einundzwanzig Jahre alt war, und sagst mir, ich sei nicht für eine Langzeitbeziehung geeignet? Menschen heiraten. Menschen lassen sich scheiden. Die Welt ist nicht nur schwarz-weiß. Manchmal passieren schlimme Dinge. Manchmal muss man schwere

Entscheidungen treffen. Aber du hast nicht das Recht, dir ein Urteil über mich zu bilden, basierend auf einer einzigen Sache aus meiner Vergangenheit. Genauso wenig, wie ich mir ein Urteil über dich bilden kann. Sieh dir an, wer ich jetzt bin. Mehr verlange ich nicht von dir. Sieh mich an. Sieh *mich*.«

Seine Stimme klang rau. Tränen stiegen in Everly auf. Sie blinzelte und wischte die paar weg, die doch entkommen waren.

»Ich will irgendwann heiraten. Ich habe es satt, Spielchen zu spielen und Zeit zu verschwenden. Ich will jemanden, der nicht aufgibt. Nicht nachgibt. Ich bin nicht gerade einfach«, erwiderte sie mit brüchiger Stimme. Er griff nach ihr, doch sie machte einen Schritt rückwärts. »Ich kann mich nicht auf jemanden einlassen, der davonläuft, sobald es schwierig wird.«

Chris' Augen weiteten sich und füllten sich mit Schmerz. Sie bereute ihre Worte umgehend. Nicht nur, weil sie ihn ganz offensichtlich verletzten, sondern auch, weil er ihr nie einen Grund gegeben hatte, an ihm zu zweifeln. Sie müsste es am besten wissen, dass man Menschen nicht wegen einer einzigen Sache verurteilen sollte. Wollte sie, dass andere in ihr immer nur die Ängstliche sahen? Sie war so viel mehr als das. Dieser Mann, der nun völlig zerstört vor ihr stand, hatte an sie geglaubt. Ihr vertraut. Sie aufgebaut. Er brachte sie zum Lachen und zum Nachdenken. Seinetwegen wollte sie sich noch mehr Mühe geben. Seinetwegen fragte sie sich, wie es wohl war, sich ohne Sicherheitsnetz zu verlieben. Seinetwegen wollte sie genau das. Er sah sie, wie sie wirklich war. Mit ihrer Angst und allem Drum und Dran. Das warf sie jetzt weg, weil sie die Unsicherheit nicht ertrug. Tränen schnürten ihr den Hals zu.

Chris räusperte sich und kam auf sie zu, mit mehr Mitgefühl in seinem Blick, als sie verdient hatte. »Ich will, dass du weißt, dass ich die ganze Zeit versucht habe, gegen meine Gefühle für dich anzukämpfen. Es war schwer für mich, dir näherzukommen, dich besser kennenzulernen, als Freund für dich da zu sein. Aber ich war nicht derjenige, der davongerannt ist, Everly. Nicht ein einziges Mal. Das warst du. Jedes Mal.«

Irgendetwas – Verzweiflung oder Panik – umklammerte sie. Ihre Lungen funktionierten nicht mehr. Sie schnappte nach Luft und fing an zu schluchzen.

Chris griff nach ihr, senkte jedoch die Hand, als sie den Kopf schüttelte. »Im Leben gibt es für nichts eine Garantie, Everly. Das heißt aber nicht, dass du meinen Gefühlen nicht vertrauen kannst. Dass es halten könnte. Würde.«

Dann ging er. Everly verschloss die Tür, schlug mit der flachen Hand gegen das Holz und lehnte die Stirn dagegen. Nun ließ sie ihren Tränen freien Lauf. Sie weinte, wütend auf sich selbst, auf ihn, auf ihre Eltern, darauf, dass sie Chris nachgehen wollte, dass sie sich in Luft auflösen und so tun wollte, als hätten sie sich nie kennengelernt. Sie weinte und weinte und erstickte das Schluchzen mit ihrer Hand, während sie zu Boden sank.

Kapitel 34

Everly tat etwas, das sie noch nie zuvor getan hatte. Sie meldete sich zwei Tage hintereinander krank, obwohl sie gar nicht krank war. Ihr Date mit Owen würde heute Abend stattfinden. Auch wenn das schlechte Gewissen sie immer noch ein wenig plagte, hatte sie sich mit Jon zu einem kurzen Mittagessen getroffen, um ihm mitzuteilen, dass sie sich entschieden hatte und nicht zwischen zwei Junggesellen hin- und hergerissen war. *Nope*. Das war es nicht, was sie zerriss. Wenn sie einfach losstürmte, sich keine Zeit zum Nachdenken gab – oder zum Überdenken, was eher ihrer Norm entsprach –, fühlte sie sich gut. Optimistisch. Sie setzte einen Fuß vor den anderen und übernahm die Kontrolle über ihr Leben.

Nachdem Chris gegangen war, nachdem sie vom Boden aufgestanden, den Staub abgeklopft und ihre Gefühle in einem Regal verstaut hatte, war plötzlich alles klarer gewesen. Da hatte sie gewusst, was sie zu tun hatte.

Die letzten Tage, bevor sie sich zusammengerissen hatte, waren in einen Chris-Nebel gehüllt gewesen. Klar, seine Worte weckten sie jetzt nachts auf, wenn sie es gerade geschafft hatte einzuschlafen. Das war die perfekte Motivation gewesen, um wach zu bleiben und ihr Schlafzimmer hellblau zu streichen, bevor sie vor Müdigkeit beinahe in den Farbeimer gefallen wäre. Mittwochmorgen hatte sie ein mutiges Gesicht aufgesetzt, bevor sie zur Arbeit gegangen war, und war erstaunt gewesen, wie erleichtert sie war zu erfahren, dass Chris nicht da war. Dann hatte sie sich davongestohlen und Stacey mitgeteilt, was sie noch vorhatte, bevor sie zur Tür hinausgerannt war. Wenn der Abend vorbei war, würde ihr Leben wieder in Ordnung sein. Dann würde sie endlich wieder atmen können.

Everly fuhr zu einem ihrer Lieblingsrestaurants und lenkte sich ab, indem sie schief einen Song mitsang, den sie mochte. Als sie ankam, war der Parkplatz nahezu leer. Der Ansturm zur Mittagszeit war bereits vorbei. Sie entdeckte das Auto ihrer Mutter und betrat das Restaurant mit zu Fäusten geballten Händen.

Ihre Mom wartete in der Lobby. Sie umarmten sich und wandten sich dann der Empfangsdame zu, die sie eben begrüßt hatte.

»Zwei Personen?«, fragte die Dame.

Die Tür hinter ihnen öffnete sich, und Everly blickte über die Schulter. Ihr Herz und ihr Magen kollidierten. Dann sah sie wieder die Dame an. »Drei.«

»Was?« Ihre Mom drehte sich um, entdeckte ihren Dad und versteifte sich. »Everly.«

»Was geht hier vor?«, fragte ihr Dad und starrte seine Frau an. Everly bemerkte die Sehnsucht in seinem Blick, was ihr die Hoffnung gab, dass sie mit ihrer Aktion nicht beide von sich stoßen würde. Es war ein Risiko, das sie eingehen musste. *Ha. Seht ihr? Ich kann Risiken eingehen, ohne zu wissen, was dabei herauskommt.*

»Wir essen zu Mittag«, erwiderte Everly streng und deutete auf die Dame, die sie an ihren Tisch führen wollte.

Sie nahmen Platz und lächelten gekünstelt, bis die Empfangsdame gegangen war und versprochen hatte, dass die Kellnerin gleich bei ihnen sein würde.

»Was tust du da, Everly?« Ihre Mutter lehnte sich über die aufgeklappte Speisekarte.

»Du hast wirklich Nerven, Süße«, bemerkte ihr Vater und verschränkte die Arme vor der Brust, sodass sein Jackett an den Schultern spannte.

»Vielleicht wirkt es so, aber eigentlich tue ich nur etwas, was ihr auch tun würdet und schon *getan habt*, ohne mit der Wimper zu zucken. Ich erkläre euch alles, sobald wir bestellt haben. Ich muss mit euch sprechen. Gemeinsam.«

Der Gesichtsausdruck ihrer Mutter verwandelte sich in Sorge. Sie griff nach Everlys Hand. »Ist alles in Ordnung? Ist irgendetwas passiert?«

Everly schluckte. »Nein. Es gibt nur etwas, das ich euch sagen muss.«

Die Anspannung war dicker als die zehnseitige Speisekarte, als sie freundlich lächelnd ihre Bestellung aufgaben. Nachdem die Kellnerin die Getränke serviert hatte und gegangen war, wandten sich ihre Eltern ihr zu und schenkten ihr ihre volle Aufmerksamkeit.

»Was ist los? Ist alles okay?« Ihr Vater faltete die Hände auf dem Tisch. Ihre Eltern waren sich vielleicht in vielen Punkten uneinig, doch die Liebe zu Everly war immer da. Und sie liebte die beiden genauso sehr, doch wenn sie dieses Risiko jetzt nicht einging, würde Everly für immer und ewig einen Groll gegen sie hegen.

Everly holte tief Luft und atmete langsam aus. Sie legte die Hände in den Schoß, klopfte mit den Fingern auf ihren Schenkeln herum und konzentrierte sich auf die Bewegung und die leichte Berührung, während sie darauf wartete, dass sich ihr Herzschlag beruhigte.

»Mir geht es gut. Ich wollte euch keine Angst einjagen, aber es gibt etwas, das ich euch sagen muss. Und ich will, dass ihr mir zuhört und respektiert, was ich zu sagen habe.«

Die Unterlippe ihrer Mom zitterte, und sie streckte die Hand zu ihrem Mann aus. Der ergriff sie, ohne zu zögern, und sagte: »Wir sind da. Und wir hören dir zu, Süße.«

Sie waren so *seltsam*. Everly war noch nie verheiratet gewesen. Vielleicht war sie bisher nicht einmal richtig verliebt gewesen. Aber sie hoffte, sollte sie jemals den Richtigen finden, würden sie einander nicht das antun, was sich ihre Eltern gegenseitig antaten, was sie *ihr* antaten. Gestern Nacht hatte sie sich endlich eingestanden, welchen Schaden die beiden ihr zugefügt hatten. Ihr war bewusst geworden, dass das hier der Startschuss für alles war, was sie wollte.

Keine Verzögerungen mehr. »Eure Ehe ist eure Sache. So, wie mein Leben meine Sache ist. Wir sind nicht immer einer Meinung, aber wie ihr eure Ehe führt, ist eure Entscheidung. Mein ganzes Leben lang habe ich euer Auf und Ab als normal akzeptiert. Ich habe mir eingeredet, dass es mich nur dahin gehend beeinflusst, dass ich eine solche Liebe nicht will.« Sie holte Luft und zwang sich weiterzusprechen. »Ich habe mir eingeredet, dass es mich nicht beeinflusst, was ihr einander antut. Aber das stimmt nicht. Wer ihr seid – sowohl in guten als auch in schlechten Zeiten – hat mich zu dem Menschen gemacht, der *ich* bin. Es hat meine Vorstellung davon vernebelt, was ich will oder nicht will. Ich war im Laufe der Jahre so oft wütend auf euch. Aber jetzt, da ich älter bin, ist mir klar geworden, dass ich nur über mich selbst Kontrolle habe. Über mein Leben. Eure Ehe ist eure Sache. Aber wie mich eure Entscheidungen beeinflussen, ist *nicht* eure Sache. Ich habe euch heute hergebeten, um euch zu sagen, dass ich das nicht mehr mitmache.« Ihre Lungen kollabierten fast, und die Luft entwich aus ihrem Körper. Ihre Schultern sackten zusammen. So. Jetzt hatte sie es gesagt. So, wie sie es geübt hatte.

»Wovon um alles in der Welt redest du da?« Die Stimme ihres Vaters hallte durch das leere Restaurant.

»Was machst du nicht mehr mit?«, fragte ihre Mutter und ließ die Hand ihres Ehemannes los.

Everly deutete auf die beiden. »Dieses Hin und Her, das ihr veranstaltet? Davon will ich kein Teil mehr sein. Ich würde euch gern sagen, dass ihr euch gefälligst entscheiden sollt. Entweder Ja oder Nein. Was auch immer euch glücklich macht. Aber es steht mir nicht zu. Als eure Tochter, die Person, die wie ein Jo-Jo hin- und hergerissen wird, seit sie sieben Jahre alt ist, sage ich euch, dass ich das nicht mehr mitmache. Ihr zieht mich nicht mehr in die Sache hinein.« Als ihre Eltern das Wort ergreifen wollten, hob sie die Hand. »Lasst mich zu Ende reden. Zu beobachten, wie ihr euch an einem Tag wie Frischverliebte verhaltet und am nächsten wie Feinde, hat von mir einen höheren Tribut gefordert, als ich mir eingestehen wollte. Eure Beziehung hat meine eigenen Glaubenssätze beeinflusst, ohne dass ich es gemerkt habe. Falls ihr euch scheiden lasst, hoffe ich für euch beide, dass ihr eine neue Liebe findet. Ihr seid tolle Menschen. Ihr habt es verdient, glücklich zu sein. Ich dachte immer, dass ich will, dass ihr zusammenbleibt. Ihr habt euch ein Eheversprechen gegeben. Das Versprechen, alles gemeinsam zu überstehen. Aber ich bin keine sieben mehr. Ich bin nicht naiv. Ich weiß jetzt, dass es nicht immer so läuft, wie man sich das vorstellt. Manchmal empfindet man einfach nicht das, was man gern empfinden würde. Es gibt kein Richtig oder Falsch. Was für euch beide funktioniert, wird für mich in einer Beziehung niemals funktionieren. Da bin ich sicher. Egal, ob ihr diesmal wieder zusammenkommt oder nicht – ihr werdet mir nicht mehr schreiben oder mich anrufen, um die Einsamkeit zu füllen, die ihr beim jeweils anderen hinterlassen habt. Wenn ihr wieder zusammenkommt, seid ihr immer so mit euch selbst beschäftigt, dass ihr manchmal vergesst, dass ich überhaupt existiere. Dieses ständig schwingende Pendel zerstört mich.«

Sie hielt inne und nahm einen großen Schluck von ihrem Wasser. Ihre Mutter hatte Tränen in den Augen, und ihr Vater legte den Arm um die Schultern seiner Frau.

Everly schluckte ihre eigenen Tränen herunter. »Ich will nicht länger zwischen den Stühlen stehen. Ruft mich regelmäßig an, und fragt mich, wie es mir geht, unabhängig von eurem Beziehungsstatus. Ich verspreche, mich dahin gehend ebenfalls zu bessern. Und wenn ich sage, dass ich es verspreche, dann meine ich es auch so. Ich habe euch vieles nicht erzählt, weil ich nicht mit dem Stress umgehen kann, nicht zu wissen, ob ihr am nächsten Tag noch zusammen seid oder nicht.«

Die Kellnerin trat an ihren Tisch. Sie schien die angespannte Stimmung zu spüren und servierte die Sandwiches und Pommes, ohne Small Talk zu führen. Sie fragte, ob sie die Getränke nachfüllen solle, und verschwand.

»Ich hatte ja keine Ahnung, dass dich das so sehr belastet«, erwiderte ihre Mutter und wickelte das Besteck aus der Serviette aus.

»Weil ich es euch nie gesagt habe. Ich mache Witze darüber, rede es klein und versuche, mich mit dem Status quo zu arrangieren. Ich glaube, mir war gar nicht bewusst, wie sehr es mich verletzt hat. Aber ich will offener werden. Oder zumindest will ich es versuchen. Und da wir gerade darüber sprechen, was sich ändern muss – ich mag keine Geburtstagspartys. Ich mag keine großen Feiern, vor allem keine Überraschungspartys. Ich *hasse* Überraschungen. Ich fühle mich dann unwohl. Ich will nicht mehr so tun, als ob. Ihr seid beide so soziale Menschen. Manchmal beneide ich euch, aber so bin ich nun mal nicht. Ich will, dass ihr das respektiert und mir nie wieder, solange ihr lebt, Kondome zusteckt oder eine Piñata schenkt.«

Ihr Vater musste laut lachen. »Ich habe dir doch gesagt, dass sie immer noch sauer ist.«

Ihre Mom legte den Kopf ein wenig nach hinten, um ihn anzusehen. »Das stimmt. Aber manchmal höre ich dir nicht zu.« Dann sah sie wieder Everly an. »Bei uns gibt es kein eindeutiges Hü oder Hott. Wir lieben uns. Wir werden uns immer lieben. Ganz egal, was auch passiert. Was sich aber niemals ändern wird, ist, dass wir dich mehr lieben als alles andere.«

Ihr Vater nickte und biss in sein Sandwich.

»Ich weiß«, sagte Everly und schnitt ihr Sandwich in kleinere Dreiecke. »Ich liebe euch auch. Ich werde immer für euch da sein, wenn ihr mich wirklich *braucht*. Aber ich kann keine Lückenbüßerin mehr sein. Ich kann nicht deine beste Freundin sein, der du erzählst, was Dad diesmal wieder angestellt hat. Dad, ich kann nicht dein Dinner-Date sein, wenn ihr mal wieder getrennt seid.«

Er nickte, und seine Augen strahlten verdächtig. Dann sah er seine Frau an. Everly fragte sich, was er gerade dachte. Als er den Blick wieder auf Everly richtete, lächelte er. »Vielleicht können wir an deinem Geburtstag einfach einen Kuchen von deiner Freundin kaufen. Die magst du doch so sehr.«

Sie erwiderte das Lächeln. »Das klingt gut.«

Schnaubend straffte ihre Mom die Schultern. »Vielleicht sollte Backen mein neues Hobby werden.«

Nach einer Sekunde des Schweigens fingen alle drei an zu lachen. Die Anspannung lockerte sich. Everly erzählte ihnen von Owen und schob alle anderen Sorgen beiseite. Ihre Eltern mussten nicht alles sofort klären. Sie wollte ihnen nur ihr Herz ausschütten und sagen, was sie zu sagen hatte, damit sie zum nächsten Punkt auf ihrer Liste übergehen konnte.

• • •

Das Mittagsessen hatte Everly einiges abverlangt, obwohl es gut gelaufen war und sie den Ballast hatte abwerfen können, den sie seit Jahren mit sich herumgetragen hatte. Um sich ein wenig Zeit zu verschaffen, schrieb sie Owen, dass sie etwas später kommen würde, und sagte sich selbst, dass es in Ordnung war. *Es ist okay zu sagen, was du brauchst. Wenn jemand mit dir zusammen sein will, wird er es akzeptieren.*

Obwohl ihre Nervosität sie einhüllte wie ein zweiter Pullover, als sie das Restaurant betrat, fing sie nicht an, an sich zu zweifeln. In den letzten Wochen hatte sie viel erreicht. Das hier war nur ein weiterer Schritt. Kein Sprung, aber dabei brach man sich sowieso nur die Knöchel. Ihre Füße standen fest auf dem Boden. Sicher.

Sie rannte nicht davon. Owen war ein guter Kerl. Attraktiv, erfolgreich, nett, witzig. *Wir haben eine gute Basis.*

»Hey«, sagte er hinter ihr.

Everly wirbelte herum. Als sie die pinke Rose in seiner Hand sah, stockte ihr der Atem. Kurz blieb ihr Blick daran hängen, bevor sie ihm ins Gesicht sah.

Charmant grinsend, zuckte er mit den Schultern. »Erschien mir irgendwie passend. Wie beim *Bachelor*, weißt du?«

Sie nickte lachend. »Sie ist wunderschön.«

»Du auch«, erwiderte er. Als er ihr die Rose überreichte, beugte er sich herunter und küsste ihre Wange. Nur ganz sanft.

Everlys Unterlippe zitterte.

»Ihr Tisch ist bereit«, sagte der Kellner.

Owen legte die Hand auf ihren Rücken, während sie dem

Herrn folgten. Sie setzten sich einander gegenüber. Everly musste sich daran erinnern, das Atmen nicht zu vergessen. *Sei offen. Sieh ihn an. Er ist so süß. Einfach zu deuten. Unkompliziert.* Er trug ein dunkelgraues Golfshirt und Levi's. Welche Frau liebte bitte nicht einen Mann in Levi's? *Keine.*

Sie legte die Rose auf den Tisch. »Ich dachte, ich wäre nervöser. Am liebsten wäre ich überhaupt nicht nervös, aber ich bin es. Ein bisschen.« *Hier kommt das Geplapper.*

Owen lachte. Es klang leicht und amüsiert, trotzdem männlich. Wenn er so breit lächelte, bekam er kleine Lachfältchen um die Augen. Es war ein schönes Lächeln. »Es ist in Ordnung, nervös zu sein. Wir können nicht alles kontrollieren.« Er griff über den Tisch und nahm ihre Hand. Sie zog sie nicht zurück. Sie passte perfekt in seine. Es war ... beruhigend. Angenehm.

»Das stimmt wohl. Leider bin ich kein großer Fan von Dingen, die ich nicht kontrollieren kann«, gestand sie.

Ein Kellner trat an ihren Tisch und zählte die Spezialitäten auf.

»Ich nehme den Santa-Fe-Hühnchensalat«, sagte Everly und gab die Speisekarte zurück.

»Den mag ich am liebsten«, sagte der Kellner und wandte sich an Owen. »Und für Sie?«

Everly beobachtete, wie sich Owens Lippen bewegten, und stellte sich vor, wie es wohl wäre, ihm jeden Abend gegenüberzusitzen. Der Kellner nahm die Speisekarten und ging. Doch Everly bekam es kaum mit. Sie fragte sich, wie es sich anfühlen würde, wenn er der Richtige wäre. Wüsste sie es dann bereits? *Das kannst du nicht wissen. Du entscheidest dich für jemanden, und derjenige wird dann der Richtige. Durch harte Arbeit, Verbindlichkeit und Versprechen, die man hält.*

»Alles okay?«

Sie blinzelte. »Hm? Ja. Ich habe nur nachgedacht.«

Owen faltete die Hände auf dem Tisch. »Worüber denn?«

»Ob wir für eine Langzeitbeziehung geeignet sind«, erwiderte sie, bevor ihr bewusst wurde, dass sie es eigentlich nicht laut hatte aussprechen wollen.

Owen lachte. »Wow. Okay. Kein Druck. Und? Wie sieht's aus?«

Ihre Wangen begannen zu glühen. Sie griff nach ihrem Wasser und nahm einen Schluck. »Du hast Sinn für Humor. Und du lässt dich von meinem Geplapper nicht abschrecken.«

»Ich habe dich gefragt, was du denkst. Du kannst es mir ruhig sagen. Sei ehrlich.«

Konnte sie das wirklich? Sie faltete die Hände, um nicht an ihren Fingern herumzuspielen, und lehnte sich nach vorn. Okay. Na schön. »Angenommen, du bist mit jemandem seit langer Zeit zusammen, aber es ist nicht so, wie du es dir erhofft hattest. Die Aufregung ist verflogen, und ihr streitet euch die ganze Zeit. Ihr wollt unterschiedliche Dinge. Würdest du alles geben, damit es wieder so wird wie früher, oder würdest du aufgeben und beschließen, dass du nicht länger deine Zeit verschwenden willst?«

Owen blinzelte und holte tief Luft. Als er ausatmete, formten seine Lippen ein O. »Das Leben ist nur selten in Stein gemeißelt. Es ist von so vielen Dingen abhängig. Sollte man aufgeben, ohne es zu probieren? Nein. Aber was, wenn man es probiert, wie verrückt kämpft, der Weg zurück aber versperrt ist? Ich glaube, wenn man jemanden liebt, verdammt, selbst wenn er einem nur sehr wichtig ist, dann steht sein Glück an erster Stelle. Und dein eigenes Glück sollte auch an erster Stelle stehen. Das Leben ist lang genug, um sich anzustrengen, aber zu kurz, um nicht loszulassen, wenn es einfach nicht passt. Man kann nichts erzwingen, was man nicht fühlt. Das ist für niemanden fair.«

Sie war nicht sicher, warum seine Worte sie so emotional werden ließen.

Er zuckte mit den Schultern. »Das ist schwieriger, als ich dachte. Ich glaube, man muss zuerst eine Basis aufbauen. Man entscheidet sich für jemanden, der am Anfang alle Kriterien erfüllt. Und dann muss man sich immer wieder für diesen Menschen entscheiden. Wenn es geht.«

Ihr Herz begann zu flattern. »Ja. Das stimmt. Man entscheidet sich immer wieder für ihn. Ganz genau.« Selbst wenn es ein Drehbuch gegeben hätte, hätte er keine bessere Antwort geben können.

»Ich freue mich, dass du mich wiedersehen wolltest. Ich bin froh, dass du dich für mich entschieden hast.«

»Wie zwei Buchstützen.« Er war ihr erstes und ihr letztes Date. Sie lächelte. »Ein perfektes Match.«

»Das Ganze war ein wenig unkonventionell. Die Warterei ist mir nicht leichtgefallen. Ich bin gespannt, was als Nächstes kommt. Es gibt für nichts eine Garantie, aber ich glaube, wenn man auf seinen Bauch hört, seinem Herzen folgt, führt es einen dorthin, wo man sein soll. Keine Garantie. Aber auch keine Reue.«

Der Kellner kam mit einem Brotkorb. »Das ist nur der Auftakt«, sagte er lächelnd.

Als er ging, beruhigte sich Everlys Atem. Dieser zuverlässige, süße, charmante Mann könnte der Richtige für sie sein. Er war echt. Sie mochten sich. Sie hatten etwas, auf das man aufbauen konnte. Letztendlich bestand das Leben aus Entscheidungen. Eine zu treffen und dabei zu bleiben. Ohne etwas zu bereuen.

Kapitel 35

Chris beendete den Anruf und warf das Handy aufs Bett. Sein Vater ging nicht ran. Von ihm ging so viel Wut und Frust aus, dass es ihn nicht gewundert hätte, wenn sein Dad es über das gesamte Land hinweg gespürt hätte.

Er verschränkte die Hände hinterm Kopf und lief in seinem Schlafzimmer auf und ab. Als er nach Kalifornien gekommen war, war sein Leben perfekt durchgeplant gewesen. Wie ein Jenga-Turm, bevor ihn jemand zum Einsturz brachte. Im Laufe des letzten Jahres, je mehr Zeit er mit Everly verbracht hatte, waren immer mehr Klötzchen verschwunden. Jetzt hatte er das Gefühl, nur noch einen Atemzug vom Kollaps entfernt zu sein.

Doch es war nicht nur Everly. Sein Vater hatte hinter seinem Rücken eine E-Mail an die Werbeagentur geschickt, um die Mitarbeiter darüber zu informieren, dass die Firma ihre Tore schließen würde. Dazu hatte er nicht das Recht gehabt. Aber er hatte die Macht. Und die nutzte er, wie es ihm beliebte.

Chris hatte seine Entscheidung schon getroffen, bevor er Everly seine Gefühle offenbart hatte. Er wollte bleiben. Das Gespräch mit Noah hatte das nur bestätigt. Er hatte seinem Vater sagen wollen, dass er hier mehr Zeit brauchte, um den besten Weg zu finden.

Jetzt gab es für dieses Gespräch keinen Grund mehr. Everly

hatte gerade ein Date mit dem Bachelor ihrer Wahl. Sie hatte ihn wegen etwas abserviert, das er getan hatte, als er noch nicht mal richtig erwachsen gewesen war. Und sein Vater lockte ihn mit seiner zukünftigen Karriere wie mit einer Karotte. Als wäre alles nur ein dummes Spiel.

Ein Spiel, bei dem er alles verlieren würde.

Er senkte die Hände. »Stopp.« Wäre Noah jetzt hier gewesen statt auf einem Date – wie schaffte es dieser Kerl nur so schnell, sich ein Sozialleben aufzubauen? –, hätte er Chris gesagt, er solle das Selbstmitleid sein lassen und sich einen Plan ausdenken.

»Da gibt es nichts zu planen. Everly hat zu viel Angst, um es zu probieren. Dad wird dich schmoren lassen, bis er der Meinung ist, dass du es verdient hast, deinen Platz einzunehmen. Danach wird alles so sein wie immer.« Wenigstens wäre er dann in New York und nicht mehr hier. Dann würde er nicht mit ansehen müssen, wie Everly ihr perfekt strukturiertes Leben auf ihrer scheidungssicheren Basis errichtete.

Verdammt, er war wütend. Die Wut übertraf sogar den Schmerz, den er empfand, seit er ihre Wohnung verlassen hatte. Er verließ das Schlafzimmer und ging in die Küche, um sich ein Bier zu holen.

In Pyjamahose und T-Shirt lehnte er sich gegen die Küchentheke, öffnete die Flasche und nahm einen langen Zug. Sein ganzer Körper fühlte sich schwer an. Erschöpft. Seufzend setzte er das Bier ab. Everly und er gingen sich seit Tagen aus dem Weg. Es war unmöglich, dass sie die letzten zwei Tage krank gewesen war, deshalb war er heute erst nach ihrer Schicht ins Büro gefahren. Das würde er ein paar Monate lang durchhalten, während er Mari als zukünftige Managerin des Senders einarbeitete. Er hatte morgen einen Termin mit ihr und Mason, um ihr die Beförderung anzubieten. Sie hatte es verdient und würde ihren Job gut machen.

Hätte sein Vater zurückgerufen, hätte er ihm sagen können, dass er früher als geplant nach Hause kommen würde.

Bei der Vorstellung, seinem Vater persönlich gegenüberzustehen, wurde ihm schlecht. Die Werbeagentur war hinter Chris' Rücken aufgelöst worden. Würde sein Leben für immer und ewig so aussehen? Welche anderen Optionen hatte er denn? Insgeheim hatte er geglaubt, dass Everly ihn wolle. Er wäre geblieben, hätte weiter den Sender geleitet und seinem Vater bewiesen, dass er die Zeit, Kosten und Mühen wert war.

Als es an der Tür klingelte, überkam ihn Erleichterung. Vielleicht war Noahs Date nicht gut gelaufen. Klar, eigentlich sollte er seinem Bruder nur das Beste wünschen, aber im Moment wollte er lieber mit ihm abhängen. Einfach nur, um sich von seinen kreisenden Gedanken abzulenken. Chris öffnete die Tür, lehnte sich gegen den Rahmen und wartete auf den Aufzug.

Die Aufzugstüren glitten auf, und jeder freche Kommentar blieb ihm im Halse stecken. Everly kam auf ihn zu. Sie trug ein blassblaues Kleid, das in der Taille eng geschnitten war und nach unten hin weiter wurde. Das Haar hatte sie auf eine Weise zusammengebunden, wie er es an ihr noch nie gesehen hatte. Es war eine von diesen Hochsteckfrisuren, die zwar einfach aussahen, aber wahrscheinlich Stunden dauerten. Ihr Make-up war dezent und wunderschön. Ihre Haltung war steif, die Augen wie zwei Laser auf ihn gerichtet. Sie sah aus, als hätte sie eine Mission. *Sie ist atemberaubend.*

Sie blieb vor ihm stehen. Obwohl sie schwarze Slingback-Heels trug – verdammt, waren die sexy –, reichte sie im gerade mal bis zur Schulter.

Ihr Blick versengte ihn beinahe. Sie pikste ihm in die Schulter. »Ich will nicht, dass du der Eine bist. Ich habe eine Liste mit Gründen, warum du es nicht sein solltest.«

Sie öffnete ihre Handtasche und zog einen gefalteten Zettel hervor. Während er versuchte, irgendwas zu sagen, schlug sie das Blatt gegen seine Brust.

Dann sah sie ihm wieder in die Augen. Verdammt, er hätte in ihnen ertrinken können. Warum zur Hölle hatte er für diese Frau so viele Gefühle?

»Ich brauche deine Liste nicht, Everly. Du hast dich mehr als deutlich ausgedrückt. So schnell werde ich deine Gründe nicht vergessen«, murmelte er.

Er griff nach dem Zettel und zerknüllte ihn in seiner Faust. Sie roch nach Vanille. Am liebsten hätte er den Kopf gesenkt, an ihrem Hals gerochen und für immer und ewig ihren Duft eingeatmet. *Sie hat sich entschieden.*

»Ich habe mich heute Abend mit Owen getroffen.«

Sein Herz blieb stehen. Da war sie also. Ihre Entscheidung. Aber warum musste sie ihm das so unter die Nase reiben? War er mit ihrem Entschluss nicht gut umgegangen? Er hatte sie packen und küssen wollen, bis sie keine Luft mehr bekam. Stattdessen war er gegangen. Er hatte sie ihre verdammte Entscheidung treffen lassen, obwohl er gewusst hatte, dass sie falsch war.

»Ich weiß. Ich hoffe, es war schön.« Auch wenn er wütend auf sie war, weil sie ihnen keine Chance gegeben hatte, wollte er, dass sie das bekam, was sie sich wünschte. Wenn sie glücklich war, war es genug.

Everly senkte den Blick. Chris ballte auch die andere Hand zur Faust, um sie nicht zu berühren. Ihr Kinn zu heben.

Als sie wieder aufsah, glänzten ihre Augen. Sie waren feucht. »Ja, das war es.« Sie legte den Kopf schief. Chris hatte das Gefühl, sie hätte ihm gerade die Haut abgezogen. Sein Herz hämmerte wie wild gegen seinen Brustkorb.

Großartig. »Das ist super. Ich freue mich für dich.« Seine

Stimme klang wie Kieselsteine, die über eine Metallplatte schürften. Es war nicht gelogen. Nicht ganz. Er war froh, dass wenigstens einer von ihnen so tun konnte, als wäre er glücklich.

Du gehst sowieso. Du musst nicht bleiben und mit ansehen, wie verliebt sie ist.

Überraschenderweise trat sie näher an ihn heran. Er atmete den Duft ihres Shampoos ein. Atmete *sie* ein. Der Zettel mit der Liste raschelte in seiner Hand. Ihr Blick wanderte nach unten zu dem zerknüllten Papier, dann wieder nach oben.

»Auf dieser Liste stehen gute Gründe«, flüsterte sie.

Sein Herz fühlte sich an wie ein Blinker, der kurz davor war, den Geist aufzugeben. »Da bin ich sicher. Warum bist du hier?«

Chris wusste nicht, wie lange er noch hier stehen, sie ansehen, sie einatmen konnte, ohne alle Zweifel in den Wind zu schießen und sie so zu küssen, wie er es schon seit zwölf langen Monaten tun wollte.

Everly legte die Hand auf seine Brust. Ihre Augenbrauen zogen sich zusammen, während sich ihre Finger über seinem klopfenden Herzen ausbreiteten. Ihr Blick löste etwas in ihm aus, das sein ganzes Inneres in Brand setzte.

»Ich bin hier, weil ich dich einfach nicht aus meinem Kopf kriege. Ganz egal, was ich auf meine Listen schreibe. Egal, wie sehr ich es auch versucht habe, mein Herz weigert sich, logisch zu handeln. Ich habe keine Ahnung, wie es ausgehen wird, aber wenn ich es nicht versuche, werde ich es für immer und ewig bereuen. Ich habe solche Angst vor allem. Das ist dir klar, oder? Ja, das weißt du. Ich weiß, dass du es weißt. Und im Moment ist meine allergrößte Angst, diese Chance nicht zu ergreifen. Den Sprung nicht zu wagen. Ganz egal, wie ich aufkomme.«

Zum Glück stand ihm der Mund schon offen, während sie gesprochen hatte, sonst wäre seine Kinnlade auf den Boden gefallen, als sie sich an ihn schmiegte. Ihre Finger klammerten sich an sein Shirt. Sie stellte sich auf die Zehenspitzen und schlang den Arm um seinen Hals.

Irgendetwas in ihm zerbrach. Oder vielleicht heilte es. Wurde wieder in Ordnung gebracht. Seine Finger bewegten sich ohne Erlaubnis, vergruben sich in ihrem Haar. Haarnadeln fielen zu Boden, als er ihren Kopf zwischen die Hände nahm. Sein Mund bewegte sich, berührte ihren. In ihm löste sich etwas, das er so lange zurückgehalten und zu ignorieren versucht hatte. Ihre Lippen waren betörend, ihre leisen Geräusche elektrisierend.

Sie war bei ihm. Schmiegte sich in ihrem wunderschönen Kleid so eng wie möglich an ihn und küsste ihn, als wäre er Luft und als hätte sie zu lange nicht geatmet. Eine seiner Hände strich über ihren Rücken, während die andere in ihrem Haar verweilte. Sie seufzte, als er ihren Kopf weiter in den Nacken legte, den Kuss vertiefte, mit seiner Zunge ihre berührte und sich größte Mühe gab, sie nicht komplett zu verschlingen.

Sein Verlangen drohte, ihn zu übermannen. Er konnte nicht genug von ihr auf einmal berühren. Seine Hände glitten über ihre zarten Kurven. Chris hob sie hoch, doch es war nicht genug. Ohne den Kuss zu unterbrechen, trug er sie in sein Apartment und stieß die Tür mit dem Fuß zu. Sie hatte die Arme fest um seinen Hals geschlungen.

Er drückte sie mit dem Rücken gegen die Tür, griff ihr unter den Hintern und stützte sie, um ihr noch näherzukommen. Sofort schlang sie die Beine um seine Taille. Doch es war immer noch nicht genug. Was Everly Dean anging, gab es so etwas wie »genug« nicht.

Er hatte öfter davon geträumt, sie zu küssen, als er zählen konnte. Aber das hier war so viel mehr als alles, was er sich hatte vorstellen können. Ihr ruhiges, introvertiertes Wesen war vollkommen verschwunden, und sie nahm sich, was sie wollte. Ihre Hände glitten über seinen Rücken und in sein Haar. Der sexy Kontrast zwischen Zärtlichkeit und Stärke erregte ihn so sehr, dass es beinahe alarmierend war.

Er ermahnte sich, es langsamer angehen zu lassen, selbst als sie seinen Kiefer, seinen Hals küsste und er instinktiv ihren Namen flüsterte. Ihre Herzen klopften wie verrückt. Er wusste nicht, wessen Herz schneller hämmerte, aber es fühlte sich an, als würden sie nahezu im selben Rhythmus schlagen. Als ihr Mund wieder seinen fand, ließ er den Kuss sanfter werden. Er küsste ihre Nase, ihre Wangen, ihre Stirn und lehnte sich ein wenig zurück, um Luft zu holen. Mit einer Hand strich er die Haarsträhnen glatt, die sich aus ihrer Frisur gelöst hatten. Sein Kopf drehte sich, sein Puls war wie ein Stromkabel, das jedes seiner Nervenenden zum Vibrieren brachte.

Everly zitterte in seinen Armen. Er konnte gar nicht aufhören, sie zu berühren, sie anzustarren. Er hatte Angst, dass dieser Moment nicht real sein könnte. Lächelnd sah sie zu ihm hoch, ihre Wangen waren gerötet, ihr Blick intensiv. Ihre zarten Konturen schmiegten sich an seinen harten, muskulösen Körper. Sie war echt. Chris legte die Stirn an ihre. Diesen Moment wollte er für immer in seiner Seele bewahren. Mein Gott, sie war so kostbar.

»Warum hast du so lange gewartet, mir deine Gefühle zu gestehen?« Ihre Finger streichelten sein Gesicht, seinen Kiefer, seine Wangen, als wollte sie ihn sich ganz genau einprägen. Er ergriff eine ihrer Hände und küsste jede einzelne Fingerspitze.

»Aus Gründen, die du bereits genannt hast. Ich bin dein Boss. Wir arbeiten zusammen.« *Ich werde Kalifornien verlassen. Fuck. Ich gehe*. Er atmete ein und aus und weigerte sich, jetzt darüber nachzudenken. Er würde sich etwas einfallen lassen. *Sie* würden sich etwas einfallen lassen. Später.

»Bis vor sechs Wochen wusste ich nicht mal, dass du mich überhaupt magst.« Ihre Finger spielten mit seinem Haar, und ihre Nase strich sanft über seine.

Er seufzte. »Reiner Selbstschutz. So war es einfacher, dich auf Abstand zu halten.«

Sie schob die Hüften nach vorn und schlang die Arme noch fester um seinen Hals. »Mir gefällt der Abstand nicht.«

Ihm entwich ein raues Lachen. Dann küsste er sie erneut. Er liebte den Geschmack ihrer Lippen, den Duft ihrer Haut, das Gefühl, wie sich ihr Körper an seinen schmiegte. »Mir auch nicht.«

Er trug sie zum Sofa und setzte sich mit ihr in seinen Armen. Und dann tat er das, was er seit dem Moment hatte tun wollen, als er sie das erste Mal gesehen hatte. Er küsste sie, als wollte er nirgendwo anders sein. Als wäre sie alles, was er jemals gewollt hatte. Sie erkundeten einander mit Händen und Lippen. Zeit existierte nicht mehr. Er konnte nur noch an Everly Dean denken. Sie war alles, was er atmen konnte. Es gab auf dieser Welt nur noch diese eine Frau, die ihn gefangen nahm und ihm gleichzeitig die Freiheit schenkte. Eine Frau, die es wert war, dass er um sie kämpfte. Die es wert war, dass er für sie sein Leben änderte. Doch er konnte jetzt nicht an all die Dinge denken, die er ihr sagen musste. Die er tun musste, damit sie zusammen sein konnten. Es war zu viel und gleichzeitig nicht genug.

Sie zog den Kopf zurück. Er hatte jegliches Zeitgefühl verloren. Schwer atmend starrte sie ihn an, legte die Hand auf seine Brust und sah ihm direkt in die Augen.

Lächelnd legte er die Hand auf ihre. »Was ist passiert? Du hast gesagt, du hättest dich entschieden. Woher der Sinneswandel?«

Sie lachte, leise und süß. »Es war kein Sinneswandel. Ich habe beschlossen, auf mein Herz zu hören.«

Sein eigenes Herz schlug einen Purzelbaum. »Ich bin so froh.«

»Ich würde mich immer wieder für dich entscheiden«, flüsterte sie.

In diesem Moment sprang sein Herz aus seiner Brust. Direkt in ihre Hände. »Und ich mich für dich.«

Morgen würde er endlich das tun, was er tun musste, um sein Versprechen wahr werden zu lassen. Denn jetzt, da er sie geküsst, gehalten, berührt hatte, würde er sie allem anderen vorziehen.

Kapitel 36

Everly rückte ihre Kissen zurecht und drehte sich auf die Seite. Sie konnte nicht schlafen. Ihr Körper war erfüllt von einer Energie, die sie noch nie gespürt hatte. Owen hatte so toll reagiert, als sie ihm erklärt hatte, dass ihr Herz einem anderen gehörte. Dabei wäre es beinahe implodiert, als sie es ihm gesagt hatte. Sie hatte keine Ahnung gehabt, was sie mit Chris erwartete, aber sie hatte es getan.

Sie konnte immer noch seine Lippen spüren. Seine Hände, wie sie versucht hatten, sich jeden Quadratzentimeter ihres Körpers einzuprägen. Die zufälligen Berührungen waren nichts gewesen im Vergleich zu dem Feuerwerk, als er sie geküsst hatte.

»Darüber nachzudenken wird dir auch nicht beim Einschlafen helfen.« Sie drehte sich wieder auf den Rücken.

Da sie aber nicht aufhören konnte, an ihn zu denken, gab sie schließlich auf, schlug die Decke zurück und stand auf. Sie tapste in die Küche und setzte den Wasserkocher auf, um sich einen Einschlaftee zuzubereiten. Während er zog, holte sie ihr Tagebuch und ging mit ihm und dem Tee zurück ins Schlafzimmer.

Sie konnte nicht fassen, dass sie die Liste mit den Gründen, warum er nicht der Richtige sein durfte, bei ihm hatte liegen lassen. Sie hatte ihm sofort geschrieben, als sie zu Hause angekommen war.

EVERLY: *Ich habe die Liste vergessen. Sieh sie dir bloß nicht an.*

CHRIS: *Machst du Witze? Ich lese sie gerade.*

Ihre Wangen hatten geglüht.

EVERLY: *Zerreiß sie.*

CHRIS: *Auf keinen Fall. Wir werden sie Punkt für Punkt durchgehen, damit ich dich vom Gegenteil überzeugen kann.*

EVERLY: *Das hast du bereits.*

CHRIS: *Ich werde dir trotzdem immer und immer wieder beweisen, dass du dich richtig entschieden hast.*

Sie hatte sich auf die Unterlippe gebissen und auf das Display gestarrt. Sie hatte eine ihr bisher unbekannte Wärme auf ihrer Haut gespürt.

EVERLY: *Das klingt … spannend.*

CHRIS: *Du bist alles, Everly. Zweifle niemals daran.*

Sie hatte nicht gewusst, was sie darauf antworten sollte. Also hatte sie ihm eine gute Nacht gewünscht, und er hatte mit »Süße Träume« geantwortet.

»Vielleicht wären sie süß, wenn ich schlafen könnte«, murmelte sie vor sich hin, als sie nun wieder ins Bett kroch. Sie stellte den Tee auf den Nachttisch, zog die Bettdecke über ihre Beine und schlug das Tagebuch auf der Seite mit den Regeln auf.

Lächelnd setzte sie hinter Regel Nummer eins ein Häkchen. Sie konzentrierte sich definitiv auf das Positive. Regel Nummer zwei bekam ein Sternchen. Sie dachte ernsthaft darüber nach, sich eine Katze zuzulegen. Nur eine. Vielleicht zwei. Aber keine ganze Horde. Um ihren Geburtstag würde sie sich Gedanken machen, wenn es so weit war, aber vielleicht musste sie aufhören, sich vor dem Tag zu fürchten. Jetzt, da sie ihren Eltern gesagt hatte, was sie *nicht* wollte, würden sie vielleicht auf sie hören.

Nummer vier – jeden Monat etwas Neues ausprobieren – war eine große Überraschung gewesen. Kickboxen hatte sie am meisten begeistert. Es verlieh ihr eine innere Stärke. Allein den Kurs zu besuchen gab ihr mehr Selbstbewusstsein.

»Nummer fünf. Abgehakt.« Sie setzte ein Häkchen dahinter. Das ganze Team sprudelte nahezu über von Ideen für die neue Show. Seit der Firmenfeier, die Chris organisiert hatte, fühlte sie sich ihren Kollegen näher als je zuvor.

Als sie Nummer sechs las, erzitterte sie. *Sei mutig, selbst wenn du Ausschlag bekommst.* Heute Abend hatte sie zum ersten Mal verstanden, warum Menschen freiwillig verrückte Dinge taten. Sie hatte den ersten Schritt gemacht. Sie war mutiger gewesen als je zuvor in ihrem Leben. Irgendetwas war eingerastet, als sie sich ihre Gefühle eingestanden hatte. *Der Sicherheitsbügel auf der Achterbahn.* Sie grinste. In den Waggon zu steigen war vielleicht Furcht einflößend, aber auch aufregend. Befreiend. Und bisher hatte sie definitiv noch keinen Ausschlag bekommen.

Hinter Nummer sieben malte sie einen Smiley. *Finde heraus, was dich wirklich glücklich macht. Und halte daran fest.* Das hatte sie auf so viele überraschende Arten getan. Sich ihren Eltern gegenüber zu öffnen hatte den Zementblock von ihrer Brust gehievt. Selbst die Dates, um die sie sich so viele Sorgen gemacht hatte, hatten zu ihrem jetzigen Glück beigetragen. Sie hatte dabei viel über sich selbst gelernt. Sie hatte gelernt, was sie wollte und was nicht. Sich ihre Gefühle für Chris offen einzugestehen bedeutete eine ganz neue Dimension von Glück.

Everly kaute auf dem Stift herum und starrte auf Nummer acht. »Wie ironisch«, bemerkte sie. Sie hatte sich vorgenommen, einen Mann zu finden, für den sie etwas fühlte, und dennoch war sie vor dem Mann weggerannt, der sie mehr empfinden ließ als je ein anderer zuvor. Sie strich die Regel durch. Die brauchte sie nun nicht mehr.

Sollten ihre Gefühle für ihn noch wachsen, würde ihr Herz vermutlich explodieren. Vielleicht hatten ihre Bedenken teilweise daran gelegen, dass er ihre Ticks direkt durchschaut hatte. Er sah mehr in ihr als ihre Sozialphobie. Er wich ihrer Angst nicht aus, wusste, dass sie ein Teil von ihr war. Er akzeptierte die Angst genauso wie jeden anderen Aspekt von ihr. Durch ihn fühlte sie sich *gesehen*. Und er gab ihr das Gefühl, dass er *mochte*, was er sah. Sie fühlte sich stärker, wenn er sie so ansah, als wäre sie alles, was er sehen konnte. Nummer neun – *an sich selbst zu glauben* – würde noch ein wenig dauern, sie war jedoch auf dem richtigen Weg. Ihre Angst war so lange wie eine dunkle Wolke gewesen, die sie einfach nicht losgeworden war. Aber in den letzten Wochen war ihr klar geworden, dass sie die Wolke tatsächlich nicht loswerden konnte und auch nicht musste. Sie musste aufhören, sich deswegen fertigzumachen. Sich ihr zu stellen hatte ihr Freiheit verliehen. Eine Freiheit, die ihr hoffentlich half, nachsichtiger mit sich selbst zu werden.

Nummer zehn brachte sie zum Lachen.

»Mach den ersten Schritt.« Sie setzte einen riesigen Haken dahinter. »Erledigt.«

Sie schlug das Buch zu, schaltete die Lampe aus und kuschelte sich unter die Bettdecke. Ihr Tee war inzwischen kalt geworden, aber sie brauchte ihn nicht mehr. Obwohl sie aufgeregt und unruhig war, wurden ihre Augenlider immer schwerer. Sie schlief mit dem Gedanken ein, dass der morgige Tag der Startschuss für etwas Neues und Wunderbares sein würde. Ja, sie hatten einiges zu besprechen, aber mit einer Sache hatte sie vollkommen falschgelegen – und sie hatte es die ganze Zeit gewusst. Als er sie zum ersten Mal geküsst hatte, waren ihr Bilder in den Kopf gekommen, wie es sein könnte. Sie hatte es gewusst. Er war der Mann, für den sie sich immer wieder entscheiden würde.

•••

Als sie am nächsten Morgen die Treppe zum Radiosender hinaufstieg, hatte sie Schmetterlinge im Bauch. Sie hatte ihr Outfit mit mehr Sorgfalt gewählt als sonst und trug dunkle Jeans und ein pastellgelbes Shirt. Vielleicht würde sie eines Tages etwas Kräftigeres ausprobieren, aber im Moment mochte sie die sanften Töne. Um halb elf hatten sie ein Meeting, was Stacey genug Zeit für ein Live-Segment gab, bevor sie an den Computer übergeben musste. Sie mussten die Datingshow noch zu Ende bringen. Alle Männer hatten Verschwiegenheitserklärungen unterschrieben, aber es war an der Zeit, dass sie ihre Leben weiterlebten, was bedeutete, dass die Zuhörer endlich das Ergebnis erfahren mussten.

Kurz zögerte sie, bevor sie die Tür zur Lobby aufdrückte.

Hör auf. Du gehst nur zur Arbeit. Das machst du seit Jahren jeden Tag. Es ist nichts anders. An deinem Job hat sich nichts verändert.

»Hey«, sagte Stacey hinter ihr.

Everly zuckte zusammen und schrie leise auf.

Stacey lachte. »Du warst so sehr in Gedanken versunken, dass du mich nicht bemerkt hast. Alles okay?«

Sie presste die Hand auf ihre Brust und funkelte Stacey, die immer noch lachte, böse an.

»Du hast dir aber nicht in die Hose gemacht, oder? Ich habe gehört, so etwas passiert ab dreißig«, scherzte Stacey und pikste ihr in die Schulter.

»Ich bin ziemlich sicher, dass das nach dem Kinderkriegen passiert, nicht ab dreißig.«

»Hm. Man kann nie vorsichtig genug sein. Wo warst du gestern Abend? Ich habe dir geschrieben.«

Stimmt. Sie musste ihrer Freundin alles erzählen. »Können wir später darüber reden? Ich habe noch eine Menge zu tun.«

Stacey zog die Augenbrauen zusammen. »Hast du mit Owen geschlafen?«

»Warum denkst du immer, ich hätte mit jemandem geschlafen, sobald ich sage, dass wir reden müssen?«

Sie zuckte mit den Schultern. »Wunschdenken.«

Everlys Herzschlag beruhigte sich. Sie öffnete die Tür und ließ Stacey vorangehen. »Da wir gerade davon sprechen. Hast du bezüglich Rob schon eine Entscheidung getroffen?«

Sie blieben mitten in der Lobby stehen, und ihre Freundin stieß laut die Luft aus. »Ich werde es wagen. Wir haben heute Abend ein Date.«

Everly grinste. »Das ist großartig. Ich bin stolz auf dich.«

Stacey verdrehte die Augen. »Wenn du meinst. Danke, Mom.«

Lachend gingen sie den Flur in Richtung Kabine hinab. Sie brachten ihr Mittagessen in den Pausenraum und winkten Jane zu, die gerade in ein Headset sprach. Es war so seltsam, diese Menschen jetzt von einer anderen Seite zu kennen. In all den Jahren, die sie nun hier arbeitete, hatte Everly immer einen kleinen Teil von sich versteckt.

Sie öffnete Stacey die Tür. Sie hatte immer gedacht, sie hätte zu ihren Kollegen ein freundschaftliches Verhältnis, aber sie außerhalb der Arbeit zu treffen war etwas anderes. Everly hatte festgestellt, dass sie die Leute, mit denen sie arbeitete, gar nicht wirklich *kannte*. Jane war viel offener, wenn ihre Freundin dabei war. Luke ging mit seiner Frau so liebevoll um. Das hatte sie von dem raubeinigen Hausmeister überhaupt nicht erwartet. Und Mari wirkte weitaus weniger ernst.

»Guten Morgen, die Damen«, sagte Mason und betrat den Raum. »Habt ihr eine Ahnung, welche große Ankündigung Chris heute machen will?«

Everlys Schmetterlinge kehrten zurück. Aber an ihren Flügeln hingen jetzt Gewichte, die gegen ihren Brustkorb prallten. »Bei der Mitarbeiterversammlung?« Er würde doch nicht verkünden, dass sie ... zusammen waren, oder?

Mason befüllte seine Kaffeetasse und warf Everly einen Blick zu. »Mari glaubt, dass irgendwas im Busch ist. Sie meinte, er wolle ein paar Dinge verändern und darüber sprechen, wo der Sender stehe.«

Everlys Atem entwich leise aus ihrem Körper. Okay. Es ging nicht um sie.

Stacey schenkte sich ebenfalls einen Kaffee ein und nippte daran. »Wir werden es noch früh genug erfahren. Vielleicht zieht sein Bruder hierher und steigt mit ein.«

Jane gesellte sich zu ihnen. Everly fand es seltsam, dass sie sich noch nie zum Plaudern in der Küche getroffen hatten. Zumindest nicht mit ihr. Vielleicht trafen sich die anderen immer hier, während sie sich hinter ihrem Schutzwall verbarrikadierte.

»Noah ist in der Immobilienbranche. Ich glaube nicht, dass er sich für Rundfunk interessiert. Ich muss jetzt jemanden in Empfang nehmen. Einen Mann, der einen Termin mit Chris hat. Das Meeting verschiebt sich vielleicht ein wenig«, erwiderte Jane.

Sie unterhielten sich noch ein wenig über ein paar Live-Events, die per E-Mail angefragt worden waren.

»Ich bereite schon mal alles vor«, sagte Everly. Sie würde sich mehr in das Sozialleben einbringen müssen, aber für jetzt waren kleine Schritte in Ordnung.

Als sie den Raum verließ, achtete sie viel zu sehr auf ihren Puls. Er schlug kräftiger als gewöhnlich. Schneller. *Du arbeitest seit einem Jahr mit ihm zusammen. Du kannst noch einen Tag lang so tun, als wäre alles normal, bevor ihr beschließt, wie ihr damit umgehen sollt.*

Sie machte sich Sorgen, dass über ihrem Kopf kleine Herzchen erscheinen könnten, sobald sie ihn sah. Wie bei einer Comicfigur.

»Sie können nicht einfach nach hinten gehen«, rief Jane einem Mann hinterher, der den Flur hinabstürmte.

»Wenn er nicht ans Telefon geht, muss ich eben persönlich mit ihm sprechen. Wahrscheinlich ist er dafür zu feige, ich aber nicht. Wo ist er?« Der Mann war ungefähr Mitte fünfzig und von durchschnittlicher Statur. Sein graues Haar war ein bisschen zu lang. Everly prägte sich die Details ein, als könnten sie später noch von Bedeutung sein. Mason und Stacey traten hinter sie.

»Was ist los?« Mason zog Everly zurück, als der Mann an ihnen vorbeistapfte.

»Wo ist Mr Jansens Büro?« Das Gesicht des Mannes war voller roter Flecken.

»Sir, ich rufe die Security«, warnte Jane.

Chris kam aus seinem Büro. Sorge zeichnete sich auf seinem Gesicht ab. »Was ist hier los?«

Der Mann richtete den Zeigefinger auf ihn. »Sind Sie das? Sind Sie Mr N. Jansen von Quality Corporations Incorporated?«

Chris blieb stehen und blickte überrascht drein. Doch er setzte schnell eine professionelle Miene auf. Er warf Everly einen flüchtigen Blick zu, bevor er sich auf den zornigen Mann konzentrierte.

»Ich habe die Security gerufen«, sagte Jane.

»Ich werde Ihnen sagen, was ich zu sagen habe, und dann gehe ich. So gern ich Ihnen auch eine reinhauen würde, ich tue es nicht. Sie haben mich meiner Firma beraubt. Meine Mitarbeiter sind jetzt arbeitslos. Ich werde nicht noch mehr an Sie verlieren. Sie sind es nicht wert.«

Everly spürte, wie Stacey näher an sie herantrat und ihre Hand ergriff. Sie hatte gar nicht gemerkt, dass sie die Fingernägel in ihre Handfläche gebohrt hatte, aber jetzt tat es weh.

»Sie müssen Mr Lee sein. Warum reden wir nicht in meinem Büro?«, erwiderte Chris und deutete auf die Tür hinter sich. Sein Tonfall klang beinahe gleichgültig. Besiegt. Worum ging es hier? Wer war dieser Mann?

»Dann wissen Sie also doch, wer ich bin. Ich sollte mich wohl geehrt fühlen, was? Dass Sie wenigstens meinen Namen kennen, nachdem Sie meine Firma per E-Mail aufgelöst haben. Wie aufmerksam von Ihnen. Wollen Sie mir jetzt sagen, dass das eben das Business ist?«

Chris presste die Kiefer aufeinander, und Everly hielt den Atem an. Sie beobachtete, wie sich seine Brust hob und senkte, und stellte fest, dass er versuchte, ruhig zu bleiben.

»Ich will, dass meine Angestellten jetzt mit ihrer Arbeit fortfahren können. Das betrifft sie im Moment nicht. Aber ich würde gern mit Ihnen darüber sprechen, was passiert ist.«

Der Mann fuhr zurück und riss die Hände in die Luft. »Was *passiert* ist? *Sie* sind passiert!«

Chris machte einen Schritt auf ihn zu. »So sieht es im Moment vielleicht aus, aber wenn Sie sich kurz Zeit nehmen würden, können wir in Ruhe reden.«

Die Security kam den Flur hinab und analysierte die Situation. Chris hob die Hand, um sie aufzuhalten.

Mr Lee fuhr sich mit beiden Händen durch das ergraute Haar. »Ja, wir hatten Schwierigkeiten. Das heißt aber nicht, dass wir es nicht geschafft hätten. Ich habe alles in diese Werbeagentur gesteckt. Es ging bergauf. Und Sie hatten nicht einmal den Anstand, nach anderen Lösungen zu suchen. Sie können nicht einfach mit einer einzigen Unterschrift über Dutzende Menschen bestimmen.«

Chris verzog das Gesicht. »Ihnen entgehen wichtige Teile des Puzzles. Die Situation ist nicht so schwarz-weiß, wie Sie sie darstellen.« Sein Blick wanderte zu seinen Mitarbeitern. Zu Everly. Er presste die Lippen zu einer schmalen Linie zusammen.

Knurrend machte Mr Lee einen Schritt nach vorn. »Meine ganzen Ersparnisse stecken in dieser Firma. Jetzt ist alles weg. Ohne Vorwarnung. Einfach weg. Ich habe recherchiert. Sie sind nur an Profit interessiert und daran zu beweisen, dass Sie den Menschen den Boden unter den Füßen wegreißen können.«

Chris' Augen loderten. Sein Rücken versteifte sich. »Sie wissen nichts über *mich*, Mr Lee. Wenn Sie keine Unterhaltung unter vier Augen führen wollen, muss ich Sie jetzt bitten zu gehen.«

Mr Lee richtete den Zeigefinger auf Chris, seine Haltung wirkte inzwischen weitaus weniger angriffslustig. »Sie wissen nicht, wie es ist, etwas von Grund auf aufzubauen. Sie werden niemals wissen, wie es ist, alles zu verlieren.«

Der Sicherheitsmann stellte sich neben den Herrn. Mr Lee atmete schwer, und Everly stand nahe genug, um die Schweißperlen zu sehen, die sich auf seinen Schläfen gebildet hatten.

»Sir, ich werde Sie jetzt nach draußen begleiten«, sagte der Mann von der Security. Everly kannte seinen Namen nicht. Er war für das gesamte Gebäude und noch für ein paar weitere in der Gegend zuständig.

Sie blinzelte und versuchte, Luft zu holen. Mr Lee schüttelte den Kopf und zog aus der Innentasche seines Jacketts ein Blatt Papier. Er hielt es in die Höhe und riss es durch. »Weg. Einfach so.«

»Es tut mir leid«, sagte Chris leise und hielt dem wütenden Blick des Mannes stand.

Everly konnte in seinem Gesicht, seinen Augen und der Art, wie sich sein Körper versteifte, erkennen, dass er es wirklich so meinte. Es tat ihm tatsächlich leid, aber nichts davon ergab Sinn. Mr Lee schüttelte die Hand des Securitymannes ab und stapfte davon in Richtung Ausgang.

Alle – Jane, Everly, Stacey, Mason und Mari, die aus dem Konferenzraum gekommen war – starrten Chris an. Er sah Everly an, und in ihr stürzte etwas ein wie Felsbrocken von einer Klippe.

»Meeting. Jetzt.« Chris deutete auf den Konferenzraum.

»Es tut mir so leid. Er meinte, er habe einen Termin«, murmelte Jane.

Chris hielt den Blick immer noch auf Everly gerichtet, als er erwiderte: »Es ist nicht deine Schuld, Jane.«

Stacey ließ ihre Hand los und ging voraus. Everly konnte den Blick nicht von Chris abwenden. Ihr Herz klopfte wie verrückt, ein Gefühl von Gefahr breitete sich in ihrem Magen aus. Obwohl er direkt vor ihr stand, schien es ihr, er würde verschwinden.

Alle gingen in den Konferenzraum und nahmen am Tisch Platz. Die Anspannung war dichter als Nebel. Everly hatte das Gefühl, daran zu ersticken. Die Muskeln um ihre Rippen verspannten sich. Sie strich mit dem Daumen über die anderen Finger und zählte in ihrem Kopf.

Chris fuhr sich durch das Haar und ging im Raum auf und ab. Als er stehen blieb und sie ansah, überkam Everly die Vorahnung, dass das, was er jetzt sagen würde, alles verändern könnte.

»Tut mir leid mit eben. Ich hätte es kommen sehen müssen«, begann Chris.

Stacey lehnte sich näher zu Everly. »Atme, Süße.«

Everly nickte, umfasste eine Hand mit der anderen und drückte den Daumen in ihre Handfläche.

Chris rieb sich das Kinn. Gestern Abend hatte sie die leichten Bartstoppeln an ihrem Hals und ihren Wangen gespürt. Sie konnte sie *immer noch* spüren. Er stützte die Hände auf den Tisch, und seine Schultern sackten leicht zusammen.

»Es gibt ein paar Dinge, die ich euch schon längst hätte sagen sollen. Der Sender und alle Tochterfirmen gehören meinem Vater. Insgesamt waren es fünf, aber diese hier wirft am meisten Gewinn ab. Mein Vater hat vor Kurzem eine der Firmen ohne Vorwarnung abgestoßen. Mr Lee hat die Werbeagentur geleitet. Ich habe versucht, eine Möglichkeit zu finden, sie zu retten, doch mein Vater hat sie ohne Vorwarnung aufgelöst. Mr Lee hat allen Grund, wütend zu sein. Aber diese Entscheidung habe nicht ich getroffen.«

Everly wurde schummerig.

»Moment mal, der Sender gehört *dir*?« Mason rückte auf seinem Stuhl weiter nach vorn.

Chris atmete tief ein. »Er gehört meinem Vater. Nathaniel Jansen.«

»Nur, um das klarzustellen. Du hast uns absichtlich vorenthalten, wer du wirklich bist?« Staceys Worte zerschnitten die Anspannung. Sie klangen nicht barsch oder vorwurfsvoll, sondern eher neugierig. Als wollte sie nur etwas klären.

Everly biss sich auf die Unterlippe und konzentrierte sich darauf, wie sich ihre Zähne in das weiche Fleisch bohrten.

»Ihr habt jedes Recht, sauer zu sein. Jetzt erscheint es vielleicht schwach, aber als ich hier angefangen habe, wart ihr ziemlich aufgebracht, weil das Management und der Besitzer schon so oft gewechselt hatten.« Seufzend richtete er sich auf und zuckte mit den Schultern. »An meinem ersten Tag hier habt ihr Wetten abgeschlossen, wann euch der neue Besitzer rausschmeißen würde. Aber ich bin nicht wie mein Vater. Ich arbeite nur für ihn. Ich bin hierhergekommen, um einen Job zu erledigen. Ich wollte nicht, dass meine Position durch die Verbindung zu ihm getrübt wird. Es tut mir leid.« Er sah Everly in die Augen.

Everly zog scharf die Luft ein. »Du meintest, der Besitzer wollte Stacey und mich feuern. Es war dein *Dad*, der uns loswerden wollte?«

Chris nickte langsam.

»Ja, wollte er. Aber ich habe für eure Jobs gekämpft. Und für den Sender, weil er mir viel bedeutet.«

»Also steckt der Sender immer noch in Schwierigkeiten? Müssen wir uns andere Jobs suchen?« Mari stand auf, ging zum Whiteboard und wischte die Kritzeleien weg, die Mason beim letzten Meeting gezeichnet hatte. Ihre Bewegungen waren so abgehackt wie ihre Worte. »Klang so, als hätte dein Vater nur mit den Fingern geschnippt und Mr Lees Firma in Luft aufgelöst. Sind wir die Nächsten?«

Chris schüttelte den Kopf. »Nein. Ihr müsst euch keine neuen Jobs suchen. Die Zahlen sind fantastisch. Euretwegen. Mein Vater weiß, dass der Sender die Zeit, das Geld und die Mühe wert ist. Ich werde mit Mr Lee sprechen, aber ich will nicht, dass ihr euch Sorgen macht, dass ihr ersetzt oder abserviert werdet.« Seine Worte sollten sie beruhigen, doch Everly musste an die wenigen Male denken, als er seinen Vater erwähnt hatte. An den Groll in seiner Stimme. Er hatte sogar *geheiratet*, um es seinem Vater heimzuzahlen. Zumindest teilweise. Wie Chris ihn beschrieb, klang er wie ein skrupelloses Individuum.

Mason lehnte sich zurück und musterte Chris. »Hast du für die Werbeagentur auch gekämpft?«

Chris drehte den Kopf und sah ihm direkt in die prüfenden Augen. »Ich wurde überrumpelt, bevor ich die Möglichkeit dazu hatte.«

Mason schürzte die Lippen. »Du kannst nicht dafür garantieren, was dein Vater tun wird, richtig?«

Tief Luft holend, wandte Chris den Blick ab. »Nein, kann ich nicht. Ich habe es vielleicht nicht verdient, aber ihr müsst mir vertrauen.«

Stacey lachte hämisch und verzog dann das Gesicht. »Sorry.« Sie warf Everly einen Blick zu, die nicht wusste, wo sie hinsehen oder was sie denken sollte.

»Warum arbeitest du als Manager für einen Radiosender, wenn doch deinem Vater anscheinend« – Jane blickte vom Computer auf und deutete auf den Bildschirm – »ein ganzes Imperium gehört?«

Die anderen versuchten, einen Blick auf den Monitor zu werfen. Everly nicht. Sie bewegte sich kein Stück. Sie befürchtete auseinanderzufallen, wenn sie es täte.

»Heilige Scheiße«, raunte Stacey und stand auf, um über Janes Schulter zu spähen. »Du bist stinkreich.«

Everlys Augen weiteten sich. Sie sah Chris an, sah die Verwirrung in seinem Gesicht, bevor er den Kopf schüttelte. »Mein Vater ist reich. Können wir uns jetzt wieder der eigentlichen Sache widmen statt dem Vermögen meines Vaters?«

Mason verschränkte die Arme vor der Brust. »Und mit ›eigentlicher Sache‹ meinst du, dass du eine Art Undercover-Boss bist, aber sich eigentlich nichts verändert? Wir machen also weiter wie bisher? Unsere Jobs sind sicher?«

Alle konzentrierten sich auf Chris. »Ich habe überhaupt nichts undercover gemacht. Fürs Erste geht alles weiter wie gehabt.«

Keiner wusste so richtig, was er sagen sollte. Everly hatte so viele Fragen. War sein eigentliches Leben in New York? Warum arbeitete er *hier*? Hatte er sie deshalb bis vor Kurzem auf Abstand gehalten? Wie viel Macht hatte er über seinen Vater, wenn der eine Firma einfach so abstieß? Hatte sich Chris tatsächlich für sie eingesetzt?

»Im Moment gibt es dazu nicht mehr zu sagen. Ich will, dass ihr jetzt zum Tagesgeschäft übergeht. Everly, würdest du bitte noch kurz bleiben?«

Es dauerte etwas, doch dann verließen die anderen den Raum. Stacey drückte ihren Arm und schenkte ihr einen *Du-wirst-mir-alles-erzählen*-Blick. Chris schloss die Tür, drehte sich zu ihr um und sah sie niedergeschlagen an.

Ihre Unterlippe zitterte. »Du hast gelogen«, flüsterte sie.

»Everly«, sagte er.

Sie holte tief Luft und atmete durch den Mund aus.

Sie stand auf, denn sie konnte unmöglich länger sitzen, und ging im Raum auf und ab, wie er es vorhin getan hatte.

»Du kannst jetzt behaupten, du hättest nicht gelogen. Aber dass du verschwiegen hast, wer du bist und warum du wirklich hier bist, ist dasselbe wie Lügen.«

Er stellte sich ihr in den Weg. Sie sah ihn an, zitterte am ganzen Körper. »Ja, ich habe gelogen. Du hast recht. Ich habe es euch nicht gesagt, aber deshalb ist es noch lange nicht in Ordnung. Du solltest es von allen am ehesten verstehen.«

Nachdenklich zog sie die Augenbrauen zusammen. »Warum?«

Er kam ein wenig näher und sah sie flehend an. »Du willst von deinen Eltern nicht bewertet werden. Und ich wollte von meinem Vater nicht bewertet werden. Er ist kein Mensch, dem ich nacheifern will.«

Das verstand sie. Sie widerstand dem Drang, ihn zu berühren, ihn zu *umarmen*. »Warum arbeitest du dann für ihn? Warum willst du in einem Sender arbeiten, bei dem du für alles kämpfen musst? Warum willst du es ihm so sehr recht machen, dass du uns das alles verheimlicht hast?«

Er schluckte hörbar. Everlys Herz stolperte. Da war noch mehr. Eine Weile schwieg er, als müsste er seine nächsten Worte sorgfältig wählen.

Sie schlug die Hände zusammen und wartete.

»Der Deal war immer, dass ich erst durch seine Reifen springen muss, wenn ich irgendwann einmal meine eigene Firma leiten will. Ohne dass er dazwischenfunkt. Bei meinen Brüdern ist es genauso. Zu uns ist er noch härter als zu allen anderen Mitarbeitern. Ich will nicht jammern oder meine *Armer-reicher-Junge*-Karte spielen. Ich will dir nur sagen, dass ich hergekommen bin, um mich zu beweisen. Ich wollte mich nicht auch noch verteidigen müssen. Deshalb habe ich euch nicht gesagt, dass ich mit dem Firmenbesitzer verwandt bin.«

Sie nickte, und ihre Finger lockerten sich. Doch dann kam ihr ein Gedanke. »Aber du leitest die Firma nicht, ohne dass er dazwischenfunkt. Er wollte Stacey und mir kündigen. Er ist den Verlag losgeworden und jetzt auch noch die Werbeagentur. Hat er sein Versprechen gebrochen?«

Obwohl sie wütend auf Chris war, hatte sie auch Mitleid mit ihm, denn eigentlich sollte er sich seinem Vater nicht beweisen müssen.

»Nein«, sagte Chris ein wenig barsch.

Everly machte einen Schritt rückwärts. »Aber warum …«

Chris schloss die Distanz zwischen ihnen und legte die Hände auf ihre Schultern. »Ich musste ihm zeigen, dass ich hier im Sender das Ruder herumreißen kann, bevor ich mir aussuchen darf, welche Firmen ich übernehmen will. Ich sollte der zukünftige Kommunikationsleiter werden.«

»Sollte?«

»Ich werde es nicht machen.«

Sie schüttelte den Kopf. »Warum nicht?«

Er senkte den Kopf. »Everly.«

Sie schob ihn von sich, hasste das Verlangen, das in ihr aufkeimte, als sie ihn berührte. »Was? Du willst meinetwegen bleiben? Das musst du nicht tun. Du kannst gehen und Kommunikationsleiter werden oder was auch immer. Wir müssen nicht zusammenarbeiten.«

»Der Job ist aber in New York, Everly.«

Sie sog die Luft ein. Chris senkte die Hände.

»Dann hattest du also die ganze Zeit vor zurückzugehen?«

»Nicht mehr. Die Situation hat sich verändert.«

Das war vollkommen untertrieben.

Ihr entwich ein scharfes, schmerzhaftes Lachen. »Dieser Job war für dich von Anfang an ein Karrieresprungbrett. Und jetzt? Jetzt willst du alles aufgeben, weil wir uns geküsst haben? Denkst du, ich glaube wirklich, dass du mir das nicht eines Tages vorwerfen wirst? Dass du für mich deine Karriere aufgegeben hast, weil es zwischen uns geknistert hat?« Er wollte etwas erwidern, doch sie kam ihm zuvor. »Wolltest du überhaupt den Sender managen? Interessiert dich dieser Bereich überhaupt?«

Er seufzte. »Nein. Wollte ich nicht. Aber die Herausforderungen, die ich hier bisher meistern musste, hatte ich nicht erwartet. Inzwischen gefällt es mir. Das zwischen uns ist viel mehr als nur ein Knistern. Das weißt du genau. Ich kann hier glücklich sein, denn ich bleibe nicht des Jobs wegen. Ich bleibe deinetwegen.«

Irgendwie machte das die Situation noch schlimmer. Der Druck war zu hoch. Sie hatte erst angefangen zu glauben, dass es zwischen ihnen funktionieren könnte. Was, wenn es nicht funktionierte? Er hatte bereits gesagt, dass es für nichts im Leben eine Garantie gab. Sie konnte nicht der Grund sein, warum er blieb. Sie würde sich wie eine Sackgasse fühlen. Eine Abzweigung entlang des Weges, der ihn zu seinem eigentlichen Ziel geführt hätte.

Sie kaute auf der Innenseite ihrer Wange herum und versuchte, verständliche Sätze zu formulieren. »Warum? Warum solltest du das tun? Bis vor sechs Wochen hast du mich kaum beachtet. Mich kaum eines Blickes gewürdigt.«

Seine Gesichtszüge entglitten ihm. »Everly. Du weißt, warum.« Sein verletzter Tonfall schmerzte sie, doch sie musste das, was sie sagen wollte, zu Ende führen.

»Du hast mir nicht einmal gesagt, wer du wirklich bist. Deinem Vater gehört ein ganzes Imperium an Konzernen. Du bist für mehr bestimmt als für eine Kleinstadt. Du hast seine Spielchen mitgespielt, weil dir deine Karriere mehr bedeutet als alles andere. Du hast mir *erzählt*, wie wichtig sie dir ist. Wir können … Du kannst das alles nicht wegschmeißen für etwas, das noch gar nicht richtig begonnen hat. Für etwas, das vielleicht nicht für immer hält.«

Er berührte ihren Arm, doch sie zog ihn weg. »Sag das nicht. Ich will *dich*. Es wird funktionieren.«

Everly verschränkte die Arme vor der Brust. Sie wollte sich bewegen, hatte aber Angst, ihre Beine würden sie nicht tragen. »Wird es das? Was, wenn du feststellst, dass es doch nicht das ist, was du willst? Wir wissen, wie du über Probleme denkst, für die es keine einfache Lösung gibt. Einfach davonlaufen, richtig?«

»Verdammt, Everly. Komm mir jetzt nicht wieder mit meiner Scheidung. Wenn du reden willst, dann erzähle ich dir alles, was du wissen willst. Aber verwende das nicht gegen mich.«

»Okay. Dann lass uns reden.« Sie zog einen Stuhl heran. »Wie lange magst du mich schon?«

Er zog die Augenbrauen zusammen, als würde er eine Falle wittern. »Seit ich dich das erste Mal gesehen habe.«

»Dann erklär mir bitte, wie du auf die Idee gekommen bist, dass ich etliche fremde Männer daten sollte. Erzähl mir, wenn du mich doch so sehr mochtest, warum du dir keine andere Lösung hast einfallen lassen, um den Sender zu retten.«

Seine Kiefermuskeln spannten sich an, und Everlys Herz zog sich zusammen.

Sie nickte. »Weil das Business an erster Stelle steht. Immer.«

»Ich dachte, ich würde zurückgehen. Ich hatte nie vor, dir meine Gefühle zu gestehen. Ich dachte, ich könnte dir helfen, dein Glück zu finden, bevor ich gehe.«

Sie schnaubte, und ihr Mund stand sperrangelweit offen. »Oh.« Dann entfernte sie sich ein paar Schritte. Ihr entwich ein nervöses Lachen. »Wie schön. Du rettest den Sender, machst Daddy stolz und arbeitest aus Mitleid noch an einem kleinen Nebenprojekt. Wie rührend.«

Er atmete laut aus. »Meine Güte. Hör auf, mir die Worte im Mund umzudrehen.«

Sie wirbelte herum und richtete den Zeigefinger auf ihn. »Die Quintessenz ... Das ist ein Begriff, den du verstehst, oder? Die Quintessenz ist, dass du bereit warst, mich mit jemandem zu verkuppeln, nur um deinem Vater etwas zu beweisen. Du hast mir nichts gesagt, weil du nicht vorhattest zu bleiben. Ich verstehe, dass es für nichts im Leben eine Garantie gibt, aber ich brauche jemanden, der mir nichts verschweigt. Jemanden, der mir *alles* gibt. Sein Herz, sein Vertrauen, seine Ehrlichkeit. Das ist es, was *ich* zu geben habe. Und ich habe dasselbe verdient. Ich kann nicht mit dir zusammen sein, wenn ich mich insgeheim immer frage, ob du es bereust, geblieben zu sein.« Ihre Stimme wurde brüchig. »Ob du es bereust, dass du *meinetwegen* geblieben bist.«

Sie ging an ihm vorbei, musste unbedingt hier weg, bevor die Tränen kamen. Schmerz und Frust spiegelten sich in seinem Gesicht wider. In seinen Augen. Und es tat ihr in der Seele weh.

»Ich will bleiben«, flüsterte er. »Wieder einmal. Du bist diejenige, die davonläuft.«

Sie schüttelte den Kopf. »Reiner Selbstschutz«, wiederholte sie seine Antwort von zuvor.

Stacey rannte ihr hinterher, als sie sich ihre Handtasche schnappte und zum Ausgang stürmte. Sie dachte nicht mehr an Arbeit oder daran, ihren Verpflichtungen nachzukommen. Sie konnte sich nur noch darauf konzentrieren, aus dem Gebäude zu kommen. Weg von Chris. Allein zu sein.

Doch Stacey hatte andere Pläne. »Hey. Hey! Bleib stehen. Was geht hier vor?«

Everly eilte zu ihrem Auto. Ihre Hände zitterten, als sie die Schlüssel aus der Handtasche zog. Sie entriegelte die Tür und riss sie auf.

»Geh einfach.« Sie stieg ein und startete den Motor.

Stacey öffnete die Beifahrertür und sprang ins Auto.

»Was machst du da? Steig aus. Ich muss jetzt allein sein.«

»Tu, was du tun musst, ich gehe nirgendwohin. Du bist jetzt nicht in der Verfassung, Auto zu fahren. Es ist okay, wenn wir einfach hier sitzen und keinen Unfall bauen. Aber ich lasse dich jetzt nicht allein. Weine, schrei, tu, was auch immer du willst. Du bist nicht allein, Evs.«

Sie schluckte schwer und stellte das Auto in den Drive-Modus.

»Mir geht's gut.« Sie hielt die Tränen zurück und stellte fest, dass Chris und sie etwas gemeinsam hatten – sie waren beide Lügner.

Kapitel 37

Chris packte einen der Bürostühle mit Rollen und knallte ihn gegen die Wand. Dann zerrte er an seiner Krawatte, zog sie über den Kopf und pfefferte sie auf den Konferenztisch. Alle gingen inzwischen wieder ihrer Arbeit nach. Er hatte keine Ahnung, was gerade im Radio lief, aber es war ihm auch egal.

Noah betrat den Raum und sah Chris an. »Was zur Hölle ist hier los, Mann? Ich habe gesehen, wie Everly mit Stacey aus dem Gebäude gerannt ist. Und deine Empfangsdame sieht aus, als hätte sie einen Verkehrsunfall beobachtet. Mason und Mari haben Staceys Segment übernommen.«

»Hau ab, Noah. Jetzt ist kein guter Zeitpunkt.« Er griff nach seiner Krawatte und wickelte sie fest um seine Faust.

»Ganz offensichtlich. Was ist passiert?«

»Verschwinde einfach, okay? Ich habe jetzt keine Zeit für deine Faxen. Du würdest es sowieso nicht verstehen. Du springst planlos von einer Sache zur nächsten, ohne auch nur kurz innezuhalten, um zu überprüfen, was du tust. Alles ist scheiße. Und ich will nicht darüber reden.«

Noah schürzte die Lippen, nickte und knallte die Tür zu. Dann zog er einen Stuhl heran, setzte sich, verschränkte die Hände hinterm Kopf und lehnte sich zurück.

»Erstens, fick dich. Ja, vielleicht springe ich von einer Sache zur nächsten, aber ich bin glücklich mit meinem Leben. Ich muss es nicht bis ins kleinste Detail planen. Außerdem geht es hier nicht um mich. Zweitens, beruhig dich, verdammt noch mal, damit wir reparieren können, was du zerstört hast.«

»Mein Gott. Manchmal bist du so sehr wie er, dass es mich in den Wahnsinn treibt. Das hier kann nicht repariert werden. Ich kann kein Geld auf den Tisch legen und einen Deal abschließen. Ich kann niemandem Honig ums Maul schmieren, okay?«

»Du willst jetzt darüber sprechen? Okay. Zurück zu dir, Bro. Du bist mehr wie er, als dir lieb ist. Du blickst nicht über den Tellerrand. Du siehst alles nur schwarz-weiß. Du verstaust alles in einzelnen Kisten. Und wenn eine davon umfällt und dir der ganze Mist um die Ohren fliegt, willst du alles wieder hineinstopfen, statt dich darum zu kümmern.«

Chris blieb stehen und starrte seinen Bruder an. »Ich habe keine Ahnung, wovon du da redest.«

»Es gibt immer eine Lösung, Chris. Ich rede nicht von Geld. Hau irgendwo drauf, wenn du musst. Besser nicht auf mich, sonst schlage ich zurück. Was auch immer du tun musst. Aber reiß dich gefälligst zusammen. Lass uns gemeinsam eine Lösung finden.«

»Du weißt doch gar nicht, was überhaupt los ist.«

»*Nope*. Aber ich bin ziemlich schlau, kleiner Bruder. Du bist vollkommen aufgebracht, dein Mädchen ist gerade heulend aus dem Gebäude gerannt, und deine Mitarbeiter blicken drein, als wäre eine Bombe explodiert. Scheint, als hätten sie eben von Dad erfahren und davon, dass der Sender für dich nur ein Karrieresprungbrett ist.«

Chris' Schultern sackten zusammen. Seine Wut verwandelte sich in Schmerz. Die Worte seines Bruders trafen ihn. »Sie hat geweint?«

Noahs Gesichtsausdruck wurde weicher. »Nicht ganz, aber sie war kurz davor. Was zur Hölle ist denn passiert, Mann?«

Chris sank auf einen Stuhl, lehnte den Kopf zurück und presste die Handballen auf die Augen. »Ich habe alles vermasselt.«

Er erzählte seinem Bruder von Mr Lee, davon, dass seine Mitarbeiter nun wussten, wer er wirklich war, und von dem Streit mit Everly.

»Es ist an der Zeit, dass du Dad endlich sagst, dass er dich mal kann. Manchmal glaube ich, sein eigentlicher Vollzeitjob ist es, uns wie Marionetten zu kontrollieren.«

Der Vergleich brachte Chris zum Lachen. »Ihm das zu sagen ist aber ein bisschen schwer, wenn er die Fäden in der Hand hält.«

»Dann schneide sie durch. Wir haben unser eigenes Geld. Du bist ein hervorragender Geschäftsmann. Wir müssen nicht nach seiner Pfeife tanzen. Ich werde nicht zurückgehen, Mann.«

Chris war wie vor den Kopf gestoßen. »Was?«

»Ich bleibe. Mir gefällt es hier. Ich will nicht länger in New York leben. Unter seiner Fuchtel.«

Chris lehnte sich nach vorn und ließ die Hände zwischen die Knie fallen. »Du willst nach Kalifornien ziehen? Einfach so?«

Grinsend legte Noah die Füße auf den Tisch. »Na ja, ich springe zwar gern von einer Sache zur nächsten, aber ich kann mir durchaus vorstellen, hier sesshaft zu werden. Wirklich. Ich sehe mir noch mehr Häuser an. Ich kann auch an der Westküste in Immobilien investieren. Es scheint viel öfter die Sonne als in New York, ich mag die Menschen, den Vibe, und mein kleiner Bruder wird auch hier leben, wenn er endlich den Arsch hochkriegt und herausfindet, was er will.«

Chris schluckte schwer. Es klang so einfach, aber Noah hatte Everlys Gesicht nicht gesehen. Er hatte nicht miterlebt, wie sie dichtgemacht hatte. Wie sie körperlich und emotional zurückgewichen war.

»Und? Was willst du?«

Die Antwort war einfach. »Everly.«

• • •

Chris war hundemüde, als er abends nach Hause kam. Er hatte den ganzen Tag damit verbracht, einen Plan zu schmieden, hatte mit Anwälten telefoniert, Telefonkonferenzen abgehalten und mit seinen beiden Brüdern gesprochen.

Als er die Wohnung betrat, stellte er fest, dass sie so leer war, wie er sich fühlte. Er musste daran glauben, dass er das mit Everly in Ordnung bringen konnte. Nur nicht heute Abend. Wenn er jetzt an sie denken würde, würde er es nicht schaffen, sich aus diesem Schlamassel zu befreien. Er würde sie anrufen, zu ihr fahren und sie um eine zweite Chance bitten. Aber er musste zuerst alles regeln. Es war die einzige Möglichkeit, ihr die Sicherheit zu geben, die sie brauchte. Eins nach dem anderen. Wie er seinen Vater kannte, hatte er nicht viel Zeit, um alles unter Dach und Fach zu bringen.

Als er sich aufs Sofa setzte, leuchtete natürlich sofort sein Smartphone auf. Es war sein Vater, der versuchte, ihn per Face-Time anzurufen. Jetzt wurde er wieder nervös. Er atmete durch die Nase ein und durch den Mund aus.

»Du schaffst das. Und wenn nicht, na ja, du hast nichts mehr zu verlieren.«

Mit diesem Gedanken ging er ran.

»Dad. Es ist fast Mitternacht in New York.« *Bleib ruhig. Lass dich nicht von ihm aus der Fassung bringen.* Das waren Noahs Worte gewesen. *Die Zahlen sprechen für dich.* Das war natürlich Wes' Weisheit gewesen.

»Was zur Hölle hast du getan?« Sein Vater hatte um die Augen und den Mund mehr Falten bekommen. Und es waren definitiv keine Lachfalten. Er hatte die ergrauten Augenbrauen zusammengezogen und hielt das Smartphone viel zu nahe an sein Gesicht.

»Ich habe heute einiges getan. Meinst du irgendetwas Bestimmtes?« Chris hoffte inständig, dass er gelassener klang, als er sich fühlte. Hätte sein Herz noch schneller geschlagen, hätte es sein Vater durch das Telefon hören können.

»Komm mir jetzt nicht so. Du weißt genau, was ich meine. Ich habe von der Werbeagentur eine E-Mail bekommen, in der steht, dass ich gegen den Vertrag verstoßen habe. Mr Lee hat mir ein verdammtes Ultimatum gestellt. Willst du mir vielleicht erklären, woher er von dem Grundvertrag bezüglich des Auflösungsprozesses wusste?«

Jetzt geht's los. »Du hast mich überrumpelt, Dad. Ich hatte keine Ahnung, dass du den Angestellten den Boden unter den Füßen wegreißt. Mr Lee war heute bei mir im Büro. Er war vollkommen außer sich. Ich hielt es für klüger, unsere Anwälte einzuschalten, bevor die Sache außer Kontrolle gerät. Ich habe sie alle Verträge und Primärdokumente durchsehen lassen, die wir mit unseren Tochterfirmen haben. Ich wollte nur gründlich sein und sicherstellen, dass er nicht gegen uns vorgehen kann.« Chris holte Luft. Seine Hände zitterten. »Ich hatte keine Ahnung, dass es nicht zu unseren Gunsten ausgehen würde.«

Dieser Teil war tatsächlich ein Schock gewesen. Es war Wes' Idee gewesen, alle verfügbaren Dokumente durchsehen zu lassen. Chris hatte schon immer vermutet, dass sein Vater die Regeln strapazierte, um das zu bekommen, was er wollte, aber das, was er mit dem Sender getan hatte, war ethisch kaum noch vertretbar.

Die Verträge mit den Tochterfirmen waren Standardverträge. Doch der Vertrag mit dem Radiosender enthielt mehrere Klauseln, die die Konditionen wieder aufhoben, auf die sich die kleineren Firmen eingelassen hatten.

Sein Vater blickte mit jedem Wort wütender drein. Chris gab sich Mühe, möglichst neutral zu wirken.

»Du hast es ihm gesagt!« Sein Vater spuckte die Worte förmlich aus, Speichelfetzen flogen aus seinem Mund.

Bleib ruhig. »Das habe ich definitiv nicht getan.« *Nope.* Noah hatte es ihm gesagt. Er war zu Mr Lee gegangen und hatte ihm den Hinweis gegeben, er solle das Kleingedruckte lesen. Die meisten Firmen beschäftigten sich nicht mit zusätzlichem Papierkram, obwohl sie Zugang dazu hatten. Nachdem Mr Lee die Dokumente gefunden und verstanden hatte, was Noah *nicht* ausgesprochen hatte, hatte er die erforderlichen Maßnahmen ergriffen, um Chris' Vater wissen zu lassen, dass es nicht so einfach war, die kleinere Firma loszuwerden, wie er sich das vorgestellt hatte.

»Wer hat es ihm dann gesagt?«

Chris zuckte mit den Schultern. »Ich bin sicher, du wirst die Firma trotzdem los, Dad.« Er musste das Gespräch beenden, bevor er der Wut nachgab, die sich erneut in ihm aufbaute.

»Darum geht es nicht. Ich lasse nicht zu, dass du mich sabotierst wie ein Kind, das auf Rache aus ist.«

Chris umklammerte das Smartphone fester, achtete aber darauf, Abstand zu seinem Gesicht zu halten, während er begann, im Zimmer auf und ab zu gehen. »Noch mal. Ich weiß nicht, wovon du redest. Aber jetzt, wo ich dich sowieso schon am Telefon habe, kann ich dir sagen, dass es nicht sonderlich angenehm war, so von Mr Lee überrumpelt zu werden. Du hattest nicht das Recht einzugreifen. Und vor allem hattest du keinen Grund.«

Sein Vater wollte etwas erwidern, doch Chris hatte genug von seinen Spielchen. »Eigentlich hattest du mir die Zügel übergeben, aber du stellst jeden meiner Schritte infrage. Wenn ich nicht das tue, was du willst, brichst du deine Versprechen, ruderst zurück oder änderst die Spielregeln.«

»So funktioniert das Business nun mal. Wenn du das bisher nicht kapiert hast, bist du vielleicht doch kein so guter Geschäftsmann, wie ich immer dachte.« Der Ton seines Vaters wurde strenger. Härter.

Sie starrten einander über das kleine Display an. Er wünschte sich, *zwang* sich regelrecht, mehr für diesen Mann zu empfinden, der ihm entgegenstarrte.

Sein Dad machte eine herablassende Handbewegung. »Das hier ist reine Zeitverschwendung. Meine Anwälte werden sich darum kümmern. Und wenn nicht, ist es auch egal. Beweg deinen Arsch nach Hause. Ich bin selbst schuld. Zumindest teilweise. Ich dachte, du wärst bereit für den nächsten Schritt, aber das bist du ganz offensichtlich nicht. Was den Sender angeht, ist es sowieso egal. Ich verkaufe das ganze Ding Stück für Stück. Selbst wenn dieser Lee-Typ denkt, er hätte Chancen – es wird nichts mehr da sein, wofür man kämpfen könnte.«

Chris sprang auf. »Was?«

Sein Dad zuckte mit den Schultern. »Wir brauchen die Firmen nicht für unser Portfolio.«

Chris verlor auch noch den letzten Rest seiner aufgesetzten Gelassenheit. »Du hast keinen blassen Schimmer, was wir wirklich brauchen. Du interessierst dich nur für dich selbst. Du hattest kein Recht, mich zu hintergehen. Mir in den Rücken zu fallen. Das Problem ist nicht, dass ich dem Job nicht gewachsen bin. Sondern, dass du einfach nicht aufhörst, dich einzumischen.«

»Pass auf, wie du mit mir redest. Es ist *meine* Firma. Ich habe sie mit eigenen Händen aufgebaut. Natürlich mische ich mich ein.« Der Blick seines Vaters wurde hart, genau wie sein alternder Kiefer.

»Blödsinn. Grandpa hat die Firma aufgebaut. Er würde sich im Grab umdrehen, wenn er wüsste, was du mit ihr und unserer Familie angerichtet hast. Du hast beide Stück für Stück auseinandergerissen, bis nur noch Fragmente übrig sind. Er hat sein ganzes Herzblut in die Firma gesteckt.«

Sein Vater schlug mit der Faust auf den Tisch. Chris hörte das dumpfe Geräusch durch das Telefon. »Mein Vater hat immer nur in der Vergangenheit gelebt. Das hier ist der Weg nach vorn. Du und deine Brüder seid verwöhnt. Verzogen. Euch wurde alles auf dem Silbertablett serviert.«

Wieder verspürte Chris den Drang, im Zimmer auf und ab zu gehen. »Zu einem Preis, den ich nicht länger zu zahlen bereit bin.«

Er musste nicht nach den Regeln seines Vaters spielen. Er und seine Brüder hatten sich vor Jahren verbündet und einen Notfallplan ausgeheckt, an den ihn Noah heute erinnert hatte.

Das Gesicht seines Vaters wurde dunkelrot. Kurz befürchtete Chris, er würde einen Herzinfarkt bekommen.

»Wovon zur Hölle redest du?«

»Ich kann nicht länger nach deiner Pfeife tanzen«, erwiderte er. »Ich werde es nicht länger tun. Mein Glück bedeutet mir mehr als deine Anerkennung.«

»Du bist ein verdammter Narr. Was zur Hölle ist nur los mit dir?«, knurrte sein Vater.

Chris lächelte. »Gar nichts. Ich habe nur verstanden, was im Leben wirklich wichtig ist. Und es ist nicht deine Anerkennung.«

»Du willst deinen Traum aufgeben, das, wofür du all die Jahre gearbeitet hast, nur weil ich eine Entscheidung ohne deine Zustimmung getroffen habe? Du benimmst dich wie ein kleines Kind. Du wirst alles verlieren.«

Chris schüttelte den Kopf. »Hoffentlich nicht. Ich habe den Kopf so lange unten gehalten und auf mein Ziel hingearbeitet, dass ich nie aufgeblickt habe, um sicherzugehen, dass es immer noch das ist, was ich will. Ich bin hergekommen, um *dir* etwas zu beweisen, aber stattdessen habe ich herausgefunden, wer ich wirklich bin. Alles zu haben bedeutet für mich etwas ganz anderes als für dich. Ich will nicht in deine Fußstapfen treten. Ich will meine eigenen hinterlassen. Viel Glück mit deiner Hochzeit.«

Chris beendete den Anruf, bevor sein Vater noch etwas sagen konnte. Er war es leid, sich im Kreis zu drehen. Dieses Kapitel war nun zu Ende. Alles andere würde sich zeigen, aber er wusste, dass er beruflich auf eigenen Beinen stehen konnte. Er hatte immer geglaubt, er bräuchte die Unterstützung seines Vaters. Seine Anerkennung. Er wollte nicht die Möglichkeiten schmälern, die er bekommen hatte, aber er war jedes Mal derjenige gewesen, der die Schwerstarbeit verrichten musste. Er hatte seine Aufgaben erledigt, war aufgestiegen und hatte dennoch von seinem Vater nie einen Funken Anerkennung erhalten. Also würde er es nun allein schaffen oder für jemand anderen arbeiten. Er würde in der Geschäftswelt so oder so überleben. Das Wichtigste, was er gelernt hatte, war, dass sein Beruf ihn nicht als Menschen definierte.

Wenn er darüber nachdachte, was für ein Mann er sein wollte, war die Antwort sehr einfach: ein Mann, der Everlys Vertrauen verdiente. Ihr Herz. Ihre Liebe.

Kapitel 38

Everly wünschte sich gerade nichts sehnlicher, als dass Stacey ihr nicht bis ins Apartment gefolgt wäre. Sie fühlte sich wie in diesem Spiel aus Kindheitstagen – Doktor Bibber. Nur ein Ausrutscher, eine falsche Bewegung, und sie würde explodieren. Und sie wollte allein sein, wenn das passierte.

Sie schlüpfte aus ihren Schuhen, warf die Schlüssel in Richtung Haken und schlurfte zum Sofa. Sie schnappte sich die dumme Stresskatze, die sie so sehr liebte, vom Tisch und ließ sich in die Ecke plumpsen.

»Willst du einen Tee?«

»Nein, danke. Du kannst jetzt gehen. Mir geht's gut. Ich schreibe dir später.« Dass sie so viele Wörter am Stück herausgebracht hatte, erfüllte sie mit Stolz. Ein paar Minuten würde sie noch schaffen. Sie drückte die Katze. *Einatmen, ausatmen, einatmen, ausatmen.*

»Ev, rede mit mir.«

Sie ballte so fest die Faust, dass der Kopf der Katze hervorquoll. *Nope. Ich will nicht mehr reden.* Sie würde es nicht schaffen. Ihr Kopf drehte sich vor lauter Fakten. *Dad gehört der Sender. Nicht der, der er vorgegeben hat zu sein. Hatte nie vor zu bleiben. Geschieden.*

»Was zur Hölle ist das?« Stacey durchquerte den Raum, beugte sich über Everly und musterte ihre Hand.

»Stresskatze.« Es brodelte in ihr. Sie spürte, wie die Lava hochkochte. Ihre Gefühle waren wie ein Kartenhaus. Nur ein Windhauch, und alles würde in sich zusammenstürzen. Doch sie konnte nur dastehen und zusehen. Darauf warten, dass es passierte.

»Wie seltsam.«

Sie lachte gequält. »Jep.«

»Evs.«

Sie schüttelte den Kopf, schloss die Augen und drückte die Katze so fest, wie sie nur konnte. Das Sofa gab nach, und Staceys Oberschenkel berührte ihren. Sie atmete durch die Nase.

»Ich werde nicht gehen«, flüsterte Stacey.

Das Kartenhaus geriet ins Wanken. Zuerst nur langsam. Ein paar Tränen kullerten unter ihren geschlossenen Lidern hervor. Als Stacey scharf die Luft einsog, kollabierte auch noch der Rest. Jetzt konnte sie nicht mal mehr mit offenen Augen sehen. Alles war verschwommen und nass. Sie konnte die Katze nicht fest genug drücken, um das Schluchzen aufzuhalten.

Stacey legte den Arm um sie, und sie gab nach und lehnte sich gegen ihre Freundin. Sie musste Stacey zugutehalten, dass sie nicht versuchte, ihr gut zuzureden. Sie saß einfach da. Und Everly tat dasselbe. Sie saß da und ließ die Karten zu Boden fallen.

All die merkwürdigen Momente spielten sich in Dauerschleife in ihrem Kopf ab. Ihre Eltern. Simon mit einer anderen Frau. Ihre Beichte im Radio. Die verdammte Kondom-Piñata. Ihre erste Piñata, randvoll mit Enttäuschungen. Das Hin und Her ihrer Eltern. Ihre Gesichter, als sie ihnen gesagt hatte, dass sie genug habe. Chris.

Ihre Brust schmerzte, und ihr Gesicht war klatschnass. Trotzdem ließ Stacey sie nicht los. Everly würde später sterben vor Scham, aber im Moment war ihr das egal.

Sie hatte keine Ahnung, wie lange es dauerte, bis ihre Tränen versiegten. Als es schließlich so weit war, schmerzte ihr ganzer Körper, und sie hatte sich eng an Stacey geschmiegt, die ihren Kopf streichelte. Das beruhigte sie so sehr, dass sie die Augen schloss. Nur noch ein paar Minuten. Dann würde sie sich zusammenreißen. Nur noch ein paar Minuten.

• • •

Everlys Augen fühlten sich an, als hätte man sie zugeklebt und mit Salz bestreut. Sie blinzelte und verfing sich in vernebelten Gedanken. Sie wusste, dass irgendwas nicht stimmte, aber nicht, was es war.

Sie wandte den Kopf und stellte fest, dass sie auf dem Sofa lag, mit dem Gesicht zur Rückenlehne. Statt aufzustehen, drehte sie sich um. Stacey saß ihr gegenüber im Sessel, in der Hand ein Buch, vor sich eine Tasse Tee, daneben Everlys Notizbuch.

Ihr Mund fühlte sich an, als hätte sie Schmirgelpapier gegessen. Sie leckte sich die Lippen und brachte ein raues »Hey« hervor.

Lächelnd legte Stacey das Buch beiseite. Everly stellte fest, dass sie zugedeckt war mit der Decke, die normalerweise über der Rückenlehne lag. Mühsam richtete sie sich auf. Sie war immer noch zu fertig, um sich zu schämen. Doch das würde als Nächstes kommen. Sobald sie richtig wach war.

»Wie geht's dir?«, fragte Stacey vorsichtig. Everly musste lächeln, denn dieser Tonfall war ganz anders als Staceys übliche fröhliche Stimmlage, die einem sofort gute Laune bereitete.

»Ich fühle mich, als hätte ich Sand geschluckt und darin gebadet. Was machst du denn noch hier?« Jetzt kam alles zurück. *Wie sie Chris geküsst hat. Arbeit. Wütender Mann. Lügen. New York. Stacey, die sie verfolgt hat. Weinen. Staceys Date!* »Dein Date mit Rob! Wie spät ist es?« Jetzt, da sie wacher war, richtete Everly sich auf und faltete die Decke zusammen.

»Ich habe es verschoben«, erwiderte Stacey und musterte sie auf merkwürdige Weise.

Everly stöhnte. Wahrscheinlich sah sie aus, als wäre sie von einem Lkw überfahren worden. Weinen war nie schön, aber einzuschlafen, ohne sich vorher in Ordnung gebracht zu haben, war etwas, das sie sich nicht vorstellen wollte. Leider musste ihre beste Freundin gerade genau diesen Anblick ertragen. »Ich sehe fürchterlich aus. Tut mir leid. Bitte verschieb dein Date nicht meinetwegen.«

»Meine Güte, Everly. Würdest du mich denn in so einer Situation allein lassen?«

Everly setzte sich wieder, überrascht von Staceys bissigem Ton.

»Na ja, nein. Aber ich wollte dir nicht den Abend ruinieren. Ich weiß, wie wichtig dir das Date war.«

Stacey lehnte sich nach vorn. Es dauerte kurz – Stichwort vernebeltes, verweintes Gehirn –, bis Everly merkte, dass sie wütend war.

»Du weißt, dass es mir wichtig war, weil ich es dir *erzählt* habe. Und du solltest das Gleiche tun. Du bist meine *beste* Freundin. Du bist mein Mensch.«

Everlys Puls stolperte. »Und du bist meiner. Es tut mir so leid, dass ich dir den Abend versaut habe.«

»Hier geht es nicht um heute Abend oder ein Date.« Stacey stand auf, ihre Bewegungen waren abrupt und angespannt. Sie ging zum Fenster, lehnte sich gegen die Wand und starrte hinaus.

»Warum bist du wütend?«

Ihre Freundin sah sie an, und die Traurigkeit in ihren Augen schmerzte Everly. »Die ganze Sache mit der Sozialphobie? Zuerst habe ich das gar nicht verstanden. Wie denn auch? Ich liebe Menschen und Menschenmassen. Je lauter, desto besser. Das macht mir alles nichts aus. Aber je näher wir uns gekommen sind, was von vornherein ziemlich schwierig war, desto mehr habe ich erkannt, dass es nun mal Teil deiner Persönlichkeit ist. Du magst keine Doppeldates, gehst nicht gern in Klubs und sitzt nicht gern an vollen Tischen. Na und? Sobald du ein bisschen lockerer wirst und anfängst, jemandem zu vertrauen, bist du echt ziemlich cool. Viel lustiger, als ich anfänglich dachte. Du bist wahrscheinlich die süßeste Person, die ich kenne. Und das liegt bestimmt daran, dass du zu viel nachdenkst. Gott, dein Gehirn muss verdammt müde sein. Ich will mir gar nicht vorstellen, wie es ist, in deinem Kopf zu sein.«

Everlys Mund stand sperrangelweit offen. Sie hatte keine Ahnung, wo das alles herkam und wohin es führte. Staceys Worte waren roh, aufrichtig und erstaunlich präzise. Sie *war* müde.

Stacey plumpste wieder in den Sessel und streckte die Beine aus. »Die Sache ist die. Ich habe dir schon eine Million Mal gesagt, dass ich dich so akzeptiere, wie du bist. Oder zumindest dachte ich, ich hätte es dir schon so oft gesagt. Ich verstehe dich, obwohl ich nicht weiß, was in deinem Kopf vorgeht.«

»Ich weiß. Ich hab dich lieb. Das *weißt* du.« Everly bekam Panik. Warum fühlte sich das hier an wie eine Trennung?

»Ich hab dich auch lieb, Evs, aber du kannst Menschen nicht so auf Abstand halten. Nun ja, doch, kannst du. Aber nicht *mich*. Keine Hiobsbotschaft könnte unsere Freundschaft zerstören. Ich werde nicht gehen. Nicht, wenn du so schüchtern bist, dass du auf andere arrogant wirkst. Nicht, wenn du vor lauter Nervosität wie eine Idiotin brabbelst. Nicht, wenn du weinst, weil du ein gebrochenes Herz hast. Wie konntest du nur glauben, ich würde dich allein lassen? Warum würdest du das wollen? Warum zur Hölle lässt du dich auf diese ganzen Dates ein, wenn du doch in Chris verliebt bist? Und vor allem: Warum verheimlichst du mir das alles?«

Der Schmerz in ihrer Stimme fühlte sich an wie Klauen, die sich in Everlys Haut bohrten. »Ich …« Sie schüttelte den Kopf, ihr Hals wurde immer enger. »Das bin ich gar nicht. Ich bin nicht in ihn verliebt. Ich habe nicht versucht, dir irgendwas zu verheimlichen.«

Stacey lehnte sich nach vorn, schlug das Notizbuch auf und deutete auf die Liste mit den Gründen, warum es nicht Chris sein konnte. Everly verzog das Gesicht. Sie wusste, sie hätte die Seite herausreißen sollen. »Es ist keine Liebe. Es sind nur … Gefühle. Aber ist jetzt sowieso egal.«

Stacey ließ das Buch fallen. »Warum ist es egal? Wie kannst du so etwas sagen? Du hast nicht geweint, als du sieben Jahre alt warst und deine Eltern deine Geburtstagsparty ruiniert haben. Du hast nicht geweint, als du Simon mit einer anderen erwischt hast. So habe ich dich noch nie weinen sehen, Everly. Du fängst dich immer wieder. Jedes Mal. Aber heute nicht. Nicht nach Chris.«

Everlys Unterlippe zitterte. Sie presste die Finger darauf und versuchte, ihre Gedanken zu sortieren. Sie atmete langsam und vorsichtig aus und senkte die Hand. »Es kam einfach alles zusammen. Tut mir leid.«

Stacey klappte die Kinnlade herunter. Sie stand wieder auf. »Ich will aber nicht, dass es dir leidtut. Ich will, dass du weißt, dass ich nicht gehen werde. Komme, was wolle. Weine mich voll, schimpfe mit mir, wenn ich etwas Dummes mache, sag jedes Mal Nein, wenn ich dich frage, ob wir in einen neuen Pub oder ein neues Restaurant gehen wollen. Ist mir egal. Aber schließ mich nicht aus deinem Leben aus. Öffne dich. Wie lange bist du schon verrückt nach ihm? Wie zur Hölle kannst du nur sagen, er sei noch nie verliebt gewesen? Siehst du denn nicht, wie dich dieser Mann ansieht?«

Everly schüttelte den Kopf, unfähig, das Gesagte zu verarbeiten. Sie stand auf und legte die Decke über die Rückenlehne. »Das stimmt nicht. Er hat sich nur ein wenig zu mir hingezogen gefühlt. Es ist egal.« Sie drehte sich um und sah Stacey an. »Ich kann jetzt nicht an ihn denken. Es tut weh. Ich werde nie dazulernen. Ich glaube meinen Eltern jedes Mal, wenn sie mir sagen, es sei das letzte Mal gewesen. Und beim nächsten Mal bin ich wieder enttäuscht. Ich habe Beziehungen mit Typen, von denen ich weiß, dass sie nicht richtig für mich sind, damit ich am Ende sagen kann, ich hätte es die ganze Zeit gewusst. Immer wenn ich der Sache eine Chance gebe, denke, dass es diesmal vielleicht funktionieren könnte, geht es nach hinten los. Ich habe ihm gesagt, dass ich mich immer wieder für ihn entscheiden würde. Er hat es erwidert, dabei ist er überhaupt nicht in der Lage, dieses Versprechen einzuhalten.« *Nicht, wenn er von Anfang an vorhatte zu gehen.*

Sie ging auf ihre beste Freundin zu, schlang die Arme um sie, stützte das Kinn auf ihre Schulter und atmete den vertrauten Duft aus Stacey und Erdbeershampoo ein. »Ich *wollte* dir alles erzählen. Ich schwöre. Du bist auch mein Mensch. Es ging nur alles so schnell.« Sie ließ Stacey los und schenkte ihr ein trauriges *Bitte-sei-mir-nicht-böse*-Lächeln. Und es funktionierte, denn Stacey verdrehte die Augen und schubste sie leicht.

»Ich will einfach, dass alles wieder normal wird. Ich habe dich. Meinen Job. Mehr brauche ich nicht.« Obwohl das sie ziemlich bedürftig wirken ließ, oder nicht?

»Eine Sache davon ist garantiert. Die andere ...« Stacey biss sich auf die Unterlippe.

Everlys Herz begann zu hämmern. »Was ist?«

»Es gibt da ein paar E-Mails, die wir lesen müssen.«

»Okay«, sagte sie langsam und beobachtete Staceys Gesicht.

»Mr N. Jansen hat alle Mitarbeiter angeschrieben. Der Sender wird verkauft. Es ist nicht sicher, ob wir unsere Jobs behalten können oder ob der Sender überhaupt weiter existieren wird.«

Everly sah sich um, als würde irgendwo eine versteckte Kamera hängen. Sie verstand nicht, was Stacey da sagte. Sie hatte die Arbeit doch erst heute Morgen verlassen. Wie um alles in der Welt war das möglich?

Sie starrte Stacey an. »Wie lange habe ich denn geschlafen?«

Obwohl die Situation kein bisschen lustig war, brach Stacey in Gelächter aus. Sie schlang den Arm um Everlys Schultern und zog sie zu sich.

»Eine ganze Weile. Alles wird gut, Evs. Egal, was auch passiert.«

Everly hatte keine Ahnung, wie ihre Freundin so etwas sagen und auch noch glauben konnte.

Kapitel 39

Als Everly am nächsten Morgen erwachte, hatte sie das Gefühl, zu viel getrunken zu haben. Sie setzte sich auf, griff nach ihrem Smartphone auf dem Nachttisch und überprüfte mit verschwommenem Blick ihre E-Mails in der Hoffnung, der gestrige Abend wäre nur ein Albtraum gewesen.

Sie öffnete nicht die Mail von Chris' Vater, denn ihr Augenmerk galt der neuesten.

Von: chrisjansen@allmail.com
An: sunbroadcaststationemployees@allmail.com
Betreff: Nach vorn schauen

Hallo an alle,

ich wollte mich noch einmal für ein paar Dinge entschuldigen. Als Erstes dafür, dass ich euch nicht gesagt habe, dass der Sender meinem Vater gehört. Wenn ein neues Management vorgestellt wird, geht sofort eine Wand hoch. Als ich letztes Jahr beim Sender angefangen habe, wollte ich das so gut wie möglich vermeiden. Ich wollte nicht dafür beurteilt werden, wer ich bin. Ich hätte nicht erwartet, dass ihr alle mehr für mich werdet als nur Angestellte. Die familiäre Atmosphäre, die ihr trotz der zahlreichen Veränderungen in den letzten Jahren geschaffen habt, ist bemerkenswert und vorbildlich.

Ich fühle mich geehrt, ein Teil davon zu sein. Ich bereue es zutiefst, euch verletzt zu haben, weil ich nicht ganz ehrlich war.

Das wird sich in Zukunft jedoch ändern. Ich weiß, dass ihr alle die E-Mail von meinem Vater bekommen habt. Da hat er keine Zeit verschwendet. Und es stimmt. Der Sender wird verkauft, aber ich will, dass ihr wisst, dass eure Jobs sicher sind. Ich weiß, dass ich euer Vertrauen nicht verdient habe, aber wenn ihr irgendwie könnt, dann vertraut mir wenigstens in dieser Sache ein bisschen. Ich werde euch alles erklären. Ich muss nach New York, aber ich werde zurückkommen. Während meiner Abwesenheit wird Mari das Management übernehmen, und Mason wird seine Show selbst produzieren.

Sobald ich zurück bin, möchte ich ein Meeting einberufen. Dann werde ich Antworten auf eure Fragen haben. Aber bis dahin möchte ich, dass ihr wisst, dass ich mich noch nie in einer Firma meines Vaters so zu Hause gefühlt habe wie bei euch.

Mit freundlichen Grüßen
Chris

Everly wischte ihre Tränen weg und starrte weiter auf die E-Mail. Er würde zurück nach New York gehen. Der Sender stand vor dem Verkauf. *Dein Job ist sicher.* Warum verspürte sie keine Erleichterung?

Everly öffnete eine weitere E-Mail. Es war der Post, den sie nie veröffentlicht hatte. Sie hatte ihn sich selbst per E-Mail geschickt und auf der Website des Senders etwas völlig anderes gepostet. In diesem hier hatte sie erklärt, dass sie nicht in der Lage war, eine Entscheidung zu treffen, obwohl die Auswahl großartig gewesen war. Ihrer Meinung nach war der Post witzig und rührend gewesen. Der Abschluss einer Erfahrung, die sie mehr gelehrt hatte, als sie je gedacht hätte.

Eine Nachricht ploppte auf ihrem Display auf.

STACEY: *Alles okay?*

EVERLY: *Ja. Bin gerade aufgewacht. Habe eben die E-Mail gelesen.*

STACEY: *Dachte ich mir. Alles okay?*

EVERLY: *Das hast du eben schon gefragt.*

STACEY: *Ich weiß, aber beim ersten Mal hast du gelogen.*

Everly musste laut lachen, während sie tippte.

EVERLY: *Ich schätze, ich muss mich heute nicht vor der Arbeit drücken.*

STACEY: *Das ist es, was du getan hast? Seltsam. Ich dachte, du wärst schüchtern und kein Feigling.*

Verblüfft riss sie die Augen auf.

EVERLY: *Aua.*

STACEY: *Wir haben alle unsere Macken. Meine ist es, immer ehrlich zu sein.*

EVERLY: *Habe ich gemerkt.*

STACEY: *Wirst du ihn anrufen? Ihm schreiben? Kinder mit ihm kriegen?*

Jetzt wurde sie wieder traurig, doch diesmal weinte sie nicht. Keine Tränen mehr.

EVERLY: *Es war vorbei, bevor es überhaupt angefangen hat.*

STACEY: *Feigling.*

EVERLY: *Das lasse ich dir nur durchgehen, weil ich dich gestern Abend vollgeheult habe.*

STACEY: *Und mich daran gehindert hast, mal wieder flachgelegt zu werden.*

EVERLY: *Du hast ja bald Geburtstag. Ich schenke dir das, was du mir auch geschenkt hast.*

STACEY: *Sag es. Oder schreib es. Los.*

Everlys Wangen begannen zu glühen.

EVERLY: *Ich muss mich jetzt fertig machen.*

STACEY: *Wenn du es nicht mal schreiben kannst, wirst du mir auch keinen kaufen. Außerdem habe ich schon genug Exemplare.*

Lachend schüttelte Everly den Kopf. Traurigkeit und Humor verschmolzen in ihrer Brust zu einer merkwürdigen Mischung.

EVERLY: *Hast du schon mal was von Onlineshopping gehört?*

STACEY: *Gut gekontert. Dann freue ich mich jetzt auf meinen Geburtstag. Bis bald?*

EVERLY: *Ja. Stace?*

STACEY: *Evs.*

EVERLY: *Danke <3*

STACEY: *Immer.*

Sie legte das Smartphone zurück auf den Nachttisch. Während sie sich fertig machte, versuchte sie, nicht an Chris zu denken oder daran, wie anders es ohne ihn im Sender sein würde. Wie anders *alles* sein würde.

»Zum Glück war es keine Liebe«, sagte sie zu ihrem Spiegelbild, als sie aus der Dusche trat. Sie trocknete sich die Haare und gab sich größte Mühe, ihr Gehirn abzulenken, doch es dachte immer wieder an Chris.

Gut, dass es zu Ende war, bevor es angefangen hatte, denn sie konnte sich nicht vorstellen, wie es gewesen wäre, wenn sie sich voll und ganz auf ihn eingelassen hätte. Wenn sie ihm gesagt hätte, dass sie nur noch an ihn denken konnte. Dass sie plötzlich Dinge wollte, die ihr eigentlich Angst bereiteten. Wie gut, dass sie nicht die Chance gehabt hatte, ihm mehr von sich zu geben. Ihm alles zu geben. Sie verstand nur nicht, warum ihr Herz anderer Meinung war, wenn ihr Kopf das doch einsah.

• • •

Im Laufe der folgenden Woche tat Everly ihr Bestes, um sich auf ihren Job zu konzentrieren. Sie ging jeden Tag zur Arbeit, tat das, was sie schon immer getan hatte, ging nach Hause und genoss ihr ruhiges Leben. Die neue Promoaktion, die Mari für Masons Show vorgeschlagen hatte und die eine Spritztour mit dem DJ beinhaltete, versetzte die Zuhörerschaft in helle Aufregung. Es überraschte Everly, dass ihr letzter Post immer noch täglich kommentiert wurde. Sie hatte den Zuhörern nicht viele Details verraten. Nur ein paar wohlformulierte Absätze, dass es länger dauern würde, den Richtigen zu finden, und sie trotzdem immer mit ihnen durch die Musik verbunden sein würde. Es war eine Ausflucht gewesen, aber eine knappe. Warum interessierten sich die Leute immer noch dafür? Ihr Herz schmerzte, wenn sie darüber nachdachte, wie sich die Dinge *tatsächlich* entwickelt hatten – wenn auch nur für einen sehr kurzen Moment.

• • •

Eine Woche nach den Ereignissen stand Everly vor einem unscheinbaren Gebäude und zögerte, bevor sie die Tür öffnete und eintrat. Das hier konnte zu allen möglichen Problemen führen. Vielleicht würde sie es sofort bereuen. Oder noch schlimmer: erst in ein paar Wochen. Sie hörte, wie hinter ihr eine Autotür zufiel, gefolgt von Schritten auf dem Asphalt.

»Wartest du auf mich? Oder traust du dich nur nicht hineinzugehen?« Ihre Mom kam auf sie zu und gab ihr einen Kuss auf die Wange.

»Beides.«

»Oh, meine Kleine.« Ihre Mom seufzte. »Es tut mir leid, dass wir dich so verkorkst haben.«

Everly lachte, schockiert über die Aussage. Dann wandte sie sich ihrer Mom zu. »Das habe ich überhaupt nicht gesagt. Ich habe nur gesagt, dass ich euer Hin und Her nicht länger mitmache. Abgesehen davon seid ihr tolle Eltern. Ich liebe euch. Sehr. Das wisst ihr, oder?« Verstand denn keiner, wie sie zu ihren Eltern stand? *Ziemlich schwierig, wenn du es aus Angst vor Zurückweisung immer für dich behältst.* Das war definitiv Staceys Stimme in ihrem Kopf. Sie schob den Gedanken beiseite.

Ihre Mom legte den Arm um sie. »Ja, das wissen wir. Aber wir wissen auch, dass wir dich schon immer eher wie eine Erwachsene statt wie ein Kind behandelt haben. Vielleicht haben wir dich mit Sachen belastet, die du nicht verarbeiten konntest. Das war nicht fair von uns.«

»Nur, damit du es weißt, Mom. Für Kondome werde ich nie bereit sein.«

Ihre Mom kicherte und starrte gemeinsam mit Everly auf die Glastür. »Wir haben unsere Lektion gelernt. Dein Vater und ich gehen heute übrigens zum ersten Mal zur Eheberatung.«

Everly drehte den Kopf und musterte ihre Mutter. »Wirklich?«

Ihre Mom nickte und lächelte ein wenig. »Du hattest recht. Wir können nicht so weitermachen. Ohne dir irgendwelche Details zu nennen, muss ich zugeben, dass es ein gewisser … Kick ist, immer wieder zusammenzufinden. Und vielleicht auch die Trennungen. Aber es tut uns nicht gut. Wir wollen verheiratet sein. Wir lieben uns. Das heißt nicht, dass es leicht ist.«

Everly konnte sich nur allzu gut vorstellen, dass Liebe alles andere als leicht war. Die Liebe war chaotisch und kompliziert. Und auf dieser Welt gab es keine Liste, die es einfacher machte, denn wie konnte man etwas vereinfachen, das auf Gefühlen basierte?

»Da freue ich mich, Mom. Ich drücke euch die Daumen.«

»Ich uns auch, Schätzchen. Man kann nie wirklich sicher sein, weißt du? Aber wenn man kein Risiko eingeht, weil man Angst vor den Konsequenzen hat, lebt man auch nicht richtig.«

Everly dachte darüber nach und drückte die Stresskatze in ihrer rechten Hand.

»Darf ich dir noch eine Sache sagen?« Ihre Mom wandte sich ihr zu und strich über ihr Haar.

»Klar.«

»Auch wenn es nicht perfekt ist, gibt es so viele schöne und glückliche Momente, die die Fehler überwiegen. Nur weil es schwer ist, heißt das nicht, dass es die Sache nicht wert ist.«

Everly nickte, öffnete ihre Handtasche und verstaute die Stresskatze. Dann straffte sie die Schultern und lächelte. »Ich bin bereit.«

»Gut. Ich finde, du solltest dir zwei zulegen.«

Everly hielt inne. »Ich habe mich gerade erst an den Gedanken gewöhnt, mir eine zu holen.«

Ihre Mom nickte, als würde sie sie voll und ganz verstehen. »Aber eine ist dann so allein. Sie braucht einen Partner. Jemanden zum Spielen. Zum Kämpfen. Jemanden, den sie lieben kann.«

Es faszinierte sie, dass ihre Mom ihr immer noch etwas beibringen konnte, obwohl sie bereits dreißig war.

»Du hast vollkommen recht.« Everly blickte hinauf zu dem Schild des Tierheims und nickte. »Dann nehme ich zwei Kätzchen.«

Kapitel 40

Was Menschen, die sich Katzen zulegten, nie erwähnten, war, dass sie nachtaktive Monster sind, die herumspringen wie Flummis mit Fell. Was hatte sie sich nur dabei gedacht, sich zwei Katzen zu holen, obwohl sie einen Vollzeitjob hatte? Mac und Wallace hielten sie den Großteil der Nacht wach. *Was in Ordnung ist, denn du hast sowieso nicht geschlafen.* Wenn sie die beiden nicht gerade von ihren Vorhängen entfernen oder vom Kämpfen abhalten musste, hatte sie an Chris gedacht, an ihre Eltern, ihre Listen und das Leben im Allgemeinen. Sie hatte nicht gewusst, wann er zurückkommen würde. Oder ob er bleiben würde. Aber sie hatte gemerkt, dass sie nicht über ihn hinweg war. Sie hatte darüber nachgedacht, ihm zu schreiben, hatte es jedoch nicht übers Herz gebracht. Denn was wäre, wenn ... Sie hasste *Was-wäre-wenn*-Fragen.

Eine nervöse Unruhe hielt sie jetzt davon ab, das Gebäude zu betreten. Sie wusste, dass er wieder da war. Stacey hatte ihr ein GIF geschickt. Sie lehnte sich mit dem Rücken gegen die Backsteinmauer und beobachtete lieber, wie Stacey auf sie zukam, statt sich ihren Gedanken hinzugeben, die immer mehr außer Kontrolle gerieten.

»Alles gut?«, fragte Stacey.

»Ich bin ein Feigling.«

Stacey verengte die Augen zu Schlitzen. »Ich bin nicht mit Feiglingen befreundet.«

Everly lachte. »Hör auf. Ich meine es ernst.«

Stacey lehnte sich neben sie und warf einen Blick auf Everlys Smartphone, auf dem der Post zu sehen war, den sie nie veröffentlicht hatte. »Was ist das?«

Everly drehte den Kopf. »Die Wahrheit. Ich habe es nicht gepostet, weil ich Angst hatte. Wenn ich ihn jetzt sehe und er nicht so fühlt wie ich, werde ich den Post niemals teilen.«

»Okay. Und wenn du ihn teilst, ganz egal, was er empfindet, wirst du dich dann acht Millionen Mal hinterfragen?«

Everly nickte.

Stacey lachte. »Wenigstens bist du ehrlich.«

»Jetzt oder nie.« Staceys Stimme war sanft.

All das, wozu sie sich in letzter Zeit überwunden hatte, sollte sie eigentlich mit Stolz erfüllen. Sie *war* stolz. Aber es war nicht alles. Sie konnte das hier auch erst posten, wenn sie ihn gesehen hatte. Wenn sie wusste, wie er empfand. Wenn sie wusste, ob er sich immer noch für sie entscheiden würde. So wäre es sicherer. Sie hatte eine ungefähre Ahnung, wie sich ihre Eltern jedes Mal fühlen mussten, wenn sie beschlossen, sich zu trennen oder wieder zusammenzukommen. Liebe war nicht sicher. Es war, als würde man von einem sehr hohen Sprungturm in unbekanntes Wasser springen. Ihre Eltern vertrauten einander, dass der eine durch das Wasser waten würde, um den anderen zu retten, wenn er unterging. Sie verstand jetzt, dass das auch eine Art Sicherheit war. Zumindest für die beiden.

Everly konnte sich Chris' Gefühlen nicht sicher sein, aber sie konnte ihre eigenen anerkennen. Es war nicht mutig, wenn sie keine Angst hatte. Es war kein Risiko, wenn sie die Antwort bereits kannte.

Sie drückte auf »Posten« und veröffentlichte die Worte, die bisher keiner gelesen hatte. Die sie bisher nicht ausgesprochen hatte. Als der Post auf der Facebook-Seite des Senders erschien, sog Stacey scharf die Luft ein.

Everlys Herz hämmerte wie verrückt.

Stacey jubelte und war so enthusiastisch, dass sie ihrer Freundin einen Schubs gab. »Ich nehme alles zurück. Du bist auf jeden Fall Black Widow.«

Trotz der Zweifel musste Everly lachen. Als Stacey sie in ihre Arme zog, zwang sie sich, die Bedenken endlich beiseitezuschieben. Sie hatte keine Ahnung, was sie erwartete, trotzdem war sie schon die ganze Zeit mutig gewesen. Sie hatte es tatsächlich getan. Er wusste es noch nicht. Aber bald.

Die Energie war sofort greifbar, als sie den Sender betraten. Auf dem Weg zum Pausenraum konzentrierte sich Everly auf ihre Atmung. Atmen war gut. Das konnte sie.

Stacey nahm sich einen Kaffee. »Hast du die E-Mail heute Morgen gelesen?«

Everly hielt sich an der Küchentheke fest. Was hatte sie getan? Jetzt konnte es die ganze Welt sehen. Sie hatte sich dem gesamten Internet offenbart! *Atme.* »Nein. Welche E-Mail?«

»Wir wurden von einer Firma namens SCI aufgekauft. Sie schicken jemanden vorbei, um das Team kennenzulernen. Mari ist die neue Managerin, und sie stellen noch einen DJ ein, der von zu Hause arbeitet. Mason übernimmt unseren Sendeplatz, weil er allein besser zu bewältigen ist. Er bekommt keine neue Produzentin. Evs. Du und ich bekommen den Sendeplatz am Morgen.«

Everly riss die Augen auf, und ihr Herz galoppierte. Stacey hatte das alles schon gewusst und trotzdem zugelassen, dass Everly den Post veröffentlichte? Sie starrte ihre Freundin an, und ihre Knöchel traten weiß hervor. *Atme. Du hast das Richtige getan.*

Du hast es nicht für ihn getan. Du hast es für dich getan. Konzentrier dich auf das Positive. Verdammt, Everly. Konzentrier dich auf das Positive. »Das ist … fantastisch.« Und das war es auch. Es war fantastisch. Wundervoll. Warum konnte sie nicht atmen? Ihre Brust war zu eng. Herzinfarkte zeigten bei Frauen andere Symptome als bei Männern. Tat ihr Rücken weh? Oder bildete sie sich das nur ein? Es konnte ein Anzeichen sein.

»Hey«, sagte Stacey und ergriff ihre Hand, die sich immer noch am Tresen festhielt. »Es ist alles in Ordnung.«

»Er bleibt tatsächlich nicht«, flüsterte sie.

»Oh.« Stacey legte den Arm um Everlys Schultern. »Oh, Ev.«

Sie biss die Zähne zusammen und atmete durch die Nase. Stacey musterte sie. »Rede mit ihm.«

Everly nickte. »Danach.« Sie hatte schon so lange gewartet.

Stacey nahm ihre Hand und zog sie zur Tür.

Everly holte noch einmal tief Luft, doch sie blieb ihr im Hals stecken, als sie auf den Flur hinaustraten und Chris dastand.

»Ich stelle sicher, dass alle im Raum sind«, sagte Stacey viel zu laut und drückte noch einmal Everlys Hand.

Chris stand vor ihr, ziemlich nahe sogar, und starrte sie an, als wäre sie womöglich nicht echt. Er ließ den Blick über ihren Körper schweifen, und Everly erzitterte.

»Hi«, sagte er. Eine Silbe, die ihr Herz zum Pochen brachte, doch ihre Atmung beruhigte sich.

»Hi.«

Er grinste schief. »Schön, dich zu sehen.«

Am liebsten hätte sie sich ihm entgegengeworfen, doch er bedeutete ihr mit einer Handbewegung voranzugehen. Sie konnte ihn im Rücken spüren und musste sich zusammenreißen, um sich nicht einfach umzudrehen und in seine Arme zu fallen. Die Arme um ihn zu schlingen und ihm zu sagen, dass der ganze Kram sie nicht kümmerte. Dass sie ihn wollte. Dass sie sich für ihn entschieden hatte. Dass sie sich jedes Mal für ihn entscheiden würde.

Chris stand vorn und sah das gesamte Team an. Ein sanftes Lächeln umspielte seine Lippen.

»Was für eine Woche. Danke, dass ihr erschienen seid. Zuallererst möchte ich Mari zu ihrer neuen Stelle als Managerin beglückwünschen.«

Alle klatschten, und Mari wirkte ein wenig nervös. »Danke.« Sie richtete den Blick auf Chris, die Wangen leicht gerötet. »Tut mir leid, dass du ... na ja, dass du *nicht* mehr der Manager bist.«

Chris lachte. Statt des üblichen Anzugs und Krawatte trug er heute Jeans und einen leichten Pullover. Er sah zum Anbeißen aus. Er blickte zu Everly. Als er ihr zuzwinkerte, fing sie an zu zittern. Stacey wackelte mit den Augenbrauen.

»Für mich ist das vollkommen in Ordnung. Glaubt mir. Den Sender zu managen war nie das, was ich wollte«, erklärte er, den Blick auf Everly gerichtet. Sie hielt ihm stand, obwohl sie spürte, wie sich in ihrem Nacken Schweißperlen bildeten.

»Ich bin hierhergekommen, weil es ein weiterer Schritt zu meinem eigentlichen Ziel war. Zumindest dachte ich, ich würde mein Ziel kennen. Rundfunk ist nicht mein Ding. Ich habe mich von meinem Vater herumkommandieren lassen, weil ich nicht wusste, wonach ich wirklich suche.« Er fuhr sich durch das Gesicht und stützte die Hände auf die Rückenlehne des Ledersessels vor ihm. Er wandte kein einziges Mal den Blick ab. Everly wusste, dass die anderen es merkten. Wie konnten sie es auch *nicht* merken? Trotzdem unterbrach sie den Blickkontakt nicht.

»Wie sich herausgestellt hat, kann ich das, was ich wirklich will, nicht durch die Forderungen meines Vaters erreichen. Ihr wisst, dass der Sender verkauft wurde. Die Papiere sind bereits fertig. Alles ging ganz schnell. Mein Vater wollte mir ein letztes Mal beweisen, dass er weiterhin das Sagen hat.«

Warum lächelte er immer noch? Sein Vater klang wie ein Arschloch.

»Wir sind sehr traurig, dich zu verlieren, Chris. Wir sind eine Familie. Und du bist jetzt ein Teil davon.« Mason stützte die Unterarme auf den Tisch.

»Das freut mich. Danke.«

»Weißt du, wer uns gekauft hat? Wie kannst du dir so sicher sein, dass der Sender bestehen bleibt und nicht einfach …?«, fragte Jane mit angespannter Stimme. Kurz senkte sie den Blick, bevor sie wieder aufsah. »Woher weißt du, dass sie die Firma nach dem Verkauf nicht auflösen werden?«

Chris setzte sich in den Sessel und ließ den Blick durch den Raum schweifen. »Wie er es schon mit anderen Firmen getan hat? Ich weiß, worauf ich setzen muss. Ich bin sicher, dass der Sender in Zukunft florieren wird.«

»Weißt du denn, wer SCI ist?«

Chris faltete die Hände und sah Jane an. »Die Briefe, die ich dich gebeten hatte mitzubringen? Könntest du die jetzt bitte verteilen?«

Jane stand auf, ging zu einem Tisch an der Seite, griff nach dem Karton und begann, orangefarbene Umschläge auszuteilen, auf denen ihre Namen standen.

»Wenn ihr bitte kurz warten würdet, bevor ihr die Umschläge öffnet. Ich werde euch alles erklären.« Chris lächelte Jane an. »Danke. SCI steht für *Squishy Cat Industries*«, sagte er und richtete den Blick auf Everly. Sie sog scharf die Luft ein und hielt den Atem an. »Meine Brüder und ich haben unsere eigene Firma gegründet. Unter diesem Schirm befinden sich der Sender, das Unternehmen für Cybersicherheit und die Firma für digitale Software.

Und eine kleine Werbeagentur, die von unserem Freund Mr Lee geleitet wird, an den ihr euch sicherlich noch gut erinnern könnt. Während mein ältester Bruder Wes in New York bleibt, wird Noah hierherziehen, und ich werde ihm helfen, seine Firma für Immobilienentwicklung zu führen. Mir ist klar geworden, dass ich mich nicht nur für eine bestimmte Sache interessiere, sondern für Business generell. Es macht mir Spaß herauszufinden, wie man kleine Firmen so stärken kann, dass sie eine Zukunftsperspektive haben.«

Er hielt inne, und Everly hatte das Gefühl, sie beide wären die einzigen Menschen im Raum. »Ich mag es herauszufinden, was funktioniert und was nicht, und Strategien zu entwickeln, um Unternehmen neues Leben einzuhauchen. Das werde ich machen. In Ermangelung eines passenderen Begriffs bin ich ab jetzt ein Unternehmensberater, dem ein Drittel von SCI gehört. Ich bin zwar nicht mehr der Manager des Senders, aber ich bin immer noch euer Boss. Und als solcher stelle ich euch neue Verträge aus, die bereits vor euch liegen. Lest euch alles in Ruhe durch, und lasst mich wissen, falls ihr Fragen oder Anmerkungen habt.«

Everly sah sich in der Runde um. Alle blickten überrascht, verblüfft und vor allem erleichtert drein. Dann richtete sie den Blick wieder auf Chris.

»Es wurden ein paar Klauseln geändert, upgedatet. Und euer Gehalt wurde erhöht. Wir konnten in einigen Bereichen Geld einsparen, und finanziell geht es dem Sender besser als je zuvor.«

»Was für Änderungen gibt es?«, fragte Stacey und spielte mit der Klappe des Umschlags. »Ich werde aber keine Uniform tragen.«

Chris lachte. »Ein paar Klauseln waren veraltet. Wie zum Beispiel, dass Fraternisierung unter Kollegen verboten ist. Seltsames Wort. *Fraternisierung*. Das kann alles Mögliche bedeuten. Da es so vage war, haben wir es herausgenommen. Denn wenn man jemanden mag, sollte man sich von so etwas nicht abhalten lassen. Was bedeutet ...«

Everly stockte der Atem, und Chris lächelte.

»Alle Maßnahmen, um Belästigung am Arbeitsplatz zu verhindern, bleiben natürlich bestehen. Aber wenn ihr euch zufällig in eine Kollegin oder einen Kollegen verliebt, dann werden wir euch nicht von eurem Glück abhalten. Mari und Mason, ihr könnt jetzt aufhören, eure Beziehung zu verheimlichen«, sagte Chris und grinste sie an. »Wes ist ein Meisterhacker. Wir haben diverse E-Mails gefunden. Keiner verliert seinen Job, nur weil er sich verliebt, solange ihr zur Arbeit kommt und eure Sache gut macht.«

Die Luft strömte aus Everlys Lungen. Mari und Mason sahen einander an. Ihr Lächeln trug zur positiven Energie im Raum bei.

Stacey richtete den Zeigefinger auf die beiden. »Ich wusste es!«

Mason lachte und rückte näher an Mari heran. »Ist auch schwer zu verstecken, wenn man jemanden so sehr mag.«

Da hat er vollkommen recht.

»Nun. Ich weiß, es ist eine Menge zu verarbeiten, aber wenn ihr mir jetzt bitte für ein paar Minuten den Raum überlassen würdet? Nehmt euch Zeit, um die Verträge durchzulesen. Und wenn ihr sie hoffentlich unterschrieben habt, gebt ihr sie bei Mari ab.«

Alle standen auf, und Everly wusste nicht, was sie tun sollte. Mason und Mari schüttelten Chris die Hand. Die anderen DJs und Produzenten taten es ihnen gleich, doch Stacey und Jane umarmten ihn. Everly stand da und beobachtete, wie alle den Raum verließen.

»Ms Dean? Wenn Sie bitte noch bleiben könnten?«

Nachdem Stacey die Tür hinter sich zugezogen hatte, kam

er auf sie zu. Everly umklammerte den Umschlag und gab sich größte Mühe, ihn nicht in der Faust zu zerknüllen.

»Dein Brief ist ein wenig anders. Ich hatte gehofft, du würdest ihn in meinem Beisein öffnen.«

»Jetzt?«, quietschte sie.

»Ich habe über eine große Geste nachgedacht, darüber, meine Liste auf den Bildschirm zu projizieren, aber ich glaube, das würdest du nicht wollen.«

Ihr Herz flatterte so wild, dass sie nicht mehr atmen konnte. Große Gesten waren etwas Gutes, oder nicht? Er machte einen Schritt auf sie zu und strich ihr eine Haarsträhne hinters Ohr. »Aber ich habe es mir anders überlegt. Ich wollte mit dir allein sein. Nur du und ich.«

Es gab so vieles, was sie ihm sagen wollte. Sie schmiegte die Wange an seine Hand und schloss die Augen. Endlich konnte sie wieder atmen.

»Öffne ihn«, flüsterte er.

Vorsichtig öffnete sie den zugeklebten Umschlag. Sie war sich Chris' Nähe viel zu sehr bewusst. All der Dinge, die sie ihm sagen musste. Wie sehr sie ihn wollte. Wie gut er duftete. Mit zitternden Fingern zog sie ein Blatt Papier hervor.

Als sie den Titel las, füllten sich ihre Augen umgehend mit Tränen. *Zehn Gründe, warum du es für immer sein wirst*. Sie überflog die Liste, und das Herz schlug ihr bis zum Hals. Sie sah ihn unter gesenkten Lidern hervor an.

Er strich mit dem Daumen über ihre Wange, und eine Träne kullerte herab, doch er fing sie rechtzeitig auf. Das Blatt zitterte in ihrer Hand. Dann legte er auch noch die andere Hand an ihre Wange, tat dort dasselbe und küsste sie an den Stellen, an denen zuvor Tränen gewesen waren. Er legte die Stirn an ihre und schloss die Augen. Als würde er sie einatmen. Sie absorbieren.

Als er die Lider aufschlug, blickten sie einander tief in die Augen. Sie waren sich so nahe, Nasenspitze an Nasenspitze, dass er ein wenig unscharf aussah. Aber er war hier. Er war real. Und sie wollte das hier so sehr, dass sie ihre Angst ignorierte.

»Ich liebe dich«, flüsterte er.

Das Blatt in ihrer Hand raschelte, als sie es fester umklammerte. Sie trat zurück und strich es glatt. Sie hatte es noch gar nicht ganz gelesen, wusste aber schon jetzt, dass sie es für immer aufbewahren wollte.

Ihr Atem klang zittrig, während ihr Körper von Glück überschwemmt wurde. »Ich habe es zuerst gesagt!«

Er lachte. »Ich glaube, daran könnte ich mich erinnern.«

Sie schüttelte den Kopf. Durch die Tränen konnte sie alles nur verschwommen wahrnehmen. Vorsichtig legte sie den Brief auf den Tisch, zückte ihr Smartphone, öffnete die Facebook-App und hielt es ihm unter die Nase.

Sie beobachtete, wie seine Augen über die Zeilen wanderten, die ihr jede Nacht im Kopf herumschwirrten, seit sie sie geschrieben hatte.

Leute, ich habe euch belogen. Ich habe euch gesagt, dass ich nicht die wahre Liebe gefunden habe. Dass das für mich aber in Ordnung sei und ich eure Anteilnahme sehr zu schätzen wisse. Doch die Wahrheit ist: Ich habe sie gefunden. An einem Ort, an dem ich sie nie vermutet hätte. Dank eurer Hilfe. Ich habe es noch nie aufgeschrieben, aber ich leide unter einer Sozialphobie. Und zwar so sehr, dass ich diesen Text wahrscheinlich niemals posten werde. Falls ich es tun werde, werde ich darunter zu leiden haben, dass ich es getan habe. Der Tag, an dem ich mein Unglück live im Radio geteilt habe, war für mich ein Wendepunkt. Ich habe so viel über euch Zuhörer, die Welt und vor allem über mich selbst gelernt. Ich muss mich nicht ändern, um mich gut zu fühlen, aber ich muss mich antreiben, um besser zu sein. Mehr zu sein. Denn sonst stehe ich still. Ich habe mich nicht in die Jungs verliebt, die ihr ausgesucht habt, doch das liegt nicht daran, dass sie keine guten Menschen sind. Nein, es liegt einzig und allein daran, dass mein Herz den Richtigen kannte, bevor ich es begriffen habe. Und ich hätte es nie begriffen, wenn ihr mich nicht die ganze Zeit so unterstützt und mir gezeigt hättet, dass es in Ordnung ist zu fallen, solange man immer wieder aufsteht. Es ist okay, sich zu verlieben und gleichzeitig Todesangst zu haben. Und die habe ich. Ich habe Angst, dass er sich nicht für mich entscheiden wird. Dass ich zu kompliziert bin. Dass ich es ruinieren werde. Ja, vielleicht wird es passieren, das ändert aber nichts an der Tatsache, dass ich ihn liebe. Dass ich mich für ihn entscheide. Chris, ich entscheide mich für dich. Immer.

Seine Augen loderten, als er ihr das Smartphone abnahm und es auf das Blatt Papier legte. Er ergriff ihre Hand und zog sie zu sich. »Du bist die tollste Frau, die ich je kennengelernt habe. Dich zu kennen erfüllt mich mit Demut. Als ich dich zum ersten Mal gesehen habe, hat sich etwas in mir verändert. Zuerst wusste ich nicht, was es war, aber jetzt weiß ich, dass es mein Weg war. Was ich vom Leben will. Ich liebe das Business. Ich habe genug Geld, um nicht arbeiten zu müssen, trotzdem werde ich immer arbeiten, denn ich liebe die Herausforderung. Aber als ich dich kennengelernt habe, wurde mir klar, dass das Leben mehr zu bieten hat. Ich habe dagegen angekämpft, weil ... na ja, weil ich einen Plan hatte. Meine eigene Liste sozusagen.« Er grinste, und sie schlang lachend die Arme um seine Taille. »Es tut mir leid, dass ich dir so viel verschwiegen habe. Ich kann es nur so erklären, dass ich nicht wegen meines Vaters verurteilt werden wollte. Mein ganzes Leben lang wollte ich auf keinen Fall so sein wie er. Und gleichzeitig genau wie er.«

Sie streichelte seine Wange. Sie liebte es, wie sich seine Haut unter ihren Fingerspitzen anfühlte. »Ich verstehe dich.«

Er zog die Augenbrauen zusammen. »Wirklich?«

Sie nickte. »Ich mache mir immer Sorgen, dass Menschen nur meine Angst sehen, wenn ich mich zu sehr öffne. Diese Sorge frisst mich manchmal regelrecht auf. Aber inzwischen habe ich begriffen, dass Menschen nicht gehen, nur weil sie meine Angst sehen. Jedenfalls nicht die, die mir am meisten bedeuten.«

»Du bedeutest mir alles, Everly. Mehr als alles andere. Ich habe gesagt, ich sei noch nie verliebt gewesen, doch das stimmt nicht. Ich wollte dich diese Woche so oft anrufen. Dir schreiben. Der Vergleich, wenn jemand sagt, er habe das Gefühl, ihm würde ein Körperteil oder ein Stück von ihm fehlen? Es stimmt. Ich habe alles getan, was nötig war, um zu dir zurückzukommen, doch ich hatte die ganze Zeit das Gefühl, mein Herz würde fehlen.«

Sie umklammerte seine Handgelenke. »Es tut mir leid. Alles. Was ich gesagt habe. Dass ich dir nicht die Chance gegeben habe, dich zu erklären.« Sie senkte den Blick auf seine Brust. Sie atmete tief ein und sah ihm wieder in die Augen. »Und wie ich reagiert habe, weil du geschieden bist. Das ist mein kleiner wunder Punkt, aber ich arbeite daran.«

Er lehnte sich gegen den Tisch, zog sie zwischen seine Beine und legte die Hände auf ihre Hüften. »Ich habe mit einundzwanzig nicht für meine Ehe gekämpft, weil ich noch ein Kind war. Ich habe sie nicht geliebt. Du hast mich gefragt, ob ich an Scheidung glaube. Ja, das tue ich. Denn ich finde, Menschen sollten nicht ihr Leben lang in einer Situation bleiben, die sie unglücklich macht. Das heißt nicht, dass Scheidung für mich eine Option ist. Ein Notausgang. Für manche ist es das vielleicht, aber wenn du mir … wenn du *uns* eine Chance gibst, will ich diese Option nicht. Für dich würde ich alles tun, Everly. Das heißt auch, dass ich um dich kämpfen werde. Komme, was wolle. Das heißt auch, dass ich meine Versprechen nicht brechen werde. Ich werde niemals aufgeben. Wenn du mich lässt, werde ich mich immer und immer wieder für dich entscheiden. Für immer.«

Nun kullerten die Tränen. Endlich gab sie der Sehnsucht nach, ihn zu umarmen. Sie schlang die Arme um seinen Hals und drückte ihn, bis er ein ersticktes Geräusch machte. Sie ließ los und lachte trotz der Tränen.

»Und ich entscheide mich für dich. Versprochen. Jedes einzelne Mal«, erwiderte sie.

Er nahm ihr Gesicht zwischen die Hände und starrte einen kurzen Moment lang auf ihre Lippen, bevor er ihr in die Augen sah. »Du hast es vielleicht zuerst gesagt, aber ich habe es zuerst laut ausgesprochen.«

Sie biss sich auf die Unterlippe. Gab es so etwas wie *zu viel* Glück? Ihre Brust würde gleich explodieren. »Ich liebe dich.«

Chris grinste und küsste ihre Nase. »Trotz der vielen Gründe, warum ich nicht der Richtige sein sollte?«

Lachend drückte sie sich gegen ihn und war froh, dass sie das nun tun konnte. »Ich habe mich selbst belogen. Du wirst es immer sein.«

Er küsste ihre Stirn, ihre Schläfe. Sein Atem strich sanft über ihre Haut, heilte ihr Herz und brachte ihren Puls zum Rasen. Als sein Mund schließlich ihren fand, atmete sie schwer. Sie vergrub die Finger in seinem Haar und erwiderte seinen Kuss, genoss es, ihn zu spüren, ihn zu schmecken. Sie hätte ihn bis an ihr Lebensende küssen können, hätte es nicht noch so viel mehr gegeben, was sie tun wollte. Seine Hände glitten über ihren Körper und zogen sie so dicht an ihn, bis nicht einmal mehr Luft zwischen sie passte.

Er war der Erste, der wieder zu Sinnen kam, genau in dem Moment, als sie sich fragte, wie stabil die Tische hier waren. Meine Güte. Er ließ sie alles vergessen. Seinetwegen wollte sie alles. Mit ihm.

Als er den Kuss beendete, ließ er nur den geringsten Abstand zwischen ihnen zu. »Ich, ähm, gebe dir ein paar Tage frei. Ich hatte gehofft, du hättest vielleicht Zeit für ein paar Dates.«

Everlys Seufzen verwandelte sich in ein Lachen. »Ich will nichts lieber, als mit dir Zeit zu verbringen. Mit dir zusammen zu sein. Aber keine überfüllten Restaurants mehr.«

Er umschloss ihre Hüften mit den Händen und liebkoste sie. Er küsste ihr Schlüsselbein, ihren Hals und ließ seinen Mund hinauf zu ihrem Ohrläppchen wandern. »Wie gut, dass wir für kein einziges Date meine Wohnung verlassen müssen. Es gibt schließlich Lieferservice und Netflix«, flüsterte er.

»Mein Gott, du bist einfach perfekt«, erwiderte sie, als seine Lippen wieder auf ihren landeten. Doch dann zog sie den Kopf zurück. »Aber wir müssen uns bei mir treffen.«

Er zog die Stirn kraus. »Mir ist es egal, wo wir sind. Hauptsache, wir sind zusammen. Fühlst du dich denn nicht wohl in meiner Wohnung?«

Sie lächelte so breit, dass ihre Wangen spannten. »Ich fühle mich bei dir wohl. Es liegt nicht an deiner Wohnung. Es ist nur ... Ich habe zwei Mitbewohner adoptiert, die meine Aufmerksamkeit brauchen.«

Er runzelte die Stirn und zog auf niedliche Weise die rechte Augenbraue hoch. »Mitbewohner?«

Sie nickte. »Ja. Wallace und Mac. Ich hoffe, du magst sie.«

Sie konnte seinen Gesichtsausdruck nicht richtig deuten,

doch sie hatte eine Ahnung, in welche Richtung seine Gedanken gingen. Sie musste sich das Kichern verkneifen.

»Und wo schlafen Wallace und Mac? Sind sie ein Paar? Warum brauchst du Mitbewohner?«

Sie strich mit dem Finger über die Falte auf seiner Stirn und küsste sie. Ihr Herz tanzte in ihrer Brust, während sie ihn angrinste.

»Sie schlafen bei mir im Bett. Ich hoffe, du hast nichts dagegen«, sagte sie.

Er wollte etwas sagen, doch sie kam ihm zuvor. »Sie sind kein Paar. Sie sind Bruder und Schwester. Ich wollte schon seit einer ganzen Weile Katzen, habe mich aber bisher nicht getraut. Ich meine, was, wenn es nicht funktioniert? Was, wenn sie meine Möbel zerfetzen? Was, wenn sie meine ganzen Sachen zerstören? Was, wenn sie mich hassen? Was, wenn sie sich gegenseitig hassen und die ganze Zeit kämpfen?«

Chris' Grinsen erfüllte sie mit purem Glück. »Das sind ganz schön viele *Was-wenn*-Fragen.«

Sie nickte. »So funktioniert mein Gehirn nun mal. Das kann ganz schön anstrengend sein.« Sie sagte es mit einem Lächeln, doch in Wahrheit war es eine Warnung.

Er zog sie zu sich. »Wie gut, dass ich nicht viel Schlaf brauche. Du wirst mich jetzt nicht mehr los, Everly.«

Ihre Finger klammerten sich an seine Schultern. Glück war beinahe genauso Furcht einflößend wie Angst. »Ich will dich nicht loswerden. Ich liebe dich. Schon vergessen?«

Er lachte. »Glaub mir. Das werde ich nie vergessen. Und du wirst nie vergessen, dass ich dasselbe empfinde. Weil ich es dir immer und immer wieder sagen werde.«

Damit konnte sie leben.

Kapitel 41

Vorsichtig rutschte Everly im Bett nach oben, bis ihr Rücken das Kopfteil berührte. Dann schaltete sie die Taschenlampe auf ihrem Smartphone ein, um das Blatt Papier zu finden, das sie auf den Nachttisch gelegt hatte. Sie warf Chris einen Blick zu, um sicherzugehen, dass sie ihn nicht aufgeweckt hatte, und faltete das Blatt auseinander, das sie schon etliche Male gelesen hatte. Die Worte hatten sich bereits in ihr Herz gebrannt, doch sie las sie gern schwarz auf weiß. Mac hatte sich in Chris' Armbeuge gekuschelt, und Wallace schlief auf seinem Bauch. Auf seinem heißen, muskulösen Bauch, den Everly gern aus der Nähe inspizierte.

Sein leises Atmen und das Schnurren der Katzen waren der beste Soundtrack, den sie je gehört hatte.

Sie las sich die Worte noch einmal durch, prägte sie sich ganz genau ein, bevor sie das Licht ausknipste und sich an Chris und die Kätzchen schmiegte. Doch sie konnte nicht schlafen. Sie lag einfach da, lächelte in die Dunkelheit und dachte an seine Liste. Und wie froh sie war, ihre Komfortzone verlassen zu haben. Sie war genau dort gelandet, wo sie sein wollte.

Zehn Gründe, warum du es für immer sein wirst

1. *Der Gedanke an dich erfüllt mich mit unendlicher Glückseligkeit.*
2. *Dein Gesicht ist das Erste, was ich morgens sehen will. Und das Letzte, bevor ich abends einschlafe.*
3. *Ich bin süchtig danach, dich zum Lachen zu bringen, nur um den Klang zu hören.*
4. *Ich liebe es, wie du Situationen aus allen möglichen Blickwinkeln analysierst. Sogar aus Blickwinkeln, von denen ich gar nicht wusste, dass sie überhaupt existieren.*
5. *Deinetwegen will ich nicht nur ein besserer Mensch werden, nein, ich fühle mich bereits wie einer.*
6. *Mit dir ist nichts unmöglich.*
7. *Du bist sexy, niedlich, hübsch, mutig und einfach wundervoll. (Theoretisch ist das mehr als ein Punkt, aber zusammen ergibt es ein unglaubliches Paket.)*
8. *Dein Herz. Du gibst so viel, ohne etwas zu verlangen, was mich dazu bringt, dir alles geben zu wollen. Für immer.*
9. *Du willst nicht jeden Abend ausgehen. (Verrate es nicht Noah, aber ich fühle mich in kleinen Gruppen auch wohler. In Gruppen mit zwei Personen. Du und ich.)*
10. *Dein Gehirn. Es fasziniert mich, dass dir tausend Gedanken durch den Kopf schwirren, während ich nur einen habe. Ich könnte dir ewig zuhören.*

Ich liebe dich. Ich bin in dich verliebt. Ich werde mich jeden Tag für dich entscheiden, wenn du mich lässt. Ich werde niemals aufgeben. Du wirst für immer die Richtige für mich sein. Nur du.

Danksagung

Die Leser:innen werden mir wahrscheinlich nicht glauben, dass dieser Teil schwieriger zu schreiben ist als das Buch selbst. Nicht, weil es nicht genügend Menschen gibt, denen ich danken möchte, sondern weil ich Angst habe, jemanden zu vergessen, der die Reise einfacher, glücklicher, erträglicher und überhaupt möglich gemacht hat.

Zum Glück ist das hier keine Rede für den Oscar, von daher kann ich theoretisch ewig fortfahren. Die schlechte Nachricht ist allerdings: Wenn ich jemanden vergesse, werde ich dank der gedruckten Form für immer und ewig daran erinnert werden. Falls es tatsächlich passieren sollte, kontaktiert mich bitte. Dann werde ich mich mit einer handschriftlichen Notiz für die Rolle bedanken, die ihr in der Erfüllung meines Traums gespielt habt.

Aber nun werde ich erst einmal mein Bestes geben, um klarzustellen, wie vielen Menschen ich dankbar bin. Alex. Es gibt nicht genug Worte auf dieser Welt. Ironisch, nicht wahr? Du hast an mich und die Geschichte geglaubt, als ich den Glauben an mich selbst komplett verloren hatte. Mit dir zusammenzuarbeiten hat dazu geführt, dass ich mich neu in das Schreiben verliebt habe. Danke. Ich hoffe, es werden noch viele weitere Bücher folgen.

Danke an Mara und viele andere Menschen bei St. Martin's, die hinter den Kulissen daran gearbeitet haben, dass dieses Buch das Licht der Welt erblickt. Ich bin jedem, der meine Kommasetzung und Verwendung des Semikolons korrigiert hat, wahrscheinlich mehr als nur ein Dankeschön schuldig.

An Fran. Wir haben es geschafft. Und wir werden es auch weiterhin schaffen. Du hast mir von Anfang an gesagt, dass wir es schaffen werden. Danke, dass du daran geglaubt und mir geholfen hast, es wahr werden zu lassen.

An Christy. Danke, dass du mir geholfen hast, lustig zu sein. Danke, dass du mich zum Lachen gebracht und ermutigt hast.

An Renee und Kim. Danke für eure Ohren, Schultern und guten Herzen.

An Tara. Danke, dass du an mich geglaubt hast, seit du zum ersten Mal eine Geschichte von mir gelesen hast. Selbst als ich es nicht getan habe.

An Rob Michaels. Du bist nicht nur ein großartiger DJ und lustiger Kerl, sondern auch großzügig und hilfsbereit. Danke, dass du mir einen Einblick in deine Arbeit gewährt hast, wodurch ich überhaupt erst auf diese Idee gekommen bin.

Langsam fühlt es sich so an, als würde bereits die Musik einsetzen, dabei gibt es noch so viele Menschen, denen ich danken möchte! Stacey, Cole, Sarah, Sara, Charlene. Shannyn und Robin, die das Buch schon gelesen haben, als es noch gar nicht dafür bestimmt war. Nicole. Ich danke dir für so viele Dinge, die ich gar nicht alle aufzählen kann. Aber vor allem danke ich dir dafür, dass du immer fest an mich geglaubt hast.

Kira Archer, Lauren Layne und Lyssa Kay Adams. Wie cool, dass ihr mein Buch gelesen habt. Ich kann gar nicht sagen, wie wichtig es ist, Gleichgesinnte zu finden. Sie halten zu einem, auch wenn man das Gefühl hat, nicht dazuzugehören oder es nicht verdient zu haben, Teil einer Gruppe zu sein.

Danke an meine Kinder für ihre Geduld und ihren permanenten Zuspruch. Euretwegen bin ich ein besserer Mensch. An Matt. Wie kann es sein, dass du mich nach zwanzig Jahren mehr zum Lachen bringst als je zuvor? Ich bin so froh, dass ich dich habe.

An Brenda. Dreißig Jahre. Das ist eine verdammt lange Zeit. Du verdienst einen Orden. Aber stattdessen bekommst du mich. An alle, die jeden Tag aufstehen, trotz ihrer Sorgen alles geben und ihre Zweifel beiseiteschieben. Ihr seid nicht allein. Keiner von uns ist allein.

Danke an alle, die dieses Buch lesen. Ihr habt keine Ahnung, wie geehrt ich mich fühle, es mit euch teilen zu dürfen.

Der Romance-Trend aus England – tiefgründig, witzig und sexy!

Chloe Brown ist chronisch krank. Nachdem sie fast von einem Auto überfahren wurde, fasst sie den Entschluss, sich nicht mehr von ihrer Krankheit Fibromyalgie einschränken zu lassen. Sie will das Leben in vollen Zügen genießen. Doch Chloe merkt schnell, dass es nicht leicht ist, über den eigenen Schatten zu springen. Was sie braucht, ist ein Lehrer! Red Morgan hat Tattoos, ein Motorrad und mehr Sexappeal als so mancher Hollywoodstar. Er ist außerdem Chloes neuer Nachbar und wäre die perfekte Unterstützung auf ihrer Mission. Doch nachdem Chloe Red für ihr Vorhaben gewonnen hat, erfährt sie mehr über ihn, als ihr lieb ist. Zum Beispiel, warum er etwas gegen ihre reiche Familie hat. Und was wirklich hinter seinem rauen Äußeren steckt …

Talia Hibbert
Kissing Chloe Brown
Roman

Aus dem Englischen von Christiane Bowien-Böll
Klappenbroschur
Auch als E-Book erhältlich
www.ullstein.de